빨강 머리 앤

빨강 머리 앤

차례 Anne of Green Gables

1	레이첼 부인의 놀람	7
2	매튜의 놀람	21
3	마릴라의 놀람	45
4	초록지붕 집의 아침	57
5	앤의 지난날	68
6	마릴라의 결심	78
7	앤의 기도	88
8	가정교육의 시작	95
9	레이첼 부인의 수모	110
10	앤의 사과	123
11	주일학교의 첫인상	136
12	엄숙한 맹세	145
13	기다리는 즐거움	156
14	앤의 고백	165
15	학교에서 생긴 일	180
16	비극으로 끝난 손님 초대	206
17	새롭게 찾은 즐거움	225
18	앤의 활약	236
19	콘서트와 불행한 사건	252

20	지나친 상상	273
21	맛의 일탈	285
22	티타임에 초대받은 앤	303
23	자존심 대결과 슬픈 결말	310
24	스테이시 선생님과 제자들의 발표회	322
25	매튜와 부푼 소매	330
26	이야기 클럽의 탄생	348
27	허영심과 좌절	361
28	불쌍한 백합 아가씨	374
29	평생 잊지 못할 순간들	388
30	퀸즈 입시반	403
31	시냇물은 강이 되고	422
32	합격자 발표	434
33	호텔 콘서트	447
34	퀸즈 여학생	464
35	퀸즈의 겨울	476
36	영광과 꿈	484
37	죽음의 사자	494
38	길모퉁이에서	506

1
레이첼 부인의 놀람

레이첼 린드 부인은 에이번리 마을의 큰길이 작은 골짜기로 꺾여 내려가는 곳에 살고 있었다. 길을 따라 오리나무와 푸크시아 꽃이 줄지어 있고 시냇물이 큰길을 가로질러 흐르는 곳이었다. 이 시내는 저 뒤 커스버트 남매가 사는 오래된 농가 숲에서부터 흘러내렸는데, 들리는 말로는 숲속 상류 쪽만 해도 물길이 복잡하게 얽혀 세차게 흐르며 어두운 비밀을 품은 듯한 폭포를 이룬다고들 했다. 하지만 레이첼 부인이 사는 골짜기에 다다를 때쯤에는 물살이 잔잔해져 얌전하게 졸졸 흘렀다. 아무리 시냇물이라고 해도 품위 있고 예의 바르지 않으면 레이첼 부인의 집 대문 앞을 지나가지 못하기라도 하는 듯했다. 레이첼 부인이 창가에 앉아서 시냇물부터 아이들에 이르기까지, 집 앞을 지나가는 것은 무엇이나 날카로운 눈썰미로 지켜보고 있다가 조금이라도 이상하거나 부적절하다 싶은 것이 눈에 띄면 절대로 가만있지 못하고 가서 왜 그러냐, 무엇 때문이냐, 어찌된 연유인지 캐내고야 마니, 시냇물도 아마 신경이 쓰였을 것이다.

에이번리 마을 안에나 밖에나, 자신의 일은 뒷전이고 이웃들의 일에 열을 올리는 사람은 많다. 하지만 레이첼 부인은 자기 일은 물론이고 다른 사람들의 일까지 거뜬히 감당할 수 있는 능력을 가진 대단한 인물이었다. 워낙 베테랑 주부여서 할 일은 항상 야무지게 해치웠다. 직접 바느질 모임도 운영했고, 교회 주일학교 일을 도왔으며, 교회 자선봉사 모임과 해외선교 후원 모임의 가장 든든한 기둥 역할을 했다. 이 모든 일을 해내면서도 시간이 남는지, 레이첼 부인은 몇 시간씩 부엌 창가에 앉아 무명실로 퀼트 조각보를 떴다. 사실, 에이번리 마을의 다른 주부들이 늘 감탄해마지 않는 솜씨로 떠놓은 조각보가 벌써 열여섯 장이나 되었다. 그녀는 늘 그렇게 뜨개질을 하면서 예리한 눈초리로 골짜기를 지나 가파르고 불그스름한 언덕 너머로 구불구불 뻗어 있는 큰길을 살펴보았다. 에이번리는 세인트로렌스 만 쪽으로 비죽 튀어나온 작은 삼각형 모양의 반도에 위치한 마을이었다. 삼각 지형의 두 면이 바다라 누구든 마을을 드나들려면 반드시 그 언덕길을 지나가야 해서, 남몰래 지켜보는 레이첼 부인의 따가운 눈총 세례를 피할 길이 없었다.

6월 초의 어느 날 오후, 그날도 레이첼 부인은 창가에 앉아 있었다. 창으로 비쳐 들어오는 햇살이 따뜻하고 밝았다. 집 아래쪽 비탈길의 과일나무들에는 신부의 수줍은 뺨처럼 발그레한 연분홍빛 꽃들이 만발했고, 그 주위로 벌떼가 윙윙 날아다녔다. 토머스 린드, 에이번리 사람들이 '레이첼 린드의 남편'이라고 부르는 이 작고 온순한 남자는 헛간 너머 언덕배기 밭에서 막바지 순무 씨를 뿌리고 있었다. 매튜 커스버트도 지금쯤 틀림없이 초록지붕 집 너머 시냇가의 커다랗고 불그스름한 밭에서 순무 씨를 뿌리고 있을 터였다. 레이첼 부인이 그렇게 알고 있는 것은, 어제 저녁 카모디에 있는 윌리엄 J. 블레어의 가게에서 매튜 커스버트가 피터 모리슨에게 오늘 오후 순무 씨를 뿌릴 작정이라고 말하는 것을 들었기 때문이다.

물론 피터가 먼저 물어보았으니 나온 이야기였다. 매튜 커스버트는 평생에 걸쳐 먼저 입을 여는 법이 없는 사람이었으니까.

그런데 그 매튜 커스버트가 이 바쁜 날 오후 세 시 반에, 태연하게 마차를 끌고 골짜기를 지나 언덕을 올라가고 있었던 것이다. 게다가 하얀 깃을 댄 셔츠에 가장 좋은 옷을 입었다는 것은 에이번리 마을 밖으로 나간다는 확실한 증거였다. 밤색 암말이 끄는 마차까지 타고 있으니 꽤 먼 곳에 가려는 것이리라. 그러면 매튜 커스버트는 도대체 어디를, 무슨 일로 가고 있는 것일까?

매튜가 아니라 에이번리 마을의 다른 사람이었다면, 레이첼 부인은 어렵지 않게 알고 있는 정보를 이것저것 끼워 맞춰 '어디로'와 '왜' 두 가지 질문에 꽤 그럴싸한 추측을 해냈을 것이다. 하지만 매튜는 집을 떠나는 일이 워낙 드무니, 뭔가 긴급하고 심상치 않은 일이 일어난 것이 분명했다. 수줍음이 심해서 낯선 사람들이 있는 곳에 가거나 말을 해야 하는 자리에 가는 것을 극도로 싫어하는 사람이 아닌가. 매튜가 이렇게 하얀 깃을 댄 옷을 차려입고 마차로 어딜 가는 것은 흔한 일이 아니었다. 레이첼 부인이 아무리 궁리해봐도 짐작 가는 데가 없었고, 그렇게 부인의 즐거운 오후 시간도 엉망이 되었다.

'아무래도 티타임 후에 초록지붕 집으로 가서 매튜가 어디로, 왜 갔는지 마릴라한테 알아봐야겠어.' 이 대단한 여인은 궁리 끝에 이렇게 결심했다. '매튜는 보통 연중 이맘때 읍내에 나가지 않고 누굴 찾아가는 일도 절대 없지. 순무 씨가 다 떨어진 거라면 그렇게 차려입고 마차까지 몰고 나가지는 않았을 거야. 그리 서두르지도 않았으니 의사를 부르러 갔다고 볼 수도 없네. 하지만 어젯밤 이후로 뭔가 나가야 할 일이 생긴 건 틀림없어. 정말 모를 일이네. 아무렴, 모를 일이야. 매튜 커스버트가 오늘 에이번리 마을 밖으로 나간 사연을 알아내기 전까지는 한순간도 마음이 편하지 않겠어.'

그래서 레이첼 부인은 티타임 후에 길을 나섰다. 그리 먼 길은 아니었다. 과일나무로 둘러싸인 크고 떡 벌어진 커스버트 남매의 집은 린드 가족이 사는 골짜기에서 4분의 1마일(약 400미터.-옮긴이)만 올라가면 되는 곳이었다. 하지만 집까지 들어가는 길이 길게 뻗어 있어, 분명 멀게 느껴지기는 했다. 아들과 마찬가지로 수줍음을 타고 말이 없었던 매튜 커스버트의 아버지는 아예 숲속으로 들어가버리지는 않았지만 가능한 한 이웃들로부터 멀리 떨어진 곳에 집을 지었다. 초록지붕 집은 농장을 일군 뒤 가장 안쪽 끄트머리에 지은 집이었고 지금까지도 그 자리에 우뚝 서 있어서, 에이번리 마을의 다른 집들이 사이좋게 옹기종기 모여 있는 큰길 쪽에서는 거의 보이지도 않았다. 레이첼 부인은 이런 곳에서 사는 것을 '사는 것'으로 인정할 수가 없었다.

"이건 사는 게 아니라 그냥 지내는 거지. 아무렴." 그녀는 길 양쪽으로 들장미 덤불이 자라고 바퀴 자국이 깊게 패인 풀밭 길을 따라 걸으며 이렇게 중얼거렸다. '자기들끼리 이렇게 뚝 떨어져 지내니 매튜와 마릴라 둘 다 약간 별난 것도 당연한 일이야. 나무들이 친구가 될 수는 없잖아. 그럴 수만 있다면 나무가 많으니 벗할 것도 많긴 하겠다만. 그래도 사람들을 보면서 살아야지. 틀림없이 두 사람은 그만하면 족하다고 생각하는가 봐. 하지만 그건 익숙해져서 그런 것 같아. 아일랜드 사람들 말마따나 사람은 뭐든, 심지어 목 매달리는 일도 익숙해지기 마련이라고.'

레이첼 부인은 이런 생각을 하면서 풀밭 길을 지나 초록지붕 집의 뒤뜰로 들어섰다. 뒤뜰은 짙은 초록빛이 선명한 깔끔하고 꼼꼼하게 정돈된 곳으로, 한쪽에는 근엄한 수염처럼 가지를 늘어뜨린 큰 버드나무들이, 또 한쪽에는 고지식할 정도로 단정한 포플러 나무들이 자라고 있었다. 바닥에는 잔가지나 돌멩이 하나 떨어져 있지 않았다. 있었으면 레이첼 부인의 눈에 띄지 않았을 리 없었다. 레이첼 부인은 속으로, 마릴라 커스버트가 뒤뜰도 집안만큼이나 자주 쓸어대는 모양이라고 생각했다. 땅바닥에 떨어진 것을 주워 먹어도 소위 말하는 흙먼지 하나 묻어 나오지 않을 것 같았다.

레이첼 부인은 부엌문을 잽싸게 두드리고는 들어오라 하기가 무섭게 안으로 들어섰다. 초록지붕 집의 부엌은 쾌적한 공간이었다. 더 정확히 말하자면, 아무도 쓰지 않는 방처럼 지독하게 깔끔하지만 않았더라면 쾌적했을 공간이었다. 부엌 창문은 동쪽과 서쪽으로 나 있었다. 뒤뜰이 내다보이는 서쪽 창으로는 6월의 부드러운 햇살이 밀려 들어왔다. 하지만 동쪽 창은 얽히고설킨 넝쿨들로 온통 초록빛이었다. 왼쪽 과수원 쪽으로 하얀 꽃이 만발한 벚나무들이, 그리고 시냇가 골짜기 쪽으로 가지가 한들거리는 늘씬한 자작나무들이 넝쿨 사이로 힐끗힐끗 보일 뿐이었다. 그 가운데 마릴라 커스버트가 앉아 있었다. 마릴라는 이렇게 앉아 있자면 늘 햇빛이 좀 못마땅했다. 진지해야 할 세상에서 햇빛은 너무 경망스럽게 일렁이는 무책임한 존재인 것 같았다. 아무튼 마릴라는 지금 그 자리에 앉아 뜨개질을 하고 있었고, 뒤쪽 식탁에는 저녁 식사가 놓여 있었다.

레이첼 부인은 들어오면서 문을 채 닫기도 전에 식탁 위에 뭐가 놓였는지 파악을 끝냈다. 식탁 위에 놓인 접시는 셋이었다. 매튜와 함께 누군가 이 집으로 저녁을 먹으러 오는 것이 틀림없었다. 하지만 손님용 식기는 아닌 데다, 꽃사과 설탕절임과 케이크 한 종류밖에 없는 것으로 보아 특별한 손님이 오는 것은 아닌 듯했다. 그렇다면 매튜의 하얀 셔츠는 뭐고 밤색 암말은 또 뭐란 말인가? 늘 고요하고 뻔한 초록지붕 집에 이렇게 이상하고 수수께끼 같은 일이 생기다니, 레이첼 부인은 현기증이 다 날 지경이었다.

"반가워요, 레이첼." 마릴라가 힘차게 인사를 건넸다. "날씨가 정말 좋네요, 그렇죠? 좀 앉으세요. 가족들은 다 잘 지내요?"

마릴라와 레이첼 부인은 비슷한 점이 하나도 없었는데도, 아니, 오히려 그래서인지 둘 사이에는 우정이라고밖에는 달리 부를 수 없는 미묘한 뭔가가 분명 있었다.

마릴라는 키가 크고 말랐으며 각이 잡혀 있는 느낌으로 둥그스름한 여성스러움이라곤 없어 보였다. 까만 머리에는 군데군데 흰머리가 보였고, 항상 뒤로 힘껏 조그맣게 말아 올려 머리핀 두 개로 단단히 고정시켰다. 그녀는 경험의 폭이 좁고 융통성이라곤 없는 사람 같이 보였고, 실제로도 그랬다. 말은 아끼는 편이었는데, 조금만 이야기해보면 유머 감각이 있다는 소리도 들을 법한 말솜씨를 갖고 있었다.

"우린 잘 지내요." 레이첼 부인이 대답했다. "그런데 오늘 매튜가 어딜 가는 것 같아서 이 집에 무슨 일이 있나 걱정했죠. 의사라도 부르러 가나 싶어서요."

그럴 줄 알았다는 듯, 마릴라의 입술이 씰룩 움직였다. 레이첼 부인이 올 거라는 것은 마릴라도 예상하고 있었다. 매튜가 알 수 없는 이유로 마을을 나가는 걸 봤으니 이 이웃 여인의 호기심이 얼마나 발동했을지 안 봐도 뻔했다.

"아, 그런 거 아니에요. 난 멀쩡해요. 어제는 두통이 심했지만 말이에요." 마릴라가 말했다. "매튜는 브라이트 리버에 갔어요. 노바스코샤의 고아원에서 남자아이를 하나 데려오기로 했는데, 그 아이가 오늘 저녁 기차로 도착하거든요."

매튜가 호주에서 캥거루를 데려온다고 했어도 레이첼 부인이 이렇게 놀랐을까 싶었다.

어찌나 놀랐는지 한 5초는 아무 말도 못할 정도였다. 마릴라가 농담을 한다는 건 상상할 수 없는 일이었다. 하지만 레이첼 부인은 농담이라고밖에 생각할 수가 없었다.

"정말이에요, 마릴라?" 목소리가 다시 나오게 되자 레이첼 부인이 따지듯 물었다.

"네, 그럼요." 마릴라가 대답했다. 노바스코샤의 고아원에서 남자아이를 데려오는 것이 생소하고 별난 일이 아니라, 제대로 돌아가는 에이번리 농가라면 봄에 당연히 하는 일이기라도 한 것처럼 평온한 태도였다.

레이첼 부인은 망치로 한 대 심하게 얻어맞은 느낌이었다. 머릿속이 느낌표로 가득 찼다. 남자아이라니! 딴 사람도 아니고 마릴라와 매튜가 남자아이를 입양하다니! 그것도 고아원에서! 해가 서쪽에서 뜨기라도 했나! 앞으로 이만큼 놀랄 일은 다시 없을걸! 없고 말고!

"도대체 어쩌다 그런 생각을 하게 된 거예요?" 레이첼 부인이 못마땅한 표정으로 따져 물었다.

자기에게 조언을 구하지도 않고 이런 일을 벌였으니 못마땅한 기색을 보여주어야만 했다.

"글쎄요, 둘이 꽤 오래 생각한 일이에요. 사실 겨울 내내 생각했죠." 마릴라가 대답했다.

"알렉산더 스펜서 부인이 크리스마스 하루 전날 찾아왔었는데, 봄에 홉턴에 있는 고아원에서 어린 여자아이를 입양할 거라고 하더라고요. 스펜서 부인 사촌이 그쪽에 살아서 그런지 잘 알더군요. 그 후로 이따금씩 매튜하고 그 일을 의논했죠. 우린 남자아이가 있으면 좋겠다고 생각했어요. 매튜도 나이가 들어가고 있으니…… 벌써 예순이잖아요. 기운이 예전 같지 않아요. 심장도 꽤 안 좋고요. 게다가 일꾼을 고용하는 게 얼마나 지독하게 힘든 일인지 알죠? 고작해야 멍청하고 덜떨어진 프랑스 남자애들밖에 없잖아요. 게다가 겨우 한 명 구해서 천신만고 끝에 뭐 좀 할 수 있게 가르쳐놓으면 불쑥 바닷가재 통조림 공장이나 미국으로 훌쩍 떠나버리고요. 처음에 매튜는 영국 본토 아이를 데려오자고 했어요. 하지만 난 딱 잘라 싫다고 했죠. 매튜한테 이렇게 말했어요. '괜찮은 애들일 수도 있겠죠. 나쁘다는 게 아니에요. 하지만 런던 뒷골목 부랑아를 곁에 둘 수는 없어요. 최소한 여기서 태어난 아이라야죠. 누구를 들이든 간에 위험은 있겠지만, 캐나다 태생의 아이라면 그래도 좀 더 마음이 편하고 밤에도 안심하고 잘 수 있을 것 같아요.' 그래서 결국 스펜서 부인에게 입양할 여자아이를 데리러 갈 때 우리 집에 올 아이도 하나 데려다달라고 부탁하기로 한 거예요. 지난주에 부인이 간다는 얘기를 듣고 카모디에 있는 스펜서 씨 가족들에게 부탁해 우리 뜻을 전달했어요. 열 살에서 열한 살 정도 되는 총명하고 괜찮은 남자아이를 데려다달라고요. 매튜와 나는 그 나이 또래가 딱 적당하다고 생각했죠. 바로 허드렛일을 시킬 수 있을 만큼은 나이가 찼고, 또 제대로 교육시킬 여지는 있을 정도로 어린 나이니까요. 우린 그 아이가 좋은 가정환경에서 학교 교육을 받게 할 생각이거든요. 그런데 오늘 알렉산더 스펜서 부인에게서 전보가 왔더라고요. 우편배달부가 기차역에서 가져왔는데, 오늘 저녁 5시 반 기차로 도착한다는 전보였어요. 그래서 매튜가 브라이트 리버로 그 아이를 마중나간 거예요. 스펜서 부인이 거기서 아이를 내려줄 거라서요. 물론 부인은 화이트샌즈까지 그대로 가고요."

레이첼 부인은 자신이 항상 속마음을 숨김없이 이야기한다고 자부하고 있었다. 그리고 지금도 이 놀라운 소식에 대해 마음을 가다듬고 숨김없이 말할 참이었다.

"있잖아요, 마릴라, 대놓고 말하자면 이건 대단히 어리석은 일 같아요. 위험한 일이기도 하고요. 암요. 집안에 뭘 들이려는 줄 아세요? 생판 남의 아이를 데려와 한 집에서 같이 사는 건데 그 아이에 대해서는 성격이 어떤지, 부모는 어떤 사람인지, 커서 어떤 사람이 될지, 아는 게 하나도 없잖아요. 아휴, 바로 지난주에 내가 신문에서 봤는데요, 이 섬 서쪽에 사는 어떤 부부가 고아원에서 남자아이를 입양했대요. 그런데 그 아이가 밤에 그 집에 불을 질렀다지 뭐예요. '일부러' 불을 냈다고요, 마릴라. 그 부부는 자다가 숯덩이가 될 뻔했고요. 또 있어요. 입양된 어떤 남자아이는 날계란을 그렇게 빨아 먹었대요. 양부모도 그 버릇을 고치지는 못했죠. 이 문제에 대해 나에게 조언을 구했더라면 말이에요, 마릴라. 사실 그러지는 않았지만, 만약 내게 왔더라면 그런 일은 제발 꿈도 꾸지 말라고 말해줬을 거예요, 암요."

성경 속 욥의 친구들이나 했을 법한 오만한 이 충고에 마릴라는 기분 나빠 하지도, 그렇다고 귀담아 듣지도 않는 듯했다. 담담히 뜨개질만 했다.

"레이첼, 일리 있는 말이라는 건 인정해요. 나도 꺼림칙하게 생각되는 구석이 있으니까요. 하지만 매튜는 아주 단단히 결심했나 보더라고요. 그게 느껴져서 내가 두 손 들었어요. 매튜가 뭔가에 마음을 쏟는 일은 참 드물잖아요. 그래서 난 매튜가 주장하면 어떤 경우에도 내가 따라주어야 할 것 같아요. 그리고 위험 얘기는, 이 세상에서 사람이 하는 일이라면 위험한 일 아닌 게 거의 없죠. 그렇게 따지면 아이를 낳는 것도 모험 아닌가요. 내 속으로 낳은 아이라도 다 훌륭하게 자라는 건 아니니까요. 그리고 노바스코샤는 여기서 아주 가깝잖아요. 영국이나 미국에서 데려오는 것과는 달라요. 아이는 우리와 별반 다르지 않을 거예요."

"뭐, 아무 문제 없기 바라요." 레이첼 부인의 말투로 보아 비관적인 견해는 가시지 않은 것이 분명했다. "나중에 그 아이가 이 집에 불을 지르거나 우물에 스트리크닌 같은 독약을 탄다 해도 내가 경고를 안 해줬느니 하는 소리는 마세요. 뉴브런즈윅에서 실제로 있었던 일이래요. 어느 고아가 우물에 독을 타서 온 가족이 두려움과 고통 속에서 죽었다고요. 이 경우에는 고아 여자아이긴 했지만요."

"뭐, 우린 여자아이를 데려오는 건 아니니까요." 마릴라의 말은 마치 우물에 독을 타는 것이 순전히 여자들만 해낼 수 있는 일이라서 남자아이의 경우에는 무서워하지 않아도 된다는 듯 들렸다. "여자아이를 데려와서 기른다는 건 생각도 해본 적 없어요. 그래서 알렉산더 스펜서 부인이 여자아이를 입양한다기에 깜짝 놀랐죠. 하지만 뭐, 스펜서 부인은 한번 결심한 일이라면 고아원 하나를 통째로 입양하는 일이라 해도 몸을 사릴 사람이 아니잖아요."

레이첼 부인은 매튜가 입양한다는 고아를 데리고 돌아올 때까지 언제까지고 머무를 심산이었을 것이다. 하지만 매튜가 돌아오려면 최소한 두 시간은 꼬박 걸릴 것이라는 계산이 서자, 먼저 로버트 벨의 집으로 가서 이 소식을 알려줘야겠다고 결심했다. 이 소식은 틀림없이 온 마을을 발칵 뒤집어놓을 것이고, 레이첼 부인은 그런 소란을 불러일으키는 것을 대단히 좋아했다.

그렇게 레이첼 부인은 초록지붕 집을 나섰다. 마릴라는 다행이라 생각했다. 레이첼 부인의 비관적인 생각을 듣고 있자니 접어두었던 의심과 불안이 다시금 스멀스멀 피어오르는 것 같았기 때문이었다.

"어쩜, 하필이면 그런 일을 벌였나 그래! 아니 벌어질 거라고 해야 하나!" 레이첼 부인은 안전하게 풀밭 길로 들어서게 되자 큰 소리로 내뱉었다. "정말이지 꿈을 꾸는 게 아닌가 싶네. 뭐, 그 불쌍한 어린 것은 안됐지. 그건 확실해. 매튜와 마릴라는 아이들에 대해서는 아는 게 없으니 그 아이가 자기 할아버지만큼 분별력 있고 성실할 거라고 생각할걸. 그 아이한테 할아버지가 있다면 말이지만, 고아니 그것조차도 모르겠네. 어쨌든 초록지붕 집에 아이가 있다고 생각하니 이상한 느낌이야. 그 집에는 한 번도 아이가 있어본 적이 없잖아. 그 집을 처음 지었을 때에도 매튜와 마릴라가 어리지는 않았으니 말이지. 그렇게 어린 시절이 있기는 했는지, 그 남매를 보고 있으면 믿어지지가 않는다니까. 난 억만금을 준대도 그 고아 아이 신세가 되고 싶지는 않네. 에휴, 가엾긴 하지. 아무렴."

그렇게 레이첼 부인은 들장미 덤불에 속마음을 몽땅 털어놓았다. 바로 그 순간 브라이트 리버 기차역에서 참을성 있게 기다리고 있는 그 아이를 부인이 볼 수만 있었더라면 가엾은 생각은 훨씬 더 크고 깊어졌을 것이다.

2
매튜의 놀람

 매튜 커스버트는 밤색 암말을 느긋하게 몰아 8마일(약 13킬로미터.―옮긴이) 떨어진 브라이트 리버로 향했다. 경치 좋은 길이었다. 아담한 농장들 사이로 뻗은 길은 이따금씩 향기로운 전나무들을 지나치기도 하고, 투명하리만치 얇은 꽃잎의 서양자두 꽃이 만발한 골짜기에 닿기도 했다. 사과나무 과수원이 내뿜는 향기로 공기는 달콤했고, 경사진 푸른 풀밭 저 멀리 지평선에는 진줏빛 같기도 하고 보랏빛 같기도 한 안개가 끼어 있었다.

 '작은 새들이 지저귀네,

여름날은 오늘 하루뿐인 것처럼'(미국 시인 제임스 러셀 로웰의 시「론 팔 경의 꿈」(1848년) 중 한 구절. – 옮긴이)

매튜는 나름대로 이 여정을 즐겼다. 다만 여자들과 마주칠 때 목례를 해야 하는 순간은 즐겁지 않았다. 프린스 에드워드 섬에서는 아는 사람이건 모르는 사람이건 길에서 사람을 만나면 목례를 하는 것이 예의여서 그냥 지나갈 수는 없었다.

매튜는 마릴라와 레이첼 부인 말고는 모든 여자를 무서워했다. 여자라는 신비로운 피조물들이 은근히 자신을 비웃는 것 같은 불편한 느낌이 들었던 것이었다. 그런 느낌이 드는 것도 무리는 아닌 것이, 매튜는 좀 별난 외모의 소유자였다. 볼품없는 체구에 꽤 세어버린 머리카락은 길어서 구부정한 어깨에 닿을 정도였으며, 얼굴은 풍성한 연갈색 수염에 덮여 있었는데 스무 살 이후로 말끔하게 깎아본 적이 없었다. 사실 매튜는 스무 살 무렵에도 머리만 조금 덜 셌을 뿐, 예순 살처럼 보이긴 했었다.

브라이트 리버에 도착해보니 기차는 어디에도 보이지 않았다. 매튜는 너무 일찍 왔나 보다 생각하고, 브라이트 리버 호텔이라는 조그만 호텔 뒤뜰에 말을 매어두고 기차역으로 가보았다. 기다란 승강장은 거의 텅 비어 있었다. 눈에 띄는 사람이라고는 저쪽 끝 조약돌 무더기 위에 앉아 있는 여자아이 하나밖에 없었다. 매튜는 너무 빨리 걷느라 아이를 못 보고 지나쳐버려서 거기 있는 것이 여자아이인 줄도 몰랐다. 봤다면 그 아이의 태도와 표정에 흐르는 팽팽한 긴장감과 기대감을 눈치 채지 못할 리 없었다. 그 아이는 거기 앉아서 뭔가를, 혹은 누군가를 기다리고 있었다. 그 순간 앉아서 기다리는 것밖에 할 수 있는 것이 없었기 때문에 아이는 있는 힘껏 앉아서 기다렸던 것이다.

매튜는 저녁 먹으러 가려고 매표소 문을 잠그고 있는 역장과 마주쳤다. 다섯 시 반 기차가 곧 오느냐고 물어보니 활발한 역장의 대답은 이랬다.

"다섯 시 반 기차는 벌써 한 시간 반 전에 도착했다 가버렸어요. 하지만 댁을 기다리는 승객이 있었죠. 웬 여자아이예요. 돌무더기 위에 앉아 있을 텐데. 여자 대합실에 들어가 있으라고 했지만 너무 진지하게 자기는 밖에 있는 게 좋다고 하더라고요. '상상의 여지가 더 많거든요'라나 뭐라나. 괴짜 같아요, 아무래도."

"여자아이가 아닐 텐데요." 매튜가 멀뚱멀뚱 쳐다보며 말했다. "내가 데리러 온 건 남자아이인데요. 여기 있을 거예요. 알렉산더 스펜서 부인이 노바스코샤에서 데려와주기로 했거든요."

역장이 휘파람을 불었다.

"착오가 있었나 보네요. 스펜서 부인이 저 여자아이하고 같이 기차에서 내려서 저 앨 나한테 맡겼거든요. 댁하고 댁의 누이가 고아원에서 온 저 아이를 입양할 거라 하던데요. 그리고 댁이 곧 데리러 올 거라고도 했고요. 내가 아는 건 그뿐입니다. 근처에 다른 고아를 숨겨두거나 한 것도 아니고요."

"이해가 안 가네요." 난감해진 매튜는 마릴라가 여기 있어서 이 상황을 해결해주면 얼마나 좋을까 생각했다.

"뭐, 저 애한테라도 물어보세요." 역장은 태평했다. "아마 해명할 말이 있겠죠. 그 아이도 혀가 있으니…… 그렇죠? 댁이 원하는 조건의 남자아이가 동이 났든가 했겠죠."

배고픈 역장은 딱한 처지의 매튜를 뒤로하고 발걸음도 가볍게 가버렸다. 이제 매튜는 사자 우리에 들어가 사자 수염을 잡아채는 것보다 더 어려운 일을 해내야 했다. 여자아이에게 걸어가서, 그것도 처음 보는 데다 고아인 여자아이에게 가서 왜 남자아이가 아니라 네가 왔느냐고 따져야 하는 것이었다. 매튜는 속으로 투덜투덜하면서 몸을 돌려 승강장을 천천히 걸어 여자아이 쪽으로 갔다.

그 아이는 매튜가 자기 앞을 지나쳤을 때부터 보고 있었고, 지금은 매튜를 초롱초롱한 눈빛으로 바라보고 있었다. 매튜는 아이를 쳐다보지 않았지만, 봤더라도 어떻게 생겼는지 눈여겨보지는 못했을 사람이었다. 하지만 평범한 사람이 봤다면, 길이도 짧고 꽉 끼는 옷을 입은 열한 살쯤 되어 보이는 아이가 보였을 것이다. 누르스름한 회색 원시 직물로 만든 아주 촌스러운 옷을 입은 여자아이가 말이다. 아이는 또 빛바랜 갈색 세일러햇을 머리에 쓰고 있었다. 모자 밑으로는 땋은 머리 두 가닥이 등까지 내려왔는데, 분명 **빨강색으로 보이는** 숱 많은 머리였다. 조그맣고 야윈 하얀 얼굴에는 주근깨가 잔뜩 흩어져 있었다. 입이 크고 눈도 컸는데, 눈은 빛에 따라 어떻게 보면 초록색으로도 보였고 또 어떻게 보면 회색 같기도 했다.

평범한 사람이라면 이 정도에서 멈췄을 것이다. 하지만 관찰에 일가견이 있다면 그 아이의 턱이 뾰족하면서도 단호하다는 느낌을 받았을 것이고, 커다란 눈망울 속에 가득 찬 활기와 장난기를 발견했을 것이고, 말을 잘하게 생긴 귀여운 입술, 넓고 볼록한 이마를 눈여겨보았을 것이다. 한마디로, 안목 있는 관찰자라면 이 오갈 데 없는 여자아이와 같은 육신에는 흔하디흔한 영혼이 머무를 수 없을 거라는 결론에 이를 것이다. 수줍음 많은 매튜 커스버트는 이 아이에게 우스꽝스러울 만큼 겁을 먹고 있었지만 말이다.

하지만 매튜는 먼저 말을 걸어야 하는 시련을 겪지 않아도 되었다. 아이는 매튜가 자신을 향해 오고 있다는 것이 확실해지자, 벌떡 일어서서 거무스름하게 탄 야윈 손을 뻗어 허름한 구식 여행 가방 손잡이를 꽉 움켜쥐고, 다른 한 손을 매튜에게 내밀었던 것이다.

"초록지붕 집의 매튜 커스버트 아저씨, 맞죠?" 여자아이는 유별나게 맑고 고운 목소리로 물었다. "뵙게 되어서 너무 기뻐요. 저를 데리러 오지 않으시는 건가 불안해지기 시작했거든요. 못 오시는 이유를 잔뜩 상상하면서요. 그래서 만약에 오늘 밤 아무도 데리러 오지 않으면 저 길로 내려가서 길이 꺾이는 모퉁이의 커다란 벚나무에 올라가 거기 밤새 있기로 마음먹었어요. 전 무서움을 타는 편도 아니고, 달빛 아래 온통 하얀 꽃이 핀 벚나무에서 잠을 잔다면 멋질 것 같아서요. 대리석 저택에서 사는 것 같지 않겠어요? 상상이 되시죠? 게다가 전 아저씨가 오늘 밤 오지 않으시면 내일 아침에는 틀림없이 오실 거라고 생각했거든요."

매튜는 아이의 비쩍 마른 자그마한 손을 어색하게 마주 잡았다. 그리고 그 순간 결심했다. 이렇게 반짝반짝 빛나는 눈으로 쳐다보는 아이에게 착오가 있었다는 말은 차마 할 수 없었다. 매튜는 아이를 집으로 데려가 마릴라에게 뒤처리를 맡기기로 결심했다. 착오가 있었든 어쨌든, 아이를 브라이트 리버에 두고 갈 수는 없으니 질문이고 설명이고 초록지붕 집에 안전하게 도착한 다음으로 미루는 게 나을 것 같았다.

"늦어서 미안하구나." 매튜는 쑥스러워하며 말을 건넸다. "따라오너라. 말은 저쪽에 매두었다. 가방 이리 다오."

"아, 제가 가져갈게요." 아이는 명랑하게 대답했다. "무겁지 않아요. 제가 가진 것들을 전부 다 갖고 왔지만 무겁지는 않아요. 그리고 특별한 방법으로 들지 않으면 손잡이가 빠져버리거든요. 그러니 정확한 요령을 아는 제가 계속 들고 있는 게 나아요. 어마어마하게 오래된 여행 가방이라서요. 아휴, 아저씨가 와주셔서 정말 기뻐요. 아무리 벚나무에서 자는 게 멋져도 역시 이쪽이 기쁘네요. 먼 길을 가야 하는 거 맞죠? 스펜서 아주머니가 8마일 거리라고 하셨어요. 저야 좋죠. 마차 타고 가는 걸 좋아하니까요. 아아, 아저씨와 함께 아저씨네 아이로 살게 되다니 너무 꿈만 같아요. 전 누구네 집 아이로 살아본 적이 없거든요. 진짜 가족으로 말이에요. 고아원은 최악이었어요. 넉 달밖에 있지 않았지만 그걸로도 충분해요. 아저씨는 고아원에서 살아본 적 없죠? 그러니 그게 어떤 곳인지 아마 이해할 수 없을 거예요. 상상할 수 있는 그 무엇보다도 더 안 좋은 곳이에요. 스펜서 아주머니는 제가 그런 말을 하니 못됐다고 하셨지만 못되게 굴려던 건 아니었어요. 나도 모르게 못된 말이 튀어나오기도 하고 그런 거잖아요? 좋은 사람들이었어요. 고아원 사람들 말이에요. 하지만 고아원에서는 상상의 여지가 너무 없어요. 고아들밖에 없거든요. 걔네들에 대해 상상하는 것도 되게 재미있긴 했어요. 옆에 앉은 여자아이는 사실 칼을 찬 백작님의 딸일지도 모른다고 상상하는 거죠. 아기 때 사악

한 유모가 그 아이를 데리고 몰래 도망쳤는데, 사실을 말해주기도 전에 죽어버린 거예요. 저는 밤에 자지 않고 누워서 그런 상상을 했어요. 낮에는 시간이 없었거든요. 그래서 제가 이렇게 말랐나 봐요. 제가 좀 심하게 말랐죠? 뼈밖에 집히는 게 없어요. 제가 예쁘게 통통해진 상상을 하는 게 너무너무 좋아요. 상상에선 제가 팔꿈치에 살이 있어서 폭 패는 거 있죠."

매튜와 함께 가던 이 꼬마 아가씨는 말을 멈췄다. 숨이 차서 그렇기도 했고, 마차까지 다 왔기 때문이기도 했다. 그리고 그곳을 떠나 작은 언덕의 가파른 고개를 달려 내려갈 때까지 아이는 한 마디도 더 하지 않았다. 고갯길은 흙이 부드러워 마차 바퀴가 아주 깊숙이 파고들었고, 머리 위쪽 비탈길은 벚꽃이 활짝 핀 벚나무와 하얗고 호리호리한 자작나무들이 길가에 가득했다.

아이는 손을 내밀어, 마차를 스치는 서양자두 가지를 하나 꺾었다.

"아름답지 않아요? 저 나무요, 저기 온통 하얀 레이스 같은 나무가 비탈길에서 고개를 늘어뜨린 걸 보면 무슨 생각이 드세요?" 아이가 물었다.

"글쎄 뭐…… 잘 모르겠구나." 매튜가 대답했다.

"어머, 신부 같잖아요, 안개 같은 예쁜 면사포를 쓰고 온통 하얀 차림의 신부요. 신부를 한 번도 본 적은 없지만 어떤 모습일지 상상할 수는 있어요. 제가 신부가 될 거라는 기대는 하지 않아요. 전 너무 못생겨서 아무도 결혼하려고 하지 않을 거예요. 외국인 선교사라면 혹시 모를까. 외국인 선교사라면 아주 까다롭지는 않을 테니까요. 하지만 언젠가는 저도 하얀 드레스를 입게 됐으면 참 좋겠어요. 그런 게 제가 생각하는 세속적인 행복의 극치예요. 제가 예쁜 옷을 정말 좋아하거든요. 그런데 전 예쁜 옷을 입어본 기억이 없어요. 물론 그래서 더 기대가 되는 거 아니겠어요? 예쁘게 차려입은 상상을 하면 되니까요. 오늘 아침에 고아원을 나설 때는 너무 창피했어요. 이 끔찍하게 낡은 원시 직물 원피스를 입어야 돼서요. 고아들은 다 이 옷을 입어야 해요. 작년 겨울에 홉턴에서 장사하는 분이 원시 옷감을 300야드나 고아원에 기부했거든요. 어떤 사람들은 도저히 팔 수가 없어서 준 거라고도 하지만, 전 친절한 마음에서 우러나서 준 거라고 믿을래요. 그게 낫지 않겠어요? 기차에 타고 나서는 다들 저를 쳐다보는 것만 같고 불쌍하게 생각하는 것 같은 기분이었어요. 하지만 바로 상상을 시작했죠. 세상에서 제일 예쁜 옅은 파란색 실크 원피스를 입고 있다고 말이에요. 이왕이면 뭔가 좋은 걸 상상하는 게 낫잖아요? 거기다 꽃무늬가 가득한 커다란 모자에는 깃털 장식이 하늘거리고, 금시계와 염소 가죽으로 만든 장갑에 신발까지 완벽하게요. 그랬더니 바로 기운이 나길래 여행을 마음껏 즐겼죠. 오면서 배도 탔는데 뱃멀미는 안 했어요. 스펜서 아주머니도 괜찮았어요. 평소에는 멀미를 하신댔는데. 아주머니 말씀으로는 제가 물에 빠지지 않나 지켜보느라 멀미할 틈도 없었대요. 저처럼 여기저기 쑤시고 돌아다니는 애는 처음 봤다고 하시더라고요. 하지만 덕분에 뱃멀미를 안 했으니 제가 돌아다닌 게 다행한 일 아닌가요? 전 배에서 보이는 건 뭐든지 봐두고 싶었거든요. 언제 또 이런 기회가 있을지 모르니까요. 우와, 벚꽃이 활짝 핀 벚나무들이 더 많아졌어요! 이 섬은 꽃들의 천국이네요. 벌써 여기가 좋아졌어요. 이런 곳에 살게 되다니 너무 기뻐요. 프린스 에드워드 섬이 세상에서 제일 예쁜 곳이라는 얘기는 많이 들었어요. 그래서 여기서 사는 상상도 했었죠. 그런데 정말로 살게 될 거라는 생각은 못했어요. 상상이 진짜 이루어지는 건 기분 좋은 일이잖아요? 그런데 저 빨간 길은 좀 이상해요. 샬럿타운에서 기차를 탔는데 저 빨간 길을 휙 지나가더라고요. 스펜서 아주머니에게 왜 길이 빨강색인지 물어봤지만 아주머니는 모르겠다면서 제발 질문 좀 그만하라고 하셨어요. 이미 질문을 천 개쯤 했을 거라고요. 제 생각에도 그쯤 했던 것 같아요. 하지만 질문을 하지 않으면 세상일을 어떻게 알 수 있겠어요? 그래서 말인데요, 이 길은 왜 빨간 거예요?"

"글쎄 뭐, 잘 모르겠구나." 매튜가 대답했다.

"음…… 이것도 언젠가 알아봐야겠어요. 알아봐야 할 일이 잔뜩 있다니, 정말 멋지지 않아요? 그런 생각을 하면 살아 있어서 기쁘다는 생각이 들어요. 이렇게 재미있는 세상에서 사니까요. 모든 것을 다 알고 있으면 지금보다 한 반쯤만 재미있지 않겠어요? 그러면 상상의 여지도 없어지고요. 그렇죠? 그런데 제가 말을 너무 많이 하나요? 사람들은 항상 제가 말을 너무 많이 한대요. 말 그만할까요? 아저씨가 하지 말라고 하시면 안 할게요. 마음만 먹으면 말 안 할 수 있어요. 힘들긴 하지만요."

매튜는 본인도 놀랐지만, 즐거운 기분이었다. 말이 없는 사람들 대부분이 그렇듯, 매튜 역시 말이 많은 사람을 좋아했다. 그런 사람은 스스로 신나서 말을 하느라 매튜 쪽에서도 어느 정도 말을 해줄 것을 바라지 않았다. 하지만 어린 여자아이와 어울리는 게 즐거울 거라고는 생각지도 못했다. 여자들만 해도 진심으로 불편한데, 어린 여자아이들은 더했다. 매튜는 여자아이들이 겁을 먹고 슬금슬금 자신의 옆을 지나가는 것이 진저리나게 싫었다. 마치 아이들이 용기 내어 한 마디라도 하면 그가 한 입에 잡아먹기라도 할 것처럼 조심스레 지나가며 곁눈질로 힐끔힐끔 쳐다보는 것이 싫었던 것이다. 교육을 잘 받고 자란 에이번리의 어린 여자아이들은 다 그랬다. 하지만 이 요상한 주근깨투성이 아이는 전혀 달랐다. 매튜는 머리 회전이 느려서 재빠르게 옮겨 다니는 이 아이의 정신세계를 따라잡기가 좀 힘들긴 하지만, 아이가 재잘거리는 것이 좋다는 생각이 들었다. 그래서 평소처럼 쑥스러워 하면서 말했다. "아냐, 말하고 싶은 만큼 해라. 난 괜찮다."

"어머, 감사해요. 아저씨하고는 잘 지내게 될 줄 알았어요. 말하고 싶은 때 말해도 된다니 얼마나 다행인지 몰라요. 아이들은 어른들 눈에 띄는 곳에서 입 다물고 얌전히 있어야 한다고 하지 않으셔서 다행이에요. 제가 한 번 입을 열면 그런 말을 백만 번은 듣거든요. 그리고 사람들은 제가 너무 어마어마한 표현을 쓴다고 놀려요. 하지만 어마어마한 생각이 있으면 표현도 어마어마하게 해야 하지 않겠어요?"

"그래, 그런 것 같구나." 매튜가 대답했다.

"스펜서 아주머니는 제 혀가 중간에 동동 떠 있을 거래요. 하지만 아니에요. 제 혀는 목에 단단히 달려 있는걸요. 아주머니가 그러는데 아저씨네 집을 '초록지붕 집'이라고 부른다면서요? 아주머니에게 이것저것 물어봤어요. 나무로 온통 둘러싸인 곳이라고 하시더라고요. 전 엄청나게 기뻤어요. 나무를 아주 좋아하는데 고아원에는 나무가 없었거든요. 건물 앞에 앙상하고 작달막한 게 몇 그루 있긴 했어요. 하얗게 칠한 나지막한 우리 같은 걸 둘러친 곳에요. 그 나무들도 꼭 고아 같았어요. 그래서 그 나무들을 보면 울어버리고 싶었다니까요. 나무들에게 이렇게 말해줬죠. '아아, 불쌍한 꼬마야! 네가 만약 커다랗고 울창한 숲에 있다면, 주변에 다른 나무들도 많고 발치에는 이끼와 준벨 꽃이 자라고 가까이에 시내도 흐르고 가지에는 새들이 앉아 지저귀는 그런 곳에 있다면 너도 잘 자랄 수 있겠지? 하지만 여기서는 잘 자랄 수가 없지. 네 기분이 어떤지 나도 잘 안단다, 꼬마 나무야.' 오늘 아침에 개네들을 두고 떠나자니 미안한 느낌이 들더라고요. 아저씨도 그런 식으로 뭔가에 애착을 느껴본 적 있으실 거 아니에요. 초록지붕 집 근처에는 시냇물도 있어요? 스펜서 아주머니에게 깜빡하고 못 물어봤어요."

"글쎄 뭐, 그래, 집 바로 아래쪽에 있다."

"멋져요. 시냇가에 살아보는 게 항상 꿈이었는데. 정말 그렇게 될 줄은 몰랐어요. 꿈이 이루어지는 게 흔한 일은 아니잖아요? 꿈이 이루어지면 좋지 않겠어요? 하지만 전 지금 좋은 정도가 아니라 거의 완벽에 가깝게 행복해요. 정확히 완벽하게 행복할 수는 없어요. 왜냐하면…… 그게…… 이 색깔은 무슨 색 같아요?"

아이는 길게 땋아 내린 매끄러운 머리카락을 여윈 어깨에서 들어 올려 매튜의 눈앞에 내밀었다. 매튜가 여성의 머리색을 판단하는 데 익숙하지 않기는 했지만, 이 경우에는 고민의 여지가 별로 없었다.

"빨강색 아니냐?" 매튜가 말했다.

아이는 머리를 다시 뒤로 넘기며 한숨을 쉬었는데, 마치 발

끝에서부터 끌어올린 듯한, 그리고 몇 세대에 걸쳐 쌓인 모든 슬픔을 전부 밀어내는 듯한 한숨이었다.

"네, 빨강색이죠." 아이는 단념한 목소리였다. "이제 왜 제가 완벽하게 행복할 수 없는지 아시겠죠? 빨강 머리를 가진 사람이 어떻게 완벽하게 행복할 수 있겠어요. 전 다른 것은 별로 신경 쓰지 않아요. 주근깨라든가 초록색 눈, 빼빼 마른 것도요. 상상으로 물리칠 수 있으니까요. 안색은 아름다운 장미꽃 잎 같고, 눈은 예쁘게 반짝거리는 보라색이라고 상상하면 되죠. 그런데 빨강 머리만큼은 상상이 안 돼요. 최선을 다해도요. 혼잣말을 해봐요. '내 머리카락은 이제 황홀한 까만색이다, 까마귀 날개처럼 까만색이다'라고요. 하지만 그냥 평범한 빨강색이라는 것을 항상 알고 있으니 마음이 찢어지는 것 같아요. 그게 죽을 때까지 저를 따라다닐 슬픔이에요. 죽을 때까지 슬픔에 잠겨 살았던 여자에 대한 소설책을 읽었는데, 그 여자도 빨강 머리는 아니었어요. 그 여자 머리카락은 도자기 같은 이마에서 물결치듯 내려오는 아름다운 금발이었다고요. 그런데 도자기 같은 이마란 어떤 거예요? 알아볼 데가 없었어요. 아저씨는 아세요?"

"글쎄 뭐, 모르겠구나." 매튜는 약간 어지러운 느낌이 들기 시작했다. 철모르는 어린 시절 피크닉에서 어떤 남자아이의 꼬임에 넘어가 회전목마를 탔을 때의 느낌이 딱 이랬다.

"뭐, 그게 무슨 뜻이 됐든 틀림없이 뭔가 좋은 것일 거예요. 소설 속 여자는 더할 나위 없이 아름다웠으니까요. 더할 나위 없이 아름다운 건 어떤 느낌일지 상상해본 적 있으세요?"

"글쎄 뭐, 상상 안 해봤다." 매튜는 솔직하게 말했다.

"전 그런 상상 자주 해요. 그럼 아저씨가 선택할 수 있다면 어떤 게 낫겠어요? 더할 나위 없이 아름다운 거랑 눈부실 정도로 똑똑한 거랑 천사 같이 선한 것 중에서 고를 수 있다면요?"

"글쎄 뭐…… 잘 모르겠구나."

"저도 그래요. 결정 못하겠어요. 하지만 제가 그렇게 될 가능성은 없으니까 실제로 크게 달라질 건 없어요. 최소한 제가 천사처럼 선해지지는 못할 거라는 건 확실해요. 스펜서 아주머니 말로는…… 어머나, 아저씨! 우와!! 우와아!!!"

스펜서 부인이 이렇게 말했던 것은 아니었다. 아이가 마차에서 떨어진 것도 아니고 매튜가 놀라게 한 것도 아니었다. 마차가 커브길을 돌아 진입로가 보이기 시작했을 뿐이다.

뉴브리지 사람들이 '진입로'라고 부르는 이곳은 400~500야드(약 350~450미터. - 옮긴이) 정도 뻗어 있는 길이었다. 오래전에 취향 독특한 농부들이 사과나무를 잔뜩 심어놓아, 커다랗고 넓게 퍼진 사과나무 가지들이 길 위로 완벽한 아치 모양을 이루고 있었다. 머리 위로 기다란 지붕이라도 얹은 듯, 뻗어 있는 가지마다 눈처럼 하얗고 향기로운 꽃들이 잔뜩 피어 있었다. 나뭇가지 아래로는 보랏빛 황혼이 가득 내려앉았고, 저 멀리 언뜻 보이는 그림 같은 해 질 녘의 하늘은 대성당의 긴 통로 끝에 보이는 커다란 장밋빛 창문 같았다. 그 아름다움에 놀라 아이의 말문이 막힌 듯했다. 아이는 마차 안에서 상체를 뒤로 젖히고 야윈 손을 앞으로 모아 쥐고 기쁨에 들뜬 얼굴을 들어 머리 위 새하얗고 황홀한 풍경을 바라보았다. 그 길을 다 지나고 뉴브리지로 이어지는 긴 비탈길을 내려가는 동안에도 아이는 그 자세 그대로 움직이지 않았고 말도 없었다. 아이는 아까부터 계속 넋이 나간 얼굴로 저 멀리 해 지는 서쪽에서 눈을 떼지 않고, 새빨갛게 타오르는 노을 너머로 장엄하게 밀려드는 풍경을 바라보았다. 뉴브리지는 활기가 넘치는 작은 마을로, 두 사람이 탄 마차가 이르자 개들이 짖고 꼬마들이 놀리고 집집마다 호기심 어린 주민들이 창문 너머로 힐끔거렸다. 하지만 두 사람은 여전히 한 마디도 하지 않고 앞으로 달려갔다. 마을을 지나쳐 3마일쯤 더 가서도 아이는 입을 열지 않았다. 아이는 분명, 말할 때만큼이나 열정적으로 말을 하지 않을 수도 있는 모양이었다.

"아주 피곤하고 배도 고프겠구나." 매튜가 마침내 용기를 내어 한 마디 했다. 아이가 왜 오랫동안 말을 하지 않고 있는지, 이유라고는 이것밖에 생각해낼 수 없었다. "하지만 이제 거의 다 왔어. 1마일만 더 가면 된다."

아이는 깊은 한숨을 쉬며 공상에서 빠져나왔다. 저 멀리 별이 인도하는 대로 떠돌아다니던 아이는 아직도 꿈꾸는 듯한 눈길로 매튜를 바라보았다.

"아, 커스버트 아저씨." 아이가 속삭이는 목소리로 말했다. "우리가 지나온 곳이요, 새하얀 곳, 거기는 뭐예요?"

"글쎄다, 진입로를 말하는 모양이로구나." 매튜는 잠시 심오한 성찰을 해본 끝에 이렇게 말했다. "좀 예쁜 곳이기는 하지."

"예쁘다고요? 아이 참, '예쁘다'는 건 정확한 표현이 아닌 것 같아요. '아름답다'도 안 돼요. 그런 말로는 한참 부족해요. 아, 거긴 놀랄 만큼 멋진 곳이었어요. 상상으로 더 낫게 만들 필요가 없는 곳은 거기가 처음이에요. 만족스러운 느낌이 여기 가득 차올라요." 아이는 한 손을 가슴에 갖다댔다. "이상하고 묘한 아픔도 생겼고요. 하지만 기분 좋은 아픔이었어요. 그런 아픔을 느껴본 적 있으세요, 커스버트 아저씨?"

"글쎄 뭐, 기억이 안 나는구나."

"저는 수도 없이 느껴요. 황홀할 정도로 아름다운 것을 볼 때마다요. 하지만 그렇게 사랑스러운 곳을 '진입로'라고 부르면 안 돼요. 그런 이름은 아무 의미가 없잖아요. 그런 곳은 다르게 불러야죠. 음…… 예를 들면 '환희의 하얀 길' 같은 이름으로요. 상상력을 불러일으키는 이름 아니에요? 어떤 장소나 사람 이름이 마음에 안 들면 저는 항상 새 이름을 상상해내서 항상 그 이름으로 떠올려요. 고아원에 헵시바 젠킨스라는 이름의 여자아이가 있었는데, 전 늘 그 아이를 로잘리아 드비어라는 이름이라고 상상했어요. 다른 사람들은 그곳을 '진입로'라고 부르는지 모르겠지만 전 항상 '환희의 하얀 길'이라고 부를래요. 정말 1마일만 더 가면 집이에요? 기뻐요. 아쉽기도 하고요. 아쉬운 건 이렇게 달리는 게 아주 즐거웠기 때문에 그래요. 전 항상 즐거운 일이 끝날 때는 아쉽더라고요. 나중에 더 즐거운 일이 있을지도 모르지만, 장담할 수 없는 거잖아요. 그리고 더 즐겁지는 않은 경우가 많고요. 어쨌든 제 경험은 그랬어요. 하지만 집에 다 왔다고 생각하니 기뻐요. 그게, 진짜 우리 집을 가져본 적이 없거든요. 제가 기억하는 한은요. 진짜 정말 우리 집에 간다고 생각하니 또 기분 좋은 아픔이 느껴져요. 아아, 너무 좋아요!"

마차는 언덕배기를 지나고 있었다. 그 아래쪽으로는 호수가 있었는데, 굉장히 길고 구불구불해서 강처럼 보였다. 중간쯤 다리가 놓여 있었고, 거기부터 아래쪽 끝까지는 호박색 모래 언덕이 띠처럼 이어져 그 너머 검푸른 바닷물을 막고 있었다. 호숫물은 갖가지 색으로 바뀌며 아름다웠다. 크로커스의 샛노랑과 장밋빛, 그리고 오묘한 초록빛이 도저히 이름을 붙일 수 없는 다른 요상한 빛깔들과 함께 영롱하게 어우러져 있었다. 다리를 기준으로 호수 위쪽은 전나무와 단풍나무 숲 속까지 이어져서, 나무들의 너울거리는 그림자 속으로 아주 어둡고 맑은 호숫물이 일렁거렸다. 호숫가 여기저기로 서양자두나무가 고개를 내밀고 있어, 마치 하얀 옷을 입은 여자아이가 물에 비친 자기 그림자를 향해 살금살금 걸어오는 것만 같았다. 호수 위쪽 습지에 사는 개구리들의 합창이 청명하고 슬프도록 달콤하게 들려왔다. 자그마한 회색 집이 건너편 산비탈의 새하얀 사과나무 과수원을 바라보고 있었다. 아직 그리 어두워지지는 않았지만 그 집 창문 하나에 등불을 켜놓은 것이 보였다.

"저건 배리 호수란다." 매튜가 말했다.

"에이, 그 이름도 마음에 안 드네요. 뭐라고 하는 게 좋을까…… '반짝이는 물빛 호수'라고 부를래요. 그래요, 그게 정확한 이름이에요. 찌르르 전율이 와서 알아요. 정확하게 딱 떨어지는 이름을 생각해내면 전율이 느껴지거든요. 아저씨도 무슨 일을 하면 전율이 느껴져요?"

매튜는 곰곰이 생각해보았다.

"글쎄 뭐, 그렇긴 하구나. 오이밭을 일굴 때 못생긴 허연 유충들을 보면 늘 전율이 느껴지기는 한다만. 난 벌레를 보는 게 싫거든."

"어, 그건 제가 말한 것과 똑같은 전율은 아닌 것 같네요. 그렇게 생각하지 않으세요? 벌레하고 반짝이는 물빛 호수는 별 관련이 없는 것 같지 않아요? 그런데 왜 '배리 호수'라고 부르는 거예요?"

"내 생각엔 배리라는 사람이 저 집에 살기 때문인 것 같구나. '산비탈 과수원 집'이 저 집 이름이고. 뒤돌아봐서 저 숲이 보이지 않을 때쯤이면 초록지붕 집이 보일 게다. 하지만 다리도 건너야 하고 둥그렇게 돌아가야 하니까 반 마일쯤은 더 가야 해."

"배리 아저씨네 집에는 어린 여자아이가 있어요? 아, 너무 어리지는 않고 저 정도 되는 아이요."

"열한 살쯤 되는 아이가 하나 있지. 이름은 다이애나고."

"어머나!" 아이는 놀란 듯 숨을 들이켰다. "정말 완벽하게 예쁜 이름이네요!"

"글쎄 뭐, 난 모르겠다. 내가 느끼기엔 지독하게 이교도 느낌이다만(다이애나는 로마 신화에 나오는 달의 여신 이름이어서, 기독교인인 매튜가 거부감을 느끼는 것이다.- 옮긴이). 나라면 제인이나 메리, 뭐 그런 얌전한 이름이 낫겠구나. 다이애나가 태어났을 때 그 집에 학교 선생님이 하숙을 하고 있었는데 그 선생님에게 아이 이름을 지어달랬더니 그분이 다이애나라는 이름을 지어준 거란다."

"제가 태어날 때도 주변에 그런 선생님이 있었으면 좋았을 텐데 말이에요. 어머, 다리까지 왔네요. 전 이제 눈을 꼭 감고 갈래요. 다리 위를 건너는 건 늘 무섭거든요. 다리 중간쯤에 이르면 다리가 잭나이프 접히듯 무너져서 우리를 깔아뭉개는 상상을 하지 않을 수가 없어요. 그래서 눈을 감는 거예요. 하지만 중간쯤 왔다 싶은 생각이 들면 늘 눈을 뜨게 돼요. 왜냐하면 말이죠, 다리가 무너진다면 그 무너지는 걸 보고 싶으니까요. 얼마나 대단하게 우르릉거리며 무너질까요! 전 늘 우르릉 소리가 요란한 그 부분이 좋더라고요. 이 세상에 좋아하는 게 이렇게 많다니, 멋지지 않아요? 다 건넜네요. 이젠 뒤를 돌아볼래요. 잘 있어, 반짝이는 물빛 호수야. 전 늘 제가 사랑하는 것들에게는 인사를 해요. 인사를 좋아하는 것 같으면 사람들에게도 하고요. 호수가 저를 향해 미소 짓고 있는 것처럼 보여요."

언덕을 더 올라가 모퉁이를 돌 때쯤 매튜가 말했다.

"이제 집에 거의 다 왔다. 초록지붕 집은 저기……."

"앗, 말해주지 마세요." 아이는 매튜가 팔을 들어 가리키려는 것을 보고 그 방향을 안 보려고 눈을 감으며 급하게 말을 가로막았다. "제가 맞춰볼게요. 틀림없이 맞출 수 있을 거예요."

아이는 눈을 뜨고 주변을 둘러보았다. 마차는 언덕배기에 올라 있었다. 해는 아까 졌지만 마을 풍경은 부드러운 저녁놀 속에 아직 또렷하게 보였다. 서쪽으로는 메리골드처럼 불그스름한 오렌지색 하늘을 배경으로 뾰족한 교회 지붕이 검은 그림자처럼 솟아올라 있었다. 아래쪽에는 작은 골짜기가 보였고, 그 너머 길고 완만하게 경사가 진 산비탈에 아담한 농장들이 흩어져 있었다. 간절함과 애절함을 담은 아이의 눈길이 이리저리 재빠르게 움직였다. 그러더니 마침내 왼쪽 저 멀리, 길에서 한참 떨어진 곳에 눈길이 머물렀다. 황혼이 내려앉은 숲에 꽃이 만발한 나무들이 어렴풋이 하얗게 보였다. 그 위로는 구름 한 점 없이 깨끗한 남서쪽 하늘에 크리스탈처럼 희고 투명한 커다란 별이 마치 이쪽으로 오라고 인도하는 것처럼, 약속하는 것처럼 빛나고 있었다.

"저기 맞죠?" 아이는 그곳을 손가락으로 가리켰다.

매튜는 즐거운 표정으로 암말의 등을 고삐로 철썩 내리쳤다.

"글쎄 뭐, 맞춘 것 같구나. 스펜서 부인이 알아볼 수 있게끔 설명해준 거겠지만."

"아니에요. 스펜서 아주머니 설명만으로는 대부분의 집들이 다 비슷해서 못 찾았을걸요. 초록지붕 집이 어떻게 생겼는지는 정말 몰랐어요. 하지만 보자마자 저기가 집이라는 느낌이 들었어요. 하아, 꼭 꿈만 같아요. 있잖아요, 제 팔은 팔꿈치 위가 온통 멍투성이에요. 꿈인가 싶어 오늘 하도 많이 꼬집어봐서 말이에요. 잠깐씩 소름끼치게 울렁거리는 느낌이 들면서 이게 모두 꿈이라면 정말 무서울 거라는 생각이 들었어요. 그럴 때면 진짜인지 확인하려고 계속 꼬집어봤어요. 그러다가 정말 꿈이라고 해도 지금 깨느니 될 수 있는 한 더 오래 꿈꾸는 게 낫지 않을까 하는 생각이 들면 꼬집는 걸 멈췄고요. 하지만 지금 보니 진짜네요. 집에 거의 다 왔고 말이에요."

아이는 황홀해하며 한숨을 쉰 후 다시 조용해졌다. 매튜는 마음이 불편했다. 세상 천지에 갈 곳 없는 이 아이가 그렇게 바라던 저 집이 결국은 자기가 있을 곳이 아니라는 사실을 알려 주어야 하는 것이 자신이 아닌 마릴라라는 사실이 다행스러울 따름이었다. 마차는 레이첼 부인네 가족이 사는 린드 골짜기를 지나쳤다. 이미 꽤 어두워지긴 했지만, 마차가 언덕길을 올라 초록지붕 집의 길게 뻗은 풀밭길로 접어드는 것을 창가의 레이첼 부인이 보지 못할 정도는 아니었다. 집에 도착할 때쯤 되자 매튜는 알 수 없는 기운이 엄습하는 느낌에 점점 위축되고 있었다. 이 착오 때문에 곤란해질 마릴라나 자신을 걱정하는 것은 아니고, 아이가 실망할까 봐 걱정되는 것이었다. 아이의 눈에서 저 황홀한 기쁨의 빛이 꺼질 것이라 생각하니, 살인에 가담하는 것처럼 불쾌한 느낌이 들었다. 어린 양이나 송아지 같이 아무 죄 없는 어린 생명체를 죽여야 했을 때 느꼈던 감정과 꽤 비슷했다.

두 사람이 집에 도착했을 때 뒤뜰은 꽤 어두웠고, 주변은 포플러 나뭇잎이 부드럽게 바스락거리는 소리로 가득했다.

"나무들이 잠꼬대하는 소리 좀 들어보세요." 매튜가 아이를 마차에서 들어 올려 땅에 내려주자 아이가 속삭였다. "엄청나게 좋은 꿈을 꾸고 있나 봐요!"

아이는 '가진 것들이 전부 다' 들어 있는 여행 가방을 꽉 틀어쥐고 매튜의 뒤를 따라 집으로 들어갔다.

3
마릴라의 놀람

 매튜가 들어서자 마릴라가 반갑게 문 쪽으로 다가왔다. 하지만 뻣뻣하고 촌스러운 옷을 입고 길게 땋아 내린 빨강 머리에 눈이 열정으로 반짝거리는 독특한 모습의 아이에게 눈길이 닿자, 마릴라는 놀라서 그 자리에 멈춰 섰다.

 "매튜 커스버트, 애는 누구예요?" 마릴라의 목소리가 높아졌다.

 "남자아이는 어디 있어요?"

 "남자아이는 없었어." 매튜가 기어들어가는 목소리로 말했다. "얘밖에 없더라고." 매튜가 고갯짓으로 아이를 가리켰다. 그제야 아이의 이름도 물어보지 않았다는 생각이 들었다.

"남자아이가 없다뇨! 틀림없이 있었을 거예요." 마릴라가 고집스럽게 말했다. "스펜서 부인에게 남자아이를 데려와달라는 부탁을 했잖아요."

"어…… 그런데 부인이 남자아이를 안 데려왔어. 얘를 데려왔지. 역장한테 확인했어. 그래서 얘를 집으로 데려온 거야. 어디서 뭐가 잘못되었는지 모르겠지만 하여튼, 얘를 거기 두고 올 수는 없었어."

"일 참 잘도 돌아가네요!" 마릴라가 소리쳤다.

두 사람의 말이 오가는 동안 아이는 잠자코 있었다. 그저 매튜와 마릴라를 번갈아 쳐다볼 뿐이었다. 그러는 동안 아이의 얼굴에서 생기가 다 사라져버렸다. 그러다 한순간에 아이는 두 사람의 대화가 무엇을 의미하는지 전부 깨달은 듯했다. 아이는 소중한 여행 가방을 떨어뜨리고 불쑥 한 걸음 앞으로 나와 두 손을 모아 쥐었다.

"제가 싫으신 거죠!" 아이는 울면서 외쳤다. "남자아이가 아니라서 싫은 거예요! 이미 이런 일을 예감했는지도 모르겠어요. 이제까지 절 데려가려는 사람은 아무도 없었으니까요. 이렇게 멋진 일이 오래 계속되지는 못할 거라는 걸 알고 있었는데. 진짜로 절 데려가려는 사람은 없을 거라는 걸 알고 있었는데. 전 이제 어떻게 해야 하죠? 울음이 터질 것만 같아요!"

아이의 눈에서 눈물이 왈칵 쏟아졌다. 아이는 식탁 의자에 주저앉아 식탁에 두 팔을 털썩 올려놓더니 얼굴을 파묻고 꺼이꺼이 울기 시작했다. 마릴라와 매튜는 난로를 사이에 두고 서로 비난하는 듯한 눈길을 주고받았다. 둘 다 어쩔 줄 몰랐다. 마침내 마릴라가 이 상황을 어떻게 해보겠다고 어설프게 나섰다.

"자, 자, 그렇게 울 필요 없다."

"필요 없다뇨, 울어야죠!" 아이는 고개를 번쩍 들었다. 얼굴은 눈물범벅이었고 입술은 떨리고 있었다. "아주머니라도 울었을걸요. 만약 아주머니가 고아인데 우리 집이 될 줄 알았던 곳에 와보니 그 집에서는 남자아이가 아니라서 싫다고 한다면 울지 않았겠어요? 아아, 이렇게 엄청난 비극이 나에게 일어나다니!"

마릴라의 얼굴에 머뭇머뭇, 하도 오래 쓰지 않아서 좀 서투르지만 미소 비슷한 것이 떠올라 우울한 표정이 조금 부드러워졌다.

"자, 그만 울어라. 오늘 밤에 당장 널 내보내기야 하겠니. 우리가 어떻게 된 일인지 알아볼 때까지 너는 여기 머물러야지. 이름이 뭐냐?"

아이는 잠깐 망설였다.

"코딜리아라고 불러주시면 안 될까요?" 아이가 간절한 목소리로 말했다.

"코딜리아라고 불러달라고? 그게 네 이름이냐?"

"아뇨…… 정확히 말해서 제 이름은 아니지만 코딜리아라고 불리는 게 좋아서요. 정말 완벽하게 우아한 이름이잖아요."

"도대체 무슨 말을 하는지 모르겠구나. 코딜리아가 네 이름이 아니라면 대체 네 이름은 뭐니?"

"앤 셜리예요." 이름 주인이 머뭇머뭇 불안정한 목소리로 대답했다. "하지만 제발, 제발 코딜리아라고 불러주세요. 어차피 여기 잠깐만 있게 될 거라면 저를 뭐라고 부르든 크게 중요하지 않잖아요? 네? 앤은 너무 낭만적이지 못한 이름이란 말이에요."

"낭만적이라니, 나 참!" 마릴라는 공감해주지 않았다. "앤이야말로 소박하고 얌전한 아주 좋은 이름이구나. 부끄러워할 이름이 아니야."

"그 이름이 부끄러운 건 아니에요." 앤이 설명했다. "그냥 코딜리아가 더 좋은 것뿐이에요. 전 항상 제 이름이 코딜리아라고 상상했거든요. 평생은 아니지만 최소한 최근 몇 년은 그랬어요. 어렸을 때는 제럴딘이라고 상상했었는데, 지금은 코딜리아가 더 좋아요. 하지만 앤이라고 부르실 거면 끝에 알파벳 'e'를 꼭 넣어서 불러주세요."

"끝에 e를 붙이면 뭐가 달라지는데?" 마릴라는 찻주전자를 집어 들며 또 한 번 서투른 미소를 지었다.

"어머, 엄청나게 달라지죠. 훨씬 근사하게 보이잖아요. 이름 부르는 소리를 귀로 들으면 항상 마음속에 그 이름이 보이지 않으세요? 인쇄한 것처럼요. 전 보이거든요. 끝에 e가 없는 앤(Ann)은 끔찍해 보이지만, 끝에 e가 붙은 앤(Anne)은 훨씬 기품 있어 보여요. 저를 끝에 e가 붙은 앤으로 불러주신다면 저도 코딜리아라고 불리지 못하는 것에 대해 받아들이도록 노력해 볼게요."

"그래, 좋다. 그럼 끝에 e가 붙은 앤, 어쩌다 이런 착오가 생긴 건지 말해줄 수 있겠니? 우린 스펜서 부인에게 남자아이를 한 명 보내달라고 부탁했단다. 고아원에 남자아이가 하나도 없었니?"

"아뇨, 남자아이들은 엄청 많았어요. 하지만 스펜서 아주머니는 분명히 두 분이 열한 살 정도 되는 여자아이를 바란다고 했어요. 그래서 원장님이 그러면 제가 좋겠다고 하셨던 거고요. 제가 얼마나 좋아했는지 모르실 거예요. 어젯밤에 기뻐서 잠을 한숨도 못잘 정도였어요." 아이는 원망스러운 말투로 매튜를 향해 말했다. "기차역에서 만났을 때 저를 바랐던 게 아니라고 알려주시고 거기 놔두시지, 왜 데려오셨어요? 환희의 하얀 길도, 반짝이는 물빛 호수도 보지 않았더라면 이렇게 힘들지는 않았을 거 아니에요."

"저게 대체 무슨 소리예요?" 마릴라가 매튜를 빤히 쳐다보며 물었다.

"이리 오는 길에 나눴던 얘기야." 매튜는 허둥지둥 대답했다. "난 말을 우리에 집어넣고 올게, 마릴라. 그동안 저녁 준비 좀 해줘."

"스펜서 부인이 너 말고 누구 데려온 아이가 있었니?" 매튜가 나간 후 마릴라는 질문을 계속했다.

"아주머니는 릴리 존스를 데려가셨어요. 릴리는 다섯 살밖에 안 된 아주 예쁜 아이예요. 머리도 밤색이고요. 제가 아주 예쁘고 머리도 밤색이었다면 아주머닌 저를 데리고 있기로 하셨을까요?"

"아니. 우린 농장에서 매튜를 도와줄 남자아이가 필요한 거야. 여자아이는 우리하고 있어봐야 소용이 없어. 모자 벗으려무나. 가방하고 같이 현관 테이블 위에 놓아두자."

앤은 순순히 모자를 벗었다. 얼마 지나지 않아 매튜가 돌아왔고, 셋은 저녁 식탁에 둘러앉았다. 하지만 앤은 먹을 수가 없었다. 버터 바른 빵도 조금 깨물어보고, 식사 접시 옆에 놓인, 가장자리가 물결치듯 올록볼록한 유리 접시에 담긴 꽃사과 설탕절임도 조금 찍어 먹어봤지만 헛일이었다. 앤 앞에 놓인 음식은 줄어들 줄 몰랐다.

"통 안 먹는구나." 마릴라가 앤을 보며 마치 심각한 결점이라도 되는 듯 엄한 목소리로 말했다.

앤은 한숨을 쉬었다.

"먹을 수가 없어요. 절망의 심연에 빠져 있거든요. 절망의 심연에 빠져 있는데 어떻게 음식이 넘어가겠어요?"

"난 절망의 심연에 안 빠져봐서 모르겠구나." 마릴라가 대답했다.

"그러세요? 음, 그럼 절망의 심연에 빠져 있다는 상상은 해보셨어요?"

"아니, 안 해봤다."

"그럼 그게 어떤 건지 이해 못하시겠네요. 엄청나게 좋지 않은 느낌이에요. 한 입 먹으려 들면 그게 목구멍에 딱 걸려서 넘어가지 않아요. 심지어 초콜릿 캐러멜이라 해도 말이에요. 2년 전에 한번 초콜릿 캐러멜을 먹어봤는데 정말 맛있더라고요. 그 후로 초콜릿 캐러멜을 잔뜩 먹는 꿈을 자주 꿨어요. 항상 막 먹으려고 할 때 깨긴 했지만요. 제가 먹지 못해도 기분 나빠하지 않으셨으면 좋겠어요. 음식은 다 정말 맛있는데, 넘어가지가 않아요."

"피곤할 거야." 마구간에 다녀온 후로 말이 없던 매튜가 입을 열었다. "자게 해주는 게 좋겠어, 마릴라."

마릴라는 앤을 어디서 자게 해야 할지 고민이 되던 참이었다. 예상대로 남자아이가 왔다면 부엌방 소파에서 재울 생각이었다. 하지만 부엌방이 깔끔하고 깨끗하긴 해도, 어찌 됐건 여자아이를 그곳에 재우는 것은 바람직하지 않은 듯했다. 그렇다고 이렇게 오갈 데 없는 아이를 손님방에 묵게 할 생각은 없었다. 그렇다면 남은 것은 동쪽 지붕 밑 방밖에 없었다. 마릴라는 촛불을 켜 들고 앤에게 따라오라고 했다. 앤은 힘없이 일어나 따라가다가, 현관 테이블을 지나면서 모자와 여행 가방을 챙겨 들었다. 현관은 엄청나게 깨끗했다. 그리고 자그마한 지붕 밑 방에 가보니 이곳은 현관보다 훨씬 더 깨끗한 것 같았다.

마릴라는 다리가 셋 달린 삼각 테이블 위에 촛불을 올려놓고 이불을 젖혀주었다.

"잠옷은 있겠지?" 마릴라가 물었다.

앤은 고개를 끄덕였다.

"네, 두 벌 있어요. 고아원 원장님이 만들어주셨어요. 무시무시하게 꽉 끼는 잠옷이에요. 고아원에서는 뭐든 풍족하게 주어지는 것이 없어서 옷이든 음식이든 늘 빈약해요. 적어도 제가 있던 곳처럼 가난한 고아원에서는 그래요. 꽉 끼는 잠옷은 정말 싫어요. 하지만 목에 프릴이 달려 있고 아름다운 옷자락이 길게 끌리는 잠옷을 입고 있다고 상상하면 돼요. 그러면 마음에 위로가 되죠."

"자, 얼른 옷을 벗고 침대에 들어가거라. 난 좀 있다가 촛불을 끄러 다시 올 거야. 네가 알아서 끄고 잘 수 있을 거란 생각이 안 드는구나. 불이나 내기 십상이지."

마릴라가 나가자 앤은 슬픈 눈으로 주위를 둘러보았다. 하얇게 칠한 벽은 지독할 정도로 휑했고, 그런 벽을 보고 있자니 앤은 벽들이 너무 헐벗어 자신들도 괴로울 거라는 생각이 들었다. 바닥 역시 휑하기는 마찬가지였다. 앤이 일찍이 본 적 없는 둥글게 짠 매트가 중앙에 깔려 있는 것이 전부였다. 한쪽 구석에는 침대가 놓여 있었다. 높은 구식 침대로, 네 귀퉁이에는 거무스름한 낮은 기둥이 달려 있었다. 다른 쪽 구석에는 아까 말한 삼각형 테이블이 있었다. 장식으로 두툼한 빨강색 벨벳 핀꽂이 쿠션이 있었는데, 아주 날카로운 핀이라 해도 끝이 휘어버릴 만큼 충분히 뻑뻑했다. 그 위로는 가로 6인치, 세로 8인치의 작은 거울이 걸려 있었다. 테이블과 침대 사이로는 창문이 나 있었고 차가운 느낌의 흰색 모슬린 주름 커튼이 달려 있었다. 반대쪽에는 침실용 세면대가 있었다. 방 전체가 어찌나 엄격한 느낌인지 말로는 표현하기 힘들지만, 앤은 뼛속까지 떨릴 지경이었다. 앤은 훌쩍이면서 서둘러 옷을 벗고 꽉 끼는 잠옷으로 갈아입은 뒤, 침대에 뛰어들어 얼굴을 베개에 파묻고 이불을 머리끝까지 덮어썼다. 마릴라가 촛불을 끄러 왔을 때 바닥에는 종류도 다양한 꽉 끼는 옷들이 지저분하게 널려 있었고, 침대 위로 거칠게 솟아오른 이불 모양만이 앤이 그 방에 있다는 것을 나타내고 있었다.

마릴라는 앤의 옷을 찬찬히 집어 들어 단정한 노란색 의자에 깔끔하게 올려놓은 뒤 촛불을 집어 들고 침대 쪽으로 다가

갔다.

"잘 자라." 목소리는 조금 어색했지만 매정한 말투는 아니었다.

앤의 창백한 얼굴과 커다란 두 눈이 이불 위로 나타났다. 깜짝 놀랄 만큼 슬픈 모습이었다.

"제 인생에서 가장 최악의 밤이라는 걸 아시면서 어떻게 '잘 자라'고 하실 수가 있어요?" 앤이 원망스러운 듯 말했다.

그러더니 다시 이불 속으로 숨어버렸다.

마릴라는 천천히 부엌으로 내려와서 설거지를 하기 시작했다. 매튜는 담배를 피우고 있었다. 매우 심란하다는 확실한 증거였다. 매튜는 담배를 피우는 일이 드물었다. 마릴라가 고약한 습관이라며 단호하게 반대했기 때문이다. 하지만 어떤 시기에는 몹시 피우고 싶어 했고, 이때는 마릴라도 눈감아주었다. 사람이라면 누구나 감정을 분출할 곳이 있어야 한다는 것을 알고 있기 때문이었다.

"이거 참 난처하게 됐네요." 마릴라가 화난 목소리로 말했다. "우리가 직접 가서 얘기하지 않고 말을 전해서 이렇게 된 거예요. 스펜서 씨 가족이 메시지를 잘못 전달한 거라고요. 우리 둘 중 하나가 내일 스펜서 부인을 찾아가야 한다는 건 확실해요. 저 애는 고아원으로 돌려보내야 하고요."

"그래, 그런 것 같기도 해." 매튜가 머뭇거리며 말했다.

"뭐가 '그런 것 같기도 해'예요! 내 말이 틀려요?"

"글쎄 뭐, 저 앤 정말 좋은 아이잖아, 마릴라. 여기서 지내게 될 줄로 철석같이 믿고 있었는데 돌려보내자니 좀 불쌍해."

"매튜 커스버트, 설마 우리가 그 아일 데리고 있어야 한다고 생각한다는 말은 아니겠죠!"

매튜가 머릿속에 떠오른 대로 아이를 감싸는 말을 했더라면 마릴라는 너무 놀라서 펄쩍 뛰었을 것이다.

"글쎄 뭐, 아니, 아닐 수도 있지 않나, 꼭 그렇다는 건 아니고." 매튜는 정곡을 찔려 구석에 몰린 불편한 마음에 횡설수설했다. "내 생각은…… 우리가 그 아이를 데리고 있기는 힘들겠지?"

"안 될 말이라 생각해요. 그 아이가 우리에게 무슨 도움이 되겠어요?"

"우리가 그 아이에게 도움이 될 수는 있잖아." 매튜가 갑자기 뜻밖의 말을 했다.

"매튜 커스버트, 아무래도 그 아이가 혼을 빼놓았나 보네요! 오빠가 그 아이를 데리고 있고 싶어 한다는 것만큼은 아주 똑똑히 알겠어요."

"글쎄 뭐, 정말 재미있는 아이라니까." 매튜는 고집스러웠다. "기차역에서 집까지 오면서 그 아이가 무슨 말을 했는지 너도 들었어야 했는데."

"어휴, 말은 참 빨리도 하죠. 그건 단번에 알았네요. 하지만 좋은 점도 아니잖아요. 난 말 많은 아이를 좋아하지 않아요. 고아 여자아이를 바라지도 않고요. 바라더라도 그 아이는 내가 좋아하는 유형의 아이가 아니에요. 그 아이에게는 내가 이해할 수 없는 면이 있어요. 안 돼요, 그 아이는 왔던 곳으로 바로 돌려보내야 해요."

"내 일손을 돕는 건 프랑스 남자아이를 하나 쓰면 돼." 매튜가 말했다. "그 아이는 너와 함께 지내고 말이야."

"난 누가 같이 있으면 번잡스러워요." 마릴라는 무뚝뚝하게 말했다. "그 아이를 데리고 있지도 않을 거고요."

"글쎄 뭐, 네가 그렇다면야 물론 뭐 그래야지, 마릴라." 매튜는 일어나서 파이프를 도로 갖다두었다. "난 그만 잘까 봐."

매튜는 자기 방으로 향했다. 그리고 마릴라도, 설거지한 식기를 다 치우고 나서, 단단히 결심한 듯 얼굴을 찌푸리며 잠자리에 들었다. 그리고 위층 동쪽 지붕 밑 방에서는 외롭고 사랑에 굶주린 의지할 곳 없는 아이 하나가 울다 지쳐 잠이 들었다.

4
초록지붕 집의 아침

앤이 잠에서 깨어 침대에 일어나 앉았을 때는 해가 이미 중천에 떠 있었다. 어리둥절한 눈으로 창문을 바라보니 밝은 햇살이 쏟아져 들어오고 있었고, 창밖으로 언뜻 보인 파란 하늘에는 하얀 깃털 같은 구름이 나부끼고 있었다.

잠깐 동안 앤은 여기가 어딘가 싶었다. 그래서 처음에는 아주 기분 좋은 설렘이 느껴졌다. 그러나 다음 순간, 끔찍한 기억이 떠올랐다. 여기는 초록지붕 집이고, 이곳 사람들은 남자아이가 아니라며 자신을 데리고 있으려 하지 않았다!

그래도 지금은 아침이었고, 아, 창밖으로 꽃이 활짝 핀 벚나무가 보였다. 앤은 한달음에 침대에서 일어나 창가로 갔다. 앤이 창문을 밀어 올리자, 창문은 삐걱삐걱 소리를 내며 뻑뻑하게 올라갔다. 아주 오랫동안 연 적이 없는 것 같았고, 사실 그렇기도 했다. 너무 뻑뻑해서 뭘 받쳐두지 않아도 창이 내려오지 않았다.

앤은 무릎을 꿇고 6월의 아침을 가만히 바라보았다. 앤의 눈은 기쁨으로 반짝이고 있었다. 이 얼마나 아름다운가? 이 얼마나 예쁜 곳인가? 정말로 여기 머무르지 못할 거라니! 앤은 머무르게 될 것만 같은 생각이 들었다. 이곳은 상상의 여지가 풍부한 곳이었다.

창밖에 심은 커다란 벚나무는 가지가 집에 닿을 정도로 가까이까지 드리워져 있었고, 꽃들이 하도 흐드러지게 피어 있어 나뭇잎이 보이지 않을 지경이었다. 집 양쪽은 커다란 과수원이었는데, 한쪽은 사과나무들이, 또 한쪽은 벚나무들이 온통 꽃으로 뒤덮여 있었다. 땅에는 풀밭 가득 민들레꽃이 피어 있었다. 그 아래 정원에는 보랏빛 꽃으로 뒤덮인 라일락 나무들이 있어, 아찔할 정도로 달콤한 향기가 아침 바람을 타고 창가까지 퍼져왔다.

정원 아래쪽은 클로버가 잔뜩 자라는 초록빛 들판으로, 골짜기 쪽으로 경사져 내려가는 비탈이었다. 시냇물이 흐르는 골짜기에는 하얀 자작나무들이 잔뜩 자라고 있었다. 나무 그늘 아래로는 양치식물과 이끼, 그리고 숲에서 흔히 볼 수 있는 다른 식물들이 경쾌하게 솟아올라오고 있으리라. 그 너머로 언덕에는 가문비나무와 전나무가 자라고 있어 초록색 깃털이 살랑거리는 것처럼 보였고, 그 틈으로 반짝이는 물빛 호수 저편에서 보았던 작은 집의 회색 지붕 끄트머리가 바라다보였다.

왼쪽으로는 커다란 헛간들이 있었고, 그 너머 경사가 완만한 초록색 들판을 건너 파랗게 빛나는 바다가 흘깃 보였다.

아름다움을 사랑하는 앤의 눈길이 이러한 풍경에 한참 동안 머무르며 모든 것을 욕심껏 눈에 담았다. 앤은 평생 아름답지 않은 곳들을 너무 많이 보아온 불쌍한 아이였지만, 지금 이 풍경은 앤이 지금껏 꿈으로만 보아왔던 상상 속 풍경만큼이나 아름다웠다.

앤은 그 자리에 무릎을 꿇고 앉아 오로지 주변의 아름다운 것들에만 온 신경을 집중하고 있다가, 누군가 어깨에 손을 올려놓아 화들짝 놀랐다. 잠시 상상에 빠져 못 들었지만 마릴라가 방에 들어왔던 것이었다.

"옷 갈아입어야지." 마릴라가 무뚝뚝하게 말했다. 마릴라는 이 아이에게 어떤 식으로 말을 해야 할지 감을 잡을 수 없었다. 잘 모르기도 하고 불편한 마음도 드는 바람에, 의도와 다르게 마릴라의 태도는 단호하고 무뚝뚝했다. 앤은 일어나 숨을 크게 들이쉬었다.

"너무 놀랍지 않으세요?" 앤은 손으로 아름다운 바깥세상을 가리켰다.

"큰 나무 말이니?" 마릴라가 말했다. "꽃이 많이 피었지. 하지만 열매는 그리 많이 열리지 않아. 알도 작고 벌레 먹은 게 많다."

"아, 나무 얘기가 아니에요. 물론 나무도 아름답지만요. 그럼요, 눈부실 정도로 아름다워요. 꽃도 그야말로 활짝 피었고요. 하지만 저는 모든 것을 다 합쳐서 얘기하는 거예요. 정원이랑 과수원, 시냇물, 숲, 이 커다랗고 소중한 세상 전체를요. 이런 아침에는 내가 세상을 사랑하고 있구나 하는 느낌이 들지 않으세요? 시냇물의 웃음소리가 여기서도 들려요. 시냇물이 얼마나 명랑한지 알고 계세요? 항상 웃어요. 심지어 추운 겨울에도 얼음 밑에서 웃는 소리가 들린다니까요. 초록지붕 집 근처에 시냇물이 있어서 너무 좋아요. 제가 여기 있게 될 것도 아닌데 그게 무슨 상관일까 생각하실 수도 있지만, 상관 있어요. 초록지붕 집 앞에 시냇물이 흐르고 있다는 것을 항상 즐겁게 떠올릴 거예요. 다시는 못 보게 되더라도요. 여기 시냇물이 없다면 아, 거기 시냇물이 있었으면 좋았을 텐데 하는 불편한 기분이 늘 저를 따라다닐 거예요. 오늘 아침의 저는 절망의 심연에 빠져 있지 않아요. 아침에는 절대 그럴 수가 없어요. 아침이라는 게 있다니, 정말 멋진 일 아니에요? 하지만 아주 슬픈 기분은 들어요. 결국은 아주머니네가 저를 받아주셔서 제가 여기서 영원히 영원히 살게 된다면 어떨지 계속 상상했거든요. 상상하는 동안에는 정말 편안한 기분이었어요. 하지만 즐거운 상상에도 나쁜 부분이 있어요. 그 상상을 그만해야 하는 때가 온다는 거예요. 그건 마음에 상처가 되거든요."

"옷을 갈아입고 아래층으로 내려오는 게 좋겠구나. 상상은 그만하고." 마릴라가 앤의 말에 얼른 끼어들어 한마디 했다. "아침 준비를 해놨으니 얼른 얼굴을 씻고 머리도 빗으려무나. 창문은 열어두렴. 이불은 침대 발치에 다시 개놓고. 재빨리 해야 한다."

앤은 꽤나 재빠른 것이 분명했다. 옷을 단정하게 입고 머리는 빗어서 땋아 내리고 얼굴을 씻고 마릴라가 말한 것들을 전부 수행해서 편안한 마음으로 10분 만에 아래층으로 내려온 것이다. 사실 이불 개놓는 것은 깜빡 잊고 하지 않았지만 말이다.

"오늘 아침에는 배가 많이 고파요." 앤은 마릴라가 갖다놓은 의자에 미끄러지듯 앉으면서 이렇게 말했다. "어젯밤에는 온 세상이 들짐승이 울부짖는 황야 같다는 생각이 들었는데, 오늘은 그런 일이 있기는 했나 싶네요. 햇빛이 빛나는 아침이 되어 너무 기뻐요. 하지만 비 오는 아침도 아주 많이 좋아해요. 아침은 어떤 아침이든 다 재미있잖아요. 그렇지 않아요? 오늘 하루 무슨 일이 벌어질지 알 수 없지만, 그래서 상상의 여지도 풍부하고요. 그래도 오늘은 비가 오지 않아서 기뻐요. 햇빛이 빛나는 날에는 명랑해지기도 쉽고 꿋꿋하게 버티기도 쉬우니까요. 전 오늘 꿋꿋하게 버텨야 할 큰 일이 있잖아요. 슬픔에 대한 이야기를 읽고 슬픔 속에 산다고 상상하는 건 아주 좋지만, 진짜로 슬픔에 빠지게 되면 별로 안 좋은 거잖아요?"

"제발 말 좀 그만하렴." 마릴라가 말했다. "조그만 아이가 말이 너무 많구나."

그러자 앤은 바로 입을 다물었다. 너무도 고분고분하게 전혀 말을 하지 않고 잘 참아서 마릴라는 오히려 신경이 쓰였다. 아주 부자연스러운 뭔가가 있는 듯한 느낌이었다. 매튜 역시 한 마디도 하지 않았다. 그것은 자연스러운 일이었다. 그렇게 그날 아침 식탁은 아주 조용했다.

시간이 지나면서 앤은 점점 주의가 흐트러졌다. 음식도 기계적으로 씹기 시작하면서, 커다란 두 눈은 창밖의 하늘에 못 박혀 초점을 잃고 멍했다. 그러자 마릴라는 더욱더 신경이 쓰였다. 이 독특한 아이의 몸은 식탁 앞에 있을지 모르지만, 정신은 머나먼 뜬구름 나라에서 상상의 날개를 달고 떠다니는 것이 아닐까 하는 불편한 기분이 들었던 것이다. 누가 이런 독특한 아이를 집에 두려고 하겠는가?

하지만 매튜는 어이없게도 이 아이를 데리고 있었으면 하는 것이다! 마릴라가 느끼기에는 매튜가 오늘 아침에도 어젯밤과 마찬가지로 아이를 데리고 있었으면 하는 것 같았고, 앞으로도 쭉 그럴 것 같았다. 그것이 매튜의 방식이었다. 한번 마음이 내키면 아주 놀라울 정도로 말없이 집요함을 드러내며 자기 의견을 고수했다. 입 밖에 내어 말을 하는 것보다 열 배는 더 강력하고 효과적이었다.

식사가 끝나자 앤은 상상에서 빠져나와 설거지를 하겠다고 나섰다.

"설거지할 줄은 아니?" 마릴라는 못미더운 듯했다.

"잘해요. 꼬마들 돌보는 걸 더 잘하지만요. 경험이 아주 많거든요. 여긴 돌볼 아이들이 없어서 안타깝지만 말이에요."

"돌볼 아이들이 있으면 좋겠다는 생각은 안 드는구나. 지금 당장만 해도 이렇게 벅찬데. 너만 해도 골칫거리는 충분하잖니. 너를 어떻게 해야 할지 정말 모르겠구나. 매튜야 워낙 엉뚱한 사람이고."

"아저씨는 다정한 분 같은데요." 앤이 불만스럽게 말했다. "아저씨는 공감을 참 많이 해주세요. 제가 말을 많이 해도 괜찮다고 하시고요. 제가 말하는 걸 좋아하시는 것 같았어요. 전 아저씨를 보자마자 아저씨와 저는 영혼이 통하는 데가 있다는 느낌이 들었어요."

"둘 다 이상하긴 막상막하지. 그런 게 네가 말한 '영혼이 서로 통하는' 부분인가 보구나." 마릴라는 코웃음을 쳤다. "그래, 그럼 설거지를 해보렴. 뜨거운 물을 충분히 써서 닦고 접시는 잘 말려야 한다. 난 오전에 해야 할 일이 많구나. 오후에는 화이트샌즈로 가서 스펜서 부인을 만나봐야 하지 않겠니. 너도 같이 가서 어떻게 할지 정하는 게 좋겠다. 설거지를 마치면 위층으로 올라가서 침대 정리를 하려무나."

앤은 솜씨 좋게 설거지를 했다. 마릴라도 예리하게 지켜보면서 그 사실을 알아차렸다. 하지만 다음으로 한 침대 정리는 설거지만큼 성공적은 아니었다. 깃털 이불과 씨름하는 요령은 배운 적이 없었기 때문이다. 하지만 어쨌든 결국은 반듯하게 잘 개켜놓았다. 일이 다 끝나자 마릴라는 앤을 눈앞에서 쫓아버릴 생각으로 점심 먹을 때까지 밖에 나가 마음껏 놀다 오라고 했다.

앤은 문 쪽으로 달려갔다. 얼굴은 기쁨으로 환해졌고 두 눈은 반짝거렸다. 하지만 문지방에서 우뚝 멈춰서더니 빙글 돌아 다시 식탁 옆으로 와 앉았다. 얼굴에 떠돌던 환한 빛과 반짝거림은 누군가 소화기로 확 꺼버리기라도 한 것처럼 싹 사라져 있었다.

"왜 그러는 거니?" 마릴라가 물었다.

"도저히 못 나가겠어요." 세상의 모든 기쁨을 포기하는 순교자 같은 목소리였다. "여기 계속 머무를 수 없다면 초록지붕 집을 사랑하게 되어도 아무 소용없잖아요. 그런데 나가서 저 나무들과 꽃들, 과일나무들, 시냇물의 얼굴을 익히게 되면 분명 사랑하지 않고는 못 배길 거예요. 지금도 충분히 힘든데 더 힘들어질 수는 없어요. 저도 너무나 나가고 싶어요. 모든 것이 저를 불러내는 것 같다고요. '앤, 이리 와봐. 앤, 같이 놀자.' 그러는 것 같아요. 하지만 안 나가는 게 좋겠어요. 억지로 떨어져야 하는 사이라면 사랑하게 되어도 아무 소용없잖아요? 게다가 사랑하지 않는 것도 너무 힘들고요. 제가 여기서 살게 될 거라고 생각했을 때 너무나 기뻤던 이유가 그거였어요. 사랑할 것이 너무 많고, 사랑을 방해하는 것은 아무것도 없을 거라고 생각했거든요. 하지만 짧은 꿈은 끝나버렸죠. 전 이제 운명을 받아들였으니까, 또다시 운명을 거스르게 될 위험을 무릅쓰고 밖에 나가는 건 좋지 않겠다는 생각이 들어요. 저 창턱에 있는 제라늄은 이름이 뭐예요?"

"애플사이더 제라늄이란다."

"아뇨, 그런 이름 말고요. 아주머니가 직접 붙여주신 이름 말이에요. 이름 안 지어주셨어요? 그럼 제가 지어줘도 돼요? 그럼, 뭐가 좋을까…… '보니'가 좋겠다. 제가 여기 있는 동안 보니라고 불러도 돼요? 제발 허락해주세요!"

"아이고야, 마음대로 해라. 하지만 제라늄 이름이 대체 그게 뭐냐?"

"아, 전 모든 것에 이름이 있는 게 좋더라고요. 한낱 제라늄이라 해도 말이에요. 그러면 훨씬 사람 같잖아요. 이름도 없이

'제라늄'이라고밖에 불리지 못한다면 제라늄도 마음이 아플지 모르잖아요? 아주머니도 항상 '여자'라고만 불린다면 안 좋을 거 아니에요. 그러니 저 제라늄은 보니라고 부를래요. 오늘 아침에 제 방 창문 밖으로 보이던 벚나무에게도 이름을 붙여줬어요. 온통 하얀색이니까 그 벚나무는 '눈의 여왕'이에요. 물론 항상 꽃이 피어 있는 건 아니겠지만, 그래도 꽃을 상상할 수는 있지 않겠어요?"

"평생 저런 아이는 듣도 보도 못했어." 마릴라는 자리를 피해 감자를 가지러 지하실로 내려가면서 이렇게 중얼거렸다. "매튜 말대로 좀 재미있기는 하네. 쟤 입에서 대체 다음엔 무슨 말이 나오려나 벌써 궁금한 느낌이 들 정도라니까. 저 아이가 나한테도 요술을 부렸나 봐. 매튜는 벌써 넘어갔고. 매튜가 나가면서 나를 힐끔 봤던 건 어젯밤 이야기했던 것들이나 눈치 줬던 것들을 다시 한번 반복한 거였나 보군. 매튜도 다른 남자들처럼 터놓고 얘기를 좀 했으면 좋겠는데. 그래야 반박이라도 하고 이유를 들어가며 말싸움이라도 하지. 그냥 힐끔 보기만하는 사람한테는 뭘 어째야 하는 거냐고?"

마릴라가 지하실 순례를 마치고 돌아와보니, 앤은 두 손으로 턱을 괴고 하늘을 쳐다보며 상상에 빠져 있었다. 마릴라는 점심 식사 준비가 다 될 때까지 앤을 그대로 놔두었다.

"매튜, 오늘 오후에 말과 마차를 좀 써도 되죠?" 마릴라가 말했다.

 매튜는 고개를 끄덕이고 서운한 듯 앤을 쳐다보았다. 마릴라가 그 눈길을 가로막으며 엄한 목소리로 말했다. "화이트샌즈로 가서 이번 일을 마무리 지을 거예요. 앤도 데려갈 거고요. 스펜서 부인이 아마 얘를 바로 노바스코샤로 돌려보낼 준비를 해줄 거예요. 식사는 차려놓고 나갈 거고, 소젖 짤 시간쯤에는 돌아올 거예요."

 매튜는 여전히 아무 말 없었다. 마릴라는 말하느라 힘만 뺀 느낌이었다. 반응 없는 남자만큼 약 오르게 만드는 것도 또 없을 것이다. 있다면 반응 없는 여자 정도일까.

 매튜는 곧 마차에 말을 매었고, 마릴라와 앤은 집을 나섰다. 매튜는 마차가 지나가도록 문을 열어주었고, 마차가 천천히 옆을 지나갈 때 특별히 누구를 향해 말하는 건지 모를 태도로 이렇게 말했다. "오늘 아침에 크리크 출신 애송이 제리 부트가 여기 왔길래 올여름에 우리 집에서 고용할 생각이라고 했어."

 마릴라는 아무 대답도 하지 않은 채 불쌍한 암말을 인정사정없이 채찍으로 내리쳤다. 이런 일을 겪어본 적 없는 통통한 암말은 화가 나는지 무서운 속도로 풀밭길을 쌩하니 내달렸다. 마릴라는 빠른 속도로 질주하는 마차에서 뒤를 한번 돌아보았다. 사람 약 오르게 만드는 매튜가 문에 기대어 두 사람을 서운한 듯이 바라보고 서 있었다.

5
앤의 지난날

"있잖아요," 앤이 무슨 비밀 이야기라도 하는 듯이 말했다. "전 즐겁게 가기로 마음먹었어요. 제 경험상 단단히 마음먹기만 하면 거의 항상 모든 걸 즐겁게 할 수 있어요. 물론 '단단히' 마음먹어야 그렇긴 해요. 하여튼 지금 이렇게 가는 동안에는 고아원에 돌아간다는 생각은 하지 않으려고요. 지금 이 순간만 생각할 거예요. 어머나, 저것 보세요. 깜찍한 들장미 한 송이가 벌써 피었어요! 예쁘지 않아요? 장미가 된다면 틀림없이 기쁠 것 같지 않으세요? 장미가 말을 할 수 있으면 얼마나 좋을까요? 틀림없이 아주 아름다운 얘기들을 들려줄 거예요. 그리고 분홍색은 세상에서 가장 황홀한 색 아니에요? 난 분홍색을 아주 좋아해요. 하지만 분홍색 옷은 못 입어요. 머리색이 빨강색인데 분홍색 옷을 입을 수는 없으니까요. 심지어 상상 속에서도 못 입어요. 혹시 어렸을 때는 빨강 머리였는데 자라서는 머리 색깔이 달라진 사람도 있어요?"

"아니, 내가 아는 한에서는 없구나." 마릴라는 무정하게도 이렇게 말했다. "그리고 너한테도 그런 일은 일어나지 않을걸."

앤은 한숨을 쉬었다.

"에이, 희망이 또 한 가지 사라졌네요. '나의 인생은 희망의 무덤, 완벽한 무덤이로구나.' 이건 전에 읽었던 책에서 봤던 말인데요, 실망하게 될 때마다 이 말을 해서 스스로 위로해요."

"어느 부분에서 위로가 되는 건지 모르겠구나." 마릴라가 말했다.

"왜요, 근사하고 낭만적으로 들리잖아요. 제가 책 속의 여주인공이 된 것 같고 말이에요. 전 낭만적인 게 아주 좋거든요. 희망이 잔뜩 묻혀 있는 무덤이라니, 얼마나 낭만적이에요? 저도 그런 게 하나 생겨서 아주 기뻐요. 오늘도 반짝이는 물빛 호수를 지나가나요?"

"배리 호수 쪽으로 안 간다. 네가 말하는 반짝이는 물빛 호수가 배리 호수라면 말이야. 우린 해변 도로 쪽으로 갈 거야."

"해변 도로도 멋질 것 같아요." 앤의 목소리는 꿈꾸는 것 같이 들렸다. "거긴 발음만큼 멋진가요? 아주머니가 '해변 도로'

라고 하시는 걸 듣자마자 제 머릿속에 바로 그림이 떠올랐거든요. 화이트샌즈도 예쁜 이름이에요. 하지만 에이번리만큼 마음에 쏙 들지는 않아요. 에이번리는 사랑스러운 이름이에요. 발음이 음악 같아요. 화이트샌즈는 얼마나 먼 곳이에요?"

"5마일 거리란다. 그리고 넌 말을 하기로 작정한 게 분명한 것 같은데, 그렇다면 차라리 의미 있게 너 자신에 대해 얘기해주는 게 어떻겠니."

"음, 저에 대한 이야기는 별로 말할 만한 게 못 되는걸요." 그러더니 간절한 목소리로 말했다. "상상 속의 저에 대해 말하게 해주신다면 훨씬 더 재미있다고 생각하실 거예요."

"안 돼, 난 상상 같은 건 싫구나. 뚜렷한 사실만 이야기하렴. 처음부터 시작해보자꾸나. 넌 어디에서 태어났고 몇 살이 되었니?"

"지난 3월에 열한 살이 되었어요." 앤이 대답했다. 한숨을 쉬는 걸 보니 상상은 단념하고 뚜렷한 사실을 이야기하려는 모양이었다. "태어난 곳은 노바스코샤의 볼링브로크고요. 아버지 이름은 월터 셜리였고 볼링브로크 고등학교 선생님이셨어요. 어머니 이름은 버사 셜리였고요. 월터와 버사라니, 예쁜 이름 아니에요? 부모님이 좋은 이름을 갖고 있어서 참 기뻐요. 아버지 이름이, 어…… 가령 제데디아였다면 정말 부끄러웠을 거예요. 그렇죠?"

"태도만 바르다면 이름은 중요하지 않은 것 같구나." 마릴라가 말했다. 바르고 유익한 교훈을 심어주어야 할 것 같아서 한 말이었다.

"글쎄요, 전 잘 모르겠어요." 앤은 생각에 잠긴 것처럼 보였다. "어떤 책에서 읽었는데, 장미는 어떤 이름으로 불려도 달콤한 향기가 날 거라고 하더라고요. 하지만 전 절대로 그 말을 믿을 수가 없었어요. 장미가 엉겅퀴라든가 스컹크 캐비지 같은 이름으로 불렸다면 절대 근사하게 생각되지 않을 거예요. 제 아버지 이름이 제데디아였어도 훌륭한 사람이었을 수 있죠. 하지만 틀림없이 시련이 따랐을 거라고요. 어쨌든, 제 어머니도 고등학교 선생님이셨어요. 물론 아버지와 결혼하면서 그만두셨죠. 부양의 책임은 남편이 지니까요. 토머스 아주머니 말로는 우리 부모님은 천진난만한 아기들 같았고 가진 돈 한 푼 없이 가난했대요. 볼링브로크에 있는 코딱지만 한 노란 집에서 살았고요. 전 그 집을 본 적은 없지만 수도 없이 상상해봤어요. 거긴 분명 응접실 창밖으로는 인동덩굴이, 앞뜰에는 라일락이, 대문 바로 앞까지 은방울꽃이 자라는 그런 곳이었을 거예요. 맞다, 창문마다 모슬린 커튼도 있어요. 모슬린 커튼을 달면 집안이 근사한 분위기로 변하니까요. 저는 그런 집에서 태어난 거예요. 토머스 아주머니 말로는 저처럼 못생긴 아기는 본 적이 없대요. 작고 뼈만 앙상한데 눈만 커서 눈밖에 안 보였다고요. 하지만 어머니는 제가 완벽하게 아름답다고 생각하셨대요. 청소하러 와주는 가난한 아주머니보다는 어머니가 더 나은 판단을 했으리라 생각해야죠, 그렇지 않아요? 어쨌든 어머니가 저에 대해 만족스럽게 생각하셨다니 기뻐요. 어머니가 저에 대해 실망하는 건 너무 슬픈 느낌일 거예요. 아시겠지만, 어머니는 그 후로 별로 오래 살지 못하셨어요. 제가 태어나고 석 달 됐을 때 열병으로 돌아가셨거든요. 좀 오래 사셔서 제가 엄마라고 부르는 소리를 들으셨다면 얼마나 좋았을까요. 엄마라고 부르면 정말 기분 좋을 것 같아요, 그렇죠? 그리고 나흘 후에 아버지도 열병으로 돌아가셨어요. 전 고아가 됐고 부모님의 가족들은, 토머스 아주머니 표현으로는, 절 어떻게 처리해야 할지 당혹스러워했대요. 짐작하시겠지만 그때 역시 아무도 저를 데리고 가려 하지 않았어요. 그게 제 운명인가 봐요. 부모님은 두 분 다 먼 곳 출신이라 친척도 없다는 건 다들 알고 있었대요. 결국 토머스 아주머니가 저를 맡아주셨어요. 아주머니도 가난하고 술주정뱅이 남편까지 있었는데 말이에요. 그 아주머니가 직접 저를 길러주셨죠. 누군가가 자기 손으로 직접 기른 아이라면 다른 사람보다 더 나은 사람이 되어야 한다는 거 아세요? 제가 버릇없이 굴 때마다 토머스 아주머니는 내가 너를 내 손으로 직접 길렀는데 어떻게 이렇게 못된 애가 될 수 있느냐고 하셨거든요. 나무라는 것처럼 말이에요.

토머스 아주머니네 가족은 볼링브로크에서 매리스빌로 이사했고, 전 여덟 살 때까지 함께 살았어요. 전 토머스 아주머니네 아이들 돌보는 것을 도왔어요. 저보다 어린 아이들이 넷이었는데, 걔네들 돌보는 건 정말이지 할 일이 태산이에요. 그런데 토머스 아저씨가 기차에서 떨어져 돌아가셨죠. 아저씨네 어머니가 토머스 아주머니와 아이들을 데려가겠다고 나섰지만 그분이 저는 바라지 않으셨어요. 토머스 아주머니는, 아주머니가 예전에 했던 표현처럼, 절 어떻게 처리해야 할지 당혹스러워하셨죠. 그때 강 상류 쪽에 사시는 해먼드 아주머니가 와서 저를 맡겠다고 하셨어요. 제가 아이들 돌보는 데 쓸모가 있다는 걸 알고 계셨거든요. 그래서 전 아주머니를 따라가서 강 상류의 나무 그루터기들 사이에 있는 작은 빈터에서 함께 살았어요. 아주 외진 곳이었죠. 상상력이 없었더라면 전 틀림없이 그런 곳에서 살지 못했을 거예요. 해먼드 아저씨는 근처의 조그만 제재소에서 일하셨고, 해먼드 아주머니에게는 아이가 여덟 명이나 됐어요. 쌍둥이를 세 번 낳으셨죠. 저는 아기들을 좋아하는 편이지만, 세 번 연속 쌍둥이를 낳는 건 너무 심한 것 같아요. 해먼드 아주머니에게도 그렇게 말했어요. 세 번째 쌍둥이가 태어났을 때 아주 단호하게요. 그땐 아이들을 달고 다니느라 정말 끔찍하게 지쳐 있었거든요.

저는 강 상류에서 해먼드 아주머니와 2년 동안 같이 살았어요. 그러다 아저씨가 돌아가시고, 해먼드 아주머니는 살림을 포기하셨어요. 아이들을 친척들에게 나누어 보내버리고 미국으로 가버리셨죠. 저는 맡아줄 사람이 없어서 홉턴에 있는 고아원으로 가야 했어요. 그런데 고아원에서도 절 바라지 않았어요. 이미 아이들이 너무 많다고요. 하지만 고아원에서는 저를 맡을 수밖에 없었고, 전 스펜서 아주머니가 오시기 전까지 넉 달 동안 그곳에 있었어요."

앤은 말을 마치고 한숨을 쉬었는데, 이번 것은 안도의 한숨이었다. 자신을 바라지 않았던 세상에 대해 이야기하고 싶지 않았던 것이 분명했다.

"학교는 안 다녔니?" 마릴라는 물어보면서 암말의 말머리를 해변 도로 쪽으로 틀었다.

"별로 못 다녔어요. 토머스 아주머니와 지냈던 마지막 해에 조금 다녔었죠. 강 상류 쪽으로 옮겨가니 학교가 너무 멀어져서 겨울에는 다닐 수가 없었어요. 여름은 방학이니, 전 봄과 가을에만 학교에 갈 수 있었죠. 하지만 고아원에 있을 때는 다녔어요. 읽는 건 꽤 잘해요. 외우고 있는 시도 굉장히 많고요. 「호헨린덴 전투」라든가 「플로든 전투 후의 에딘버러」, 「라인 강변의 빙엔」, 그리고 「호수의 여인」도 꽤 외우고 있고, 제임스 톰슨의 「사계」는 거의 다 외워요. 시는 정말 좋지 않아요? 등을 타고 뭔가 찌르르하고 오르내리는 느낌이 들잖아요. 로얄 리더스 5학년 교과서(당시 캐나다 등에서 교과서로 쓰이던 로얄 리더스 시리즈 중 다섯 번째 책을 말한다.─옮긴이)에 나오는 시도 알아요. 「폴란드의 멸망」이라는 시인데, 전율이 가득해요. 물론 5학년 것까지 배우지는 않았어요. 4학년 것을 배우던 중이었는데 언니들이 읽어보라고 빌려줬었죠."

"아주머니들은, 그러니까 토머스 부인이나 해먼드 부인은 너한테 잘해주셨니?" 마릴라는 곁눈질로 슬쩍 앤을 쳐다보았다.

"아…… 네……." 앤의 목소리가 불안정해졌다. 예민한 작은 얼굴이 갑자기 빨갛게 달아올랐고 눈썹이 난처한 듯 움직였다. "마음은 그러셨어요. 최대한 다정하게, 잘해주시려고 했다는 건 알아요. 그리고 마음이 있다고 실제로 늘 신경 쓰며 잘해주는 건 힘들고요. 아까 얘기한 것처럼 그분들은 걱정거리가 많았어요. 주정뱅이 남편이 있다는 건 아주 힘든 거잖아요. 연속해서 세 번이나 쌍둥이가 태어나는 것도 분명 힘들 거고요. 그렇지 않아요? 하지만 그분들이 저한테 잘해주려는 마음이 있었다는 건 분명해요."

마릴라는 더 묻지 않았다. 앤은 해변 도로의 풍경을 바라보며 말없이 황홀함에 빠져 있었고, 마릴라는 뭘 골똘히 생각하는지 건성으로 말을 몰았다. 마릴라는 이 아이가 갑자기 애처롭게 느껴져서 마음이 혼란스러웠다. 너무나 굶주리고 사랑에 목마른 채로 살아온 것이 아닌가. 고된 일과 가난 속에 방치되어온 삶이었다. 마릴라는 앤의 말 뒤에 숨은 진실을 알아차리지 못할 정도로 예리하지 못한 사람은 아니었다. 진짜 집이 생기게 되었다고 그토록 기뻐했던 것도 무리가 아니었다. 다시 이전으로 돌아가야 하다니 가엾은 일이었다. 나, 마릴라가 매튜의 이해할 수 없는 변덕을 받아들여 앤을 머무르게 한다면 어떨까? 매튜는 이미 그렇게 마음을 굳히지 않았나. 그리고 이 아이는 착하고 가르쳐볼 만한 아이인 것도 같았다.

'말이 좀 많기는 하지.' 마릴라는 속으로 생각했다. '하지만 교육을 시키면 좀 줄어들지 않을까. 무례한 말이나 속어를 쓰지도 않으니 말이야. 이 아이는 품위가 있어. 아이 부모님이 좋은 분들이었을 거야.'

해변 도로는 나무들이 자연 그대로 우거진 외진 곳이었다. 오른쪽에는 키 작은 전나무들이 오랜 세월 바닷바람에 시달리면서도 굴하지 않는 기세로 빽빽하게 자라고 있었다. 왼쪽은 불그스름한 사암으로 이루어진 가파른 절벽이었다. 절벽이 길 가까이까지 이른 곳이 군데군데 있어, 안정감이 부족한 암말이었다면 뒤에 탄 사람들의 간담을 서늘하게 했을 것이다. 절벽 아래는 파도에 닳아 매끈한 바위들 천지거나 조약돌이 보석처럼 박힌 작은 모래사장이 있었다. 바다 너머로 파란빛이 일렁이고 있었고, 그 위로 갈매기들이 높이 날아올랐다. 갈매기들의 날개 끝은 햇빛을 받아 은빛으로 반짝거렸다.

"바다가 참 멋있지 않아요?" 눈을 휘둥그렇게 뜨고 오랫동안 말이 없던 앤이 문득 이렇게 말했다. "전에 매리스빌에 살 때 토머스 아주머니가 화물용 마차를 빌려서 10마일 떨어진 해변으로 다 함께 하루 놀러 나간 적이 있었어요. 전 그날 한순간도 빼놓지 않고 정말 즐거웠어요. 계속 아이들을 돌봐야했는데도 말이에요. 그 후로 몇 년 동안 그때의 행복한 추억을 떠올리며 지냈어요. 하지만 여기는 매리스빌 해변보다 훨씬 근사해요. 저 갈매기들, 참 예쁘지 않아요? 갈매기가 되고 싶지 않으세요? 전 그렇거든요. 그러니까, 인간 여자아이가 될 수 없다면 말이에요. 해 뜨는 걸 보면서 잠에서 깨고, 물 위로 휙 날아 내려와서 아름다운 파란 바다 위를 하루 종일 날아다니는 거예요. 그러다가 밤이 되면 다시 둥지로 돌아오고요. 멋지지 않아요? 아아, 제가 날아다니는 게 상상이 돼요. 저 앞쪽에 커다란 집은 뭐예요?"

"화이트샌즈 호텔이야. 커크 씨가 운영하는 호텔인데 아직 북적거릴 때가 아니지. 여름이 되면 미국인들이 휴가를 보내러 몰려온단다. 이 해변이 딱 좋다고 생각하는 모양이야."

"스펜서 아주머니 댁이면 어쩌나 했어요." 앤이 우울한 목소리로 말했다. "마차에서 내리고 싶지 않아서요. 왠지 세상이 끝날 것 같은 기분이에요."

6
마릴라의 결심

하지만 곧 두 사람은 마차에서 내렸다. 스펜서 부인은 화이트샌즈 만에 있는 커다란 노란 집에 살고 있었다. 문을 열어주러 나온 부인의 상냥한 얼굴에는 놀람과 반가움이 뒤섞여 있었다.

"어머나 세상에." 부인이 말했다. "오늘 보게 되리라고는 생각 못했는데. 하지만 얼굴 보니 정말 반갑네요. 말을 안으로 들여놓으세요. 잘 지내니, 앤?"

"아주 잘 지내고 있어요. 감사합니다." 앤이 웃음기 없는 얼굴로 진지하게 대답했다.

어두운 그림자가 앤을 뒤덮고 있는 듯했다.

"느긋하게 머물면서 말도 좀 쉬게 하면 좋겠지만, 매튜에게 얼른 다녀오겠다고 약속해서요." 마릴라가 말했다. "사실은요, 스펜서 부인, 이상한 착오가 생겼어요. 그래서 어디서부터 일이 꼬인 건지 알아보러 온 거예요. 매튜하고 제가 부인에게 부탁했던 건 고아원에서 남자아이를 데려와달라는 거였어요. 부인의 오빠인 로버트 씨를 통해 부인에게 말 좀 전해달라고 했잖아요. 열 살에서 열한 살 정도 되는 남자아이를 원한다고요."

"마릴라 커스버트, 그게 아니었잖아요!" 스펜서 부인이 난처한 표정으로 말했다. "아휴, 로버트가 딸 낸시를 보냈는데, 걔 말로는 여자아이를 바란다고 했단 말이에요. 그렇지, 플로라 제인?" 부인은 계단을 내려오던 딸에게 동의를 구했다.

"낸시는 분명히 그렇게 말했어요, 커스버트 아주머니." 플로라 제인이 진지하게 대답했다.

"정말 미안해요." 스펜서 부인이 말했다. "딱하게 됐어요. 하지만 사실 제 잘못은 아니잖아요, 커스버트. 난 최선을 다해서 부탁한 말에 따랐는걸요. 낸시는 평소에도 지독하게 덜렁거리는 아이라서요. 하도 찬찬하지 못해서 저도 호되게 나무라는 일이 많아요."

"우리 잘못이에요." 마릴라는 체념한 듯했다. "우리가 직접 찾아와서 부탁했어야 했어요. 중요한 내용을 그런 식으로 다른 사람 입을 통해 전달하는 게 아니었는데 말이에요. 어쨌든 착오는 이미 벌어진 일이고, 지금 할 수 있는 건 착오를 바로잡는 것뿐이죠. 이 아이를 고아원으로 다시 돌려보낼 수 있을까요? 고아원에서 다시 맡아주겠죠?"

"그렇겠죠." 스펜서 부인은 뭔가를 생각하는 듯했다. "하지만 꼭 돌려보낼 필요는 없을 것 같아요. 피터 블루엣 부인이 어제 여기 왔었는데, 자기도 집안일을 도와줄 어린 여자아이를 내게 부탁했으면 좋았을걸 하고 어찌나 아쉬워하던지. 피터 부인네가 대가족인 거 아시죠. 일손 구하기도 쉽지 않아요. 앤이 제격일 것 같아요. 이렇게 된 건 분명 하나님의 뜻이에요."

마릴라는 이 일이 하나님의 뜻과 관계가 있다고 생각하지는 않는 것 같았다. 생각지도 못했던 좋은 기회가 생겨 달갑지 않은 고아를 떨쳐버릴 수 있게 되었는데 마릴라는 감사하는 마음이 들지 않았다.

마릴라는 피터 블루엣 부인과 친분은 없었지만 얼굴은 알고 있었다. 조그맣고 성깔 있는 얼굴에, 뼈에 살이라고는 한 줌도 붙어 있지 않은 것 같은 여자였다. 그리고 들리는 말이 많았다. 블루엣 부인은 '일도 끔찍하게 못하고 사람도 험하게 부리는 여자'로 정평이 나 있었다. 하녀로 일하다가 쫓겨난 여자아이들이 부인의 성질머리나 구두쇠 노릇, 그리고 걸핏하면 싸워대는 건방진 자녀들에 대해 무시무시한 이야기들을 쏟아내었던 것이다. 마릴라는 그런 인정머리 없는 여자에게 앤을 맡길 생각을 하니 양심의 가책이 느껴졌다.

"그럼, 안으로 들어가서 얘기를 좀 해보죠." 마릴라가 말했다.

"때마침 저기 블루엣 부인도 올라오네요!" 스펜서 부인이 부산스럽게 앤과 마릴라를 응접실로 안내하다가 놀라 외쳤다. 응접실은 짙은 녹색 블라인드가 꽉 닫혀 있어 오랫동안 환기가 되지 않은 듯했고, 엄청난 냉기가 느껴졌다. 머금고 있던 온기란 온기는 다 사라져버린 듯했다. "정말 운이 좋았어요. 이렇게 당장 해결을 볼 수 있게 되었으니 말이에요. 그 안락의자에 앉으세요, 커스버트. 앤, 너는 이쪽 긴 의자에 앉아라. 막 흔들고 그러면 안 된다. 모자는 이리 주세요. 플로라 제인, 가서 주전자에 물 좀 끓여라. 안녕하세요, 블루엣 부인. 부인이 때마침 와줘서 얼마나 운이 좋은지 얘기하던 참이에요. 두 분, 서로 인사 나누세요. 이쪽은 블루엣 부인, 이쪽은 커스버트 양이에요. 전 잠깐 실례할게요. 플로라 제인에게 오븐에서 빵을 꺼내라고 한다는 걸 깜빡해서요."

스펜서 부인은 블라인드를 올려놓고 서둘러 나갔다. 앤은 긴 의자 위에 말없이 앉아 있었다. 무릎 위에 올려놓은 두 손을 꼭 움켜쥐고, 눈은 홀린 듯 블루엣 부인을 빤히 쳐다보고 있었다. 이 뾰족한 얼굴, 날카로운 눈매의 여인에게 맡겨지게 되는 걸까? 앤은 목구멍으로 큰 덩어리 같은 것이 올라오는 것 같았고 두 눈이 따끔거렸다. 스펜서 부인이 발그레한 얼굴로 활짝 웃으며 육체든 정신이든 영혼이든 어디에 어떤 어려움이 생겨도 다 해결해낼 수 있다는 듯한 표정으로 다시 거실로 돌아왔을 때쯤, 앤은 더 이상 눈물을 참을 수 없을까 봐 걱정이 되기 시작했다.

"블루엣 부인, 이 아이와 관련해서 착오가 생긴 것 같더라고요." 스펜서 부인이 말했다. "전 커스버트 씨네서 여자아이를 입양하고 싶어 한다고 생각하고 있었거든요. 분명히 그렇게 들어서요. 하지만 알고 보니 남자아이를 바랐던 거였어요. 그래서 부인이 혹시 어제 저한테 말씀하셨던 이후로 마음이 바뀌지 않으셨다면 이 아이가 딱 좋지 않을까 싶어요."

블루엣 부인은 앤을 머리끝부터 발끝까지 훑어보았다.

"나이는 몇이고 이름은 뭐냐?" 블루엣 부인이 물었다.

"앤 셜리요." 잔뜩 움츠러든 아이는 떨리는 목소리로 대답했다. 이름의 철자를 가지고 조건을 달 엄두는 내지 못했다. "나이는 열한 살이에요."

"흠! 열한 살이나 되어 보이지는 않는구나. 하지만 강단은 있어 보인다. 잘은 몰라도 강단 있는 사람이 결국은 나은 법이지. 그래, 내가 널 데려가면 넌 말을 잘 들어야 해. 그럼, 말 잘 듣고 똘똘하고 공손한 아이가 되어야지. 밥값은 할 거라 믿는다. 실수는 안 돼. 좋아요, 제가 이 아이를 맡는 게 좋겠어요, 커스버트 양. 막내 아이가 하도 말썽을 부려서 내가 그 아이 돌보다 두 손 두 발 다 들었거든요. 괜찮다면 전 지금 바로 애를 집으로 데려갈게요."

앤을 바라보자 마릴라의 마음이 약해졌다. 아이의 얼굴은 하얗게 질려서, 말은 하지 않지만 불행함이 엿보이는 모습이었다. 간신히 풀려났던 덫에 다시 걸리고 만 무력한 어린 생명체가 느낄 법한 그런 불행함이었다. 마릴라는 죄의식 같은 것이 느껴져 마음이 불편했다. 저렇게 온몸으로 호소하는데 고개를 돌려버린다면 죽는 날까지 그 모습이 따라다닐 것 같았다. 게다가 블루엣 부인도 썩 마음에 들지 않았다. 예민하고 곧잘 울컥하는 아이를 저런 여자에게 맡기다니! 안 돼, 저 여자는 이런 아이를 감당할 수 없어!

"음, 글쎄요." 마릴라는 느릿느릿 대답했다. "매튜와 제가 이 아이를 맡지 않기로 완전히 결정했다고는 안 했어요. 사실 매튜는 저 아이를 데리고 있었으면 좋겠다고 해요. 오늘은 어떻게 해서 이런 일이 생겼는지 알아보러 온 거였고요. 제 생각에는 제가 이 아이를 다시 집으로 데려가서 매튜와 의논을 해보는 게 좋을 것 같네요. 매튜와 상의하지 않고 결정할 수는 없을 것 같아서요. 우리가 이 아이를 데리고 있지 않기로 결정하게 되면 내일 밤에 아이를 부인 댁에 데려다주든가 아이만 보내든가 할게요. 내일 아무도 가지 않으면 이 아이는 우리 집에서 사는 거라고 생각하시면 돼요. 그래도 괜찮을까요, 블루엣 부인?"

"어쩔 수 없잖아요." 블루엣 부인이 불쾌한 얼굴로 말했다.

마릴라가 이야기하는 동안 앤의 얼굴에는 햇살이 피어올랐다. 처음에는 절망의 빛이 엷어지고, 다음으로 연분홍 희망의 빛이 얼굴에 떠오르더니, 이제 두 눈이 새벽별처럼 아주 환하게 빛났다. 아이의 모습은 아까와는 완전 딴판이었다. 잠시 후, 블루엣 부인이 스펜서 부인에게 요리법을 알려달라고 하여 두 사람이 거실에서 나가자, 앤은 용수철처럼 튀어 일어나 마릴라 쪽으로 달려갔다.

"커스버트 아주머니, 아까 어쩌면 저를 초록지붕 집에 두실 수도 있다고 말씀하신 거 맞아요?" 앤은 숨도 쉬지 않고 속삭였다. 마치 큰 소리로 말하면 이 멋진 가능성이 산산조각 나버릴지도 모른다는 듯, 조그마한 목소리였다. "정말 그렇게 말씀하신 거예요? 아니면 그냥 제가 그렇게 상상한 건가요?"

"네 그 상상력은 어떻게 좀 조절이 필요할 것 같구나, 앤. 뭐가 현실이고 뭐가 상상인지 구분이 안 간다면 말이야." 마릴라는 심술궂게 말했다. "그래, 그렇게 말하긴 했다만 앞서가지 마라. 아직 결정된 건 없어. 어쩌면 결국 블루엣 부인에게 너를 맡기기로 결정할 수도 있다. 부인이 나보다 너를 훨씬 더 필요로 하는 건 분명하니 말이야."

"그분하고 사느니 차라리 고아원으로 돌아가는 게 낫겠어요." 앤의 반응은 격렬했다. "그분은 마치…… 음…… 송곳처럼 생겼어요."

마릴라는 입가에 미소가 떠오를 뻔했지만, 앤이 그런 말을 하면 나무라야 한다는 생각이 들어 웃음을 참았다.

"너 같이 나이 어린 여자아이가 처음 보는 숙녀분에 대해 그런 말을 하는 건 부끄러운 일이야." 마릴라는 엄하게 말했다. "다시 조용히 자리에 가 앉아라. 말은 하지 말고 얌전한 여자아이답게 행동해."

"저를 데리고 있어주시기만 한다면 뭐든 다 하고 어떤 아이든 다 될게요." 앤은 온순하게 다시 긴 의자로 돌아가 앉았다.

그날 저녁 다시 초록지붕 집으로 돌아왔을 때 두 사람은 집 앞에서 매튜와 마주쳤다. 마릴라는 저 멀리 집 앞에서 매튜가 서성거리는 것을 보고, 무슨 마음으로 저러는지 짐작이 갔다. 또, 매튜라면 최소한 앤을 데리고 귀가했다는 사실만으로도 안심하는 표정을 지을 게 뻔하다고 예상하고 있기도 했다. 하지만 마릴라는 외출했던 일에 대해서는 한마디도 하지 않았다. 그러다 매튜와 함께 뒤뜰 헛간 뒤에서 소젖을 짜면서 마릴라는 앤이 전에 어떻게 살았는지, 그리고 스펜서 부인을 만났던 일은 어떻게 되었는지 간략하게 이야기해주었다.

"그놈의 블루엣 여편네에게는 개 한 마리도 안 넘길 거야." 매튜는 평소와 달리 열을 내며 말했다.

"나도 그 여자 태도는 마음에 들지 않아요." 마릴라도 인정했다. "하지만 그 여자에게 보내지 않을 거면 우리가 그 아이를 맡아야 해요, 매튜. 오빠가 아직 그 아이를 데리고 있고 싶어 하는 것 같아서 하는 말인데, 나도 그래요. 아니, 내 말은 그래야 할 것 같다고요. 생각을 하도 해서 머릿속에 자국이 다 나겠어요. 무슨 의무라도 되는 것 같다니까요. 내가 아이를 길러본 적이 없어서, 게다가 여자아이라 아마 어지간히 엉망진창일 거예요. 하지만 최선을 다해볼게요. 그러니까 매튜, 내 의견을 말하자면 그 아이가 여기서 살아도 될 것 같아요."

수줍음 많은 매튜의 얼굴이 기쁨으로 밝아졌다.

"글쎄 뭐, 난 네가 그렇게 생각하게 될 줄 알았다, 마릴라." 매튜가 말했다. "앤은 아주 재미있는 아이야."

"그 아이가 쓸모가 있는지 아닌지가 더 중요할걸요." 마릴라가 반박했다. "하긴 그렇게 교육시키는 게 내 몫이겠네요. 그리고 신경써줘요, 매튜. 내 교육방식에 간섭하면 안 돼요. 결혼도 하지 않은 나이든 여자가 아이 기르는 일에 대해 아는 건 없겠지만, 그래도 결혼도 하지 않은 나이든 남자보다는 나을 거예요. 그러니 그 아이는 나한테 맡겨두세요. 내가 실패하면 그 다음에 오빠가 주도권을 잡아도 늦지 않아요."

"그럼, 그럼, 마릴라. 네 방식대로 해." 매튜는 안심하는 듯 보였다. "앤에게 다정하게 잘해줘. 버릇없어지지만 않으면 돼. 네가 만드는 대로 무엇이든 될 아이인 것 같아. 그 아이가 널 사랑하게 되기만 한다면 말이야."

　마릴라는 코웃음을 쳤다. 여자들의 영역에 대해서는 매튜의 의견을 신경 쓰지 않겠다는 표시였다. 그러고는 우유통을 들고 축사 쪽으로 걸어갔다.

　'오늘 밤까지는 이 얘기를 앤에게 해주지 말아야겠어.' 마릴라는 우유를 크림 분리통에 부으며 곰곰이 생각해보았다. '너무 들떠서 한잠도 못 잘 거 아냐. 마릴라 커스버트, 골치 깨나 아프게 됐네. 고아 여자아이를 입양하게 될 날이 올 줄 생각이나 해봤겠어? 놀랄 일이지. 하지만 더 놀라운 건 이렇게 된 데는 매튜가 한몫했다는 거야. 여자아이들을 그렇게 무서워하던 사람이 말이야. 어쨌든 우리는 도전해보기로 결정을 했고, 앞으로 무슨 일이 벌어질지는 아무도 모를 일이지.'

7
앤의 기도

그날 밤 마릴라는 앤을 방으로 데리고 올라가면서 엄하게 말했다.

"자, 앤, 어젯밤에 네가 옷을 벗어서 바닥에 하나 가득 던져놓은 거 다 봤다. 아주 깔끔하지 못한 습관이야. 난 그러는 거 놔두지 못한다. 옷은 벗는 대로 단정하게 개서 의자에 올려놔. 난 단정하지 않은 여자아이는 필요 없다."

"어젯밤에는 너무나 마음이 괴로워서 옷에 대해서는 신경을 못 썼어요." 앤이 말했다. "오늘은 잘 개어놓을게요. 고아원에서도 늘 그렇게 하라고 시켰어요. 그런데 전 반쯤은 깜빡 잊고 그냥 잤어요. 얼른 아늑하고 조용한 침대에 들어가 상상을 하려고 너무 서두르다 보면 그렇게 되지 뭐예요."

"여기서 지내려면 좀 더 잘 해야 할 거야." 마릴라는 경고했다. "그래, 그렇게 해야지. 이제 기도를 하고 침대에 누우렴."

"전 기도를 하지 않아요." 앤이 당당하게 말했다.

마릴라는 놀라서 등골이 다 서늘할 지경이었다.

"이런, 앤, 그게 무슨 소리냐? 기도하는 법을 안 배웠니? 하나님은 항상 어린 여자아이들이 기도하기를 바라실 텐데. 하나님 모르니, 앤?"

"'하나님은 영이시고, 그분의 존재하심과 지혜와 권능과 거룩하심과 공의와 인자하심과 진실하심이 무한하시며 영원하시고 변치 않으십니다.'"(교리문답, 즉 기독교의 교리를 문답 형식의 엮은 교육서에서 '하나님은 어떤 분이신가'에 대한 내용.-옮긴이) 앤은 즉시 술술 막힘없이 대답했다.

마릴라는 조금 안심하는 듯했다.

"알고는 있구나. 감사하게도! 이교도는 아니었어. 그건 어디서 배웠니?"

"아, 고아원의 주일학교에서요. 거기선 교리문답을 전부 외우게 했어요. 전 아주 좋아했어요. 정말 멋진 단어들이 나오거든요. '무한하시며 영원하시고 변치 않으십니다.' 웅장하지 않아요? 아주 깊은 울림이 있어요. 커다란 오르간을 연주할 때처럼요. 시라고 할 수는 없지만 제가 생각하기에는 많이 비슷하게 들려요. 그렇지 않아요?"

"시 얘기가 아냐, 앤. 기도에 대한 이야기를 하고 있잖니. 매일 밤 기도를 하지 않는 건 아주 나쁜 짓이라는 거 모르니? 네가 아주 나쁜 아이일까 봐 겁이 나는구나."

"아주머니도 빨강 머리였다면 좋은 점보다는 나쁜 점을 찾아보기가 더 쉬웠을 거예요." 앤이 불만스러운 듯이 말했다. "머리색이 빨갛지 않은 사람들은 그게 얼마나 고충인지 몰라요. 토머스 아주머니가 저한테, 하나님은 목적이 있어서 제 머리를 빨갛게 만드신 거라고 했어요. 일부러 빨강 머리로 만드셨다니, 그 말을 들은 후로는 하나님을 신경 쓰지 않았어요. 그리고 어찌됐건 전 밤이 되면 너무 지쳐서 기도를 할 겨를도 없었고요. 쌍둥이를 돌봐야 하는 사람이 어떻게 기도까지 하겠어요. 아주머니는 솔직히 가능하다고 생각하세요?"

마릴라는 앤의 종교 교육을 당장 시작해야겠다고 마음먹었다. 꾸물거릴 때가 아니었다.

"우리 집 지붕 밑에 있는 동안에는 기도를 해야만 한다, 앤."

"어머, 그러라고 하시면 물론 그래야죠." 앤은 명랑하게 고개를 끄덕였다. "아주머니 말씀대로 다 따를게요. 하지만 오늘은 어떤 말로 기도해야 하는지 말씀해주셔야 해요. 이따가 침대에 들어가서 앞으로 기도할 때 쓸 멋진 기도문을 상상해볼게요. 지금 생각해보니 정말 재미있을 것 같아요."

"무릎을 꿇어야지." 마릴라는 조금 당황스러운 기분이었다.

앤은 마릴라 앞에 마주 무릎을 꿇고 마릴라를 진지한 얼굴로 올려다보았다.

"왜 기도할 때 무릎을 꿇어야 해요? 저라면 정말 기도하고 싶을 때는 이렇게 할 거예요. 커다란 들판에 혼자 나가거나 숲속으로 깊이 깊이 들어가는 거예요. 그리고 저 멀고 먼 위에 있는 하늘을 올려다보는 거죠. 파란색이 끝나지 않을 것처럼 보이는 아름다운 파란 하늘을요. 그러면 온몸으로 기도를 느끼게 될 것 같아요. 음, 저 준비됐어요. 이제 뭐라고 해요?"

마릴라는 정말 당황스러웠다. 마릴라는 앤에게 '이제 잠자리에 들려고 합니다'로 시작하는 기본적인 어린이 기도문을 가르칠 생각이었다. 하지만 전에도 언급했듯이, 마릴라는 은근히 유머 감각이 있는 사람이었다. 그 유머 감각이란 곧 상황에 맞게 발휘하는 융통성이기도 했다. 그런 마릴라에게 불현듯 이런 생각이 머리를 스쳤다. 이 기도문은 하얀 잠옷을 입은 어린아이들이 엄마 무릎에서 혀짤배기소리로 외우는 기도문이었다. 이 주근깨투성이 요상한 여자아이에게는 전혀 어울리지 않았다. 이 아이는 사람의 사랑을 통해 하나님의 사랑을 느껴본 적이 없는지라 하나님의 사랑에 대해 전혀 모르고 신경도 쓰지 않던 아이가 아닌가.

"넌 스스로 기도할 만한 나이야, 앤." 마릴라가 마침내 입을 열었다. "그냥 좋은 일에 대해 하나님께 감사드리고 네가 바라는 걸 겸손하게 구하렴."

"그럼, 최선을 다해볼게요." 앤은 그렇게 약속하고 마릴라의 무릎에 얼굴을 묻었다. "하늘에 계신 은혜로우신 하나님 아버지, 교회에서 목사님들이 이렇게 하시더라고요. 그래서 개인적인 기도에 써도 되겠다고 생각했는데, 괜찮죠?" 앤은 도중에 잠깐 머리를 들고 이렇게 말하더니 다시 기도를 시작했다. "'하늘에 계신 은혜로우신 하나님 아버지, 환희의 하얀 길과 반짝이는 물빛 호수와 보니와 눈의 여왕을 만나게 해주셔서 감사합니다. 어마어마하게 많이 감사드려요. 지금은 감사할 만한 좋은 일이 그것밖에 생각나지 않아요. 제가 바라는 일은 너무 많아서 다 이야기하려면 시간이 아주 많이 걸리니까 제일 중요한 것 딱 두 가지만 말하겠습니다. 제가 초록지붕 집에 계속 살 수 있게 해주세요. 그리고 자라면 예뻐지게 해주세요. 그럼 이만, 진심을 담아, 앤 셜리 올림.' 이러면 되나요?" 앤이 몸을 일으키면서 간절하게 물었다. "생각할 시간이 조금만 더 있었으면 훨씬 멋들어진 문구를 넣을 수 있었을 텐데 말이에요."

불쌍한 마릴라는 기절할 뻔했으나, 이런 기괴한 기도가 하나님을 모독하는 것이 아니라 단순히 앤이 종교적으로 아는 것이 없어서 이렇게 되었다는 것을 떠올리며 간신히 버텼다. 마릴라는 침대에 누운 앤의 이불을 덮어주면서 마음속으로 다음 날부터 바로 기도를 가르쳐야겠다고 다짐했다. 마릴라가 촛불을 들고 방을 나가려는데 앤이 말했다.

"지금 생각해보니까요, 끝에 '진심을 담아'가 아니라 '아멘'이라고 했어야 했던 거죠? 목사님들은 그러시던데. 제가 '아멘'은 까맣게 잊어버리고, 기도를 어떤 식으로든 끝내야겠다고 생각해서 다른 걸 집어넣었어요. 이것 때문에 뭔가 달라지는 게 있을까요?"

"어…… 그렇지는 않을 것 같구나." 마릴라가 말했다. "이제 얌전하게 자야지. 잘 자라."

"오늘은 후련한 마음으로 안녕히 주무시라고 인사할 수 있어요." 앤은 베개 속에 기분 좋게 푹 파묻혔다.

마릴라는 부엌으로 돌아와 촛불을 식탁 위에 탁 올려놓고 나서 매튜를 노려보았다.

"매튜 커스버트, 이제 누군가 저 아이를 입양해서 이것저것 가르칠 때가 된 것 같아요. 완벽한 이교도와 종이 한 장 차이예요. 지금껏 기도 한번 해본 적 없다는 게 믿어져요? 내일 앤을 목사관에 보내서 『동이 틀 무렵』 시리즈(기독교의 새벽 기도 교리서.―옮긴이)를 빌려오라고 해야겠어요. 그게 내가 해야 할 일인 것 같아요. 그리고 알맞은 옷을 해 입혀서 주일학교에도 보내야겠어요. 굉장히 바빠질 것 같네요. 뭐, 그래요. 다들 자기 몫의 역경도 겪지 않고 이 세상을 살아낼 수는 없는 거죠. 난 이제까지 아주 편하게만 살았는데 드디어 역경의 시간이 닥쳐오고야 말았네요. 최선을 다해서 이겨내야 할 것 같아요."

8
가정교육의 시작

 마릴라는 나름의 이유로 다음 날 오후까지 앤이 초록지붕 집에서 살게 되었다는 이야기를 해주지 않았다. 오전 내내 마릴라는 앤에게 여러 가지 다양한 일을 시켜놓고 앤이 바쁘게 움직이는 모습을 예리하게 관찰했다. 정오까지 마릴라가 관찰해본 결과, 앤은 똘똘하고 시킨 대로 잘 따르며 열의가 있고 새로운 것도 빨리 배웠다. 가장 큰 단점이라면 일을 하다 말고 상상에 빠지는 버릇이 있는 듯하다는 것이었다. 앤은 상상에 빠지면 하던 일을 까맣게 잊고 있다가 꾸중을 듣거나, 엄청난 실수를 하게 되면 그제야 화들짝 현실로 돌아왔다.

 점심 설거지를 끝냈을 때 앤은 갑작스럽게 마릴라 앞을 가로막고 섰다. 최악의 결과를 들을 각오가 되었다는 절박한 심정을 온몸으로 표현하고 있었다. 작고 여윈 몸은 머리끝부터 발끝까지 부들부들 떨렸고, 새빨개진 얼굴에 동공이 커져 눈이 거의 까맣게 보일 지경이었다. 앤은 두 손을 꽉 모아 쥐고 애처롭게 말했다.

"제발요, 커스버트 아주머니. 저를 보내실 건지 안 보내실 건지 말씀해주시면 안 될까요? 오전 내내 참아보려고 했는데, 이젠 정말 못 견디겠어요. 끔찍한 기분이에요. 제발 말씀해주세요."

"행주를 펄펄 끓는 깨끗한 물에 삶지 않았구나. 내가 아까 얘기했잖니." 마릴라는 꿈쩍도 하지 않았다. "나한테 뭘 물어보기 전에 그것부터 하고 오려무나, 앤."

앤은 시키는 대로 행주를 삶았다. 그러더니 마릴라에게 돌아와 애처로운 눈길로 마릴라의 얼굴을 빤히 바라보았다.

"그래," 마릴라는 더 이상 대답을 미룰 구실이 생각나지 않았다. "말해주는 게 좋을 것 같구나. 매튜와 나는 널 데리고 있기로 결정했단다. 그러니까, 네가 착한 아이가 되려고 노력하고 감사하는 태도를 보여준다면 말이야. 이런, 애야, 왜 그러는 거니?"

"눈물이 나서 그래요." 앤은 얼떨떨한 목소리로 말했다. "왜 그런지는 모르겠어요. 더 이상 기쁠 수 없을 만큼 기뻐요. 아니, '기쁘다'는 건 딱 맞는 표현이 아닌 것 같아요. 하얀 길이나 벚꽃에 대해 이야기할 때는 기쁜 게 맞아요. 하지만 지금은 말이죠! 아아, '기쁘다'는 걸로는 부족해요. 정말 행복해요. 아주 착해지려고 노력할게요. 힘들고 고통스러운 과정일 거예요. 저는 손을 못 쓸 정도로 못됐다고 토머스 아주머니가 입버릇처럼 말씀하셨거든요. 하지만 최선을 다할게요. 그런데 왜 눈물이 나는 걸까요?"

"들뜨고 흥분해서 그렇겠지." 마릴라는 못마땅한 듯이 말했다. "저 의자에 앉아서 흥분 좀 가라앉히렴. 너는 너무 쉽게 울고 웃고 하는 것 같구나. 그래, 너는 여기 살게 될 거고 우린 너를 제대로 키우려고 애쓸 거다. 너는 학교에 다녀야 해. 하지만 2주 후면 방학이 되고 9월에 개학이니, 지금부터 다니기 시작하는 건 별 의미가 없을 것 같구나."

"뭐라고 부르면 돼요?" 앤이 물었다. "평소에 커스버트 아주머니라고 불러야 할까요? 마릴라 이모님이라고 불러도 돼요?"

"아니다, 그냥 마릴라라고 부르렴. 난 커스버트 아주머니라는 호칭은 익숙하지 않아서 어색할 것 같구나."

"그냥 마릴라라고 부르면 엄청나게 무례하게 들리지 않을까요." 앤이 반대했다.

"예의 바르게 말하려고 신경 쓰면 무례하게 들리지 않을 거다. 에이번리에서는 어린아이부터 노인들까지, 목사님 말고는 다들 나를 마릴라라고 부른단다. 목사님은 커스버트 양이라고 부르시지. 이름이 생각났을 경우의 얘기지만."

"전 마릴라 이모님이 좋은데요." 앤이 아쉬워하며 말했다. "이모나 다른 친척들이 전혀 없어서요. 할머니조차 없으니까요. 이모님이라고 부르면 진짜 이 집 아이가 된 것 같은 느낌이 들 것 같아요. 마릴라 이모님이라고 부르면 안 돼요?"

"안 돼. 난 네 이모도 아니고, 마릴라라고 부른다고 네가 이 집 아이가 아닌 것도 아니잖니."

"하지만 우리끼리 아주머니가 제 이모라고 상상할 수 있잖아요."

"난 상상이 안 된다." 마릴라는 흔들리지 않았다.

"실제와 다른 것은 절대 상상이 안 되세요?" 앤이 눈을 크게 뜨고 물었다.

"안 돼."

"어머나!" 앤은 숨을 한번 크게 들이쉬었다. "아아, 커스버트 아주머니, 아니, 마릴라. 상상하지 않으면 놓치는 게 얼마나 많은데요!"

"난 실제와 다른 것을 상상하는 게 싫구나." 마릴라가 대꾸했다. "하나님이 우리에게 어떤 상황을 주시든, 그건 상상 속으로 달아나라는 뜻은 아니야. 그러고 보니 생각나는구나. 거실로 가봐라, 앤. 발이 깨끗한지 먼저 확인하고. 파리 들어가게 하면 안 돼. 거실에서 그림 카드를 갖고 오렴. 벽난로 선반 위에 있을 거다. 카드에 '주기도문'이 쓰여 있을 거야. 오후에 틈날 때 외우려무나. 어젯밤 같은 그런 기도는 더 이상 안 된다."

"제 생각에도 많이 이상했던 것 같아요." 앤이 변명했다. "하지만 연습을 한 번도 안 해봐서 그래요. 처음부터 기도를 잘하는 사람이 어디 있어요? 약속한 대로 어젯밤에 침대에 들어가서 근사한 기도문을 생각해봤거든요. 거의 목사님 기도만큼 길고 시 같은 기도였어요. 그런데 믿으실지 모르겠어요. 아침에 깨어보니 한 단어도 생각이 안 났어요. 한 번 더 생각해내도 그만큼은 안 될 것 같고요. 왜 그런지 두 번째 생각해내면 처음만 못하더라고요. 그렇다는 거 알고 계셨어요?"

"네가 알아둬야 할 게 있다, 앤. 내가 너한테 뭐가 하라고 시켰을 때는 네가 곧바로 시킨 대로 했으면 한다. 그렇게 꼼짝 않고 서서 끝없이 얘기만 하지 말고 말이야. 당장 가서 시킨 걸 가져오려무나."

앤은 즉시 현관을 지나 거실로 향했다. 그런데 이번엔 돌아오지를 않았다. 10분을 기다려도 오지 않자, 마릴라는 뜨개질하던 것을 내려놓고 험상궂은 표정으로 앤을 찾아 나섰다.

앤은 두 창문 사이 벽에 걸린 그림 앞에서 꼼짝도 않고 서 있었다. 두 손을 앞으로 모아 쥐고 그림을 향해 쳐든 얼굴에는 공상에 잠긴 두 눈이 별처럼 빛났다. 창밖의 사과나무와 빽빽한

덩굴 틈을 비집고 들어오는 하얀색 빛과 초록색 빛이 이 넋 나간 아이에게 쏟아져 내려, 반쯤은 이 세상의 것이 아닌 것 같은 광채가 감돌았다.

"앤, 도대체 무슨 생각을 하고 있는 거냐?" 마릴라는 날선 목소리로 물었다.

앤은 깜짝 놀라 현실로 돌아왔다.

"저거요." 앤이 그림을 가리켰다. 석판인쇄된 선명한 채색화였는데 '어린이들을 축복해주시는 예수님'이라는 제목이 붙어 있었다. "저도 저 아이들 중 하나라고 상상하고 있었어요. 파란 옷을 입고 구석에 떨어져 서 있는 저 여자아이요. 어느 집 아이도 아닌 것 같아 보여요. 저처럼요. 외롭고 슬퍼 보이지 않으세요? 아버지도 어머니도 없는 것 같아요. 하지만 이 아이도 축복을 받고 싶었죠. 그래서 사람들 주변으로 슬금슬금 다가간 거예요. 예수님 말고 다른 사람들 눈에는 띄지 않기를 바라면서요. 어떤 기분인지 저는 잘 알아요. 가슴이 쿵쾅거리고 긴장해서 손이 차가워졌을 거예요. 제가 여기 살 수 있게 되는 거냐고 여쭤봤을 때처럼요. 예수님이 발견해주시지 못할까 봐 겁이 났을 거예요. 하지만 결국 봐주실 것 같지 않아요? 이 이야기 전체를 상상해봤어요. 이 여자아이는 계속 조금씩 조금씩 다가가서 예수님 가까이까지 갈 거예요. 그러면 예수님이 저 아이를 보고 머리에 손을 얹어주시는 거죠. 아아, 저 아이는 엄청난 기쁨의 전율이 흐르는 것을 느낄 거예요! 하지만 예수님을 이렇게 슬픈 표정으로 그리지 않았으면 더 좋았을 것 같아요. 아시는지 모르겠지만, 예수님 그림은 다 저런 표정이거든요. 하지만 전 예수님이 정말로 슬픈 표정이었을 거라고 생각하지 않아요. 아이들이 예수님을 겁냈을 것 같지도 않고요."

"앤……." 마릴라는 자신이 앤의 긴 이야기를 왜 진작 끊지 않았는지 의문이었다. "그런 말 하는 거 아니다. 불손한 말이야. 아주 불손한 말이지."

앤의 눈은 놀라서 동그래졌다.

"아니, 전 굉장히 경건한 느낌이었는데요. 불손한 말을 하려고 했던 건 아니었어요."

"그래, 그런 것 같구나. 하지만 이런 주제에 대해 너무 통속적으로 이야기하는 건 좋게 들리지 않아. 그리고 또 한 가지. 앤, 내가 뭘 가져오라고 하면 곧바로 가져와야 해. 이렇게 그림 앞에서 멍하니 상상에 빠져 있으면 안 된다. 잊지 마라. 그림 카드를 가지고 바로 부엌으로 와. 그리고 구석에 앉아서 기도문을 외우는 거야."

앤은 사과꽃이 한 아름 꽂혀 있는 병에 카드를 기대 세웠다. 아까 식탁을 장식하려고 앤이 갖다놓은 꽃이었다. 마릴라도 꽃 갖다놓는 것을 곁눈질로 흘끔 쳐다보았지만 별말은 하지 않았다. 앤은 지금 그 앞에서 두 손으로 턱을 괴고 몇 분 동안 아무 말 없이 기도문을 외우느라 여념이 없었다.

"좋네요." 앤이 한참만에 입을 열었다. "기도문이 아름다워요. 들어본 적은 있어요. 고아원 주일학교 교장 선생님께서 한 번 읽어주셨죠. 그런데 그때는 마음에 들지 않았어요. 그분은 엄청 잠긴 목소리로 아주 우울하게 기도하셨거든요. 분명 그분에게는 기도가 불쾌한 의무인가 보다 생각했죠. 그런데 지금 읽어보니 시는 아니지만 시를 읽을 때와 같은 느낌이 들어요. '하늘에 계신 우리 아버지, 이름이 거룩히 여김을 받으시오며…….' 꼭 노래 가사 같아요. 아아, 저한테 이걸 가르쳐주셔서 너무 기뻐요, 커스버트 아주머니, 아니, 마릴라."

"그래, 계속 외우고 입은 다물어라." 마릴라는 퉁명스럽게 말했다.

앤은 동그랗게 오므린 분홍빛 꽃봉오리에 사과꽃 꽃병이 부드럽게 키스하듯 살짝 닿게끔 꽃병을 움직이더니, 또 한참 동안 열심히 기도문을 들여다보았다.

"마릴라." 얼마 지나지 않아 앤이 물었다. "제가 에이번리에서 마음의 친구를 사귀게 될까요?"

"어…… 무슨 친구?"

"마음의 친구요. 아주 친한 친구 말이에요. 아주 깊은 속마음까지 털어놓을 수 있고 영혼이 서로 통하는 사람이요. 평생 그런 친구를 만날 날을 꿈꿔왔어요. 정말 그런 날이 올 거라고 생각하지는 않았지만, 아름다운 꿈들이 한꺼번에 너무 많이 이루어지니까 혹시 이것도 이루어질까 싶어서요. 그게 가능할까요?"

"다이애나 배리가 산비탈 과수원 집에 살지. 네 또래야. 아주 괜찮은 아이란다. 그 아이가 집으로 돌아오면 너와 함께 놀 수 있을 거야. 지금은 카모디에 있는 친척 집에 가 있거든. 하지만 얌전하게 행동하려고 신경 써야 할 거다. 배리 부인이 여간 까다로워야지. 얌전하고 착한 아이가 아니면 다이애나와 놀게 놔두지 않을 거야."

사과꽃 너머로 마릴라를 쳐다보는 앤의 두 눈은 호기심으로 반짝거렸다.

"다이애나는 어떻게 생겼어요? 빨강 머리는 아니죠? 제발 아니었으면 좋겠네요. 나 하나 빨강 머리인 것으로도 충분히 심란한데, 마음의 친구마저 그렇다면 정말 견디기 힘들 거예요."

"다이애나는 아주 예쁜 아이야. 눈도 머리도 까맣고 볼은 장밋빛이란다. 게다가 착하고 똑똑하지. 그게 예쁘다는 것보다 더 훌륭한 장점 아니니."

마릴라는 『이상한 나라의 앨리스』에 나오는 공작부인만큼이나 도덕규범을 강조하는 사람이었다. 그래서인지 자신이 기르는 아이에게 말끝마다 그것을 가르쳐야 한다고 굳게 믿었다.

하지만 앤은 도덕규범은 건성으로 듣고 그에 앞서 이야기한 즐거운 가능성만 포착했다.

"어머, 예쁘다니 너무 기뻐요. 나 자신이 예쁜 게 제일 좋겠지만, 사실 제 경우에는 그게 불가능하니까요. 마음의 친구가 예쁜 게 그다음으로 좋아요. 토머스 아주머니와 함께 살 때 그 집 거실에는 유리문이 달린 책장이 있었어요. 책은 하나도 없었죠. 토머스 아주머니는 가장 좋은 도자기 병을 책장에 보관했는데 병에는 과일 설탕절임을 넣어뒀어요. 넣어둘 만큼 있을 때 얘기지만요. 책장 유리문 한쪽은 깨져 있었어요. 토머스 아저씨가 어느 날 밤에 좀 취해서 깨뜨려버렸거든요. 하지만 다른 한쪽은 멀쩡했어요. 그래서 나는 그 유리문에 비친 내 모습이 거기 사는 다른 여자아이인 것처럼 그 애와 놀았어요. 저는 그 아이를 케이티 모리스라고 불렀고, 우리는 아주 친했어요. 저는 시간이 되면 그 아이와 이야기를 나눴어요. 특히 일요일에 잘 그랬는데, 모든 걸 털어놓았죠. 케이티는 내 생활의 휴식이고 위안이었어요. 우린 책장이 마법에 걸렸다고 생각하며 놀았어요. 주문만 알고 있었다면, 유리문을 열어 토머스 아주머니가 과일 설탕절임 도자기 병을 넣어두는 책장이 아니라 케이티 모리스가 사는 방으로 들어갈 수도 있었을 텐데 말이에요. 그랬다면 케이티 모리스가 제 손을 잡고 근사한 곳으로 데려갔겠죠. 꽃들이 흐드러지게 피어 있고 햇빛이 찬란하고 요정들이 날아다니는 그런 곳으로요. 그랬다면 우린 거기서 영원히 행복하게 살았을 거예요. 해먼드 아주머니를 따라가 살게 되었을 때 케이티 모리스와 헤어지게 되어 마음이 너무 아팠어요. 케이티도 너무나 슬퍼했어요. 전 알 수 있어요. 책장 유리문을 통해 작별 키스를 했을 때 케이티가 울고 있었거든요. 해먼드 아주머니의 집에는 책장이 없었어요. 하지만 집에서 강 상류 쪽으로 조금 올라가면 길고 좁은 초록빛 골짜기가 있었어요. 거긴 세상에서 제일 아름다운 메아리가 살고 있었거든요? 뭐라고 말하든 메아리가 되돌아와요. 별로 크게 말하지 않아도요. 전 그게 비올레타라는 여자아이라고 상상했어요. 우린 아주 친해졌어요. 거의 케이티 모리스를 사랑했던 것만큼 비올레타를 사랑했어요. 똑같지는 않았고, 거의 비슷할 만큼이요. 고아원으로 가기 전날 밤 저는 비올레타에게 작별 인사를 했어요. 그랬더니, 아아, 비올레타가 아주아주 슬픈 목소리로 작별 인사를 하는 거예요. 비올레타를 너무 좋아했었는지, 고아원에서는 마음의 친구를 상상하고 싶지가 않았어요. 고아원은 상상의 여지가 별로 없었지만 있었다고 해도 말이에요."

"그랬을 것 같구나." 마릴라의 목소리는 덤덤했다. "난 네가 그 상상을 계속 이어가는 건 허락 못한다. 넌 네 상상을 반쯤 믿는 것 같은데, 살아 있는 진짜 친구를 사귀어서 그런 말도 안 되는 생각을 머릿속에서 몰아내는 게 좋겠구나. 배리 부인 앞에서 케이티 모리스니, 비올레타니 하는 얘기를 꺼낼 생각은 마라. 부인은 네가 거짓말을 한다고 생각할 테니 말이야."

"안 그럴게요. 아무한테나 얘기할 수는 없어요. 그 추억은 그러기엔 너무 신성하단 말이에요. 하지만 아주머니에게는 말해드리고 싶었어요. 어머나, 저것 보세요. 커다란 벌 한 마리가 사과꽃에서 굴러떨어졌어요. 벌한테는 너무나 아름다운 집 아니에요? 저 사과꽃 말이에요. 바람에 흔들릴 때 꽃잎에 누워서 잠들면 얼마나 좋을까요. 제가 인간 여자아이만 아니라면 벌이 되어 꽃 속에서 살았으면 좋겠어요."

"어제는 갈매기가 되고 싶다더니." 마릴라가 코웃음을 쳤다. "변덕이 심한 것 같구나. 그리고 나는 말을 하는 게 아니라 기도문을 외우라고 했을 텐데. 하지만 누구 들어줄 사람이 있는 한은 네가 말을 하지 않는다는 게 불가능한 것 같구나. 네 방으로 올라가서 외우렴."

"어머, 저 이제 거의 다 외웠어요. 마지막 줄만 빼고요."

"그랬니, 상관없다. 시키는 대로 하렴. 네 방으로 가서 마저 외워. 그리고 식사 준비 도우러 내려오라고 할 때까지는 방에 있어라."

"외롭지 않게 사과꽃을 데려가도 돼요?" 앤이 간절하게 말했다.

"안 된다. 방을 꽃으로 어지를 셈이냐. 그 꽃가지도 원래 있던 나무에 그대로 달려 있게 놔뒀어야지."

"저도 그런 생각이 좀 들긴 했어요." 앤이 말했다. "가지를 꺾어서 아름다운 생명을 단축시켜선 안 될 것 같은 생각이 조금 들었죠. 제가 사과꽃 가지였어도 꺾이기를 바라지는 않았을 테니까요. 하지만 유혹을 거부할 수 없었어요. 거부할 수 없는 유혹을 당하면 아주머니는 어떻게 하세요?"

"앤, 네 방으로 올라가라는 말 못 들었니?"

앤은 한숨을 쉬더니 동쪽 지붕 밑 방으로 올라가 창가 의자에 앉았다.

"에이, 기도문은 다 외웠는데. 위층으로 올라오면서 마지막 줄도 다 외웠단 말이지. 이제 상상의 물건들을 이 방에 불러들여서 늘 이곳에 상상으로 머무르게 해야지. 바닥에는 하얀 벨벳 카펫이 깔려 있는데 분홍색 장미꽃 무늬가 하나 가득 있어. 창문에는 분홍색 실크 커튼이 걸려 있고, 벽에는 금색 은색 자수가 화려한 실크 태피스트리가 걸려 있어. 가구는 마호가니로 해야지. 본 적은 없지만 엄청 호화로운 것처럼 들리니까. 이쪽에는 소파가 있고 소파에는 분홍색, 파란색, 빨강색, 금색 실크 쿠션들이 가득 있는 거야. 난 그 소파에 우아한 자세로 비스듬히 누워 있어야지. 그리고 저쪽 벽에 걸린 근사한 큰 거울에 내 모습이 비쳐 보이는 거야. 나는 키가 크고 여왕 같은 기품이 있어. 하얀 레이스가 바닥에 끌리는 드레스를 입었고, 가슴에는 진주로 만든 십자가를 달고 머리에도 진주 장식을 했어. 내 머리카락은 한밤중처럼 새까맣고 피부는 맑고 창백한 상앗빛깔이야. 내 이름은 코딜리아 피츠제럴드, 귀족 아가씨지. 아, 안 돼. 이건 진짜 같지 않네."

앤은 조그만 거울 앞으로 춤추듯 걸어가서 거울을 들여다보았다. 뾰족한 주근깨투성이 얼굴과 침통한 회색 눈이 마주 보였다.

"넌 그냥 초록지붕 집의 앤이야." 앤은 진지했다. "내가 코딜리아 아가씨라고 상상하려 할 때마다 지금 눈앞에 보이는 네가 나타나. 하지만 그냥 '앤'보다는 '초록지붕 집의 앤'이 백만 배는 더 근사하지 않아?"

앤은 몸을 기울여 거울에 비친 자기 모습에 애정을 담아 입을 맞추고 열려 있는 창가로 다가갔다.

"눈의 여왕아, 안녕? 저 아래 골짜기의 자작나무들도 안녕? 언덕 위의 회색 집도 안녕? 다이애나와 마음의 친구가 될 수 있을까? 그랬으면 좋겠는데. 그러면 난 그 애를 아주 많이 사랑할 거야. 하지만 케이티 모리스와 비올레타도 절대 잊으면 안 돼. 그 애들이 상처를 많이 받을 거야. 난 누군가의 마음에 상처를 주는 게 너무나 싫어. 케이티와 비올레타가 아닌 그냥 책장 속 여자애나 그냥 메아리 소녀라 해도 말이야. 난 그 애들을 잘 기억해야 하고 매일 사랑의 입맞춤을 전해야 해."

앤은 두어 번 허공을 향해 벚나무 쪽으로 손키스를 던지더니, 두 손으로 턱을 받치고 상상의 바다를 마음껏 떠다녔다.

9
레이첼 부인의 수모

앤이 초록지붕 집에서 지낸 지 2주쯤 지나자 레이첼 부인이 앤을 살펴보러 왔다. 공정하게 말해서 이렇게 늦어진 것이 레이첼 부인의 잘못은 아니었다. 때 아닌 독감에 걸리는 바람에 이 사람 좋은 부인은 초록지붕 집에 다녀간 후로 집 안에서 꼼짝 못했던 것이다. 레이첼 부인은 병에 자주 걸리는 사람이 아니었다. 그래서 병약한 사람들을 대놓고 경멸했다. 하지만 부인의 주장에 따르면 독감은 도무지 다른 병과 달라서 하나님의 뜻으로 특별 방문한 것이라고밖에 해석할 수 없다는 것이었다. 부인은 의사 입에서 집밖으로 나가도 좋다는 말이 떨어지자마자 서둘러 초록지붕 집으로 향했다. 매튜와 마릴라가 입양한 고아가 궁금해서 미칠 지경이었고, 그동안 누가 에이번리에 온갖 소문과 추측을 퍼뜨렸는지 신경이 쓰이기도 했다.

2주 동안 앤은 깨어 있는 순간을 하나도 놓치지 않고 알차게 썼다. 벌써 이곳의 모든 나무와 덤불과 일일이 인사를 나눈 상태였다. 앤은 사과나무 과수원 밑으로 뚫린 길이 띠처럼 펼쳐진 숲지대를 통과해 뻗어 나간다는 사실을 발견했다. 그래서 이미 갈 수 있는 가장 먼 곳까지 다 가보았는데 내내 아름다우면서도 변화무쌍했다. 시냇물과 다리가 나타나는가 하면 가지 윗부분을 잘 잘라준 전나무 숲에 이르고, 벚나무들이 아치를 이루는가 하면 단풍나무와 마가목이 우거진 곳에서는 샛길이 갈라졌다.

앤은 골짜기 아래쪽에 있는 샘물과도 친구가 되었다. 그 샘은 놀랄 만큼 깊고 맑으며 얼음처럼 차가운 물이 샘솟는 곳이었다. 부드러운 붉은 사암지대에 위치한 이 샘의 물 밑으로는 빙 둘러 커다란 손바닥 같은 물고사리가 수풀을 이루고 있었다. 샘 위쪽으로 올라가면 시냇물을 건너는 통나무 다리가 나왔다.

그 다리를 춤추는 듯한 발걸음으로 건너면 나무가 우거진 언덕이 나타났다. 빽빽하게 우거진 곳은 전나무와 가문비나무 아래로 끝나지 않는 황혼이 지배하는 곳이었다. 그곳에는 섬세한 준벨 꽃이 흐드러지게 피어 있었다. 꽃이라고는 삼림 지대를 장식하는 이 준벨 꽃의 너무나도 수줍고 달콤하게 피어 있는 꽃봉오리와, 작년에 피었던 꽃들의 정령인 듯 공중에 떠다니는 옅은 빛깔의 별꽃들이 전부였다. 나무들 사이로 걸려 있는 가느다란 거미줄은 은빛 실처럼 반짝거렸고, 전나무 가지와 장식술 같은 잎들이 다정하게 말을 거는 것만 같았다.

앤이 놀아도 된다고 허락 받은 시간은 30분 남짓 되었는데, 그동안 이 모든 황홀한 탐험을 한 것이었다. 앤은 매튜와 마릴라에게 이 발견에 대해 두 사람의 귀가 반쯤 먹먹해질 정도로 열심히 이야기해주었다. 매튜의 경우 못마땅해하지 않는 것은 분명했다. 얼굴 가득 즐거운 미소를 지으며 말없이 앤의 이야기를 들어주었으니 말이다. 마릴라도 어느 정도는 수다를 허용해주었다. 하지만 앤의 이야기에 자신이 너무 빠져들고 있다는 기분이 들면 바로 퉁명스럽게 조용히 하라며 앤의 말을 막았다.

레이첼 부인이 찾아왔을 때 앤은 과수원에 있었다. 벌겋게 물든 저녁 햇살을 받으며 풀잎이 바람에 나부끼는 무성한 푸른 풀밭을 제멋대로 돌아다니는 중이라 집 안에 없었다. 레이첼 부인이 자신의 병에 대해 소상히 설명하기에 너무 좋은 기회였다. 어디가 어떻게 아팠는지 맥박 하나하나까지 묘사하면서 어찌나 눈에 띄게 즐거워하던지, 마릴라는 독감조차도 쓸모가 있구나 하는 생각이 들 정도였다. 레이첼 부인은 독감 애깃거리가 바닥나자, 찾아온 진짜 이유를 털어놓았다.

"이 집에 대해 놀랄 만한 얘기를 들었어요."

"아무리 놀란들 저만큼 놀랐을까요." 마릴라가 말했다. "지금도 놀란 마음을 진정시키고 있는 중이랍니다."

"그런 엄청난 착오가 있었다니, 안됐어요." 레이첼 부인이 혀를 끌끌 찼다. "고아원으로 돌려보낼 수가 없었던 거예요?"

"그럴 수도 있었겠지만 우리가 그러지 않기로 한 거예요. 매튜가 그 아이를 아주 마음에 들어 하거든요. 그리고 저 역시 그 아이가 좋고요. 물론 그 아이에게 단점은 있지만, 그래도 말이에요. 벌써 집안 분위기가 달라진 것 같아요. 정말 밝은 아이거든요."

마릴라는 원래 앤에 대해 이렇게까지 이야기할 생각은 아니었다. 하지만 레이첼 부인의 못마땅한 표정을 보고는 과장을 해버렸다.

"엄청난 책임을 떠맡게 된 거예요." 레이첼 부인은 비관적이었다. "특히나 아이를 길러본 경험이 전혀 없잖아요. 그 아이가 어떤 아이인지, 성격은 어떤지도 잘 모를 거 아니에요. 게다가 그 아이가 나중에 어떻게 될지도 모를 일이고요. 물론 의욕을 꺾을 생각은 없어요. 그건 알아줘요, 마릴라."

"의욕이 꺾이거나 하지는 않아요." 마릴라는 담담하게 대답했다. "전 뭔가 하기로 결심을 했을 때는 그대로 밀고 나가는 편이니까요. 앤을 만나보고 싶으실 것 같네요. 불러올게요."

그때 앤이 뛰어 들어왔다. 과수원을 돌아다니느라 얼굴은 기쁨으로 빛나고 있었다. 하지만 예상치 못한 낯선 사람이 눈에 띄자 자신의 들뜬 모습이 무안하기도 하고 당황스럽기도 해서 방 안에 우뚝 서 있었다. 독특한 모습의 아이인 것은 분명했다. 고아원에서 입고 온 원시 직물 원피스는 짧고 꽉 끼는 것이었고, 원피스 밑으로 드러난 비쩍 마른 두 다리는 볼품없이 길었다. 주근깨도 유난히 더 많이 두드러져 보였다. 모자를 쓰지 않아 바람에 엉망으로 헝클어진 머리는 그 어느 때보다도 더 빨갛게 보였다.

"어쩜, 외모를 보고 널 택한 건 아니로구나. 그건 틀림없네." 레이첼 부인은 거듭 강조했다. 레이첼 부인은 늘 유쾌하고 주위 사람들에게 인기 있는 사람으로, 두려워하거나 봐주지 않고 마음속에 떠오른 대로 숨김없이 이야기하는 것에 대해 자부심을 느끼고 있었다. "정말 비쩍 마르고 못생겼네요, 마릴라. 얘, 이리 와보렴. 자세히 좀 보자. 솔직히 이렇게 주근깨가 많은 아이가 또 있을까? 게다가 머리는 홍당무처럼 새빨갛네! 얘, 이리 와보라니까."

앤은 그쪽으로 가보긴 했다. 하지만 레이첼 부인이 생각했던 것과는 달랐다. 앤은 한걸음에 부엌을 가로질러 레이첼 부인 앞에 와 섰는데, 화가 나서 새빨개진 얼굴에 입술이 떨렸고,

머리끝부터 발끝까지 그 가느다란 몸 전체도 부들부들 떨리고 있었다.

"정말 미워요." 앤은 발로 바닥을 쾅쾅 구르며 목멘 소리로 외쳤다. "정말 싫어요, 싫다고요. 미워요." 미움의 말을 뱉어낼 때마다 쾅쾅 발 구르는 소리가 커졌다. "어떻게 감히 저에게 비쩍 마르고 못생겼다고 하실 수 있어요? 어떻게 주근깨투성이에 빨강 머리라고 하시냐고요? 아주머니는 예의 없고 무례하고 몰인정한 사람이에요!"

"앤!" 마릴라가 깜짝 놀라서 외쳤다.

하지만 앤은 여전히 레이첼 부인 앞에 마주 서 있었다. 전혀 수그러들지 않은 태도로 머리는 쳐들고 눈은 이글이글 타올랐으며, 주먹을 꽉 쥔 채로 분해서 씩씩거리며 내뱉는 가쁜 숨이 주변을 가득 메웠다.

"어떻게 저한테 그런 말씀을 하실 수가 있으세요?" 앤은 다시금 거칠게 말을 쏟아냈다. "아주머니도 똑같이 그런 말을 들으면 기분 좋으시겠어요? 누가 아주머니에게 뚱뚱하고 경솔하고 상상력이라고는 요만큼도 없는 것 같다고 한다면 기분 좋으시겠냐고요? 제 말에 기분 상하셔도 어쩔 수 없어요! 오히려 기분 상하셨으면 좋겠네요. 아주머니는 저한테 그보다 심한 상처를 입히셨으니까요. 토머스 아주머니의 술주정뱅이 남편에게 들은 말보다 더해요. 절대 아주머니를 용서하지 않을 거예요. 절대, 절대로요!"

쿵! 쾅!

"저런 고약한 성질머리가 또 있을까!" 레이첼 부인이 진저리를 치며 외쳤다.

"앤, 네 방으로 올라가서 내가 갈 때까지 방에 있어라." 마릴라가 간신히 힘을 짜내어 말했다.

앤은 울음을 터뜨리며 거실 문으로 달려나갔다. 나가면서 문을 하도 쾅 닫아 현관 벽 주석 장식이 다 덜그럭거릴 정도였다. 앤은 그렇게 회오리바람이 몰아치듯 현관을 지나 위층으로 올라갔다. 잠시 후 위쪽에서 쾅 소리가 났다. 동쪽 지붕 밑 방의 방문이 여전히 가라앉지 않은 분노를 드러내며 쾅 닫힌 것이었다.

"아이고, 저런 걸 기르다니. 난 하나도 부럽지가 않네요, 마릴라." 레이첼 부인이 이루 말할 수 없는 침통한 목소리로 말했다.

마릴라는 사과를 해야 할지 아니면 항의를 해야 할지 모르겠다고 말하려고 입을 열었다.

그런데 자신도 모르게 놀라운 말이 나왔다. 두고두고 놀라운 일이었다.

"아이 외모를 비웃지는 말았어야죠, 레이첼."

"마릴라 커스버트, 아까 그렇게 고약한 성질머리를 부리는 걸 보고서도 그 아이를 감싸는 건가요?" 레이첼 부인이 화를 냈다.

"아니에요." 마릴라가 천천히 말했다. "그 아이가 잘했다는 게 아니에요. 앤은 아주 버릇없이 굴었고, 거기에 대해서는 야단을 쳐야겠어요. 하지만 반드시 감안해야 할 것이 있어요. 그 아이는 뭐가 올바른 행동인지 배운 적이 없어요. 거기다 부인은 오늘 그 아이에게 너무 심했고요, 레이첼."

마릴라는 마지막 말을 덧붙이지 않을 수가 없었다. 다시 한 번 스스로도 놀랄 일이었다. 레이첼 부인은 자존심이 상했다는 듯이 자리에서 일어섰다.

"뭐, 이후로는 아주 말조심을 해야겠다는 것 정도는 알겠네요, 마릴라. 대체 어디서 자랐는지도 모를 고아가 기분 상하지 않도록 하는 게 무엇보다 우선이니 말이에요. 아뇨, 화난 거 아니에요. 걱정하지 말아요. 너무 딱하다 싶어서 화낼 여력도 없네요. 저 아이를 기르자면 골치 아프겠지만 당신이 감내할 일이죠. 하지만 내 조언을 받아들이겠다면…… 사실 그럴 것 같지는 않네요. 그래도 난 자식 열 명을 길렀고 죽은 아이 둘을 묻은 사람인데 말이죠. 어쨌든 아까 얘기한 것처럼 야단을 칠 때는 적당한 크기의 자작나무 회초리로 야단을 치세요. 저런 아이에게는 그게 제일 효과가 있을 거예요. 그 아이 성질머리는 아이 머리 색하고도 잘 어울리긴 하네요. 그럼, 잘 있어요,

마릴라. 예전처럼 자주 우리 집에 와줬으면 좋겠네요. 하지만 내가 다시 이곳에 이렇게 발길 재촉해서 올 거라고 생각하지는 마세요. 이런 식으로 공격 받고 모욕당할 거면 어떻게 오겠어요. 살다 살다 이런 경험은 또 처음이네요."

레이첼 부인은 말을 마치자마자 쌩하니 나가버렸다. 늘 뒤뚱뒤뚱 걷는 뚱뚱한 여성에게 어울리는 표현인지는 모르겠지만 어쨌든 최대한 빨리 사라졌다. 그리고 마릴라는 아주 엄한 표정으로 동쪽 지붕 밑 방으로 향했다.

위층으로 올라가는 내내 마릴라는 어떻게 해야 할지 걱정스러웠다. 아까 벌어진 소동에 대해 적지 않은 낭패감이 밀려왔다. 하필이면 레이첼 부인 앞에서 그렇게 성질을 부리다니, 이렇게 운이 없을 수도 있나! 다음 순간 마릴라는 앤의 성격에 그렇게 큰 결함이 있다는 것을 발견한 슬픔보다도 이웃에게 망신당한 굴욕이 더 크게 느껴졌다는 것을 퍼뜩 깨닫고 양심의 가책을 느꼈다. 게다가 벌은 어떻게 주어야 한단 말인가? 자작나무 회초리라는 정감 어린 제안의 경우, 레이첼 부인의 아이들이 그 따끔거리는 훈육의 결과물이라고 생각하니 별로 내키지 않았다. 자신이 아이를 때릴 수 있을 것 같지도 않았다. 벌을 줄 다른 방법을 찾아야만 했다. 앤이 자신의 공격적 성향이 얼마나 심각한지 제대로 깨닫게 해줄 다른 방법을 말이다.

마릴라가 방으로 들어가보니 앤은 침대에 엎드려 통곡을 하고 있었다. 진흙투성이 신발이 깨끗한 침대보 위에 올라와 있는 것에 대해서는 생각도 하지 못하는 듯했다.

"앤." 마릴라가 거칠게 불렀다.

대답이 없었다.

"앤." 마릴라의 목소리가 좀 더 엄해졌다. "당장 침대에서 내려와서 내가 하는 말 들어."

앤은 꼼지락꼼지락 침대에서 내려와 옆에 있는 의자에 뻣뻣하게 가 앉았다. 퉁퉁 부은 얼굴은 눈물자국 범벅이었고, 눈은 고집스럽게 바닥만 쳐다보고 있었다.

"이거 참 착하게도 구는구나. 앤! 부끄럽지도 않니?"

"그 아주머니는 저한테 못생긴 빨강 머리라고 하실 권리가 없어요." 앤이 말꼬리를 돌리며 반항적인 태도로 말했다.

"너도 그렇게 격분해서 부인에게 그런 식으로 말할 권리는 없잖니, 앤. 네가 부끄럽구나. 정말 부끄러워. 난 네가 레이첼 부인 앞에서 얌전하게 행동하길 바랐다. 아까처럼 날 망신시키는 일 없이 말이야. 레이첼 부인이 빨강 머리에 못생겼다고 하기는 했지만, 네가 왜 그렇게 화를 내는 건지 정말 모르겠구나. 너도 자주 그렇게 이야기하지 않았니."

"그래요, 그렇지만 스스로가 그렇다고 이야기하는 것과 남이 그렇게 말하는 걸 듣는 건 전혀 다르단 말이에요." 앤은 흐느껴 울었다. "내가 그렇다는 걸 알고 있어도 다른 사람들은 그렇게 생각지 않기를 바라게 되는걸요. 제가 성질이 고약하다고 생각하시겠지만 저도 어쩔 수가 없어요. 그런 말을 들으니 뭔가가 내 안에서 막 치밀어 올라서 숨이 막힐 것 같았어요. 그 아주머니에게 덤벼들지 않을 수가 없었다고요."

"어쨌든 네가 망신 톡톡히 당했다는 건 알아둬라. 레이첼 부인은 너에 대해 사방팔방 떠들어댈 재미있는 얘깃거리가 생겼구나. 실제로 이야기도 하고 다닐 거고. 그런 식으로 화를 내는 건 아주 형편없는 일이었다, 앤."

"자기 앞에서 비쩍 마르고 못생겼다고 대놓고 말하는 걸 들으면 어떤 기분이 들지 상상해보세요." 앤의 눈에는 눈물이 그렁그렁했다.

마릴라는 문득 오래전 기억이 떠올랐다.

마릴라가 아주 어릴 때 친척 아주머니 한 분이 다른 친척에게, '마릴라는 저렇게 까무잡잡하고 못생겼으니 불쌍해서 어쩌면 좋아'라고 말하는 것을 들은 적이 있었다. 마릴라는 오십 평생 그 기억만 떠올리면 마음이 쓰라렸다.

"나도 레이첼 부인이 너한테 그런 말을 한 게 올바른 행동이었다고는 생각 안 한다, 앤." 마릴라는 조금 부드러워진 목소리로 인정했다. "레이첼은 너무 남의 기분을 생각하지 않고 말하지. 하지만 그렇다고 해서 네 행동에 대한 변명이 되지는 않아. 레이첼 부인은 오늘 처음 만난 분이고, 나이든 어른이고,

우리 집에 온 손님이었잖니. 이 세 가지만 해도 네가 부인을 공손하게 대했어야 할 이유로 충분해. 그런데 네가 그렇게 무례하고 건방지게 굴었으니……." 마릴라는 좋은 벌이 생각났다. "부인을 찾아가서 고약한 성질을 부려서 너무 죄송하다고, 용서해달라고 하고 오렴."

"절대 그럴 수 없어요." 앤은 완강하고 험악하게 거부했다. "무슨 벌이든 받을게요, 마릴라. 뱀과 두꺼비가 우글거리는 캄캄하고 습기 찬 지하 감옥에 절 가두셔도 돼요. 거기서 빵과 물만 먹고 지내라 해도 불평하지 않을게요. 하지만 레이첼 아주머니에게 용서해달라고는 못하겠어요."

"사람을 캄캄하고 습기 찬 지하 감옥에 가두는 취미는 없구나." 마릴라가 덤덤하게 말했다. "특히 에이번리에서는 좀처럼 없는 일이야. 하지만 레이첼 부인에게 사과하러 가는 건 반드시 해야 하고 그렇게 하게 될 거다. 네 스스로 사과하겠다고 하기 전까지는 이 방에서 나오지 마라."

"그럼 영원히 이 방에서 나가지 않을래요." 앤이 우울한 목소리로 말했다. "전 레이첼 아주머니에게 죄송하다고 할 수 없으니까요. 어떻게 그래요? 죄송하지 않은걸. 아주머니를 난처하게 만든 것은 죄송해요. 하지만 레이첼 아주머니에게 그런 말을 할 수 있었던 것은 기뻐요. 아주 만족스러웠어요. 죄송하지 않은데 죄송하다고 할 수는 없잖아요? 죄송하다는 상상조차 할 수 없어요."

"아침이 되면 네 상상력이 더 잘 발휘되지 않겠니." 마릴라는 일어났다. "밤새 네가 한 행동을 생각해보고 기분도 좀 가라앉히려무나. 초록지붕 집에 있게만 해주면 정말 착한 아이가 되도록 애쓰겠다고 하지 않았니. 하지만 오늘 저녁 네 행동을 보면 별로 그렇게 보이지 않는구나."

격렬한 감정에 휩싸인 앤의 가슴에 이런 뼈아픈 한마디를 날린 후 마릴라는 다시 부엌으로 내려왔다. 마음이 엄청나게 괴롭고 화도 났다.

앤에게 화가 난 것만큼이나 자신에게도 화가 났다. 어이없어하는 레이첼 부인의 얼굴을 떠올리면 마릴라도 재미있어서 입술이 씰룩거렸고, 그래서는 안 되는데 자꾸 웃음이 터지려고 했기 때문이었다.

10
앤의 사과

 마릴라는 그날 저녁의 사건을 매튜에게는 입도 뻥긋하지 않았다. 하지만 앤이 다음 날 아침에도 여전히 말을 들을 생각이 없다는 것이 확실해지자, 앤이 왜 아침 식탁에 나오지 않았는지 이유를 설명해야만 했다. 그래서 매튜에게 전부 이야기해주면서 앤의 행동이 얼마나 심각한 문제인지 강조하려고 애썼다.

 "레이첼 린드는 혼 좀 나야 해. 여기저기 참견하고 다니면서 소문이나 퍼뜨리는 노인네잖아." 매튜는 위로랍시고 이런 대답을 했다.

 "매튜 커스버트, 참 놀랍네요. 앤의 행동이 형편없었다는 건 알잖아요. 그런데 편을 들어주다뇨! 그다음은 앤이 벌을 받으면 안 된다는 얘기라도 할 건가 보죠!"

"글쎄 뭐, 그건…… 그런 거 아냐." 매튜는 어물어물하며 말했다. "나도 앤이 벌을 좀 받아야 된다고 생각해. 하지만 너무 심하게 벌 주지는 마, 마릴라. 아무도 그 아이에게 올바른 행동이 뭔지 가르쳐준 적이 없잖아. 어…… 앤한테 먹을 건 좀 갖다줄 거지?"

"내가 언제 굶으면 사람이 착해진다는 말이라도 하던가요?" 마릴라는 화를 냈다. "앤은 꼬박꼬박 챙겨 먹을 거예요. 내가 직접 갖다줄 거니까. 하지만 레이첼 부인에게 사과할 마음이 생길 때까지 방에서 나오면 안 돼요. 그건 변하지 않아요, 매튜."

아침, 점심, 저녁 식탁 모두 아주 조용했다. 앤이 계속 고집을 부리고 있었던 것이다. 마릴라는 매끼 식사를 마친 후 이것저것 잘 차린 쟁반을 동쪽 지붕 밑 방에 갖다주었다. 그런데 나중에 다시 쟁반을 가지러 오면서 보면 식사는 별로 줄어 있지 않았다. 마릴라가 식사 쟁반을 가지고 내려오는 것을 매튜는 걱정스럽게 바라보았다. 앤이 뭘 먹기는 한 걸까?

그날 저녁 마릴라는 밖으로 나가 집 뒤쪽 목초지에서 소떼를 몰고 왔다. 헛간 근처를 어슬렁거리던 매튜는 마릴라가 나가자 도둑처럼 재빨리 집 안으로 숨어들어 위층으로 살금살금 올라갔다. 보통 매튜는 현관에서 멀찍이 떨어진 자신의 작은 방과 부엌 사이만 오갈 뿐이었다. 가끔씩 목사님이 차를 마시러 오면 응접실이나 작은 거실로 거북한 발걸음을 옮기기는 했다. 하지만 자기 집인데도 위층은 전혀 올라가는 일이 없었다. 봄에 마릴라가 손님방을 도배한다기에 올라가서 도와준 일은 있었는데, 그것도 벌써 4년 전의 일이었다.

매튜는 발끝으로 살금살금 복도를 지나 동쪽 지붕 밑 방 앞에서 한참을 서 있었다. 그러다 용기를 짜내어 손가락으로 방문을 두드리더니 문을 열고 안을 빼꼼 들여다보았다.

앤은 창가 노란 의자에 앉아서 슬픈 눈으로 정원을 바라보고 있었다. 그 모습이 너무 왜소하고 불행해 보여서 매튜는 크게 충격을 받았다. 매튜는 부드럽게 문을 닫고 발끝으로 조심조심 걸어서 앤 쪽으로 갔다.

"앤." 매튜는 마치 누가 엿듣기라도 하는 듯 작은 목소리로 말했다. "괜찮은 거냐, 앤?"

앤은 힘없이 미소를 지었다.

"괜찮아요. 상상을 많이 하니까 시간 보내는 데 도움이 돼요. 물론 좀 외롭긴 해요. 그래도 익숙해져야죠."

앤은 다시 미소를 지었다. 긴 세월 독방에서 감옥 생활을 해야 한다는 사실을 용감하게 받아들이는 듯한 그런 미소였다.

매튜는 시간이 별로 없다는 것을 떠올렸다. 마릴라가 일찍 돌아올 수도 있으니 말이다. 얼른 하려던 말을 꺼내야 했다.

"글쎄 뭐, 앤, 그냥 해치우고 끝내는 게 좋겠다는 생각은 들지 않니?" 매튜가 작은 목소리로 말했다. "결국은 해야 될 거야. 마릴라는 지독하게 단호한 사람이야, 앤. 지독하게 단호하단다. 얼른 해버려. 응? 이제 다 끝내자고."

"레이첼 아주머니에게 사과하는 것 말씀이세요?"

"그래, 사과. 바로 그거 말이다." 매튜는 열심이었다. "원만하게 해결하라는 거지. 말하자면 말이다. 내가 하려던 말은 그거였다."

"아저씨가 기뻐하신다면 할 수 있을 것 같아요." 앤은 생각에 잠겼다. "죄송하다고 말해도 될 만큼 죄송한 마음이 들었으니까요. 어젯밤에는 하나도 죄송한 마음이 없었어요. 화가 나서 죽을 것 같았어요. 밤새 화가 나 있었죠. 자다가 세 번이나 깼는데 깰 때마다 화가 나 있어서 알아요. 하지만 오늘 아침엔 안 그랬어요. 더 이상 화가 나지 않더라고요. 그냥 지독하게 지쳐 있기만 했어요. 너무 부끄러운 생각도 들었고요. 하지만 레이첼 아주머니에게 가서 그렇게 말할 생각은 들지 않았어요. 너무 창피할 거 아니에요. 그래서 사과를 하느니 차라리 이 방에 영원히 갇혀 있겠다고 마음을 먹었죠. 하지만 그래도, 전 아저씨를 위해서라면 무엇이든 할 거예요. 아저씨가 정말 바라신다면……."

"글쎄 뭐, 물론 바라지. 네가 없으니까 아래층이 너무 쓸쓸하구나. 가서 원만하게 마무리지으렴. 그래야 착한 아이지."

"좋아요." 앤은 체념한 듯 말했다. "마릴라가 오는 대로 뉘우치고 있다고 말할게요."

"그래, 그래야지, 앤. 그런데 마릴라한테는 내가 무슨 말 했다고 얘기하지 마라. 마릴라가 참견한다고 생각할까 봐 그래. 안 그러겠다고 약속했거든."

"야생마가 끌고 가도 비밀은 지킬게요(영미권에서는 원치 않는 일을 억지로 시킬 수 없다는 의미로 '야생마가 끌고 간다 해도 꿈쩍하지 않겠다'라는 관용적 표현을 쓴다.— 옮긴이)." 앤이 진지하게 약속했다. "그런데 야생마가 끌고 간다 해도 어떻게 사람한테서 비밀을 알아내겠어요?"

하지만 매튜는 이미 나가고 없었다. 자신이 거둔 성공에 덜컥 겁이 난 매튜는 목초지에서 가장 먼 쪽 모퉁이로 급히 몸을 피했다. 마릴라의 눈에 띄면 그가 뭘 하고 있었는지 수상하게 생각할 것 같아서였다. 정작 마릴라는 집에 돌아와서 기분 좋은 일로 깜짝 놀랐다. 난간 쪽에서 마릴라를 부르는 애처로운 목소리를 들었던 것이다.

"왜 그러니?" 마릴라는 현관으로 들어서면서 대답했다.

"성질부리고 무례한 말을 해서 죄송해요. 레이첼 아주머니에게도 가서 그렇게 말할래요."

"잘 생각했구나." 마릴라의 말투가 무뚝뚝해서 드러나지는 않았지만 속으로는 매우 안심이 되었다. 앤이 끝까지 굽히지 않으면 도대체 어떻게 해야 하나 걱정하고 있었던 것이다. "소젖 짜고 와서 데려다주마."

그래서 소젖을 짠 다음 마릴라와 앤은 풀밭길을 따라 내려가게 된 것이다. 이전에 고개를 빳빳이 들고 의기양양하게 걸어오던 그 길을 지금은 축 처져서 의기소침한 모습으로 걸어가고 있었다. 하지만 반쯤 가다 보니 앤의 그런 의기소침한 모습은 마법처럼 사라져 있었다. 고개는 들고 있었고 발걸음은 가벼웠으며 눈은 해가 지는 하늘에 머물러 있었고 기분은 잔잔하게 들떠 있었다. 마릴라는 이런 변화가 못마땅했다. 온순하게 뉘우치는 모습이 아니지 않은가. 기분이 상한 레이첼 부인 앞에 나서기에 적당한 모습이 아니었던 것이다.

"무슨 생각 중이니, 앤?" 마릴라의 목소리는 날카로웠다.

"레이첼 아주머니에게 뭐라고 말해야 할지 상상하는 중이에요." 앤은 꿈꾸는 듯한 얼굴로 대답했다.

대답은 만족스러웠다. 아니, 만족스러웠어야 했다. 하지만 마릴라는 자신이 계획한 벌이 삐딱하게 엇나가고 있는 것 같은 느낌을 지울 수가 없었다. 앤이 저렇게 넋이 나간 듯 행복에 겨워 보여서는 안 되는 것 아닌가.

넋이 나간 듯 행복에 겨운 앤의 모습은 레이첼 부인 앞에 설 때까지 그대로였다. 레이첼 부인은 부엌 창가에 앉아 뜨개질을 하고 있었다. 그런데 그 순간 행복에 겨운 표정이 싹 사라졌다. 절절한 뉘우침이 온몸에 드러났다. 말을 시작하기 전에 앤은 깜짝 놀란 표정의 레이첼 부인 앞에 갑자기 무릎을 꿇고 애원하듯 두 손을 내밀었다.

"아아, 레이첼 아주머니, 너무너무 죄송해요." 앤은 떨리는 목소리로 말했다. "제 슬픔이 얼마나 큰지 표현 못할 거예요. 그럼요. 사전을 통째로 갖다 쓴다 해도 다 표현 못해요. 그냥 상상해주셔야 해요. 전 아주머니께 너무 못되게 굴었어요. 소중한 분들인 매튜 아저씨와 마릴라 아주머니 얼굴에도 먹칠을 했고요. 두 분은 제가 남자아이가 아닌데도 초록지붕 집에 머물게 해주셨는데 말이에요. 전 성격이 지독하게 고약하고 은혜도 모르는 아이예요. 벌을 받고 영원히 추방당해도 싸요. 아주머니가 진실을 말씀하셨다고 발끈 화를 냈던 건 정말 고약한 짓이었어요. 아주머니 말씀은 사실이었거든요. 한 마디 한 마디 다요. 제 머리는 빨갛고 주근깨도 많고 비쩍 마른 데다 못생겼어요. 제가 말한 것도 사실이긴 했지만 그렇게 말해서는 안 되었고요. 아아, 레이첼 아주머니, 제발 부탁이에요. 저를 용서해주세요. 용서해주지 않으시면 전 평생 슬픔 속에 살 거예요. 성질머리가 고약하긴 하지만 가엾은 고아에게 평생 슬픔을 안겨주시지는 않겠죠? 아아, 분명 그러시진 않을 거예요. 제발 저를 용서해주세요, 레이첼 아주머니."

앤은 두 손을 모아 쥐고 고개를 숙인 채 심판을 기다렸다.

진심인 것은 분명했다. 한 마디 한 마디 말할 때마다 진심이 묻어나왔다. 마릴라도 레이첼 부인도 그 확실한 울림을 느낄 수 있었다. 하지만 마릴라는 당황스럽게도 앤이 사실은 굴욕에 빠져 있는 상태를 즐기고 있다는 것을 알아챘다. 철저하게 자신을 낮추면서 말이다. 마릴라가 스스로 으쓱하게 생각했던 유익한 벌은 어디로 자취를 감춘 것일까? 앤은 벌을 일종의 즐거운 놀이로 바꿔버렸다.

하지만 사람 좋은 레이첼 부인은 엄청난 통찰력을 지니고 있지 않아서 그런 느낌은 받지 못했다. 부인에게는 앤이 사과를 아주 철저하게 했다는 것만 보였다. 참견을 좋아해서 그렇지 마음이 다정한 레이첼 부인은 화났던 마음이 싹 사라져버렸다.

"자, 애야, 이제 일어나렴." 부인은 다정하게 말했다. "물론 용서하지. 어쨌든 나도 좀 심했던 것 같구나. 내가 너무 말을 거침없이 해대는 사람이라서 말이야. 마음에 두면 안 된다. 아무렴, 안 되지. 네 머리가 심하게 빨갛다는 건 부인할 수 없는 사실이긴 하지만 내가 아는 어떤 여자아이는 말이다. 그 아이와 학교를 같이 다녀서 아는데, 어릴 때 너처럼 온통 새빨강 머리였단다. 그런데 나이가 들더니 점점 머리색이 짙어져서 아주 근사한 적갈색이 되더구나. 네 머리도 그렇게 변하지 말란

법 있겠니."

"아아, 레이첼 아주머니!" 앤은 숨을 크게 들이쉬며 일어섰다. "아주머니는 저에게 희망을 주셨어요. 아주머니를 항상 은인으로 생각할게요. 자라서 적갈색 머리가 된다고 생각하면 뭐든 다 견딜 수 있을 거예요. 머리가 근사한 적갈색이라면 착해지기가 훨씬 더 쉬워지지 않겠어요? 두 분이 이야기 나누시는 동안 저는 나가 있어도 될까요? 정원 사과나무 아래 벤치에 앉아 있으려고요. 거기 있으면 상상의 여지가 훨씬 많을 거예요."

"그럼, 물론이지. 가봐라, 애야. 구석에 수선화가 하얗게 잘 피었으니 꽃다발 만들고 싶으면 꺾어서 만들려무나."

앤이 나가고 문이 닫히자 레이첼 부인은 명랑하게 일어나 등불을 켰다.

"정말 독특한 아이네요. 이쪽으로 와서 앉아요, 마릴라. 이 의자가 더 편해요. 그 의자는 일하는 아이 앉으라고 갖다놓은 거거든요. 그래요, 분명 독특한 아이예요. 하지만 결국은 사람의 마음을 끄는 데가 있어요. 그 아이를 기르기로 했다는 게 지난번처럼 놀랍게 생각되지는 않네요. 당신이 딱하다고 생각되지도 않고요. 저 애는 아마 잘 자랄 거예요. 물론 묘한 방식으로 자기 생각을 표현하긴 해요. 좀 심하죠. 너무 강하달까. 하지만 아마 다듬어질 거예요. 이젠 교양 있는 사람들 사이에서 살게 되었으니까요. 그리고 좀 욱하는 성격인 것 같아요. 하지만 위로가 되는 점이 있다면, 금세 발끈했다가 또 가라앉는, 저렇게 불같은 성격의 아이는 절대 교활하게 굴거나 남을 속이지는 않는다는 거예요. 교활한 아이가 되지 않게 해주세요, 암요. 전반적으로 말하자면요, 마릴라, 나는 그 아이가 좀 마음에 드네요."

집에 갈 시간이 되었다. 앤은 하얀 수선화 한 다발을 들고 과수원의 향기로운 황혼 속에서 나왔다.

"저 오늘 사과 굉장히 잘했죠?" 앤은 길로 들어서면서 자랑스럽게 말했다. "꼭 해야 한다면 철저하게 하는 게 좋겠다고 생각했거든요."

"철저하게 했고, 그만하면 됐다." 마릴라가 말했다. 마릴라는 그 장면을 다시 떠올리자 웃음이 나오려고 해 퍼뜩 놀랐다. 사과를 너무 잘했다고 앤을 꾸짖자니 마릴라도 찜찜한 기분이었다. 아니, 사실 말도 안 되는 일이었다! 그래서 마릴라는 따끔하게 한마디만 하는 것으로 양심과 타협했다. "이런 사과를 또 하는 일은 없었으면 좋겠구나. 이제 감정을 다스리려고 노력해보렴, 앤."

"사람들이 제 외모를 비웃지만 않으면 그리 어렵지 않은 일이에요." 앤이 한숨을 쉬었다. "전 다른 일로는 심통 부리지 않아요. 하지만 제 머리를 가지고 비웃는 건 정말 지긋지긋해서 곧바로 화가 치밀어요. 제 머리도 자라면 정말 근사한 적갈색이 될까요?"

"외모에 그렇게 많이 신경 쓰지 마라, 앤. 허영심이 아주 강한 것 같구나."

"제가 못생겼다는 걸 아는데 어떻게 허영심이 강하겠어요?" 앤이 펄쩍 뛰었다. "전 예쁜 것들이 너무 좋아요. 거울을 볼 때 안 예쁜 것이 보이면 정말 싫고요. 그러면 정말 슬퍼지거든요. 뭐든 못생긴 것을 볼 때도 그렇고요. 아름답지 않아서 어떡하니, 하고 안타까워해요."

"행동이 아름다워야 아름다운 사람이지." 마릴라는 속담으로 응수했다.

"전에는 저도 그런 말로 스스로를 타일렀어요. 하지만 정말 그럴까 싶어요." 앤은 의심스러워하며 수선화에 코를 갖다댔다. "어머, 향긋해라! 레이첼 아주머니가 이 꽃다발을 갖게 해주셔서 정말 고마웠어요. 지금은 그분에게 나쁜 감정 하나도 없어요. 사과하고 용서받았으니 아주머니도 기분 좋고 편하지 않으세요? 오늘 밤엔 별이 참 밝네요? 별에서 살 수 있다면 어떤 별을 고르시겠어요? 저는 저기 거무스름한 언덕 위로 뚜렷하게 보이는 커다랗고 예쁜 별이 좋아요."

"앤, 말 좀 그만해라." 마릴라는 앤의 생각의 흐름을 이리저리 쫓아다니다가 완전히 지쳐버렸다.

앤은 초록지붕 집으로 이어지는 풀밭길에 도착할 때까지 아무 말도 하지 않았다. 정처없이 자유롭게 떠돌던 바람이 한줄기 불어와 두 사람을 맞아주었다. 바람에는 이슬이 맺힌 어린 양치식물의 강렬한 향기가 담뿍 배어 있었다. 저 멀리 어두운 가운데 초록지붕 집 부엌의 기분 좋은 불빛이 나무들 사이로 희미하게 빛나고 있었다. 앤이 갑자기 마릴라에게 가까이 오더니 나이 지긋한 여인의 딱딱한 손바닥에 자기 손을 살짝 집어넣었다.

"집에 온다는 건 참 좋은 기분이네요. 집에 왔구나 하고 알게 되는 것도요." 앤이 말했다. "전 벌써 초록지붕 집을 사랑하게 됐어요. 전에는 어느 곳도 사랑해본 적이 없는데 말이에요. 어느 곳도 우리 집 같지 않았으니까요. 있잖아요, 마릴라, 전 너무 행복해요. 지금 당장이라도 기도하라면 할 수 있을 것 같아요. 하나도 어렵지 않아요."

여위고 작은 손이 닿자 따뜻하고 기분 좋은 느낌이 마릴라의 마음에 차올랐다. 아마도 마릴라에게는 없었던 모성의 두근거림 같은 것이리라. 경험해본 적 없는 상냥한 감정이 마릴라를 뒤흔들었다. 그래서 서둘러 도덕 규범에 대한 잔소리를 시작하여 평소의 침착성을 되찾으려 했다.

"네가 착해지면 항상 행복할 거다, 앤. 그리고 기도하는 게 어려운 일이 되어서는 안 돼."

"기도문대로 말하는 건 기도하는 것과 완전히 같지는 않잖아요." 앤은 골똘히 생각에 잠겼다. "제가 저 나무 꼭대기에서 부는 바람이 되었다고 상상할래요. 나무에 싫증이 나면 이 아래쪽으로 내려와서 양치식물들을 부드럽게 흔드는 거예요. 그리고 레이첼 아주머니 댁 정원으로 날아가서 꽃들을 춤추게 해요. 클로버 들판으로 단번에 휙 내려갈 거거든요. 그다음엔 반짝이는 물빛 호수로 가서 흰 거품이 이는 잔물결을 일으켜 호수 전체를 덮어버리는 거예요. 아, 바람이 되니 상상의 여지가 굉장히 넓네요! 이제 말 그만할게요, 마릴라."

"그거 참 고맙구나." 마릴라는 진심으로 안도의 한숨을 내쉬었다.

11
주일학교의 첫인상

"어때, 마음에 드니?" 마릴라가 말했다.

앤은 지붕 밑 방 침대 위에 펼쳐놓은 세 벌의 새 원피스를 진지한 눈으로 바라보며 서 있었다. 하나는 코담배처럼 짙은 갈색의 깅엄 체크무늬 면 원피스로, 이 옷감은 마릴라가 작년 여름 행상이 왔을 때 워낙 튼튼해 보여서 사둔 옷감이었다. 또 하나는 지난겨울 특별 할인을 할 때 마련해둔 검정색과 흰색 체크무늬 새틴이었다. 마지막 하나는 무늬가 들어간 촌스러운 파란 색조의 뻣뻣한 옷으로, 주중에 카모디에 있는 가게에 가서 사온 것이었다.

세 벌 다 마릴라가 손수 만든 옷으로, 다 비슷비슷한 모양이었다. 장식 없는 기본 스커트는 넉넉한 데가 거의 없이 밋밋한 허리에 붙어 있었고, 소매 역시 스커트와 허리만큼 밋밋해서 가능한 한 팔에 딱 맞게 재단되어 있었다.

"이 옷들이 마음에 든다고 상상할게요." 앤이 차분하게 가라앉은 목소리로 말했다.

"상상하라는 게 아니야." 마릴라는 속상했다. "이 옷들이 마음에 들지 않는구나! 뭐가 문제냐? 단정하고 깔끔하고 새것이지 않니?"

"그래요."

"그럼 왜 마음에 들지 않는다는 거니?"

"옷들이…… 음…… 예쁘지 않아요." 앤이 마지못해 말했다.

"예쁘지 않다고!" 마릴라는 코웃음을 쳤다. "너한테 예쁜 옷을 만들어주려고 고민하지는 않았다. 난 허영심을 계속 받아줄 생각은 없어, 앤. 그건 이 자리에서 못박아두마. 저 옷들은 프릴이나 요란한 장식은 없지만 품질 좋고 실용적이고 튼튼한 옷들이야. 그리고 올여름 네 옷은 저 옷들이 전부다. 갈색 깅엄 체크와 파란 무늬 옷은 나중에 학교 갈 때 입고 다녀. 새틴 옷은 교회와 주일학교에서 입고. 단정하고 깔끔하게 입고 다니고 찢기거나 하지 않도록 하렴. 난 네가 입고 다니던 작아진 원시 직물 원피스만 아니면 무엇이든 감사히 입을 거라고 생각했다."

"아, 저 감사하고 있어요." 앤이 펄쩍 뛰었다. "하지만 만약에…… 만약에 소매가 부푼 옷이 하나 있었다면 훨씬 더 많이 감사했을 거예요……. 부푼 소매가 요즘 정말 유행이거든요. 부푼 소매가 달린 옷을 입고 있기만 해도요, 마릴라, 전 너무너무 짜릿할 것 같아요."

"글쎄다, 이번엔 짜릿함은 없을 거야. 벙벙하게 부푼 소매를 만드느라 낭비할 옷감은 없다. 그런 옷은 모양새도 우스운 것 같고 말이다. 난 소박하고 실용적인 옷이 좋구나."

"하지만 다른 사람은 다 그런 옷을 입었는데 저 혼자만 소박하고 실용적인 옷을 입는 거라면 전 차라리 우스워 보이는 게 낫겠어요." 앤이 슬픈 목소리로 고집스럽게 말했다.

"너야 보나마나 그렇겠지! 자, 옷을 구겨지지 않게 조심해서 옷장에 갖다 걸고 이리 와 앉아서 주일학교 예습을 하려무나. 벨 장로님에게서 이번 분기 교재를 한 권 얻어왔으니 내일은 주일학교에 나가야 해." 마릴라는 몹시 화가 나서 아래층으로 휙 내려가버렸다.

앤은 두 손을 모아 쥐고 옷을 바라보았다.

"부푼 소매가 달린 하얀 원피스가 한 벌 있었으면 하고 바랐는데." 앤은 실망해서 중얼거렸다. "갖게 해달라고 기도도 했는데. 많이 기대한 건 아니지만. 하나님이 고아 여자아이의 옷 문제까지 신경 쓰실 시간이 없을 거라고 생각하긴 했어. 그런 건 마릴라에게 달린 일이지. 뭐, 다행히 난 이 옷들 중 하나가 예쁜 레이스 프릴 장식이 있고 주름을 세 군데나 잡아서 부풀린 소매가 달려 있고 눈처럼 새하얀 모슬린 옷이라고 상상할 수 있으니까."

다음 날 아침 마릴라는 편두통이 심해서 앤을 주일학교에 데리고 갈 수 없었다.

"앤, 가서 레이첼 부인에게 같이 가달라고 하려무나." 마릴라가 말했다. "부인이 너를 알맞은 반에 넣어줄 거야. 얌전하게 행동해야 한다는 거 잊지 마라. 설교가 끝날 때까지 가만히 있어야 한다. 레이첼 부인에게 우리 자리를 가르쳐달라고 하렴. 이건 헌금으로 낼 1센트야. 사람들을 빤히 쳐다보거나 꼼지락꼼지락 움직이면 안 된다. 집에 오면 성경 말씀이 뭐였는지 이야기해다오."

앤은 뻣뻣한 검정색과 흰색 새틴 원피스를 입고 나무랄 데 없는 모습으로 집을 나섰다. 길이는 그 정도면 괜찮고 분명 꽉 끼는 기색도 없는데, 이상하게도 앞으로 보나 뒤로 보나 깡마른 몸이 강조되는 옷이었다. 모자는 작고 납작하고 매끄러운 천으로 만든 새 세일러햇이었는데, 심하게 검소해 보여서 앤은 원피스에 이어 모자에 또 한 번 크게 실망했다. 리본과 꽃이 달린 모자에 대한 은밀한 상상을 품고 있었기 때문이다. 하지만 다른 건 몰라도 꽃의 경우는 큰길에 도착하기 전에 해결되었다. 풀밭길을 반쯤 내려가니 바람에 흔들릴 때마다 황금빛이 작렬하는 미나리아재비와 눈부시게 아름다운 들장미가 흐드러지게 피어 있어, 앤은 재빨리 그리고 마음껏 그 꽃들로 묵직한 화관을 엮어 모자를 장식했다. 다른 사람들이야 어떻게 생각하든 앤은 대만족이었다. 분홍색과 노란색 꽃장식을 아주 자랑스럽게 불그스름한 머리에 얹은 앤은 명랑한 발걸음으로 길을 재촉했다.

레이첼 부인의 집에 도착해보니 부인은 이미 교회에 가고 없었다. 앤은 태연하게 혼자서 교회로 향했다. 교회 앞에 도착하니 어린 여자아이들이 무리지어 있었다. 다들 하얀색, 파란색, 분홍색 옷을 화사하게 차려입고는, 엄청난 머리 장식을 한 낯선 아이를 호기심 어린 눈으로 쳐다보았다. 에이번리의 여자아이들은 이미 앤에 대해 이상한 소문을 많이 들어 알고 있었다. 레이첼 부인은 앤이 성질머리가 고약하다고 했고, 초록 지붕 집에서 일하는 제리 부트는 앤이 항상 혼잣말을 하거나 미친 아이처럼 나무나 꽃과 대화한다고 했다. 아이들은 앤을 보며 교재로 입을 가리고 서로 소곤거렸다. 시간이 지나도 친근하게 다가오는 아이 하나 없었고, 시작 예배가 끝나자 앤은 로저슨 선생님의 반이 되었다.

로저슨 선생님은 주일학교 교사를 20년간 해온 중년 여성이었다. 수업 방식은, 1년에 네 권짜리 교재에 나오는 질문을 던지고 엄격한 눈길을 특정 아이에게 돌리면 그 아이가 질문에 대답하는 형식이었다. 선생님의 눈길은 앤에게 아주 자주 머물렀는데, 앤은 마릴라가 연습시킨 덕분에 지체 없이 대답할 수 있었다. 앤이 질문이나 대답을 충분히 이해하고 있는지는 의문이었지만 말이다.

앤은 로저슨 선생님이 좋다는 생각이 들지 않아 기분이 아주 우울했다. 게다가 반 아이들 두 명 중 한 명은 부푼 소매였다. 부푼 소매가 없는 인생은 살 만한 가치가 없는 것 같은 기분이 들었다.

"그래, 주일학교는 어땠니?" 앤이 집으로 돌아오자 마릴라가 궁금해했다. 앤이 만든 꽃장식은 시들어서 집에 오는 길에 버렸기 때문에 마릴라는 이 사실을 당장은 몰랐다.

"조금도 재미있지 않아요. 아주 싫어요."

"앤 셜리!" 꾸짖으려는 목소리였다.

앤은 길게 한숨을 쉬며 흔들의자에 앉더니 보니의 이파리에 입을 맞추고 꽃이 만발한 푸크시아를 향해 손을 흔들었다.

"얘네들이 나 없는 동안 외로웠을 것 같아서요." 앤이 설명을 덧붙였다. "그리고 주일학교는요, 아주머니가 말씀하신 대로 얌전히 있었어요. 레이첼 아주머니가 안 계셔서 혼자 갔거든요. 교회에 가보니 다른 여자아이들이 많이 있더라고요. 시작 예배를 드리는 동안 저는 창가 긴 의자 구석에 앉아 있었고요. 벨 장로님은 기도를 너무나 길게 하셨어요. 창문 옆에 앉지 않았더라면 기도가 끝나기도 전에 아주 녹초가 되었을걸요. 하지만 반짝이는 물빛 호수가 창밖으로 보여서 전 호수를 바라보며 온갖 종류의 멋진 것들을 상상했어요."

"상상을 하면 안 되지. 넌 벨 장로님의 기도를 들었어야 했어."

"하지만 저한테 하는 이야기도 아니잖아요." 앤이 말했다. "장로님은 하나님께 이야기하는 중이었고, 장로님도 그다지 흥미 있어 보이지 않았어요. 하나님이 너무 멀다고 생각하셨나 봐요. 호숫가에 하얀 자작나무가 길게 늘어서 있었는데 나뭇가지가 호수 위로 드리워져 있고 햇빛이 호수로 떨어져 내렸어요. 물속까지 아주 깊이요. 아아, 마릴라, 아름다운 꿈같았어요! 전율이 느껴져서 전 '하나님 감사합니다'라고 두 번, 아니 세 번은 말했어요."

"소리 내서 말한 건 아니길 바란다." 마릴라가 걱정스럽게 말했다.

"아니에요, 그냥 숨죽여 말했어요. 어쨌든, 벨 장로님 기도가 간신히 끝이 나고, 전 로저슨 선생님과 함께 교실로 가라는 지시를 받았어요. 다른 여자아이들 아홉 명과 함께요. 그 아이들은 다 부푼 소매 옷을 입고 있었어요. 내 옷도 그런 소매가 달렸다고 상상하려고 해봤지만 잘 안 됐어요. 왠지 아세요? 저 혼자 동쪽 지붕 밑 방에 있을 때는 부푼 소매 옷을 입고 있다고 상상하는 게 쉬웠지만 다른 아이들, 진짜 부푼 소매 옷을 입고 있는 아이들 틈에서는 상상하기가 너무너무 어려웠어요."

"주일학교에서 소매만 신경 쓰면 되겠니. 수업에 집중했어야지. 명심했으면 좋겠구나."

"어머나, 그럼요. 질문을 많이 받았는데 다 대답했어요. 로저슨 선생님이 질문을 참 많이 하시더라고요. 그렇게 질문만 하신 건 공평하지 않았던 것 같아요. 저도 선생님께 물어보고 싶은 게 많았지만 진짜로 물어보고 싶지는 않았어요. 선생님은 저와 서로 통하는 부분이 없는 것 같았거든요. 그다음에는 다른 여자아이들 모두가 성경 시를 암송했어요. 선생님은 저한테 아는 시가 있느냐고 물어보셨어요. 저는 암송하는 성경 시는 없지만 괜찮으시다면 「주인의 무덤 앞에 엎드린 개」는 암송할 수 있다고 대답했어요. 3학년 교과서에 나오는 거예요. 진짜로 성경에 관련된 시는 아니지만 성경 시라고 해도 좋을 만큼 너무 슬프고 우울한 느낌의 시라서요. 선생님은 안 된다고 하셨죠. 그리고 다음 주까지 열아홉 번째 시를 외워 오라고 하셨어요. 끝나고 나서 찬찬히 읽어봤는데 근사했어요. 전율이 느껴졌던 부분이 있었어요.

'미디안 멸망의 날, 순식간에
살육 당한 기병대가 쓰러짐 같이'

'기병대'가 뭔지 '미디안'이 뭔지는 모르겠지만 너무 비극적이에요. 다음 주 암송이 너무 기다려져요. 일주일 내내 연습할래요. 주일학교가 끝난 다음에 로저슨 선생님에게 우리 자리가 어딘지 물어봤어요. 레이첼 아주머니는 너무 멀리 계셨거든요. 전 최대한 가만히 앉아 있었어요. 성경 말씀은 요한계시록 3장 2절과 3절이었어요. 말씀이 참 길더라고요. 제가 목사님이라면 짧고 경쾌한 부분을 고를 텐데 말이에요. 설교도 너무너무 길었어요. 성경 말씀이 길었으니 설교도 길어야 한다고 생각하셨나 봐요. 설교는 하나도 재미가 없었어요. 목사님은 상상력이 풍부하지 않으신 것 같아요. 전 그다지 주의 깊게 듣지 못했어요. 생각이 흘러가는 대로 생각했죠. 가장 놀라운 일들도 생각했고요."

이야기를 다 듣고 앤을 엄하게 꾸짖어야 한다는 생각이 드는 것은 어쩔 수 없었으나, 몇 가지는 마릴라도 부인할 수 없는 사실이었다. 목사님의 설교와 벨 장로님의 기도가 특히 그랬다. 마릴라 자신도 여러 해 동안 마음속 깊은 곳에서는 그런 생각을 하고 있었으나 겉으로 표현해본 적은 없었다. 대수롭지 않게 생각했던 아이의 노골적인 말로 인해, 입 밖에 낸 적 없던 비밀스러운 험담이 갑자기 눈에 보이는 형태를 갖추게 된 것 같았다.

12
엄숙한 맹세

마릴라는 금요일이 되어서야 꽃모자 이야기를 알게 되었다. 레이첼 부인 집에 다녀온 마릴라는 앤에게 어떻게 된 일이냐고 다그쳤다.

"앤, 레이첼 부인 말로는 지난 일요일에 네가 장미와 미나리아재비로 우스꽝스럽게 치장한 모자를 쓰고 교회에 왔다고 하더구나. 도대체 왜 그렇게 천방지축인 거니? 퍽이나 예뻐 보였겠구나!"

"음, 분홍색과 노란색이 저한테 안 어울린다는 건 알아요." 앤이 입을 열었다.

"안 어울려? 기가 차서 말이 안 나오는구나! 모자에 꽃을 얹다니, 무슨 색이 됐든 그처럼 우스꽝스러운 것도 없다. 화를 돋우는 것도 참 재주로구나!"

"옷에는 괜찮은데 모자에 꽃을 달면 왜 우스꽝스러운 건지 모르겠어요." 앤이 반박했다. "작은 꽃다발을 옷에 꽂은 여자아이들이 많던데요. 그거랑 뭐가 달라요?"

마릴라는 안전하고 확실한 이야기를 벗어나지 않기로 했다. 모호하고 추상적인 이야기에 대꾸를 해주다 곁길로 빠져서는 안 되었다.

"말대꾸하지 마라, 앤. 그런 건 아주 바보 같은 짓이야. 다시는 그런 식으로 넘어가려 하지 마라. 네가 그렇게 잔뜩 치장하고 들어오는 걸 보고 레이첼 부인은 쥐구멍에라도 숨고 싶었다고 하더구나. 꽃을 떼어버리라고 말해주고 싶었는데 너무 멀리 있어서 때를 놓치셨단다. 부인 말로는 사람들이 네 꼴을 보고 고약한 말들을 했다지 뭐냐. 물론 네가 그렇게 치장한 걸 그대로 내보낸 내가 제정신이 아니라고 생각했겠지."

"아, 정말 죄송해요." 앤의 두 눈에는 눈물이 그렁그렁했다. "아주머니가 언짢아하실 줄은 몰랐어요. 장미와 미나리아재비가 너무 향긋하고 예뻐서 모자에 달면 예뻐 보이겠다 싶었어요. 조화가 달린 모자도 많이들 쓰잖아요. 제가 아주머니에게 끔찍한 골칫거리가 될까 봐 걱정돼요. 절 고아원으로 돌려보내시는 게 나을지도 몰라요. 그러면 끔찍하겠죠. 전 못 견딜 것 같아요. 폐결핵에 걸리게 될 거예요. 지금도 빼빼 말랐잖아요. 하지만 골칫거리가 되는 것보다는 차라리 그게 나아요."

"말도 안 되는 소리 마라." 마릴라는 아이를 울게 만든 자신에게 화가 났다. "난 너를 고아원으로 돌려보낼 생각이 없다. 진심이야. 내가 바라는 건 네가 다른 여자아이들처럼 얌전해져서 웃음거리가 되지 않았으면 하는 것밖에 없어. 이제 그만 울어라. 알려줄 게 있으니 말이야. 오늘 오후에 다이애나 배리가 집으로 돌아온단다. 배리 부인에게 가서 스커트 옷본을 빌려달라고 할까 하는데, 괜찮으면 너도 같이 가서 다이애나와 인사를 나누면 어떻겠니."

앤은 벌떡 일어나 두 손을 모아 쥐었다. 볼에는 아직도 눈물이 반짝이고 있었다. 행주 가장자리를 꿰매던 중이었는데, 그 행주도 모르는 사이 바닥에 떨어졌다.

"마릴라, 저 무서워요. 막상 닥치니 정말 무서워요. 그 애가 절 싫어하면 어쩌죠? 그렇게 되면 제 인생에서 가장 비극적인 실망을 맛보게 될 거예요."

"이런, 그렇게 초조해할 필요 없다. 그리고 그렇게 거창한 표현은 안 썼으면 좋겠구나. 어린아이가 그런 표현을 쓰니 이상하게 들린다. 다이애나는 널 좋아하게 될 거야. 네가 신경 써야 하는 건 그 애 어머니란다. 배리 부인이 널 마음에 안 들어 하면 다이애나가 널 아무리 좋아해도 소용이 없어. 네가 레이첼 부인에게 화냈던 이야기나 미나리아재비 모자를 쓰고 교회에 간 이야기를 이미 들었다면 배리 부인이 널 어떻게 생각할지 모르겠구나. 예의 바르고 얌전하게 굴어야 한다. 늘 하듯이 사람 놀라게 하는 이야기들은 하면 안 돼. 세상에, 애가 진짜 떨고 있네!"

앤은 부들부들 떨고 있었다. 얼굴은 긴장해서 창백했다.

"아주머니도 마음의 친구가 되었으면 하고 바라는 아이를 만나러 가게 되면 저처럼 흥분하실 거예요. 게다가 그 애 어머니가 절 싫어하게 될지도 모른다고 생각하면요." 앤은 말하면서 서둘러 모자를 가지러 갔다.

앤과 마릴라는 지름길을 통해 산비탈 과수원 집으로 갔다. 지름길로 가면 시냇물을 건너 작은 전나무 숲이 있는 언덕을 올라가게 되었다. 이윽고 도착하여 마릴라가 노크를 하자 배리 부인이 부엌문을 열어주러 나왔다. 배리 부인은 키가 크고 까만 눈, 까만 머리에 입매가 아주 단호해 보이는 사람이었다. 자식들에게 아주 엄격하기로 유명했다.

"안녕하세요, 마릴라?" 부인이 다정하게 인사를 건넸다. "들어오세요. 이 아이는 입양하셨다는 그 아이겠죠?"

"네, 앤 셜리라고 해요." 마릴라가 대답했다.

"끝에 e가 붙어요." 앤은 숨을 제대로 쉴 수 없을 만큼 덜덜 떨리고 흥분한 상태였다. 하지만 중요한 부분에서 착오가 있으면 안 된다고 생각하여 겨우 말을 꺼냈다.

하지만 배리 부인은 못 들었는지 아니면 무슨 말인지 이해하지 못했는지, 악수를 하면서 다정하게 "안녕? 잘 지내니?"라고 말했을 뿐이었다.

"몸은 건강해요. 영혼은 몹시 뒤죽박죽이지만요. 물어봐주셔서 고마워요, 아주머니." 앤은 진지하게 대답했다. 그러더니 옆에 서 있는 마릴라를 향해 다 들리도록 소곤거렸다. "제 인사에 사람 놀라게 하는 부분은 없었죠, 마릴라?"

다이애나는 소파에 앉아 책을 읽고 있었는데, 손님들이 들어오자 책을 떨어뜨렸다. 다이애나는 아주 예쁜 여자아이였다. 어머니를 닮아 까만 눈과 까만 머리에 볼은 장밋빛이었고, 얼굴에는 아버지에게서 물려받은 명랑한 표정이 가득했다.

"이쪽은 내 딸 다이애나란다." 배리 부인이 말했다.

"다이애나, 앤을 정원으로 데리고 나가서 네가 심은 꽃들을 보여주렴. 너도 책 보느라 눈이 피곤한 것보다는 그게 나을 거야. 얘는 책을 너무 많이 읽는다니까요." 마지막 말은 마릴라에게 하는 말이었다. 두 아이는 밖으로 나갔다. "난 말릴 수도 없어요. 애 아버지가 오히려 부추기는걸요. 항상 책만 들여다봐요. 함께 놀 친구가 생겨 기쁘네요. 좀 더 많이 집밖에 나가 놀게 될 테니까요."

바깥 정원은 왼쪽의 거무스름한 전나무 고목들 사이로 부드러운 석양빛이 잔뜩 흘러 들어오고 있었다. 앤과 다이애나는 석양빛을 배경으로 매혹적인 참나리꽃 덤불 너머로 부끄러운 듯 서로를 쳐다보고 서 있었다.

배리 씨네 정원은 나뭇잎이 무성하고 꽃들이 잔뜩 피어 있는 드넓은 곳이었다. 앞으로의 운명에 대한 걱정이 조금만 덜 했더라면 앤의 가슴이 기쁨으로 콩닥거렸을 그런 정원이었다. 정원 가장자리는 덩치 큰 늙은 버드나무와 키 큰 전나무로 둘러싸여 있었으며, 그 아래로 그늘에서 자라는 꽃들이 흐드러지게 피어 있었다. 직각으로 꺾이는 깔끔한 길이 촉촉한 붉은 리본처럼 정원을 이리저리 가로지르고 있었고, 길 양쪽 가장자리에는 조개껍데기들이 얌전히 놓여 있었다. 꽃밭에는 고풍스러운 꽃들이 쑥쑥 자라고 있었다. 먼저, 장밋빛 금낭화와 아주 멋진 새빨강 빛깔의 작약이 있었다. 하얗고 향기로운 백합, 달콤한 향의 가시 돋친 스코틀랜드 장미도 있었다. 매발톱꽃은 분홍색과 파란색과 하얀색으로 피었고, 사포나리아는 라일락처럼 보랏빛을 띠었다. 개사철쑥과 리본그라스와 박하는 각각 덤불을 이루고 있었다. 자줏빛 난초와 수선화도 보였고, 잔뜩 심어놓은 스위트클로버의 향긋하고 솜털 같은 섬세한 가지들이 하얀 꽃으로 뒤덮여 있었다. 수레동자꽃은 근처의 단정하고 새하얀 사향꽃 쪽으로 불타는 듯 새빨강 꽃대를 쑥 내밀고 있었다. 아직 햇빛이 남아 있는 정원에서는 벌들이 윙윙 날

아다녔고, 바람은 무엇에 이끌렸는지 아직도 바스락바스락 이곳저곳에 머물고 있었다.

"저기, 다이애나." 마침내 앤이 두 손을 마주 잡고 거의 속삭이는 듯한 목소리로 말문을 열었다. "저기, 나를 좋아해줄 수 있을까? 조금만, 그러니까, 마음의 친구가 될 정도로?"

다이애나는 웃었다. 다이애나는 언제나 말하기 전에 웃기부터 했다.

"응, 그럴 수 있을 것 같아." 다이애나는 솔직한 태도로 말했다. "난 네가 초록지붕 집에 살게 되어서 엄청 기뻐. 같이 놀면 재미있을 거야. 근처에는 같이 놀 다른 여자아이가 없고, 여동생들도 너무 어려서 말이야."

"영원히 영원히 내 친구가 되겠다고 맹세해줄래(swear)?" 앤의 요청은 간절했다.

다이애나는 충격을 받은 것 같았다.

"저기, 욕하는 건 아주 나쁜 거야(앤이 사용한 swear라는 표현은 맹세한다는 뜻으로도 쓰이고 욕한다는 뜻으로도 쓰인다. - 옮긴이)." 다이애나는 거절했다.

"아냐, 아냐. 욕하자는 게 아니라 맹세 말이야. 서로 약속하는 거."

"욕한다는 말인 줄 알았는데." 다이애나는 미심쩍은 듯이 말했다.

"맹세는 약속하는 거야. 전혀 나쁜 게 아니야. 그건 엄숙하게 약속한다는 뜻이야."

"그럼, 맹세해도 좋아." 다이애나는 안심하고 받아들였다. "어떻게 하는 건데?"

"우리 둘이 손을 잡아야 해. 이렇게." 앤은 진지했다. "맹세는 흐르는 물 위에서 해야 하지만, 우린 이 길이 흐르는 물이라고 상상하자. 내가 먼저 맹세할게. 나는 태양과 달이 존재하는 한, 내 마음의 친구 다이애나 배리에게 충실할 것을 엄숙하게 맹세하노라. 이제 네가 내 이름을 넣어서 말해."

다이애나는 시종일관 쿡쿡 웃으며 앤을 따라서 맹세했다. 그러더니 이렇게 말했다. "넌 참 이상한 애야, 앤. 네가 이상한 아이라는 얘기는 전에 들었어. 하지만 난 네가 정말 좋아질 것 같아."

마릴라와 앤이 집으로 돌아갈 때, 다이애나는 통나무 다리까지 두 사람을 따라갔다. 두 여자아이는 서로 팔짱을 끼고 걸었다. 시냇가에 이르자 두 아이는 내일 오후에 같이 놀자는 약속을 여러 번 반복하고 헤어졌다.

"그래, 다이애나는 너와 영혼이 통하던?" 초록지붕 집의 정원을 지나면서 마릴라가 물었다.

"아, 네." 앤이 행복에 겨운 듯 한숨을 쉬었다. 마릴라의 비꼬는 말투도 알아차리지 못한 듯했다. "아아, 마릴라. 전 지금이 순간 프린스 에드워드 섬에서 가장 행복한 아이예요. 오늘 밤에는 정말 순수한 마음으로 기도할 거예요. 장담할 수 있어요. 다이애나와 저는 내일 윌리엄 벨 아저씨네 자작나무 숲에서 소꿉놀이 집을 지을 거예요. 장작 쌓아두는 곳에 버린 깨진 도자기 조각들, 제가 가져도 돼요? 다이애나의 생일은 2월이고 제 생일은 3월이에요. 너무 희한한 우연 아니에요? 다이애나는 책도 빌려주기로 했어요. 다이애나가 그러는데 책은 완벽하게 근사하고 엄청나게 재미있대요. 숲 뒤쪽에 검은 백합이 자라는 곳도 보여주기로 했어요. 다이애나의 눈은 감정이 풍부해보이지 않아요? 제 눈도 그랬으면 좋았을 텐데. 다이애나가 「개암나무 골짜기의 넬리」라는 노래도 가르쳐주겠대요. 제 방에 걸 수 있는 그림도 주기로 했어요. 완벽하게 아름다운 그림이래요. 옅은 파란색 실크 드레스를 입은 예쁜 여자 그림이요. 재봉틀 파는 분이 준 거래요. 저도 다이애나에게 줄 게 있었으면 좋겠어요. 전 다이애나보다 1인치 더 커요. 하지만 다이애나가 훨씬 더 통통하죠. 다이애나는 마르고 싶대요. 그게 훨씬 더 우아하다나요. 하지만 제 기분을 생각해서 한 말인 것 같아요. 언젠가 바닷가에 가서 조개껍데기도 모으기로 했어요. 우리 둘 다 통나무 다리 옆의 샘물을 '나무 요정의 물거품'이라고 부르기로 했어요. 완벽하게 우아한 이름이죠? 어떤 책에서 샘물을 그렇게 부르는 걸 읽은 적이 있어요. 나무 요정은 어느 정도 어른이 된 요정일 것 같아요."

"그렇구나, 내 소원은 다이애나 이야기 좀 그만했으면 하는 것뿐이다." 마릴라가 말했다. "이런저런 계획 세우는 건 다 좋지만, 이건 잊지 마라, 앤. 넌 하루 종일 놀 수는 없어. 놀 시간이 많지도 않을 거고. 넌 해야 할 일이 있고 그걸 먼저 해놓아야 할 거다."

앤의 마음은 이미 행복으로 가득 차 있었는데, 매튜가 그것을 넘치게 해주었다. 카모디에 있는 가게에 갔다가 집으로 돌아온 매튜는 소심하게 주머니에서 조그만 꾸러미를 꺼내더니 앤에게 주었다. 그러면서 마릴라에게 변명하는 듯한 눈길을 보냈다.

"네가 초콜릿을 좋아한다고 해서 말이다, 내가 좀 사왔지." 매튜가 말했다.

"흠." 마릴라가 코웃음을 쳤다. "초콜릿을 먹으면 이가 썩고 배만 아프죠. 자, 자, 얘야, 그렇게 우울한 표정 짓지 마라. 먹어도 된다. 매튜가 나갔다가 사온 거니까. 박하사탕을 사다주는 편이 더 나았겠지만 말이야. 박하사탕은 건강에 좋거든. 한 번에 다 먹고 아프거나 하지만 않으면 된다."

"어머, 아니에요. 절대 안 그럴게요." 앤이 열심히 말했다. "오늘밤에 하나 먹을게요, 마릴라. 그리고 다이애나에게 절반 나눠주면 안 될까요? 다이애나에게 나눠주고 나면 남은 초콜릿이 두 배는 더 달콤할 거예요. 다이애나에게 줄 게 있다고 생각하니 정말 기분이 좋아요."

"내일 앤에게도 말해주겠지만 앤은 인색하지가 않네요." 앤이 자기 방으로 올라가고 나서 마릴라가 말했다. "그래서 기뻐요. 이런저런 결점 중에서도 난 아이가 인색하게 구는 게 정말 싫더라고요. 이런, 앤이 온 지 3주밖에 안 됐는데 항상 이곳에 있었던 것 같네요. 그 아이가 없는 이 집은 상상할 수가 없어요. 이런, '내가 뭐랬어' 하는 표정으로 보지 말아요, 매튜. 여자들한테 그게 얼마나 기분 나쁜데요. 남자들도 못 참기는 하지만요. 완벽한 내 의지로 인정하는 건데, 그 아이를 기르자는 오빠 말을 따라서 다행이다 싶어요. 나도 그 아이가 점점 좋아지고 있고요. 하지만 그걸 끊임없이 되새겨주려 하지는 말아요, 매튜 커스버트."

13
기다리는 즐거움

"앤이 들어와서 바느질할 시간이 됐는데." 마릴라는 시계를 힐끗 쳐다본 다음 창밖을 내다보았다. 샛노란 햇빛 속 8월 오후의 정원은 모든 것이 한낮의 열기로 나른했다. "다이애나와 30분 넘게 놀았잖아. 내가 허락한 건 30분이었는데 말이야. 게다가 아직도 장작더미에 앉아서 매튜에게 쉴 새 없이 재잘거리고 있단 말이지. 일을 해야 한다는 걸 너무나도 잘 알고 있을 텐데. 매튜는 영락없이 바보처럼 헤벌쭉해서 이야기를 들어주고 있겠지. 저렇게 얼빠진 사람이었을 줄이야. 앤은 말을 하면 할수록 얘기가 이상해지는데, 또 그럴수록 매튜가 즐거워한단 말이지. 앤 셜리, 얼른 들어와라, 내 말 안 들리니!"

한 단어 한 단어 딱딱 끊어서 힘을 실은 목소리가 서쪽 창에서 흘러나오자 앤은 쏜살같이 집 안으로 뛰어 들어갔다. 눈은 반짝거리고 볼은 분홍색으로 살짝 물들어 있었으며 풀어헤친 머리카락은 빛이 쏟아져 내리듯 등 뒤에서 출렁이고 있었다.

"아, 마릴라." 앤이 숨이 차서 헉헉거리며 외쳤다. "다음 주에 주일학교에서 피크닉을 간대요. 반짝이는 물빛 호수에서 아주 가까운 하먼 앤드류스 아저씨네 들판으로요. 게다가 주일학교 교장 선생님인 벨 장로님 사모님과 레이첼 아주머니는 아이스크림을 만들어주신다지 뭐예요. 생각해보세요, 마릴라. 아이스크림이래요! 그래서요, 저기, 마릴라, 저 가도 돼요?"

"시계 좀 봐주지 않겠니, 앤? 내가 몇 시까지 돌아오라고 했더라?"

"두 시요. 하지만 피크닉이라니 근사하지 않아요, 마릴라? 제발 보내주세요. 전 피크닉을 가본 적이 없거든요. 꿈꿔본 적은 있지만 한 번도……."

"그래. 내가 두 시까지 오라고 했지. 그런데 지금은 세 시 십오 분 전이야. 네가 왜 내 말을 따르지 않았는지 이유를 알고 싶구나, 앤."

"그게요, 마릴라, 저는 최대한 그러려고 했어요. 하지만 '한적한 황야'가 얼마나 매력적인 곳인지 몰라요. 게다가 그 후엔 당연히 매튜에게도 피크닉 얘기를 들려줘야 했고요. 매튜는 정말 공감하면서 들어주세요. 제발 저도 피크닉 보내주세요."

"넌 한적한 그…… 뭐라는 곳이 아무리 매력적이어도 할 일이 있으면 참을 줄도 알아야 해. 내가 몇 시까지 오라고 했을 때는 그보다 30분 늦게 오라는 뜻이 아니야. 게다가 오는 도중에 공감을 잘 해주는 누군가와 이야기를 할 필요도 없고. 피크닉에 대해서라면 물론 가도 좋다. 너도 주일학교 학생이잖니. 다른 여자아이들이 다 가는데 나만 널 못 가게 하겠니."

"하지만…… 하지만요." 앤은 더듬거리며 말했다. "다이애나 말로는 다들 도시락 바구니를 가져와야 한대요. 아시겠지만 전 요리를 못하잖아요, 마릴라. 그리고, 그리고 전 부푼 소매 없이 피크닉에 가는 건 상관없지만 도시락 바구니 없이 가야 한다면 죽을 만큼 창피할 것 같아요. 다이애나가 도시락 얘길 한 다음부터 계속 그 생각에 괴로워요."

"나 참, 괴로워할 필요 없다. 도시락은 내가 만들어줄 거니까 말이야."

"아아, 다정한 마릴라. 아아, 정말 고마워요. 아아, 얼마나 감사한지 몰라요."

그렇게 '아아'를 연발하고 나서 앤은 몸을 던져 마릴라의 품에 안기더니 마릴라의 핏기 없는 볼에 열정적인 입맞춤을 퍼부었다. 어린아이가 스스로 와서 마릴라의 얼굴에 입술을 댄 것은 마릴라가 평생을 통틀어 처음 겪는 일이었다. 또 한 번 놀랄 만큼 상냥한 감정이 갑작스럽게 밀려와 마릴라의 마음은 설레었다. 앤의 충동적인 애정 표현이 내심 엄청나게 기뻤던 것이다. 그래서인지 마릴라의 말투는 퉁명스러웠다.

"이런, 이런, 쓸데없이 입맞춤은 뭐냐. 그렇게 고맙다니, 네가 내 말을 잘 들을 날이 조금 빨리 오긴 하겠구나. 요리라면 조만간 내가 가르쳐줄 생각이야. 하지만 넌 너무 덤벙거린단 말이야, 앤. 기다렸다가 네가 좀 차분해지고 뭔가를 꾸준히 할 수 있게 되면 그때 시작하는 게 좋겠다. 요리하는 동안에는 계속 정신 똑바로 차리고 있어야 하고, 요리하다 말고 멈춰서 딴생각에 심취해서도 안 돼. 자, 이제 패치워크(색상과 무늬가 다양한 조각천을 꿰매어 한 장의 천을 만드는 것. – 옮긴이)를 해야지. 티타임 전에 네가 하던 부분을 끝내려무나."

"전 패치워크가 싫어요." 앤은 슬픈 목소리로 말하더니, 반짇고리를 갖고 와서 빨갛고 하얀 다이아몬드 모양의 천 조각들 앞에 앉으며 한숨을 쉬었다. "바느질하는 것 중에 어떤 건 괜찮을 것 같기도 해요. 하지만 패치워크는 상상의 여지가 전혀 없어요. 그냥 천 조각들의 솔기가 차례차례 이어지기만 하니, 완성해가고 있다는 느낌이 안 들어요. 물론 '아무것도 안 하고 있는 어느 집 아이도 아닌 앤'보다는 '패치워크를 하고 있는 초록지붕 집의 앤'이 낫겠지만요. 패치워크 바느질을 할 때도 다이애나와 놀 때만큼 시간이 빨리 지나갔으면 좋겠어요. 아아…… 우린 정말 우아한 시간을 보내요, 마릴라. 상상하는 대부분을 제가 맡아야 하긴 하지만, 전 상상을 충분히 잘할 수 있으니까요. 다이애나는 다른 모든 면에서 그야말로 완벽해요. 작은 공터가 시냇물 건너편에 있어요. 우리 농장과 배리 농장 사이에 흐르는 시냇물 말이에요. 그쪽은 윌리엄 벨 아저씨네 땅인데, 작고 둥그런 공터가 있어요. 하얀 자작나무에 빙 둘러싸여 있어서 얼마나 낭만적인 곳인지 몰라요, 마릴라. 다이애나와 저는 거기다 소꿉놀이 집을 지었어요. 우린 그곳을 '한적한 황야'라고 불러요. 시 같은 이름 아니에요? 정말이지 그 이름 생각해내는 데 저도 시간이 좀 걸렸다니까요. 밤을 거의 꼴딱 새우다시피 했어요. 그러다가 깜빡 잠이 들었는데 영감이 떠오르는 것처럼 그 이름이 탁 떠올랐어요. 다이애나도 그 이름을 듣고 황홀해했어요. 우린 그 집을 우아하게 단장했어요. 꼭 한번 와보세요, 마릴라. 오실 거죠? 커다란 돌덩이들은 이끼로 잔뜩 덮여 있어서 의자로 쓰고 있고요, 나무 사이에 널빤지를 놓아 선반을 만들었어요. 거기다 우리 식기를 전부 얹어놓았고요. 물론 다 어딘가 부서진 것들이지만, 멀쩡하다고 상상하는 건 세상에서 가장 쉬운 일이니까요. 빨강색과 노란색 아이비 이파리가 그려진 접시가 있는데 정말 예뻐요. 그 접시는 응접실에 놔뒀죠. 거실엔 요정의 거울도 있어요. 요정의 거울은 꿈에서 보는 것처럼 아름다워요. 다이애나가 자기네 집 닭장 뒤 숲에서 찾아낸 거예요. 온통 무지갯빛이 가득하거든요. 아직 크게 자라지 않은 작고 어린 무지갯빛이요. 다이애나의 어머니는 공중에 달아놓는 램프가 부서진 거라고 하셨다는데, 어느 날 밤 요정들이 무도회를 즐기다가 잃어버린 것이라고 상상하면 좋잖아요. 그래서 우린 그걸 요정의 거울이라고 불러요. 매튜가 테이블도 만들어주기로 했어요. 맞다, 배리 아저씨네 들판에 있는 작고 동그란 샘물 이름은 '버드나무 연못'이라고 지었어요. 다이애나가 빌려준 책에 나온 이름이에요. 아주 두근거리는 책이에요, 마릴라. 여자 주인공은 애인이 다섯 명이에요. 저라면 한 명이면 충분할 텐데 말이에요. 그 여자는 기품 있고 아름다운데 큰 시련을 많이 겪어요. 툭하면 기절을 하고요. 저도 기절할 수 있다면 얼마나 좋을까요, 마릴라? 너무 낭만적이에요. 하지만 전 이렇게 말랐는데도 엄청나게 건강하잖아요. 그래도 살이 좀 붙고 있는 것 같아요. 그런 것 같지 않으세요? 전요, 매일 아침 일어나서 팔꿈치를 확인해봐요. 오늘은 팔꿈치가 폭 들어가려나 하고요. 다이애나는 소매가 팔꿈치까지 오는 새 옷을 주문했대요. 피크닉에 입고 올 거래요. 아, 다음 주 수요일에는 날씨가 맑았으면 좋겠어요. 피크닉을 가지 못하게 되는 일이 생기면 전 그 실망감을 견딜 수 없을 것 같아요. 견뎌내기는 하겠지만 틀림없이 죽을 때까지 슬플 거예요. 앞으로 피크닉을 백 번쯤 가게 된다 해도, 이번 피크닉을 못 가는 것의 위로가 될 수는 없을 거예요. 반짝이는 물빛 호수에서 보트를 탄대요. 아이스크림도 먹고요. 전 아이스크림을 먹어본 적이 없어요. 다이애나가 어떤 맛인지 설명해주려고 애썼지만 아이스크림은 상상의 범위 밖에 있는 것 같아요."

"앤, 말을 시작한 지 꼬박 십 분은 됐다." 마릴라가 말했다. "이건 정말 궁금한 건데, 네가 아까 말한 시간만큼 말을 안 하고 있을 수도 있는지 알고 싶구나."

앤은 바람대로 입을 다물었다. 하지만 앤은 한 주 내내 피크닉에 대해 떠들었고 피크닉 생각에 잠겼으며 피크닉 꿈을 꾸었다. 토요일에 비가 내리자, 수요일까지 계속 내리지나 않을까 걱정이 되어 거의 정신 나간 상태가 되었다. 마릴라는 앤의 초조함을 가라앉히려고 패치워크 바느질을 더 많이 시켰다.

일요일에 교회에서 집으로 돌아오면서 앤은 마릴라에게, 목사님이 단상에서 피크닉 공지를 했을 때 너무 신나서 온몸이 오싹했다고 털어놓았다.

"엄청난 전율이 등을 오르락내리락했다고요, 마릴라! 그때까지는 진짜로 피크닉을 가게 되는 건지 믿어지지가 않았어요. 다 그냥 상상이 아닌가 하는 생각이 자꾸만 들었어요. 하지만 목사님이 단상에서 확실히 말씀하시니 믿어야죠."

"넌 간절함이 너무 지나치구나, 앤." 마릴라는 한숨을 쉬었다. "살면서 실망스러운 일들도 많을 텐데 걱정이야."

"어머, 마릴라, 즐거운 일은 두근거리는 마음으로 기다리는 게 반인걸요." 앤은 이렇게 주장했다. "기다리던 일이 이루어지지 않을 수도 있죠. 하지만 기다리는 동안의 즐거움은 어떤 것으로도 막을 수 없어요. 레이첼 아주머니는 '기대하지 않는 자에게 복이 있나니 실망하지 않을 것이다'라고 하시지만, 전 실망하는 것보다 아무것도 기대하지 않는 게 더 나쁜 것 같아요."

마릴라는 평소처럼 그날도 자수정 브로치를 달고 교회에 갔다. 마릴라는 늘 교회에 갈 때는 자수정 브로치를 달았다. 브로치를 달지 않는 것이 성경책을 두고 가거나 헌금을 가져가지 않는 것만큼 신앙심 없는 일이라고 생각하는 듯, 브로치를 빠뜨리는 일이 없었다. 그 자수정 브로치는 마릴라에게 아주 소중한 물건이었다. 뱃사람인 친척이 마릴라의 어머니에게 준 것을 어머니가 다시 마릴라에게 물려준 유품이었다. 고풍스러운 계란형 브로치로, 중심부에는 어머니의 머리카락이 들어 있었고 그 주위를 아주 아름다운 자수정이 둘러싸고 있었다. 마릴라는 보석에 대해서 아는 게 거의 없어서 그 자수정들이 얼마나 고급품인지는 몰랐지만, 아주 예쁘다는 생각은 했다. 그래서 항상 갈색 새틴 옷의 목 근처에서 보랏빛이 아른거리는 것을 기분 좋게 여겼다. 물론 자신이 볼 수는 없었지만 말이다.

앤도 처음 그 브로치를 보고 아주 즐거워하고 감탄하며 매료되었다.

"아아, 마릴라. 완벽하게 우아한 브로치예요. 이런 브로치를 하고 있으면 설교나 기도에 얼마나 집중이 될지 모르겠어요. 저라면 집중 못할 거예요. 자수정은 참 매력적인 것 같아요. 전 옛날에 다이아몬드가 이런 모습일 거라고 생각했었어요. 오래전에 다이아몬드를 본 적이 없었을 때요, 책에서 읽고 어떤 모습일까 상상하려고 해봤거든요. 아름답게 빛나는 보랏빛 보석일 것 같았어요. 어느 날 어떤 아주머니가 진짜 다이아몬드 반지를 끼고 계신 걸 봤는데, 전 너무 실망해서 울어버렸어요. 물론 아주 아름답긴 했지만 제가 생각한 다이아몬드가 아니었거든요. 이 브로치 잠깐만 제가 갖고 있어도 될까요, 마릴라? 자수정은 착한 제비꽃의 영혼 같지 않아요?"

14
앤의 고백

피크닉을 코앞에 둔 월요일 저녁, 마릴라는 걱정스러운 얼굴로 침실에서 내려왔다.

"앤." 마릴라가 불렀을 때 앤은 티끌 하나 없는 식탁에서 콩껍질을 까면서 「개암나무 골짜기의 넬리」 노래를 부르고 있었다. 이 노래를 가르쳐준 다이애나가 부끄러워하지 않도록, 활기차게 감정까지 넣어서 말이다. 마릴라가 물었다. "내 자수정 브로치 못 봤니? 어제 저녁 교회에서 돌아와 내 침실 핀꽂이 쿠션에 꽂아놓은 줄 알았는데 아무리 찾아봐도 없구나."

"어…… 오늘 오후에 봤는데요. 자선봉사 모임에 나가고 안 계실 때요." 앤이 조금 느릿느릿 말했다. "아주머니 방 앞을 지나가다가 쿠션에 브로치가 꽂혀 있는 것을 보고 가까이에서 보려고 들어갔어요."

"브로치 만졌니?" 마릴라의 목소리는 엄했다.

"네……." 앤은 인정했다. "브로치를 집어서 제 가슴에 꽂아 봤어요. 어떻게 보이는지 궁금해서요."

"그런 짓은 해서는 안 된다. 어린애가 남의 것에 손을 대는 건 아주 나쁜 거야. 애초에 내 방에 들어가면 안 되는 거였다. 그리고 네 물건도 아닌데 브로치를 만져서도 안 되었고 말이야. 브로치는 어디다 두었니?"

"아, 책상 위에 도로 갖다두었어요. 일 분도 채 안 달고 있었어요. 정말이에요. 남의 물건에 손대려던 건 아니에요, 마릴라. 들어가서 브로치를 달아보는 게 나쁜 일이라고 생각하지 못했어요. 하지만 이제 나쁜 일이라는 걸 알았으니 다시는 그러지 않을게요. 제 좋은 점이 그거잖아요. 나쁜 짓은 두 번 다시 안 해요."

"도로 갖다놓지 않았잖니." 마릴라가 말했다. "책상 어디에도 브로치는 없었다. 네가 갖고 나갔거나 했겠지, 앤."

"정말 도로 갖다놨어요." 앤이 재빨리 경쾌하게 말했다. 마릴라는 생각에 잠겼다. "핀꽂이 쿠션에 꽂아놨는지 아니면 도자기 쟁반에 얹었는지 기억이 안 나는 것뿐이에요. 하지만 도로 갖다놓은 건 정말 확실해요."

"가서 한번 더 찾아봐야겠다." 마릴라는 공정해지기로 마음먹었다. "네가 브로치를 도로 갖다놨다면 거기 그대로 있겠지. 없으면 네가 제자리에 갖다놓지 않은 걸로 알겠다. 그뿐이야."

마릴라는 자기 방으로 가서 샅샅이 찾아보았다. 책상 위는 물론 브로치가 있을 만한 곳은 다 뒤졌다. 브로치는 발견되지 않았다. 마릴라는 부엌으로 돌아왔다.

"앤, 브로치는 없구나. 너도 인정했다시피 브로치를 마지막으로 만진 사람은 너야. 자, 브로치를 어쨌니? 사실대로 말해 보려무나. 갖고 나갔다가 잃어버린 거냐?"

"아니에요, 전 안 그랬어요." 앤은 진지하게 대답하면서 마릴라의 화난 눈을 똑바로 마주보았다. "전 아주머니 방에서 브로치를 갖고 나가지 않았어요. 이 일로 제가 단두대에 끌려가게 된다 해도 그게 사실인걸요. 단두대가 뭔지는 잘 모르겠지만요. 아이 참, 정말이라니까요, 마릴라."

앤의 마지막 말은 자신의 주장을 강조하려던 것이었는데, 마릴라는 반항의 표시로 받아들였다.

"난 아무래도 네가 거짓말을 하고 있는 것 같구나, 앤." 마릴라는 날카로운 목소리로 말했다. "거짓말인 거 다 안다. 자, 이제 사실대로 다 털어놓을 준비가 될 때까지는 아무 말도 하지 마라. 네 방으로 올라가서 털어놓을 준비가 될 때까지 거기 있으려무나."

"콩을 가져갈까요?" 앤은 순순히 일어섰다.

"아니다. 내가 마저 끝내마. 넌 내가 시킨 대로나 하렴."

앤이 올라간 후 마릴라는 저녁 일거리에 손을 댔는데, 마음이 아주 심란했다. 소중한 브로치가 걱정되었던 것이다. 앤이 잃어버렸으면 어쩌지? 그리고 가져가지 않았다고 발뺌을 하다니, 얼마나 못된 아이람. 척 봐도 앤이 그런 것이 뻔한데! 아무 잘못 없다는 표정이나 짓고 말이야!

'차라리 다른 말썽을 부리는 편이 나았으려나.' 마릴라는 생각에 잠겨 초조하게 콩 껍질을 까기 시작했다. '물론 앤이 훔칠 마음을 먹었다고 생각하지는 않아. 갖고 나가서 놀려고 했든지 상상하는 데 쓰려고 했겠지. 틀림없이 앤이 갖고 나갔을 거야. 그건 분명해. 앤이 들어갔다 나온 후로 내가 올라갈 때까지 그 방에는 사람 그림자도 없었다고 앤이 그랬잖아. 그런데 브로치는 사라졌고. 이보다 더 확실한 증거가 어디 있어. 앤이 잃어버리고 나서 벌 받을까 봐 무서워서 사실대로 털어놓지 못하는 거겠지. 앤이 거짓말을 하다니, 고약한 일이로군. 화가 나서 성질을 부리는 것보다 훨씬 더 나빠. 믿을 수 없는 아이를 집에 두고 기른다니, 얼마나 무시무시한 일이람. 교활하고 거짓말을 일삼는 아이라니…… 앤은 그런 모습을 보여줬어. 정말이지 브로치보다 그게 더 화가 나. 사실대로 말하기만 했더라면 이렇게 기분 나쁘지 않았을 텐데.'

마릴라는 저녁 내내 간간이 침실에 들어가 브로치를 찾아보았으나 눈에 띄지 않았다.

그리고 잘 시간이 되어 동쪽 지붕 밑 방에 가보았지만 거기서도 별 소득이 없었다. 앤이 브로치에 대해서는 아무것도 모른다고 버텼기 때문이었다. 하지만 마릴라는 앤이 한 짓이라는 확신이 더욱 강하게 들었다.

다음 날 아침 마릴라는 매튜에게 브로치 사건을 이야기해주었다. 매튜는 매우 당혹스러워했다. 앤에 대한 믿음이 얼른 사라지지는 않았지만, 상황이 앤에게 불리하다는 사실은 인정하지 않을 수 없었다.

"책상 뒤로 떨어지지 않은 건 확실해?" 매튜가 낼 수 있는 의견은 고작 이런 정도였다.

"책상을 옮기고 서랍을 다 빼서 틈이란 틈은 다 살펴봤어요." 마릴라의 대답은 분명했다. "브로치는 없어졌고, 저 애가 가져갔는데 거짓말을 하는 거라고요. 그게 있는 그대로의 불편한 진실이에요, 매튜 커스버트. 우린 그 진실을 똑바로 직시해야 하고요."

"글쎄 뭐, 앞으로 어떻게 하려고?" 매튜는 쓸쓸한 목소리로 물었다. 속으로는 자신이 해결해야 하는 상황이 아니어서 마릴라에게 감사한 마음도 들었다. 이때만큼은 주도권을 잡고 싶다는 마음이 들지 않았다.

"털어놓을 때까지 자기 방에 있게 해야죠." 전에 이 방법이 성공했던 것을 떠올리며, 마릴라는 무섭게 말했다. "그러면 알게 되겠죠. 앤이 브로치를 어디로 갖고 갔었는지 얘기해주기만 하면 브로치를 찾을 수 있을지도 몰라요. 하지만 어떤 경우든 앤은 호되게 혼이 나야 해요, 매튜."

"글쎄 뭐, 혼내는 건 너니까." 매튜는 모자를 집으려고 손을 뻗었다. "난 아무 상관도 없잖아. 나더러 신경 쓰지 말라고도 했었고."

마릴라는 모두에게 버림받은 기분이었다. 레이첼 부인에게조차 조언을 구하러 갈 수 없었다. 마릴라는 아주 심각한 얼굴로 동쪽 지붕 밑 방으로 올라갔다가 더 심각한 얼굴로 내려왔다. 앤은 기어코 털어놓지 않았다. 브로치를 가져가지 않았다는 주장만 되풀이할 뿐이었다. 아이는 울고 있었던 것이 분명해 보였고, 마릴라는 꾹 참기는 했지만 가여워서 마음이 아팠다. 밤이 되자 마릴라는 그야말로 녹초가 되었다.

"털어놓을 때까지 이 방에서 못 나간다, 앤. 네가 결심만 하면 돼." 마릴라는 단호하게 말했다.

"하지만 내일은 피크닉 날이에요, 마릴라." 앤은 울었다. "못 가게 하지 않으신댔잖아요. 내일 오후만 내보내주세요, 네? 그다음에는 언제까지가 됐든 있으라고 하시는 한 씩씩하게 여기 있을게요. 하지만 피크닉은 꼭 가야 돼요."

"털어놓기 전에는 피크닉이 아니라 그 어디도 못 간다, 앤."

"아아, 마릴라." 앤은 숨이 턱 막혔다.

하지만 마릴라는 방을 나가 문을 닫았다.

수요일 아침이 밝았다. 피크닉 가기에 안성맞춤으로 눈부시게 맑은 날씨였다. 새들이 초록지붕 집 주위를 돌아다녔다. 정원에 핀 새하얀 백합들의 향기가 집안으로 훅 밀려들어와 눈먼 바람에 실려 현관으로, 방으로, 신의 은총처럼 집안 여기저기로 퍼져 나갔다. 골짜기의 자작나무들은 동쪽 지붕 밑 방에서 앤이 평소처럼 아침 인사 해주기를 기다리는 듯, 즐겁게 가지를 흔들고 있었다. 하지만 앤은 창가에 나타나지 않았다. 마릴라가 아침 식사를 가져다주려고 올라가보니 앤은 침대에 얌전하게 앉아 있었다. 얼굴은 창백하고 단호했으며 굳게 다문 입술에 두 눈은 번쩍거렸다.

"마릴라, 저 털어놓을 준비가 됐어요."

"아 그래!" 마릴라는 식사 쟁반을 내려놓았다. 마릴라의 방법이 다시 한번 성공을 거두었다. 하지만 그 성공은 마릴라에게 너무나 쓰라렸다. "그럼 네 말을 한번 들어보자, 앤."

"자수정 브로치는 제가 가져갔어요." 배운 내용을 소리 내어 복습하는 듯한 말투였다. "아주머니 말씀처럼 제가 가져갔어요. 방에 들어갔을 땐 가져갈 생각이 아니었어요. 하지만 너무 아름답게 보였어요, 마릴라. 가슴에 꽂았다가 거부할 수 없는 유혹에 지고 만 거예요. 한가한 황야에 가지고 가서 코딜리아 피츠제럴드 아가씨가 되어 놀면 얼마나 짜릿할까 상상해봤어요. 진짜 자수정 브로치를 달고 있으면 제가 코딜리아 아가씨라고 상상하는 게 훨씬 쉬울 것 같았어요. 다이애나하고 같이 로즈베리 열매로 목걸이를 만들고 놀기도 하지만 어떻게 자수정과 비교하겠어요? 그래서 브로치를 가져갔어요. 아주머니가 돌아오시기 전에 도로 갖다놓을 생각이었어요. 그런데 여기저기 돌아다니며 노느라 시간이 지체된 거죠. 집에 가려고 반짝이는 물빛 호수의 다리를 건너가다가 브로치를 떼어냈어요. 다시 한번 자세히 보려고요. 아아, 햇빛을 받아서 얼마나 반짝반짝 빛나던지! 그런데 다리 위로 몸을 구부리다가 브로치가 손가락에서 미끄러져 떨어졌어요. 아래로 아래로 떨어지다가 보랏빛으로 반짝이면서 반짝이는 물빛 호수 속으로 영원히 가라앉고 말았어요. 그게 제가 털어놓을 수 있는 전부예요, 마릴라."

마릴라는 다시금 화가 불같이 치밀어 올랐다. 이 아이가 남의 소중한 자수정 브로치를 갖고 나갔다가 잃어버려놓고는, 앉아서 차분하게 세세한 부분을 나열하는데 죄책감을 느끼거나 뉘우치는 기색이 전혀 보이지 않는 것이었다.

"앤, 정말 끔찍하구나." 마릴라는 차분함을 잃지 않으려고 애썼다. "너처럼 못된 아이는 듣도 보도 못했다."

"네, 그럴 거예요." 앤은 조용히 인정했다. "그리고 전 벌을 받아야 하겠죠? 아주머니는 저를 벌주셔야 하잖아요, 마릴라. 지금 바로 벌을 주시겠어요? 전 후련한 마음으로 피크닉을 가고 싶어요."

"피크닉이라니, 세상에! 오늘 피크닉은 못 간다, 앤 셜리. 그게 네가 받을 벌이야. 네가 한 짓에 비하면 하나도 심한 벌이 아니야!"

"피크닉에 못 가다뇨!" 앤은 튀어 오르듯 일어나 마릴라의 손을 꽉 붙잡았다. "약속하셨잖아요! 아아, 마릴라, 전 피크닉에 꼭 가야 해요. 그래서 털어놓은 거란 말이에요. 그거 말고 다른 벌은 무엇이든 받을게요. 아아, 마릴라, 제발, 제발 보내주세요. 아이스크림이란 말이에요! 앞으로 두 번 다시 아이스크림을 맛볼 기회가 없을지도 몰라요."

마릴라는 매달리는 앤의 손을 차갑게 풀어버렸다.

"애원할 필요 없다, 앤. 넌 피크닉에 갈 수 없고, 그건 변하지 않아. 절대 안 된다."

마릴라는 꿈쩍도 안 할 기세였다. 앤은 두 손을 모아 쥐고 날카로운 비명을 지르더니 얼굴을 침대에 푹 파묻고 실망감과 절망감에 몸부림치며 울부짖었다.

"맙소사!" 마릴라는 놀라서 숨을 헐떡이며 서둘러 자리를 떴다. "저 아이가 미쳤나 봐. 제정신이면 저런 행동을 할 리 없지.

미친 게 아니라면 성격이 완전히 형편없는 거고. 아휴, 애초부터 레이첼 말이 옳았나 봐. 하지만 이미 일을 벌였으니 자꾸 돌아보면 안 되겠지."

아주 울적한 아침이었다. 마릴라는 맹렬하게 일했다. 집안일을 다 끝내자 바깥 현관 앞 바닥과 우유통 놓는 선반들을 박박 문질러 닦았다. 선반이고 현관이고 다 깨끗했지만, 마릴라는 닦고 또 닦았다. 그 일도 다 끝나자 마릴라는 뒤뜰을 쓸었다.

점심 준비가 다 되자 마릴라는 계단 밑에서 앤을 불렀다. 눈물로 얼룩진 비참한 표정의 얼굴이 난간 위로 나타났다.

"내려와서 점심 먹어라, 앤."

"전 점심 생각 없어요, 마릴라." 앤이 훌쩍거리며 말했다. "아무것도 못 먹겠어요. 마음이 찢어지는 것 같아요. 아주머니는 언젠가 마음속으로 이 날을 후회하게 되실 거예요, 마릴라. 하지만 전 아주머니를 용서해요. 그때가 되었을 때 제가 용서했다는 거 잊지 말아주세요. 하지만 뭘 먹으라고는 하지 말아주세요. 특히 삶은 돼지고기와 야채는 싫어요. 괴로움에 빠져 있는데 삶은 돼지고기와 야채라니, 너무 낭만적이지 못하잖아요."

너무 화가 난 마릴라는 부엌으로 돌아와서 매튜에게 푸념을 늘어놓았다. 매튜는 애처롭게도 공정해야 한다는 생각과, 그래서는 안 되지만 앤에 대한 연민의 마음 사이에서 갈팡질팡하고 있었다.

"글쎄 뭐, 앤은 브로치를 갖고 나가지 말았어야 했어, 마릴라. 최소한 얘기는 했어야지." 매튜는 인정하면서도 전혀 낭만적이지 않은 삶은 돼지고기와 야채를 슬픈 눈으로 내려다보았다. 앤과 마찬가지로 음식이 이 감정의 위기에 걸맞지 않는다고 생각하기라도 하는 듯이 말이다. "하지만 앤은 어린애잖아. 그렇게 재미있는 애도 없지. 피크닉에 못 가게 하는 건 너무 가혹한 것 같지 않아? 그렇게 오매불망 기다렸는데."

"매튜 커스버트, 참 놀랍네요. 난 너무 쉽게 넘어갔나 싶은데요. 그리고 앤은 자기가 얼마나 나쁜 짓을 저질렀는지 깨달은 것 같지가 않아요. 그게 제일 걱정스러운 부분이에요. 정말 잘못했다는 생각이 들었다면 그렇게 형편없이 굴지는 않았을 거예요. 그리고 오빠도 깨닫지 못한 것 같아요. 계속 앤을 감싸주려 하고 있으니 말이에요. 제 눈에는 뻔히 보이네요."

"글쎄 뭐, 아직 어린애잖아." 매튜는 힘없이 되풀이해서 말했다. "감안해줘야 할 것도 있고, 마릴라. 그 아인 가정교육을 받아본 적이 없어."

"그래서 지금 하고 있는 거잖아요." 마릴라가 대꾸했다.

마릴라의 대꾸에 매튜는 입을 다물었다. 그렇다고 완전히 수긍한 것은 아니었다. 점심 식사 분위기는 아주 침통했다. 그 자리에서 유일하게 명랑했던 것은 일하는 아이 제리 부트뿐이었다. 마릴라는 그런 명랑함이 인신공격만큼 불쾌하게 생각되었다. 설거지를 다 마치고 폭신한 빵을 만들어놓고 암탉들에게 먹이를 주고 나서 문득 마릴라의 머리를 스치는 것이 있었다. 월요일 오후 자선봉사 모임에 다녀와서 숄을 벗을 때 보니 아끼는 그 까만 레이스 숄이 조금 찢어져 있었던 것이 생각난 것이다. 숄을 꿰매두어야 했다.

숄은 트렁크 속 상자에 있었다. 마릴라는 숄을 들어올렸다. 그때 창문을 가득 메운 덩굴 틈새로 쏟아져 들어오는 햇빛에 숄에 걸려 있는 뭔가가 보였다. 보랏빛이 여러 각도로 반짝반짝 빛났다. 마릴라는 숨을 헉 들이키며 그것을 와락 움켜쥐었다. 그것은 자수정 브로치였다! 레이스 그물에 걸려 있었던 것이다.

"세상에 맙소사." 마릴라는 멍한 표정이었다. "대체 이게 무슨 일이람? 브로치가 여기 멀쩡히 있는데 난 배리 호수 밑바닥에 가라앉은 줄로만 알았네. 그럼 저 애가 갖고 나갔다가 잃어버렸다고 말한 건 대체 뭐였지? 초록지붕 집이 마법에라도 걸린 걸까. 월요일 오후에 숄을 벗어서 잠깐 책상 위에 올려두었던 게 이제 기억나네. 그때 브로치가 숄에 걸렸던 거야. 세상에!"

마릴라는 브로치를 손에 쥐고 동쪽 지붕 밑 방으로 갔다. 앤은 울다 지쳐 창가에 하염없이 앉아 있었다.

"앤 셜리." 마릴라가 엄한 목소리로 말했다. "방금 브로치가 내 까만 레이스 숄에 걸려 있는 걸 찾았다. 네가 오늘 아침에 했던 기나긴 이야기는 대체 뭐였는지 알고 싶구나."

"그게, 털어놓을 때까지 여기서 못 나간다고 하셨잖아요." 앤이 지친 표정으로 대답했다. "그래서 털어놓기로 결심한 거였어요. 피크닉에는 꼭 가야 했거든요. 어젯밤에 침대에 누워 털어놓을 말을 생각했어요. 최대한 재미있는 이야기로 말이에요. 까먹지 않으려고 몇 번이나 반복해서 연습했어요. 하지만 결국 피크닉에 보내주시지 않았으니, 애쓴 보람이 없어요."

마릴라는 자기도 모르게 웃음이 터져 나왔지만, 양심의 가책도 느껴졌다.

"앤, 넌 정말 사람을 놀라게 하는구나! 하지만 내가 잘못했어. 이제 알겠다. 네 말을 의심하지 말았어야 했지. 네가 거짓말을 한 적도 없는데 말이다. 물론 하지도 않은 일을 했다고 털어놓은 너도 잘한 건 없다. 그건 아주 잘못한 거야. 하지만 내가 널 그렇게 만들었어. 그래서 말인데 앤, 네가 날 용서해준다면 나도 널 용서하고 처음부터 다시 시작하면 어떻겠니. 그리고 피크닉 갈 준비를 하려무나."

앤은 로켓처럼 팔짝 뛰어 일어났다.

"아아, 마릴라, 너무 늦지 않았어요?"

"아냐, 겨우 두 시인걸. 아직 다 모이지 못했을 거야. 그리고 차를 마시려면 한 시간은 더 있어야 하고 말이다. 세수하고 머리 빗고 깅엄 원피스를 입으렴. 도시락 바구니를 만들어주마. 빵 구워놓은 게 잔뜩 있다. 제리더러 마차를 준비해서 널 피크닉 장소까지 데려다주라고 해두마."

"아아, 마릴라." 앤은 번개같이 세면대 쪽으로 갔다. "5분 전만 해도 너무 비참해서 태어나지 않았으면 좋았을걸 그랬다고 생각했는데, 이젠 천국에 있는 것 같아요!"

그날 저녁 앤은 완전히 행복한, 그러나 완전히 녹초가 된 모습으로, 형언할 수 없는 기쁨에 젖어 초록지붕 집으로 돌아왔다.

"아, 마릴라. 완벽하게 멋들어진 피크닉이었어요. '멋들어진'은 오늘 새로 배운 단어예요. 메리 앨리스 벨이 그 단어를 쓰더라고요. 굉장히 멋있죠? 모든 게 다 좋았어요. 맛 좋은 차를 마시고 나서 하면 앤드류스 아저씨가 반짝이는 물빛 호수에서 우리 모두 보트를 태워주셨어요. 한 번에 여섯 명씩이요. 제인 앤드류스는 하마터면 물에 빠질 뻔했어요. 수련꽃을 꺾으려고 보트 밖으로 몸을 기울였거든요. 앤드류스 아저씨가 제때 허리띠를 붙잡아주지 않았다면 떨어져서 물에 빠져 죽었을지도 몰라요. 그게 저였으면 좋았을 텐데. 빠져 죽을 뻔했다니, 얼마나 낭만적인 경험이에요. 어마어마하게 짜릿한 이야기잖아요. 그리고 아이스크림도 먹었어요. 어떤 말로도 아이스크림은 표현 못해요. 마릴라, 정말이지 경이로웠어요."

그날 밤 마릴라는 바구니를 넣어두면서 매튜에게 모조리 이야기해주었다.

"내가 실수한 거라고 깨끗이 인정해요." 마릴라는 솔직한 결론을 내렸다. "하지만 이번 일로 교훈은 얻었죠. 앤의 이야기만 생각하면 웃음이 나와요. 그래서는 안 되는 거잖아요. 결국은 정말 거짓말을 했다는 이야기인데. 하지만 애초에 의심했던 거짓말에 비하면 그리 못된 짓이라는 생각이 안 들었고, 이러니저러니 해도 나한테도 책임이 있으니까요. 저 아이는 어떤 면에서는 참 이해하기 힘들어요. 하지만 결국에는 반듯하게 자랄 거라고 생각해요. 그리고 한 가지 확실한 건, 앤이 있는 집은 절대 따분할 틈이 없을 거라는 사실이에요."

15
학교에서 생긴 일

"어쩜 날씨가 이렇게 근사하지!" 앤은 숨을 깊게 들이쉬었다. "이런 날엔 살아 있다는 게 좋지 않아? 아직 태어나지 못해서 이런 날을 보지 못한 사람들이 불쌍해. 물론 그 사람들도 나중에 아름다운 날을 보게 되겠지만 오늘은 절대 못 보잖아. 그리고 학교 가는 길이 이렇게 아름다운 건 더 근사한 일인 것 같아. 그렇지?"

"큰길로 빙 둘러서 가는 것보다 더 멋있어. 거긴 흙먼지도 너무 많이 일고 더워." 다이애나는 현실적인 대답을 했다. 그러면서 점심 도시락 바구니 속을 빼꼼 들여다보며 속으로 계산을 해보았다. 과즙이 풍부하고 맛있는 라즈베리 타르트가 세 개 들어 있으니 열 명이 나눠 먹으려면 한 사람당 몇 입씩 돌아갈까?

에이번리 학교에 다니는 여자아이들은 항상 도시락을 나눠 먹었다. 라즈베리 타르트 세 개를 혼자 다 먹거나 단짝 친구하고만 나눠 먹으면 영원토록 '엄청 못된 아이'라는 낙인이 찍힐 것이다. 그렇긴 해도 타르트를 열 명이서 나눠 먹자니 돌아오는 양이 적어 감질나긴 했다.

앤과 다이애나가 학교에 가는 길은 경치가 아주 예뻤다. 앤은 다이애나와 함께 걷는 이 등하굣길이 상상으로 보충할 부분이 더 없을 정도로 멋지다는 생각이 들었다. 큰길로 돌아갔다면 이토록 낭만적이지는 못했을 것이다. 하지만 '연인들의 길'로 '버드나무 연못'을 지나 '제비꽃 골짜기'와 '자작나무 길' 쪽으로 가면 정말 낭만적이었다.

연인들의 길은 초록지붕 집의 과수원 밑에서 시작되어 커스버트 농장 끄트머리의 숲속 깊숙한 곳까지 뻗어 있었다. 그 길은 소들을 뒤쪽 목초지로 몰고 가는 길이었고, 겨울에 땔감을 집으로 끌고 오는 길이었다. 앤이 초록지붕 집에서 살게 된 지 한 달이 채 안 되었을 때 그 길에 '연인들의 길'이라는 이름을 붙였다.

"진짜로 연인들이 그 길을 다니는 건 아니고요." 앤이 마릴라에게 설명했다. "다이애나와 제가 읽은 책이 있는데 완벽하게 감명 깊은 책이거든요. 거기 '연인들의 길'이 등장해요. 그래서 우리도 길에 그 이름을 붙이고 싶었어요. 정말 예쁜 이름이라는 생각이 들죠? 너무 낭만적이에요! 그 길에 진짜로 연인들이 들어오는 건 상상할 수가 없어요. 전 그 길이 좋아요. 생각나는 대로 혼잣말을 해도 사람들이 미쳤다고 손가락질하지 않거든요."

아침이 되면 앤은 홀로 연인들의 길을 따라 시냇가까지 걸어갔다. 여기서 다이애나를 만나, 두 여자아이는 단풍나무 잎사귀가 아치 모양으로 머리 위를 덮는 오솔길을 함께 걸었다. "단풍나무는 참 사람들과 친해지고 싶은가 봐." 앤이 말했다. "항상 사람들에게 바스락바스락 소곤거리니 말이야." 그 길을 지나면 통나무 다리가 나왔다. 아이들은 거기서 연인들의 길을 벗어나 배리 씨네 집 뒤쪽 들판을 지나 버드나무 연못가로 갔다. 버드나무 연못을 지나면 제비꽃 골짜기가 나왔다. 제비꽃 골짜기는 앤드류 벨 씨네 큰 숲 가까이의 오목하게 패인 작고 푸른 땅이었다. "물론 지금은 제비꽃이 자라지 않아요." 앤은 마릴라에게 말했다. "하지만 다이애나 말로는 봄이 되면 제비꽃으로 뒤덮인대요. 아아, 마릴라. 막 상상이 되지 않아요? 말 그대로 숨이 막혀요. 전 그곳을 '제비꽃 골짜기'라고 이름 붙였어요. 다이애나는 장소마다 화려한 이름을 생각해내는 건 저를 따라올 사람이 없대요. 뭔가에 재주가 있는 건 좋은 거 아니에요? 하지만 '자작나무 길'은 다이애나가 붙인 이름이에요. 자기도 이름을 붙이고 싶다고 해서 그러라고 했죠. 하지만 분명 저라면 평범한 '자작나무 길'보다는 좀 더 시적인 이름을 찾아냈을 거예요. 그런 이름은 누구나 생각해낼 수 있잖아요. 하지만 '자작나무 길'은 세상에서 가장 예쁜 길 중 하나예요, 마릴라."

정말 그랬다. 앤 말고 다른 사람들도 우연히 그 길을 발견하고는 감탄했다. 언덕 위로 길게 뻗은 그 길은 조금 좁고 구불구불했고 벨 씨네 숲으로 곧바로 연결되었다. 에메랄드 같은 초록빛 나뭇잎으로 온통 뒤덮인 숲길 위로 다이아몬드처럼 흠 없고 투명한 햇빛이 촘촘하게 비쳐들었다. 그 길의 처음부터 끝까지 양쪽 길가에는 호리호리한 어린 자작나무들이 늘어서 있었다. 자작나무들의 줄기는 새하얗고 가지는 나긋나긋했다. 길을 따라 양치식물과 별꽃, 은방울꽃, 새빨갛게 열매를 맺은 피전베리 무더기들이 빽빽하게 자랐다. 나무 위 하늘은 발랄한 생기가 돌았고, 새들의 지저귐은 음악 같았으며, 나무를 흔드는 바람 소리가 때로는 속삭임 같이, 때로는 웃음소리 같이 들렸다. 숨죽이고 있으면 가끔씩 토끼가 깡충깡충 길을 건너는 모습을 볼 수도 있었다. 앤과 다이애나도 정말 어쩌다 한 번 볼 수 있는 광경이었다. 골짜기 아래로 난 길은 큰길로 이어졌고, 거기서 가문비나무 언덕을 조금만 올라가면 학교였다.

에이번리 학교는 하얀 건물로, 처마가 낮고 창문은 넓었다. 교실 안에는 편안하고 튼튼한 구식 책상들이 갖춰져 있었다. 책상 뚜껑은 열고 닫을 수 있게 되어 있었는데, 뚜껑마다 거쳐 간 학생들의 이름 머리글자와 뜻 모를 낙서들이 새겨져 있었다.

학교는 길에서 한참 더 들어가야 했다. 학교 뒤에는 어둑어둑한 전나무 숲이 있고 시냇물이 흘렀다. 아이들이 아침에 들고 온 우윳병을 그 시냇물에 담가 두면 우유는 점심시간까지 차갑고 맛있었다.

9월 첫날 앤이 학교에 가려고 집을 나서는 것을 마릴라는 내심 매우 불안해하며 지켜보았다. 앤이 좀 독특한 아이인가. 다른 아이들과 잘 지낼 수 있을까? 도대체 수업시간에 말을 참고 있을 수는 있을까?

하지만 마릴라가 두려워했던 것보다는 일이 잘 풀렸는지, 그날 저녁 앤은 매우 기분 좋게 집으로 돌아왔다.

"이곳 학교가 좋아질 것 같아요." 앤은 선언했다. "선생님은 별로 그렇지 못할 것 같지만요. 선생님은 항상 콧수염을 꼬거나 프리시 앤드류스에게 눈웃음만 치세요. 아시겠지만, 프리시는 나이가 많아요. 열여섯 살이라 내년에 샬럿타운에 있는 퀸즈 전문학교 입학시험을 치르려고 준비 중이래요. 틸리 불터 말로는 선생님이 프리시에게 완전히 빠져 있대요. 프리시는 피부색이 예쁘고 갈색 곱슬머리에 행동거지가 우아해요. 맨 뒤 긴 의자에 앉는데, 선생님도 대부분 거기 앉아 계세요.

선생님 말씀으로는 수업이래요. 하지만 루비 길리스가 봤는데 선생님이 프리시의 석판에 뭔가를 써서 보여주니까 프리시 얼굴이 새빨개지면서 키득키득 웃더래요. 루비 길리스 말로는 그게 수업과 관련 있는 것 같지는 않대요."

"앤 셜리. 다시는 선생님을 그런 식으로 말하는 걸 듣고 싶지 않구나." 마릴라의 목소리가 날카로워졌다. "선생님을 욕하려고 학교에 다니는 게 아니잖니. 선생님은 널 가르쳐주시는 분이고, 네가 할 일은 그분에게 배우는 거야. 그러니 집에 와서 선생님 험담을 하면 안 된다는 걸 명심해라. 그건 칭찬해줄 수가 없다. 학교에서는 선생님 말씀 잘 듣는 착한 학생이었으면 좋겠구나."

"그럼요." 앤이 거리낌 없이 말했다. "생각하시는 것처럼 그리 어렵지 않더라고요. 전 다이애나와 같이 앉았어요. 우리 자리는 창가 옆자리여서 반짝이는 물빛 호수가 내려다보여요. 학교에는 좋은 아이들이 많이 있어서 점심시간에 정말 멋들어지게 놀았어요. 함께 놀 여자아이들이 많으니 정말 좋더라고요. 하지만 물론 다이애나가 제일 좋아요. 앞으로도 항상 그럴 거예요. 전 다이애나를 흠모하고 있거든요. 전 다른 애들보다 지독하게 많이 뒤처져 있어요. 다들 5학년 교과서를 보는데 저만 4학년 거예요. 좀 부끄러운 것 같아요. 하지만 곧, 저만큼 상상력이 뛰어난 아이는 없다는 걸 알아냈어요. 오늘은 읽기와 지리, 캐나다 역사와 받아쓰기를 했어요. 필립스 선생님은 제가 받아쓴 철자가 엉망이라고 하시면서 제 석판을 높이 들어 올려 모두에게 보여주셨어요. 애들이 다 봤죠. 얼마나 창피했는지 몰라요, 마릴라. 선생님은 전학생에게 좀 더 예의를 지켜주셔야 하는 거 아니에요? 루비 길리스는 저한테 사과를 하나 줬고, 소피아 슬론은 '너희 집에 가도 돼?'라고 쓰인 예쁜 분홍색 카드를 빌려줬어요. 내일 돌려줘야 해요. 그리고 틸리 불터는 자기 구슬 반지를 오후 내내 끼고 있으라고 했고요. 다락방의 오래된 핀꽂이 쿠션에 있는 진주 구슬을 좀 가져다가 반지 만들어도 돼요? 그리고 아아, 마릴라. 미니 맥퍼슨이 들었는데, 프리시 앤드류스가 사라 길리스에게 내 코가 아주 예쁘다고 얘기했대요. 제인 앤드류스가 미니 맥퍼슨에게 듣고 다시 저한테 얘기해줬어요. 마릴라, 제 인생에서 처음으로 칭찬을 들었어요. 얼마나 이상야릇한 기분이 들었는지 상상도 못 하실 거예요. 마릴라, 정말 제 코가 예뻐요? 아주머니라면 사실대로 말씀해주실 것 같아요."

"네 코는 그런 대로 괜찮지." 마릴라는 퉁명스럽게 말했다. 속으로는 마릴라도 앤의 코가 아주 예쁘다고 생각했다. 하지만 그렇게 말해줄 생각은 없었다.

그 후로 3주가 흘렀고 모든 일이 순조로웠다. 그리고 오늘, 상쾌한 9월의 아침에 앤과 다이애나는 자작나무 길을 명랑하게 걷고 있었다. 둘은 에이번리에서 가장 행복한 아이들이었다.

"길버트 블라이드가 오늘 학교에 올 건가 봐." 다이애나가 말했다. "여름 내내 뉴브런즈윅에 있는 사촌들 집에 가 있다가 토요일 밤에 돌아왔대. 걔 어마어마하게 잘생겼다, 앤. 그리고 여자아이들을 엄청 심하게 괴롭혀. 아주 못살게 굴어."

그러나 다이애나의 말투로 보아 괴롭힘을 당하는 것이 그리 싫지는 않은 듯했다.

"길버트 블라이드?" 앤이 말했다. "입구 벽에 줄리아 벨 이름하고 같이 쓰여 있던 이름 아냐? '주목!'이라고 크게 쓰여 있던데?"

"맞아." 다이애나가 고개를 끄덕였다. "하지만 길버트가 줄리아 벨을 그다지 좋아하지 않는 건 확실해. 줄리아의 주근깨로 구구단을 외웠다고 말하던걸."

"아휴, 내 앞에서 주근깨 얘기는 하지 마." 앤이 간절히 부탁했다. "나 같이 주근깨 많은 아이 앞에선 조심 좀 해줘. 하지만 남자아이랑 여자아이 이름을 엮어서 벽에 커다랗게 써놓는 건 정말 바보 같은 짓이라고 생각해. 누구든 감히 내 이름을 남자아이 이름 옆에 쓰기만 해봐. 어떻게 될지." 앤은 서둘러 덧붙였다. "물론 아무도 안 그러겠지만."

앤은 한숨을 쉬었다. 이름이 벽에 쓰이는 건 싫었다. 하지만 아예 그럴 염려가 없다는 건 약간 창피한 일이었다.

"무슨 소리야." 다이애나가 말했다. 다이애나의 까만 눈과 윤기 흐르는 머리카락은 에이번리 남학생들의 마음을 온통 휘저어 학교 입구에 이름이 쓰인 게 여섯 번은 됐다. "그냥 장난인걸 뭐. 그리고 네 이름이 안 쓰일 거라고 너무 자신하지 마. 찰리 슬론이 너한테 푹 빠졌던걸. 걔네 엄마한테 네가 우리 학교에서 제일 똑똑하다고 그랬대. 엄마한테 말이야, 그게 중요해. 똑똑하다는 건 예쁘다는 말보다 더 좋은 거잖아."

"아니, 그건 아냐." 앤도 여자아이는 여자아이인 모양이었다. "똑똑한 것보다는 예쁜 게 낫지. 그리고 난 찰리 슬론이 정말 싫어. 왕방울 눈이 툭 튀어나온 남자아이라니. 누가 내 이름을 걔 이름하고 같이 써놓는다면 난 절대 그냥 못 넘어가, 다이애나 배리. 하지만 반에서 1등 하는 게 좋긴 해."

"길버트가 너랑 같은 반이 될 거야." 다이애나가 말했다. "예전에는 길버트가 계속 1등이었어. 정말이야. 길버트는 열네 살이 다 됐지만 아직 4학년이야. 4년 전에 그 애 아버지가 편찮으셔서 요양 차 앨버타에 가야 했는데 길버트가 따라갔었거든. 3년 동안 거기 있다 돌아왔는데, 그동안 거의 학교에 다니지 못했나 봐. 이젠 너도 1등 하기가 쉽지 않을걸, 앤."

"잘됐네." 앤이 재빨리 응수했다. "아홉 살 열 살 꼬맹이들 틈에서 1등을 하자니 별로 자랑스럽지가 않았거든. 어제 맞춤법 문제에 '폭발'이 나왔어. 조시 파이가 맨 먼저였는데, 중요한 건 말이야, 걔가 슬쩍 책을 보더라니까. 필립스 선생님은 못 보셨지. 프리시 앤드류스를 보시느라고 말이야. 하지만 난 봤어. 내가 차가운 경멸의 눈초리로 훑어보니까 얼굴이 새빨개지면서 결국 철자도 틀려버렸지."

"걔네 자매들은 늘 그래." 다이애나가 화난 목소리로 말했다. 두 아이는 큰길 울타리를 넘어갔다. "어제 거티 파이가 시냇물에 우윳병 담가둘 때 내 자리에 떡하니 자기 걸 둔 거 있지. 뭐 그런 애가 다 있니? 이제 걔랑은 말도 안 해."

필립스 선생님이 교실 뒤쪽에서 프리시 앤드류스의 라틴어 공부를 봐주고 있을 때 다이애나가 앤에게 속삭였다. "쟤가 길버트 블라이드야, 앤. 너랑 통로 하나 건너편에 앉아 있는 애. 네가 보기에도 잘생겼나 한번 봐줘."

앤은 그쪽을 쳐다보았다. 마음껏 관찰하기에 좋은 기회였다. 길버트 블라이드는 앞자리에 앉은 루비 길리스의 길게 땋은 금발 머리를 의자 등받이에 몰래 핀으로 고정시키느라 여념이 없었던 것이다. 길버트는 키가 큰 갈색 곱슬머리 남자아이로, 장난꾸러기 같은 갈색 눈에 짓궂은 미소로 입가가 씩 올라가 있었다. 그때 루비 길리스가 계산한 답을 선생님에게 이야기하려고 벌떡 일어서려 했다. 그러나 머리채가 뒤로 당겨져서 '악' 하는 소리와 함께 도로 털썩 주저앉고 말았다. 모두 그쪽을 쳐다보았고 필립스 선생님도 엄한 눈초리로 쏘아보는 바람에 루비는 울음을 터뜨리고 말았다. 길버트는 재빨리 핀을 숨기더니, 세상에서 가장 진지한 표정으로 역사 교과서를 들여다보았다. 그러나 소란이 좀 가라앉자 길버트는 앤 쪽을 쳐다보고는 말로 표현하기 힘든 우스꽝스러운 표정으로 윙크를 했다.

"길버트 블라이드는 확실히 잘생겼네." 앤은 다이애나에게 털어놓았다. "하지만 아주 뻔뻔한 아이 같아. 모르는 여자아이에게 윙크하는 건 예의가 아니지."

그러나 진짜 소동은 오후에 시작되었다.

필립스 선생님은 교실 뒤쪽 구석에서 프리시 앤드류스에게 어려운 대수학 문제를 설명해주고 있었다. 나머지 학생들은 제멋대로였다. 풋사과를 먹기도 하고, 소곤소곤 떠들고, 석판에 그림을 그리거나 실로 다리를 묶은 귀뚜라미들을 통로로 내몰기도 했다. 길버트 블라이드는 앤이 자기 쪽을 바라보게 하려고 해봤으나 완전히 실패하고 말았다. 그때 앤은 길버트 블라이드는 물론이고 에이번리 학교의 다른 모든 학생들도 전혀 의식하지 못하는 상태였기 때문이었다. 앤은 두 손으로 턱을 괴고 서쪽 창으로 내다보이는 반짝이는 물빛 호수의 파랗게 빛나는 수면을 하염없이 바라보고 있었다. 앤은 이미 멀리 아름다운 꿈의 나라를 떠돌고 있어서 자기만의 멋진 환상 말고는 아무것도 들리지도, 보이지도 않았다.

여자아이의 시선을 끌려다 잘 안 돼 화가 나거나 결국 실패한다는 것은 길버트 블라이드에게 흔치 않은 일이었다. 저 빨강 머리 셜리라는 여자아이, 턱은 약간 뾰족하고 눈은 커다란 아이, 에이번리 학교의 다른 여학생들의 눈과는 전혀 다른 눈을 가진 저 아이도 당연히 이쪽을 봐야 정상이었다. 길버트는 성큼성큼 통로를 건너가서 앤의 땋아내린 빨강 머리 끄트머리를 잡고 번쩍 들어 올리더니 낯선 목소리로 속삭였다.

"홍당무! 홍당무래요!"

그러자 앤은 길버트를 사납게 쳐다보았다.

보는 것으로 끝나지 않았다. 아름다운 환상이 구제할 길 없이 산산조각 나자, 앤은 벌떡 일어섰다. 앤의 눈이 분노로 번쩍였다. 그러나 눈 속에 비친 분노의 불꽃은 금세 사그라들고 분노의 눈물로 이어졌다.

"너 정말 못됐다! 정말 싫어!" 앤은 너무 화가 나서 소리를 질렀다. "어떻게 그런 말을 해!"

그러더니 '딱' 소리가 났다. 앤이 석판을 길버트의 머리에 내리쳐 깨진 것이었다. 물론 깨진 것은 머리가 아니라 석판으로, 깔끔하게 두 동강이 났다.

에이번리 학교에서 소동은 언제나 재미있는 것이었다. 이번 것은 특히 더 재미있었다. 모두의 입에서 '아' 하는 탄성이 쏟아졌다. 놀라면서도 신나 하는 눈치였다. 다이애나는 숨을 헉

들이마셨다. 곧 발작이라도 일으킬 듯한 루비 길리스는 울음을 터뜨렸다. 토미 슬론은 귀뚜라미 보병대가 도망치는 것도 그대로 놔둔 채 입을 떡 벌리고 이 광경을 지켜보았다.

필립스 선생님은 통로를 뚜벅뚜벅 걸어와서 앤의 어깨에 손을 묵직하게 얹었다.

"앤 셜리, 이게 무슨 짓이냐?" 선생님은 화난 목소리였다.

앤은 아무 대답도 하지 않았다. 앤에게 '홍당무'라고 놀림 받은 일을 전교생 앞에서 말하라고 하다니, 인정이 있는 사람이라면 차마 못할 노릇이었다. 용감하게 말을 꺼낸 것은 길버트였다.

"제 잘못입니다, 필립스 선생님. 제가 먼저 놀렸거든요."

필립스 선생님은 길버트의 말에 별 신경을 쓰지 않았다.

"내가 가르치는 학생이 이렇게 못된 성질머리에 엄청난 복수심까지 보이다니." 선생님은 엄숙한 목소리로 말했다. 자신의 학생이 된다는 사실만으로도 어리고 불완전한 보통 사람의 마음에서 모든 나쁜 감정이 뿌리째 뽑혀나가야 마땅하다는 듯한 태도였다. "앤, 남은 수업 시간 내내 칠판 앞에 서 있어라."

앤으로서는 차라리 매질을 하는 편이 더 나았을 것이다. 벌을 받는 앤의 예민한 영혼은 매를 맞는 것처럼 바르르 떨렸다. 앤은 핏기 하나 없이 굳은 표정으로 지시에 따랐다. 필립스 선생님은 분필로 앤의 머리 위쪽 칠판에 이렇게 썼다. '앤 셜리는 성질이 아주 고약합니다. 앤 셜리는 화를 참는 법을 배워야 합니다.' 그런 다음 읽고 쓸 줄 모르는 1학년 아이들도 다 들을 수 있도록, 이 글귀를 큰 소리로 읽어주었다.

앤은 머리 위에 설명 문구를 붙인 채 남은 수업 시간 내내 그 자리에 서 있었다. 울거나 고개를 숙이지도 않았다. 고통스럽도록 창피한 가운데서도 타오르는 분노는 사그라들지 않았다. 앤은 화난 눈과 새빨간 볼을 한 채, 다이애나의 동정에 찬 눈빛과 선생님의 처사에 분노한 찰리 슬론의 끄덕거림, 조시 파이의 고소해하는 비웃음을 다 받아냈다. 길버트 블라이드 쪽은 쳐다보지도 않았다. 절대 다시는 쳐다보지 않을 거야! 말도 안 할 거야!!

수업이 끝나자 앤은 빨강 머리를 당당히 쳐들고 밖으로 나갔다. 길버트 블라이드가 입구에서 앤을 막아섰다.

"머리 가지고 놀려서 정말 미안해, 앤." 길버트는 후회하는 목소리로 작게 말했다. "진심이야. 이제 화 풀어."

앤은 눈길도 주지 않고 들은 체도 하지 않으며 무시하고 걸음을 홱 옮겼다. "앤, 너 어떻게 그럴 수가 있니?" 큰길로 나오자 다이애나가 반쯤은 비난조로, 또 반쯤은 감탄하며 말했다. 다이애나는 자기라면 길버트의 간청을 거절하지 못했을 것 같았다.

"난 길버트 블라이드를 절대 용서하지 않을 거야." 앤은 단호하게 말했다. "그리고 필립스 선생님은 내 이름 끝에 알파벳 e를 빠뜨리고 썼어. 내 영혼은 쇠사슬로 꽁꽁 묶였어, 다이애나."

다이애나는 앤의 말이 무슨 의미인지 종잡을 수도 없었지만 뭔가 안 좋은 것을 말하는 거라고 이해했다.

"길버트가 머리 갖고 놀린 건 신경 쓰지 마." 다이애나는 앤을 위로해주었다. "길버트는 모든 여자아이들을 다 놀리잖아. 내 머리도 너무 새까맣다고 놀려. 나한테는 까마귀라고 열두 번도 더 놀렸어. 게다가 지금까지 어떤 경우에도 길버트가 사과하는 일은 없었어."

"까마귀라고 한 것과 홍당무라고 한 것은 큰 차이가 있어." 앤은 엄숙하게 말했다. "길버트 블라이드는 내 마음에 극심한 상처를 입혔어, 다이애나."

다른 일이 더 일어나지만 않았더라도 이 일은 더 이상의 '극심한' 상처 없이 사그라들 수 있었을지도 몰랐다. 하지만 한번으로 끝나지 않고 눈덩이처럼 불어나는 일도 있는 법이다. 에이번리 학생들은 점심시간에 대개 벨 가족 소유의 가문비나무 숲에서 나뭇진 껌(19세기 초 북미 대륙에서는 가문비나무의 나뭇진을 껌처럼 씹었다. – 옮긴이)을 모으러 다녔다. 숲은 언덕 위 커다란 목초지 건너편에 있었다. 그곳에서는 선생님의 하숙집인 에번라이트네 집을 감시할 수 있었다. 필립스 선생님이 점심을 다 먹고 하숙집을 나서는 것이 보이면 아이들은 얼른 학교로 뛰어갔다. 하지만 라이트 씨네에서 학교까지의 거리보다 세 배는 멀어서 아이들은 숨이 차서 헐떡거릴 만큼 달려도 3분쯤 늦게 도착하기 일쑤였다.

앤이 벌을 선 다음 날, 필립스 선생님은 아이들의 기강을 바로잡아야겠다는 충동에 사로잡혔다. 그래서 점심을 먹으러 하숙집으로 가면서 아이들에게 엄포를 놓았다. 점심시간이 끝나면 학생들 전부가 자리에 앉아 있어야 하며, 늦게 오는 녀석에게는 벌을 주겠다는 것이었다.

남자아이들은 전부, 여자아이들은 몇 명만 평소처럼 가문비나무 숲으로 갔다. 순전히 나뭇진 껌 모을 동안만 머무를 생각이었다. 하지만 가문비나무 숲은 매혹적인 곳이었고, 노오란 껌은 묘한 매력이 있었다. 아이들은 껌을 모으고 돌아다니며 숲을 떠나지 못하고 있었다. 그리고 거대한 가문비나무 고목 꼭대기에 올라가 있던 지미 글로버가 평소처럼 '선생님 오신다'고 외쳤을 때에야 비로소 시간 감각을 되찾았다. 나무 위로 올라가지 않았던 여자아이들은 먼저 출발하여 가까스로 늦지 않게 학교에 도착할 수 있었다. 단 1초의 여유도 없이 도착하긴 했지만 말이다. 남자아이들은 급하게 꿈틀꿈틀 나무를 타고 내려와야 했기 때문에 좀 늦어버렸다. 앤은 껌을 모으지는 않았지만 신나게 돌아다니느라 숲 끝까지 가버려서, 허리께까지 자라는 고사리밭 한가운데에서 부드럽게 흥얼거리던 중이었다. 음지를 다스리는 황야의 여신처럼 머리에는 검은 백합으로 화환을 만들어 얹고서 말이다. 그래서 앤은 숲에서 가장 늦게 출발했다. 하지만 앤은 사슴처럼 뜀박질이 빨랐다. 꼬마 도깨비처럼 눈 깜짝할 사이에 문에서 남자아이들을 제치고 교실로 들어갔다. 필립스 선생님이 모자를 걸고 있는 바로 그 순간에 말이다.

기강을 바로잡겠다는 필립스 선생님의 의지는 이미 짧은 수명을 다했다. 이젠 많은 학생들을 힘들여 혼내고 싶지 않았다. 하지만 자신이 한 말은 지켜야 했으므로, 희생양을 누구로 해야 할까 둘러보다가 앤이 눈에 띄었다. 앤은 자리에 털썩 앉아 숨을 몰아쉬고 있었으며 깜빡 잊은 백합 화환이 한쪽 귀에 삐딱하게 걸려 있어, 놀다가 헝클어진 모습이 두드러지게 보였던 것이다.

"앤 셜리, 너는 남자아이들과 함께 노는 걸 아주 좋아하는 듯하니 오늘 오후에는 마음껏 놀 수 있게 해줘야겠구나." 선생님은 빈정거렸다. "머리에서 꽃을 떼고 길버트 블라이드 옆자리에 앉아라."

남자아이들이 킥킥거렸다. 다이애나는 가엾은 마음에 창백해진 얼굴로 앤의 머리에서 화환을 떼어주고 손을 꼭 잡아주었다. 앤은 돌로 변하기라도 한듯 꼼짝 않고 선생님을 뚫어지게 바라보았다.

"내 말이 안 들리는 거냐, 앤?" 필립스 선생님이 엄하게 말했다.

"들었어요, 선생님." 앤은 천천히 대답했다. "하지만 정말 그렇게 하라는 말씀은 아니시겠죠."

"정말 그렇게 하라는 말씀인데." 빈정거리는 말투는 여전했다. 모든 학생이, 특히 앤이 정말 싫어하는, 아픈 데를 콕콕 쑤시는 말투였다. "당장 그렇게 해라."

순간, 앤은 그 지시를 따르지 않을 것처럼 보였다. 그러나 곧 도와줄 사람이 아무도 없다는 것을 깨닫고 도도한 태도로 일어나서 통로를 지나 길버트 블라이드 옆자리에 앉더니 책상 위에 팔을 올리고 얼굴을 묻었다. 그 얼굴을 흘깃 본 루비 길리스는 집에 돌아가는 길에 다른 아이들에게 "그런 얼굴은 첨 봤어. 너무 하얀데 지독하게 작고 빨간 주근깨가 쫙 깔려 있었어"라며 떠벌렸다.

앤에게는 세상의 종말이나 다름없었다. 늦은 아이들 열두 명 가운데 혼자만 벌을 받았으니 이것만 해도 충분히 속상했다. 그런데 더 속상하게시리 남자아이와 앉게 되다니, 설상가상으로 길버트 블라이드와 앉아야만 하다니, 정말 참을 수가 없었다. 앤은 참을 수도 없고, 참으려고 노력해도 소용없을 것 같다는 생각이 들었다. 온몸이 창피함과 분노와 굴욕으로 부글부글 끓고 있었다.

처음에 다른 학생들은 쳐다보기도 하고 소곤거리기도 하고 낄낄 웃으며 서로 쿡쿡 찔렀다. 하지만 앤은 고개를 들지 않았고, 길버트도 완전히 몰입해서 분수 문제만 풀고 있었다. 그러자 아이들은 곧 자기 할 일을 하기 시작했고 앤에 대해서는 잊게 되었다. 필립스 선생님이 역사 수업을 하겠다고 말했을 때 앤은 그쪽으로 가야 했다. 하지만 앤은 움직이지 않았다. 「프리실라에게」라는 시를 쓰고 있던 필립스 선생님도 운율 맞추기가 까다로워 그것을 신경 쓰느라 앤은 까맣게 잊고 있었다. 아까 아무도 보지 않을 때 길버트는 책상 속에서 사탕을 하나 꺼내 앤의 팔 밑으로 살짝 넣어주었다. 조그만 분홍색 하트 모양 사탕으로, 위에는 금색 글씨로 '넌 귀여워'라고 쓰인 사탕이었다. 그러자 앤은 일어나서 손가락 끝에 간신히 걸려 있던 분홍색 하트 사탕을 바닥으로 떨어뜨렸고, 사탕은 앤의 발뒤꿈치 밑에서 아주 가루가 되었다. 앤은 길버트에게는 눈길도 주지 않은 채 다시 얼굴을 파묻었다.

수업이 끝나자 앤은 자기 자리로 돌아와서 보란 듯이 책상 속 물건들을 전부 꺼냈다. 즉, 교과서와 석판 필기용 납작한 돌, 펜과 잉크, 성경책과 수학책을 꺼내더니 부서진 석판 위에 가지런히 쌓아올렸다.

"이걸 다 가져가서 뭐하게, 앤?" 다이애나는 길로 나오자마자 궁금했던 것을 물어보았다. 진작 물어보고 싶었지만 차마 그러지 못하고 있었던 것이다.

"이젠 학교 안 다닐 거야." 앤이 말했다.

다이애나는 놀라서 숨을 들이키며 정말이냐는 듯 앤을 쳐다보았다.

"마릴라가 집에 있게 놔두겠어?" 다이애나가 물었다.

"어쩔 수 없을 거야." 앤이 말했다. "저 선생님이 있는 한 다시는 학교에 가지 않을 거야."

"아휴, 앤!" 다이애나는 금방이라도 울 것 같은 표정이었다. "정말인가 보네. 그럼 난 어쩌고? 필립스 선생님은 날 그 끔찍한 거티 파이하고 앉게 하실 거야. 거티 파이가 혼자 앉아 있으니 그러실 게 분명해. 그만두지 마, 앤."

"널 위해서라면 거의 무엇이든 다 할 수 있어, 다이애나." 앤은 슬픈 목소리로 말했다. "너에게 도움이 된다면 나 자신이 갈기갈기 찢어진다 해도 할 수 있어. 하지만 이것만은 할 수 없어. 그러니 부탁하지 마. 네가 그럴 때마다 내 영혼이 상처를 입어."

"즐거운 일들만 생각해. 그걸 못하게 되잖아." 다이애나는 울먹였다. "시냇가에 예쁜 새 집을 짓기로 했잖아. 다음 주에는 공놀이를 할 거고. 넌 공놀이 안 해봤다고 했잖아, 앤. 엄청 재미있어. 그리고 우리 새 노래도 배울 거고. 제인 앤드류스는 벌써 연습하고 있단 말야. 앨리스 앤드류스가 다음 주에 새 팬지꽃 책을 갖고 올 텐데. 시냇가에서 한 챕터씩 돌아가며 소리

내어 읽어주기로 한 거 잊지 않았지? 너 소리 내어 읽어주는 거 정말 좋아하잖아, 앤."

앤은 조금도 흔들림이 없었다. 단단히 결심했다. 앤은 학교로, 필립스 선생님에게로 다시 돌아가지 않을 작정이었다. 그래서 집에 돌아와 마릴라에게도 그렇게 말했다.

"말도 안 되는 소리 마라." 마릴라가 말했다.

"말도 안 되긴요." 앤은 마릴라를 원망이 섞인 진지한 눈으로 바라보았다. "이해 못하시겠어요, 마릴라? 저 모욕당한 기분이에요."

"모욕은 무슨, 나 참! 내일 평소처럼 학교에 가는 거야."

"안 돼요." 앤은 부드럽게 고개를 저었다. "저 다시는 안 가요, 마릴라. 공부는 집에서 할게요. 최대한 착해질게요. 가능하다면 계속 말도 하지 않고 있을게요. 하지만 학교에는 다시 안 가요, 절대로요."

마릴라는 앤의 조그만 얼굴에서 한 치도 물러서지 않을 듯한 고집이 뚜렷하게 드러난 것을 보았다. 마릴라는 뭔가 극복하기 힘든 곤란한 문제가 있다는 것을 감지했다. 하지만 현명하게도 당장은 아무 말도 하지 않았다. '저녁때 레이첼에게 가서 무슨 일인지 알아봐야겠어.' 마릴라는 생각했다. '지금은 앤을 설득해봐야 소용없어. 너무 흥분해 있거든. 앤이 한번 마음먹으면 지독하게 고집스러워진다는 건 잘 알지. 앤의 이야기로 짐작해보건대 필립스 선생님이 일 처리를 다소 고압적으로 한 듯하지만 앤에게는 절대 그렇게 말할 수 없지. 레이첼과 이야기를 해봐야겠네. 아이들을 열이나 학교에 보냈으니 뭔가 방법을 알고 있을 거야. 레이첼도 지금쯤이면 이 이야기를 전부 들어 알고 있겠지.'

마릴라가 가보니 레이첼 부인은 평소와 마찬가지로 부지런히, 그리고 활기차게 퀼트 조각보를 뜨개질하고 있었다.

"무슨 일로 왔는지 짐작하실 거예요." 마릴라는 조금 겸연쩍은 얼굴이었다.

레이첼 부인은 고개를 끄덕였다.

"학교에서 앤이 일으킨 소동 때문이겠죠." 레이첼 부인이 말했다. "틸리 불터가 학교에서 돌아오는 길에 들러서 다 말해줬어요."

"앤을 어찌해야 좋을지 모르겠어요." 마릴라가 말했다. "학교에 다시는 가지 않겠다고 버티지 뭐예요. 그렇게 흥분한 건 처음 봐요. 학교에 다니기 시작한 후로 말썽은 있을 거라 생각했어요. 지금까지 너무 순조롭긴 했죠. 그 아인 너무 예민하잖아요. 조언 좀 해주세요, 레이첼."

"글쎄요, 조언을 구하니까 얘기하는 건데요, 마릴라." 레이첼 부인은 상냥하게 말했다. 레이첼 부인은 누가 조언을 구하면 대단히 좋아하는 사람이었다. "나라면 처음엔 그냥 잘 달래

줄 것 같아요, 아무렴요. 내 생각에 이번엔 필립스 선생님이 잘못한 것 같아요. 말 안 해도 알겠지만 아이한테는 그렇게 말하면 안 되고요. 어제 앤이 성질을 못 이긴 걸 벌준 건 물론 선생님이 잘한 거죠. 하지만 오늘은 얘기가 달라요. 다른 아이들도 늦었는데, 그 아이들도 앤과 똑같이 벌을 받게 했어야죠, 아무렴요. 그리고 여자아이에게 벌로 남자아이와 함께 앉으라고 하다니, 난 믿어지지가 않네요. 점잖지 않잖아요. 틸리 불터도 정말 분해하더라고요. 그 아이는 바로 앤의 편을 들었고, 다른 아이들도 다 그렇다는 군요. 어쨌거나 앤은 아이들 사이에서 인기가 좋은 것 같아요. 앤이 아이들과 그렇게 잘 어울릴 줄은 정말 몰랐어요."

"그럼 앤을 학교에 안 보내는 게 낫겠다는 건가요?" 마릴라는 놀랐다.

"그래요. 나라면 앤이 스스로 가겠다고 할 때까지 학교 가란 말은 안 하겠어요. 염려 말아요, 마릴라. 일주일쯤 지나면 앤도 흥분이 가라앉을 거고 스스로 다시 학교에 갈 수 있게 될 거예요. 암요. 당장 억지로 학교에 보내면 또 무슨 변덕이나 성질을 부려서 일이 더 커질지도 모르잖아요. 소동은 적을수록 좋다는 게 내 의견이에요. 이번 소동이 가라앉을 때까지는 앤이 학교에 안 가도 별로 아쉬울 게 없을 거예요. 필립스 선생님이 선생님으로서 썩 훌륭하지는 않잖아요. 교실 질서도 맹랑하고요, 암요. 선생님이 어린애들은 안중에도 없고 온통 퀸즈 전문학교에 들여보낼 큰 학생들에게만 시간을 할애하잖아요. 삼촌이 학교 이사가 아니었다면 필립스 선생님도 이 학교에 계속 있지 못했을 거예요. 그분이 다른 두 이사를 좌지우지하는 형편이거든요, 암요. 이곳 교육이 대체 어떻게 돌아가게 될지 모르겠다니까요."

레이첼 부인은 고개를 절레절레 저었다. 자신이 프린스 에드워드 섬의 교육을 맡기만 한다면 관리가 훨씬 더 잘될 거라는 듯이 말이다.

마릴라는 레이첼 부인의 조언을 받아들여 학교 얘기는 앤에게 한마디도 꺼내지 않았다. 앤은 집에서 공부를 하고 집안일을 돕고 다이애나와 놀며 쌀쌀한 가을날의 보랏빛 황혼을 즐겼다. 하지만 길에서 길버트 블라이드를 만나거나 주일학교에서 마주치면 싸늘한 경멸의 표정으로 쌩하니 지나가버렸다. 길버트는 앙금을 풀고 싶어 하는 내색이 역력했으나 앤의 태도는 조금도 누그러지는 기색이 없었다. 둘을 화해시키려는 다이애나의 노력조차도 헛수고였다. 앤은 죽는 날까지 길버트 블라이드를 증오하기로 결심한 것이 분명해 보였다.

하지만 길버트를 증오하는 마음이 깊은 만큼이나 다이애나에 대한 애정 또한 깊었다. 좋아하는 것도 싫어하는 것도 똑같이 강렬한 앤은 그 열정적인 조그만 가슴에 담긴 모든 애정을 다이애나에게 쏟아부었다. 어느 날 저녁 마릴라가 과수원에서 사과를 한 바구니 따 가지고 돌아와보니 앤이 땅거미가 지는 동쪽 창가에 앉아 엉엉 울고 있었다.

"도대체 무슨 일이냐, 앤?" 마릴라가 물었다.

"다이애나 때문에요." 앤이 느긋하게 훌쩍거리며 말했다. "전 다이애나를 너무 사랑해요, 마릴라. 다이애나가 없으면 못 살 것 같아요. 하지만 전 잘 알고 있어요. 우리가 자라면 다이애나는 결혼을 해서 저를 떠나 멀리 가버리겠죠. 아아, 그러면 저는 어떻게 해요? 다이애나의 남편이 미워요. 미칠 듯이 밉다고요. 전부 상상해봤어요. 결혼식에 관련된 것들을요. 다이애나는 눈처럼 새하얀 드레스를 입고 면사포를 쓴, 여왕처럼 아름답고 기품 있는 모습이었어요. 그리고 전 신부 들러리였어요. 제 드레스도 예뻤고 소매도 부푼 소매였지만, 전 미소 지은 얼굴 뒤에 찢어지는 듯한 마음을 숨기고 있었죠. 그러고는 다이애나에게 작별 인사를 하는 거예요. 안녕…… 안녕……." 앤은 완전히 허물어져 더욱 처절하게 엉엉 울었다.

마릴라는 입가에 경련이 이는 것을 황급히 숨기려 했다. 하지만 소용이 없었다. 마릴라는 가까이 있는 의자에 무너지듯 털썩 앉아서 진심으로, 평소에 보기 드물게 큰 소리로 웃음을 터뜨렸다. 뒤뜰을 가로지르던 매튜가 놀라서 발길을 멈출 정도였다. 마릴라가 이렇게 크게 웃었던 게 또 언제였더라?

"그래, 앤 셜리." 웃음이 가라앉자 마릴라가 말했다. "쓸데없는 걱정을 꼭 해야겠거든 제발 집안일에 쓸모 있는 걱정을 좀 하려무나. 정말 상상력 하나는 대단한 것 같구나."

16
비극으로 끝난 손님 초대

초록지붕 집의 10월은 참 아름다웠다. 골짜기의 자작나무들은 햇빛처럼 찬란한 황금색으로 바뀌었고, 과수원 뒤쪽의 단풍나무들은 짙은 빨강색이었으며, 길가의 벚나무들은 어두운 빨강과 청동빛이 감도는 아름다운 초록 그늘을 드리워주었다. 한바탕 추수를 끝낸 들판은 이제 한가로이 햇빛을 쬐고 있었다.

앤은 이같은 색의 향연에 신이 나 있었다.

"아아, 마릴라." 어느 토요일 아침, 앤은 춤추듯 한들거리는 탐스러운 나뭇가지들을 한 아름 안고 들어왔다. "10월이 있는 세상에서 살다니, 전 정말 기뻐요. 9월에서 11월로 바로 넘어가버린다면 정말 끔찍하지 않겠어요? 이 단풍나무 가지들 좀 보세요. 전율이 느껴지지 않으세요? 전율의 연속이에요. 이 가지들로 제 방을 꾸밀 거예요."

"그 지저분한 걸." 마릴라는 미적 감각이 뛰어난 사람은 아니었다. "넌 뭘 자꾸 밖에서 집어다가 방에 잔뜩 쌓아두는 거냐, 앤. 침실은 잠을 자는 곳 아니니."

"어머, 거기서 꿈도 꾸잖아요, 마릴라. 방에 예쁜 것들이 있으면 꿈꾸기가 훨씬 더 좋아요. 이 가지들은 오래된 파란 항아리에 넣어서 테이블 위에 올려둘 거예요."

"그럼 계단이 나뭇잎 천지가 되지 않게 조심하렴. 그리고 앤, 난 오늘 오후 카모디의 자선봉사 모임에 갈 거야. 해 지기 전에 돌아오지는 못할 거다. 매튜와 제리 저녁은 네가 챙겨줘야 해. 그러니 지난번처럼 식탁에 앉기 전에 차를 끓여두는 걸 깜빡 하면 안 된다."

"그때 차를 깜빡한 건 제가 심했어요." 앤이 변명조로 말했다. "하지만 그날은 제비꽃 골짜기 이름도 생각해내야 했고 다른 일도 너무 많았어요. 매튜는 정말 너그러워요. 조금도 꾸짖지 않았거든요. 손수 차를 끓이면서 조금만 기다리면 된다고 하셨어요. 저는 차가 끓을 동안 아름다운 요정 이야기를 해드렸죠. 그래서 기다리는 시간이 하나도 길게 느껴지지 않으셨을 거예요. 정말 아름다운 이야기였어요, 마릴라. 어떻게 끝나는지 까먹어서 끝부분은 제가 지어냈는데요, 매튜 말로는 어디부터 지어낸 부분인지 티가 안 난대요."

"매튜라면 네가 한밤중에 일어나서 점심을 먹자고 했어도 좋다고 했겠지. 하지만 이번에는 네가 침착하게 챙기렴. 그리고 이건 내가 잘하는 건지 모르겠다만…… 네가 전보다 훨씬 더 호들갑스러워질 것 같아서 말이야……. 뭐 하여튼 다이애나더러 오후에 이리 오라고 해서 함께 차를 마시려무나."

"아아, 마릴라." 앤이 두 손을 모아 쥐었다. "너무너무 좋아요! 아주머니도 상상력이 생기셨나 봐요! 그렇지 않고서야 제가 그런 순간을 얼마나 기다려왔는지 어떻게 아셨겠어요. 아주 근사하고 어른스러운 기분이 들 것 같아요. 손님이 있으면 차를 끓여두는 걸 깜빡할 염려도 없고요. 아아, 마릴라. 장미꽃 봉오리 무늬 찻잔을 써도 돼요?"

"그건 안 된다! 장미꽃 봉오리 찻잔이라고! 그다음엔 또 뭐가 필요하다고 할 거니? 목사님이나 봉사모임 회원들을 대접할 때 말고는 그 찻잔을 안 쓰는 거 알잖니. 연한 밤색 찻잔을 꺼내 쓰렴. 하지만 노란색 작은 단지 속 체리 설탕절임은 먹어도 돼. 지금쯤이면 먹어도 될 거야. 이젠 맛이 꽤 괜찮아졌을 테니 말이다. 과일 케이크도 좀 잘라 먹고 쿠키와 비스킷도 갖다 먹으렴."

"제가 테이블 주인 자리에 앉아서 차를 따라주는 모습이 막 상상이 돼요." 앤은 황홀해하며 눈을 감았다. "그리고 다이애나에게 설탕을 넣겠느냐고 물어보는 거죠! 다이애나가 설탕을 안 넣어서 마시는 건 알지만, 물론 모르는 것처럼 물어볼 거예요. 그러고 나서 과일 케이크를 한 조각 더 먹으라고 권하면서 과일 설탕절임을 좀 더 덜어주는 거예요. 아아, 마릴라, 생각만 해도 근사한 기분이에요. 다이애나가 오면 손님방에 데려가서 모자를 벗어두게 해도 돼요? 그리고 응접실에 있어도 될까요?"

"안 돼. 작은 거실 정도면 놀기에 딱 좋을 거다. 얼마 전 교회 분들에게 대접하고 남은 라즈베리 코디얼(물이나 술에 타서 마시는 농축 과즙 원액.—옮긴이)이 반병쯤 있으니 다이애나와 함께 마시렴. 작은 거실 찬장 두 번째 선반에 있어. 그리고 쿠키도 같이 먹으려무나. 내일은 매튜가 감자를 배에 실어야 해서 점심이 늦어질 테니 말이야."

앤은 날듯이 골짜기를 내려가 나무 요정의 물거품을 지나고 가문비나무 길을 올라 산비탈 과수원 집으로 가서 다이애나에게 차를 마시러 오라고 초대했다. 다이애나는 마릴라가 카모디로 막 출발한 다음에야 도착했다. 두 번째로 좋은 옷을 입고 있어, 티타임 초대를 받았을 때 딱 적당해 보이는 차림이었다. 다른 때라면 노크하지 않고 부엌 쪽으로 들어갔겠지만, 오늘은 현관으로 가서 얌전하게 노크를 했다. 그러자 앤이 얌전하게 문을 열어주었다. 앤 역시 두 번째로 좋은 옷을 입고 있었다. 두 아이는 처음 만난 사이처럼 진지하게 악수를 나누었다.

이 부자연스럽도록 진지한 분위기는 다이애나가 동쪽 지붕 밑 방으로 가서 모자를 내려놓고 작은 거실에서 다리를 잘 모으고 앉고 나서도 십 분쯤 더 지속되었다.

"어머님은 어떠세요?" 앤이 예의바르게 물어보았다. 마치 오늘 아침에 배리 부인이 아주 건강하고 활기찬 모습으로 사과를 따고 있는 모습을 보지 못한 것처럼 말이다.

"잘 지내세요. 고마워요. 커스버트 아저씨는 오늘 오후에 릴리샌즈로 감자를 옮기실 건가 봐요?" 다이애나가 말했다. 그날 아침 하먼 앤드류스의 집까지 매튜의 마차를 타고 갔던 다이애나였지만 말이다.

"그래요. 올해 감자가 아주 풍작이라서요. 댁의 아버님 농사도 풍작이었으면 좋겠네요."

"이쪽도 아주 잘되었어요, 고마워요. 사과는 아직 따지 않았나 봐요?"

"어머, 벌써 많이 땄지." 앤은 고상한 대화 놀이를 깜빡 잊고 펄쩍 뛰었다. "과수원으로 가서 레드스위팅 사과 따 먹자, 다이애나. 마릴라가 그 나무에 남아 있는 건 다 먹어도 된다고 했어. 마릴라는 정말 너그러워. 차 마실 때 과일 케이크와 체리 설탕절임도 먹으라고 하셨어. 하지만 찾아온 손님에게 뭘 대접할 건지 미리 말하는 건 예의가 아니니까 음료는 뭘 마셔도 된다고 했는지까지는 말 안 할게. '라'로 시작하고 '코'가 들어가는 밝은 빨강색 음료라는 것만 알려줄게. 밝은 빨강색 음료라니, 너무 좋지 않니? 다른 색깔 음료보다 두 배는 더 맛있을 거야."

과수원의 커다랗게 휜 가지들은 열매가 달려 아래로 축 늘어져 있었다. 두 아이가 오후 내내 거기서 놀았던 것으로 보아, 과수원은 아주 즐거운 곳이 틀림없었다. 두 아이는 모퉁이 쪽 풀밭에 앉아 있었는데, 그곳은 서리에 풀이 상하지 않은 푸른 풀밭으로 부드러운 가을 햇살이 오래 머물러 따뜻한 곳이었다. 두 아이는 사과를 먹으면서 열심히 이야기를 나누었다. 다이애나는 학교에서 있었던 일들로 할 이야기가 산더미처럼 많았다. 다이애나는 거티 파이와 함께 앉게 되었는데 아주 싫다고 했다. 거티가 필기할 때 연필에서 항상 끽끽 소리가 나는데, 그 소리만 들으면 오싹 소름이 끼친다는 것이었다. 루비 길리스는 마법으로 사마귀를 전부 없앴다고 했다. 진짜로. 크리크 출신의 메리 조 언니네 할머니가 준 요술 조약돌의 힘으로 말이다. 그 조약돌로 사마귀를 문지르고 나서 초승달이 뜰 무렵 왼쪽 어깨 너머로 던져버리면 사마귀가 몽땅 사라진다는 것이었다. 학교 입구 담벼락에 찰리 슬론과 엠 화이트의 이름이 함께 쓰여서 엠 화이트는 무지무지 화가 난 상태였고, 샘 불터는 수업 중에 필립스 선생님에게 대들었다가 매를 맞았다고 했다. 샘의 아버지가 학교에 찾아와서 자식들에게 다시는 손대지 말라고 필립스 선생님을 윽박지른 일도 있었다. 매티 앤드류스는 장식술이 달린 파란색 끈으로 묶게 되어 있는 빨강색 새 두건을 입고 왔는데 어찌나 뻐기는지 완벽하게 재수 없다고 투덜댔다. 리지 라이트는 메이미 윌슨하고 말을 안 한다고 했다. 메이미 윌슨의 큰언니가 리지 라이트의 큰언니 애인을 가로챈 모양이었다. 다이애나 말로는 다들 앤을 너무 그리워하고 다시 학교에 오기를 기다린다고 했다. 그리고 길버트 블라이드는······.

하지만 앤은 길버트 블라이드에 대해서는 듣고 싶어 하지 않았다. 앤은 허둥지둥 일어서더니 안으로 들어가서 라즈베리 코디얼을 마시자고 했다.

앤은 작은 거실 찬장 속 두 번째 선반을 살펴봤지만 라즈베리 코디얼 병은 없었다. 찾아보니 찬장 맨 윗선반 깊숙이에 병이 있었다. 앤은 병을 쟁반에 올려 큰 물컵과 함께 테이블 위에 놓았다.

"자, 마음껏 마셔, 다이애나." 앤이 예의 바르게 말했다. "난 지금은 한 모금도 못 마실 것 같아. 사과를 너무 많이 먹었나 봐."

다이애나는 한 컵 가득 음료를 따르고, 그 밝은 빨강 빛깔을 감탄의 눈으로 바라보았다. 그리고 우아하게 한 모금 맛을 보았다.

"정말 맛있다, 앤." 다이애나가 말했다. "라즈베리 코디얼이 이렇게 맛있는 줄은 몰랐어."

"네가 맛있다니 정말 기뻐. 실컷 마셔. 난 나가서 불을 좀 피우고 올게. 집안 살림을 맡으면 머릿속에 해야 할 일들이 정말 많이 떠오르는 것 같아."

앤이 부엌으로 돌아와보니 다이애나는 코디얼을 두 잔째 마시는 중이었다. 앤이 한 잔 더 마시라고 청하자 다이애나는 별 거부감 없이 석 잔째 코디얼을 마셨다. 컵 크기는 참으로 넉넉했고 라즈베리 코디얼은 확실히 아주 맛있었다.

"이렇게 맛있는 건 처음이야." 다이애나가 말했다. "레이첼 아주머니는 늘 아주머니가 만든 코디얼이 맛있다고 자랑하시지만, 이건 레이첼 아주머니 것보다 훨씬 더 맛있어. 맛이 완전히 다른데?"

"마릴라의 라즈베리 코디얼이 레이첼 아주머니 것보다 훨씬 맛있나 보네." 앤이 흐뭇하게 말했다. "마릴라는 요리 잘하기로 유명해. 나에게도 요리를 가르쳐주려고 하시지만, 다이애나, 요리는 정말 힘든 일이라니까. 요리는 상상의 여지가 너무 없어. 정해진 대로 해야 하니 말이야. 지난번에 케이크를 만들 때는 밀가루 넣는 걸 깜빡했지 뭐야. 그때 다이애나 너와 나에 대한 아름다운 이야기를 생각하고 있었거든. 네가 천연두를 아주 심하게 앓고 있어서 다들 너를 외면하는 거야. 하지만 난 용감하게 네 침대 곁으로 가서 간호를 하고 너를 살려내는 거지. 그런데 그러다가 나는 천연두에 걸려서 죽고 묘지의 포플러 나무 아래 묻혀. 너는 내 무덤 옆에 장미를 심고 물 대신 네 눈물로 기르는 거야. 그리고 너는 너를 위해 목숨을 바친 어린 시절의 친구를 절대, 절대 잊지 못하는 거지. 아아, 너무 애처로운 이야기 아니니, 다이애나. 케이크 반죽을 섞는 동안 눈물이 뺨을 타고 줄줄 흘렀다니까. 하지만 밀가루를 깜빡하는 바람에 케이크는 형편없는 실패작이 됐지. 케이크에 밀가루는 정말 꼭 필요해. 마릴라가 몹시 화를 내는 것도 무리는 아니지 뭐. 난 커다란 골칫거리니까. 지난주에는 푸딩 소스 때문에 마릴라가 엄청난 망신을 당했어. 화요일 점심에 자두 푸딩을 먹었는데, 푸딩이 반쯤 남고 소스도 한 병 정도 남은 거야. 마릴라가 한 끼 더 먹을 만큼 되니 나한테 잘 덮어서 식료품 저장실 선반에 갖다두라고 하셨지. 난 최대한 잘 덮으려고 했어, 다이애나. 하지만 내가 소스를 갖고 갈 때 수녀가 된 나를 상상하고 있었던 거야. 물론 나는 개신교도지만 가톨릭 신자라고 상상했어. 수녀가 되어 세상과 격리된 은둔 생활 속에 상처 받은 마음을 묻어버린 거야. 그런 상상을 하느라 푸딩 소스 덮어두는 걸 까맣게 잊어버렸어. 다음 날 아침에 생각이 나서 식료품 저장실로 뛰어가봤지. 다이애나, 푸딩 소스에 쥐 한 마리가 빠져 죽은 걸 발견했을 때 내가 얼마나 겁에 질렸을지 상상할 수 있겠니! 나는 숟가락으로 쥐를 떠서 뒤뜰에 갖다 버리고 숟가락을 세 번은 물에 씻었을 거야. 마침 마릴라는 소젖을 짜러 나가고 없어서, 난 마릴라가 돌아오면 그 소스를 돼지한테 줘도 되느냐고 물어보려고 했어. 정말로. 하지만 마릴라가 돌아왔을 때 나는 서리의 요정이 된 상상에 빠져 있었거든. 숲을 돌아다니면서 나무들을 빨갛고 노랗게 만드는 거야. 그래서 푸딩 소스는 생각도 못한 채 마릴라가 시킨 대로 사과를 따러 나갔지. 그런데 그날 아침 스펜서베일에서 체스터 로스 씨 부부가 찾아온 거야. 두 분이 굉장히 멋쟁이라는 건 알지? 특히 체스터 로스 아주머니는 굉장하잖아. 마릴라가 점심 먹으라고 불러서 들어가보니 식사는 이미 차려져 있었고 다들 식탁에 앉아 있었어. 나는 최대한 예의 바르고 품위 있게 행동하려고 애썼어. 체스터 로스 아주머니가 나를 예쁘지는 않지만 기품 있는 여자아이라고 생각해주었으면 하고 말이야. 모든 게 다 잘되어 가고 있었어. 그런데 마릴라가 한 손에는 자두 푸딩을, 다른 한 손에는 따뜻하게 데운 푸딩 소스 병을 들고 들어오는 거야. 다이애나, 정말 끔찍한 순간이었어. 그때 일은 똑똑히 다 기억해. 난 자리에서 벌떡 일어나서 소리를 질렀지. '마릴라, 그 푸딩 소스 먹으면 안 돼요. 소스에 쥐가 빠져 죽었다고요. 아까 말한다는 걸 깜빡했어요.' 아아, 다이애나, 난 백 살까지 산다 해도 그 무시무시한 순간을 절대 잊지 못할 거야. 체스터 로스 아주머니가 나를 쳐다보는데 정말 창피해서 쥐구멍에라도 숨고 싶

없어. 그분은 너무 완벽한 주부이고, 우리도 틀림없이 그럴 거라고 생각하셨으니까. 마릴라는 얼굴에 불이라도 붙은 듯 새빨갛게 되었지만 그 자리에서는 한 마디도 하지 않으셨어. 그냥 소스와 푸딩을 내가고 딸기 설탕절임을 갖고 돌아오셨지. 심지어 나한테도 먹으라고 권했지만 난 한 입도 넘어가지 않더라고. 너무 창피해서 얼굴이 불이 붙은 것처럼 화끈거렸어. 체스터 로스 아주머니가 돌아가고 난 후 마릴라는 무시무시하게 날 혼냈지. 이런, 다이애나, 왜 그래?"

다이애나는 몹시 비틀거리며 일어섰다. 그러더니 다시 털썩 주저앉아서 두 손으로 머리를 감쌌다.

"나…… 나 속이 너무 울렁거려." 다이애나의 목소리는 조금 쉰 듯했다. "집에, 집에 가야겠어."

"아아, 차도 마시지 않고 집에 가다니, 안 돼." 앤은 괴로워했다. "지금 당장 준비할게. 바로 가서 차를 끓여올게."

"집에 가야겠어." 다이애나는 멍하니, 하지만 초지일관 되풀이해서 말했다.

"어쨌든 점심을 차려줄게." 앤이 애원했다. "과일 케이크와 체리 설탕절임 갖다 줄까? 소파에 잠시 누워 있으면 괜찮아질 거야. 어디가 안 좋은 거야?"

"집에 가야겠어." 다이애나는 같은 말만 했다. 앤이 매달려도 소용없었다.

"손님이 차도 마시지 않고 집에 갔다는 얘긴 들어본 적이 없어." 앤은 슬퍼했다. "아아, 다이애나, 정말로 천연두에 걸릴 것 같아서 그러는 거야? 천연두에 걸려도 내가 가서 간호해줄게. 나만 믿어. 난 너를 버리지 않을 거야. 하지만 차 마실 때까지는 가지 말았으면 좋겠어. 어디가 안 좋은 거야?"

"너무너무 어지러워." 다이애나가 말했다.

그리고 실제로 현기증이 나는지 아주 비틀비틀 걸었다. 앤은 실망으로 눈에 눈물이 그렁그렁한 채 다이애나의 모자를 갖다 주고 다이애나의 집 뒤뜰 울타리까지 함께 가주었.

앤은 초록지붕 집으로 돌아오는 내내 엉엉 울었다. 그리고 슬픔에 잠긴 채 기운도 없고 흥미도 없이 기계적으로 남은 라즈베리 코디얼을 다시 식료품 저장실에 갖다놓고 매튜와 제리에게 점심을 준비해주었다.

다음 날은 일요일이었다. 그날은 아침부터 저녁까지 비가 억수같이 내려서 앤은 초록지붕 집에서 꼼짝할 수가 없었다. 월요일 오후가 되자 마릴라는 앤을 레이첼 부인 댁으로 심부름 보냈다. 잠깐 사이에 앤은 눈물을 줄줄 흘리며 풀밭길을 쏜살같이 달려 돌아왔다. 앤은 부엌으로 뛰어 들어와 소파에 내동댕이치듯 얼굴을 파묻고 극심한 고통에 몸부림쳤다.

"뭐가 잘못되기라도 했니, 앤?" 마릴라는 궁금하기도 하고 당황하기도 하며 물었다. "레이첼 부인에게 또 건방지게 군 건 아니겠지?"

앤은 아무 대답도 하지 않고 더 크게 흐느끼며 울 뿐이었다.

"앤 셜리, 내가 너한테 뭘 물어봤으면 대답을 해야지. 당장 똑바로 앉아서 무슨 일로 우는지 이야기해보렴."

앤은 일어나 앉았다. 온갖 비극을 다 짊어진 표정이었다.

"레이첼 아주머니가 오늘 배리 아주머니를 만나러 갔는데, 배리 아주머니가 지독하게 화가 나 계시더래요." 앤은 울부짖으면서 말했다. "배리 아주머니는 제가 토요일에 다이애나를 술에 취하게 하고 부끄러운 모습으로 귀가하게 했다는 거예요. 그러면서 내가 아주 질이 나쁘고 못된 아이인 것이 틀림없으니 다시는 다이애나와 함께 놀지 못하게 하시겠대요. 아아, 마릴라, 슬퍼서 어쩔 줄 모르겠어요."

마릴라는 기가 막혀서 앤을 쳐다볼 뿐이었다.

"다이애나를 취하게 했다고!" 마릴라는 목소리를 겨우 짜내어 말했다.

"앤, 네가 제정신이 아닌 거니, 아니면 배리 부인이 이상한 거니? 도대체 다이애나에게 뭘 먹인 거니?"

"라즈베리 코디얼밖에 안 줬어요." 앤이 훌쩍이며 말했다. "라즈베리 코디얼이 사람을 취하게 만드는 줄은 몰랐어요, 마릴라. 다이애나가 큰 컵으로 세 컵이나 마시긴 했지만요. 아아, 마치, 마치 토머스 아주머니 남편 같잖아요! 하지만 전 다이애나를 취하게 할 생각은 아니었어요."

"취하다니, 나 참!" 마릴라는 작은 거실 찬장으로 가보았다. 선반에는 병이 하나 있었다. 마릴라는 바로 알아보았다. 그것은 3년 전에 집에서 담근 커런트 술이었다. 성찬식에 쓰려고 담근 것이었는데(기독교의 성찬식에서는 예수의 피와 살을 의미하는 포도주와 빵을 나누어 먹는다.- 옮긴이) 전통을 엄격하게 따르는 교인들은 포도주 대신 커런트 술을 쓰는 것을 매우 못마땅하게 여겼었다. 배리 부인도 그중 한 사람이었다. 그리고 라즈베리 코디얼 병은 지하실에 갖다두었던 것도 함께 생각났다. 앤에게 찬장 안에 있다고 얘기해줬지만 사실은 그게 아니었던 것이다.

마릴라는 커런트 술병을 손에 들고 부엌으로 돌아왔다. 자신도 모르게 얼굴이 씰룩거렸다.

"앤, 넌 말썽 일으키는 데는 천부적인 재능이 있는 게 분명하구나. 넌 라즈베리 코디얼이 아니라 커런트 술을 다이애나에게 갖다 준 거야. 구분이 안 가던?"

"전 마시지 않았거든요." 앤이 말했다. "그게 코디얼인 줄 알았어요. 전 손님 대접을 너무너무 잘하고 싶은 마음뿐이었어요. 그런데 다이애나가 속이 너무 울렁거린다면서 집에 가야겠다고 했어요. 배리 아주머니가 레이첼 아주머니에게 이야기한 바로는, 다이애나가 곤드레만드레 취해 있었대요. 아주머니가 왜 그러냐고 물어보니까 바보같이 웃기만 하더니 침대로 가서 몇 시간씩 곯아떨어졌다지 뭐예요. 아주머니는 냄새를 맡고 술에 취했다는 걸 아셨대요. 다이애나는 어제 하루 종일 무시무시한 두통에 시달렸고요. 배리 아주머니는 화가 머리끝까지 나셨대요. 내가 일부러 그랬다고밖에 생각할 수 없으시다고요."

"내 생각엔 다이애나나 혼냈으면 싶구나. 뭐가 됐든 석 잔씩이나 마시는 건 식탐이 너무 강한 것 아니니." 마릴라는 퉁명스럽게 말했다. "마신 게 라즈베리 코디얼이었다 해도 저렇게 큰 컵으로 석 잔씩이나 마시면 속이 울렁거렸을 게다. 뭐, 이 일은 내가 커런트 술 담그는 것을 싫어하던 사람들에게 좋은 꼬투리가 되겠지. 목사님이 커런트 술 쓰는 것을 허락하지 않으셔서 그 후로는 담그지 않았지만 말이다. 그 술은 아플 때 쓰려고 남겨둔 거였다. 자, 자, 애야, 그만 울어라. 네가 잘못한 건 없다. 오히려 이런 일이 생겨서 내가 미안하구나."

"울어야 돼요." 앤이 말했다. "가슴이 찢어지는 것 같아요. 하늘의 별들이 다 나를 미워하는 것 같아요, 마릴라. 다이애나와 제가 영원히 헤어지게 되었으니 말이에요. 아아, 마릴라. 우리가 맨 처음 우정의 맹세를 했을 때는 이런 일이 생길 줄 꿈에도 몰랐어요."

"바보같이 굴지 마라, 앤. 배리 부인도 네 잘못이 아니었다는 것을 알게 되면 좀 누그러질 거야. 부인은 네가 한심한 장난을 치느라고 다이애나에게 술을 먹였다고 생각하는 것 같으니 말이다. 오늘 저녁에 네가 부인에게 가서 어떻게 된 일인지 말씀드리는 게 좋을 것 같구나."

"기분이 상할 대로 상한 다이애나의 어머니를 마주할 생각을 하면 용기가 사라져버려요." 앤이 한숨을 쉬었다. "아주머니가 가주시면 안 될까요, 마릴라? 아주머니에게 함부로 대할 수는 없으니 바로 말을 들어주실 것 같아요."

"뭐, 그러마." 마릴라도 그게 더 나을지 모르겠다는 생각이 들었다. "이제 그만 울어라, 앤. 다 잘될 거야."

마릴라의 이 낙관적인 생각은 산비탈 과수원 집에 다녀와서 바뀌었다. 앤은 마릴라가 돌아오는 것을 보고 현관으로 쏜살같이 뛰어 나왔다.

"아아, 마릴라. 표정을 보니 소용없었나 보네요." 앤이 슬픈 표정으로 말했다. "배리 아주머니가 용서해주지 않으신대요?"

"그렇다는 구나!" 마릴라는 화난 목소리였다. "살다 살다 그렇게 막무가내인 여자는 처음 본다. 다 실수로 일어난 일이고 네 잘못도 아니라고 말했지만, 무조건 못 믿겠다는구나. 그리고 커런트 술 얘기만 자꾸 꺼내잖니. 그 술은 해롭지 않다고 내가 항상 말하지 않았느냐고 따지면서 말이야. 그래서 솔직하게 말해줬다. 커런트 술은 한 번에 큰 컵으로 세 컵씩 마시라고 답근 게 아니다, 내 아이가 그토록 식탐을 부렸다면 엉덩이를 때려서라도 정신이 번쩍 들도록 해줬을 거다, 그렇게 말했지."

마릴라는 몹시 속상해하며 부엌으로 급히 사라졌다. 현관에는 슬픔과 걱정에 휩싸인 어린아이만 남았다. 앤은 곧, 모자도 쓰지 않고 쌀쌀한 가을날의 황혼 속에서 길을 나섰다. 아주 단호한 표정으로 발걸음을 척척 옮겨 시들어버린 클로버 들판을 지나고 통나무 다리를 건너 가문비나무 숲을 통과했다. 서쪽 숲 위로 낮게 걸려 있는 조그마한 달이 희미한 빛을 비추고 있었다. 배리 부인이 소심한 노크 소리를 듣고 나와 보니, 핏기 없는 입술에 눈빛으로 간절히 애원하는 아이가 문간에 서 있었다.

부인의 얼굴은 냉랭했다. 배리 부인은 선입견이 강하고 싫은 티를 감추지 않는 사람이었다. 화가 나면 냉랭하고 뚱해져서 풀어주기가 매우 힘들었다. 부인은 앤이 악의가 있어서 고의로 다이애나에게 술을 먹였다고 진심으로 믿고 있었다. 그래서 어린 딸이 그런 아이와 계속 어울리다가 물이 들까 봐, 그것을 막으려는 마음뿐이었다.

"왜 왔니?" 부인은 뻣뻣한 태도로 말했다.

앤이 두 손을 모아 쥐었다.

"아아, 배리 아주머니, 제발 부탁이에요, 저를 용서해주세요. 전 다이애나를, 어…… 취하게 할 생각은 없었어요. 어떻게 그러겠어요? 한번 상상해보세요. 아주머니가 가난하고 어린 고아인데, 친절한 분들이 입양해주셨고 세상에서 하나뿐인 마음의 친구도 생겼다고 말이에요. 그렇다면 아주머니는 고의로 마음의 친구를 취하게 만들 수 있겠어요? 저는 그게 라즈베리 코디얼인 줄 알았어요. 라즈베리 코디얼이라고 굳게 믿고 있었다고요. 아아, 다시는 다이애나와 함께 놀지 못하게 하겠다는 말씀만 하지 말아 주세요. 아주머니가 그러시면 제 인생은 깊은 슬픔의 먹구름으로 뒤덮일 거예요."

사람 좋은 레이첼 부인이었다면 이런 애원에 마음이 눈 깜짝할 사이에 누그러졌겠지만, 배리 부인에게는 효과가 없었다. 오히려 화만 더 돋울 뿐이었다. 부인은 앤의 과장된 말투와 연극 같은 몸짓에 진실성이 있는지 의심스러웠고 자신을 놀리는 것이 아닐까 하는 생각도 들었다. 그래서 냉랭하고 잔인하게 말했다.

"난 네가 다이애나와 어울리기에 적당한 아이가 아니라고 본다. 집으로 돌아가서 얌전히 있으렴."

앤의 입술이 바르르 떨렸다.

"작별 인사하게 다이애나를 한 번만 만나게 해주시겠어요?" 앤이 애원했다.

"다이애나는 아버지와 카모디에 가고 없어." 배리 부인은 말을 마치자 집 안으로 들어가 문을 닫아버렸다.

앤은 초록지붕 집으로 돌아왔다. 절망으로 착 가라앉아 있었다.

"제 마지막 희망도 사라졌어요." 앤은 마릴라에게 말했다. "직접 배리 아주머니를 찾아갔는데 저를 아주 모욕적으로 대하셨어요. 마릴라, 전 아무래도 그 아주머니가 품위 있는 분 같지가 않아요. 이젠 기도하는 것 말고는 더 할 수 있는 게 없어요. 뭐 별로 효과를 기대하지는 않아요, 마릴라. 왜냐하면 하나님도 배리 아주머니처럼 지독하게 고집 센 사람과는 별로 엮이고 싶지 않을 거 아니에요."

"앤, 그런 말 하면 못 쓴다." 마릴라는 꾸짖었지만, 아슬아슬 웃음이 터지려는 것을 간신히 참고 있었다. 웃음이 점점 늘어나다니, 깜짝 놀랄 만한 일이었다. 그날 밤 마릴라는 매튜에게 앤의 수난 이야기를 들려주면서 실컷 웃었다.

하지만 잠자리에 들기 전 동쪽 지붕 밑 방에 가서 울다 지쳐 잠든 앤의 모습을 보자, 마릴라의 얼굴에는 전에 없이 부드러운 표정이 감돌았다.

"가엾은 것." 마릴라는 중얼거리며 아이의 눈물 젖은 얼굴 위로 흐트러진 곱슬머리를 쓸어 올려주었다. 그러더니 몸을 굽혀 우느라 빨갛게 된 아이의 뺨에 뽀뽀를 해주었다.

17
새롭게 찾은 즐거움

 다음 날 오후, 앤은 부엌 창가에서 몸을 구부리고 패치워크에 열중해 있었다. 그러다 눈을 들어보니 다이애나가 나무 요정의 물거품 샘물 곁에 서서 손짓을 하고 있는 신비로운 모습이 보였다. 앤은 쏜살같이 집에서 나와 골짜기로 달려갔다. 감정이 풍부한 눈에는 놀라움과 희망이 뒤섞여 있었다. 하지만 다이애나의 낙담한 얼굴을 보자 희망은 빛을 잃었다.
 "아주머니는 화가 안 풀리셨어?" 앤이 간신히 입을 떼었다.
 다이애나는 슬픈 표정으로 고개를 저었다.
 "응. 아아, 앤. 엄마가 다시는 너하고 놀면 안 된대. 울고 또 울면서 네 잘못이 아니라고 말했지만 아무 소용이 없었어. 계속 매달려서 간신히 너한테 작별 인사를 하러 가도 좋다는 허락을 받았어. 딱 10분만이고, 시간을 재겠다고 하셨지만."

"10분은 영원한 작별을 하기엔 그리 긴 시간이 아니잖아." 앤의 눈에 눈물이 맺혔다. "아아, 다이애나. 어린 시절의 친구인 나를 절대 잊지 않겠다고 약속해줄래? 제아무리 소중한 친구들이 너한테 잘 해줘도 말이야."

"물론이지." 다이애나가 훌쩍거렸다. "내게 마음의 친구는 다시 없을 거야. 다시는 바라지 않아. 그 누구도 너만큼 사랑할 수 없을 거야."

"아아, 다이애나." 앤은 울음을 터뜨리며 다이애나의 손을 꼭 잡았다. "나를 사랑한다고?"

"어머, 당연히 사랑하지. 몰랐어?"

"몰랐어." 앤은 긴 한숨을 쉬었다. "물론 날 좋아할 거라고 생각했지만 날 사랑할 거라는 기대는 안 했어. 아아, 다이애나. 난 누가 나를 사랑해줄 수 있을 거라고는 생각하지 못했어. 기억하는 한 나를 사랑해준 사람은 아무도 없었으니까. 정말 놀라운 기분이야! 너와 떨어지게 되어 캄캄하기만 한 길에 네 말이 비춰준 한 줄기 빛만은 영원히 사라지지 않을 거야. 아아, 다시 한번 말해줄래?"

"온 마음을 다해 너를 사랑해, 앤." 다이애나는 진심으로 말했다. "그리고 언제까지나 사랑할 거야. 믿어도 돼."

"나도 언제까지나 너를 사랑할 거야, 다이애나." 앤이 손을 앞으로 내밀며 진지하게 말했다. "'세월이 흘러도 그대에 대한 기억은 나의 외로운 삶 속에 별빛처럼 빛나리라.' 우리가 마지막으로 함께 읽은 책에 나오는 말이야. 다이애나, 칠흑처럼 까만 그대의 머리카락을 이별의 정표로 주겠는지요? 영원히 보물처럼 간직하리다."

"머리카락을 자를 만한 게 있어?" 다이애나가 물으며 눈물을 닦았다. 앤의 구슬픈 말투에 새롭게 왈칵 눈물이 쏟아졌다가 현실적인 문제가 생각난 것이었다.

"응. 다행히 앞치마 주머니에 패치워크할 때 쓰던 가위가 있어." 앤이 말했다. 앤은 진지하게 다이애나의 곱슬거리는 머리카락을 잘랐다. "안녕히, 나의 사랑하는 친구. 이후로 우리는 서로 이웃하고 살아도 남남이 되어야만 해. 하지만 내 마음만은 영원히 너에게 충실할 거야."

앤은 다이애나가 안 보일 때까지 그 자리에 서서 바라보았다. 다이애나가 뒤를 돌아볼 때마다 슬픈 눈으로 손을 흔들어 주었다. 그리고 나서 앤은 집으로 돌아왔다. 지금으로서는 이별이 낭만적이었다는 것도 위로가 되지 않았다.

"다 끝났어요." 앤이 마릴라에게 말했다. "다시는 친구를 사귀지 못할 거예요. 전 정말 그 어느 때보다도 더 불행해요. 지금은 케이티 모리스도 비올레타도 없으니까요. 있다 해도 전과 같지는 않을 거예요. 어쩐지 진짜 친구를 사귀어보니 상상 속의 친구들로는 만족스럽지 않을 것 같아요. 다이애나와 저는 샘물 곁에서 애정이 담뿍 담긴 이별을 했어요. 이 일은 제 마음속에서 영원히 신성하게 기억될 거예요. 제가 생각할 수 있는 가장 애처로운 단어를 사용했어요. '그대' 같은 거요. '그대'라고 하면 '너'라고 하는 것보다 훨씬 더 낭만적이잖아요. 다이애나가 저한테 자기 머리카락을 줬어요. 작은 주머니에 꿰매 넣고 평생 목에 걸고 다닐 거예요. 꼭 저와 함께 묻어주세요. 전 그리 오래 살지 못할 것 같아서 말씀드리는 거예요. 싸늘하게 시체가 된 제 모습을 본다면 배리 아주머니도 후회하시고 다이애나를 제 장례식에 보내주시지 않을까요."

"네가 말을 하는 한 네가 슬픔 속에 죽을 염려는 별로 없을 것 같구나, 앤." 마릴라는 냉담하게 말했다.

월요일이 되자 마릴라는 깜짝 놀랐다. 앤이 자기 방에서 책이 든 바구니를 들고 내려온 것이었다. 입술은 단호하게 일자로 다물고 있었다.

"저 다시 학교에 나갈 거예요." 앤은 선언했다. "무자비하게 친구와 억지로 헤어진 지금, 제 인생에 남은 것은 학교밖에 없어요. 학교에서는 다이애나를 볼 수 있고 지나간 날들을 되새겨볼 수도 있으니까요."

"배운 내용과 계산 문제를 되새겨보는 게 나을 텐데." 마릴라는 이러한 상황 전개가 기뻤으나 그런 기색은 감추려고 애썼다. "이번에 다시 학교에 가면 누구 머리를 석판으로 내리쳤느니, 또 바보 같은 소동이 있었느니 하는 소리는 귀에 안 들렸으면 좋겠구나. 얌전히 굴고 선생님 말씀 잘 들어야 한다."

"모범생이 되도록 할게요." 앤은 슬픈 표정으로 말했다. "그다지 재미는 없겠죠. 필립스 선생님은 미니 앤드류스가 모범생이라고 하셨는데, 미니 앤드류스에게는 번뜩이는 상상력도 없고 활기가 넘치지도 않으니까요. 재미없고 느린 데다 즐거워 보이지도 않아요. 하지만 전 너무 우울하니까 이제는 모범생이 되기 쉬울 거예요. 학교는 큰길로 다닐래요. 자작나무 길을 혼자 걷는 건 도저히 못하겠어요. 그 길로 가면 쓰라린 고통의 눈물이 흐를 거예요."

학교로 돌아가자 앤은 학생들에게 큰 환영을 받았다. 그간 게임을 할 때는 앤의 상상력이, 노래를 부를 때는 앤의 목소리가, 점심시간에 서로 책을 소리 내어 읽어줄 때는 앤의 과장된 연기력이 몹시 아쉬웠던 것이다. 루비 길리스는 성경 읽기 시간에 앤에게 서양자두 세 개를 몰래 주었다. 엘라 메이 맥퍼슨은 꽃 카탈로그 표지에서 오려낸 커다란 노란색 팬지꽃 그림을 주었다. 이걸로 책상을 장식하면 에이번리 학교에서는 다들 아주 대단하게 여길 터였다. 소피아 슬론은 앞치마 테두리 장식으로 아주 좋다면서, 완벽하게 우아한 레이스 뜨개질 패턴을 가르쳐주겠다고 했다. 케이티 불터는 석판 닦을 물을 넣어 가지고 다니라고 향수병을 주었다. 줄리아 벨은 가장자리를 물결 모양으로 자른 연분홍빛 종이에 다음과 같은 시를 곱게 베껴 써주었다.

'앤에게

황혼이 커튼을 내리고

별빛을 박아 넣으면

친구가 있다는 것을 기억하세요

비록 멀리 떨어져 있을지라도'

"환영받는다는 건 참 근사해요." 그날 밤 앤은 마릴라 앞에서 황홀한 한숨을 쉬었다.

여자아이들만 앤을 환영한 것은 아니었다. 필립스 선생님은 앤에게 모범생 미니 앤드류스와 함께 앉으라고 했는데, 점심시간이 끝나고 앤이 자리로 돌아오자 책상 위에 커다랗고 달콤한 스트로베리 종 사과가 놓여 있었다. 앤이 사과를 집어 들어 한 입 베어 물려는데 문득 생각나는 것이 있었다. 에이번리에서 스트로베리 종 사과를 재배하는 곳은 반짝이는 물빛 호수 저편의 역사가 오랜 블라이드네 과수원 한 곳뿐이었다. 앤은 타오르는 석탄 덩어리라도 되는 듯 사과를 떨어뜨리고는,

보란 듯이 손수건으로 사과를 만진 손가락을 닦았다. 그 사과는 다음 날 아침까지 그대로 앤의 책상에 놓여 있었다. 학교를 청소하고 불을 피우는 꼬맹이 티모시 앤드류스가 그 사과를 부수입으로 자기 주머니에 넣어버렸다. 찰리 슬론은 점심시간이 끝난 후 앤에게 석필을 주었다. 빨갛고 노란 줄무늬 종이로 화려하게 감싼 이 석필은 1센트짜리 다른 석필과 달리 2센트나 주고 산 것으로, 더욱 기분 좋은 환영 선물이었다. 앤이 석필을 상냥하게 받아들고 답례로 미소를 보내자 앤에게 푹 빠져 있는 이 아이는 그저 행복하기만 해서 받아쓰기 시간에 엄청난 실수들을 연발했다. 결국 필립스 선생님은 찰리 슬론에게 방과 후에 남아서 다시 하라고 했다.

> '시저의 화려한 행렬은 브루투스의 습격에 무너지고
> 로마 최고의 아들만이 로마를 떠올리게 하나니'(귀공자 해럴드가 타향을 떠돌며 고대의 유적과 풍광에 대한 소회를 다룬 B. 바이런의 시 「차일드 해럴드의 순례」(1812)에 나오는 시구.-옮긴이)

하지만 이 시처럼, 거티 파이 옆에 앉은 다이애나 배리에게서는 찬사도 인정도 없어서 앤의 작은 기쁨도 씁쓸하기만 했다.
"다이애나는 한번쯤 나를 향해 미소 지었을지도 몰라요." 앤은 그날 밤 마릴라에게 우울한 목소리로 말했다. 하지만 다음 날 아침 굉장히 꼬깃꼬깃 세심하게 접힌 쪽지와 작은 꾸러미가 앤에게 전달되었다.

'앤에게(전달해줘)

엄마가 학교에서도 너와 놀거나 말하지 말래. 내 잘못이 아니니 미워하지 말아줘. 난 언제나 너를 사랑하고 있으니까. 내 모든 비밀을 털어놓을 수 있는 네가 너무 그리워. 거티 파이는 조금도 좋아지지가 않아. 너 주려고 빨강색 얇은 포장지로 새 책갈피를 만들었어. 요즘 정말 유행이거든. 이걸 만들 줄 아는 사람은 우리 학교에서 세 명뿐이야. 이걸 볼 때마다 날 기억해줘.

너의 진정한 친구 다이애나 배리.'

앤은 쪽지를 읽고 책갈피에 입을 맞췄다. 그리고 바로 답장을 써서 교실 반대편으로 전달했다.

'나의 사랑하는 다이애나

당연하지. 난 너를 미워하지 않아. 넌 어머니 말씀을 따라야 하는 것뿐이니까. 우린 서로 마음이 통하잖아. 네가 준 예쁜 선물은 영원히 간직할게. 미니 앤드류스는 아주 착한 아이야. 상상력은 꽝이지만. 그래도 다이애나의 마음의 친구였던 내가 미니의 단짝이 될 수는 업지. 맘이 나아지긴 했지만 아직 맞춤법이 엉망이지? 이해해

줘. 죽음이 우리를 갈라놓을 때까지

너의 친구 앤 혹은 코딜리아 셜리가.
P.S. 오늘 밤 네 편지를 베개 밑에 놓고 잘래.
A. 혹은 C.S.'

마릴라는 앤이 다시 학교에 나가게 되었으니 말썽이 생길 거라 각오하고 있었다. 하지만 아무 일도 일어나지 않았다. 앤은 아마도 미니 앤드류스의 '모범생' 정신에 물든 모양이었다. 최소한 필립스 선생님과는 그때부터 원만하게 지내게 되었다. 앤은 공부에 전심전력으로 매달렸다. 어느 과목이건 길버트 블라이드에게 지지 않기로 단단히 결심한 모양이었다. 둘 사이의 경쟁 관계는 곧 눈에 띄게 드러났다. 길버트에게는 그것이 선의의 경쟁이었다. 하지만 걱정스럽게도 앤에게는 그렇지 않았다. 꽁한 마음에서 나온 못된 오기를 부리고 있는 것이 분명했다. 앤은 사랑도 미움도 강렬한 아이였다. 앤은 학교 공부에서 길버트와의 경쟁 관계를 도무지 인정하려 들지 않았다. 그것은 계속 무시했던 길버트의 존재를 인정하는 것이 되기 때문이었다. 하지만 경쟁 관계는 분명 존재해서, 1등 자리는 둘이 서로 엎치락뒤치락 차지했다. 길버트가 맞춤법 수업에서 1등인가 하면, 어느새 앤이 길게 땋아 내린 빨강 머리를 획 젖히며 맞춤법에서 길버트를 꺾었다. 어느 날 아침 길버트가 계산 문제 답을 모두 맞춰 칠판의 우등생 리스트에 이름을 올리는가 싶으면, 다음 날 아침에는 그 전날 저녁 내내 소수 문제를 치열하게 붙들고 늘어졌던 앤이 1등을 차지했다. 운 나쁜 날에는 두 사람이 공동 1등이어서 칠판에 이름이 나란히 쓰였다. 입구 담벼락에 이름이 오르는 것만큼이나 싫은 일이었다. 앤은 눈에 띄게 수치스러워하는 한편, 길버트는 눈에 띄게 만족스러워했다.

매달 말일에는 작문 시험이 있었는데 소름끼칠 만큼 긴장감이 감돌았다. 첫 달에는 길버트가 3점 앞섰다. 두 번째 달에는 앤이 5점 차로 길버트를 꺾었다. 하지만 길버트가 전교생 앞에서 진심으로 축하한다고 말하는 바람에 앤의 승리는 김이 빠져버렸다. 길버트가 패배로 괴로워했더라면 승리가 훨씬 달콤했을 텐데 말이다.

필립스 선생님이 아주 훌륭한 선생님은 아니었을지 모르지만, 앤처럼 독하게 마음먹은 학생이라면 어떤 선생님에게 배우더라도 실력이 늘지 않을 수가 없었다. 학기말이 되자 앤과 길버트는 나란히 5학년으로 진급했다. 5학년이 되면 '추가 과목' 즉 라틴어, 기하학, 프랑스어, 대수학을 배우게 되어 있었다. 앤은 기하학에 무릎을 꿇었다.

"완벽하게 끔찍한 과목이에요, 마릴라." 앤은 끙끙거렸다. "앞으로도 뭐가 뭔지 전혀 감을 잡을 수 없을 것 같아요. 그 과목에는 상상의 여지란 게 아예 존재하지 않는다고요. 필립스 선생님은 저처럼 둔한 학생은 처음 봤대요. 그런데 길버…… 아니, 다른 아이들은 굉장히 잘해요. 너무너무 창피해요, 마릴라. 다이애나조차도 저보다 잘 따라가고 있는걸요. 하지만 다이애나에게 지는 건 괜찮아요. 지금은 남남처럼 얘기도 못 나누지만 전 아직도 다이애나를 사랑하니까요. 내 사랑은 꺼지지 않는 사랑이에요. 다이애나를 생각하면 가끔씩 너무나 슬퍼져요. 하지만 마릴라, 이렇게나 재미있는 세상에서 사는데 어떻게 계속 슬프게만 지낼 수 있겠어요?"

18
앤의 활약

아무리 큰일도 알고 보면 사소한 일들이 얽혀 있는 법이다. 캐나다 총리가 정치 투어 때 프린스 에드워드 섬도 방문하기로 결정했는데, 이것이 언뜻 보기에는 초록지붕 집에 사는 앤 셜리라는 여자아이의 미래와는 별 관련이, 아니 아예 아무 관련이 없어 보였다. 하지만 실제로는 관련이 있었다.

총리가 섬을 방문한 것은 1월이었다. 총리는 샬럿타운에서 열리는 대규모 집회에 들러 충성도 높은 지지자들과 그에 못지않게 반감 높은 반대파들 앞에서 연설을 하기로 되어 있었다. 에이번리 주민들은 대부분 총리를 지지하는 쪽이었다. 그래서 집회가 열리는 날 저녁, 거의 모든 남자들과 꽤 많은 여자들이 30마일 떨어진 샬럿타운으로 향했다. 레이첼 부인 역시 길을 나섰다. 레이첼 부인은 정치에 열렬한 관심을 갖고 있어서, 비록 반대하는 정당의 집회이긴 했지만, 자기도 없이 정치 집회가 열리는 것은 있을 수 없는 일이라고 생각했다. 그래서 남편과 마릴라 커스버트를 대동하여 샬럿타운으로 향한 것이다. 아마 남편 토머스는 말을 돌보는 데 쓸모가 있어 데려간 것이었겠지만 말이다. 마릴라는 은근히 정치에 관심을 갖고 있어서, 진짜로 총리를 볼 수 있는 유일한 기회라는 생각에 얼른 레이첼 부인을 따라나섰다. 마릴라가 다음 날 돌아올 때까지 앤과 매튜가 남아 집을 보게 되었다.

마릴라와 레이첼 부인이 대규모 집회를 만끽하는 동안, 앤과 매튜는 초록지붕 집의 부엌에서 오붓하고 즐거운 시간을 보냈다. 고풍스러운 워털루식 난로에서는 밝은 불길이 타올랐고, 창문 유리에 서린 서리 결정이 푸르스름한 흰색으로 반짝이고 있었다. 매튜는 소파에서 『농부들의 친구』 잡지를 읽으며 꾸벅꾸벅 졸고 있었다. 앤은 식탁에서 단호한 의지로 공부를 하고 있었다. 여러모로 아쉬운 눈길로 시계가 놓인 선반 쪽을 힐끔거리기는 했지만 말이다. 그곳에는 제인 앤드류스가 하루 동안 빌려준 새 책이 놓여 있었다. 제인은 장담컨대 전율이 가득하다고 했던가, 아무튼 그런 의미의 말을 했다. 그래서 앤은 당장이라도 책을 집어 들고 싶어 손가락이 근질거렸다. 하지만 그러면 다음 날 1등은 길버트 블라이드의 것이 될 터였다. 앤은 아예 그쪽으로 등을 돌리고 책이 거기 없다고 상상하려고 애썼다.

"매튜, 학교 다닐 때 기하학 배웠어요?"

"글쎄 뭐, 아니, 안 배웠다." 매튜가 졸다가 깜짝 놀라며 대답했다.

"배우셨으면 좋았을 텐데." 앤이 한숨을 쉬었다. "그랬으면 제 기분을 공감해주실 수 있었을 거예요. 기하학을 배운 적이 없으면 정확하게 공감해줄 수 없거든요. 그 과목은 제 인생에 먹구름을 드리우고 있어요. 저 기하학을 정말 못해요, 매튜."

"글쎄 뭐, 난 잘 모르겠구나." 매튜가 달래주려는 듯 말했다. "넌 뭐든 다 잘하잖니. 지난주에 카모디에 있는 블레어네 가게에서 필립스 선생님을 만났는데, 네가 학교에서 가장 우수한 학생이고 실력이 빠르게 늘고 있다고 하셨어. '실력이 빠르게 늘고 있다'고, 정확히 그렇게 말씀하셨다니까. 테디 필립스를 깎아내리고 대단한 선생님이 아니라고 말하는 사람들도 있지만, 난 괜찮은 선생님이라고 생각한다."

매튜는 누구든 앤을 칭찬하면 '괜찮은 사람'이라고 생각했다.

"선생님이 알파벳만 바꿔 쓰지 않으셔도 분명 기하학을 좀 더 잘할 수 있을 거예요." 앤이 불평했다. "저는 명제를 완전히 외웠는데 선생님이 칠판에 책에 나온 것과 다른 알파벳을 써서 문제를 내시면 머릿속이 완전히 뒤죽박죽이 돼요. 선생님이 그렇게 심술궂은 방법을 쓰면 안 되는 거 아니에요? 요즘 농업도 배우는데요, 길이 불그스름한 이유를 드디어 알게 됐어요. 속이 시원해요. 마릴라와 레이첼 아주머니는 즐거운 시간 보내고 계신지 모르겠어요. 레이첼 아주머니 말로는 지금 오타와가 돌아가는 꼴을 보니 캐나다가 완전 엉망진창이 될 거래요. 유권자들에게는 끔찍한 경고라고 하셨어요. 여자들이 투표권을 갖게 되면 곧 행복한 미래로 바뀔 거라고도 하셨고요. 매튜는 어느 쪽을 지지해요?"

"보수당이지." 매튜는 망설임 없이 대답했다. 보수당에 투표하는 것은 매튜에게 종교나 다름없었다.

"그럼 저도 보수당 할래요." 앤이 단호하게 말했다. "기뻐요. 왜냐하면 길버…… 아니, 학교 남학생들 중 몇 명이 자유당이거든요. 필립스 선생님도 자유당일걸요. 프리시 앤드류스의 아버지가 자유당이니까요. 루비 길리스가 그러는데 남자가 연애를 하려면 종교는 애인 어머니의 종교를 따르고 정치는 애인 아버지의 정당을 따라야 하는 법이래요. 그게 정말이에요, 매튜?"

"어…… 잘 모르겠구나." 매튜가 대답했다.

"연애해본 적 있으세요, 매튜?"

"글쎄 뭐, 없지, 없는 것 같구나." 평생 그런 일은 생각도 안

해봤던 것이 분명했다.

앤은 두 손으로 턱을 괴고 생각에 잠겼다.

"틀림없이 재미있을 것 같지 않아요, 매튜? 루비 길리스는 어른이 되면 남자 친구를 여러 명 달고 다니면서 모두가 자기에게 빠져 정신 못 차리게 만들겠대요. 하지만 제 생각에 그건 재미가 너무 지나친 것 같아요. 전 정신 똑바로 박힌 남자 친구 한 명만 있는 편이 낫겠어요. 루비 길리스는 그런 쪽으로는 아는 게 정말 많아요. 다 큰 언니들이 많거든요. 게다가 레이첼 아주머니 말로는 길리스 가문 여자들은 다 인기가 많았다고 하시던걸요. 필립스 선생님은 거의 매일 저녁 프리시 앤드류스를 만나러 가세요. 선생님 말씀으로는 공부를 도와주신다고 하죠. 하지만 미란다 슬론도 퀸즈 전문학교를 목표로 공부하고 있단 말이에요. 제가 보기엔 프리시보다는 미란다 쪽이 훨씬 공부를 못하니까 도움이 더 많이 필요해 보이거든요. 하지만 선생님은 절대 저녁때 미란다를 도와주러 가지는 않으세요. 이 세상에는 이해가 잘 안 가는 일들이 참 많아요, 매튜."

"글쎄 뭐, 나도 이해가 잘 안 가는구나." 매튜도 인정했다.
"어쨌든, 전 공부를 마저 끝내야 할 것 같아요. 공부가 끝날 때까지는 제인이 빌려준 새 책은 펴지도 않을 거예요. 하지만 정말 어마어마한 유혹이에요, 매튜. 책을 안 보려고 등을 돌려도 거기 있는 게 훤히 보인다니까요. 제인은 저 책을 읽고 속이 메슥거릴 정도로 울었대요. 전 눈물 나게 만드는 책이 좋아요. 그런데 아무래도 저 책을 작은 거실 잼 찬장에 넣고 문을 잠가버려야겠어요. 열쇠는 아저씨가 갖고 계세요. 공부가 끝날 때까지 절대 저한테 주시면 안 돼요, 매튜. 무릎 꿇고 애원해도 절대 주지 마세요. 유혹에 맞서는 것도 좋지만 열쇠를 갖고 있지 않으면 맞서기가 훨씬 쉽잖아요. 오는 길에 지하실에 가서 러셋 사과 좀 갖고 올까요, 매튜? 사과 드실래요?"

"글쎄 뭐, 모르겠다만 그러자." 매튜는 러셋 사과는 입에 대지도 않았지만 앤이 러셋 사과라면 사족을 못 쓰는 것을 알고 있었다.

앤이 러셋 사과를 한 접시 챙겨서 의기양양하게 지하실에서 올라오는데, 얼음이 덮인 널빤지 바닥을 달려가는 다급한 발소리가 들려왔다. 다음 순간 부엌문이 홱 열리더니 다이애나 배리가 뛰어 들어갔다. 얼굴은 하얗게 질려 있었고 숨이 가빠 헉헉거리는 다이애나는 급히 머리에 숄만 두르고 뛰어온 모양이었다. 앤은 놀라서 촛불과 접시를 떨어뜨리고 말았다. 접시와 촛불과 사과가 다 함께 와장창 지하실 계단 밑으로 떨어져 뒹굴었다. 다음 날 마릴라가 치우려고 가보니 바닥이 녹은 기름투성이라, 화재가 나지 않은 것이 천만다행이라고 가슴을 쓸어내릴 정도였지만 앤은 당시 경황이 없었다.

"도대체 무슨 일이야, 다이애나?" 앤이 놀라서 소리쳤다. "너희 어머니가 드디어 마음이 풀리신 거야?"

"아아, 앤. 빨리 우리 집에 좀 와줘." 다이애나가 초조하게 부탁했다. "미니 메이가 많이 아파. 후두염에 걸렸어. 메리 조 언니 말로는 그래. 부모님이 샬럿타운에 가고 안 계셔서 의사를 부르러 갈 사람이 없어. 미니 메이가 많이 아픈데 메리 조는 어쩔 줄 몰라 해. 아아, 앤. 무서워 죽겠어!"

매튜는 말없이 모자와 코트를 집어 들고 다이애나 옆을 지나쳐 캄캄한 뒤뜰로 나갔다.

"아저씨가 말을 준비해서 카모디로 의사를 부르러 가실 거야." 앤도 서눌러 누건 달린 재킷을 입었다. "말 안 해도 난 알 수 있어. 매튜와 나는 마음이 서로 통해서 말을 하지 않아도 무슨 생각을 하는지 다 알 수 있어."

"카모디에 가셔도 의사를 만나실 수 있을지 모르겠어." 다이애나가 훌쩍거렸다. "블레어 선생님이 샬럿타운에 가신 건 분명하고, 아마 스펜서 선생님도 가시지 않았을까. 메리 조 언니는 후두염에 걸린 아이는 본 적이 없다고 그러고, 레이첼 아주머니도 안 계셔. 어떡해, 앤!"

"울지 마, 다이애나." 앤이 씩씩하게 말했다. "후두염에 걸렸을 때 어떻게 해야 하는지는 내가 잘 알아. 해먼드 아주머니가 쌍둥이를 세 번이나 낳으셨단 걸 잊으면 안 되지. 쌍둥이 세 쌍을 돌보다 보면 자연스레 경험이 많아져. 다들 해마다 후두염을 앓았거든. 잠깐만, 이피칵 시럽(18~20세기 초 영미권에서 상비약처럼 쓰이던 구토제의 일종. 여기서는 질식하지 않도록 목에 걸린 가래 등을 토해내게 하는 데 쓰려는 것으로 보인다. - 옮긴이)이 너희 집에 없을 수도 있으니 챙겨 가야지. 이제 가자."

두 아이는 손을 잡고 연인들의 길을 지나 얼어붙은 들판을 넘어 발길을 재촉했다. 눈이 너무 많이 쌓여서 지름길인 숲길로는 갈 수가 없었다. 앤은 미니 메이가 몹시 걱정되기는 했지만, 상황이 워낙 낭만적이기도 하고, 영혼이 서로 통하는 친구와 다시 한번 이런 낭만을 함께하고 있다는 달콤한 기분에 무감각해지기는 어려웠다.

맑고 차가운 밤이었다. 칠흑 같은 어둠 속에 눈 덮인 산비탈이 은빛으로 보였다. 고요한 들판 위로 커다란 별들이 빛나고 있었다. 여기저기 거무스름하게 솟아오른 전나무들은 가지마다 가루 같은 눈을 흩날리고 있었고, 가지 사이로 부는 바람 소리가 휘파람 소리처럼 들렸다. 앤은 이 신비롭고 아름다운 풍경을 오랫동안 떨어져 있어야 했던 마음의 친구와 보게 되어 너무 기쁘다는 생각이 들었다.

세 살 난 미니 메이는 상태가 아주 심각했다. 심한 열에 뒤척이며 부엌 소파에 누워 있었다. 숨 쉬기 힘들어 색색거리는 소리가 온 집안에 퍼졌다. 크리크 출신의 메리 조는 통통하고 얼굴이 넓적한 프랑스 아가씨로, 배리 부인이 집을 비우는 동안 집에 머무르며 아이들을 돌보도록 고용했는데, 지금 속수무책으로 갈팡질팡하고 있었다. 어찌해야 할지 생각할 수가 없었고, 생각은 했다 쳐도 실행할 능력이 안 되었다.

앤은 익숙하게 그리고 신속하게 조치했다.

"미니 메이는 후두염이 맞아. 아주 심하지만 더 심한 아이도 봤어. 먼저 뜨거운 물을 많이 끓여야 해. 장담하는데, 다이애나, 저 주전자에 있는 물은 한 컵도 안 될 거야! 자, 이 정도 채우면 돼. 메리 조 언니는 난로에 땔감을 넣어주세요. 기분 상하게 하고 싶지는 않지만, 상상력이 조금이라도 있다면 미리 이 정도 생각은 해놓을 수 있지 않았을까요. 나는 이제 미니 메이의 옷을 벗겨서 침대에 뉘일게. 다이애나, 부드러운 플란넬 천을 좀 찾아줘. 먼저 이피칵 시럽부터 먹일 거야."

미니 메이가 이피칵 시럽을 고분고분 먹지는 않았지만, 쌍둥이 세 쌍을 키워본 앤도 만만치 않았다. 이피칵 시럽이 목구멍으로 넘어갔다. 이 과정이 길고 걱정스러운 밤 내내 여러 번 계속되었다. 두 아이는 고통스러워하는 미니 메이를 끈기 있게 돌봤고, 메리 조도 내내 걱정하며 계속 불을 조절했고, 어린 후두염 환자들이 가득한 병원에서도 쓰고 남을 만큼 물을 많이 끓여댔다.

세 시쯤 되자, 매튜가 의사 선생님을 모시고 도착했다. 의사 선생님이 안 계셔서 어쩔 수 없이 스펜서베일까지 가서 모셔

와야 했다. 하지만 응급조치는 이미 다 되어 있었다. 미니 메이는 상태가 훨씬 나아져서 곤히 잠들어 있었다.

"정말 거의 포기할 뻔했어요." 앤이 설명했다. "점점 나빠지기만 하는 거예요. 해먼드 아주머니네 막내 쌍둥이들보다도 더 심각했어요. 질식해서 죽을 것 같다는 생각이 들었어요. 그래서 남은 이피칵 시럽을 다 먹였죠. 마지막 숟갈을 떠먹이고 나서 전 혼잣말을 했어요. 다이애나나 메리 조에게는 말할 수 없었어요. 너무 걱정을 많이 하고 있어서 더 걱정시킬 수는 없었거든요. 하지만 내 마음의 안정을 위해 혼잣말 정도는 해야 했어요. '이게 마지막 남은 희망이야. 소용없는 일이 될까 봐 무섭지만.' 하지만 3분쯤 지나니까 기침이 나오면서 가래를 뱉어냈고 곧 상태가 좋아지기 시작했어요. 제가 얼마나 안심했는지는 상상을 하셔야 해요, 선생님. 말로는 표현을 못하겠어요. 세상에는 말로 표현할 수 없는 것들도 있잖아요."

"그렇지." 의사 선생님은 고개를 끄덕였다. 그리고 자신도 말로 표현할 수 없는 것들이 있는 듯, 앤을 쳐다보았다. 하지만 나중에 배리 부부 앞에서는 자기 생각을 말로 표현했다.

"커스버트 씨네 저 빨강 머리 여자아이가 아주 똑똑하더라고요. 저 애가 아픈 아이의 생명을 구한 겁니다. 제가 도착했을 때는 이미 늦었을 시각이었거든요. 저 나이 또래 아이들에 비해 놀랍도록 솜씨도 있고 침착한 것 같아요. 저에게 증상을 설명해줄 때 느꼈죠. 그런 눈빛은 본 적이 없어요."

앤은 집으로 돌아왔다. 하얗게 서리가 내린 아름다운 겨울 아침이었다. 잠을 못 자 눈꺼풀은 무거웠지만 지칠 줄 모르고 매튜에게 이야기를 했다. 두 사람은 하얗게 변한 기다란 들판을 지나 연인들의 길에서 단풍나무들이 만들어내는 반짝반짝 아름다운 아치 밑을 지나가고 있었다.

"아아, 매튜, 아침이 너무 아름답지 않아요? 하나님이 재미 삼아 상상하신 세상이 이런 모습 아닐까요? 저 나무들은 제가 훅 하고 입김 한 번 불면 날아가버릴 것 같아요. 하얀 서리가 있는 세상에서 살게 되어 얼마나 감사한지 몰라요. 그리고 해먼드 아주머니가 쌍둥이를 세 쌍이나 낳으신 것도 결국은 감사해요. 그 쌍둥이들이 없었다면 미니 메이에게 어떻게 해줘야 할지 몰랐을 거예요. 쌍둥이들이 많다고 해먼드 아주머니를 원망했던 게 정말 미안해요. 하지만…… 매튜, 나 너무 졸려요. 학교에 못 가겠어요. 가봤자 눈을 제대로 뜨고 있을 수가 없어서 멍하니 있기밖에 더하겠어요? 하지만 집에 있기도 싫은데. 길버…… 아니, 다른 애들이 1등을 하잖아요. 다시 1등을 하려면 정말 힘들단 말이에요. 힘들수록 1등을 차지했을 때 만족감도 더 크긴 하지만요. 그렇지 않아요?"

"글쎄 뭐, 넌 잘 해낼 거야." 매튜가 보니 앤의 얼굴에는 핏기가 없었고 눈 밑에는 거무스름한 다크서클이 보였다. "얼른 집에 가서 푹 자렴. 집안일은 다 내가 해줄 테니."

그래서 앤은 집에 돌아와 아주 오래, 곤히 잤다. 깨어보니 이미 흰빛과 장밋빛으로 물든 겨울 오후였다. 부엌으로 내려오니 그사이 집으로 돌아온 마릴라가 뜨개질을 하고 있었다.

"총리님은 보셨어요?" 앤이 마릴라를 보자마자 외쳤다. "어떻게 생겼어요, 마릴라?"

"글쎄다, 외모 때문에 총리가 되신 건 아니더구나." 마릴라가 말했다. "남자 코가 그게 뭐라니! 하지만 말씀을 잘하시지. 보수당이라는 게 자랑스러웠단다. 물론 레이첼 린드야 자유당이니까 그분을 싫어했지만. 점심은 오븐에 넣어뒀다, 앤. 식료품 저장실에서 서양자두 설탕절임을 갖다 먹으렴. 배고플 것 아니니. 어젯밤 일은 매튜가 다 말해줬어. 네가 어떻게 하면 되는지 알고 있어서 다행이었지. 내가 있었어도 뭘 해야 할지 몰랐을 거다. 후두염 환자는 본 적이 없어서 말이야. 자, 얘기보다는 점심 먼저 먹으려무나. 할 말이 목구멍까지 꽉 차 있는 게 내 눈에도 보이지만 좀 이따가 하렴."

마릴라는 사실 앤에게 할 얘기가 있었으나 당장 하지는 않았다. 그 얘기를 하면 앤이 흥분해서 식욕이라든가 점심 식사와 같은 물질적인 일은 완전히 뒷전이 될 것이 뻔했기 때문이었다. 그래서 앤이 서양자두 접시를 싹 비우고 나서야 얘기를 꺼냈다.

"배리 부인이 오늘 오후에 찾아왔었다, 앤. 너를 만나고 싶어 했지만 내가 깨우지 않았어. 네가 미니 메이의 목숨을 살렸다면서 지난번 커런트 술 사건 때 자기가 한 행동에 대해 정말 미안하다고 하더구나. 부인 말이 이제는 다이애나에게 일부러 술을 먹이지 않았다는 걸 믿으니, 자기를 용서하고 다시 다이애나와 친하게 지내주었으면 좋겠다는 거야. 괜찮다면 오늘 저녁때 다이애나에게 가보렴. 다이애나가 어젯밤 감기가 심하게 걸려서 집 안에서 꼼짝도 못한다고 하니 말이야. 자, 앤 셜리. 제발 펄쩍펄쩍 뛰지는 마라."

성고는 필요해 보였다. 펄쩍펄쩍 뛰는 앤의 표정과 태도는 너무 행복하고 붕 떠 있었고 얼굴은 행복의 불꽃이 피어올라 환했던 것이다.

"아아, 마릴라. 설거지는 안 했지만 지금 바로 가도 돼요? 갔다 와서 치울게요. 이런 짜릿한 순간에 설거지처럼 낭만적이지 못한 일에 매여 있을 수는 없어요."

"그래, 어서 갔다 오렴." 마릴라가 너그럽게 말했다. "앤 셜리, 너 제정신이냐? 당장 돌아와서 뭘 좀 입어라. 이거야 원, 허공에다 얘기하는 게 낫겠구나. 네가 모자도 안 쓰고 겉옷도 안 입고 나갔다고. 머리카락을 휘날리며 과수원을 지나가더라고 말이다. 감기나 심하게 걸리지 않으면 다행이지."

앤은 보랏빛 땅거미가 지는 겨울 저녁, 눈 덮인 풍경을 지나

춤추는 듯한 발걸음으로 집에 돌아왔다. 저 멀리 남서쪽 하늘에는 진주 같은 저녁 별빛이 희미하게 어른거렸다. 옅은 금빛과 오묘한 장밋빛이 어우러진 하늘이 하얗게 빛나는 땅과 컴컴한 가문비나무 골짜기 위로 펼쳐져 있었다. 눈 덮인 언덕 쪽에서 차디찬 공기를 뚫고 딸랑거리는 썰매 방울 소리가 요정들의 종소리인 양 들려왔다. 하지만 음악 같이 아름다운 그 소리도 앤의 가슴속에, 그리고 입술 위로 울려 퍼지는 노래만큼 달콤하지는 않았다.

"저는 지금 완벽하게 행복한 것 같아요, 마릴라." 앤이 말했다. "정말 완벽하게 행복해요. 네, 빨강 머리인데도 말이에요. 지금은 빨강 머리여도 당당해요. 배리 아주머니가 저에게 입맞춰주시면서 정말 미안하고 보상할 길이 없다며 눈물을 보이셨어요. 저는 정말 무지하게 당황했어요, 마릴라. 하지만 최대한 예의 바르게 말했어요. '전 나쁜 감정 없어요, 배리 아주머니. 한 번만 더 말씀드릴게요. 전 다이애나를 술에 취하게 만들려던 게 아니었어요. 그리고 이제 지난 일은 망각의 커튼으로 덮어버릴래요.' 엄청 품위 있게 말했죠, 마릴라? 배리 아주머니는 아주 부끄러워하는 것 같았어요. 다이애나하고는 재미있게 놀았고요. 다이애나는 카모디에 사는 숙모님이 가르쳐주셨다면서 예쁜 코바늘 뜨개질 패턴을 보여줬어요. 그건 에이번리에서 우리 말고는 아무도 몰라요. 우린 절대 아무에게도 보여주지 말자고 엄숙하게 맹세했어요. 다이애나는 장미꽃 화환이 그려져 있고 시가 적힌 예쁜 카드를 줬어요.

'네가 나를 사랑하고 내가 너를 사랑하는 한
죽음만이 우리를 갈라놓을 수 있으리'

우리도 그래요, 마릴라. 필립스 선생님에게 우리 둘이 다시 같이 앉게 해달라고 부탁할 거예요. 거티 파이가 미니 앤드류스하고 앉으면 되잖아요. 우아하게 차도 마셨어요. 배리 아주머니는 제일 좋은 도자기 찻잔을 꺼내주셨어요, 마릴라. 진짜 손님이 왔을 때처럼요. 얼마나 짜릿했는지 몰라요. 내가 왔다고 가장 좋은 도자기 찻잔을 꺼내는 사람은 지금까지 아무도 없었거든요. 과일 케이크에 파운드케이크, 도넛도 먹었고 설탕절임도 두 종류나 됐어요, 마릴라. 배리 아주머니가 저한테 차 마시겠느냐고 물어보시고는, '파, 앤 언니에게 비스킷 좀 집어주겠니?' 그러시더라고요. 어른처럼 대접받는 게 이렇게 기분이 좋으니, 진짜 어른이 되면 얼마나 좋겠어요, 마릴라."
"그건 모르겠구나." 마릴라가 짧게 한숨을 쉬며 말했다.
"뭐 어쨌든 제가 어른이 되면 항상 어린 여자아이들에게도 어른을 대할 때와 똑같이 말할 거예요. 아이들이 어마어마한 표현을 써도 웃지 않을 거고요. 그런 슬픈 경험이 있어서 얼마나 상처가 되는지 알거든요. 차 마신 다음에는 다이애나하고 태피 사탕을 만들었어요. 맛은 별로 없었어요. 아마 다이애나도 나도 만들어본 적이 없어서 그랬나 봐요. 다이애나가 그릇마다 버터를 담는 동안 제가 설탕을 젓고 있었는데 제가 잠깐 젓는 걸 깜빡해서 타버렸어요. 다 담아서 식히려고 꺼내놨더니 고양이가 밟고 지나가서 한 그릇은 버려야 했고요. 하지만 만드는 과정은 정말 정말 재미있었어요. 집에 올 때 배리 아주머니는 될 수 있는 한 자주 놀러오라고 하셨고, 다이애나는 창가에 서서 내가 연인들의 길에 들어설 때까지 계속 손을 흔들어줬어요. 마릴라, 오늘 밤에는 정말 기도가 드리고 싶어요. 오늘 있었던 일을 기념해서 특별한 새 기도문을 생각해봐야겠어요."

19
콘서트와 불행한 사건

"마릴라, 저 잠깐 다이애나 만나고 와도 돼요?" 2월의 어느 날 저녁, 앤이 동쪽 지붕 밑 방에서 숨을 헐떡이며 뛰어 내려왔다.

"해도 졌는데 무슨 일로 나돌아 다니려고 하는지 모르겠구나." 마릴라가 퉁명스럽게 말했다. "다이애나와 학교에서 같이 돌아오지 않았니. 거기다 눈밭에 서서 30분도 넘게 재잘재잘 한시도 쉬지 않고 혀를 움직였고. 그러니 또 그렇게 만나고 싶어 못 견뎌 하는 게 이해가 가지 않는구나."

"하지만 다이애나가 보자고 하는걸요." 앤이 간절하게 말했다. "아주 중요한 얘기가 있나 봐요."

"그걸 네가 어떻게 아니?"

"다이애나가 창문에서 신호를 보냈거든요. 촛불과 판지로 우리끼리 신호를 정했어요. 창턱에 촛불을 놔두고 판지로 가렸다 뗐다 해서 번쩍이는 불빛 신호를 만드는 거예요. 여러 번 번쩍이면 특별한 일이 있는 거예요. 제가 생각해냈어요, 마릴라."

"너 말고 누가 그러겠니." 마릴라가 힘주어 말했다. "그리고 다음번엔 네 그 말도 안 되는 불빛 신호를 주고받다 커튼에 불이 붙겠지."

"음, 아주 조심하고 있어요, 마릴라. 그리고 너무 재미있잖아요. 두 번 번쩍거리면 '방에 있어?'라는 말이고요, 세 번은 '응,' 네 번은 '아니'예요. 다섯 번은 '중요한 일이 있으니 되도록 빨리 와줘'라는 뜻이고요. 다이애나는 아까 다섯 번 신호를 보냈거든요. 무슨 일인지 알고 싶어 죽겠어요."

"뭐 죽을 것까지는 없다." 마릴라는 비꼬아 말했다. "다녀오렴. 하지만 10분 후엔 돌아와야 해. 잊지 마라."

앤은 잊지 않고 약속한 시간에 돌아왔다. 제한된 10분 이내에 중요한 논의를 마쳐버리느라 얼마나 고생했는지는 아무도 모르는 일이긴 했지만 말이다. 하지만 최소한 앤은 그 시간을 알차게 사용하긴 했다.

"아아, 마릴라. 그거 아세요? 내일이 다이애나의 생일이잖아요. 글쎄, 아주머니가 다이애나더러 내일 제가 학교에서 바로 다이애나네 집으로 와서 함께 자고 가도 되는지 물어보라고 하셨다지 뭐예요. 그리고 내일 밤에는 다이애나네 사촌들이 뉴브리지에서 말이 끄는 커다란 썰매를 타고 토론 클럽 콘서트에 간대요. 다이애나와 저도 콘서트에 데려가준대요. 그러니까, 아주머니가 허락해주시면 말이에요. 허락해주실 거죠, 마릴라? 아아, 너무 들뜬 기분이에요."

"그럼 좀 가라앉혀라. 넌 못 가니까 말이야. 넌 집에서, 침대에서 자는 게 좋겠다. 그리고 토론 클럽 콘서트 말인데, 그건 말도 안 돼. 어린 여자아이들이 그런 곳에 가는 건 허락 못 한다."

"토론 클럽 콘서트는 아주 점잖은 콘서트가 분명해요." 앤이 매달렸다.

"점잖지 못하다고는 안 했다. 하지만 그런 콘서트나 보러 다니고 밖에서 자고 들어오는 건 안 돼. 아이답게 놀아야지. 배리 부인이 다이애나에게 가도 좋다고 했다니 놀랍구나."

"하지만 이번은 아주 특별한 경우잖아요." 앤은 눈에 눈물이 그렁그렁했다. "다이애나에게는 일 년에 딱 한 번 있는 생일이잖아요. 생일은 일상적인 일이 아니에요, 마릴라. 프리시 앤드류스가 「오늘 밤 통행금지 종소리는 울리지 마세요」를 낭송할 거란 말이에요. 도덕적으로 아주 훌륭한 작품이에요, 마릴라. 들어두면 분명 도움이 아주 많이 될 거예요. 그리고 합창단이 찬송가에 못지않은 훌륭한 내용의 구슬프고 아름다운 노래 네 곡을 부른대요. 아아, 마릴라. 목사님도 출연하신대요. 정말이에요. 연설을 하신댔어요. 설교 같은 거겠죠. 제발요, 마릴라, 가면 안 돼요?"

"안 된다고 했을 텐데, 앤. 못 들었니? 이제 신발 벗고 자. 여덟 시가 넘었다."

"한 가지 더 있어요, 마릴라." 앤은 마지막 탄환이라도 발사하는 듯한 분위기였다. "배리 아주머니가 다이애나에게 저하고 손님방 침대에서 자도 된다고 하셨대요. 아주머니의 귀여운 앤이 손님방에 묵는 영광을 생각해보세요."

"그런 영광 없어도 잘 살 수 있다. 그만 가서 자거라, 앤. 한 마디도 더 하지 말고."

앤은 눈물을 뚝뚝 떨어뜨리며 슬픈 마음으로 계단을 올라갔다. 마릴라와 앤이 실랑이를 벌이는 동안 거실에서 곤히 잠들어 있는 줄 알았던 매튜는 앤의 모습이 사라지자 눈을 뜨고 단호하게 말했다.

"글쎄 뭐, 마릴라, 앤을 보내줘야 할 것 같은데 그래."

"안 돼요." 마릴라가 반박했다. "아이 교육은 누가 시키죠, 매튜? 오빠예요, 나예요?"

"글쎄 뭐, 그야 너지." 매튜는 인정했다.

"그럼 간섭하지 말아요."

"글쎄 뭐, 간섭하는 게 아니라…… 너는 너대로 다 생각이 있겠지. 그런데 내 생각은 앤을 보내줘야 할 것 같다는 말이야."

"앤이 달에 가고 싶다고 해도 보내줘야 한다고 할 양반이에요, 오빠는. 말해 뭐해요." 마릴라는 상냥하게 대꾸했다. "그냥 다이애나와 하룻밤 같이 자는 것뿐이면 허락했을지도 몰라요. 하지만 콘서트는 허락할 수 없어요. 보나마나 거기 갔다가 감기 걸릴 게 뻔하고 머릿속은 터무니없는 생각들로 가득 차서 흥분이 가시지 않을 거라고요. 일주일은 지나야 그게 가라앉을 거고요. 그 아이 성격이 어떤지, 뭐가 그 아이에게 이로운지는 오빠보다 내가 잘 알아요, 매튜."

"난 보내줘야 한다고 생각해." 매튜는 고집스럽게 되풀이했다. 매튜는 말다툼에 약했지만 고집은 누구보다 자신 있었다. 마릴라는 난감하다는 듯이 한숨을 쉬더니 침묵으로 대답을 피해버렸다. 다음 날 아침 앤이 식료품 저장실에서 아침 설거지를 하고 있을 때, 매튜는 헛간에 가다 말고 멈춰 서서 마릴라에게 다시 한번 말했다. "내 생각엔 앤을 보내줘야 할 것 같아, 마릴라."

잠시 동안 마릴라는 할 말을 잃은 듯했다. 그러더니 어쩔 수 없이 한발 물러서서 쏘아붙였다.

"좋아요, 앤을 보낼게요. 그렇지 않고는 오빠 마음이 편하지 않을 테니 말이에요."

앤은 행주를 손에서 떨어뜨리고 식료품 저장실에서 뛰어나왔다.

"아아, 마릴라, 마릴라. 그 기쁜 이야기 한 번만 더 말씀해주세요."

"내 생각엔 한 번이면 족한 것 같구나. 매튜가 하도 우겨서 보내주는 거니, 난 그 일하고는 아무 상관도 없다. 낯선 데서 잠을 설치고 한밤중에 더운 콘서트장에서 나오다가 폐렴에 걸려도 매튜를 원망해야지 날 원망 마라. 앤 셜리, 그 기름투성이 설거지하던 물을 바닥에 온통 떨어뜨리고 있잖니. 너처럼 조심성 없는 애는 처음 보는구나."

"아아, 제가 큰 골칫거리라는 건 알아요, 마릴라." 앤이 뉘우치며 말했다. "실수가 너무 많죠. 하지만 그럴 때는 제가 저지르지 않은 실수들을 생각해주세요. 그것도 앞으로 저지르게 될지 모르겠지만요. 학교 가기 전에 모래로 얼룩을 닦아놓을게요. 아아, 마릴라. 콘서트 때문에 마음이 아팠어요. 전 콘서트에 가본 적이 없어서 다른 아이들이 학교에서 콘서트 얘기를 하면 외톨이가 된 느낌이 들어요. 그게 어떤 기분인지 아주머니는 모르시지만 매튜는 알아요. 매튜는 저를 이해해주시거든요. 누가 나를 이해해준다는 건 정말 근사한 일이에요, 마릴라."

앤은 그날 아침 너무 들떠서 학교 수업 시간에 제대로 실력을 발휘할 수가 없었다. 길버트 블라이드가 맞춤법 수업에서 앤을 꺾었고, 암산에서는 앤이 쫓아갈 수도 없을 만큼 앞서갔다. 하지만 콘서트와 손님방 침대가 아른거려, 이로 인한 굴욕이 평소만큼 크게 느껴지지 않았다. 앤과 다이애나는 하루 종일 끊임없이 콘서트 얘기를 했다. 필립스 선생님이 아니라 다른 엄격한 선생님이었다면 틀림없이 두 아이는 톡톡히 망신을 당했을 것이다.

앤은 콘서트에 가기로 되어 있는 것이 아니었다면 참을 수 없었을 거라는 생각이 들었다. 왜냐하면 그날 학교에서는 콘서트 외에 다른 얘기를 하는 사람이 없었기 때문이다. 에이번리 토론 클럽은 겨울 내내 2주에 한 번씩 모였는데, 가끔 여러 가지 소규모 무료 공연을 열었다. 하지만 이번 것은 도서관 후원을 위해 열리는 큰 행사로, 입장료가 10센트나 되었다. 에이번리의 젊은이들이 몇 주에 걸쳐 연습을 했고, 손윗 형제자매가 출연한다는 이유로 학생들 전부가 이 콘서트에 각별한 관심을 기울이고 있었다. 아홉 살 이상의 학생들은 전부 콘서트에 갈 예정이었다. 캐리 슬론만 못 가게 되었는데, 아버지가 마릴라와 같은 생각으로, 어린 여자아이들이 밤에 열리는 콘서트에 가는 것을 못마땅하게 생각했기 때문이다. 캐리 슬론은 오후 내내 문법책에 얼굴을 파묻고 울면서 인생은 살 만한 가치가 있는 걸까 생각했다.

학교가 끝나자 진짜 신나는 일이 시작되었다. 이후로 점점 더 신나는 일들이 이어졌고 콘서트에서는 미칠 듯한 황홀함이 폭발하기에 이르렀다. 두 아이는 '완벽하게 우아한 차'를 마셨다. 그러고 나서 위층 다이애나의 조그만 방에서 치장을 하며 즐거운 시간을 보냈다. 다이애나는 앤의 앞머리를 새로 유행하는 퐁파두 스타일(뒷머리 또는 앞머리에 느슨한 볼륨을 주어 볼록하게 부풀리는 머리 스타일로, 루이 15세의 정부 퐁파두 부인의 머리 스타일에서 비롯되었다.- 옮긴이)로 볼록하게 만들어주었다. 앤은 다이애나의 리본을 앤만 묶을 수 있는 특별한 모양으로 묶어주었다. 그리고 두 아이는 뒷머리를 최소한 여섯 가지 이상 다른 모양으로 매만져보았다. 마침내 외출 준비를 끝냈을 때 두 아이의 뺨은 빨갛게 달아올랐고 눈은 신이 나서 반짝반짝 빛났다.

사실 앤은, 자신의 평범한 까만 모자 하며, 집에서 회색 천으로 만들어준 밋밋하고 소매도 딱 붙는 코트가 다이애나의 멋진 털모자, 세련된 재킷과 비교되어 조금 괴로웠다. 하지만 앤은 곧 자신에게는 상상력이 있고 지금이 바로 상상력이 필요한 때라는 생각을 해냈다.

그때 다이애나의 사촌들이 도착했다. 뉴브리지에서 온 이들은 성이 머레이라고 했다. 말이 끄는 커다란 마차는 사촌들로 꽉 차 있었고, 이들은 밀짚 위에 앉아 털이 북실북실한 무릎덮개를 덮고 있었다. 콘서트장까지 가는 동안 앤은 너무나 즐거웠다. 마차는 새틴처럼 매끄러운 눈길을 미끄러지듯 나아갔고, 말발굽 밑에서 눈이 뽀드득뽀드득 소리를 냈다. 해지는 모습은 장관이었다. 세인트로렌스 만의 눈 덮인 언덕들과 짙푸른 바다가 그 멋진 노을의 가장자리를 둘러싸고 있는 듯 보여, 마치 진주와 사파이어로 장식된 커다란 그릇에 와인과 불꽃이 가득 담겨 있는 것 같았다. 딸랑거리는 썰매 방울 소리와 아득하게 들리는 웃음소리가 사방에서 들려와, 나무 요정들이 축제를 벌이는 것 같았다.

"아아, 다이애나." 앤은 털 무릎덮개 밑에서 다이애나의 장갑 낀 손을 꼭 쥐면서 나직하게 속삭였다. "모두 다 아름다운 꿈같지 않니? 내가 정말 평소와 똑같아 보여? 평소와 너무나도 다른 느낌이라서 틀림없이 내 모습도 달라져 있을 것 같아."

"너무너무 예뻐 보여." 다이애나는 이렇게 대답했다. 사촌들 중 한 명이 다이애나를 칭찬해주었기 때문에 그 칭찬을 앤에게도 넘겨주어야 할 것 같은 생각이 들어서 이런 말도 덧붙였다. "안색이 좋아 보이네."

그날 밤의 콘서트는 관중들 중 최소한 한 명에게는 전율의 연속이었다. 게다가 앤이 다이애나에게 말한 것처럼, 시간이 갈수록 전율은 더해갔다. 프리시 앤드류스는 허리가 잘록 들어간 분홍색 실크 드레스를 입고 있었다. 부드러운 흰 목에는 진주 목걸이를 하고 머리에는 진짜 카네이션을 달고 있었다. 모두 선생님이 직접 시내까지 나가서 사다준 것이라고들 수군거렸다. 어쨌든 프리시 앤드류스가 그 옷을 입고 '빛 한 점 없는 캄캄한 어둠 속에서 진흙투성이 사다리를 올랐네'라는 구절을 낭독했을 때 앤은 벅찬 감동에 몸을 떨었다. 합창단이 「저 정다운 데이지꽃 위로」를 부를 때는 천사들의 프레스코화라도 그려져 있는 듯, 천장을 뚫어지게 바라보았다. 샘 슬론이 『재커리는 어떻게 암탉에게 알을 안겼나』를 설명했을 때는 앤이 너무 웃어서, 앤 주변에 앉은 사람들도 웃음을 터뜨릴 정도였다. 사실 재미있어서라기보다는 주인공에 대한 동정에서 우러난 웃음이었다. 내용은 심지어 에이번리에서도 좀 뻔한 내용이었던 것이다. 다음으로는 필립스 선생님이 매우 기운차게 시저의 죽음을 애도하는 안토니우스의 연설을 했다. 한 문장 말할 때마다 프리시 앤드류스 쪽을 쳐다보면서 말이다. 이 연설에 앤은 로마 시민 딱 한 명만 앞장을 섰더라도 함께 일어나 반란을 일으킬 수 있을 것 같은 기분이 들었다.

앤의 관심을 끄는 데 실패한 프로그램은 딱 하나였다. 길버트 블라이드가 「라인 강변의 빙엔」을 낭송했을 때 앤은 로다 머레이가 도서관에서 빌려온 책을 집어들고 낭송이 끝날 때까지 그 책을 읽었다. 다이애나가 손바닥이 얼얼하도록 박수를 치는 동안에도 아주 꼿꼿하게 앉아 미동도 하지 않았다.

집에 돌아오니 11시였다. 질리도록 놀았지만 엄청나게 즐거워서 오는 내내 그 이야기만 했다. 다들 잠든 듯, 집안은 캄캄하고 고요했다. 앤과 다이애나는 발끝으로 살금살금 걸어 응접실로 들어갔다. 좁고 긴 이 응접실은 손님방으로 통해 있었다. 벽난로에는 불길이 남아 있어 기분 좋게 훈훈하고 은은한 조명의 역할도 했다.

"여기서 옷을 갈아입자." 다이애나가 말했다. "아주 따뜻하고 좋네."

"너무 즐겁지 않았니?" 앤이 황홀해하며 한숨을 쉬었다. "무대에서 낭송한다면 틀림없이 근사할 거야. 우리도 무대에 서 달라는 청을 받게 될까, 다이애나?"

"그럼, 언젠가 받겠지. 낭송을 할 큰 학생들은 늘 모자라니까. 그래서 길버트 블라이드도 자주 하는 거야. 우리보다 두 살밖에 많지 않은데도 말이야. 맞다, 앤, 너 어떻게 길버트의 낭송을 듣지 않는 척할 수 있니? '누이가 아닌 또 다른 여인이 있습니다'라는 구절을 낭송할 때 길버트가 네 쪽을 봤단 말이야."

"다이애나." 앤은 도도하게 말했다. "넌 나의 마음의 친구야. 하지만 그런 너라도 나한테 그 녀석 얘기를 하는 건 용납 못해. 잘 준비 다 됐어? 누가 먼저 침대까지 가는지 달리기 경주하자."

다이애나도 재미있을 것 같다는 생각이 들었다. 하얀 옷을 입은 두 아이의 모습은 기다란 방을 날듯이 달음질쳐 손님방 문을 지나치더니 동시에 침대 위로 털썩 쓰러졌다. 그런데 다음 순간 뭔가가 두 아이 밑에서 움직였다. 신음 소리도 났다. 누군가가 "세상에 맙소사!"라고 우물거렸다.

앤과 다이애나는 침대에서 일어나 손님방을 나왔다. 어떻게 나왔는지, 정신없이 달린 기억밖에 없었다. 정신을 차려보니 두 아이는 덜덜 떨면서 발끝으로 살금살금 위층 계단을 올라가고 있었다.

"세상에, 누구였어? 뭐가 있었던 거지?" 앤이 춥기도 하고 겁도 나서 이를 딱딱 마주치며 속삭였다.

"조세핀 할머니야." 다이애나는 웃음이 나와 숨이 막혔다. "아, 앤. 조세핀 할머니가 어떻게 거기 계시는 건지 모르겠네. 불같이 화내실 거야. 무시무시하지. 정말 무서워. 하지만 너무 웃기지 않니, 앤?"

"조세핀 할머니가 누군데?"

"아빠의 고모신데 샬럿타운에 사시고 나이가 엄청 많으셔. 칠십 몇 살이라던가? 할머니도 어린아이였던 때가 있었다는 게 믿어지지 않아. 할머니가 집에 오시기로 되어 있긴 했지만 이렇게 빨리 오실 줄은 몰랐어. 아주 꼼꼼하고 철저한 분이라 이번 일에 대해 분명 무시무시하게 꾸지람을 하실 거야. 자, 우린 미니 메이와 같이 자야겠다. 걔가 얼마나 발길질을 하는지 놀랄 거야."

다음 날 아침 식사에 조세핀 배리 할머니는 나타나지 않았다. 배리 부인은 두 아이를 향해 따뜻한 미소를 지으며 말했다.

"어젯밤에는 재미있었니? 너희가 돌아올 때까지 깨어 있을 생각이었어. 조세핀 고모님이 오셔서 너희가 위층에서 자야 한다는 말을 해주려고 말이야. 그런데 너무 피곤해서 그만 잠이 들고 말았구나. 고모님 주무시는 걸 방해한 건 아니겠지, 다이애나?"

다이애나는 아무 말 않고 식탁 너머로 앤과 은밀하게 미소를 주고받았다. 잘못된 일인 줄은 알지만 재미있었다. 아침을 먹은 뒤 앤은 서둘러 집으로 돌아왔다. 그래서 다이애나 집에서 곧이어 벌어진 소동에 대해서는 다행히도 모르고 있었다. 늦은 오후가 되어서야 마릴라의 심부름으로 레이첼 부인을 찾아갔다가 소식을 듣게 되었다.

"어젯밤에 너와 다이애나가 불쌍한 조세핀 할머니를 깜짝 놀라 까무러치게 했다면서?" 레이첼 부인의 말투는 엄격했지만 눈은 반짝반짝 빛나고 있었다. "배리 부인이 조금 전에 들렀었다. 카모디에 가는 길이라고 하더구나. 아주 걱정스러워하고 있었어. 조세핀 할머니가 오늘 아침 일어나서 불같이 화를 내셨단다. 그분 성질은 장난이 아니거든. 정말이야. 다이애나와는 이제 말도 하지 않으실 거다."

"다이애나 잘못이 아니었어요." 앤은 풀이 죽어서 말했다. "제 잘못이에요. 제가 침대까지 누가 먼저 가는지 달리기 경주를 하자고 했거든요."

"그럴 줄 알았다!" 레이첼 부인은 자기 예상이 맞았다는 생각에 우쭐해졌다. "그런 생각이 네 머릿속에서 나왔을 줄 알고 있었지. 나 원, 엄청 큰 말썽을 일으키고 말았구나, 아무렴. 조세핀 할머니는 한 달 정도 머무를 예정이었는데 단 하루도 더 있을 수 없다고 딱 잘라 말했다는구나. 일요일이고 뭐고 내일 당장 집으로 돌아가겠다고 말이야. 지금은 그런 상황이야. 데려다줄 수 있으면 오늘이라도 가시겠다고 하셨다는구나. 원래 3개월 동안 다이애나에게 음악을 가르치는 비용을 대겠다고 약속하셨는데, 이제는 그런 말괄량이에게는 한 푼도 주지 않겠다고 하신단다. 오늘 아침만 해도 난 그 집이 떠들썩한 하루를 보낼 줄 알았지. 배리네 식구들 모두 틀림없이 속상할 거야. 조세핀 할머니는 부자라 좋은 관계를 유지하고 싶었을 텐데 말이야. 물론 배리 부인이 그렇게 말한 건 아니지만, 난 인간의 본성을 아주 잘 꿰뚫어보니까 말이다, 아무렴."

"전 어쩜 이렇게 운이 나쁠까요." 앤은 슬픈 목소리로 말했다. "전 항상 말썽에 휘말리는데, 이젠 친한 친구까지 그렇게 만드네요. 친구를 위해서라면 제 심장의 피를 뽑아 주어도 아깝지 않은데 말이에요. 대체 왜 이런 걸까요, 레이첼 아주머니?"

"그거야 네가 너무 조심성이 없고 충동적이니까 그렇지, 아무렴. 넌 잠깐 멈춰서 생각해보는 일이 없잖아. 무엇이든 머릿속에 떠오르는 대로 말을 하든 행동을 하든 하잖니. 잠시도 생각해보지 않고 말이야."

"음, 하지만 그건 좋은 거 아니에요?" 앤이 반박했다. "뭔가 머릿속에 번쩍 떠올랐는데 아주 재미있는 거라면 밖으로 끄집어내야죠. 다시 생각해보느라 시간이 지나면 재미가 사라지잖아요. 그런 생각해본 적 없으세요, 레이첼 아주머니?"

레이첼 부인은 없다고 대답하고 점잔 빼며 고개를 저었다.

"넌 생각하는 법도 좀 배워야 해, 앤. 아무렴. 네가 마음에 새겨야 할 속담도 있잖니. '누울 자리 봐가며 다리를 뻗어라.' 특히 손님방 침대는 누울 자리를 보고 뛰어들었어야지."

레이첼 부인은 자신이 던진 가벼운 농담 끝에 쾌활한 웃음을 덧붙였다. 하지만 앤은 골똘히 생각에 잠겨 있었다. 앤은 이런 상황에 웃음이 나오지 않았다. 앤의 눈은 아주 진지해 보였다. 앤은 레이첼 부인의 집을 나오더니 얼어붙은 들판을 지나 산비탈 과수원 집으로 향했다. 다이애나가 부엌문을 열어주었다.

"조세핀 할머니가 그 일로 무지무지 화가 나셨다면서?" 앤이 소곤소곤 말했다.

"응." 다이애나는 키득키득 웃음이 나오려는 것을 참으며 대답하더니, 고개를 돌려 불안한 눈길로 문이 닫혀 있는 작은 거실 쪽을 힐끗 바라보았다. "화가 나서 펄펄 뛰셨어, 앤. 어찌나 꾸지람을 하시던지. 나처럼 까부는 여자아이는 생전 보지 못했다고 하셨어. 부모님에게는 나를 그런 식으로 키우다니 부끄러운 줄 알아야 한다고 하셨고. 할머니는 우리 집에 더는 못 있겠다고 하셨는데, 난 신경 안 써. 하지만 아빠와 엄마는 신경이 쓰이시나 봐."

"왜 내 잘못이었다고 말씀드리지 않았어?" 앤이 물었다.

"네가 안 했으면 나라도 그런 장난을 치자고 했을걸." 다이애나가 한심한 듯이 말했다.

"난 고자질이나 하고 그러지 않아, 앤 셜리. 그리고 어쨌건 나도 너만큼 잘못이 있고."

"저기, 내가 직접 할머니께 말씀드릴게." 앤이 단호하게 말했다.

다이애나는 앤을 빤히 바라보았다.

"앤 셜리, 그건 절대 안 돼! 아휴, 할머니한테 호되게 야단맞을 거야!"

"지금도 무서우니까 더 겁주지 마." 앤이 부탁했다. "대포 속으로 걸어 들어가는 게 더 나을지도 모르겠어. 하지만 난 꼭 해야겠어, 다이애나. 내 잘못이었으니 그렇게 말해야 해. 다행히도 잘못을 털어놓아본 경험도 있고."

"그렇다면야…… 할머니는 방에 계셔." 다이애나가 말했다. "들어가고 싶으면 들어가도 돼. 하지만 난 무서워서 못 들어가겠어. 이야기가 잘될 것 같지도 않고."

다이애나의 응원 아닌 응원을 뒤로하고 앤은 사자의 수염을 뽑으러 사자 우리로 들어갔다. 다시 말해, 단호하게 작은 거실 문 앞까지 걸어가서 소심하게 노크를 했다. "들어와." 날카로운 목소리가 들렸다.

마르고 단정하고 엄격한 조세핀 배리 할머니가 벽난로 옆에서 험악한 얼굴로 뜨개질을 하고 있었다. 노여움이 별로 진정되지 않은 듯, 매서운 눈이 금테 안경 뒤에서 빛났다.

할머니가 의자에서 몸을 돌려보니, 다이애나가 아니라 얼굴이 하얗게 질린 여자아이가 서 있었다. 커다란 눈망울 가득 필사적인 용기와 자꾸만 커지는 두려움이 뒤섞여 있었다.

"넌 누구냐?" 조세핀 할머니가 인사고 뭐고 없이 물었다.

"전 초록지붕 집의 앤이라고 해요." 꼬마 손님이 떨리는 목소리로 대답했다. 앤 특유의, 두 손을 마주 잡은 모습이었다. "괜찮으시다면 제 잘못을 털어놓으려고 왔어요."

"무슨 잘못?"

"어젯밤에 할머니 침대로 뛰어든 건 다 제 잘못이었어요. 제가 그러자고 했거든요. 다이애나만 있었다면 그런 행동은 생각도 못했을 거예요. 틀림없어요. 다이애나는 아주 기품 있는 아이거든요. 그러니 다이애나를 꾸짖으시는 게 얼마나 불공평한 일인지 알아주셔야 해요."

"오오라, 그래? 정확히 말하자면 최소한 다이애나도 함께 뛰어든 거라고 생각한다만. 점잖은 집안에서 그 무슨 추태란 말이냐!"

"하지만 저흰 그냥 장난이었어요." 앤은 포기하지 않았다. "저희가 사과를 드렸으니 할머니께서는 저희를 용서해주셔야 한다고 생각해요. 그리고 어쨌거나 다이애나는 용서해주시고 음악 수업은 받게 해주세요. 다이애나는 음악 수업에 마음을 쏟고 있었어요, 조세핀 할머니. 뭔가에 마음을 쏟았는데 허사가 되는 게 어떤 기분인지는 저도 잘 알아요. 누군가에게 화를 내셔야만 한다면 저에게 화를 내세요. 사람들이 저에게 화를 내는 건 어린 시절에 하도 많이 당해봐서 다이애나보다는 제가 훨씬 더 잘 견딜 수 있으니까요."

할머니의 눈에서 매서운 빛이 많이 가시고 점차 흥미로 인한 반짝임이 보였다. 하지만 목소리는 여전히 엄격했다. "장난이었다고 해도 그게 변명이 되지는 않는 것 같구나. 내가 어릴 때는 어린 여자아이들이 절대 제멋대로 그런 장난을 하지는 않았었다. 먼 길을 힘들게 와서 곤히 자고 있다가 너희 같이 커다란 애들이 펄쩍 뛰어 깔고 앉는 바람에 깬다는 게 어떤 건지 너는 모를 거다."

"모르긴 해요. 하지만 상상할 수는 있어요." 앤은 열심히 말했다. "틀림없이 아주 불쾌하고 충격적이셨을 거예요. 하지만 저희의 사정이라는 것도 있잖아요. 조세핀 할머니, 혹시 상상력이 있으세요? 만약 상상할 수 있으시다면 저희 입장이 한번 되어보세요. 침대에 누가 있는 줄 모르고 있었는데 할머니가 계셔서 정말 까무러치도록 놀랐어요. 그야말로 무시무시한 느낌이었다고요. 게다가 손님방에서 자도 된다고 허락을 받았는데 거기서 잠을 자지도 못했고요. 할머니는 손님방에서 주무시는 게 익숙하시겠죠? 하지만 그런 호사를 누려본 적이 없는 저 같은 어린 고아 여자아이라면 그게 어떤 기분일지 상상이 가세요?"

할머니의 눈에서 매서운 빛이 완전히 사라졌다. 사실, 조세핀 할머니는 웃음을 터뜨렸다. 작은 거실 밖 부엌에서 엄청난 불안에 떨며 기다리던 다이애나는 웃음소리에 마음이 놓여 큰 한숨을 내쉬었다.

"내 상상력은 좀 녹이 슨 것 같구나. 써본 지 꽤 오래돼서 말이야." 할머니가 말했다. "사정을 봐달라는 네 주장은 내 주장만큼이나 강한 것 같구나. 하긴 모든 일은 다 보기 나름이긴 하지. 이리 와 앉아서 네 소개를 좀 해보렴."

"너무나 죄송하지만 안 돼요." 앤은 단호하게 말했다. "저도 그러고 싶어요. 할머니는 재미있는 분 같으니까요. 겉모습은 별로 안 그래 보이지만 실은 저와 영혼이 통할지도 모르겠다는 생각도 들고요. 하지만 집으로, 마릴라 커스버트 아주머니에게로 돌아가야만 해요. 마릴라 아주머니는 아주 친절한 분이어서 저를 맡아 제대로 키워주고 계세요. 최선을 다하고 계시지만 제가 많이 실망시켜 드리고 있어요. 제가 침대에 뛰어들었다고 해서 아주머니를 욕하시면 절대 안 돼요. 하지만 제가 돌아가기 전에 할머니께서 다이애나를 용서해주실 거라고, 그리고 에이번리에서 원래 머무르려던 만큼 머무르시겠다고 말씀해주셨으면 좋겠어요."

"네가 가끔 와서 내 말벗이 되어준다면 그렇게 해줄지도 모르지." 조세핀 할머니가 말했다.

그날 저녁 조세핀 할머니는 다이애나에게 은팔찌를 선물했다. 그리고 떠나려던 짐을 다시 풀겠노라고 집안의 가장에게 이야기했다.

"머물러 있기로 결정을 했다. 그냥 저 앤이라는 아이와 좀 더 친해지고 싶어서 그런다." 할머니는 솔직하게 이야기했다. "재미있는 아이더구나. 내 나이 정도 되면 재미있는 사람 만나기가 참 힘들어."

앤이 저지른 사고 이야기를 듣고 마릴라는 딱 한 마디 했다. "내가 뭐랬니." 매튜 들으라고 하는 말이었다.

조세핀 할머니는 원래 머무르기로 했던 한 달이 지나고도 계속 머물러 있었다. 평소보다 훨씬 유쾌하게 머물렀는데, 앤이 늘 기분 좋게 해드렸기 때문이다. 앤과 조세핀 할머니는 굉장히 친근해졌다.

조세핀 할머니는 집으로 돌아가면서 이렇게 말했다. "잊지 마라, 앤. 샬럿타운에 오게 되면 꼭 우리 집으로 오너라. 내가 가장 아끼는 손님방 침대에서 자게 해주마."

"조세핀 할머니는 결국 저와 영혼이 통하는 분이었어요." 앤은 마릴라에게 털어놓았다.

"그분 외모를 보면 그럴 것 같지 않겠지만 마음은 다르더라고요. 처음부터 바로 알 수는 없겠죠. 매튜도 그랬듯이요. 하지만 시간이 지나면 알게 돼요. 영혼이 통하는 사람이라는 게 제가 생각했던 것처럼 그렇게 희귀한 건 아닌가 봐요. 세상에 영혼이 통하는 사람이 그렇게 많다는 걸 알게 되다니, 정말 근사해요."

20
지나친 상상

　초록지붕 집에 또다시 봄이 찾아왔다. 아름다우면서도 변덕스럽고, 마지못해 한 걸음씩 다가오는 것 같은 캐나다의 봄은 4월과 5월 내내 그런 모습이었다. 달콤하고 상쾌하고 서늘한 낮이 저물면 해 질 녘 하늘은 분홍빛으로 물들었다. 죽은 줄 알았던 식물들이 부활하고 성장하는 기적도 봄에 일어났다. 연인들의 길에서 자라는 단풍나무들은 빨갛게 꽃봉오리가 맺혔고, 나무 요정의 물거품 샘물 근처에는 끝이 돌돌 말린 작은 양치식물들이 부쩍 늘어났다. 저 멀리 사일러스 슬론 씨네 땅 뒤편 위쪽 황무지에는 메이플라워 꽃이 활짝 피어서, 갈색 나뭇잎 밑으로 분홍색과 하얀색 별 모양의 꽃들이 향긋하게 고개를 내밀고 있었다. 황금빛으로 빛나는 어느 날 오후, 에이번리 학생들은 여학생 남학생 할 것 없이 모두 꽃을 꺾으러 갔다가 메아리 소리 들리는 청명한 해 질 녘에 두 팔 가득, 혹은 바구니 가득 꺾어 모은 꽃들을 품에 안고는 집으로 돌아갔다.

"메이플라워가 자라지 않는 곳에 사는 사람들이 너무 안됐어요." 앤이 말했다. "다이애나 말로는 아마 거긴 더 예쁜 꽃들이 있을 거라지만, 어떻게 메이플라워보다 더 예쁜 게 있을 수가 있겠어요, 마릴라? 게다가 다이애나는 메이플라워가 어떻게 생겼는지 모르면 아쉽지도 않은 법이라고 하더라고요. 하지만 전 그게 너무나도 슬픈 일인 것 같아요. 메이플라워가 어떻게 생겼는지도 모르고, 그게 없어도 아쉬운 줄 모르다니, 비극적인 것 같아요, 마릴라. 제가 메이플라워에 대해 어떻게 생각하는지 아세요, 마릴라? 메이플라워는 작년 여름에 죽은 꽃들의 영혼이 틀림없어요. 여긴 그 꽃들의 천국이고요. 하지만 우린 오늘 근사한 하루를 보냈어요, 마릴라. 이끼로 뒤덮인 커다란 골짜기의 오래된 우물 옆에서 점심을 먹었거든요. 아주 낭만적인 곳이었어요. 찰리 슬론이 아티 길리스에게 우물을 뛰어넘어보라고 부추겼고 아티가 정말로 뛰어넘었어요. 부추김에 맞설 수는 없거든요. 학교에서는 아무도 그럴 수 없어요. 부추기는 게 정말 유행이거든요. 필립스 선생님은 꺾은 메이플라워 꽃을 전부 프리시 앤드류스에게 줬어요. '아름다운 꽃을 아름다운 사람에게'(셰익스피어의 희곡 『햄릿』에서 오필리아가 죽자 햄릿의 어머니 거트루드 왕비가 장례식에서 꽃을 바치며 한 말.- 옮긴이)라고 하시면서요. 책에 나오는 말이겠죠. 저도 알아요. 하지만 선생님도 조금 상상력이 있다는 얘기잖아요. 저도 메이플라워 꽃을 받는데요, 매몰차게 거절했어요. 누가 줬는지 이름을 말할 수는 없어요. 절대 제 입술에 그 이름을 올리지 않겠다고 맹세했거든요. 우린 메이플라워 꽃으로 화환을 만들어서 모자에 올렸어요. 집으로 돌아올 때는 둘씩 짝지어 줄을 서서 걸었어요. 손에는 부케를 들고 머리에는 화환을 얹고 「골짜기의 우리집」을 부르면서요. 아아, 정말 짜릿했어요, 마릴라. 사일러스 슬론 아저씨네 가족들이 우리를 보려고 전부 몰려나왔어요. 길에서 마주친 사람들도 전부 멈춰 서서 한참 쳐다봤고요. 우리가 동네를 뒤흔들어놓은 거예요."

"당연하지 않니! 그렇게 바보 같은 짓을 했으니 말이다!" 마릴라가 대꾸했다.

메이플라워가 지자 제비꽃이 피었다. 제비꽃 골짜기도 온통 보랏빛으로 물들었다. 앤은 학교에 가면서 제비꽃 골짜기를 지나갔는데, 성스러운 땅을 밟는 것처럼 공손한 발걸음으로, 그리고 숭배하는 눈빛으로 골짜기를 걸었다.

"왠지 모르게 이곳을 지날 때는 말이야······." 앤은 다이애나에게 말했다. "길버······ 아니, 누가 나를 제치고 1등을 하건 말

건 정말 상관없다는 생각이 들어. 하지만 학교에 도착하면 모든 게 달라져서 평소처럼 모든 게 엄청나게 신경 쓰여. 내 안에는 정말 여러 명의 앤이 있나 봐. 그래서 내가 이렇게 말썽꾸러기인가 하는 생각이 가끔 들어. 앤이 딱 한 명이라면 훨씬 편해지긴 하겠지만 재미는 반으로 줄어들 거야."

6월의 어느 날 저녁이었다. 과수원에는 다시 분홍색 꽃들이 만발했다. 반짝이는 물빛 호수 위쪽 습지에서는 개구리들이 은방울 굴러가듯 달콤하게 울어댔다. 대기는 향긋한 클로버 들판과 전나무 숲의 풍부한 향기로 가득했다. 앤은 지붕 밑 방 창가에 앉아 있었다. 앤은 공부하던 중이었는데 너무 어두워져서 책이 보이지 않자 눈을 동그랗게 뜨고 눈의 여왕 나뭇가지들을 바라보며 공상에 빠져버렸다. 눈의 여왕은 또다시 별을 뿌려놓은 듯 온통 꽃 무리가 져 있었다.

기본적으로 지붕 밑 작은 방은 변한 것이 없었다. 벽은 예전처럼 하얀색이었고, 핀꽂이 쿠션은 빽빽했으며, 여전히 딱딱하고 노란 의자가 꼿꼿하게 놓여 있었다. 하지만 방의 전체적인 느낌은 달라져 있었다. 방은 새로운 활력으로 가득하고 살아 숨쉬는 개성이 곳곳에 스며들어 있었다. 여학생이 쓰는 책과 옷, 리본 같은 것들 때문은 아니었다. 심지어 사과꽃이 가득 꽂힌 테이블 위의 금이 간 파란색 항아리 때문도 아니었다. 개성 강한 방 주인이 꾸는 모든 꿈이, 잘 때 꾸는 꿈뿐만 아니라 깨어 있을 때 꾸는 꿈들까지 모두, 물질적인 형체는 없지만 눈에는 보이도록 드러나 있는 것 같았다. 마치 그 꿈들이 이 휑한 방을 무지개와 달빛으로 짠 투명하고 아름다운 천으로 뒤덮은 것처럼 말이다. 그런 방으로 마릴라가 성큼성큼 들어왔다. 손에는 앤이 학교 갈 때 걸칠, 갓 다린 앞치마 몇 장을 들고 있었다. 마릴라는 앞치마를 의자에 걸어놓고 짧은 한숨을 쉬며 의자에 앉았다. 그날 오후 마릴라는 두통이 있었는데, 두통이 사라지고 나서도 힘이 없고, 마릴라의 표현에 따르면 '진이 빠진' 듯한 느낌이었다. 앤은 마릴라를 맑은 눈으로 바라보았다.

"제가 아주머니가 되어 두통을 겪을 수 있다면 얼마나 좋을까요, 마릴라. 아주머니를 위해서라면 두통도 즐겁게 견뎠을 거예요."

"네가 일을 해줘서 내가 쉴 수 있었잖니. 넌 할 만큼 한 거다." 마릴라가 말했다. "꽤 잘한 것 같더구나. 평소보다 실수도 덜했고. 물론 매튜의 손수건에 풀을 먹일 필요까지는 없었지만 말이다! 그리고 대부분 파이를 오븐에 넣었으면 뜨거워졌을 때 꺼내 먹지, 숯덩이가 되도록 내버려두지는 않지. 네 요리법이 그렇다면 모르겠지만 그건 아닌 게 분명하고."

두통 때문인지 마릴라는 항상 좀 냉소적이었다.

"아, 정말 죄송해요." 앤은 미안해했다. "파이를 오븐 속에 집어넣고 나서 지금까지 파이에 대해서는 생각도 못하고 있었어요. 아까 점심 식탁에 뭔가 빠진 것 같다는 걸 본능적으로 느끼기는 했지만요. 오늘 아침에 아주머니가 저에게 일을 맡기셨을 때 단단히 결심했거든요. 아무것도 상상하지 말고 사실에만 집중하기로요. 파이를 넣을 때까지만 해도 꽤 잘했어요. 그런데 거부할 수 없는 유혹이 생기고 만 거예요. 제가 마법에 걸린 공주라서 외로운 탑 안에 갇혀 있다고 상상을 해봤어요. 잘생긴 기사가 칠흑 같은 검은 말을 타고 저를 구하러 달려오는 거죠. 그래서 파이를 깜빡하게 된 거예요. 손수건에 풀을 먹인 줄은 몰랐어요. 시내 상류 쪽에서 다이애나와 함께 발견한 섬이 하나 있는데, 다림질하는 동안 계속 그 섬 이름을 생각하고 있었거든요. 정말 기가 막히게 아름다운 곳이에요, 마릴라. 단풍나무가 두 그루 서 있고 그 주변으로 시냇물이 흘러가요. 고민하다 '빅토리아 섬'이라고 부르면 근사하겠다는 생각이 퍼뜩 들었어요. 그 섬은 여왕 폐하의 생일에 발견했으니까요. 다이애나도 저도 여왕 폐하를 아주 좋아하고요. 하지만 파이와 손수건을 망친 건 잘못했어요. 오늘은 기념일이라 정말 정말 잘하고 싶었거든요. 작년 오늘 무슨 일이 있었는지 기억나세요, 마릴라?"

"아니. 별로 생각나는 게 없구나."

"아이 참, 마릴라. 제가 초록지붕 집에 온 날이잖아요. 전 절대 잊지 못할 거예요. 제 인생이 달라진 날이니까요. 물론 아주머니에게는 그렇게까지 중요한 날은 아니겠지만요. 제가 여기 온 지 1년이 됐고, 그 후로 쭉 너무 행복해요. 물론 말썽도 일으켰지만 살면서 만회해가면 되겠죠? 저를 맡게 된 게 후회가 되세요, 마릴라?"

"아니, 후회한다고는 할 수 없지." 마릴라는 가끔씩 앤이 초록지붕 집에 오기 전에는 대체 어떻게 살았나 싶을 때가 있었다. "전혀 후회 안 한다. 앤, 공부가 끝나면 배리 부인에게 가서 다이애나의 앞치마 옷본을 빌려달라고 해라."

"저기…… 음…… 밖이 너무나 캄캄한걸요." 앤이 울상을 지었다.

"너무 캄캄해? 이런, 이제 겨우 해 질 녘인데? 그리고 넌 해가 진 후에도 자주 나갔었잖니."

"내일 아침 일찍 갈게요." 앤이 간절하게 말했다. "해 뜰 때 일어나서 다녀올게요, 마릴라."

"대체 무슨 생각을 하는 거냐, 앤 셜리? 옷본이 있어야 오늘 저녁에 너한테 만들어줄 새 앞치마 재단을 할 거 아니니. 당장 다녀와라. 바보 같이 굴지 말고."

"그럼 큰길로 돌아서 가야겠어요." 앤이 마지못해 모자를 쓰면서 말했다.

"큰길로 가면 30분은 더 허비하게 되잖니! 정말 왜 이러는지 모르겠구나!"

"유령숲을 지나갈 수가 없어서 그래요, 마릴라." 앤은 절박했다.

마릴라는 앤을 빤히 쳐다보았다.

"유령숲이라니! 제정신이냐? 도대체 뭘 가지고 유령숲이라는 거니?"

"시냇물 건너 가문비나무 숲 말이에요." 앤이 속삭이듯 작은 목소리로 말했다.

"나 참! 유령숲 같은 건 어디에도 없다. 누가 그런 얘길 하던?"

"아무도 그런 얘긴 안 했어요." 앤이 말했다. "다이애나와 제가 그 숲에 유령이 나온다고 상상한 거예요. 이 부근은 전부 너무…… 너무 평범하잖아요. 그래서 재미로 만들어낸 거예요. 4월에 그러기 시작했어요. 유령이 나오는 숲이라니, 너무나 낭만적이잖아요, 마릴라. 가문비나무 숲을 고른 건 거기가 굉장히 어둑어둑하기 때문이에요. 아, 굉장히 끔찍한 것들도 상상했어요. 하루 중 이때쯤 밤이 이슥해지면 하얀 옷을 입은 여자가 시내를 따라 걷는 거예요. 두 손을 꽉 움켜쥐고 구슬픈 울음소리를 내면서요. 가족 중에 누가 죽게 될 때 그 여자가 나타나는 거예요. 그리고 한적한 황야 한쪽 귀퉁이에서는 살해당한 꼬마의 유령이 나와요. 사람 뒤를 살금살금 돌아다니다가 차디찬 손가락을 그 사람 손에 얹는 거죠. 어휴, 마릴라. 생각만 해도 오싹해요. 목 없는 남자가 오솔길을 왔다 갔다 하고, 나뭇가지 사이로 해골들이 사람을 쏘아보는 거예요. 그래서요 마릴라, 전 이제 무슨 일이 있어도 어두워진 후에는 유령 숲을 지나가지 않을 거예요. 틀림없이 허연 유령들이 나무 뒤에서 튀어나와 나를 붙잡을 거예요."

"나 말고 또 누가 이런 말을 들어봤겠니!" 마릴라는 기가 막혀서 아무 말 없이 듣고만 있다가 한 마디 했다. "앤 셜리, 네가 직접 상상해낸 그 말도 안 되는 짓궂은 얘기를 진짜라고 믿는다는 거냐?"

"꼭 믿는다는 건 아니고요." 앤이 더듬거리며 말했다. "적어도 낮에는 믿지 않아요. 하지만 해가 진 뒤에는 얘기가 달라져요, 마릴라. 유령이 걸어 다니는 때라서요."

"유령 같은 건 없다, 앤."

"아니에요, 있어요, 마릴라." 앤이 열심히 말했다. "유령을 본 사람들이 있어요. 점잖은 분들이 말이에요. 찰리 슬론이 그러는데 자기 할머니가 어느 날 밤 소를 몰고 집으로 돌아오는 할아버지를 봤다고 하셨대요. 할아버지가 무덤에 묻힌 지 1년이 지난 후였는데 말이에요. 찰리 슬론네 할머니가 거짓말을 지어내고 그러는 분이 아니란 거 아시잖아요. 아주 신앙심 깊은 분이라고요. 그리고 토머스 아주머니의 아버지도 어느 날 밤 집에 오는데 잘린 목이 덜렁덜렁 붙어 있는 양이 불이 붙은 채로 쫓아왔던 적이 있었대요. 그분 말로는 그게 남동생의 영혼이었을 거라고 하셨어요. 형이 9일 내로 죽을 거라고 경고해 주러 왔다고요. 당장 돌아가신 건 아니고 2년 후에 돌아가셨지만, 유령이 진짜라는 건 아시겠죠. 그리고 루비 길리스는……."

"앤 셜리." 마릴라가 단호하게 말을 가로막았다. "다시는 네가 그런 말 하는 걸 듣고 싶지 않구나. 네 그 상상력이란 것이 줄곧 의심스러웠는데 말이다, 상상력의 결과가 이런 것이라면 봐줄 수가 없구나. 당장 배리네에 다녀와. 교훈도 되고 경고도 될 겸, 가문비나무 숲을 지나서 다녀오너라. 그리고 앞으로 다시 유령숲이니 하는 얘기는 한마디도 하지 말고."

앤은 평소처럼 마음껏 애원하고 울었다. 유령숲은 상상일지라도 앤의 공포심은 진짜였던 것이다. 앤은 자신의 상상에 사로잡혀 있어서 해진 후의 가문비나무 숲을 극도로 무서워했다. 하지만 마릴라는 눈 하나 깜짝하지 않았다. 마릴라는 유령이 무서워 벌벌 떠는 앤을 샘물까지 데리고 가서 다리를 건너서 쭉 가라고 다그쳤다. 흐느끼는 여자와 목 없는 유령이 있는 어둑어둑하고 호젓한 숲속으로 말이다.

"아아, 마릴라. 어떻게 이렇게 잔인하실 수 있어요?" 앤은 훌쩍훌쩍 울었다. "허연 유령이 저를 잡아가서 목숨을 잃게 되면 좋으시겠어요?"

"각오해야지." 마릴라는 냉정하게 말했다. "너도 알겠지만 난 농담 같은 건 안 한다. 난 유령이 돌아다니는 상상 따위나

하는 네 버릇을 고칠 작정이야. 자, 갔다 와."

앤은 앞으로 나아갔다. 정확히 말하자면, 다리 위를 비틀비틀 건너 침침하고 무서운 길을 오들오들 떨며 걸어갔다. 앤에게는 잊지 못할 밤이었다. 앤은 상상이 마음껏 자라나게 만든 것을 몹시 후회했다. 앤의 상상 속 난쟁이 괴물은 어두운 곳마다 숨어 기다리다가 뼈만 남은 차디찬 손을 뻗어 자신을 불러낸 여자아이, 겁에 질린 조그만 여자아이를 홱 잡아채려고 했다. 거무스름한 땅 위로 하얀 자작나무 껍질이 바람에 휙 날리면 앤은 심장이 멈춰버리는 것 같았다. 고목의 나뭇가지들이 서로 부딪치며 길게 흐느끼는 듯한 소리를 내자 앤의 이마에는 구슬 같은 땀방울이 맺혔다. 박쥐들은 섬뜩한 날개를 펼쳐 어둠 속에서 푸드득 날아올랐다. 윌리엄 벨 씨네 들판에 이르자 앤은 허연 유령 군대에게 쫓기기라도 하듯 죽어라 달렸다. 그래서 배리네 부엌문에 닿았을 때는 숨이 턱에 차서 앞치마 옷본을 빌려달라는 말도 알아듣기 힘들 정도였다. 다이애나가 집에 없어서 더 머물러 있을 수도 없었다. 바로 무시무시한 귀갓길에 올라야 했다. 앤은 눈을 꼭 감고 왔던 길을 돌아갔다. 허연 유령을 보느니 나뭇가지에 머리를 수없이 부딪치는 편이 나았다. 마침내 통나무 다리 위로 비틀비틀 올라서자 앤의 입에서는 떨리는 안도의 한숨이 길게 흘러나왔다.

"그래, 아무것도 널 붙잡지 않더냐?" 마릴라는 냉담하게 말했다.

"마, 마릴라." 앤이 부들부들 떨면서 말했다. "저, 저는 이제 펴, 평범한 곳에 마, 만족할래요."

21
맛의 일탈

"아휴, 레이첼 아주머니 말처럼 이 세상은 만남이 있으면 꼭 이별도 있나 봐요." 앤은 구슬픈 목소리로 말하며 석판과 책을 부엌 식탁 위에 내려놓았다. 6월의 마지막 날이었다. 앤은 눈물로 흠뻑 젖은 손수건으로 빨개진 눈가를 닦았다. "다행히 오늘따라 학교에 손수건을 한 장 더 갖고 갔지 뭐예요? 꼭 필요할 것 같은 예감이 들더라고요."

"네가 필립스 선생님을 그렇게 좋아하는 줄은 몰랐구나. 선생님이 떠나신다고 눈물을 닦느라 손수건이 두 장씩 필요할 정도였니?" 마릴라가 말했다.

"저도 울게 될 줄은 몰랐어요. 선생님을 그렇게 많이 좋아하지는 않았거든요." 앤이 말했다. "다른 아이들이 다 우는 바람에 울었지 뭐예요. 시작은 루비 길리스가 먼저 했어요. 루비 길리스는 항상 필립스 선생님이 정말 싫다고 했었는데 말이죠. 그런데 선생님이 일어나서 이별의 말을 시작하자마자 울음을 터뜨리고 말았어요. 그랬더니 다른 여자아이들도 하나둘씩 울기 시작했고요. 전 참으려고 했어요, 마릴라. 필립스 선생님이 저를 길버…… 아니, 남학생과 앉게 했던 일을 떠올리려고 해봤어요. 그리고 칠판에 제 이름을 쓸 때 끝에 e를 빼고 쓰셨던 것도요. 기하학을 나처럼 못하는 돌대가리는 처음 봤다고 하시기도 했고, 내 맞춤법 공책을 보고 비웃기도 하셨잖아요. 게다가 항상 심술궂고 비꼬는 말도 많이 하셨죠. 그런데 어찌 된 일인지 눈물을 참을 수가 없었어요, 마릴라. 그래서 저도 울어 버렸죠. 제인 앤드류스는 필립스 선생님이 떠나서 얼마나 기쁜지 모르겠다고 한 달은 떠벌렸을 거예요. 자기는 눈물 한 방울 안 흘릴 거라고 큰소리쳤고요. 그런데 우리 중에서 제인 앤드류스가 제일 펑펑 운 거 있죠. 제인은 남동생에게서 손수건을 빌려야 했어요. 울지 않을 거라 생각하고 손수건을 갖고 오지도 않았거든요. 물론 남학생들은 울지 않았어요. 아아, 마릴라. 가슴이 찢어지는 것 같아요. 필립스 선생님은 너무나 아름다운 이별의 말을 하셨어요. 시작은 이래요. '우리를 갈라놓을 시간이 와버렸습니다…….' 너무 감동적이었어요. 그리고 선생님도 눈물을 흘리셨어요, 마릴라. 휴, 너무 미안하고 후회가 됐어요. 항상 학교에서 떠들고 석판에 선생님 그림을 우스꽝스럽게 그리고 선생님과 프리시 사이를 비웃었거든요. 미니 앤드류스 같은 모범생이었으면 좋았을걸 하는 생각이 들었어요. 정말로요. 그러면 마음에 거리낄 것이 없을 테니까요. 여자아이들은 집으로 오는 내내 울었어요. 캐리 슬론은 몇 분마다 한 번 씩 '우리를 갈라놓을 시간이 와버렸습니다'라는 말을 되풀이했어요. 그렇게 해서 기분이 좋아지려 할 때마다 다시금 풀이 죽었죠. 정말 정말 슬프긴 했어요, 마릴라. 하지만 두 달간의 방학이 시작되는데 깊은 절망의 심연에 계속 빠져 있기는 누구라도 힘들지 않나요, 마릴라? 게다가 새 목사님 내외분과 마주쳤지 뭐예요. 기차역에서 오시는 길이었나 봐요. 필립스 선생님이 떠나셔서 슬픈 마음이기는 하지만 새 목사님에 대해 흥미가 생기지 않을 수가 없었어요. 사모님이 굉장히 예쁘시더라고요. 물론 여왕 같은 아름다움은 아니었어요. 목사님 사모님이 여왕 같이 아름답지는 않을 거 아니에요. 왜냐하면 나쁜 영향을 끼칠지도 모르니까요. 레이첼 아주머니 말씀으로는 뉴브리지의 목사님 사모님은 너무 유행하는 차림을 하셔서 아주 나쁜 영향을 끼쳤대요. 우리 새 목사님 사모님은 예쁘게 부푼 소매가 달린 파란 모슬린 옷에 장미로 장식한 모자를 쓰고 계셨어요. 제인 앤드류스는 목사님 사모님이 부푼 소매라니, 너무 세속적인 거 아니냐고 했지만 저는 그렇게 몰인정한 말은 하지 않았어요, 마릴라. 왜냐하면 부푼 소매가 달린 옷을 입고 싶다는 게 어떤 마음인지 잘 아니까요. 게다가 그분은 목사님 사모님이 된 지 얼마 되지 않았으니, 그걸 감안해야 하지 않을까요? 목사님 내외분은 목사관이 준비될 때까지 레이첼 아주머니 댁에서 지낼 거래요."

그날 저녁 마릴라는 레이첼 부인의 집을 찾아갔다. 작년 겨울에 빌린 퀼트 작업틀을 돌려주러 왔다는 것 외에 마릴라에게 다른 동기가 있다면, 그것은 대부분의 에이번리 주민들과 마찬가지로 밉지 않은 호기심 때문이었을 것이다. 그날 밤에는 레이첼 부인이 그동안 빌려주었던 많은 물건들을 돌려주려는 사람이 많았다. 다시는 돌려받지 못하리라 생각했던 물건들도 가끔 끼어 있었다. 새로 오신 목사님, 그것도 부인과 함께 오신 목사님은 조용한 작은 마을에 거리낌 없는 호기심의 대상이었다. 새로운 일이 아주 드문 곳이었으니 말이다.

앤이 상상력이 부족한 목사님이라고 평했던 벤틀리 목사님은 지금까지 18년 동안 에이번리의 목사님으로 계셨다. 벤틀리 목사님은 부임할 때 부인이 없었고 그 후로도 다시 부인을 맞지는 않았다. 매년 이 사람 저 사람과 결혼한다는 소문이 돌긴 했지만 말이다. 지난 2월 벤틀리 목사님은 교인들의 아쉬움 속에 목사직을 내려놓고 떠났다. 목사님이 설교자로서는 부족

했지만 대부분의 교인들은 오랫동안 친밀하게 지내면서 목사님에게 애정을 품고 있었다. 그 후로 에이번리 교회는 다양한 종교적 쾌락을 즐겼다. 수도 많고 다양한 목사 후보자들과 대리 목사들이 일요일마다 와서 시범 설교를 했던 것이다. 목사로 누구를 세울 것인지는 교회 장로들이 판단할 일이었다. 하지만 커스버트 가족석 구석에 얌전히 앉아 있는 조그만 빨강머리 여자아이 역시 나름대로 의견은 있었다. 그래서 매튜와 같이 이 문제를 열심히 토론했다. 마릴라는 항상 원칙대로 어떤 식으로든 목사님 비판은 삼갔다.

"스미스 목사님은 어차피 못하셨을 거예요, 매튜." 앤의 총평은 이랬다. "레이첼 아주머니는 그분 설교가 너무 빈약하대요. 하지만 제 생각에 그분의 최대 단점은 벤틀리 목사님처럼 상상력이 전혀 없다는 거예요. 테리 목사님은 너무 과하고요. 그분은 제가 유령숲 일로 그랬던 것처럼 너무 자신만의 세계에 사로잡혀 계세요. 게다가 레이첼 아주머니는 그분의 종교관이 건전하지 못하다고 하시던데요? 그레셤 목사님은 아주 좋은 분이시고 신앙심도 깊으시지만, 우스운 이야기를 너무 많이 하셔서 교인들을 웃기려고 하세요. 품위가 떨어지는 거죠. 목사님은 반드시 품위가 있어야 하는 거 아니에요, 매튜? 제가 보기엔 마샬 목사님이 정말 매력적인 것 같아요. 하지만 레이첼 아주머니가 특별 조사를 한 바로는 그분이 결혼을 안 했고 결혼을 약속한 사람도 없으신데, 에이번리에 결혼 안 한 젊은 목사님은 안 된대요. 신자들 중에서 부인을 맞아들이게 되면 말썽이 생길 거라고요. 레이첼 아주머니는 참 선견지명이 있죠, 매튜? 앨런 목사님으로 정해져서 정말 기뻐요. 전 그분이 좋아요. 설교도 재미있고 기도도 진심인 것 같으니까요. 습관이 돼서 그냥 기도하는 것처럼 들리지 않아서 좋아요. 레이첼 아주머니는 그분도 완벽하지는 않다고 하세요. 하지만 1년에 750달러로 완벽한 목사님을 기대할 수는 없을 거고 어쨌든 종교관도 건전한 분이라고 말씀하셨죠. 교리에 대해 모든 점에서 철저하게 질문을 해보셨대요. 그리고 아주머니가 목사님 사모님의 친정 식구들을 아는데 아주 점잖은 분들이래요. 여자들은 모두 야무진 주부고요. 레이첼 아주머니는 남자는 교리가 건전하고 여자는 살림이 야무져야 목사님 가정을 이루기에 이상적인 조합이라고 하셨어요."

신임 목사 부부는 젊고 인상 좋은 사람들이었다. 아직 신혼이었고, 자신들이 선택한 평생의 과업에 대해 선하고 아름다운 열정이 가득했다. 에이번리 사람들은 처음부터 목사님 부부에게 마음을 활짝 열었다. 늙은 신도들도 어린 신도들도 이상이 높고 솔직하고 쾌활한 젊은 목사를 좋아했고, 목사관의 안주인이 된 밝고 상냥한 부인이 마음에 들었다. 앨런 목사님 사모님을 보자마자 앤은 진심으로 사랑에 빠졌다. 영혼이 통하는 사람을 또 한 명 찾아낸 것이었다.

"앨런 사모님은 완벽하게 멋있어요." 어느 일요일 오후, 앤이 말했다. "우리 반을 맡으셨는데 정말 근사한 선생님이세요. 바로 말씀하시던데요? 선생님만 질문을 계속하는 건 공평하지 않은 것 같다고요. 마릴라, 제가 늘 생각했던 게 바로 그거잖아요. 우리더러 질문하고 싶은 것은 무엇이든 질문해도 된다고 하셨어요. 그래서 제가 질문을 참 많이 했죠. 제가 질문 하나는 잘하잖아요, 마릴라."

"그럴 테지." 마릴라는 힘주어 말했다.

"루비 길리스 말고는 아무도 질문을 안 했어요. 루비 길리스는 올여름에 주일학교 피크닉을 가는지 물어봤어요. 전 별로 적절한 질문이 아니었다고 생각해요. 배우던 내용과 아무 관련이 없잖아요. 사자굴에 던져진 다니엘에 대해 배우던 중이었거든요. 하지만 앨런 사모님은 생긋 웃으면서 가게 될 것 같다고 대답해주셨어요. 앨런 사모님은 웃는 모습이 예쁘세요. 볼에 아주 오묘한 보조개가 생기거든요. 저도 볼에 보조개가 있었으면 좋겠어요, 마릴라. 처음 여기 왔을 때에 비하면 별로 말라깽이는 아니지만 보조개는 없잖아요. 보조개가 있다면 아마 선한 영향을 끼치는 사람이 될 수 있을 거예요. 앨런 사모님 말씀으로는 우리가 항상 다른 사람들에게 선한 영향을 끼치려고 노력해야 한대요. 모든 것에 대해 굉장히 긍정적으로 말씀하세요. 종교가 이렇게 쾌활한 것인 줄은 미처 몰랐어요. 전 늘 종교가 우울한 편이라고 생각했거든요. 하지만 앨런 사모님은 그렇지 않으세요. 제가 사모님처럼 될 수 있다면 저도 기독교인이 되고 싶어요. 주일학교 교장 선생님인 벨 장로님처럼 되고 싶지는 않고요."

"벨 장로님에 대해 그렇게 말하다니, 참 버릇없구나." 마릴라가 엄격하게 말했다. "벨 장로님은 아주 선한 분이셔."

"아, 물론 선한 분이죠." 앤도 동의했다. "하지만 장로님은 종교에서 위안을 얻지 못하시는 것 같은걸요. 만약 제가 선해질 수만 있다면 전 기쁘고 감사해서 하루 종일 춤추고 노래할 거예요. 앨런 사모님은 춤추고 노래하기에는 너무 나이가 드신 것 같아요. 물론 목사님 사모님으로서 품위 있는 행동도 아닐 테고요. 하지만 사모님은 기독교인이어서 기뻐하시는 게 느껴져요. 기독교인이 아니어도 천국에 가실 만큼 선한 분이기도 하고요."

"조만간 티타임에 앨런 목사님 내외분을 대접해야 할 것 같구나." 마릴라는 곰곰 생각에 잠겼다. "우리 집 말고는 대부분 다 가보셨잖니. 어디 보자…… 다음 주 수요일이 좋겠구나. 하지만 매튜에게는 입도 뻥긋하지 마라. 매튜가 알면 그날 핑계를 만들어 나가 있을 게 뻔해. 벤틀리 목사님은 하도 익숙해져서 괜찮았지만, 새 목사님과는 인사 나누고 친해지기가 어려울 테지. 게다가 목사님 사모님까지 오시면 혼비백산할 거다."

"비밀 꼭 지킬게요." 앤이 큰소리쳤다. "그런데요, 마릴라. 그날 제가 케이크를 만들어도 될까요? 앨런 사모님에게 뭔가 해드리고 싶어서요. 요즘 제가 케이크를 꽤 맛있게 만들게 됐잖아요."

"레이어 케이크를 만들면 되겠구나." 마릴라는 허락했다.

월요일과 화요일, 초록지붕 집에서는 대대적인 준비가 진행되었다. 목사님 내외분을 대접하는 것은 중요한 일이기도 하지만 만만찮은 일이었다. 게다가 마릴라는 에이번리의 어느 주부들에게도 뒤지지 않기로 굳게 결심하고 있었다. 앤은 기쁘고 신이 나서 들뜬 상태였다. 앤은 화요일 밤 해 질 무렵 다이애나를 만나 종알종알 이야기해주었다. 둘은 나무 요정의 물거품 샘물 옆 커다랗고 불그스름한 돌 위에 앉아 전나무 잔가지에서 떨어지는 진액으로 물 위에 무지개를 만들면서 이야기를 나누었다.

"준비는 다 됐어, 다이애나. 내 케이크만 빼고. 그건 내가 그날 아침에 만들 거고, 베이킹파우더 비스킷은 마릴라가 티타임 직전에 만들 거야. 다이애나, 마릴라와 나는 이틀 동안 정말 바빴어. 목사님 내외분을 초대하는 건 엄청나게 큰일이더라고. 난 이런 일은 겪어본 적이 없었어. 우리 집 식료품 저장실을 네가 봐야 하는 건데. 정말 볼만해. 닭고기로 젤리처럼 굳힌

닭요리와 냉채를 할 거야. 젤리는 빨강과 노랑, 두 종류로 낼 거고, 생크림에 레몬파이, 체리파이도 있어. 쿠키는 세 종류고 과일 케이크도 준비해뒀어. 마릴라가 잘 만들기로 유명한 노란 자두 설탕절임은 목사님 드리려고 특별히 보관해둔 거야. 파운드케이크와 레이어 케이크, 그리고 비스킷도 만들 거야. 아까 말한 그거. 그리고 빵은 갓 만든 것과 묵힌 것 둘 다 내놓을 거야. 목사님이 소화불량이어서 갓 만든 것을 못 드실 경우를 대비한 거지(갓 만든 빵은 아직 이스트가 활성화되어 있어 위가 민감한 사람에게는 부담스러울 수 있어 만든 지 2~3일 된 빵을 함께 내놓는다고 한 것.- 옮긴이). 레이첼 아주머니가 목사님은 소화불량이랬거든. 하지만 앨런 목사님이 소화불량에 걸릴 만큼 목사님 생활을 오래한 것 같지는 않은데 말이야. 내가 만들 레이어 케이크만 생각하면 등골이 서늘해져. 아아, 다이애나, 만들었는데 맛이 없으면 어쩌지! 어젯밤에 꿈을 꿨는데 머리에 커다란 레이어 케이크가 달린 무시무시한 괴물이 나를 막 쫓아오더라고."

"케이크는 맛있을 거야, 걱정 마." 다이애나가 말했다. 다이애나는 같이 있으면 마음이 아주 편해지는 친구였다. "2주 전에 한적한 황야에서 점심 먹을 때 네가 만든 케이크를 먹었잖아. 완벽하게 우아한 맛이었어."

"그랬지. 하지만 케이크는 특별히 맛있게 만들려고 하면 엉망이 되는 끔찍한 성질을 갖고 있단 말이야." 앤은 한숨을 쉬며 진액을 잘 머금은 잔가지 하나를 물에 띄웠다. "하지만 뭐, 하나님의 뜻에 맡겨야지. 그리고 밀가루 넣는 거 잊지 말아야 하고. 어머나, 저기 봐, 다이애나. 엄청 예쁜 무지개야! 우리가 가고 나면 나무 요정이 나와서 저 무지개를 스카프처럼 목에 두르지 않을까?"

"나무 요정 같은 건 없다는 거 알잖아." 다이애나가 말했다. 다이애나의 어머니도 유령숲에 대해 알게 되었고 불같이 화를 냈다. 결국 다이애나는 더 이상 상상의 나래를 펼치지 않도록 조심하게 되었다. 심지어 해롭지 않은 나무 요정이라 해도 그것이 있다고 믿는 마음을 키우는 것은 현명하지 못하다고 생각하게 된 것이다.

"하지만 있다고 상상하기만 하면 되는걸 뭐." 앤이 말했다. "매일 밤 침대에 눕기 전에 난 창밖을 내다보며 나무 요정이 정말 거기 앉아서 샘물을 거울 삼아 머리를 빗고 있지는 않을까 생각해봐. 가끔씩 아침 이슬 속에 발자국이 보이기도 하는걸. 아아, 다이애나. 나무 요정에 대한 믿음을 버리지 마."

드디어 수요일 아침이 되었다. 앤은 해 뜰 무렵 일어났다. 너무 들떠서 잘 수가 없었다. 전날 저녁 샘물에서 물장난을 치는 바람에 코감기가 심하게 걸려 있었지만, 폐렴이 확실하다 해도 앤의 관심은 그날 아침 해야 할 요리에만 쏠려 있었을 것이다. 아침을 먹은 후 앤은 케이크를 만들기 시작했다. 마침내 케이크를 오븐에 넣고 나서 앤은 길게 한숨을 내쉬었다.

"분명 이번에는 까먹은 게 하나도 없어요, 마릴라. 그런데 케이크가 부풀어 오르긴 할까요? 베이킹파우더가 안 좋은 거였을 수도 있잖아요? 새 걸 뜯어서 썼거든요. 레이첼 아주머니 말씀으로는 요즘 이것저것 하도 불량품이 많아서 품질 좋은 베이킹파우더인지 도무지 안심을 할 수가 없대요. 정부에서 이 문제를 해결해야 하는 거라면서도, 보수 정권이 그런 문제에 손을 대는 날은 절대 오지 않을 거라고 하셨어요. 마릴라, 케이크가 부풀어 오르지 않으면 어쩌죠?"

"케이크 없어도 먹을 건 많다." 케이크 문제에 대해 마릴라의 시각은 냉정했다.

하지만 케이크는 잘 부풀어 올라, 황금빛 거품처럼 가볍고 폭신한 모양으로 오븐에서 모습을 드러냈다. 기뻐서 얼굴까지 빨갛게 된 앤은 케이크를 루비처럼 새빨간 젤리 옆에 놓았다. 상상이 눈앞에 펼쳐졌다. 앨런 사모님이 케이크를 드시고 한 조각 더 달라고 하실지도 몰라!

"물론 가장 좋은 찻잔을 쓰실 거죠, 마릴라?" 앤이 말했다. "양치식물과 들장미로 식탁을 장식해도 돼요?"

"터무니없는 소리 마라." 마릴라가 코웃음을 쳤다. "겉치레 장식이 아니라 음식이 중요한 것 아니겠니."

"배리 아주머니는 장식을 하셨잖아요." 앤은 교활한 부추김의 지혜를 전혀 쓸 줄 모르는 아이는 아니었다. "그리고 목사님은 우아한 칭찬의 말씀을 해주셨고요. 목사님이 혀만큼 눈도 호강한다고 하셨대요."

"뭐, 마음대로 하렴." 배리 부인이 아니라 그 누구에게도 뒤지지 않기로 굳게 결심했던 마릴라가 말했다. "단, 음식 놓을 자리는 충분히 남겨야 해."

앤은 장식에 몰두했다. 어떤 면에서 보면 배리 부인과 비교도 안 될 정도로 놀라운 솜씨였다. 장미와 양치식물, 그리고 앤만의 예술적인 취향을 아낌없이 쏟아부은 식탁 장식은 아주 아름다워서 목사님 부부는 자리에 앉으면서 예쁘다고 입을 모아 칭찬했다.

"앤이 한 거예요." 마릴라는 뚱하게 말했다. 앤은 앨런 사모님의 만족스러운 미소로 너무 행복해져서 거의 감당이 안 될 지경이었다.

매튜도 끌려나와 함께 있었는데, 어떻게 그렇게 되었는지는 하나님과 앤만 알고 있었다.

매튜가 너무나 수줍어하고 초조해해서 마릴라도 두 손 들었지만 앤이 매튜를 성공적으로 끌어들여, 지금 매튜는 하얀 깃이 달린 가장 좋은 옷을 입고 식탁에 앉아 목사님과 이야기를 나누고 있었고, 그것이 재미없어 보이지는 않았다. 앨런 사모님과는 한 마디도 나누지 않았지만 애초에 그럴 거라는 기대도 없었다.

모든 것이 결혼식만큼 즐겁게 진행되었지만, 앤의 레이어 케이크가 나오면서 상황은 달라졌다. 당혹스러울 만큼 다양한 음식들로 이미 배가 부른 앨런 사모님은 케이크를 먹지 않겠다고 했다. 하지만 마릴라는 앤의 실망한 표정을 보고는, 웃으며 다시 한번 권했다. "이 케이크는 꼭 드셔야 해요, 사모님. 앤이 사모님 드리려고 만든 거거든요."

"그렇다면 먹어봐야죠." 앨런 사모님은 웃으면서 듬뿍 한 조각 떼어 앞으로 가져왔다. 목사님과 마릴라도 케이크를 한 조각씩 덜었다. 그리고 앨런 사모님은 케이크를 입으로 가져갔다. 아주 야릇한 표정이 스쳐 지나갔지만 사모님은 한 마디도 하지 않고 계속 케이크를 먹었다. 마릴라는 그 표정을 보고 서둘러 케이크를 맛보았다.

"앤 셜리!" 마릴라가 외쳤다. "도대체 케이크에 뭘 넣은 거니?"

"요리책에 쓰인 것 말고는 아무것도 안 넣었어요, 마릴라." 앤은 괴로운 표정으로 울먹였다. "잘못된 거예요?"

"아니, 아주 잘됐다. 끔찍한 맛만 나는구나. 목사님, 케이크는 드시지 마세요. 앤, 직접 먹어보렴. 뭘로 맛을 낸 거니?"

"바닐라요." 앤은 케이크를 맛보더니 부끄러움으로 얼굴이 새빨개졌다. "바닐라만 넣었어요. 아아, 마릴라. 틀림없이 베이킹파우더 때문이에요. 제가 의심스럽다고 했잖아요."

"베이킹파우더라니, 나 참! 네가 쓴 바닐라 병을 이리 가져와보렴." 앤은 식료품 저장실로 뛰어가서 작은 병을 하나 가져왔다. 그 병에는 갈색 액체가 조금 들어 있고 '최고급 바닐라'라고 쓰인 노란색 라벨이 붙어 있었다.

마릴라는 마개를 열어 냄새를 맡아보았다.

"아이고, 앤. 넌 케이크에 진통제 물약을 넣은 거야. 내가 지난주에 물약 병을 깨뜨려서 남은 걸 빈 바닐라 병에 넣어뒀지 뭐니. 반은 내 잘못이기도 하지. 일러두지를 않았으니. 하지만 세상에, 냄새가 안 나던?" 앤은 더욱 더 창피해져 눈물이 왈칵 쏟아졌다.

"냄새를 맡을 수 없었어요. 코감기가 심해서요." 이 말을 남기고 앤은 후다닥 지붕 밑 방으로 뛰어 올라가 침대에 몸을 던졌다. 그리고 위로를 거부하는 사람처럼 훌쩍훌쩍 울었다.

얼마 지나지 않아 가벼운 발걸음 소리와 함께 누군가가 방으로 들어왔다.

"아아, 마릴라." 앤은 흐느껴 우느라 쳐다보지도 않고 말했다. "전 영원히 창피해하면서 살 거예요. 절대 회복되지 않을 거라고요. 소문이 쫙 나겠죠. 에이번리에서는 무슨 일이든 항상 소문이 퍼지니까요. 다이애나는 케이크가 어땠느냐고 물어볼 거고, 전 사실대로 말할 수밖에 없을 거예요. 전 어딜 가나 케이크에 진통제를 넣은 여자아이라고 손가락질 당하겠죠. 길버…… 아니, 학교 남학생들은 절대 비웃지 않고 넘어갈 리 없고요. 아아, 마릴라. 기독교도로서 조금이라도 연민이 있다면 저한테 지금 내려가서 설거지하라는 말씀은 하지 말아주세요. 목사님 내외분이 가시면 그때 할게요. 사모님 얼굴을 차마 다시는 못 보겠어요. 독을 먹이려 했다고 생각하실지도 모르잖아요. 레이첼 아주머니는 은인에게 독을 먹이려고 했던 고아 여자아이가 있다는 얘기를 하시겠죠. 하지만 진통제가 독은 아니잖아요. 먹는 약이니까요. 물론 케이크에 넣어 먹을 건 아니지만요. 앨런 사모님께 그렇게 말씀드려주시면 안 돼요, 마릴라?"

"일어나서 네가 직접 말씀드리면 어떠니?" 명랑한 목소리가 들렸다.

앤이 후다닥 일어나보니 앨런 사모님이 침대 옆에 서서 웃음기 가득한 눈으로 앤을 바라보고 있었다.

"귀여운 앤, 이렇게 울면 안 되지." 사모님은 앤의 비참한 얼굴에 진심으로 걱정이 되었다. "이런, 누구나 저지를 수 있는 재미난 실수 아니니."

"아뇨, 엄청난 실수예요." 앤은 절망적인 목소리로 말했다. "전 그 케이크를 정말 맛있게 만들어 드리고 싶었어요, 사모님."

"그래, 알아. 너의 그 상냥하고 사려 깊은 마음이 정말 고맙구나. 케이크가 잘되었어도 고마워했겠지만 지금도 너무나 고맙단다. 이제 그만 울고 내려와서 나한테 꽃밭을 구경시켜줄래? 커스버트 양 말로는 네가 돌보는 꽃밭이 있다던데. 그 꽃밭이 보고 싶구나. 난 꽃에 관심이 많거든."

앤은 완전히 위로를 받았다. 앨런 사모님이 영혼이 통하는 사람인 것이 천만다행이라는 생각이 들었다. 진통제 케이크에 대해서는 더 이상 아무 이야기도 없었다. 손님들이 돌아간 후 생각해보니 그런 끔찍한 사고가 있었는데도 기대 이상으로 즐거운 시간이었다. 그렇기는 해도 앤은 깊은 한숨을 쉬었다.

"마릴라, 내일은 아직 실수로 얼룩지지 않은 깨끗한 새 하루라고 생각하니 기쁘지 않아요?"

"그래봤자 또 실수투성이 하루가 되겠지." 마릴라가 말했다. "네가 실수 안 하고 넘어가는 걸 못 봤다, 앤."

"맞아요. 저도 잘 알아요." 앤이 슬픈 목소리로 인정했다. "하지만 그래도 희망적인 데는 있지 않아요, 마릴라? 같은 실수를 반복하지는 않잖아요."

"늘 새로운 실수를 하니 그게 그렇게 좋은 점인 줄 모르겠구나."

"어머, 그거 모르세요, 마릴라? 한 사람이 저지를 수 있는 실수에는 한계가 있는 게 분명해요. 제가 그 한계에 다다르면 실수와는 완전히 이별하는 거죠. 그런 생각을 하면 위로가 돼요."

"뭐 어쨌든, 그 케이크는 돼지에게 먹이는 게 좋겠구나." 마릴라가 말했다. "사람이 먹을 만한 건 아니니 말이야. 심지어 제리 부트도 그건 못 먹겠다."

22
티타임에 초대받은 앤

"또 뭣 때문에 그러니? 눈알 튀어나오겠구나." 우체국에 뛰어갔다 온 앤을 향해 마릴라가 물었다. "영혼이 통하는 사람이라도 있던?"

들뜬 기분이 망토처럼 앤을 감싸고 있어, 눈에서 빛이 나고 온몸이 불타오르고 있었다.

앤은 바람을 타고 돌아다니는 요정처럼 춤추듯 풀밭길을 걸어 집으로 돌아온 참이었다. 8월 저녁의 햇살은 부드러웠고 그늘은 나른해보였다.

"그건 아닌데요, 마릴라, 그런데 저 내일 오후 목사관으로 차를 마시러 오라는 초대를 받았어요! 앨런 사모님이 우체국에 편지를 남기셨지 뭐예요. 이거 보세요, 마릴라. '초록지붕 집의 앤 셜리 양에게.' 누구누구 '양'이라고 불린 건 생전 처음이에요. 엄청나게 짜릿한데요! 이 편지는 제 특급 보물로 평생 소중하게 간직할래요."

"앨런 사모님이 주일학교에서 맡은 반 아이들을 전부 차례로 부를 생각이라고 하시더구나." 이 엄청난 사건에 대한 마릴라의 반응은 아주 덤덤했다. "그러니 그렇게 흥분할 거 없다. 뭐든 차분하게 생각하는 버릇을 좀 들이려무나."

앤이 뭔가를 차분하게 생각한다는 것은 앤의 천성이 바뀌어야 가능한 일이었다. '생기와 불과 이슬'(16살에 죽은 순수한 소녀를 애도하는 로버트 브라우닝의 시 「에블린 호프」의 한 구절.- 옮긴이)로 만들어진 듯, 앤에게는 인생의 기쁨도 고통도 엄청난 강도로 들이닥쳤다. 마릴라는 이를 감지하고 막연한 고민을 하고 있었다. 충동적인 이 아이에게는 기복이 심한 세상살이가 감당이 안 될 거라는 생각이 들어서였다. 하지만 기뻐하는 능력도 똑같이 커서 상쇄되고도 남는다는 것은 충분히 이해하고 있지 못했다. 그런 이유로 마릴라는 앤이 차분하고 한결같은 기질을 갖추도록 훈련시키는 것이 자신의 임무라는 생각을 품고 있었다. 시냇물의 여울에 반사되어 춤을 추는 햇빛을 훈련시키는 것만큼이나 불가능하고 생소한 일이기는 했지만 말이다. 진전은 별로 없었다. 마릴라 자신도 슬프지만 인정하는 사실이었다. 간절한 희망이나 계획이 좌절되면 앤은 절망의 심연에 빠져버렸다. 반대로 이루어지면 어질어질한 환희의 나라로 한없이 날아올랐다. 마릴라는 이 천방지축 어린아이를 얌전하고 몸가짐이 바른 이상적인 여자아이로 만드는 일에 대해 거의 체념하기 시작하고 있었다. 앤이 얌전해진다고 해서 지금보다 훨씬 예뻐하게 될 거라는 생각은 들지 않았다.

앤은 그날 밤 아픈 마음을 안고 말 없이 잠자리에 들었다. 매튜가 북동쪽에서 바람이 일고 있어 다음 날 비가 올 것 같다고 말했기 때문이었다. 집 주변 포플러 나뭇잎이 바스락거리는 소리도 빗방울이 후두둑 떨어지는 소리처럼 들려 걱정이 되었다. 저 멀리 해안으로 밀려드는 큰 파도 소리도 다른 때라면 기분 좋게 들렸을 것이다. 울림이 크고 으스스한 느낌도 드는 낯선 리듬이 아주 좋았을 것이다. 하지만 지금, 특히나 맑은 날씨를 바라는 어린 아가씨에게는 그 소리가 폭풍우와 재난의 징조처럼 들렸다. 앤은 아침이 오지 말았으면 하는 생각까지 했다.

하지만 모든 일은 끝이 있기 마련이었다. 목사관에 초대받아 가기 전날 밤 역시 영원히 계속되지는 않았다. 아침이 되자 매튜의 예측과는 달리 날씨가 쾌청했다. 앤의 기분은 최고조로 솟구쳤다.

"아아, 마릴라. 오늘은요, 제 마음속의 뭔가가 저를 막 부추겨서 누구라도 사랑하게 될 것 같아요." 앤은 아침 설거지를 하며 소리 높여 말했다. "얼마나 기분이 좋은지 모르겠어요! 계속 이러면 좋을 텐데 말이에요. 매일 초대를 받는다면 모범적인 아이가 될 수 있을 것 같아요. 아아, 마릴라, 하지만 초대는 엄숙한 행사이기도 하잖아요. 저 너무 걱정이 돼요. 예의에 어긋난 행동을 하면 어쩌죠? 아시겠지만 전 목사관에서 차를 대접받은 적이 없어서요. 제가 필요한 예의범절을 다 알고 있는지 모르겠어요. 여기 온 후로 계속 『패밀리 헤럴드』 잡지의 에티켓 코너를 보고 예의범절을 익히긴 했지만요. 바보 같은 행동을 하거나 뭔가 해야 할 행동을 깜빡할까 봐 너무 걱정이 돼요. 정말 정말 먹고 싶을 때 한 접시 더 먹는 건 예의 바른 걸까요?"

"앤, 너는 너 자신에 대한 생각을 너무 많이 해서 탈이야. 앨런 사모님에 대해, 어떤 행동이 가장 상냥하고 기분 좋은 행동이 될지 생각해야지." 마릴라는 생전 처음으로 아주 적절하고 날카로운 충고를 했다. 앤은 곧바로 알아들었다.

"맞아요, 마릴라. 너무 제 생각만 하지 않도록 해야겠어요."

앤은 에티켓에 관해 큰 실수 없이 방문을 잘 마친 것이 분명했다. 해 질 무렵 집으로 돌아온 앤은, 사프란처럼 샛노랗고 장미처럼 발그레한 구름의 찬란한 자취가 남아 있는 높고 아름다운 하늘 아래 더없이 행복했다. 앤은 부엌문 앞 커다랗고 불그스름한 사암 돌판에 걸터앉아, 깅엄 옷을 입은 마릴라의 무릎에 지친 곱슬머리를 얹고 신나게 조잘조잘 떠들었다.

수확 중인 기다란 들판 위로 시원한 바람이 불었다. 전나무 숲이 있는 서쪽 언덕 언저리에서 불어오는 이 바람은 휘파람 같은 소리를 내며 포플러 나무들 사이를 지나갔다. 과수원 위로 별 하나가 뚜렷하게 빛났다. 반딧불이들은 양치식물들과 바스락거리는 나뭇가지 사이를 들락날락하며 연인들의 길을 누비고 다녔다. 앤은 이런 풍경을 보면서 이야기했다. 어쩐지 바람과 별과 반딧불이가 모두 한데 엉켜 말로 표현할 수 없을 만큼 달콤하고 매혹적인 분위기를 만들어내고 있는 것 같았다.

"아아, 마릴라. 정말 황홀한 시간이었어요. 아무 의미 없이 살고 있는 건 아니라는 생각이 들었어요. 이제는 항상 그렇게 생각하며 살 거예요. 다시는 목사관에 초대받지 못한다고 해도요. 목사관에 도착하니 앨런 사모님이 문에서 맞아주셨어요. 연분홍색 얇은 모슬린으로 만든 아주 예쁜 옷을 입고 계셨어요. 프릴이 잔뜩 있고 소매는 팔꿈치까지 내려오는 옷이었어요. 꼭 천사 같았다니까요. 저도 나중에 커서 목사님의 아내가 되고 싶다는 생각이 들 정도였어요, 마릴라. 목사님이 될 정도의 사람이라면 제 빨강 머리를 신경 쓰지 않고 결혼해주겠죠? 목사님들이 그렇게 세속적인 생각을 하지는 않을 테니까요. 그렇긴 한데요, 물론 어떤 사람은 본성이 선하겠지만 저는 절대 그렇게 되지 못할 거라서 그런 생각을 해봐야 소용없을 거예요. 본성이 선한 사람들도 있지만, 아닌 사람들도 있잖아요. 전 아닌 사람들에 속하죠. 레이첼 아주머니는 제가 원죄로 똘똘 뭉쳐 있다고 하고요. 그러니 제가 아무리 선해지려고 발버둥 쳐도 절대 본성이 선한 사람들처럼 훌륭해지지는 못하는 거예요. 기하학도 그런 것 같고요. 하지만 열심히 노력하면 뭔가 보답이 있어야 하는 것 아니에요? 앨런 사모님은 본성이 착한 사람에 속해요. 전 그분을 열렬히 사랑해요. 어떤 사람들은 매튜나 앨런 사모님처럼 별 무리 없이 바로 사랑하게 되는데, 또 어떤 사람들은 레이첼 아주머니처럼 아주 열심히 노력해야만 사랑할 수 있기도 해요. 그런 사람들은 아는 것도 많고 교회의 적극적인 일꾼이니까 '사랑해야만' 하죠. 하지만 그런 사실을 계속 되새기지 않으면 잊어버리게 된다고요. 오늘 목사관에 초대받은 여자아이가 또 한 명 있었어요. 화이트샌즈 주일학교에서 왔대요. 이름이 로레타 브래들리인데, 아주 좋은 아이였어요. 마음이 통하는 건 아니었지만요, 그래도 아주 좋은 아이였어요. 다 함께 근사한 차를 마셨는데, 전 예의범절은 꽤 잘 지켰던 것 같아요. 차를 마신 다음에는 앨런 사모님이 피아노를 치면서 노래를 불러주셨어요. 사모님이 로레타와 저에게도 노래를 시켰죠. 사모님 말씀으로는 제 목소리가 예뻐서 앞으로 주일학교 성가대에서 노래해야 하겠다는 거예요. 생각만 해도 얼마나 짜릿한지 몰라요. 저도 주일학교 성가대에 너무너무 들어가고 싶었거든요. 다이애나처럼요. 하지만 제가 바라서는 안 될 영광인 것 같았어요. 로레타는 일찍 가봐야 했어요. 저녁때 화이트샌즈 호텔에서 커다란 콘서트가 열리는데 로레타네 언니가 낭송을 한대요. 로레타 말로는 호텔의 미국인들이 샬럿타운 병원을 돕기 위해 2주에 한 번씩 콘서트를 연대요. 그래서 여러 화이트샌즈 주민들에게 낭송을 부탁한다고 하더라고요. 자기도 언젠가는 낭송 요청을 받을 거래요. 대단하다는 생각이 들어서 쳐다보게 되더라고요. 로레타가 가고 난 후 사모님과 저는 마음속 이야기를 숨김없이 나누었어요. 전 다 이야기했죠. 토머스 아주머니와 쌍둥이들과 케이티 모리스, 비올레타, 그리고 초록지붕 집에 오게 된 이야기며 기하학 때문에 골치라는 것까지 다요. 그런데 놀라운 건요, 마릴라, 사모님도 기하학은 정말 못했었다고 하시는 거예요. 얼마나 용기가 나던지! 제가 목사관에 있는 동안 레이첼 아주머니가 찾아오셨어요. 무슨 이야기를 했는지 아세요, 마릴라? 학교 이사님들이 새 선생님을 고용하셨대요. 그런데 선생님이 여자래요. 이름이 뮤리엘 스테이시라고 하셨어요. 낭만적인 이름 아니에요? 레이첼 아주머니는 지금까지 에이번리에 여자 선생님은 없었다면서 위험한 시도인 것 같다고 하셨어요. 하지만 전 여자 선생님이라니, 근사할 것 같아요. 개학하려면 2주나 있어야 하는데 그동안 어떻게 견딜지 모르겠어요. 선생님이 너무 궁금하거든요."

23
자존심 대결과 슬픈 결말

공교롭게도 앤은 2주 후에도 선생님을 보지 못했다. 진통제 케이크 사건 후로 한 달 가까이 시간이 흘렀다. 즉 새로운 말썽을 일으킬 때가 되고도 남았던 것이다. 크림을 걷어내고 난 우유를 돼지 먹이통에 부어준다는 것이 멍하니 넋 놓고 있다가 그만 식료품 저장실의 실뭉치 바구니에 부어버린다든가, 상상의 세계에 빠져 통나무 다리의 가장자리로 망설임 없이 걸어가 시냇물에 빠진다든가 하는, 손에 꼽기도 창피한 자잘한 실수들 말이다.

목사관에서 차를 대접받고 일주일쯤 지나서 다이애나 배리가 파티를 열었다.

"조촐하게 몇 사람만 초대하는 파티예요." 앤은 마릴라에게 장담했다. "우리 반 여자아이들만 와요."

아주 즐거운 파티였다. 차를 마실 때까지는 별일 없었다. 하지만 차를 마시고 정원으로 나온 아이들은 이런저런 게임들도 다 시들해져서, 도발적인 못된 장난이 슬금슬금 고개를 내밀 분위기가 무르익었다. 못된 장난은 '부추기기'의 형태로 시작되었다. 때마침 에이번리의 조무래기 아이들 사이에서는 부추기는 장난이 대유행이었다. 남자아이들 사이에서 시작되었지만 곧 여자아이들에게까지 번져나갔다. 부추김이 끝없이 돌고 돌아, 책 한 권을 너끈히 채울 정도로 온갖 바보짓이 그해 여름 에이번리를 뒤덮었다.

우선 캐리 슬론이 루비 길리스에게, 다이애나네 대문 앞 커다란 버드나무 고목 어느 지점까지 올라가보라고 부추겼다. 루비 길리스는 나무에 벌레가 많다는 소리를 들어서 통통한 녹색 애벌레가 나올까 봐 극도로 무섭기도 하고, 새 모슬린 원피스가 찢어지면 무섭게 화를 낼 엄마의 얼굴이 눈앞에 아른거렸지만 그래도 재빨리 나무에 올라, 부추겼던 캐리 슬론이 완전히 셨다.

그다음에는 조시 파이가 제인 앤드류스에게 정원을 한 바퀴 왼쪽 발로만 뜀뛰어 돌아보라고 부추겼다. 도중에 한 번이라도 쉬거나 오른쪽 발이 땅에 닿으면 안 된다는 거였다. 제인 앤드류스는 과감하게 시도했으나, 세 번째 모퉁이에서 포기하고 졌다는 것을 인정해야만 했다.

조시가 지나칠 정도로 승리를 떠벌리는 바람에, 앤 셜리는 조시 파이에게 정원의 동쪽 경계가 되는 판자 울타리 꼭대기를 걸어보라고 부추겼다. 판자 울타리 위를 걷는 것은 머리끝부터 발끝까지 흔들리지 않는 기술과 꾸준함이 생각보다 더 많이 필요한 일이었다. 하지만 조시 파이는 친구들의 마음을 얻는 능력은 부족할지 모르지만, 최소한 판자 울타리를 걷는 데는 타고난 재능이 있었고 어느 정도 해보기도 했던 모양이었다. 조시는 다이애나네 울타리를 태연하게 걸었다. 마치 이런 쉬운 일은 '부추김' 축에도 끼지 못한다는 듯이 말이다. 아이들은 조시의 성공에 마지못해 감탄했다. 대부분 울타리를 걸어보려다 쓰디쓴 실패를 많이 해봐서 인정할 수밖에 없었던 것이다. 조시는 높은 울타리에서 내려왔다. 승리의 기쁨으로 얼굴이 벌개진 조시는 도전적인 눈길로 앤을 쏘아보았다.

앤은 빨강 머리채를 뒤로 휙 넘겼다.

"낮은 판자 울타리를 조금 걸었다고 해서 그렇게 대단한 일이라는 생각은 안 들어." 앤이 말했다. "매리스빌에 사는 어떤 여자애는 지붕 꼭대기를 걸었다던데 뭐."

"거짓말." 조시가 단호하게 말했다. "아무도 지붕 위를 걸을 수는 없을걸. 너도 못 걷잖아."

"내가 못 걷는다고?" 앤이 경솔하게 대꾸했다.

"그럼 한번 해보지 그래." 조시가 시비를 걸었다. "저기 올라가서 다이애나네 부엌 지붕 위로 걸어갈 수 있으면 걸어가 봐."

앤은 얼굴이 창백해졌지만 길은 하나뿐이었다. 앤은 집을 향해 걸어갔다. 부엌 지붕 밑으로 사다리가 하나 놓여 있었다. 5학년 여자아이들의 입에서 '아!' 하는 소리가 튀어나왔다. 반쯤은 흥미진진하기도 하고 반쯤은 당황스럽기도 했다.

"하지 마, 앤." 다이애나는 애원했다. "떨어지면 죽을 거야. 조시 파이는 신경 쓰지 마. 저렇게 위험한 일을 부추기다니 공평하지 않잖아."

"난 해야만 해. 내 명예가 걸린 일이야." 앤이 진지하게 말했다. "다이애나, 난 지붕 꼭대기를 걸을 거야. 시도하다 죽더라도. 내가 죽으면 내 진주 구슬 반지는 네가 가져."

앤은 모두가 숨죽여 지켜보는 가운데 사다리를 올라가 지붕 꼭대기에 이르렀다. 그리고 불안정하게 발을 디디며 똑바로 서서 중심을 잡더니 걸음을 옮기기 시작했다. 어질어질하게 현기증이 나는 가운데, 거북할 정도로 높이 올라와 있다는 것을 실감했다. 또, 지붕 꼭대기를 걸을 때는 상상력이 그렇게 많은 도움이 되지 않는다는 사실도 깨달았다. 그럼에도 불구하고 앤은 가까스로 몇 걸음 걸을 수 있었다. 참사는 그다음에 일어났다. 앤은 휘청하고 중심을 잃더니 발을 헛디며 비틀거리다 쓰러져서 햇빛에 잘 달궈진 지붕을 미끄러져 내려가, 얽히고설킨 아메리카 담쟁이덩굴을 뚫고 땅에 떨어지고 말았다. 깜짝 놀란 아이들이 앤 주위로 달려오면서 모두가 동시에 공포에 질린 비명을 질렀다.

앤이 사다리를 타고 올라갔던 쪽으로 떨어졌다면 다이애나는 그 자리에서 바로 앤의 진주 구슬 반지를 상속받게 되었을지도 모를 일이었다. 하지만 다행히 앤은 반대쪽으로 떨어졌다. 그쪽 지붕은 현관까지 쭉 뻗어 내려와 지붕 끝이 땅에서 그리 높지 않았다. 그 덕분에 심각하게 다치지 않을 수 있었던 것이다. 그렇다고는 해도, 다이애나와 다른 여자아이들이 혼비백산하여 뛰어와보니 앤은 핏기 하나 없이 창백한 얼굴로 쓰러져 있었다. 부서진 지붕과 엉망이 된 아메리카 담쟁이덩굴 가운데 몸이 축 늘어져 있었다. 루비 길리스만은 앤 쪽으로 오지 못하고, 땅에 뿌리라도 내린 것처럼 그 자리에 꼼짝 않고 서서 히스테리 발작을 일으키고 있었다.

"앤, 죽은 거니?" 다이애나가 비명을 지르며 친구 옆에 털썩 주저앉았다. "아아, 앤, 사랑하는 앤. 한 마디만 해줘. 죽었으면 죽었다고 말해줘."

하지만 앤이 비척비척 일어나 앉자, 아이들 모두 어마어마하게 안심했다. 특히 조시 파이는 더했다. 상상력이 없는데도 불구하고 앞으로 자기는 앤 셜리를 어린 나이에 비극적인 죽음으로 몰아넣은 아이라는 딱지가 붙을 거라는 끔찍한 환영에 사로잡혀 있었던 것이다. 아무튼 앤은 일어나 앉아 머뭇거리며 말했다. "다이애나, 나 안 죽었어. 하지만 감각이 좀 없는 것 같아."

"어디가?" 캐리 슬론이 훌쩍훌쩍 울며 말했다. "아아, 앤, 어디가?" 앤이 대답하기도 전에 배리 부인이 그 자리에 나타났다. 부인을 보자 앤은 허둥지둥 일어나려 했지만 아파서 짧게 비명을 지르며 다시 주저앉아버렸다.

"도대체 이게 어떻게 된 거니? 다친 데가 어디야?" 배리 부인이 물었다.

"발목이요." 앤은 숨을 몰아쉬었다. "아아, 다이애나. 아버지께 가서 나를 집에 좀 데려다주실 수 있는지 여쭤봐줄래? 집까지 못 걷겠어. 한쪽 발로 그렇게 멀리까지 갈 수도 없고. 제인도 정원을 채 못 돌았잖아."

마릴라가 과수원에서 여름 사과를 따고 있을 때 통나무 다리 쪽으로 배리 씨가 올라오고 있는 것이 보였다. 옆에는 배리 부인이 있었고, 여자아이들의 행렬이 부부 뒤를 따르고 있었다. 배리 씨는 앤을 안고 있었고, 앤은 머리를 배리 씨의 어깨에 축 늘어뜨리고 있었다.

그 순간 마릴라는 갑작스러운 공포감이 심장을 찔러 욱신거리는 가운데, 앤이 자신에게 얼마나 중요한 존재인지 깨달았다. 자신이 앤을 좋아한다는 것, 아니, 아주 많이 아끼고 사랑한다는 것은 누구 앞에서든 인정했을 것이다. 그러나 이제 허겁지겁 비탈길을 내려가면서 마릴라는 앤이 자신에게 세상 무엇보다도 더 소중하다는 사실을 알게 되었다.

"배리 씨, 얘한테 무슨 일이 있었나요?" 그토록 자존심 강하고 침착한 마릴라가 그 어느 때보다도 더 창백한 얼굴로 떨면서 물어보았다.

앤이 머리를 들며 대답했다.

"너무 놀라지 마세요, 마릴라. 제가 지붕 꼭대기를 걷다가 떨어졌거든요. 발목을 삔 것 같아요. 하지만 마릴라, 목이 부러졌으면 어땠겠어요. 긍정적으로 생각하자고요."

"파티에 보낼 때부터 네가 이런 일을 벌일 줄 진작 알았다." 마릴라는 안심이 되어 심술궂게 톡 쏘아 말했다. "애를 안으로 데려다주시겠어요, 배리 씨? 소파에 뉘어주세요. 아이고, 애가 까무러쳤네!"

정말이었다. 앤이 아픔을 이기지 못하고 바라던 소원 중 한 가지를 더 이루었다. 기절해서 의식을 잃은 것이다.

들판에서 추수를 하고 있다가 급히 불려온 매튜는 바로 의사를 부르러 갔다. 의사는 곧 도착했는데, 살펴보더니 생각했던 것보다 심하게 다쳤다고 했다. 발목이 부러진 것이었다.

그날 밤 마릴라가 동쪽 지붕 밑 방으로 올라가니 얼굴이 창백한 여자아이가 누워서 애처로운 목소리로 마릴라를 맞이했다.

"제가 안됐다고 생각하지 않으세요, 마릴라?"

"네 잘못으로 이렇게 된 거잖니." 마릴라는 블라인드를 내리고 램프에 불을 붙였다.

"그러니 안됐다고 생각해주셔야죠." 앤이 말했다. "모든 게 다 제 잘못이라고 생각하는 게 얼마나 힘든 일인데요. 누군가를 원망할 수라도 있으면 기분이 훨씬 나을 거예요. 그런데 마릴라, 아주머니였다면 어떻게 하셨겠어요? 지붕 꼭대기를 걸어가보라고 부추김을 당했다면요?"

"나라면 단단한 땅을 밟고 서서 사람들이 부추기거나 말거나 내버려뒀을 거다. 그런 바보짓이 어디 있니!" 마릴라가 말했다.

앤은 한숨을 쉬었다.

"아주머니는 정신력이 아주 강하시잖아요, 마릴라. 그런데 전 아니거든요. 조시 파이의 비웃음을 견딜 수 없을 것 같았어요. 걔는 평생 동안 내 앞에서 우쭐댔을 거라고요. 그리고 전 이미 벌을 충분히 받았으니 저한테 화내지 마세요, 마릴라. 막상 해보니 기절하는 게 썩 좋지는 않더라고요. 의사 선생님이 부러진 발목을 접합시키실 때는 끔찍하게 아팠고요. 6, 7주 정도 돌아다닐 수 없게 됐으니 새로 오신 여자 선생님도 못 보잖아요. 제가 학교에 갈 수 있게 될 때쯤에는 더 이상 새로 오신 선생님도 아니겠네요. 그리고 길버…… 아니, 다들 저를 제치고 1등을 하겠죠. 아아, 너무 괴로워요. 하지만 아주머니만 저한테 화내지 않으시면 다 용감하게 참고 견뎌볼게요, 마릴라."

"이런, 이런, 난 화 안 났다." 마릴라가 말했다. "넌 참 운이 없구나. 그건 확실하다. 하지만 네 말마따나 그로 인해 괴로운 건 너겠지. 자, 이제 저녁 좀 먹어보려무나."

"제가 상상력이 풍부해서 참 다행 아니에요?" 앤이 말했다. "상상력의 힘으로 훌륭하게 이겨낼 거예요. 상상력이 하나도 없는 사람은 뼈가 부러졌을 때 어떻게 할까요, 마릴라?"

그 후 지루한 7주 동안 앤이 상상력의 힘을 빌려야 할 일은 여러 번, 자주 있었다. 하지만 상상력의 힘에만 의존한 것은 아니었다. 앤을 찾아오는 손님들이 많았던 것이다. 하루도 그냥 지나치는 일 없이 여학생들이 한 명 이상 꼭 들러서 꽃과 책을 가져다주고 에이번리의 어린이 세계에서 벌어진 일들을 전부 이야기해주었다.

"다들 너무 착하고 친절해요, 마릴라." 처음으로 절뚝거리며 걷게 된 날, 앤은 행복한 한숨을 내쉬었다. "누워 있는 건 그다지 좋지 않지만, 그래도 좋은 점이 있긴 해요, 마릴라. 친구가 얼마나 있는지 알게 된다는 거예요. 세상에, 벨 장로님마저 오셨잖아요. 정말 아주 좋은 분이세요. 물론 영혼이 통하지는 않았지만요. 그래도 전 그분이 좋아요. 그분 기도를 비난했던 게 아주 죄송해요. 이제는 그 기도가 진심이라는 걸 믿어요. 다만 장로님이 말할 때의 습관 때문에 그렇지 않은 것처럼 들리는 거죠. 조금만 애쓰시면 고쳐질 텐데 말이에요. 제가 장로님에게 뚜렷한 힌트를 드렸어요. 제가 개인 기도를 재미있게 하기 위해 얼마나 애쓰는지 말씀드렸거든요. 장로님은 어렸을 때 발목이 부러졌던 이야기를 저한테 해주셨고요. 벨 장로님이 어린아이였던 때가 있었다고 생각하면 굉장히 이상한 기분이 들어요. 제 상상력에도 한계가 있는지 그건 상상할 수가 없거든요. 꼬마인 장로님을 상상하려고 하면 희끗희끗한 구레나룻이 있고 안경을 쓴 모습이 보인다고요. 주일학교에서 보는 장로님 모습 그대로 그냥 키만 작아진 모습으로요. 그런데 앨런 사모님이 어린아이인 것은 상상하기가 아주 쉬워요. 사모님은 제 문병을 열네 번 오셨어요. 이거 자랑스러워할 만한 거죠, 마릴라? 목사님 사모님이 시간을 이렇게 많이 내주셨으니 말이에요! 아주 명랑한 분이기도 하세요. 스스로의 잘못으로 그렇게 된 거라는 말씀도 안 하시고, 이 일로 인해 좀 얌전한 아이가 되길 바란다는 말씀도 안 하시고요. 레이첼 아주머니는 절 보러 오실 때마다 그런 말씀을 하시거든요. 게다가 아주머니 말씀을 듣다 보면, 아주머니는 제가 좀 더 얌전한 아이가 되었으면 하고 바라시긴 하지만 진짜 그렇게 될 거라고 생각하지는 않으시는 것 같다는 느낌이 들어요. 조시 파이마저도 문병을 왔어요. 전 최대한 예의 바르게 맞아주었어요. 조시가 저를 부추겨서 지붕 꼭대기를 걷게 만든 걸 미안해하는 것 같았거든요. 제가 죽기라도 했다면 조시는 평생 후회라는 음울한 짐을 지고 살아야 했을 거예요. 다이애나는 정말 진실한 친구예요. 매일 들러서 제 외로운 머리맡에서 기운을 북돋워주거든요. 하지만 아아, 학교에 갈 수 있게 되면 정말 기쁠 거예요. 새로 오신 선생님에 대해 아주 신나는 이야기들을 들었거든요. 여학생들 모두 선생님이 완벽하게 다정한 분이래요. 다이애나 말로는 선생님 머리는 너무너무 아름다운 곱슬머리에 눈은 아주 매력적이래요. 옷도 예쁘게 입으셔서, 부푼 소매 크기가 에이번리의 그 누구보다도 더 크대요. 2주에 한 번 금요일 오후에 낭송을 해주시는데, 모두가 시를 한 편 맡거나 연극에 참여를 해야 한대요. 아아, 생각만 해도 즐거워요. 조시 파이는 그게 싫다고 하는데, 그건 조시가 상상력이 너무 없어서 그런 거예요. 다이애나랑 루비 길리스랑 제인 앤드류스는 다음 주 금요일에 「아침에 온 손님」이라는 연극을 발표하려고 준비하고 있대요. 그리고 낭송을 하지 않는 금요일 오후에는 스테이시 선생님이 학생들을 모두 숲으로 데려가서 야외 수업을 한대요. 양치식물과 꽃과 새를 공부하는 거죠. 그리고 매일 아침저녁으로 체육 수업도 한대요. 레이첼 아주머니는 그런 이상한 수업들은 들어보지도 못했다면서 그게 다 여자 선생님을 들여서 그런다고 하세요. 하지만 제 생각엔 틀림없이 근사할 것 같아요. 그리고 스테이시 선생님은 저와 영혼이 통하는 분일 거라는 생각이 들어요."

"한 가지는 분명하구나, 앤." 마릴라가 말했다. "배리네 지붕에서 떨어졌어도 혀는 하나도 안 다쳤나 봐."

24
스테이시 선생님과 제자들의 발표회

10월이 다시 돌아왔고, 앤은 다시 학교에 갈 수 있게 되었다. 10월은 화려했다. 모든 것이 빨강과 금빛이었다. 온화한 아침마다 골짜기는 은은한 안개가 자욱했다. 마치 가을의 정령이 와서 태양이 마실 안개를 채워주고 있는 듯했다. 안개는 자수정의 보랏빛과 진주의 흰빛, 은빛, 장밋빛, 회색이 도는 파르스름한 빛이 은은하게 감돌았다. 이슬방울이 워낙 굵어, 들판은 은실로 짠 옷감처럼 반짝거렸다. 나무가 많은 골짜기는 바스락거리는 나뭇잎들로 빽빽해서 이슬이 그 위로 활기차게 돌아다녔다. 자작나무 길은 노란 지붕이 얹힌 듯 나뭇잎 색이 바뀌었고, 길을 따라 자라는 양치식물은 시들어 갈색이 되었다.

공기 속의 쨍한 기운이 등교하는 어린 소녀들의 마음에 생기를 불어넣어주었다. 이들은 달팽이들과는 달리 빠르게 그리고 즐겁게 학교로 향했다. 다시 다이애나 옆 작은 갈색 책상 앞으로 돌아온 것도 아주 즐거운 일이었다. 루비 길리스는 통로 건너편에서 꾸벅꾸벅 졸고 있었고 캐리 슬론은 쪽지를 돌렸으며 줄리아 벨은 뒷자리에서 씹는 껌을 전달받았다. 앤은 행복감에 젖어 숨을 크게 들이쉬며 연필을 깎고 책상 서랍 속 그림 카드를 정리했다. 인생은 아주 재미있는 것이 분명했다.

앤은 새로 오신 선생님이 도움을 주는 진실한 친구가 되어주실 분이라는 것을 알게 되었다. 스테이시 선생님은 밝고 호감이 가는 젊은 여선생님이었다. 학생들의 마음을 얻고 애정을 유지하며 학생들이 갖고 있는 지적인 혹은 도덕적인 장점을 이끌어내는 데 천부적인 재능이 있었다. 앤은 이렇게 건전한 영향을 받고 한 송이 꽃처럼 뻗어 나갔다. 그리고 집에 돌아와 뭐든 감탄하는 매튜와 뭐든 비판하는 마릴라에게 학교 공부와 자신의 목표에 대한 이야기를 잔뜩 쏟아냈다.

"전 진심으로 스테이시 선생님이 너무나 좋아요, 마릴라. 아주 품위 있고 목소리도 굉장히 고우세요. 선생님이 제 이름을 부르셨을 때 끝에 'e'가 붙어 있다는 것을 본능적으로 느꼈다니까요. 오늘 오후에는 낭송이 있었어요. 두 분도 제가 「스코틀랜드의 여왕 메리」를 낭송하는 걸 들으셨으면 좋았을 텐데. 제 영혼을 모조리 쏟아부었거든요. 루비 길리스가 집으로 올 때 말해준 건데, 제가 '이제 내 아버지의 팔에 안기겠구나. 여자로서의 내 마음이 작별을 고하네'라는 대목을 낭송하는데 몸이 오싹하더래요."

"글쎄 뭐, 그럼 조만간 헛간에서 낭송해주려무나." 매튜가 제안했다.

"물론이죠." 그러더니 앤은 골똘히 생각에 잠겼다. "하지만 오늘만큼 잘할 수는 없을 거예요. 전교생이 제 앞에서 제가 하는 말을 숨죽여 듣고 있을 때만큼 흥미진진하지는 않을 테니까요. 그래서 온몸이 오싹해질 만큼 잘할 수 없을 거라는 걸 알아요."

"레이첼 부인도 온몸이 오싹했다더구나. 지난주 금요일에 남학생들이 벨 장로님네 언덕에서 까마귀 둥지를 보려고 커다란 나무 꼭대기를 기어오르는 걸 보고 말이야." 마릴라가 말했다. "난 스테이시 선생님이 그러라고 했다는 게 놀랍다."

"하지만 자연 공부 때문에 까마귀 둥지를 보고 싶었던 거였어요." 앤이 설명했다. "그날 오후는 야외 수업하는 시간이었거든요. 야외 수업은 진짜 근사해요, 마릴라. 스테이시 선생님은 모든 것을 너무 멋지게 설명해주시고요. 야외 수업에서는 작문을 해야 하는데 제가 제일 잘 썼어요."

"스스로 그렇게 말하면 너무 자만하는 게 되잖니. 선생님이 그렇게 말씀하시면 모를까."

"하지만 선생님도 그렇게 말씀하셨어요, 마릴라. 그리고 사실 자만하는 것도 아니고요. 기하학을 그렇게 못하는데 제가 어떻게 자만해요? 조금씩 이해가 되기 시작하긴 했지만요. 스테이시 선생님이 명쾌하게 알려주셔서요. 그래도 전 기하학은 절대 잘할 수 없을 거예요. 이건 겸손한 반성 맞죠? 하지만 작문은 정말 재미있어요. 스테이시 선생님은 대부분 주제를 스스로 정하게 하세요. 다음 주에는 훌륭한 사람을 골라서 그 사람에 대한 작문을 해야 해요. 훌륭한 사람들이 너무 많아서 고르기가 힘든 거 있죠. 제가 훌륭해져서 죽은 다음에 사람들이 저에 대한 작문을 한다면 정말 근사할 거예요. 그렇죠? 아아, 정말 정말 훌륭해지고 싶은데. 저는 크면 간호사가 되어서 적십자사와 함께 전쟁터로 갈 거예요. 자비를 전달하는 심부름꾼이 되는 거죠. 그러니까, 해외 선교사가 되지 않는다면 간호사가 되겠다고요. 선교사가 되는 것도 아주 낭만적일 거예요. 그런데 신교사가 되려면 아주 선한 사람이 되어야 하니, 그게 걸림돌이긴 해요. 우린 매일 체육 수업도 해요. 몸가짐이 우아해지고 소화도 촉진시킨대요."

"촉진은 무슨, 나 참!" 마릴라는 사실 다 말도 안 되는 소리라고 생각했다.

하지만 금요일의 야외 수업이나 낭송회, 체육이라는 이름의 몸부림 같은 것들은 11월에 스테이시 선생님이 발표한 계획에 비하면 아무것도 아니었다. 그 계획이란, 에이번리 학교의 학생들이 크리스마스 날 밤 콘서트장에서 발표회를 갖는 것이었다. 수익금은 학교에 걸 국기를 만드는 데 보탠다는, 기특한 목적의 발표회였다. 학생들은 한 사람도 빠짐없이 이 계획을 기쁘게 받아들여서, 바로 준비가 시작되었다. 무대에 오르기로 결정된 학생들은 모두 신나 했지만, 누구도 앤 셜리만큼 들떠서 열과 성을 다해 준비에 헌신하는 사람은 없었다. 또 앤만큼 방해가 극심한 사람도 없었던 것이, 마릴라는 이 계획을 못마땅하게 여겼던 것이다. 마릴라의 생각에는 이런 어리석은 짓이 따로 없었다.

"머릿속에 쓸데없는 생각이나 가득 채우는 짓이지. 공부에 쏟아야 할 시간을 써가면서 말이야." 마릴라는 투덜거렸다. "어린아이들이 발표회를 준비하고 연습에 바쁘다니, 난 찬성할 수가 없구나. 허영심만 생기고 되바라져서 놀러 다니는 것만 좋아하게 되지 않겠니."

"그래도 훌륭한 목적이 있잖아요." 앤이 주장했다. "국기가 있으면 애국심이 길러지지 않겠어요, 마릴라."

"말도 안 되는 소리 마라! 너희가 애국심을 염두에 두고 있기는 하겠니. 그저 재미있게 놀고 싶은 거지."

"그래도 애국심과 재미를 둘 다 갖춘다면 괜찮지 않아요? 물론 발표회 준비는 정말 재미있어요. 합창을 여섯 곡 하는데 다이애나는 독창을 해요. 저는 연극을 두 개 해요. 「소문 방지 위원회」와 「요정의 여왕」이요. 남자아이들도 연극을 하나 할 거고요. 그리고 전 낭송을 두 개 할 거예요, 마릴라. 그 생각을 하면 덜덜 떨리지만 기분 좋은 짜릿함이 느껴지면서 떨려요. 마지막으로 「믿음, 소망, 사랑」의 활인화(배경 앞에 분장을 한 사람들이 나와 그림의 한 장면처럼 재연하는 놀이. - 옮긴이) 장면 재연을 할 거예요. 다이애나와 루비와 저도 참여할 건데, 모두 하얀 옷을 걸치고 긴 머리를 물결치듯 풀고 나갈 거예요. 저는 '소망'을 표현하거든요. 그래서 두 손을 모아 쥐고 저 높은 곳을 바라볼 거예요. 전 다락방에서 낭송 연습을 할 거거든요. 신음 소리를 내도 놀라지 마세요. 연극에서 가슴이 터질 듯한 신음 소리를 내야 하는데 예술적으로 신음하는 건 정말 어려워요, 마릴라. 조시 파이는 연극에서 원하는 배역을 맡지 못해서 토라져 있어요. 요정의 여왕 역을 맡고 싶어 했거든요. 그랬으면 정말 우스웠을 거예요. 조시처럼 뚱뚱한 요정의 여왕이 어딨어요? 요정의 여왕은 호리호리해야죠. 제인 앤드류스가 여왕 역을 할 거고 전 시녀 중 한 사람이에요. 조시는 빨강 머리 요정은 뚱뚱한 요정만큼 말도 안 된다고 하지만 전 조시가 한 말은 마음에 두지 않을래요. 머리에 하얀 장미꽃 화환도 얹을 거예요. 저는 귀부인 실내화가 없어서 루비 길리스가 빌려주기로 했어요.

요정이라면 귀부인 실내화가 필수잖아요. 장화를 신은 요정이라니, 상상할 수도 없지 않아요? 특히 발가락 부분에 구리를 댄 장화라면 말이에요. 누운잣나무와 전나무로 글자를 만들고 분홍색 얇은 종이로 장미를 만들어 붙여서 콘서트장을 장식할 거예요. 관객들이 다 앉고 나면 우리 모두 둘씩 짝을 지어 입장할 거예요. 엠마 화이트가 이때 오르간으로 행진곡을 연주하고요. 아아, 마릴라. 아주머니는 저처럼 발표회에 열의가 있는 것은 아니지만 그래도 아주머니의 귀여운 앤이 돋보였으면 하는 마음은 없으세요?"

"내가 바라는 건 네가 얌전하게 굴었으면 하는 것뿐이야. 이 모든 야단법석이 다 끝나고 네가 진정되면 진심으로 기쁠 거다. 넌 지금 머릿속이 연극과 신음과 재연으로 가득 차서 아무 짝에도 쓸모가 없으니 말이다. 그리고 네 혀에 대해서라면 닳아 없어지지 않는 게 놀라울 따름이야."

앤은 한숨을 쉬고 뒤뜰로 나갔다. 풋사과 같은 연둣빛을 띤 서쪽 하늘에 초승달이 떠올라, 이파리가 다 떨어진 포플러 나뭇가지 사이로 밝게 빛나고 있었다. 매튜는 뒤뜰에서 장작을 패고 있었다. 앤은 장작더미에 걸터앉아 매튜에게 발표회 이야기를 해주었다. 매튜는 이런 경우 최소한 맞장구쳐주고 공감해주는 사람이었다.

"글쎄 뭐, 발표회는 아주 잘될 것 같구나. 그리고 너도 잘 해낼 거야." 매튜는 열정을 담은 조그맣고 명랑한 얼굴을 향해 웃어보였다. 앤도 마주 웃었다. 이 두 사람은 아주 친밀했다. 매튜는 앤을 교육시키는 일과 아무 관련이 없다는 사실에 대해 수도 없이 감사했다. 가정교육은 전적으로 마릴라의 의무였다. 매튜가 교육을 맡았더라면 매튜는 마음에서 우러나 해주고 싶은 일과 싫어도 해야 하는 의무 사이에서 갈등하는 일이 잦아 골치가 아팠을 것이 분명했다. 지금은 마릴라의 표현대로 '앤의 버릇을 망치는' 일에 책임이 없으니 마음껏 하고 싶은 대로 해줄 수가 있었다. 하지만 결과적으로는 그것이 또 그렇게 나쁜 방식은 아니었다. 가끔은 이렇게 맞장구쳐주는 것이 성실하고 올바른 교육만큼이나 좋은 작용도 하니 말이다.

25
매튜와 부푼 소매

 매튜는 아주 괴로운 10분을 보내고 있었다. 춥고 잿빛이 도는 12월의 해 질 무렵이었다. 매튜는 부엌으로 들어와 구석의 나무상자에 앉아 무거운 장화를 벗기 시작했다. 앤과 한 무리의 여학생들이 작은 거실에서 「요정의 여왕」 연극 연습을 하고 있는 줄은 까맣게 모르고 있었다. 그런데 곧 한 무리의 여자아이들이 까르르 웃고 재잘거리며 우르르 현관을 지나 부엌으로 들어온 것이다. 아이들은 나무상자 너머 컴컴한 구석에서 한 손에는 장화, 한 손에는 장화 벗는 발판을 쥐고 부끄러워서 움츠러든 매튜를 못 보고 지나쳤다. 아이들이 모자를 쓰고 재킷을 입으면서 연극이며 콘서트 얘기로 수다를 떠는 동안, 매튜는 10분가량 겸연쩍은 얼굴로 아이들을 바라보고 있었던 것이다. 아이들 가운데 서 있는 앤은 다른 아이들과 마찬가지로 눈을 반짝이며 활기찬 모습이었다. 하지만 매튜는 갑자기 앤에게 친구들과 다른 점이 있다는 것을 감지했다. 그런데 그 다른 점이라는 것이, 존재해서는 안 되는 그 무엇인 것 같은 느낌이어서 매튜는 걱정이 되었다. 앤은 다른 아이들보다 더 밝은 얼굴에 더 크고 반짝거리는 눈, 그리고 훨씬 섬세한 이목구비를 갖고 있었다. 수줍음 많고 관찰력이라고는 없는 매튜의 눈에도 이런 것은 보였다. 하지만 매튜를 괴롭히는 앤의 다른 점은 이런 것들이 아니었다. 과연 무엇이 다른 걸까?

아이들이 팔짱을 끼고 꽁꽁 얼어붙은 길을 내려간 지 한참 후, 앤이 책을 가지러 나간 후에도 그 의문은 매튜의 뇌리에서 떠나지 않았다. 마릴라에게는 이야기할 수가 없었다. 마릴라는 비웃듯 코웃음을 칠 게 뻔했다. 그리고 앤이 다른 아이들과 다른 점이 딱 한 가지 있다면 다른 아이들은 가끔 조용히 있는데 앤은 절대 말을 쉬는 법이 없는 것뿐이라고 할 것이다. 그러니 별 도움이 되지 않을 듯했다.

그날 저녁 매튜는 마릴라가 아주 싫어하는 담배에 의지하여 이 문제를 골똘히 연구했다. 두 시간 동안 담배를 피우며 열심히 생각해본 끝에 매튜는 해답을 얻었다. 앤의 옷차림이 다른 아이들과 달랐던 것이다!

매튜가 이 문제에 대해 생각하면 할수록 앤이 지금까지 한 번도, 초록지붕 집에 오고 나서부터 한 번도 다른 여자아이들처럼 옷을 입었던 적이 없다는 확신이 들었다. 마릴라는 늘 앤에게 짙은 색깔의 밋밋한 옷을 입혔다. 모두 똑같은 옷본으로 만든 옷으로, 모양이 달라지는 법이 없었다. 매튜가 옷에 유행이라는 것이 있다는 사실을 알았다 해도 그리 많은 것을 눈치채지는 못했을 것이다. 그래도 매튜는 앤의 옷소매가 다른 아이들과 달라 보이는 것 정도는 확실히 알 수 있었다. 매튜는 오늘 저녁 앤과 함께 있었던 여자아이들을 떠올려보았다. 다들 빨강, 파랑, 분홍, 흰색 등 화사한 옷을 입고 있었다. 매튜는 마릴라가 왜 항상 그렇게 수수하고 근엄한 옷을 입히는지 궁금했다.

물론 틀림없이 그러는 게 옳으니까 그랬을 것이다. 무엇이 최선인지 알고 있는 것도 마릴라이고 앤의 가정교육을 맡고 있는 것도 마릴라였다. 아마 현명하고 헤아리기 어려운 이유가 있어서 그렇게 했을 것이다. 하지만 아이에게 예쁜 옷을, 다이애나 배리가 항상 입고 다니는 옷처럼 예쁜 옷을 입게 한들 해가 되지는 않을 것이 분명했다. 매튜는 앤에게 예쁜 옷을 사 주기로 마음먹었다. 이런 것을 가지고 부당하게 간섭한다고 반대할 수는 없을 것이 분명했다. 크리스마스가 2주밖에 남지 않았으니 말이다. 예쁜 새 옷이라면 선물로 딱 좋지 않은가. 매튜는 만족스러운 얼굴로 한숨을 쉬었다. 그리고 담배 파이프를 내려놓고 잠자리에 들었다. 그러는 동안 마릴라는 문을 모두 열고 집안 환기를 시키고 있었다.

바로 다음 날 저녁 매튜는 카모디로 옷을 사러 갔다. 가장 싫은 일을 해치워버리기로 마음먹었던 것이다. 물건을 사는 것은 매튜에게 절대 사소하지 않은 무서운 시련이 될 터였다. 매튜도 확실히 알고 있었다. 매튜가 살 수 있는 물건들도 있었다. 이때는 만만찮은 손님이 되기도 했다. 하지만 여자아이 옷을 사는 거라면 그저 점원에게 휘둘리게 될 것이 뻔했다.

매튜는 곰곰 생각해본 후 윌리엄 블레어의 가게가 아니라 새뮤얼 로슨의 가게에 가기로 했다. 물론 커스버트 남매는 항상 윌리엄 블레어의 가게에서 물건을 샀다. 교회에 나가는 것이나 보수당에 투표하는 것처럼, 블레어의 가게로 가는 것이 거의 양심의 문제처럼 되어버렸던 것이다. 하지만 윌리엄 블레어의 가게에서는 그의 두 딸이 손님을 응대하는 경우가 많은데 매튜는 그들을 엄청나게 두려워했다. 사고 싶은 것이 분명해서 저걸 달라고 가리켜 보일 수 있는 경우에는 블레어의 딸들에게서 물건을 살 수도 있겠으나, 이번과 같은 까다로운 일은 설명도 필요하고 상담도 필요하니 카운터 뒤에 남자가 있어야만 하겠다는 생각이 들었다. 그래서 매튜는 로슨의 가게로 가게 된 것이다. 거기서는 새뮤얼이나 그 아들이 손님을 상대하니 말이다.

아아, 이런! 매튜는 새뮤얼 로슨이 최근에 가게를 늘려 여자 점원도 두게 된 줄은 미처 몰랐다. 여자 점원은 새뮤얼의 부인 쪽 조카였다. 아주 화려한 젊은 여자로, 커다랗게 부풀린 퐁파두 머리에 큼지막한 갈색 눈동자를 이리저리 굴리며 아주 활짝 웃는 바람에 당황스러울 정도였다. 대단히 세련된 옷을 입었고 팔찌도 여러 개 하고 있어서 손을 움직일 때마다 반짝거리며 잘그락잘그락 소리가 났다. 매튜는 여자 점원을 보고는 당혹스러워 어쩔 줄 몰랐다. 게다가 그 요란한 팔찌로 인해 매튜는 단번에 정신을 차릴 수 없게 되었다.

"오늘 저녁에는 뭐가 필요하세요, 커스버트 씨?" 루실라 해리스 양이 밝고 싹싹하게 물어보았다. 양손으로는 카운터를 톡톡 두드리고 있었다.

"그, 그, 글쎄 뭐, 정원용 갈퀴 있을까요?" 매튜는 더듬더듬 말했다.

해리스 양은 좀 놀란 듯했다. 12월 중순에 정원용 갈퀴를 찾는 손님을 만났으니 그럴 만도 했다.

"한두 개 남아 있는 게 있을 거예요." 해리스 양이 말했다. "하지만 위층 창고에 있어서요. 가서 찾아볼게요."

해리스 양이 없는 동안 매튜는 다음 볼일을 위해 흩어진 정신을 그러모았다.

해리스 양이 갈퀴를 들고 돌아오더니 명랑하게 물었다. "다른 것 더 필요한 것 있으세요, 커스버트 씨?" 매튜는 용기를 내어 대답했다. "글쎄 뭐, 추천을 해준다면, 그러니까, 보여준다면…… 그, 건초 씨를 좀 살까요……?"

해리스 양은 아까 매튜의 말을 듣고 좀 이상하다고 생각했었다. 그리고 이제는 완전히 정상이 아닌 사람이라는 판단을 내렸다.

"건초 씨는 봄에만 팔아요." 해리스 양은 도도하게 설명했다. "지금은 팔 수 있는 게 없어요."

"아, 분명히, 분명히 말씀대로겠죠." 불쌍한 매튜가 더듬거리며 갈퀴를 움켜쥐고 문 쪽으로 다가갔다. 그러나 문간에 이르자 아직 갈퀴 값을 치르지 않았다는 생각이 나서 초라한 모습으로 되돌아갔다. 해리스 양이 거스름돈을 세는 동안 매튜는 기운을 좀 차려서 마지막으로 절박한 시도를 해보았다.

"글쎄 뭐, 수고롭지 않다면, 그러니까, 내 생각엔, 그, 그…… 설탕을 좀 주세요."

"흰설탕이요, 흑설탕이요?" 해리스 양이 참을성 있게 물었다.

"아…… 글쎄 뭐, 흑설탕이요." 매튜는 힘없이 대답했다.

"저쪽에 한 통 있어요." 해리스 양이 말했다. 팔찌들이 흔들렸다. "우리 가게에는 저것뿐이에요."

"어…… 20파운드 사죠." 매튜가 이마에 구슬땀을 흘리며 말했다.

 매튜는 집으로 반쯤 돌아와서야 다시 정신이 돌아왔다. 소름 끼치는 경험이었지만 당연하다는 생각이 들었다. 낯선 상점에 가서 말도 안 되는 행동을 했으니 말이다. 매튜는 집에 도착해서 갈퀴는 연장 창고에 숨기고 설탕은 마릴라에게 가져갔다.

 "흑설탕이잖아요!" 마릴라가 외쳤다. "뭐에 홀렸길래 이렇게 많이 사온 거예요? 고용인에게 줄 오트밀이나 검은빛 도는 과일 케이크를 만들 때 말고는 안 쓰는 거 알잖아요. 제리는 떠났고 난 케이크 만들어본 지도 오래됐어요. 게다가 좋은 설탕도 아니네요. 입자가 거칠고 색도 탁해요. 윌리엄 블레어는 보통 이런 설탕은 안 파는데."

 "나, 나는 언젠가 쓸모가 있을 것 같아서." 매튜는 성공적으로 빠져나갔다.

 매튜는 오늘 있었던 일을 생각해보고는 이 상황을 헤쳐 나가려면 여자의 도움이 필요하다는 결론을 내렸다. 마릴라는 의논해봤자였다. 마릴라는 즉시 매튜의 계획에 찬물을 끼얹을 게 뻔했다. 그렇다면 남은 것은 레이첼 부인뿐이었다. 에이번리의 다른 여자들이라면 매튜는 조언을 구할 엄두도 내지 못했을 것이다. 그런 이유로 매튜는 레이첼 부인을 찾아갔다. 그리고 이 사람 좋은 부인은 지칠 대로 지친 매튜에게서 이 문제를 단박에 덜어내주었다.

"앤에게 줄 옷을 골라달라고요? 물론이죠. 내일 제가 카모디에 가니까 그때 해드릴게요. 특별히 마음에 둔 게 있어요? 없다고요? 뭐, 그럼 제가 알아서 고를게요. 고급스러운 갈색이 앤에게 어울릴 것 같네요. 윌리엄 블레어가 새 글로리아 옷감을 들여놨는데 정말 예뻐요. 아마 제가 옷도 만들어주었으면 하시겠죠? 마릴라가 만들게 되면 선물 주기도 전에 들통이 나서 깜짝 선물은 김이 빠질 테니까요. 그럼 제가 만들어드릴게요. 아니에요, 조금도 힘들지 않아요. 전 바느질하는 게 좋으니까요. 제 조카 제니 길리스에게 맞게 만들게요. 제니와 앤은 체구가 아주 비슷하잖아요. 생긴 건 딴판이지만요."

"글쎄 뭐, 그러면 너무 고맙죠." 매튜가 말했다. "그리고, 어, 그게…… 그런데, 요즘엔 소매의 모양이 옛날과 다른 것 같아요. 무리한 부탁이 아니라면, 어, 새로운 방식으로 만들어주셨으면 좋겠어요."

"부푼 소매요? 물론이에요. 그 점은 조금도 걱정하실 필요 없어요, 매튜. 최신 유행 스타일로 만들어드릴게요." 레이첼 부인이 대답했다. 그리고 매튜가 돌아간 뒤 혼잣말을 덧붙였다. "그 불쌍한 아이가 이번에는 제대로 된 옷을 입는 걸 보게 됐네. 정말 흐뭇할 거야. 마릴라가 그 아이 옷 입혀놓는 걸 보면 정말 말도 안 되긴 해. 아무렴. 너무 수수하다고 말해주고 싶어 입이 근질거렸던 적이 열두 번도 넘겠네. 하지만 꾹 참았지. 마릴라가 충고를 달가워하지 않는 걸 아니까 말이야. 마릴라는 노처녀인데도 아이를 기르는 것에 대해 나보다 더 많이 안다고 생각하나 봐. 하지만 늘 이런 식이야. 아이를 길러본 사람이라면 모든 아이에게 다 적용되는 확실하고 빠른 방법 같은 건 없다는 걸 알지. 하지만 육아 경험이 없으면 모든 게 비례식처럼 쉽게 딱 떨어지는 줄 안다니까. 세 항의 숫자가 주어져 있으면 정답이 나오는 것처럼 말이야(예를 들면 3/4 = X/8에서 X=6이 되는 것처럼, 비례식에서 외항의 곱은 내항의 곱과 같다는 법칙을 이야기하고 있는 것이다.- 옮긴이). 하지만 피와 살로 이루어진 인간은 산수 계산 논리로는 이해가 안 돼. 이 부분에서 마릴라가 실수하고 있는 거지. 마릴라는 앤에게 그런 옷을 입혀서 겸손한 마음을 길러주려는 것 같은데, 부러움이나 불만이 자라기 더 쉽다고. 분명 그 아이도 다른 아이들과 옷 입는 게 차이가 난다는 걸 느끼고 있을 테니 말이야. 하지만 매튜가 그걸 알아차리다니! 60년 넘게 잠들어 있다가 이제야 깨어나는 건가."

그 후 2주 내내 마릴라는 매튜가 뭔가 숨기고 있다는 것을 눈치 챘다. 하지만 그게 뭔지는 추측할 수 없었다. 그러다 크리스마스이브가 되었고 레이첼 부인이 새 옷을 가지고 찾아왔다. 마릴라는 대체로 아주 예의 바르게 행동했다. 마릴라가 옷을 만들면 앤이 너무 빨리 알게 될까 봐 매튜가 걱정해서 자신이 옷을 만들게 되었다는 레이첼 부인의 싹싹한 변명은 믿지 않았을 텐데도 말이다.

"그러니까 매튜가 이것 때문에 2주 동안 그렇게 수상쩍게 굴면서 히죽거렸던 거란 말이죠?" 말투는 좀 딱딱했지만 마릴라는 참을성 있게 말했다. "매튜가 뭔가 바보 같은 짓에 골몰하고 있다는 건 알고 있었어요. 글쎄요, 사실 앤에게 옷이 더 필요하지는 않다고 생각해요. 올가을에 질 좋고 따뜻하고 쓸 만한 옷을 세 벌이나 만들어줬거든요. 그러니 더 이상은 정말 사치죠. 이 소매 만드는 데 쓰인 옷감만으로도 몸통 부분이 하나 더 나오겠네요. 이러면 앤의 쓸데없는 허영을 키워주는 꼴이에요, 매튜. 지금도 허영심이 그렇게 강한데 말이에요. 뭐, 앤이 만족스러워 했으면 좋겠네요. 저 바보 같은 소매를 항상 동경해온 건 저도 잘 알거든요. 저런 소매가 나온 후로 쭉 그랬어요. 처음에 그런 얘길 꺼낸 후로는 한 마디도 안 했지만 말이에요. 그런데 그 부푼 소매는 계속 커져서 점점 더 우스꽝스러워지고 있나 봐요. 지금도 풍선처럼 커다란데 말이죠. 내년쯤 되면 소매가 너무 커서 방문도 똑바로 지나가지 못하게 될걸요."

크리스마스 아침이 밝았다. 세상은 온통 하얗고 아름다웠다. 12월인데도 날씨가 아주 온화해서 사람들은 크리스마스에 눈이 내리지 않을 거라고 생각했다. 하지만 밤사이 눈이 소복소복 내려서 에이번리는 딴 세상이 되었다. 앤은 기쁨에 찬 눈으로 지붕 밑 방의 서리가 낀 창문 밖을 내다보았다. 유령숲의 전나무들은 모두 솜털 같이 하얗고 근사했다. 자작나무와 벚나무도 끄트머리가 진줏빛이었다. 눈 덮인 들판은 갈아놓은 탓에 군데군데 보조개 같은 구멍들이 펼쳐져 있었다. 공기는 쨍하고 상쾌해서, 즐거움이 가득한 날이었다. 앤은 노래를 부르며 아래층으로 뛰어 내려갔다. 앤의 목소리가 초록지붕 집에 온통 울려 퍼졌다.

"메리 크리스마스, 마릴라! 메리 크리스마스, 매튜! 정말 멋진 크리스마스 아니에요? 온 세상이 하얘서 정말 기뻐요. 다른 색깔 크리스마스라면 진짜 같지 않을 거예요. 전 그린 크리스마스(눈이 내리지 않는 크리스마스를 화이트 크리스마스와 비교해서 초록색 크리스마스, 즉 그린 크리스마스라고 부른다.—옮긴이)는 싫어요. 사실 초록색도 아니잖아요. 형편없이 시든 갈색과 회색뿐이니까요. 그런데 왜 그린 크리스마스라고 부르는지 모르겠어요. 어머, 어머, 매튜. 이거 제 선물이에요? 아아, 매튜!"

매튜는 어색한 손놀림으로 옷을 싼 종이 포장을 풀어 내밀며 마릴라에게는 변명하는 듯한 눈길을 보냈다. 마릴라는 도도하게 찻주전자에 물을 따르는 척하고 있었지만 곁눈질로 계속 지켜보고 있었다. 좀 재미있어하는 것 같기도 했다.

앤은 옷을 받아들고 경건한 침묵 속에서 바라보았다. 아, 어찌나 예쁜 옷이었는지. 실크가 섞여 반들거리는 연한 갈색의 예쁜 글로리아 옷감으로 만든 옷이었다. 치마에는 앙증맞은 프릴과 주름 장식이 잔뜩 달려 있었고, 허리에는 한창 유행하는 스타일로 정교하게 주름이 잡혀 있었다. 목 주변에는 잔주름이 잡힌 투명하게 비치는 레이스가 물결치고 있었다. 그러나 소매야말로 최고의 압권이었다! 손목에서 팔꿈치까지 길게 덮는 소맷부리 위로 아름답게 봉긋 부푼 소매가 달려 있었는데, 위쪽은 주름이 잡히고 아래는 갈색 실크 리본으로 마무리되어 있었다.

"크리스마스 선물이야, 앤." 매튜가 겸연쩍어하면서 말했다. "이런, 이런, 앤. 마음에 안 드니? 글쎄 뭐, 그것 참."

앤의 두 눈에 갑자기 눈물이 차올랐다.

"마음에 들어요! 아아, 매튜!" 앤은 옷을 의자에 걸쳐놓고 두 손을 모아 쥐었다. "매튜, 정말 완벽하게 아름다운 옷이에요. 아아, 뭐라고 감사해도 부족할 것 같아요. 소매를 좀 보세요! 아아, 행복한 꿈을 꾸는 것만 같아요."

"자, 자, 이제 아침 먹어야지." 마릴라가 말을 막았다. "분명히 말하는데, 앤, 난 너에게 저런 옷은 필요하지 않다고 생각해. 하지만 매튜가 너 주려고 마련한 거니 네가 저 옷을 소중하게 간직할 거라 믿는다. 거기 머리 묶는 리본도 있어. 레이첼 부인이 너한테 주라고 하더구나. 갈색이니 옷과도 잘 어울릴 거다. 이제 이리 와서 앉아."

"아침을 어떻게 먹어야 할지 모르겠어요." 앤은 황홀한 얼굴로 말했다. "이렇게나 들뜬 순간에 아침밥이라니, 너무 평범한 것 같아서요. 전 옷을 보며 눈을 호강시키는 게 나을 것 같아요. 부푼 소매가 아직 유행이라서 너무 기뻐요. 부푼 소매를 입어보기도 전에 유행이 지나가버린다면 그 상처를 절대 극복하지 못할 것 같았거든요. 이렇게 만족스러워 해본 적이 없어요. 리본을 주시다니, 레이첼 아주머니에게도 감사해요. 정말이지 아주아주 착한 아이가 되어야 할 것 같다는 생각이 들어요. 가끔씩 이런 때가 오면 제가 모범적인 아이가 아니어서 아쉬워요. 그래서 앞으로는 그런 아이가 되겠다고 항상 다짐하죠. 하지만 거부할 수 없는 유혹이 생기면 어쩐 일인지 그런 다짐을 지키기가 힘들거든요. 그래도 이번에는 진짜로 더 열심히 노력해볼래요."

평범한 아침 식사가 끝나고 다이애나가 나타났다. 새빨간 외투를 입은 명랑한 아이가 골짜기의 하얗게 눈이 덮인 통나무 다리를 건너오는 모습이 보였다. 앤은 다이애나를 향해 비탈길을 달려 내려갔다.

"메리 크리스마스, 다이애나! 아아, 정말 멋진 크리스마스야. 근사한 것 보여줄게. 매튜가 세상에서 제일 예쁜 옷을 선물해줬어. 이런 근사한 소매가 달린 옷을 말이야. 더 예쁜 걸 상상할 수도 없을 정도로 예뻐."

"선물이 또 있어." 다이애나가 숨차하며 말했다. "자, 이 상자 열어봐. 조세핀 할머니가 커다란 상자를 보내오셨는데 이것저것 정말 많은 선물이 들어 있었어. 그리고 이건 네 거야. 어젯밤에 갖다주려 했지만 선물이 해진 다음에야 도착했거든. 어두울 때는 유령숲을 지나오기가 좀 꺼려져서 말이야."

앤은 상자를 열고 안을 들여다보았다. 맨 먼저 '앤이라는 아이에게, 메리 크리스마스'라고 쓰인 카드가 눈에 띄었다. 그리고 카드와 함께 새끼 염소 가죽으로 만든 깜찍한 귀부인 실내화가 들어 있었다. 발등에는 구슬 장식이 되어 있고 새틴 리본이 달렸으며 신발 버클은 반짝거렸다.

"어머나." 앤이 말했다. "다이애나, 이건 너무 과분해. 틀림없이 내가 꿈을 꾸고 있나 봐."

"하나님이 도우신 거지." 다이애나가 말했다. "이제 루비의 신발을 빌리지 않아도 돼. 감사한 일이지 뭐야. 루비의 신발은 네 발보다 두 사이즈나 컸잖아. 요정이 발을 질질 끌며 걷는 소리가 들렸다면 이상했을 거야. 조시 파이나 재미있어 했겠지. 근데 있잖아, 요 전날 연습이 끝나고 집으로 가는 길에 롭 라이트가 거티 파이하고 같이 갔대. 너도 그런 얘기 들은 적 있어?"

그날 에이번리 학교 학생들 모두 극도로 들떠 있었다. 공연장을 장식하고 나서 마지막 총 리허설을 해야 했기 때문이다.

발표회는 저녁때 시작되었고, 대성공을 거두었다. 조그만 공연장은 사람들로 북적거렸다. 무대에 오른 학생들 전부 굉장히 잘했지만 앤이 특히나 반짝반짝 돋보였다. 조시 파이가 아무리 질투가 나도 그것만은 부인할 수 없었다.

"아아, 정말 눈부신 하루였지?" 앤은 한숨을 쉬었다. 발표회가 다 끝나고 앤과 다이애나는 별이 반짝이는 깜깜한 하늘 아래 함께 집으로 돌아가고 있었다.

"모든 게 다 너무 잘됐어." 다이애나는 아주 현실적인 대꾸를 했다. "입장료로 받은 수입이 10달러는 될걸. 그거 아니? 앨런 목사님이 샬럿타운 신문사에 우리 발표회 이야기를 써 보낼 거래."

"어머나, 다이애나. 우리 이름이 정말 인쇄되어 나오는 거야? 생각만 해도 짜릿하네. 네 독창은 완벽하게 우아했어, 다이애나. 앙코르 요청을 받았을 땐 내가 너보다 더 뿌듯했을걸. 혼잣말로 '이토록 영광에 휩싸인 아이가 제 소중한 마음의 친구예요'라고 중얼거렸어."

"넌 낭송으로 박수갈채를 받았잖아, 앤. 그 슬픈 시가 어쩜 그리 근사하던지."

"아, 정말 떨렸어, 다이애나. 앨런 목사님이 내 이름을 부르셨을 때 저 무대까지 어떻게 올라가나 싶더라니까. 수많은 눈동자가 나를 쳐다보고 꿰뚫어보는 듯한 느낌이었어. 그리고 순간적으로 무시무시하게도 한 마디도 시작할 수가 없겠다는 생각이 들더라고. 그러다 내 예쁜 부푼 소매 옷을 생각하면서 용기를 냈지. 이 소매에 어울리게 행동해야 한다는 걸 깨달은 거야, 다이애나. 그래서 낭송을 시작했지. 내 목소리가 저 멀리서 들려오는 것만 같았어. 앵무새가 된 것 같은 느낌이었어. 다락방에서 낭송 연습을 그렇게나 많이 했던 게 천만다행이었지. 안 그랬으면 절대 끝까지 해낼 수 없었을 거야. 내가 신음은 제대로 했니?"

"그럼, 정말 멋있게 신음했어." 다이애나가 말했다.

"자리에 앉으면서 보니 슬론 아주머니가 눈물을 닦으시더라. 내가 누군가의 마음을 감동시켰다고 생각하니 너무 근사하더라고. 발표회에서 공연하는 건 정말 낭만적이지 않니? 아아, 정말 잊지 못할 하루였어."

"남자아이들의 연극도 괜찮지 않았어?" 다이애나가 말했다. "길버트 블라이드는 참 근사했어. 앤, 내 생각에는 네가 길버트에게 너무 못되게 구는 것 같아. 잠깐 내 말 좀 들어봐. 요정 연극이 끝나고 네가 무대에서 내려올 때 네 머리에서 장미꽃 한 송이가 떨어졌거든. 그런데 길버트가 그걸 주워서 자기 재킷 앞주머니에 꽂더라고. 이제 그만 용서해. 넌 낭만적인 데가 있으니 이런 얘기를 들으면 기뻐해야 정상 아니니."

"걔가 뭘 어쨌건 나하고는 상관없어." 앤이 도도하게 말했다. "난 그런 아이 생각하느라 시간 낭비 안 해, 다이애나."

그날 밤, 20년 만에 처음으로 공연장에 다녀온 마릴라와 매튜는 앤이 자러 간 후에도 부엌 벽난로 앞에 한동안 앉아 있었다.

"글쎄 뭐, 내가 보기엔 우리 앤이 다른 애들만큼 잘한 것 같던데." 매튜가 자랑스러워하며 말했다.

"네, 그랬죠." 마릴라도 인정했다. "앤은 똑똑한 아이예요, 매튜. 그리고 오늘은 아주 근사해 보이더라고요. 이 발표회에 대해 난 반대하는 입장이었지만 결과적으로 발표회를 갖는다고 심각하게 해될 것은 없는 것 같네요. 어쨌든 오늘 앤이 참 자랑스러웠어요. 앤에게 그런 말을 하지는 않을 작정이지만 말이에요."

"글쎄 뭐, 나도 앤이 자랑스러웠어. 그래서 난 앤이 방으로 올라가기 전에 그렇게 말해줬는데." 매튜가 말했다. "조만간 앤을 위해 우리가 뭘 해줄 수 있을지 알게 되겠지, 마릴라. 앤은 머지않아 에이번리 학교를 뛰어넘는 뭔가가 필요해질 것 같아."

"생각할 시간은 충분해요." 마릴라가 말했다. "3월이면 겨우 열세 살이 될 뿐이잖아요. 오늘 밤에는 앤이 정말 쑥쑥 자라고 있구나 하는 생각이 들긴 했지만요. 레이첼 부인이 옷을 좀 길게 만들어줘서 키가 아주 커 보이더라고요. 앤은 배우는 게 빠르니, 우리가 해줄 수 있는 최선은 나중에 퀸즈 전문학교에 보내주는 게 아닐까 해요. 하지만 앞으로 한두 해 동안은 구체적인 이야기를 할 필요는 없을 거예요."

"글쎄 뭐, 이따금씩 생각해둬도 나쁘진 않을 거야." 매튜가 말했다. "그런 일은 많이 생각해볼수록 좋으니까 말이지."

26
이야기 클럽의 탄생

　에이번리의 어린 학생들은 다시 단조로운 일상에 적응하기가 힘들었다. 특히 앤은 몇 주 동안 들뜬 흥분의 도가니를 맛보고 나니, 모든 것이 무서울 정도로 밋밋하고 진부하고 시원찮은 것 같았다. 발표회 이전의 아득한 지난날처럼 고요한 기쁨의 나날로 돌아갈 수 있을까? 다이애나에게도 말했지만, 처음에는 정말로 돌아갈 수 없을 것 같았다.

　"틀림없어, 다이애나. 이제 다시는 예전처럼 살 수 없을 거야." 앤은 적어도 오십 년쯤 전의 일을 떠올리듯이 슬픈 목소리로 말했다. "아마 시간이 한참 지나면 익숙해지겠지. 하지만 아무래도 발표회가 일상생활을 망쳐놓은 것 같아. 이래서 마릴라가 발표회를 반대했나 봐. 마릴라는 정말 분별력 있는 분이라니까. 분별력을 갖는다는 건 틀림없이 엄청나게 좋은 일이겠지. 하지만 그래도 난 진심으로 분별 있는 사람이 되고 싶지는 않아. 낭만적인 데가 없잖아. 레이첼 아주머니 말로는 나는 죽었다 깨어나도 분별 있는 사람은 못 될 거라 하시지만 사람 일은 모르는 거잖아. 지금은 내가 분별 있는 어른이 될지도 모르겠다는 생각이 든단 말이야. 그냥 피곤해서 그런 거겠지만. 어젯밤에 정말 오랫동안 잠을 못 잤어. 깨어 있는 채로 누워서 몇 번이고 계속 반복해서 발표회 상상을 했어. 그런 상상이라면 정말 근사하잖아. 그때를 되돌아보는 게 너무나 좋아."

결국에는 에이번리 학교도 예전의 리듬으로 되돌아갔고 예전의 재미도 되찾았다. 하지만 분명 발표회의 흔적은 남아 있었다. 루비 길리스와 엠마 화이트는 발표회 무대에서 누가 앞자리에 앉느냐를 놓고 싸웠기 때문에 수업 시간에 더 이상 같이 앉지 않았고, 3년간 쌓아올린 돈독한 우정도 깨져버렸다. 조시 파이와 줄리아 벨은 3개월 동안 서로 말을 걸지 않았다. 발표회 때 낭송하려고 일어선 줄리아 벨의 리본이 닭이 머리를 흔들 때의 닭벼슬 같았다고 조시 파이가 베시 라이트에게 말한 것을 베시가 다시 줄리아에게 말해버렸던 것이다. 한편 슬론 가족들은 벨 가족들을 상대하지 않았다. 벨 가족들은 슬론네 아이들이 발표회 프로그램에 너무 많이 들어가 있는 것 아니냐고 주장했고, 슬론 가족들은 벨네 아이들이 제대로 할 수 있는 게 너무 없어서 그런 거라며 반박했던 것이다. 마지막으로, 찰리 슬론은 무디 스퍼전 맥퍼슨과 싸웠다. 무디 스퍼전이 앤 셜리는 낭송 좀 한 걸 가지고 으스댄다고 말하는 바람에 찰리와 싸웠고, 무디 쪽이 흠씬 얻어맞았다. 결과적으로 무디 스퍼전의 누나인 엘라 메이가 그 겨울이 다 가도록 앤 셜리와 말을 하지 않게 되었다. 이러한 사소한 마찰들과는 별개로, 스테이시 선생님의 작은 왕국은 어김없이 매끄럽게 돌아갔다.

겨울이 다 지나갔다. 그해 겨울은 이상할 만큼 포근해서 눈이 별로 내리지 않았다. 덕분에 앤과 다이애나는 거의 매일 자작나무 길을 걸어 학교에 갈 수 있었다. 앤의 생일날, 둘은 자작나무 길을 발걸음도 가볍게 걸어가면서 수다 떠는 내내 눈과 귀를 쫑긋 세우고 있었다. 스테이시 선생님이 '겨울날의 숲 산책'에 대해 작문을 쓸 거라고 하셨기 때문에 관찰을 해야 했던 것이다.

"생각해봐, 다이애나. 난 오늘부터 열세 살이야." 경이롭다는 듯한 목소리로 앤이 말했다. "내가 열세 살이라니 실감이 나지 않아. 오늘 아침에 눈을 떠보니 모든 게 달라 보였어. 넌 이미 한 달 전에 열세 살이 됐으니 지금은 나만큼 신기하지 않겠지? 인생이 훨씬 더 많이 재미있는 것 같이 느껴져. 2년 더 지나면 진짜 어른이 되겠지. 그땐 어마어마한 단어를 써서 말을 해도 남들이 비웃지 않을 거라고 생각하면 큰 위로가 돼."

"루비 길리스는 열다섯 살이 되자마자 남자친구부터 만들 거래." 다이애나가 말했다.

"루비 길리스는 남자친구 생각밖에 없나 봐." 앤이 경멸한다는 듯이 말했다. "학교 담벼락에 남자아이 이름과 함께 자기 이름이 오르면 화난 척하지만 실은 좋아하잖아. 그런데 이건 가혹한 말인 것 같다. 앨런 사모님이 가혹한 말은 절대 하지 말랬는데. 하지만 생각할 틈도 없이 자꾸 튀어나오는걸 뭐. 조시 파이에 대해 말을 하면 어김없이 가혹한 말이 튀어나와서 난 아예 걔 이야기 안 하잖아. 너도 눈치 챘니? 난 될 수 있는 한 앨런 사모님을 많이 닮아가려고 애쓰고 있어. 사모님은 완벽한 것 같아. 목사님도 그렇게 생각하시나 봐. 레이첼 아주머니 말씀으로는 목사님은 사모님이 밟고 지나간 땅까지 숭배할 정도래. 아주머니는 목사님으로서 불멸의 존재도 아닌 인간에게 그렇게 애정을 품는 것은 바람직하지 않다고 생각하시는 것 같아. 하지만 다이애나, 목사님이라 해도 결국은 사람이고 다른 사람들과 마찬가지로 끊임없이 죄를 짓잖아. 지난주 일요일 오후에 앨런 사모님과 끊임없이 죄를 짓는 것에 대해 정말 재미있는 얘기를 나눴어. 일요일에는 대화 주제로 적당한 것이 몇 개 없는데, 이건 그 몇 개 중 하나니까. 내가 끊임없이 저지르는 죄는 상상을 너무 많이 하느라 해야 할 일도 깜빡하는 거야. 극복하려고 아주 열심히 애쓰고 있어. 이젠 열세 살이나 되었으니까 진전이 좀 있겠지."

"4년만 더 있으면 머리를 올려도 될 거야." 다이애나가 말했다. "앨리스 벨은 아직 열여섯 살인데도 올린 머리를 하더라고. 하지만 내 생각에 그건 좀 우스운 것 같아. 난 열일곱 살이 될 때까지는 안 할 거야."

앤은 단호한 말투로 입을 열었다. "내 코가 앨리스 벨의 코처럼 휘었으면 난 절대…… 이런! 그만 말할래. 정말로 가혹한 말이라서 말이야. 게다가 내 코와 비교하다니, 내가 자만하고 있는 거지. 예전에 칭찬을 들은 후로 내 코를 너무 내단하게 생각하는 것 같아 걱정이야. 큰 위로가 되기는 하지만 말이야. 어머나, 다이애나. 저기 봐. 토끼가 있어. 숲에 관한 작문을 할 때 꼭 써야겠다. 정말이지 숲은 겨울에도 여름만큼 근사한 것 같아. 너무나 하얗고 고요해. 숲이 잠들어서 예쁜 꿈을 꾸고 있는 것처럼 말이야."

"그 작문은 미리 고민하지 않을래." 다이애나가 한숨을 쉬었다. "숲에 대해서는 어떻게든 쓸 수 있을 것 같아. 하지만 월요일에 제출해야 하는 작문은 끔찍해 죽겠어. 스테이시 선생님이 우리 스스로 생각한 이야기를 써 오라고 하신 것 말이야!"

"왜, 그건 정말 쉽잖아." 앤이 말했다.

"너는 상상력이 있으니까 쉽겠지." 다이애나가 반박했다.

"하지만 태어날 때부터 상상력이 없다면 어쩌겠니? 넌 그 작문 다 해놨지?"

앤은 고개를 끄덕였다. 만족스러워 우쭐한 것처럼 보이지 않기 위해 무진 애를 썼으나 무참히 실패했다.

"지난주 월요일 저녁때 썼어. 제목은「질투에 사로잡힌 경쟁자: 죽음도 갈라놓지 못하리」야. 마릴라한테 읽어줬더니 말도 안 되는 허튼소리라고 하셨어. 그래서 매튜한테 읽어줬더니 매튜는 잘 썼다고 하셨고. 난 매튜식 비평이 마음에 들어. 슬프고 아름다운 이야기야. 나도 쓰면서 아이처럼 엉엉 울었지 뭐야. 코딜리아 몽고메리와 제럴딘 시모어라는 아름다운 두 아가씨 이야기야. 두 사람은 같은 마을에 살면서 서로를 헌신적으로 아꼈어. 코딜리아는 기품 있는 까만 머리에 보석으로 만든 관을 썼고 눈은 해 질 녘 뜨는 별처럼 반짝거렸어. 제럴딘은 금으로 실을 자아낸 듯, 여왕 같은 금발에 벨벳 같은 보랏빛 눈을 가졌어."

"보라색 눈은 본 적이 없는데." 다이애나는 고개를 갸우뚱했다.

"나도 못 봤어. 그냥 상상한 거야. 평범하지 않은 분위기를 내고 싶었거든. 제럴딘도 도자기 같은 이마를 가졌어. 도자기 같은 이마가 어떤 건지 드디어 알아냈지. 열세 살의 장점 중 하나야. 겨우 열두 살이었을 때보다 훨씬 더 많은 것을 알고 있거든."

"그런데 코딜리아와 제럴딘은 어떻게 됐어?" 다이애나는 두 사람의 운명에 조금씩 흥미를 느끼기 시작했다.

"두 사람은 열여섯 살이 될 때까지 나란히 아름답게 자랐어. 그러다 버트램 드비어가 그 마을에 나타났고 아름다운 제럴딘과 사랑에 빠진 거야. 버트램이 제럴딘의 목숨을 구했거든. 제럴딘이 탄 마차를 끌던 말이 달아나버리고 제럴딘은 버트램의 팔에 안겨 기절했어. 버트램은 제럴딘을 안고 3마일 떨어진 집으로 데려다줬어. 왜냐하면, 음, 마차가 완전히 부서져서 말이야. 그런데 청혼하는 걸 상상하는 건 좀 어려웠어. 나는 경험이 없잖아. 그래서 루비 길리스에게 남자는 청혼을 어떻게 하느냐고 물어봤지. 걔가 그런 문제에 있어서는 권위자인 것 같아서 말이야. 결혼한 언니들이 많잖아. 루비가 그러는데 맬컴 앤드레스가 수잔 언니에게 청혼할 때 현관 옆 식료품 저장실에 숨어서 봤대. 맬컴이 수잔에게 자기 아버지가 농장을 자기 이름으로 물려주셨다면서, '어때, 우리 귀염둥이, 올가을에 결혼할까?' 이러더래. 수잔은 얼버무렸어. '네, 아뇨, 잘 모르겠어요, 어쩌나⋯⋯.' 그리고 후다닥 결혼을 약속했다나. 하지만 그런 청혼은 별로 낭만적이지 않은 것 같았어. 그래서 결국 할 수 있는 한 상상을 해내야 했지. 나는 꽃이 가득하고 시가 흐르는 장면을 상상했어. 그 속에서 버트램이 무릎을 꿇는 거야. 루비 길리스 말로는 요즘엔 안 그런다지만 말이야. 제럴딘은 한 페이지 정도 되는 긴 대사를 말하면서 청혼을 받아들여. 내가 그 대사 쓰면서 얼마나 힘들었는지 몰라. 한 다섯 번은 고쳐 썼을 걸. 그러고 나니 그게 걸작이 된 것 같아. 버트램은 제럴딘에게 다이아몬드 반지와 루비 목걸이를 주면서 신혼여행은 유럽으로 가자고 했어. 버트램은 어마어마한 부자거든. 하지만 그때 슬프게도 그들의 앞길에 어둠이 드리우기 시작했어. 코딜리아가 남몰래 버트램을 짝사랑하고 있었던 거야. 그래서 제럴딘이 결혼하기로 했다고 하니 불같이 화가 난 거지. 특히 목걸이와 다이아몬드 반지를 보고서 말이야. 제럴딘을 향한 애정이 전부 쓰디쓴 증오로 바뀌어서, 코딜리아는 절대 제럴딘이 버트램과 결혼하지 못하게 만들겠다고 맹세했어. 하지만 제럴딘 앞에서는 평소와 똑같이 친구인 척했지. 어느 날 저녁 코딜리아와 제럴딘은 사납게 흐르는 강물을 가로지르는 다리 위에 서 있었어. 코딜리아는 둘밖에 없는 줄 알고 제럴딘을 밀어 떨어뜨린 거야. 격렬하게 '하하하' 하고 비웃으면서 말이지. 하지만 버트램은 전부 다 봤고, 곧 물속으로 뛰어들었어. '나의 하나뿐인 사랑 제럴딘, 내가 그대를 구하리다!'라고 외치면서. 하지만 슬프게도 버트램은 자기가 수영을 못한다는 사실을 잊은 거야. 그래서 두 사람은 서로의 팔에 안겨 물에 빠져 죽고 말았지. 그 후 두 사람의 시체는 해변으로 밀려 올라왔어. 두 사람은 한 무덤에 같이 묻혔고 장례식은 아주 웅장했어, 다이애나. 결혼식보다는 장례식으로 끝나는 게 훨씬 더 낭만적이잖아. 코딜리아는 후회로 미쳐버려서 정신병원에 갇히게 되었고. 내 생각에는 그게 코딜리아의 범죄에 대한 시적인 응징이 될 것 같았어."

"어쩜, 완벽하게 근사해!" 다이애나가 한숨을 쉬었다. 다이애나의 비평은 늘 매튜식이었다. "어떻게 그런 짜릿한 이야기를 만들어낼 수 있는지 모르겠어, 앤. 나도 너처럼 상상력이 풍부하면 좋을 텐데."

"훈련하기만 하면 되는걸 뭐." 앤은 느긋하게 말했다. "내가 생각해둔 계획이 있어, 다이애나. 너랑 나랑 둘만의 이야기 클럽을 만들어서 이야기를 만들어내는 연습을 하는 거야. 네가 혼자서 해낼 수 있게 될 때까지 내가 도와줄게. 상상력을 길러야 하니까. 스테이시 선생님도 늘 그러시잖아. 다만 올바른 방향으로 길러야 하는 거지. 선생님께 유령숲 이야기를 해드렸는데, 선생님이 그건 상상력이 엇나간 거라고 하셨어."

이렇게 해서 이야기 클럽이 탄생했다. 처음에는 다이애나와 앤 둘만의 클럽으로 만들었지만 곧 제인 앤드류스와 루비 길리스까지로 범위를 넓혔고, 상상력을 길러야겠다고 생각하는 한두 명이 더 들어왔다. 남자아이들은 낄 수 없었다. 루비 길리스가 남자아이들이 끼면 더 신날 거라는 의견을 제시한 적도 있지만 말이다. 클럽 회원은 일주일에 한 편씩 이야기를 만들어내야 했다.

"엄청나게 재미있어요." 앤이 마릴라에게 말했다. "각자 자기가 쓴 이야기를 소리 내어 읽어준 다음 모두 그 이야기에 대해 의견을 말하는 거예요. 우린 써놓은 글을 모두 신성하게 간직해서 후손들에게 들려줄 거예요. 우린 필명으로 글을 쓰거든요. 제 필명은 로자몬드 몽모랑시예요. 다들 글을 꽤 잘 써요. 루비 길리스는 약간 감상적이에요. 루비가 쓴 이야기에는 연애 이야기가 너무 많이 들어가요. 과한 건 모자란 것만 못하다고 하는데 말이에요. 제인은 연애 이야기를 하나도 집어넣지 않는데, 읽어줄 때 너무 바보 같은 기분이 들어서 그런대요. 제인이 쓴 이야기는 굉장히 합리적이에요. 그리고 다이애나는 이야기에 살인이 너무 많이 등장해요. 등장인물이 뭘 하면 좋을지 생각나지 않는 때가 많은데 그러면 그 인물을 이야기에서 빼려고 죽인다는 거예요. 대부분 제가 무엇에 대한 이야기를 써야 할지 이야기해주는데, 어려운 일은 아니에요. 아이디어는 넘치니까요."

"너희의 그 이야기 쓰는 일은 정말 바보 같은 짓인 것 같구나." 마릴라는 비웃었다. "공부로 채워야 할 시간과 머리를 허튼 생각으로 채우게 되잖니. 소설책 읽는 것만 해도 충분히 안 좋은데 소설을 쓰다니, 더 안 좋구나."

"하지만 쓰는 이야기마다 도덕적 교훈을 넣으려고 꽤 애쓰고 있는걸요." 앤이 설명했다. "제가 그러자고 했어요. 착한 사람들은 모두 복을 받고 나쁜 사람들은 모두 자기 죄에 맞는 벌을 받아요. 그건 틀림없이 유익한 영향을 미칠 거예요. 도덕적 교훈은 강력하잖아요. 앨런 목사님도 늘 그러시는걸요. 제가 쓴 이야기 하나를 목사님과 사모님께 읽어드렸는데, 두 분 다 도덕적 교훈이 훌륭하다고 하셨어요. 엉뚱한 부분에서 웃으시긴 했지만요. 전 등장인물들이 죽는 얘기가 좋아요. 제인과 루비는 애처로운 이야기가 나오면 거의 어김없이 울어요. 다이애나는 할머니께 편지로 이야기 클럽에 대해 말했는데, 조세핀 할머니가 우리 이야기를 보내달라고 답장을 보내셨어요. 그래서 제일 잘 쓴 것 네 개를 베껴서 보내드렸죠. 조세핀 할머니가 읽고 답장을 보내셨는데, 살면서 이렇게 재미있는 이야기는 처음 읽는다고 하셨어요. 우린 좀 당황스러웠어요. 보내드린 이야기들은 아주 애처롭고 등장인물도 거의 다 죽는 얘기였거든요. 그래도 할머니가 마음에 들어 하셨다니 기뻐요. 우리 이야기 클럽이 세상에 도움 되는 일을 하고 있다는 증거니까요. 앨런 사모님은 늘 그게 모든 일의 목표가 되어야 한다고 말씀하시거든요. 그래서 저는 그걸 목표로 삼으려고 정말 노력하고 있어요. 하지만 재미있게 놀 때는 자꾸 까먹어요. 자라면 조금이라도 앨런 사모님처럼 되고 싶은데, 가능할까요,

마릴라?"

"가능성이 상당하다고는 말 못하겠구나." 마릴라의 격려는 이런 식이었다. "앨런 사모님은 틀림없이 너처럼 어리석고 건망증이 심한 아이는 아니었을 테니 말이야."

"그렇겠죠. 하지만 항상 지금처럼 착하지는 않으셨어요." 앤은 진지하게 말했다. "직접 그렇게 말씀하셨어요. 그러니까, 사모님은 어렸을 때 못 말리는 장난꾸러기여서 항상 말썽에 휘말렸었다고 하시더라고요. 그 이야기가 저에게 얼마나 힘이 되었는지 몰라요. 저 아주 못된 거죠, 마릴라? 다른 사람이 나쁜 말썽꾸러기였다는 말을 듣고 힘이 났으니 말이에요. 레이첼 아주머니 말씀처럼 못된 거죠. 레이첼 아주머니는 누군가 나쁜 짓을 했다는 말을 들으면 그게 아무리 사소한 거라도 충격을 받으신대요. 한번은 어느 목사님이 어렸을 때 숙모님 댁에서 딸기 타르트를 훔쳐 먹었다는 고백을 하셨는데 이후로 다시는 그 목사님에 대해 존경하는 마음이 들지 않더래요. 그런데 저라면 그렇지 않았을 거예요. 잘못을 털어놓는 건 아주 고결한 행동이라고 생각했을 거예요. 게다가 나쁜 장난을 하고 후회하는 어린아이들에게는 얼마나 힘이 되는 말이겠어요. 나쁜 짓을 하긴 했지만 자라서는 목사님이 될 수도 있다는 걸 알게 되었으니 말이에요. 저라면 그렇게 생각했을 거예요, 마릴라."

"지금 내가 드는 생각은 말이다, 앤, 설거지를 할 때가 되고도 남았다는 생각이 마구 드는구나." 마릴라가 말했다. "수다를 떠느라 설거지할 때가 30분도 더 지났겠다. 일을 먼저 하고 말은 나중에 하면 안 되겠니?"

27
허영심과 좌절

 4월이 다 갈 무렵의 어느 날 저녁, 마릴라는 자선봉사 모임에 갔다가 집으로 걸어오고 있었다. 문득 겨울이 다 가고 봄의 설레는 기쁨이 시작되었다는 것을 깨달았다. 봄은 젊은 사람, 즐거운 사람은 물론이고 늙은 사람, 슬픈 사람에게까지도 이런 기쁨을 빠뜨리지 않고 늘 전해주었다. 마릴라는 자신의 생각과 느낌을 객관적으로 분석하는 버릇은 없었다. 마릴라는 자신이 자선봉사 모임과 헌금함, 제의실에 깔 새 카펫 생각을 하고 있다고 믿었겠지만, 그런 생각 밑바닥에서는 지는 해 속에 연보랏빛 안개가 피어오르는 불그스름한 들판, 시냇물 너머 풀밭 가득 드리워진 길고 삐죽삐죽 솟은 전나무 그림자, 숲

속의 거울 같은 샘물 주변으로 새빨간 꽃봉오리가 진 단풍나무들, 깨어나는 세상과 잿빛 땅속에 숨어 꿈틀대는 생명의 기운을 두루두루 의식하고 있었던 것이다. 봄이 대지를 뒤덮어, 차분한 중년 여성인 마릴라마저도 마음속 깊은 곳에서 시작된 기쁨으로 인해 발걸음이 가벼워지고 빨라졌다.

마릴라의 애정 어린 눈길이 얽히고설킨 나무들 사이로 보이는 초록지붕 집에 머물렀다.

집 뒤쪽에서 창문을 통해 새어나오는 햇빛의 찬란한 빛줄기가 눈에 어렸다. 마릴라는 축축한 풀밭길을 조심조심 걸으면서 아주 만족스러운 기분이 들었다. 벽난로에서는 장작이 힘차게 탁탁 타오르고 차와 식사가 근사하게 차려진 식탁이 기다리는 집으로 돌아간다는 사실이 기뻤던 것이다. 앤이 초록지붕 집으로 오기 전 자선봉사 모임을 마치고 집에 돌아오면 느꼈던 차디찬 편안함은 그립지 않았다.

그런데 마릴라가 부엌에 들어와보니 불은 꺼져 있고 앤은 어디에도 보이지 않았다. 당연한 일이지만 마릴라는 실망도 되고 짜증도 났다. 앤에게 5시에 먹을 수 있도록 식사를 차려놓으라고 단단히 일렀는데, 지금 마릴라는 두 번째로 좋은 외출복을 서둘러 벗고 매튜가 밭을 갈고 돌아오면 먹을 식사를 직접 준비해야 하게 생긴 것이었다.

"요 아가씨가 집에 돌아오면 대가를 톡톡히 지불하게 해야겠어." 마릴라는 엄한 말투로 중얼거리며 고기 써는 칼을 필요 이상으로 힘주어 불쏘시개를 깎았다. 좀 전에 집으로 돌아온 매튜는 늘 앉는 구석에서 참을성 있게 식사 준비가 다 되기를 기다리고 있었다. "다이애나와 또 어딜 쏘다니고 있거나 이야기를 쓰든가 연극 연습을 하고 있겠죠. 아니면 또 무슨 멍청한 짓을 벌이고 있을지도 몰라요. 한 번도 시간이라든가 집안일 할 것을 염두에 두는 법이 없다니까요. 그러다 갑자기 퍼뜩 생각이 나겠죠. 앨런 사모님이 앤에 대해 그렇게 똑똑하고 사랑스러운 아이는 본 적이 없다고 말씀하시긴 했지만 난 신경 안 써요. 똑똑하고 사랑스러울지도 모르죠. 하지만 머릿속이 허튼 생각으로 가득 차서 그게 다음엔 어떤 모습으로 터져 나올지 아무도 모른다고요. 어떤 별난 일에서 간신히 벗어났다 싶으면 바로 다른 별난 일에 매진한단 말이죠. 나 참! 오늘 자선 봉사 모임에서 레이첼 부인이 바로 그런 얘기를 해서 너무 짜증이 났는데 나도 지금 똑같은 얘길 하고 있잖아요. 그때 앨런 사모님이 앤을 변호해줘서 정말 기뻤어요. 사모님이 아니었으면 내가 다른 사람들 앞에서 레이첼에게 너무 신랄한 말을 했을 테니까요. 앤은 결점이 많죠. 그건 분명해요. 그걸 부인할 생각은 조금도 없어요. 하지만 그 아이를 기르는 건 레이첼이 아니라 나라고요. 레이첼이야 에이번리에 살기만 한다면 가브리엘 천사에게서도 결점을 찾아낼 사람이잖아요. 하지만 아무리 그래도 앤이 이렇게 집을 비워서는 안 되는 거예요. 내가 오늘 오후에 집에 있으면서 이런저런 일을 하라고 분명 일렀는데 말이에요. 앤은 결점이 무수히 많아도 내 말을 따르지 않거나 신뢰할 수 없는 아이라고 생각한 적이 없었는데 아주 애석하게도 오늘 보니 그러네요."

"글쎄 뭐, 모르겠네." 참을성 많고 현명하고 무엇보다도 배가 고픈 매튜는 마릴라가 자기 분노를 막힘없이 쏟아내게 놔두는 것이 최선이라고 생각했다. 때아닌 말다툼만 벌이지 않는다면 뭐든 손에 잡은 일을 훨씬 빨리 마친다는 것을 경험으로 알고 있었던 것이다. "너무 성급하게 판단하는 것 같아, 마릴라. 확실해지기 전까지는 신뢰할 수 없는 아이로 낙인찍지 말자고. 뭔가 이유가 있겠지. 앤은 늘 이유가 있잖아."

"내가 집에 있으라고 했는데 집에 없잖아요." 마릴라가 반박했다. "내 생각에 이번에는 수긍이 가는 이유를 대기 힘들 거예요. 물론 오빠는 앤 편을 들겠죠, 매튜. 하지만 앤을 교육시키는 건 나예요, 오빠가 아니라."

캄캄해져서야 저녁 준비가 끝났고, 그때가 되어서도 깜빡 잊은 할 일이 생각나 후회하며 통나무 다리나 연인들의 길을 허겁지겁 숨차게 달려오는 앤의 모습은 보이지 않았다. 마릴라는 굳은 얼굴로 설거지를 하고 식기를 정돈했다. 그리고 지하실로 내려가려고 보니 촛불에 불을 붙여야 했다. 마릴라는 앤의 방 테이블에 늘 놔두는 촛불이 생각나 동쪽 지붕 밑 방으로 올라갔다. 촛불에 불을 붙이고 돌아서는데 앤이 얼굴을 베개에 묻고 침대에 엎드려 있는 것이 눈에 띄었다.

"세상에." 마릴라는 깜짝 놀랐다. "자고 있었던 거니, 앤?"

"아니에요." 가느다란 대답이 흘러나왔다.

"그럼 어디 아프니?" 마릴라가 걱정스럽게 물으며 침대 쪽으로 다가갔다.

앤은 마치 인간의 눈으로부터 영원히 몸을 숨기고 싶어 하는 것처럼, 베개 속으로 더 깊이 머리를 묻었다.

"아니에요. 하지만 마릴라, 제발 저를 보지 말고 나가주세요. 전 절망의 심연에 빠져 있어요. 그래서 학교에서 누가 1등을 하건 상관없어요. 작문을 제일 잘 쓴 게 누구든, 주일학교 성가대에서 노래 부르는 게 누구든 다 상관없어요. 그런 사소한 일들은 이제 하나도 중요하지 않아요. 왜냐하면 전 이제 절대 어디에도 갈 수 없을 테니까요. 제 인생은 끝났어요. 제발요, 마릴라. 저를 보지 말고 나가주세요."

"나 말고 누가 또 이런 말을 들어봤겠니?" 얼떨떨해진 마릴라는 궁금해졌다. "앤 셜리, 도대체 왜 그러는 거니? 무슨 짓을 한 거야? 당장 일어나서 말하지 못하겠니. 당장이라고 했다. 그래, 됐어. 무슨 일이냐?"

앤은 자포자기하는 심정으로 마릴라의 말에 따라 침대에서 내려왔다.

"제 머리 좀 보세요, 마릴라." 앤이 속삭였다. 그래서 마릴라는 촛불을 들어 앤의 등 뒤로 묵직하게 흘러내린 숱 많은 머리를 유심히 살펴보았다. 확실히 아주 이상해 보였다.

"앤 셜리, 머리에 무슨 짓을 한 거니? 세상에, 초록색이잖아!"

초록색이라고는 했지만, 이 세상에 존재하는 색깔은 아닌 듯했다. 괴상망측하고 흐릿한 청동빛이 도는 그런 초록색이었다. 여기저기 본래의 빨강 머리카락이 섞여 있어 더욱 기괴해 보였다. 마릴라는 일평생 그 순간 앤의 머리카락만큼 흉한 것은 본 적이 없었다.

"네, 초록색이에요." 앤이 한탄했다. "전 빨강 머리만큼 보기 싫은 건 없을 거라고 생각했어요. 그런데 이제 알겠네요. 초록색 머리는 빨강 머리보다 열 배는 더 보기 싫어요. 아아, 마릴라. 제가 얼마나 끔찍하게 비참한지 모르실 거예요."

"그래, 네가 어쩌다 이런 곤경에 처했는지 그걸 모르겠구나. 하지만 알아낼 작정이다." 마릴라가 말했다. "부엌으로 내려와. 여긴 너무 춥구나. 내려와서 무슨 짓을 한 건지 얘기 좀 들어보자. 조만간 뭔가 이상한 일이 일어날 거라 예상은 했다. 네가 두 달이 넘도록 아무런 말썽도 일으키지 않았잖니. 뭔가 한 건 터뜨릴 때가 된 건 분명하지. 자, 이제 말해보렴. 머리에 무슨 짓을 한 거냐?"

"염색을 했어요."

"염색이라고! 머리를 염색했다고! 앤 셜리, 나쁜 짓이라는 생각은 안 해봤니?"

"조금 나쁜 짓이라는 건 알고 있었어요." 앤은 인정했다. "하지만 빨강 머리를 없앨 수만 있다면 나쁜 짓이어도 해볼 만한 가치가 있다고 생각했어요. 이것저것 따져봤거든요, 마릴라. 게다가 나쁜 짓을 한 만큼 더 착한 아이가 되어야겠다고 생각했단 말이에요."

"그래." 마릴라는 비꼬는 말투였다. "내가 염색을 할 가치가 있다고 판단했으면 적어도 좀 그럴듯한 색깔로 염색을 했을 게다. 너처럼 초록색으로 염색하진 않아."

"저도 초록색으로 염색하려던 것은 아니었어요, 마릴라." 앤은 풀죽은 목소리로 항변했다. "이왕 나쁜 짓을 한다면 제대로 해볼 생각이었어요. 그 아저씨가 제 머리카락이 까마귀처럼 아름다운 까만색이 될 거라고 했단 말이에요. 확실하다고 장담했어요. 그 말을 어떻게 의심해요, 마릴라? 누가 내 말을 의심스러워하는 게 어떤 기분인지 저도 잘 알거든요. 그리고 앨런 사모님도 확실한 증거 없이 다른 사람이 거짓말을 하는 게 아닌가 의심하면 안 된다고 하셨고요. 이젠 증거가 있네요. 초록색 머리는 거짓말의 증거로 충분하죠. 하지만 그때는 증거가 없었고 전 그 아저씨 말을 무조건 믿은 거예요."

"그 아저씨라니? 누구 말이냐?"

"오늘 오후에 행상 아저씨가 왔었거든요. 염색약은 그 아저씨에게 샀어요."

"앤 셜리, 그런 이탈리아 행상을 집안에 들이지 말라고 몇 번을 얘기했니! 난 그런 사람들이 집에 드나들면 안 된다고 본다."

"아, 집 안에 들어오게 하지는 않았어요. 아주머니 말씀이 생각나서 제가 나갔어요. 문을 꼭 닫고 집 앞 계단에 앉아서 물건 구경을 한 거예요. 게다가 그 아저씨는 이탈리아인이 아니라 독일계 유태인이었고요. 아주 재미있는 물건들이 가득한 커다란 상자를 갖고 계셨죠. 그 아저씨 말로는 독일에 있는 부인과 아이들을 데려올 돈을 마련해야 해서 열심히 일하고 있다고 하는 거예요. 아저씨가 너무 실감나게 이야기해서 전 감동했어요. 그렇게 훌륭한 목표가 있으니 아저씨를 도울 만한 뭔가를 사주고 싶었죠. 그때 갑자기 염색약 병이 눈에 띄었어요. 행상 아저씨는 까마귀처럼 아름다운 까만색으로 염색이 된다고 장담을 했어요. 머리를 감아도 씻겨 없어지지 않는다고도 했고요. 순식간에 눈앞에는 아름다운 까만 머리의 제 모습이 보였고, 그 유혹은 거부할 수가 없었어요. 하지만 염색약은 75센트나 하더라고요. 제가 가진 돈은 50센트밖에 없었고요. 그 아저씨는 정말 착한 분이었던 것 같아요. 저를 보더니 염색약을 50센트에 주시겠다는 거예요. 그 정도면 거저 주는 거라면서요. 그래서 염색약을 샀죠. 아저씨가 가자마자 방으로 올라와서 설명서에 쓰인 대로 낡은 브러시로 염색약을 발랐어요. 한 병 다요. 아아, 마릴라. 그런데 제 머리가 이 끔찍한 색깔로 변한 것을 보고 나쁜 짓 한 것을 후회했어요. 정말이에요. 그 후로 지금까지 후회 중이고요."

"그래, 후회가 효과가 있었으면 좋겠구나." 마릴라는 엄한 말투로 이야기했다. "허영심의 결말이 어떤 것인지 눈을 크게 뜨고 똑바로 봐라, 앤. 어쩌면 좋을지 모르겠구나. 우선 머리를 잘 감고 그게 도움이 되는지 보는 게 좋겠다."

그래서 앤은 비누와 물로 있는 힘껏 박박 문질러 머리를 감았다. 하지만 그렇게 해도 본래의 빨강 머리를 문질러 감았을 때만큼 별 변화가 없었다. 행상 아저씨가 머리를 감아도 염색약이 씻겨 없어지지는 않을 거라고 했던 것만큼은 거짓말이 아니었다. 다른 점에서는 진실성을 비난받아야 하겠지만 말이다.

"아아, 마릴라. 저 어쩌면 좋아요?" 앤이 눈물을 글썽이며 물었다. "절대 돌이킬 수가 없어요. 이제까지 진통제 케이크를 대접했던 것이나 다이애나를 취하게 했던 것, 레이첼 아주머니에게 성질부린 것, 이런 실수들은 사람들이 잘 잊어주었어요. 하지만 제 머리는 절대 잊지 못할 거예요. 사람들은 절 천박하다고 생각하게 되겠죠. 아아, 마릴라. '속이는 일에 발을 들여놓으니 우리 스스로 친 거미줄이 끝도 없이 우리를 옭아

매는구나.'(월터 스코트의 서사시 『마미온』(1808년)에 나오는 시구로 거짓말은 거짓말을 낳게 된다는 의미.-옮긴이) 이건 시인데 맞는 말이에요. 아아, 조시 파이가 얼마나 비웃을까! 마릴라, 전 조시 파이와 절대 마주치지 않을 거예요. 전 프린스 에드워드 섬에서 가장 불행한 아이예요."

앤의 불행한 마음은 일주일 동안 계속되었다. 그동안 앤은 어디에도 가지 않고 매일 머리를 감았다. 외부 사람들 중에서는 다이애나만 이 치명적인 비밀을 알고 있었다. 아무에게도 말하지 않기로 엄숙하게 약속했고, 그 약속을 지켰다. 일주일이 끝나갈 무렵 마릴라는 단호하게 이야기했다.

"소용이 없구나, 앤. 확실히 빠르게 착색되는 염색약인가 봐. 머리를 잘라야겠다. 다른 방법이 없어. 그런 꼴로는 나갈 수가 없잖니."

앤의 입술이 떨렸다. 하지만 앤도 마릴라의 말이 인정하기는 싫지만 사실이라는 것을 알고 있었다. 앤은 울적한 얼굴로 한숨을 쉬더니 가위를 가지러 갔다.

"단번에 확 잘라서 다 끝나게 해주세요, 마릴라. 아아, 마음이 찢어지는 것 같아요. 이 고통은 너무나 낭만적이지 못해요. 소설책에 나오는 여자들도 머리를 자르는 경우가 있지만 열병에 걸려서 자르거나 좋은 일을 하려고 돈을 마련해야 해서 자르던데 말이에요. 그런 식이라면 저도 머리카락을 반 넘게 잘라도 괜찮겠어요. 하지만 염색한 머리가 끔찍한 색이어서 머리를 자르게 되다니, 하나도 위로가 되지 않아요. 괜찮으시다면 머리 자르시는 동안 실컷 울고 싶어요. 너무 비극적인 상황 같아요."

앤은 정말로 울었다. 하지만 이내 위층으로 올라가 거울 앞에 앉았을 때는 절망에 빠져 오히려 차분해졌다. 마릴라는 꼼꼼하게 머리를 잘랐다. 머리는 최대한 바짝 잘라야 했다. 되도록 부드럽게 표현하자면, 결과가 썩 보기 좋지는 않았다. 앤은 바로 달려가서 벽에 걸린 거울을 뒤집어놓았다.

"머리가 자랄 때까지는 절대, 절대 거울 안 볼 거예요." 앤은 너무나 화가 난 목소리로 말했다.

그러더니 갑자기 거울을 다시 똑바로 돌려놓았다.

"아니, 봐야겠네요. 이렇게 하면 나쁜 짓에 대해 속죄가 되겠죠. 방에 들어올 때마다 내 모습을 보고 얼마나 추한지 확인하게 될 테니까요. 이번에는 다른 모습을 상상하지도 않을 거예요. 제가 다른 것도 아니고 머리카락에 대해 허영심이 있다는 생각은 못 했어요. 그런데 이제 보니 그랬었나 봐요. 빨강 머리이긴 했지만 길고 숱도 많고 곱슬거리니까요. 그렇다면 다음은 제 코에 무슨 일이 벌어질 차례가 아닌가 싶어요."

월요일이 되자 짧게 자른 앤의 머리를 보고 전교생이 술렁거렸다. 다행인 것은 머리를 자른 진짜 이유가 무엇인지 아무도, 조시 파이조차도 몰랐다는 것이었다. 하지만 조시 파이는 어김없이 앤에게 허수아비와 똑같아 보인다고 말했다.

"조시가 그런 말을 해도 전 아무 말 안 했어요." 그날 저녁 앤은 마릴라에게 털어놓았다. 마릴라는 그날도 두통 때문에 소파에 누워 있었다. "그것도 제 벌의 일부니까 참아내야 한다고 생각했거든요. 허수아비 같다는 말을 듣는 게 얼마나 가혹한지, 대꾸를 해주고 싶었어요. 하지만 안 했어요. 조시를 경멸의 눈초리로 한번 흘겨봐준 다음에 용서했어요. 누군가를 용서하면 자신이 굉장히 고결해진 것 같지 않아요? 이제는 착한 사람이 되는 데 제 모든 에너지를 다 쏟으려고 해요. 다시는 예뻐지려고 애쓰지 않을 거예요. 물론 착한 것이 예쁜 것보다 훌륭하죠. 저도 알아요. 하지만 가끔씩 알고는 있어도 마음으로는 믿기가 힘들 때도 있어요. 저는 정말로 착한 사람이 되고 싶어요, 마릴라. 아주머니나 앨런 사모님이나 스테이시 선생님처럼 말이에요. 그래서 아주머니의 자랑거리가 되고 싶어요. 다이애나는 제 머리가 자라면 까만 벨벳 리본으로 머리를 둥그렇게 감싸서 리본 끝을 예쁘게 묶으래요. 그러면 아주 잘 어울릴 거라고요. 전 그걸 리본 머리띠라고 부를래요. 낭만적으로 들리잖아요. 그런데 제가 말이 너무 많죠, 마릴라? 머리가 더 아프세요?"

"지금은 좀 낫다. 아까 오후에는 정말 심했어. 두통은 날이 갈수록 더 심해지기만 하는구나. 의사에게 한번 보여야겠어. 네 수다라면 난 신경 안 쓴다. 워낙 익숙해졌으니 말이야."

앤의 이야기를 듣는 것이 좋다는 것을 마릴라는 이렇게 표현했다.

28
불쌍한 백합 아가씨

"당연히 네가 일레인 역할이지, 앤." 다이애나가 말했다(백합 아가씨라고 불리는 일레인이 랜슬롯을 짝사랑하다가, 결국 자신을 배에 띄워 랜슬롯에게 보내달라는 유언을 남기고 죽게 되는 전설 속의 일레인을 말한다. 시인 A. 테니슨은 이 이야기에 영감을 얻어 「샬롯의 아가씨」라는 시를 쓴다.—옮긴이). "난 배로 저기까지 갈 자신이 없어."

"나도 그래." 루비 길리스가 몸을 떨었다. "난 배 타는 건 괜찮아. 두세 명이 함께 앉아서 가면 재미있겠지. 하지만 누워서 죽은 척해야 하잖아. 그걸 못 하겠어. 무서워서 정말 죽을 것 같아."

"물론 낭만적이긴 할 거야." 제인 앤드류스도 생각을 털어놓았다. "하지만 난 가만히 있지 못할 것 같아. 1분도 못 참고 눈을 떠서 어디쯤 왔는지, 너무 멀리까지 떠내려가는 건 아닌지 확인하게 될걸. 그러면 효과가 떨어질 거야, 앤."

"하지만 일레인이 빨강 머리라니, 말도 안 돼." 앤이 슬픈 목소리로 말했다. "난 배 타는 게 겁나지도 않고 일레인 역할도 하고 싶어. 하지만 역시 말도 안 되는 것 같아. 일레인은 루비가 해야 해. 피부도 하얗고 기다란 금발이 너무 예쁘잖아. 일레인은 눈부신 머리카락이 구불구불 흘러내렸다고 하니까. 그리고 일레인은 백합 아가씨 아니니. 빨강 머리 여자애가 백합 아가씨일 수는 없어."

"너도 루비만큼 얼굴빛이 하얀걸." 다이애나는 진심으로 말했다. "그리고 네 머리는 자르기 전보다 색깔이 훨씬 어두워진 것 같아."

"어머, 정말?" 앤은 기뻐서 얼굴이 발그레해졌다. "나도 가끔 그런 생각이 들거든. 그렇지만 다른 사람들에게는 차마 못 물어보겠더라고. 아니라고 할까 봐 말이야. 이제 적갈색이라고 해도 될 정도야, 다이애나?"

"응. 정말 예쁜 것 같아." 다이애나는 아주 경쾌한 까만 벨벳 리본으로 머리띠를 두른 앤의 짧고 부드러운 곱슬머리를 감탄의 눈길로 바라보았다.

아이들은 산비탈 과수원 집 밑 호숫가에 앉아 있었다. 그곳은 땅이 호수 쪽으로 비죽이 튀어나온 곳으로, 호숫가부터 자작나무들이 빙 둘러 자라고 있었다. 끄트머리에는 호숫물 위까지 뻗어 나간 조그마한 나무 선착장이 있었다. 어부들이나 오리 사냥꾼들이 이용하는 선착장이었다. 루비와 제인이 한여름날의 오후를 다이애나와 함께 보내던 중 앤이 놀러 온 것이었다.

앤과 다이애나는 그해 여름 대부분의 시간을 호수에서 보냈다. 벨 장로님이 봄에 목초지의 나무들을 베면서 한적한 황야 주변을 동그랗게 둘러싸고 있는 나무들까지 가차없이 베어버리는 바람에, 한적한 황야가 사라지고 말았던 것이다. 앤은 그루터기만 남은 나무들 사이에 앉아서 울었지만 이런 상황에도 낭만이 없지는 않다고 생각했고, 결국은 빠르게 기운을 차렸다. 그리고 다이애나에게 열네 살이 되어가는 열세 살의 다 큰 여자아이들에게 소꿉놀이 집은 너무 유치하고, 호숫가 쪽으로 가면 더 재미있는 놀거리가 있을 거라고 말했다. 다리 위에서 하는 송어 낚시는 근사했고, 두 아이는 직접 노를 저을 줄도 알게 되었다. 배리 씨가 오리 사냥할 때 쓰려고 두었던, 바닥이 평평한 작은 고깃배가 있었던 것이다.

일레인 이야기를 재현해보자는 것은 앤의 아이디어였다. 프린스 에드워드 섬의 모든 학교 국어 수업에 테니슨의 시를 배우라는 교육감의 지시로, 아이들은 지난겨울 학교에서 테니슨의 시를 공부했다(테니슨의 시 「샬롯의 아가씨」(1842)를 말한다.—옮긴이). 아이들은 이 시 전체를 조각조각 잘라서 연구하고 분석했다. 너무 토막을 내다 보니, 뭐라도 의미가 남아 있는 것이 놀라울 정도였다. 하지만 적어도 아름다운 백합 아가씨와 랜슬롯, 기네비어, 아더왕은 아이들에게 실존 인물처럼 되어버렸다. 앤은 카멜롯에서 태어나지 못한 것에 대해 남몰래 한탄에 빠져 있었다. 앤의 말에 따르면 그 시대가 지금보다 훨씬 더 낭만적이었다는 것이다.

일레인 연극에 대한 앤의 계획은 열렬한 환호를 받았다. 아이들은 배를 선착장에서 밀어내면 배가 물살에 떠밀려 다리 밑을 지나 결국 호수 쪽으로 휘어져 나온 아래쪽 선착장에 닿게 된다는 것을 알고 있었다. 자주 그런 식으로 배를 타고 놀았으니, 일레인 연극을 하기에 제격이었다.

"그럼 내가 일레인을 할게." 앤이 마지못해 양보했다. 주인공 연기를 하는 것이니 기뻐 마땅한 일이지만, 앤의 예술적 감각으로는 이야기에 부합하는 이미지가 필요한데 앤 자신이 느끼는 외모의 한계가 못내 아쉬웠기 때문이었다. "루비 넌 아더왕을 맡고 제인이 기네비어를 해. 다이애나, 너는 랜슬롯이야. 하지만 일레인의 오빠들과 아버지 역할을 먼저 해줘. 늙은 벙어리 하인은 빼야겠다. 누워 있어야 해서 배에 두 명이나 탈 수는 없어. 배는 새까만 새마이트(금실을 섞어서 짠 중세 시대의 비단.-옮긴이) 천으로 길게 덮어야 해. 너희 어머니의 낡은 까만색 숄이면 될 거야, 다이애나."

까만 숄이 준비되자 앤은 숄을 배에 펴고 바닥에 들어가 누워서 눈을 감고 두 손을 모아 가슴에 얹었다.

"어머, 앤은 정말 죽은 것처럼 보여." 루비 길리스가 겁먹은 목소리로 소곤거렸다. 앤의 새하얀 얼굴은 흔들리는 자작나무 그림자 아래 조금의 움직임도 없었다. "나 무서워, 얘들아. 이렇게 연극해도 되는 걸까? 레이첼 아주머니는 그런 척 연기하는 건 아주 못된 짓이라고 하셨잖아."

"루비, 레이첼 아주머니 이야기는 그만해." 앤이 단호하게 말했다. "몰입이 안 되잖아. 이건 레이첼 아주머니가 태어나기 몇백 년도 더 전의 이야기라고. 제인, 네가 지휘해. 죽은 일레인이 말을 하는 건 우습잖아."

제인이 실력을 발휘했다. 금실로 짠 침대보는 없었지만, 일본산 크레이프 천으로 만든 낡은 노란색 피아노 덮개면 충분했다. 흰 백합꽃도 손에 넣을 수 없었지만, 기다란 파란 붓꽃을 앤의 깍지 낀 손에 쥐여주니 그럴 듯했다.

"자, 이제 다 됐다." 제인이 말했다. "우린 일레인의 평온한 미간에 키스해야 해. 다이애나, 너는 '누이여, 영원한 작별을 고하노라'라고 하고, 루비 너는 '잘 가거라, 사랑하는 누이여'라고 하는 거야. 둘 다 최대한 슬픔에 빠진 모습이어야 해. 앤, 조금만 미소를 띠어줄래? 일레인은 '미소 짓는 것처럼 누워 있었다'고 했으니까. 응, 아주 좋네. 이제 배를 밀자."

그리하여 배는 선착장에 박혀 있는 낡은 말뚝을 거칠게 긁으며 호수로 나아갔다. 다이애나와 제인과 루비는 이제 한참 동안 기다리면서 배가 물살을 타고 다리 쪽을 향해 흘러가서 숲과 길을 지나쳐 아래쪽 선착장으로 가는 것을 지켜보기만 하면 되었다. 그곳에 도착할 때쯤이면 랜슬롯과 기네비어와 아더왕이 백합 아가씨를 맞이할 준비가 다 되어 있을 터였다.

몇 분 동안 앤은 천천히 떠내려가는 배 안에서 마음껏 이 낭만적인 상황을 즐기고 있었다. 그런데 전혀 낭만적이지 못한 일이 일어났다. 배에 물이 새기 시작한 것이었다. 출발한 지 얼마 되지 않아 일레인 놀이에 빠져 있던 앤은 허둥지둥 일어나야 했다. 금빛 침대보와 새까만 새마이트 덮개를 제쳐보니 배 밑바닥이 크게 갈라져서 물이 말 그대로 쏟아져 들어오고 있었다. 앤은 그 모습을 멍하니 바라보았다. 출발할 때 날카로운 말뚝에 긁히면서 배에 못질을 해둔 나무 조각이 떨어진 모양이었다. 앤은 그런 원인은 몰랐지만 오래지 않아 자신이 아주 위험한 처지가 되었다는 사실은 알게 되었다. 배가 이런 속도로 간다면 저쪽 선착장까지 가기도 전에 배에 물이 차서 가라앉고 말 것이 분명했다. 노를 어디다 뒀더라? 출발할 때 두고 왔구나!

앤은 숨이 턱 막혀 조그맣게 비명을 지르고 말았다. 아무에게도 들리지는 않았다. 입술까지 하얗게 질렸지만 침착성을 잃지는 않았다. 기회는 딱 한 번밖에 없었다. 딱 한 번이었다.

"무서워서 죽을 뻔했어요." 앤은 다음 날 앨런 사모님에게 이렇게 말했다. "배가 물살이 높아지는 다리 쪽에 이를 때까지 기다리는데 몇 년은 흐른 것 같은 기분이었어요. 전 기도를 했어요, 사모님. 엄청 진지하게요. 하지만 기도하면서 눈을 감지는 않았어요. 하나님이 저를 구해주시려면 배가 다리를 떠받치는 기둥들 중 하나에 아주 가까이 닿아서 제가 그 기둥을 타고 올라가게 해주시는 방법밖에 없다는 걸 알고 있었거든요. 기둥들은 고목으로 되어 있어서 옹이도 많고 잘려나간 가지 끝부분도 많이 남아 있으니까 저도 올라갈 수 있죠. 그래서 기도는 제대로 드렸지만 주의 깊게 지켜보기도 해야 했어요. 이렇게 기도했어요. '하나님 아버지, 배가 기둥에 가까이 닿게만 해주세요. 나머지는 제가 알아서 할게요.' 몇 번이고 반복해서 기도했어요. 그런 위급한 상황에서는 화려한 기도문이 생각나지 않잖아요. 하지만 제 기도는 응답을 받았어요. 배가 잠시 기둥에 부딪칠 정도로 가까이 갔거든요. 저는 스카프와 숄을 어깨에 대강 걸치고 하나님이 마련해주신 커다란 나뭇가지 끝부분을 잡고 재빨리 올라갔죠. 그리고 미끌미끌한 고목 나무둥치에 매달려 있었던 거예요. 위로 올라가든지 아래로 내려가든지, 그밖에는 다른 길이 없는 기둥에 말이에요. 상당히 낭만적이지 못한 자세였죠. 하지만 그때는 그런 생각을 못 했어요. 물이 넘실대는 무덤에서 탈출할 때는 낭만에 대한 생각이 별로 나지 않잖아요. 저는 바로 감사의 기도를 드렸어요. 그러고는 나무를 꼭 붙들고 있는 데 온 정신을 다 쏟았고요. 제가 다시 마른 땅을 밟으려면 인간의 도움에 의존해야만 할 것 같아서요."

배는 다리 밑으로 떠내려가자마자 곧 가라앉고 말았다. 루비, 제인, 다이애나는 그때 이미 아래쪽 선착장에 도착해서 기다리는 중이었다. 아이들은 자신들의 눈앞에서 배가 사라지는 모습을 지켜보았고, 조금도 의심 없이 앤이 그 배에 타고 함께 가라앉았다고 생각했다. 잠시 아이들은 온몸이 굳은 듯 그 자리에 서 있었다. 끔찍한 비극에 얼굴은 종잇장처럼 하얗게 질렸고 온몸은 공포로 얼어붙었다. 그러다가 동네가 떠나가라 비명을 질렀고, 미친듯이 숲을 지나 위쪽으로 뛰어가기 시작했다. 큰길을 지나면서도 다리 쪽으로는 눈길도 주지 않은 채 잠시도 멈추지 않고 냅다 달렸다. 발로 위태위태하게 지탱하며 필사적으로 매달려 있던 앤은 아이들이 뛰어가는 모습을 보았고 비명 소리도 들었다. 얼마 지나지 않아 도움을 받게 되긴 했지만, 그동안 아주 불편한 자세를 유지해야 했다.

몇 분이 흘렀다. 불쌍한 백합 아가씨에게는 일 분이 한 시간

같았다. 왜 아무도 지나가지 않는 걸까? 아이들은 어디로 간 걸까? 아이들 중 누가, 아니, 전부 다 기절했나! 아무도 안 오면 어쩌지? 너무 지치고 온몸에 쥐가 나서 더 이상 매달려 있을 수 없게 되면 어쩌지? 앤은 아래를 내려다보았다. 무시무시한 초록색 물 위로 그림자들이 길게 일렁이고 있었다. 앤은 몸을 떨었다. 온갖 종류의 섬뜩한 가능성 쪽으로 상상력이 발휘되기 시작했다.

손목과 팔이 아파서 정말 더 이상은 견딜 수 없다고 생각하던 찰나, 길버트 블라이드가 나타났다. 길버트는 하먼 앤드류스네 고깃배를 타고 노를 저어 다리 밑을 지나기던 중이었다.

길버트가 위를 쳐다보니 놀랍게도 작고 하얀 비웃는 듯한 표정의 얼굴이 자신을 내려다보고 있었다. 커다란 회색 눈동자는 겁에 질려 있기는 했지만 비웃는 듯한 기색도 서려 있었다.

"앤 셜리! 도대체 거긴 어떻게 올라간 거야?" 길버트가 소리쳤다.

그리고 대답도 기다리지 않고 배를 기둥에 갖다대고 손을 내밀었다. 도움 받을 곳이 달리 없었다. 앤은 길버트 블라이드의 손에 매달려 고깃배에 내려섰다. 앤은 고물 쪽에 주저앉았다. 흙투성이가 되어 분노에 찬 앤의 팔에는 물이 뚝뚝 떨어지는 숄과 흠뻑 젖은 크레이프 천 덮개가 걸려 있었다. 이런 상황에서는 품위를 지키기가 지극히 어려운 것이 당연하지 않은가!

"어떻게 된 거야, 앤?" 길버트가 다시 노를 저으며 물었다.

"일레인 연극 중이었어." 앤은 자신을 구해준 길버트는 아예 쳐다보지도 않으면서 냉랭하게 대답했다. "내가 배를 타고 카멜롯에 떠내려가야 했어. 고깃배였지만. 그런데 고깃배가 물이 새기 시작해서 그 기둥에 기어 올라갔던 거야. 다른 아이들은 도와줄 사람을 찾으러 갔어. 미안하지만 땅에 내려줄래?"

길버트는 친절하게 육지 쪽으로 노를 저었다. 앤은 도움의 손길을 거부하고 재빨리 땅에 내려섰다.

"정말 고맙다." 앤은 길버트를 외면한 채 오만한 태도로 말했다. 하지만 길버트도 배에서 내리더니 앤의 팔을 잡았다.

"앤." 길버트가 허둥지둥 말했다. "이쪽 좀 봐. 우리 친구가 될 수는 없을까? 그때 네 머리를 가지고 놀렸던 건 정말 미안해. 너를 화나게 할 생각은 없었고 그냥 장난치려고 한 소리였어. 게다가 시간이 많이 지났잖아. 네 머리는 정말 예쁘다고 생각해. 진심이야. 우리 친하게 지내자."

잠깐 동안 앤은 망설였다. 앤의 분노에 찬 자존심 아래로 아주 이상하고 낯선 생각이 피어올랐다. 그것은 반쯤 쑥스러워하기도 하고 반쯤 간절하기도 한 길버트의 갈색 눈동자가 아주 보기 좋다는 생각이었다. 가슴이 묘하게 빨리 뛰었다. 하지만 오래 지속되어 온 쓰라린 노여움으로 인해 흔들리는 마음은 곧바로 경직되었다. 2년 전의 소동이 마치 어제 일어난 일처럼 생생하게 떠올랐다. 길버트가 '홍당무'라고 놀리는 바람에 전교생 앞에서 수치를 당하게 되었던 것 아닌가. 다른 아이들, 특히 나이가 좀 더 많은 아이들이라면 앤의 분노나 그 분노의 이유가 우스울 만큼 아무것도 아닌 일이었을 것이다. 하지만 앤의 억하심정은 시간이 흘러도 조금도 가라앉거나 누그러지지 않은 모양이었다. 앤은 길버트 블라이드라면 이를 갈았다. 절대 용서하지 않을 작정이었던 것이다.

"싫어." 앤은 차갑게 거절했다. "난 너와 절대 친구가 될 수 없을 거야, 길버트 블라이드. 그러기도 싫고."

"알았어!" 길버트는 배에 올라탔다. 화난 듯 얼굴이 붉었다. "다시는 친구가 되자는 말은 하지 않을 거야, 앤 셜리. 신경 쓰지도 않을 거고!"

길버트는 반항적으로 빠르게 노를 저어 멀어져갔다. 앤은 단풍나무 아래로 난 길을 걸어 올라갔다. 가파르고 양치식물이 무성한 좁은 길이었다. 앤은 고개를 높이 쳐들고 있었지만 후회라는 야릇한 감정이 느껴졌다. 길버트에게 다른 대답을 했으면 좋았을 거라는 생각마저 들 정도였다. 물론 길버트는 앤에게 심한 모욕을 주었다. 하지만 그래도 그러지 말걸!

이런저런 생각 끝에 앤은 주저앉아서 펑펑 울었으면 좋겠다는 생각을 했다. 앤은 침착성을 잃고 예민해져 있었다. 겁에 질려 몸에 경련이 일 정도로 다리에 꼭 매달려 있었던 후유증이 나타난 것이었다.

길을 반쯤 올라갔을 때 제인과 다이애나가 보였다. 둘은 완전히 미치기 직전의 상태로 다시 호숫가를 향해 급히 돌아오던 중이었다. 산비탈 과수원 집으로 가보았지만 배리 부부가 외출해서 집은 비어 있었다. 그러다 루비 길리스가 히스테리를 일으켜 쓰러지는 바람에 루비는 그곳에 남아 진정하려 애쓰고, 제인과 다이애나는 유령숲을 지나 시내를 건너 초록지붕 집으로 갔다. 하지만 그곳에도 사람이 없었다. 마릴라는 카모디에 갔고 매튜도 뒤쪽 들판에서 건초를 만드는 중이었다.

"아아, 앤." 다이애나는 숨을 헐떡이며 앤의 목에 와락 달려들어 안도와 기쁨의 눈물을 흘렸다. "아아, 앤. 우린 네가, 네가 물에 빠져서⋯⋯ 우린 살인자가 된 것 같아서⋯⋯ 우리가 우겨서 네가 일레인 역을 했잖아. 루비는 히스테리를 일으켰고⋯⋯ 아아, 앤, 어떻게 배에서 나왔어?"

"다리 기둥에 기어 올라갔어." 녹초가 된 앤이 대답했다. "길버트 블라이드가 앤드류스 아저씨네 배를 타고 지나가다가 나를 태워서 땅에 내려줬어."

"아아, 앤. 얼마나 고마운 일이니! 근데 굉장히 낭만적이다!" 마침내 한숨 돌려 말이 나오게 된 제인의 첫 마디였다. "나중에 길버트에게 고맙다고 해."

"당연히 안 할 거야." 앤은 순간적으로 예전의 분노가 되살아나서 발끈했다. "그리고 다시는 이 일에 대해 '낭만적'이라는 말 듣고 싶지 않아, 제인 앤드류스. 굉장히 무서웠지? 너희들한테 정말로 미안해. 다 내 잘못이야. 난 불행한 운명을 타고난 게 틀림없어. 내가 하는 일마다 나나 내 소중한 친구들을 곤경에 몰아넣으니 말이야. 다이애나, 너희 아버지의 배는 영영 잃게 됐어. 이제는 호수에서 배를 타고 노는 건 허락받지 못할 거란 예감이 들어."

앤의 예감은 평소보다 훨씬 잘 맞아떨어졌다. 오늘 오후의 이 사건을 알게 되자 배리 집안과 커스버트 집안은 발칵 뒤집혔다.

"정신 좀 차리고 살면 안 되겠니, 앤?" 마릴라는 혀를 찼다.

"아, 그럼요. 그러려고 해요, 마릴라." 앤이 낙천적으로 대답했다. 동쪽 지붕 밑 방에서 감사하게도 혼자 있으면서 펑펑 울었던 덕분에 날카로웠던 기분도 가라앉았고 평소의 활기도 되찾았던 것이다. "제가 분별 있는 사람이 될 가능성이 그 어느 때보다도 높은 것 같아요."

"글쎄, 모르겠구나." 마릴라가 말했다.

"그렇다니까요." 앤이 설명했다. "오늘 가치 있는 교훈을 새로 얻었어요. 그동안 초록지붕 집에 온 이후로 실수를 참 많이 했는데요, 실수할 때마다 제 큰 단점들을 고치는 데 도움이 되었어요. 자수정 브로치 사건에서는 내 것이 아닌 물건에 손을 대는 버릇을 고쳤잖아요. 유령숲 상상으로 혼나면서부터는 상상을 실제처럼 믿어버리게 되는 일이 없어졌고요. 진통제 케이크 실수를 통해서는 요리할 때 조심성 없이 굴지 않게 되었고요. 염색 사건으로 허영심도 버리게 됐죠. 이젠 절대 머리나 코 생각은 안 해요. 음, 적어도 많이 하진 않아요. 그리고 오늘 사건으로 지나치게 낭만에 빠져드는 버릇도 고쳐질 거예요. 에이번리에서는 낭만적인 것을 추구해봤자 아무 소용없다는 결론을 내렸거든요. 몇백 년 전 탑이 있는 카멜롯에서라면 모를까, 지금 여기서는 낭만이 환영받지 못해요. 이런 점에서 제가 크게 향상될 날이 머지않았다고 생각해요, 마릴라."

"정말 그랬으면 좋겠구나." 마릴라는 시큰둥했다.

하지만 구석에 말없이 앉아 있던 매튜는 마릴라가 나가자 앤의 어깨에 손을 얹으며 말했다.

"낭만을 전부 포기하지는 마라, 앤." 매튜는 부끄러운 듯이 작은 소리로 말했다. "약간의 낭만은 좋은 거야. 물론 지나치면 안 되지. 조금만 간직하려무나, 앤. 조금만."

29
평생 잊지 못할 순간들

앤은 뒤쪽 목초지에서 소를 몰고 연인들의 길을 걸어 집으로 돌아오는 중이었다. 9월의 어느 날 저녁이었다. 루비처럼 새빨간 저녁놀이 숲속을 빈틈없이 가득 채우며 넘실거렸다. 연인들의 길도 저녁놀로 군데군데 물들어 있었다. 길은 대부분 이미 단풍나무 밑에서 어둑어둑해져 있있고, 전나무 아래는 공기가 와인을 머금은 듯 선명한 자줏빛 땅거미로 가득 차 있었다. 바람이 나무 꼭대기를 훑고 지나갔다. 세상에 그 어떤 음악도 저녁때 전나무 숲에 부는 바람 소리보다 아름답지는 못했다.

소들은 평온하게 연인들의 길을 내려갔다. 앤은 꿈꾸는 듯한 눈빛으로 소들의 뒤를 따라가며 『마미온』(19세기 초 영국의 역사가이자 시인, 소설가인 월터 스콧의 대서사시로, 16세기 스코틀랜드 역사와 플로든 전쟁에 대해 다루고 있다. - 옮긴이)의 전투 편을 소리 내어 외우고 있었다. 이것도 지난겨울 국어 시간에 배운 것으로, 스테이시 선생님은 이 서사시를 외우게 했다. 앤은 시를 외우면서 돌진하는 부분과 창들이 서로 맞부딪치는 장면을 상상하며 가슴 벅차했다. 대망의 구절은 이 부분이었다.

'창을 든 불굴의 용사들은 참으로 잘 싸웠노라
누구도 뚫고 지나갈 수 없는 그들의 어둠의 숲이여'

이 구절에서 앤은 황홀감에 빠져 걸음을 멈추고 눈을 감았다. 그렇게 하면 영웅의 반열에 오른 자신의 모습을 더 잘 상상할 수 있기라도 한 듯이 말이다. 앤이 다시 눈을 뜨자 다이애나가 보였다. 배리네 들판으로 이어지는 문을 나서는 다이애나의 진지한 표정을 보고, 앤은 다이애나가 뭔가 할 이야기가 있다는 것을 직감했다. 하지만 엄청난 호기심을 드러내지 않고 이렇게 말했다.

"오늘 저녁은 보랏빛 꿈 같지 않아, 다이애나? 이런 날은 살아 있다는 게 너무나 기뻐. 아침에는 항상 아침이 최고인 것 같은데, 저녁이 되면 저녁이 더 아름다운 것 같아."

"아주 아름다운 저녁이지." 다이애나가 말했다. "그런데 굉장한 소식이 있어, 앤. 맞춰봐. 기회를 세 번 줄게."

"샬럿 길리스가 결국 교회에서 결혼식을 올려서 앨런 사모님이 우리더러 장식을 맡으라고 했구나?" 앤이 소리쳤다.

"아냐. 샬럿의 남자친구가 그건 싫다고 했대. 아직 아무도 교회에서 결혼식을 올린 적이 없다면서, 장례식 같을 거라고 했다지 아마(이 책의 배경이 된 19세기 말 캐나다의 기독교 가정에서는 집에서 결혼식을 올리는 것이 일반적이었다.- 옮긴이). 그건 너무 심한 말이야. 교회에서의 결혼식도 아주 즐거울 것 같은데 말이지. 다시 맞춰봐."

"제인의 어머니가 생일파티를 하게 해주신대?"

다이애나는 고개를 저었다. 까만 눈동자는 즐거워서 이리저리 흔들리고 있었다.

"모르겠어." 앤은 좌절했다. "무디 스퍼전 맥퍼슨이 어젯밤 기도회 끝나고 널 집까지 데려다줬나? 그랬어?"

"그건 아니지." 다이애나가 발끈해서 소리쳤다. "만약 그 진저리나는 애가 정말 그랬다면 그게 자랑할 만한 일이겠어? 네가 못 맞출 줄 알았어. 오늘 엄마가 조세핀 할머니한테서 편지를 받았는데, 할머니 말씀이 너랑 내가 다음 주 화요일에 샬럿타운으로 와서 할머니 댁에 머무르며 박람회를 보면 좋겠다고 하셨대. 어때!"

"어머나, 다이애나." 앤은 소곤소곤 말하고는 다리에 힘이 풀려 단풍나무에 기대섰다. "정말이야? 하지만 마릴라가 못 가게 할 것 같은데. 놀러 다니라고 등 떠밀 순 없다고 하실걸. 바로 지난주에 하신 말씀이야. 제인이 마차에 자리가 둘 났다면서 화이트샌즈 호텔에서 미국인들이 여는 콘서트에 가자고 초대했을 때 말이야. 그때 나는 가고 싶었는데 마릴라가 나도 그렇고 제인도 그렇고 집에서 공부하는 편이 좋겠다고 하셨거든. 얼마나 실망했는지 몰라, 다이애나. 너무 마음이 아파서 잠자리에 들 때 기도도 안 했지. 하지만 곧 뉘우치고 밤중에 일어나서 기도했어."

"이러면 어떨까." 다이애나가 말했다. "우리 엄마가 마릴라에게 부탁하는 거야. 그러면 널 보내주실 수도 있지 않을까? 보내주신다면 정말 재미있을 텐데 말이야, 앤. 난 박람회에 가본 적이 없거든. 그래서 다른 애들이 다녀온 이야기를 하면 약이 올라. 제인하고 루비는 두 번이나 갔다 왔는데 올해 또 갈 거라잖아."

"내가 갈 수 있을지 없을지 확실해지기 전까지는 그 생각 하지 않을래." 앤은 단호하게 말했다. "한창 생각을 하다가 못 가게 되면 정말 견디기 힘들 거야. 하지만 만약 가게 된다면 그때쯤 새 코트가 완성될 거라서 정말 잘됐어. 사실 마릴라는 새 코트는 필요 없다고 하셨어. 입던 코트를 한 해 더 입어도 충분할 거라고 하면서, 새 옷이 생기는 걸로 만족해야 한다고. 새 옷은 정말 예뻐, 다이애나. 짙은 청색이고 요새 유행하는 스타일이야. 마릴라는 요즘 들어 늘 유행하는 스타일로 옷을 지어주셔. 매튜가 또 레이첼 아주머니에게 옷을 만들어달라고 하면 안 된다고 하시면서. 정말 기쁜 일이야. 유행하는 옷을 입고 있으면 착한 행동을 하기가 훨씬 쉽잖아. 적어도 나는 그래. 본성이 착한 사람들과 별 차이가 없는 것 같단 말이지. 어쨌든 그런데 매튜가 나한테는 새 코트가 꼭 필요하다고 우기셨어. 그래서 마릴라가 예쁜 파란색 모직물 옷감을 사다가 카모디에 있는 진짜 양장점에 맡기신 거야. 코트는 토요일 밤에 완성된다지 뭐야. 그래서 난 일요일에 새 옷과 새 모자를 쓰고 교회 통로를 걸어가는 상상을 하지 않으려고 애써. 그런 상상은 올바르지 않은 것 같아서 말이야. 하지만 애써봐도 문득문득 생각이 나는걸 뭐. 모자도 되게 예뻐. 함께 카모디에 갔던 날 매튜가 사준 거야. 파란 벨벳으로 만든 조그만 모자인데 요즘 엄청나게 인기 있는 스타일이래. 금색 끈과 상식술이 달려 있어. 네 새 모자도 우아해, 다이애나. 잘 어울리기도 하고. 네가 지난주 일요일에 교회로 들어오는 걸 보고 네가 나의 가장 소중한 친구라고 생각하니 자랑스러워서 가슴이 벅차올랐어. 옷에 대해 너무 많이 생각하는 건 잘못된 일일까? 마릴라는 그게 무척 죄가 된다고 하셔. 하지만 너무 재미있잖아. 안 그래?"

마릴라는 앤이 갔다 오는 것을 허락해주었다. 배리 씨가 화요일에 두 아이를 데려다주기로 했다. 샬럿타운은 30마일 떨어져 있었는데, 배리 씨는 화요일에 아이들을 데려다주고 그날 다시 돌아오고 싶어 했다. 그러려면 아주 일찍 출발해야만 했다. 하지만 앤은 너무 기뻐서 화요일 아침에 해가 뜨기도 전에 일어났다. 창문을 흘깃 바라보니 하루 종일 날씨가 맑을 듯했다. 유령숲 전나무들 뒤로 보이는 동쪽 하늘이 온통 환하고 구름 한 점 없었기 때문이다. 나무들 사이로 산비탈 과수원 집의 서쪽 지붕 밑으로 불빛이 빛나는 것으로 보아, 다이애나 역시 일어나 있는 것이 분명했다.

앤이 옷을 다 입었을 때쯤 매튜가 불을 피우러 나왔다. 그리고 마릴라가 내려왔을 때는 앤이 아침 식사 준비를 다 마쳐놓은 상태였다. 하지만 정작 식사는 너무 들떠서 먹는 둥 마는 둥 했다. 아침을 먹고 근사한 새 모자에 새 코트까지 걸친 후에 앤은 서둘러 시내를 건너고 전나무 숲을 지나 산비탈 과수원 집으로 향했다. 배리 씨와 다이애나가 앤을 기다리고 있다가 앤이 오자 곧 출발했다.

먼 길이었지만 앤과 다이애나는 순간순간이 즐거움의 연속이었다. 추수가 끝나 짧게 깎인 들판 위로 이른 아침의 붉은 햇빛이 조금씩 뻗어나가는 가운데, 이슬이 촉촉한 길을 덜컹거리며 지나가는 것이 그렇게 즐거울 수가 없었다. 공기는 상쾌했다. 회색빛이 도는 파르스름한 안개는 골짜기를 휘감아 언덕 쪽으로 흘러들고 있었다. 길은 이따금씩 새빨간 깃발이 걸리듯 단풍이 들기 시작한 단풍나무 숲속으로 이어지기도 했다. 그러다 다리가 나와 강을 건너가기도 했다. 다리를 지나갈 때 앤은 오래전부터 다리에 대해 품고 있던 공포심 때문에 움찔했지만, 반쯤은 즐겁기도 한 공포심이었다. 해안을 따라 구불구불 이어진 길을 지나갈 때는 비바람에 잿빛으로 바랜 낚시용 오두막들이 옹기종기 모여 있는 곳도 보았다. 길이 다시 산속으로 접어들자 멀리 둥그렇게 펼쳐진 고지대 같기도 하고 아련한 푸른 하늘 같기도 한 풍경이 눈에 들어왔다. 하지만 어디에 이르건 흥미로운 것들이 많아 이야기가 끊이지 않았다. 샬럿타운에 도착한 것은 정오 무렵이었다. 마차는 '너도밤나무 숲' 저택 쪽으로 향했다. 그곳은 아름답고 오래된 대저택이었다. 길에서 한참 떨어져 있어 호젓한 곳으로, 푸른 느릅나무와 가지가 무성한 너도밤나무가 잔뜩 자라고 있었다. 조세핀 할머니가 예리한 까만 눈동자를 반짝이며 문을 열어주었다.

"드디어 날 보러 왔구나, 앤." 할머니가 말했다. "세상에, 이렇게 부쩍 크다니! 이제 나보다도 더 크네. 그리고 지난번보다 외모가 훨씬 더 나아졌구나. 아마 말하지 않아도 알고 있겠지만."

"사실은 몰랐어요." 앤은 밝은 목소리로 말했다. "주근깨가 예전처럼 그렇게 많지는 않다는 건 알아요. 정말 감사한 일이죠. 하지만 다른 건 더 나아지기를 감히 바랄 수도 없었어요. 그렇게 생각해주시니까 너무 감사해요, 조세핀 할머니."

앤이 나중에 마릴라에게도 말했지만, 할머니 댁은 웅장함으로 가득한 곳이었다. 조세핀 할머니가 점심 준비가 되었는지 보러 간 동안 응접실에 남은 시골 여자아이 둘은 그곳의 화려함에 조금 당황했다.

"궁전 같지 않니?" 다이애나가 소곤거렸다. "할머니 댁에 와본 적이 없어서 이렇게 웅장한 곳인 줄은 몰랐어. 줄리아 벨이 이 응접실을 봐야 하는 건데. 자기네 응접실을 갖고 그렇게 잘난 체하니 말이야."

"벨벳 카펫이라니……." 앤이 기분 좋은 한숨을 쉬었다. "게다가 실크 커튼까지! 난 이런 것들을 꿈꿔왔어, 다이애나. 그런데 있잖아, 이런 것들이 있는데 마음이 썩 편하지가 않다는 게 믿어지지 않아. 이 방에 있는 것들은 다 너무나 근사한 것들이라 상상의 여지가 남아 있지 않을 정도야. 상상은 가난할 때나 위로가 되나 봐. 상상할 수 있는 게 아주 많을 때 말이야."

샬럿타운에 머물렀던 요 며칠은 앤과 다이애나에게 몇 년 동안 되짚어볼 추억거리가 되었다. 처음부터 끝까지 즐거움으로 가득한 날들이었다.

수요일에는 조세핀 할머니가 두 아이를 박람회장으로 데려가 하루 종일 그곳에 있었다.

"정말 근사했어요." 앤은 나중에 마릴라에게 박람회 이야기를 들려주었다. "그렇게 재미있는 게 있으리라고는 상상도 못 했어요. 가장 재미있는 부문을 하나만 꼽으라면 잘 모르겠어요. 말과 꽃, 수예품 쪽이 제일 좋았던 것 같아요. 조시 파이가 레이스 뜨기 부문에서 1등을 했어요. 전 조시가 1등을 해서 정말 기뻤어요. 그리고 제가 기뻐했다는 것도 기뻤고요. 마릴라, 조시의 성공에 기뻐해줄 수 있다는 건 제가 더 나은 사람이 되고 있다는 거 아니에요? 하먼 앤드류스 아저씨는 그라벤슈타인 품종의 사과로 2등을 했고 벨 장로님은 돼지 부문에서 1등을 했어요. 다이애나는 주일학교 교장 선생님이 돼지 부문에서 상을 타다니 말도 안 되는 것 같다고 하더라고요. 하지만 전 왜 그런지 모르겠어요. 정말 그런가요? 다이애나는 그 후로 장로님이 굉장히 엄숙하게 기도하실 때면 돼지 생각이 난대요. 클라라 루이즈 맥퍼슨은 그림 그리기에서 상을 탔고, 레이첼 아주머니는 집에서 만든 버터와 치즈로 1등을 했어요. 이 정도면 에이번리가 꽤 눈에 띄었겠죠? 그날 레이첼 아주머니도 오셨어요. 생판 모르는 사람들 속에서 아주머니의 친숙한 얼굴을 보니, 제가 아주머니를 얼마나 좋아하는지 알겠더라고요. 사람이 정말 많았어요, 마릴라. 그 가운데 있으니까 제가 엄청나게 미미한 존재인 것 같은 느낌이 들었죠. 그리고 조세핀 할머니는 우리를 경마 관람석으로 데려가주셨어요. 레이첼 아주머니는 안 가셨죠. 경마는 가증스러운 것이라고요. 기독교인으로서 그런 가증스러운 것을 멀리하는 데 모범을 보이는 것이 당연한 의무라고 생각하신댔어요. 하지만 경마장에는 사람들이 너무 많아서 레이첼 아주머니가 없어도 티도 안 나는 것 같더라고요. 그래도 경마장에 너무 자주 가면 안 되는 것은 맞는 것 같아요. 경마가 너무나 매혹적이라서요. 다이애나는 너무 신나서 저한테 10센트 내기를 하자고 했어요. 자기는 붉은 말이 이기는 데 걸겠다고요. 전 그 말이 이길 것 같지는 않았지만 그래도 내기는 거절했어요. 왜냐하면 앨런 사모님께 이 이야기를 전부 해드리고 싶은데 내기를 했다는 말은 할 수 없을 것 같았거든요. 목사님 사모님께 말할 수 없는 일을 하는 건 잘못된 행동이잖아요. 목사님 사모님과 친하니 특별히 더 양심에 따르게 되어서 좋은 것 같아요. 그리고 내기를 안 하길 정말 잘했어요. 붉은 말이 이겼거든요. 10센트를 잃을 뻔했지 뭐예요. 좋은 일을 하는 것 자체가 보상이라는 말이 맞나봐요. 어떤 남자가 열기구를 타고 높이 올라가는 것도 봤어요. 저도 열기구를 타고 올라가보고 싶어요, 마릴라. 정말 짜릿할 거예요. 그리고 점을 쳐주는 사람도 있었는데요, 10센트를 내면 작은 새가 운세가 적힌 종이를 물어다 줘요. 조세핀 할머니가 다이애나와 저에게 10센트씩 주셔서 해봤거든요. 제가 받은 종이에 따르면 제가 아주 부유하고 피부가 까무잡잡한 남자와 결혼을 한대요. 그리고 강이나 바다 건너에서 살게 된대요. 그 후로 까무잡잡한 남자들을 유심히 보긴 했지만 신경을 많이 쓰지는 않았어요. 어쨌든 신랑감을 찾기엔 너무 이르잖아요. 아아, 절대 잊지 못할 하루였어요, 마릴라. 너무 피곤해서 밤에 잠이 오지 않더라고요. 조세핀 할머니는 약속대로 우리를 손님방에서 자게 해주셨어요. 우아한 방이었어요, 마릴라. 하지만 왠지 모르게 손님방에서 자는 건 생각했던 것 같지가 않더라고요. 어른이 되어갈수록 나쁜 게 그거예요. 전 그걸 실감하기 시작했어요. 어렸을 때 그토록 바라던 것들을 커서 이루게 되면 별로 놀랍고 근사하지 않단 말이죠."

목요일에는 마차를 타고 공원에 드라이브를 갔다. 저녁때는 조세핀 할머니가 두 아이를 음악학교에서 열리는 콘서트에 데리고 갔는데, 유명한 여자 오페라 가수가 노래하는 콘서트였다. 앤에게 그날 저녁은 번쩍번쩍 빛나는 기쁨의 향연이었다.

"아아, 마릴라. 말로 다 표현할 수가 없어요. 너무 흥분이 돼서 말도 나오지 않았어요. 어느 정도였는지 아시겠죠? 전 황홀한 침묵에 싸여 앉아 있었어요. 마담 셀리츠키는 완벽하게 아름다웠어요. 하얀 새틴 드레스에 다이아몬드 목걸이를 하고 있었고요. 하지만 그분이 노래하기 시작하니 다른 건 눈에 들어오지도 않았어요. 아아, 어떤 느낌이었는지 말로 표현할 수가 없어요. 이제는 착한 사람이 되는 게 그렇게 어렵지는 않을 것 같았어요. 하늘의 별을 올려다보는 것 같았어요. 눈물이 나오더라고요. 하지만 아아, 아주 행복해서 나오는 눈물이었어요. 콘서트가 다 끝나니까 너무 아쉽더라고요. 조세핀 할머니에게 일상생활로 어떻게 다시 돌아갈지 모르겠다고 했죠. 그랬더니 할머니 말씀이, 길 건너 레스토랑으로 가서 아이스크림을 먹으면 기분이 좀 나아질 거라고 하셨어요. 그다지 참신한 생각은 아닌 것 같았지만, 놀랍게도 할머니 말씀이 맞더라고요. 아이스크림은 아주 맛있었어요, 마릴라. 밤 11시에 거기서 아이스크림을 먹고 있자니 근사한 기분도 들고 방탕하게 놀고 있는 것 같은 느낌도 들었어요. 다이애나는 자신에게는 도시 생활이 딱 맞는 것 같대요. 조세핀 할머니가 저는 어떤지 물어보셨지만 전 아주 진지하게 생각해봐야 진짜 제 생각을 말할 수 있을 것 같다고 했어요. 그래서 침대에 누워서 생각해봤죠. 뭔가 생각을 하기에는 그 시간이 제일 좋으니까요. 제가 내린 결론은요, 마릴라, 전 도시 생활에는 맞지 않는 것 같아요. 그 결론에 기쁜 마음이 들었어요. 가끔씩 밤 11시에 멋진 레스토랑에서 아이스크림을 먹는 건 근사하죠. 하지만 그게 일상이라면 전 밤 11시에 동쪽 지붕 밑 방에서 푹 자는 게 나을 것 같아요. 잠을 자고 있어도 밖에는 별이 빛나고 있고 시냇물 건너 전나무 숲에는 바람이 불고 있다는 것을 알고 있는 그런 생활이요. 다음 날 아침에 아침 식사를 하면서 할머니에게 그렇게 말씀드렸더니 크게 웃으시더라고요. 조세핀 할머니는 제가 무슨 말을 하면 대부분 웃으세요. 심지어 아주 진지한 얘기를 해도요. 기분이 썩 좋지는 않았어요, 마릴라. 웃기려고 한 이야기가 아니었으니까요. 하지만 할머니는 아주 친절한 분이시고 저희를 아주 지극하게 대접해주셨어요."

금요일은 집에 돌아가는 날로, 배리 씨가 아이들을 데리러 왔다.

"그동안 재미있었다면 좋겠구나." 조세핀 할머니는 아이들에게 작별 인사를 했다.

"정말 재미있었어요." 다이애나가 말했다.

"넌 어땠니, 앤?"

"한 순간도 빼놓지 않고 재미있었어요." 앤은 갑자기 이 나이 든 여인의 목을 끌어안고 주름진 볼에 뽀뽀를 했다. 다이애나는 자기라면 감히 그런 행동은 못 했을 터라, 앤의 거침없는 행동에 가슴이 철렁했다. 하지만 조세핀 할머니는 기분이 좋아 보였다. 할머니는 마차가 안 보일 때까지 베란다에 서서 배웅했다. 그리고 한숨을 쉬며 커다란 집으로 다시 들어갔다. 생기 있는 어린아이들이 있다가 없어지니 아주 쓸쓸한 기분이 들었다. 조세핀 할머니는 약간 이기적인 노부인이었다. 사실, 자기 자신 말고는 어느 누구도 별로 좋아해본 적이 없었다. 자신에게 쓸모가 있거나 자신을 재미있게 해주는 사람만을 가치 있게 여겼다. 앤은 재미있게 해주는 쪽이었고, 이 노부인의 마음에 쏙 들었다. 하지만 조세핀 할머니는 앤의 생기 넘치는 열정, 감추지 못하는 감정, 사람의 마음을 끄는 태도, 눈과 입술에 담긴 상냥함 등에 비해 앤의 재기 넘치는 말은 그리 중요하게 생각지 않았다.

"마릴라 커스버트가 고아원에서 여자아이 하나를 입양했다는 말을 들었을 때는 그만큼 나이를 먹고서도 마릴라가 헛똑똑이라고 생각했었지." 조세핀 할머니는 혼잣말을 했다. "하지만 결국엔 별로 실수가 아니었던 것 같아. 내가 앤 같은 아이를 항상 집에 데리고 있게 된다면 좀 더 행복하고 성품 좋은 사람이 되겠지."

앤과 다이애나는 집으로 가는 길이 할머니 댁으로 갈 때만큼 기분 좋게 느껴졌다. 사실, 갈 때보다 더 좋았다. 결국엔 돌아갈 집이 기다리고 있다는 것은 기쁜 일이었으니 말이다. 마차는 해질 무렵 화이트샌즈를 지나 해변 도로로 접어들었다. 저 멀리 주황빛 하늘을 배경으로 에이번리 언덕이 거무스름하게 보였다. 그 뒤로는 바다 위로 환하고 아름다운 달이 떠오르고 있었다. 완만하게 휜 길을 따라 들쭉날쭉한 만으로 잔물결이 춤을 추듯 밀려왔다 밀려가는 경이로운 광경이 펼쳐졌다. 파도가 바위에 철썩하고 부드럽게 부딪쳐 와 부서졌고 바다 특유의 톡 쏘는 공기는 상쾌하고도 강렬했다.

"아아, 살아 있어서 집에 돌아간다는 건 좋은 거예요." 앤이 숨을 크게 들이켰다. 통나무 다리를 건너갈 때쯤, 앤의 귀가를 환영하듯 깜박거리는 초록지붕 집의 부엌 불빛이 보였다. 열린 문을 통해 번쩍거리며 타오르는 난롯불이 쌀쌀한 가을밤을 따스하고 빨갛게 밝혀주었다. 앤은 명랑하게 언덕을 뛰어 올라가 따끈한 저녁 식사가 기다리는 부엌으로 들어갔다.

"이제 왔니?" 마릴라가 뜨개질하던 것을 개어놓았다.

"네. 아아, 집에 돌아와서 너무 좋아요." 앤은 즐거운 목소리였다. "너무 좋아서 모두에게 입맞춰주고 싶을 정도예요. 저 시계에까지도요. 마릴라, 그릴에 구운 닭고기네요! 설마 저 주려고 만드신 건 아니죠?"

"너 주려는 거 맞다." 마릴라가 말했다. "먼 길 오느라 배가 고플 테니 입맛 돋우는 맛있는 걸 먹어야 하지 않을까 싶어서 말이야. 어서 가서 옷 갈아입어라. 매튜가 돌아오는 대로 저녁을 먹자꾸나. 네가 집에 오니 정말 좋구나. 네가 없으니 정말 허전했어. 나흘이 그렇게 긴 줄 몰랐다."

저녁을 먹은 후 앤은 난롯가에서 매튜와 마릴라 사이에 앉아 여행 이야기를 미주알고주알 들려주었다.

"정말 근사한 시간을 보냈어요." 앤은 만족스럽게 말을 끝맺었다. "평생 잊지 못할 순간들이었던 것 같아요. 하지만 가장 좋은 건 집으로 돌아왔다는 거예요."

30
퀸즈 입시반

마릴라는 뜨개질하던 것을 무릎에 내려놓고 등을 의자에 기댔다. 눈이 피곤했던 것이다. 마릴라는 다음번 시내에 갈 때는 안경을 바꿔볼까 하는 막연한 생각을 품고 있었다. 요즘 들어 눈이 자주 피곤해졌기 때문이다.

밖은 제법 어둑어둑했다. 초록지붕 집에도 11월의 땅거미가 가득 내려앉아 있었다. 부엌에서 유일한 빛이라고는 난로에서 춤을 추듯 타오르는 빨간 불꽃뿐이었다.

앤은 난로 앞 깔개 위에 무릎을 세우고 앉아 있었다. 수많은 여름을 지내면서 햇빛을 머금어온 단풍나무 장작에서 그 햇빛을 뽑아내는 듯 명랑하게 타오르는 불길을 지그시 바라보고 있었다. 책을 읽던 중이기는 했지만 책은 바닥으로 떨어져 있었고, 지금은 입을 반쯤 벌리고 미소를 지은 채 공상 중이었다. 앤의 살아 숨쉬는 환상 속에서 안개와 무지개는 스페인의 화려한 성이 되었다. 앤은 상상의 세계에서 경이롭고 매혹적인 모험을 하고 있었다. 모험은 언제나 승리로 끝났고 현실에서처럼 말썽에 휘말리는 일은 없었다.

마릴라는 부드러운 눈으로 앤을 바라보았다. 난롯불과 어둠이 부드럽게 섞여 있는 이 무렵의 부엌보다 더 밝은 곳에서는 드러내본 적 없는 그런 눈길이었다. 마릴라는 도무지 사랑을 말로 드러내고 겉으로 분명하게 표현하는 일이 쉽지 않았다. 하지만 이 호리호리한 회색 눈의 아이를 사랑하게 된 것은 확실했다. 별로 내색하지는 않지만 아주 깊고 강한 애정을 품고 있었다. 그리고 사랑한다고 해서 아이의 응석을 지나치게 받아줄까 봐 걱정하게 되었다. 마릴라는 한낱 인간에게 이렇게 강렬한 마음을 쏟는 것도 좀 죄악인 것 같아 마음이 불편했다. 그래서 무의식적인 속죄의 일환으로 더 엄격하고 더 비판적으로 아이를 대했던 것이다. 앤을 좀 덜 사랑했더라면 그렇게까지는 하지 않았을 텐데 말이다. 물론 앤은 마릴라가 자신을 얼마나 사랑하는지 모르고 있었다. 마릴라는 기분 맞추기가 힘들었고 공감이나 이해를 해주는 편이 절대 아니다 보니 앤도 때로는 서운한 생각이 들기도 했다. 하지만 그런 생각이 들면 항상 자신을 꾸짖으며 마릴라가 자신에게 베풀어준 은혜를 떠올렸다.

"앤." 마릴라가 불쑥 말을 꺼냈다. "오늘 오후 네가 다이애나와 놀러 나간 사이에 스테이시 선생님이 다녀가셨다."

앤은 움찔 놀라며 한숨을 쉬고 자기만의 딴 세상에서 현실로 돌아왔다.

"그래요? 아, 마침 그런 때 나가다니, 너무 아쉬워요. 부르지 그러셨어요, 마릴라? 다이애나와 전 요 앞 유령숲에 있었거든요. 지금 숲속은 정말 좋아요. 숲속에 있는 조그마한 것들 말이에요. 양치식물들과 고운 이파리들, 풀산딸나무 같은 것들이 모두 잠들어버렸어요. 누군가 봄이 올 때까지 낙엽 이불 밑에 숨겨둔 것처럼요. 아마 무지개 스카프를 두른 조그만 회색 요정이 그랬을 거예요. 달빛이 밝게 빛나던 밤에 발끝으로 살금살금 걸어와서 그랬겠죠. 하지만 다이애나는 그런 얘기는 별로 안 하려고 해요. 배리 아주머니한테 유령숲의 유령을 상상했다고 혼났던 걸 잊지 못하나 봐요. 그 일은 다이애나의 상상력에 아주 나쁜 영향을 끼쳤어요. 상상력이 시들어버린 거죠. 레이첼 아주머니는 머틀 벨이 시들어버렸다고 했어요. 루비 길리스에게 머틀 벨이 왜 시들어버린 거냐고 물어보니까, 루비는 머틀이 사귀던 청년이 머틀을 배반해서 그런 게 아닐까 생각한대요. 루비 길리스는 남자들 생각밖에 안 하거든요. 나이를 먹을수록 더해요. 각자 제자리에 잘 있는 남자들을 매사에 끌어들이려고 하는 건 좋지 않은 거 아니에요? 다이애나와 저는 절대 결혼하지 않겠다는 서약을 할까 진지하게 생각 중이에요. 멋진 독신으로 늙어가며 영원히 함께 사는 거예요. 하지만 다이애나는 선뜻 결심을 못 했어요. 거칠고 늠름하고 나쁜 남자와 결혼해서 그 사람을 바꿔놓는 것도 고귀한 일일 것 같다는 거예요. 다이애나와 저는 요즘 심각한 얘기를 아주 많이 해요. 전보다 훨씬 나이를 먹은 것 같아서 어린애 같은 이야기를 잘 못 하겠는 거 있죠. 열네 살이 되어가다니, 너무나 엄숙한 일인 것 같아요, 마릴라. 지난주 수요일에 스테이시 선생님이 열세 살 이상의 여자아이들을 전부 시냇가로 데려가셔서 그런 이야기를 해주셨어요. 십 대 시절에 어떤 습관을 형성하느냐, 어떤 이상을 품느냐에 대해서는 아무리 주의를 기울여도 모자란대요. 스무 살쯤 되면 인격이 발달하는데 그때의 토대가 평생 갈 거라고도 하셨고요. 토대가 흔들리면 아무리 가치 있는 일이라도 그 위에는 쌓을 수가 없게 된다는 거죠. 다이애나와 저는 학교에서 돌아오면서 그 이야기를 나누었어요. 아주 많이 진지했던 것 같아요, 마릴라. 우리가 결심한 게 있어요. 우린 정말 주의를 많이 기울여서 훌륭한 습관을 형성하고 배울 수 있는 건 다 배우고 되도록 분별 있는 사람이 되려고 노력하기로 했죠. 그래야 스무 살이 되었을 때 인격이 제대로 발달할 테니 말이에요. 스무 살이 된다고 생각하니 정말 오싹해져요, 마릴라. 무서울 정도로 어른 같잖아요. 그런데 스테이시 선생님은 왜 오셨던 거예요?"

"내가 하고 싶었던 얘기가 그거야, 앤. 네가 한 마디 끼어들 틈을 안 줬잖니. 선생님이 네 이야기를 하시더구나."

"저에 대해서요?" 앤은 좀 겁이 난 것 같았다. 그러다 얼굴이 빨개지며 소리를 질렀다. "아, 무슨 말씀을 하셨는지 알 것 같아요. 말씀드리려고 했어요, 마릴라. 정말이에요. 깜빡하긴 했지만요. 어제 학교에서 캐나다 역사를 공부해야 할 시간에 『벤허』를 읽다가 선생님께 걸렸어요. 제인 앤드루스가 빌려준 책이에요. 점심시간에 읽다가 수업이 시작되었는데 전차 경주 부분을 읽던 중이었거든요. 뒷부분이 어떻게 되는지 너무나 궁금한 거예요. 벤허가 틀림없이 이길 거라고 생각하긴 했어요. 진다면 시처럼 아름다운 정의 실현이라고 할 수 없잖아요. 그래도 궁금해서 책상 위에 역사책을 펼쳐놓고 『벤허』를 책상 밑 제 무릎 위에 몰래 올려놓았어요. 캐나다 역사를 공부하는 것처럼 하면서 내내 『벤허』에 빠져 있었죠. 너무 재미있게 읽느라 선생님이 통로를 걸어오시는 줄도 몰랐어요. 그러다 갑자기 위를 올려다보니 선생님이 저를 내려다보고 계시더라고요. 엄청 나무라는 듯한 눈길로요. 얼마나 창피했는지 몰라요, 마릴라. 특히 조시 파이가 킥킥거리는 소리를 들으니 더 창피

하더라고요. 스테이시 선생님은 책을 가져가셨지만 그때는 꾸중 한 마디 안 하셨어요. 쉬는 시간에 저를 불러서 말씀하셨죠. 선생님은 제가 두 가지를 아주 잘못했다고 하셨어요. 첫 번째 잘못은 공부해야 할 시간을 허비하고 있었던 것이고, 두 번째 잘못은 선생님을 속인 거라고요. 소설책을 읽으면서 역사 교과서를 읽는 것처럼 보이게 하려고 했으니까요. 그때까지는 제가 선생님을 속이고 있었다는 생각을 하지 못했어요, 마릴라. 충격을 받았죠. 저는 엉엉 울면서 스테이시 선생님께 용서해달라고 했어요. 다시는 그런 짓을 하지 않겠다고요. 그리고 잘못한 벌로 전차 경주가 어떻게 끝나는지 아무리 알고 싶어도 『벤허』를 일주일간 읽지 않겠다고 했어요. 하지만 스테이시 선생님은 그럴 필요는 없다면서 너그럽게 용서해주셨어요. 하지만 별로 감사하지 않은 것 같아요. 그 일로 여기까지 오시다니 말이에요."

"스테이시 선생님은 그런 얘기는 하지도 않으셨다, 앤. 그냥 네가 그 일로 양심에 찔린 것뿐이야. 넌 학교에 이야기책을 갖고 갈 이유가 없잖니. 넌 소설을 너무 많이 읽어. 내가 어렸을 때는 소설 읽는 게 이렇게 많이 허용되지 않았었다."

"어머나, 『벤허』가 어째서 소설이에요? 그건 아주 종교적인 책이라고요." 앤이 반박했다. "물론 경건한 일요일에 읽기에는 너무 흥미진진하죠. 그래서 전 주중에만 읽어요. 그리고 지금은 스테이시 선생님이나 앨런 사모님이 열세 살 9개월 된 여자아이가 읽을 만하다고 생각하시는 책이 아니면 읽지 않고요. 스테이시 선생님이 제게 약속해달라고 하셨거든요. 어느 날 제가 『귀신 들린 저택의 충격 미스터리』라는 책을 읽고 있었는데 선생님이 보셨어요. 루비 길리스가 빌려준 책이었는데요, 아아, 마릴라, 엄청나게 매혹적이고 으스스한 얘기예요. 피가 얼어붙는 듯한 느낌을 줘요. 하지만 선생님은 아주 바보 같고 건전하지 못한 책이라고 하셨어요. 그리고 저한테 그 책은 그만 읽고 그런 책도 좋아하지 말아달라고 하셨어요. 앞으로 그런 책을 읽지 않겠다는 약속은 괜찮아요. 하지만 어떻게 끝나는지도 모르는 채로 그 책을 그만 읽으라고 하시니 괴로웠어요. 하지만 저는 선생님을 사랑하니까 그러겠다고 약속했죠. 누군가를 진심으로 기쁘게 해주고 싶을 때 엄청난 일도 해낼 수 있는 걸 보면 정말 놀라워요, 마릴라."

"그래, 난 램프에 불을 붙이고 일을 좀 해야겠다." 마릴라가 말했다. "넌 스테이시 선생님이 무슨 말씀을 하셨는지 궁금하지 않은 것 같구나. 다른 무엇보다도 네가 하는 말만 흥미가 있으니 말이야."

"아아, 마릴라, 실은 정말 듣고 싶어요." 앤은 후회하는 표정으로 말했다. "이제 한 마디도 안 할게요. 한 마디도요. 제가 말이 많다는 거 알아요. 하지만 정말 노력하고 있어요. 말을 참 많이 하긴 하지만 제가 하고 싶은 말이 얼마나 많은지, 하지 않은 말이 얼마나 많은지 아신다면 제 말을 인정해주실 거예요. 제발 말씀해주세요, 마릴라."

"흠, 스테이시 선생님이 퀸즈 입학시험 공부를 하려는 고학년 학생들로 반을 하나 만들려고 하신단다. 방과 후 한 시간씩 과외 수업을 해주시려고 말이야. 그래서 선생님이 매튜와 나에게 너를 입시반에 넣을 생각이 있는지 물어보러 오신 거야. 네 생각은 어떠냐, 앤? 퀸즈 전문학교에 들어가서 선생님이 되고 싶니?"

"아아, 마릴라." 앤은 무릎을 펴고 똑바로 서서 두 손을 모아 쥐었다. "그건 제 일생일대의 꿈이에요. 그러니까, 지난 6개월 동안에요. 루비와 제인이 입학시험 공부 이야기를 시작한 다음부터 그랬어요. 하지만 그런 얘기는 하지 않았어요. 아무 소용없을 것 같았거든요. 전 선생님이 되고 싶어요. 하지만 무시무시하게 돈이 들지 않을까요? 앤드류스 아저씨 말씀으로는 프리시를 들여보내는 데 150달러는 들었대요. 그리고 프리시는 저처럼 기하학을 못하지도 않았잖아요."

"그 부분은 걱정할 필요 없다. 매튜와 나는 너를 맡아 기르기로 했을 때 너를 위한 일에 최선을 다하고 교육도 잘 시키겠다고 다짐했어. 난 여자도 자기 밥벌이를 하는 게 맞다고 보거든. 어쩔 수 없이 돈을 벌어야 하는 경우도 있겠지만 그렇지 않더라도 말이야. 매튜와 내가 여기 있는 한 너는 늘 이 초록지붕 집에서 살겠지만, 이 험한 세상에서 무슨 일이 벌어질지 누가 알겠니. 대비를 하는 게 좋지. 그러니 퀸즈 입시반에 들어가고 싶으면 들어가려무나, 앤."

"아아, 마릴라. 감사해요." 앤은 마릴라의 허리를 안고 매달려 마릴라의 얼굴을 진지하게 올려다보았다. "아주머니와 매튜에게 정말 감사해요. 최선을 다해 공부해서 아주머니의 자랑이 될게요. 기하학에서는 크게 기대하지 마세요. 그래도 열심히 하면 다른 것은 어떻게든 해낼 수 있을 것 같아요."

"넌 분명 잘 따라갈 거야. 스테이시 선생님도 네가 명석하고 성실하다고 하시더구나." 스테이시 선생님이 앤에 대해 말한 것은 그것뿐이 아니었지만 마릴라는 다 전해주지는 않을 생각이었다. 그렇게 하면 앤이 제멋대로 자만할 것만 같았다. "너무 죽도록 공부에만 매달리지 않아도 된다. 서두를 필요 없어. 1년 반 만에 입학시험 준비가 다 끝나지는 않을 거야. 다만 제때 시작해서 기초를 튼튼히 하는 게 좋다고 선생님이 그러셨다."

"이제 공부에 점점 더 재미가 붙을 거예요." 앤이 행복에 겨운 얼굴로 말했다. "인생에 목표가 생겼으니까요. 앨런 목사님께서 사람은 누구나 인생에 목표가 있어야 하고 성실하게 그 목표를 향해 달려가야 한다고 하셨어요. 다만 그 목표는 반드시 가치 있는 목표여야만 한대요. 스테이시 선생님 같은 선생님이 되고 싶어 하는 건 가치 있는 목표겠죠, 마릴라? 선생님은 무척 고귀한 직업인 것 같아요."

얼마 지나지 않아 퀸즈 입시반 편성이 끝났다. 길버트 블라이드, 앤 셜리, 루비 길리스, 제인 앤드류스, 조시 파이, 찰리 슬론, 무디 스퍼전 맥퍼슨이 입시반에 들어왔다. 다이애나 배리는 입시반에 들어오지 않았다. 부모님이 다이애나를 퀸즈 전문학교에 보내려 하지 않았던 것이다. 이것은 앤에게 청천벽력과 다름없었다. 미니 메이가 후두염에 걸렸던 그날 밤 이후로 앤과 다이애나는 한시도 떨어져 있어본 적이 없었던 것이다. 퀸즈 입시반이 방과 후 첫 수업을 시작했던 날 저녁, 앤은 다이애나가 다른 아이들 틈에 끼어서 천천히 학교를 빠져나가 자작나무 길을 지나 제비꽃 골짜기를 걸어 혼자 집으로 가는 것을 바라보았다. 앤은 당장이라도 뛰쳐나가 친구의 뒤를 따라가고 싶은 것을 간신히 억누르고 자리에 앉아 있었다. 목에서 뭔가가 울컥하고 치밀어 올라, 앤은 황급히 라틴어 문법책을 세워 눈물을 숨겼다. 길버트 블라이드나 조시 파이에게 절대 이 눈물을 보이고 싶지 않았던 것이다.

"하지만요, 마릴라, 다이애나가 혼자 나가는 걸 보았을 때 숙음과 같은 고통을 맛보았다니까요. 죽음과 같은 고통은 지난 일요일 앨런 목사님의 설교에서 들은 표현이에요." 그날 밤 앤은 슬픈 목소리로 털어놓았다. "다이애나도 입시반 공부를 하게 됐더라면 얼마나 좋았을까 하는 생각이 들었어요. 하지만 레이첼 아주머니 말씀처럼 이 불완전한 세상에 완벽한 일은 없는 거죠. 레이첼 아주머니는 별로 위로가 되지 않는 말씀을 하실 때도 있지만, 정말 맞는 말씀을 많이 해주세요. 퀸즈 입시반은 아주 재미있을 것 같아요. 제인과 루비도 선생님이 되려고 공부한대요. 그게 가장 큰 포부래요. 루비는 합격하면 딱 2년만 아이들을 가르칠 거래요. 그다음엔 결혼하려 한다고요. 제인은 평생 동안 교직에 헌신할 거래요. 결혼은 절대 안 한대요. 교사 월급을 받는다고 남편이 돈을 한 푼도 안 내놓을 테니까 그렇다네요. 생활비를 분담하자고 하면 남편은 화나 낼 거래요. 그건 슬픈 경험에서 우러나온 말일 거예요. 레이첼 아주머니 말씀으로는 제인의 아버지가 걸핏하면 버럭 화를 내는 분이고 걷어낼 만큼 걷어내고 남은 크림 찌꺼기처럼 흐리멍덩한 분이래요. 조시 파이는 교육을 더 받으려고 전문학교에 가려는 거래요. 생계를 위해 돈을 벌어야 할 필요는 없을 테니까요. 자기는 당연히 사선에 기대어 사는 고아들하고는 다르다고 얘기하던데요? 고아들은 부지런히 일해야 한다나요. 무디 스퍼전은 목사님이 될 거래요. 레이첼 아주머니는 그 이름에 걸맞게 살려면 목사님 말고 다른 건 될 수 없을 거라고 하세요 (무디 스퍼전의 이름이 설교로 유명했던 두 사람, 미국의 기독교 복음 전도자 드와이트 무디와 영국 침례교 목사 찰스 스퍼전을 떠올리게 하기 때문에 한 말.- 옮긴이). 못된 생각이 아니었으면 좋겠는데, 무디 스퍼전이 목사님이 된다는 생각을 하면 웃겨요, 마릴라. 너무 우습게 생겼거든요. 크고 퉁퉁한 얼굴에 파란 눈은 조그마한데 귀는 날개처럼 툭 튀어나왔잖아요. 하지만 크면 좀 더 지적인 모습이 될지도 모르죠. 찰리 슬론은 정계에 진출해서 의회 의원이 될 거래요. 하지만 레이첼 아주머니는 절대 성공 못 할 거라고 하세요. 슬론네 집 사람들은 전부 정직한데 요즘 정치를 하고 있는 것은 순 불한당뿐이라서 그렇대요."

"길버트 블라이드는 뭐가 되려고 한다던?" 말을 마치고 시저의 연설문 책을 펼치는 앤을 보고 마릴라가 물었다.

"길버트 블라이드의 포부가 뭔지는 잘 모르겠네요. 있기는 있나." 앤이 경멸하는 듯한 말투로 대답했다.

길버트와 앤은 이제 공공연한 경쟁 관계였다. 전에는 경쟁 관계가 다소 일방적인 데가 있었지만, 이제는 길버트도 1등을 하려는 마음이 앤만큼 강하다는 것이 확실하게 드러났다.

길버트는 앤의 명실상부한 호적수였다. 입시반의 다른 아이들은 암묵적으로 길버트와 앤이 자기들보다 뛰어나다는 것을 인정하고 있었다. 그래서 이 둘과 경쟁하려는 생각은 꿈에도 하지 않았다.

전에 호수에서 용서를 구하는 길버트를 앤이 거절했던 날 이후로 길버트는 아까 말했던 경쟁 관계 말고는 앤 셜리의 존재를 아는 척도 하지 않았다. 다른 여자아이들과는 말도 하고 농담도 했고, 책이나 십자말풀이 퍼즐을 서로 빌리거나 빌려주기도 했고, 수업이나 계획에 대해 토론하기도 했다. 어떤 날은 기도회나 토론 클럽 모임이 끝나고 나서 집까지 데려다주기도 했다. 하지만 앤 셜리만큼은 완전히 무시했다. 앤은 무시당하는 것이 기분 좋은 일은 아니라는 것을 알게 되었다. 고개를 쳐들고 신경 쓰지 않는다고 혼잣말을 해보았자 소용없었다. 앤의 종잡을 수 없는 여성스런 마음으로는 내심 신경이 쓰였고, 그날 반짝이는 물빛 호수에서와 같은 기회가 다시 찾아온다면 그날과는 아주 다른 대답을 할 것은 분명했다. 앤은 문득, 오랫동안 간직해온 길버트에 대한 분노의 마음이 사라졌다는 생각이 들어 남몰래 실망했다. 정작 앤을 지탱해줄 분노가 가장 필요한 때에 사라져버린 것이다. 잊지 못할 그 사건 당시의 세세한 행동과 감정을 떠올리면서 예전의 분노를 만족스러울 만큼 되살리려 해봐도 헛수고였다. 호수에서 마주쳤던 그날 잠깐 흥분했던 것이 마지막이었다. 앤은 자신도 모르는 사이에 그 일을 용서하고 잊어버렸다는 것을 깨달았다. 하지만 이젠 너무 늦었다.

앤이 얼마나 안타까워하고 있는지, 그토록 오만하고 진저리나게 굴지 않았으면 좋았을걸 하고 얼마나 후회하는지, 그것은 길버트도, 다른 누구도, 심지어 다이애나조차도 모르는 일이었다. 앤은 그런 감정을 마음속 깊은 곳에 꽁꽁 감춰두기로 굳게 마음먹었다. 그리고 실제로 그렇게 했다. 감정을 너무 잘 감춰서 길버트는 앤이 자신의 앙갚음을 느끼고 있다는 생각을 해도 마음이 후련해지지 않았다. 겉으로 보이는 것만큼 그렇게 앤에게 무관심한 것은 아니었던 것이다. 길버트에게 미약하게나마 위로가 되는 것은 앤이 찰리 슬론을 무자비할 정도로 계속해서 과도하게 냉대한다는 것 정도였다.

한편 그해 겨울은 즐거운 집안일과 공부가 반복되는 가운데 빠르게 지나갔다. 1년이라는 목걸이에 달린 금빛 구슬 같은 날들이 휙휙 지나갔다. 앤은 행복하고 의욕적이고 흥미에 차 있었다. 우등을 노리며 공부를 했고, 재미있는 책을 읽었고, 주일학교 성가대에서는 새 찬양을 연습했으며, 토요일 오후에는 앨런 사모님과 목사관에서 즐거운 시간도 보냈다. 그러면서 앤이 깨닫지 못하는 사이 초록지붕 집에 봄이 찾아와 온 세상이 다시금 꽃으로 뒤덮였다.

공부는 이제 조금 시들해졌다. 다른 아이들이 초록색 풀밭 길과 나뭇잎이 무성해진 숲속 길과 목초지 샛길로 흩어져 가버리는 동안, 퀸즈 입시반은 학교에 남아서 슬픈 눈으로 창밖을 바라보며 라틴어 동사와 프랑스어 회화를 공부했다. 그래서 차갑고 상쾌한 겨울날에 존재했던 흥미와 열정은 다소 퇴색되었다. 앤과 길버트조차도 맥이 빠져 관심이 점차 떨어져

갔다. 그래서 학기가 끝나자 선생님도 학생들도 모두 기뻐했다. 즐거운 방학이 기다리고 있었다.

"1년 동안 다들 아주 잘했어요." 스테이시 선생님은 방학 전 마지막 수업을 마치고 이렇게 말했다(영미권에서는 예나 지금이나 9월에 새 학년이 시작되어 여름방학을 앞두고 한 학년이 끝난다.— 옮긴이). "다들 즐겁고 유익한 방학을 보낼 자격이 있습니다. 야외에서 재미있는 시간 보내면서 건강과 활력과 포부를 가득 채워오기 바랍니다. 그래야 다음 한 해를 버티죠. 줄다리기 같은 한 해가 될 거예요. 입학시험이 1년 남았으니까요."

"다음 학기에도 여기 계실 거죠, 스테이시 선생님?" 조시 파이가 물었다.

조시 파이는 질문할 때 절대 거리낌이 없었다. 입시반의 다른 학생들은 이때만큼은 그것이 고마웠다. 조시가 아니었더라면 아무도 감히 스테이시 선생님에게 그 질문을 못 했을 것이다. 스테이시 선생님이 다음 학기에는 돌아오지 않을 것이라는 걱정스러운 소문이 온 학교에 돌고 있었던 것이다. 선생님의 고향에 있는 초등학교에서 와달라고 했고, 선생님도 이 제안을 받아들이려 한다는 것이었다. 입시반 아이들은 숨 막힐 듯한 긴장감 속에 선생님의 대답을 기다렸다.

"물론이죠, 여기 있을 거예요." 선생님이 말했다. "다른 학교를 맡을까 하는 생각도 했었지만 에이번리로 돌아오기로 했어요. 사실 내 학생들에 대한 관심과 사랑이 너무 커져서 떠날 수가 없겠더라고요. 그래서 여기 남아 여러분 얼굴을 계속 볼 겁니다."

"만세!" 무디 스퍼전이 외쳤다. 무디 스퍼전은 이제까지 그렇게 감정에 휩쓸려본 적이 없어서, 한 일주일간은 이때 생각을 할 때마다 거북한 듯 얼굴이 빨개졌다.

"아아, 너무나 기뻐요." 앤의 눈이 반짝반짝 빛났다. "스테이시 선생님, 선생님이 떠나신다면 정말 끔찍할 거예요. 다른 선생님이 오신다 해도 공부를 계속할 마음을 이어갈 수 있을지 모르겠어요."

그날 밤 앤은 집에 돌아와서 교과서를 모두 다락방의 낡은 트렁크 안에 넣고 잠근 다음 열쇠는 담요 넣어두는 상자 안에 던져넣었다.

"방학 동안 책은 쳐다보지도 않을 거예요." 앤은 마릴라에게 말했다. "학기 내내 최대한 열심히 공부했거든요. 기하학도 초급 책에 나오는 모든 문제를 전부 다 외울 때까지 세세하게 파고들었어요. 이젠 알파벳이 바뀌어도 알 수 있을 정도라고요. 모든 게 합리적인 교과서의 세계에 지쳐서 여름에는 제 상상력이 맘껏 뛰놀게 놔두려고요. 에이, 걱정하실 필요는 없어요, 마릴라. 상식적인 선에서만 뛰놀게 할 거니까요. 하지만 올여름은 정말 재미있게 보내고 싶어요. 어린아이로서는 마지막 여름이 될 테니까요. 레이첼 아주머니 말씀으로는 내년에도 제가 올해만큼 자라면 긴 스커트를 입어야 되겠다고 하셨어요. 다리와 눈밖에 안 보인대요. 전 긴 스커트를 입게 되면 거기 어울리도록 아주 품위 있게 행동해야 할 것 같아요. 안타깝지만 그때가 되어서도 요정들을 믿는 건 좋지 않을 것 같아요. 그래서 올여름까지만 제 온 마음을 다해 요정들을 믿으려고 해요. 아주 재미있는 방학이 될 것 같아요. 곧 루비 길리스의 생일 파티도 있을 거고, 다음 달에는 주일학교 피크닉이랑 선교회 콘서트도 있어요. 배리 아저씨는 언젠가 저녁때 다이애나와 저를 화이트샌즈 호텔에 데려가주시겠다고 했어요. 거기서 밥을 먹자고 하세요. 잘 차려진 저녁을 말이에요. 제인 앤드류스가 작년 여름에 갔었는데요, 거긴 전깃불과 꽃들로 휘황찬란하대요. 여자 손님들은 전부 아름다운 옷을 입고 있고요. 제인 말이 상류층 생활은 처음 봤다면서 죽을 때까지 잊지 못할 거랬어요."

다음 날 오후 레이첼 부인이 찾아왔다. 마릴라가 목요일 자선봉사 모임에 왜 나오지 않았는지 알아보러 온 것이었다. 자선봉사 모임에 마릴라가 보이지 않자 사람들은 초록지붕 집에 무슨 변고가 생긴 줄로 여겼다.

"매튜가 목요일에 심장 발작을 일으켰거든요." 마릴라가 설명했다. "아픈 오빠를 두고 외출하고 싶지 않았어요. 아, 물론 지금은 다시 괜찮아졌어요. 하지만 전보다 자주 발작을 일으키니 걱정이 돼요. 의사 선생님 말로는 흥분하지 않도록 조심해야 한다네요. 그거야 쉬운 일이죠. 매튜는 결코 흥분되는 일을 쫓아다닐 사람이 아니니까요. 하지만 아주 힘든 일도 하면 안 된다고 하는데, 매튜에게 일하지 말라는 건 숨 쉬지 말라는 거나 마찬가지잖아요. 이쪽으로 와서 모자 내려놓으세요, 레이첼. 차 드실래요?"

"네, 바빠 보이긴 하지만 좀 머물다 갈게요." 레이첼 부인은 사실 그냥 돌아갈 생각은 조금도 없었다.

레이첼 부인과 마릴라가 응접실에 편안히 앉아서 이야기를 나누는 동안, 앤은 차를 끓이고 따끈한 비스킷을 구웠다. 레이첼 부인의 쓴소리도 비켜갈 만큼 가볍고 하얀 비스킷이었다.

"앤은 정말 야무진 아이가 되었네요." 레이첼 부인이 인정했다. 마릴라가 레이첼 부인과 함께 있는 동안 풀밭길 끄트머리에는 땅거미가 졌다. "도움이 많이 되겠어요."

"그럼요." 마릴라가 말했다. "이젠 정말 안정적이고 믿을 만하죠. 전에는 앤의 덤벙거리는 버릇이 절대 나아지지 않을까 봐 걱정했는데 지금은 정말 좋아졌고 뭐든 믿고 맡길 수 있게 됐어요."

"3년 전 앤이 처음 이곳에 왔을 때 앤이 이렇게 잘 클 거라 생각 못 했어요." 레이첼 부인이 말했다. "양심에 손을 얹고 앤이 그날 성질 부렸던 건 싹 잊을래요! 그날은 집에 와서 남편에게 그랬죠. '잘 들어둬요, 토머스. 마릴라 커스버트는 이제 이런 일을 왜 벌였을까 하는 후회 속에 살게 될 거예요.' 하지만 제가 틀렸죠. 그래서 정말 기뻐요. 마릴라, 내가 실수를 절대 인정하지 않는 그런 사람은 아니잖아요. 어휴, 그건 내 스타일이 아니죠. 고맙게도. 앤을 안 좋게 본 건 내 실수였어요. 하지만 그럴 만도 했죠. 그땐 세상에 다시 없이 별나고 도무지 예측할 수 없는 꼬마 마녀였으니까요. 암요. 다른 아이들에게 통하는 법칙으로는 앤을 이해할 수가 없었어요. 요 3년간 앤이 말도 못하게 나아진 건 확실해요. 특히 외모가요. 정말 예뻐졌어요. 핏기 없는 얼굴에 왕방울 눈은 제가 아주 좋아하는 스타일은 아니지만 말이에요. 난 다이애나 배리나 루비 길리스처럼 활기찬 얼굴빛이 더 좋더라고요. 루비 길리스의 외모는 정말 화려해요. 하지만 어쩐지, 왜 그런지는 모르겠지만 그 아이들 틈에 앤이 같이 있으면 앤의 외모가 한참 떨어지는데도 비슷비슷해 보이고 어떤 때는 더 예뻐 보여요. 앤이 수선화라고 부르는 그 하얀 6월의 백합들 틈에 커다랗고 빨강 작약이 나란히 있을 때처럼 말이에요."

31
시냇물은 강이 되고

앤은 그야말로 전심전력으로 즐거운 여름을 보내고 있었다. 다이애나와 함께 바깥에서 살다시피 하면서 연인들의 길과 나무 요정의 물거품, 버드나무 연못, 빅토리아 섬에서 왁자지껄하게 놀며 온갖 기쁨을 만끽했다. 마릴라도 앤이 집시처럼 쏘다니는 것을 막지 않았다. 방학이 시작되었을 무렵, 미니 메이가 후두염에 걸렸던 날 밤에 와주었던 스펜서베일의 의사 선생님은 어느 환자의 집에서 앤을 만나게 되었다. 의사 선생님은 앤을 예리하게 살펴보더니 입을 꾹 다물고 머리를 저었고, 다른 사람을 통해 마릴라에게 편지를 보냈다. 편지에는 이렇게 쓰여 있었다. '댁의 빨강 머리 아이는 여름 내내 바깥 공기

를 쐬게 하시고 걸음에 좀 더 활력이 생길 때까지는 책을 읽지 말도록 해주십시오.'

이 편지를 보고 마릴라는 겁이 덜컥 났다. 편지의 말을 그대로 따르지 않으면 폐결핵에 걸려 죽을 거라는 말처럼 들렸다. 그 결과 앤은 자유롭게 뛰어놀며 즐거운 여름을 보냈던 것이다. 앤은 산책을 하고 노를 젓고 나무 열매를 따고 마음껏 상상을 했다. 그래서 9월이 되자 밝은 눈망울은 초롱초롱해졌고, 걸음걸이도 스펜서베일의 의사 선생님이 만족하실 만큼 활력이 생겼으며, 마음속에 다시 한번 포부와 열의가 가득 차올랐다.

"이젠 전력을 다해 공부하고 싶어요." 앤은 이렇게 선언하며 다락방에서 교과서를 가져왔다. "아아, 내 오랜 친구들. 너희들의 믿음직한 얼굴을 다시 보니 반갑구나. 그래, 기하학 너조차도 말이야. 완벽하게 아름다운 여름을 보냈어요, 마릴라. 이젠 성경에 나오는 '달리기를 기뻐하는 힘센 장사' 같은걸요. 이건 지난 일요일 앨런 목사님 설교에서 나왔던 말이에요. 앨런 목사님은 참 감명 깊은 설교를 하시지 않아요? 레이첼 아주머니는 목사님이 매일 나아지고 있으시대요. 우리가 제일 먼저 알아야 할 것은 도시의 교회에서 목사님을 홱 채가면 뒤에 남은 우리는 또 다른 풋내기 목사님을 구해서 그분을 길러내야 한다는 거래요. 하지만 예배 고민을 해봐야 무슨 소용이 있는지 잘은 모르겠어요. 안 그래요, 마릴라? 앨런 목사님이 계신 동안은 그냥 즐겁게 예배 드리는 게 나을 것 같아요. 제가 남자였으면 목사님이 되려고 했을 것 같아요. 영원히 남을 엄청난 영향력을 갖고 있잖아요. 종교관만 건전하다면 말이에요. 근사한 설교를 해서 사람들의 마음을 휘저어놓으면 틀림없이 짜릿할 거고요. 여자는 왜 목사님이 될 수 없어요, 마릴라? 레이첼 아주머니께 물어본 적이 있는데, 아주머니는 놀라시면서 그런 건 추악한 일이라고 하셨어요. 미국에는 여자 목사님이 틀림없이 있을 거라 하시면서 캐나다는 아직 그런 상태가 아니라 다행이라고 하셨어요. 우린 절대 그런 일이 없기를 바라신다고요. 하지만 전 왜 그런지 모르겠어요. 여자도 근사한 목사님이 될 수 있을 텐데 말이에요. 친목 모임을 준비해야 한다거나 교회 티타임을 갖는다거나 모금을 해야 한다면 여자 교인들이 나서서 그 일을 해야 하잖아요. 틀림없이 레이첼 아주머니도 주일학교 교장 선생님인 벨 장로님만큼 기도를 잘하실 수 있을 거예요. 조금만 연습하시면 설교도 잘하실 거라고 생각해요."

"그래, 그렇겠지." 마릴라는 별 감흥 없이 말했다. "지금도 비공식적인 설교는 많이 하잖니. 레이첼이 관리 감독을 하니 에이번리에서는 그 누구도 잘못을 할 기회가 별로 없지."

"마릴라." 앤이 불쑥 속마음을 털어놓았다. "드릴 말씀이 있어요. 그리고 거기에 대해 어떻게 생각하시는지 의견도 묻고 싶고요. 그것 때문에 너무너무 걱정이 돼요. 일요일 오후가 되면요, 그러니까, 특히 그런 문제들에 대해 생각을 하게 되면 말이에요. 저는 정말 착한 사람이 되고 싶거든요. 아주머니나 앨런 사모님이나 스테이시 선생님과 함께 있을 때는 더욱더 그런 생각이 강해지고 아주머니가 기뻐하실 만한 일, 아주머니가 허락해주실 만한 일들만 하고 싶어져요. 그런데 주로 레이첼 아주머니와 함께 있을 때는 제가 지독하게 못된 아이인 것 같고, 아주머니가 절대 하면 안 된다는 바로 그 일들을 하고 싶어지는 것 같은 느낌이 들어요. 거부할 수 없는 유혹을 느낀다고요. 제가 왜 이러는 걸까요? 아주머니 생각은 어떠세요? 제가 정말 돌이킬 수 없이 나쁜 아이라서 그럴까요?"

마릴라는 잠시 묘한 표정을 짓더니 웃음을 터뜨렸다.

"네 말 듣고 보니 나도 그런 것 같구나, 앤. 나도 레이첼에게 자주 그런 느낌을 받아. 레이첼이 잔소리만 좀 덜하면 자기 말대로 선한 영향력을 좀 더 많이 끼칠 거라는 생각이 들 때도 있지. 십계명에 잔소리하지 말라는 계명이 있었으면 좋았을 텐데. 하지만 그래도 내가 그렇게 말하면 안 되지. 레이첼은 선한 기독교인이고 모든 일을 좋은 마음으로 하잖니. 에이번리에 레이첼만큼 친절한 사람도 없지. 자기 할 일을 게을리하지도 않고 말이야."

"아주머니도 그렇게 생각하신다니 정말 기뻐요." 앤이 단호하게 말했다. "그 말씀을 들으니 기운이 나요. 이젠 그 문제 가지고 너무 많이 걱정하지는 않을래요. 그런데요, 걱정은 또 생길 게 분명해요. 늘 새로운 것들이 튀어나와서 절 당황시킨다니까요. 하나를 해결하고 나면 바로 다른 게 생겨요. 어른이 되려고 하니 생각할 것도 많고 결정할 것도 너무 많네요. 항상 뭐가 옳은지 생각하고 결정하느라 바빠요. 어른이 된다는 건 중대한 일 아니에요, 마릴라? 하지만 전 아주머니와 매튜, 앨런 사모님, 스테이시 선생님 같이 좋은 분들이 있어서 틀림없이 훌륭한 어른이 될 거예요. 훌륭한 어른이 못 된다면 그건 순전히 제 잘못이죠. 책임감이 막중한 것 같아요. 기회는 딱 한 번이니까요. 제가 올바른 어른이 되지 않는다 해도 과거로 돌아가 다시 시작할 수가 없으니 말이에요. 올여름에 제 키가 2인치 더 컸어요, 마릴라. 루비 생일 파티에 갔을 때 길리스 아주머니가 재주셨어요. 새 스커트는 길게 만들어주셔서 정말 기뻐요. 그 짙은 녹색 옷은 정말 예뻐요. 주름 장식 넣어서 만들어주신 것도 정말 고마워요. 물론 주름 장식이 꼭 필요한 게 아니란 건 알죠. 하지만 주름 장식은 올가을 너무나 유행이라 조시 파이는 옷마다 주름 장식이 달려 있어요. 이젠 저에게도 주름 장식 옷이 있으니 틀림없이 더 열심히 공부할 수 있을 거예요. 주름 장식에 대한 자신감이 마음속 깊은 곳에 자리하고 있어서 아주 편안한 느낌이 들 테니까요."

"그렇다니 주름 장식 옷도 입을 만하구나." 마릴라가 말했다.

학기가 시작되어 스테이시 선생님이 에이번리 학교로 돌아와보니 학생들은 다시 한번 열심히 해보자는 열의에 차 있었다. 특히 퀸즈 입시반은 내년 연말의 입시를 앞두고 각오가 대단했다. 입시라는 운명적인 사건이 형체를 갖추고 나타나 이미 아이들의 길에 어두컴컴한 그림자를 드리우고 있어, 모두들 입시 생각만 해도 심장이 발끝까지 내려앉는 듯한 느낌을 받았다. 합격 못 하면 어쩌지! 이런 생각이 그해 겨울 앤이 깨어 있는 시간 내내 끊임없이 앤을 따라다녔다. 일요일 오후마저 예외가 아니어서, 도덕적이고 종교적인 문제들도 거의 뒷전이 되었다. 앤은 입학시험 합격자 발표 명단을 비참한 표정으로 바라보고 있는 악몽도 꾸었다. 길버트 블라이드의 이름이 맨 위에 떡하니 보이는데 앤의 이름은 찾을 수가 없는 꿈이었다.

하지만 그해 겨울은 즐겁고 분주하고 행복한 가운데 빠른 속도로 지나갔다. 학교 공부는 전처럼 재미있었고, 경쟁에도 몰입하게 되었다. 생각과 느낌과 포부의 신세계, 미지의 지식으로 가득한 신선하고 매력적인 땅이 앤의 초롱초롱한 눈앞에 펼쳐져 있는 것 같았다.

'산 너머 산이 보이고, 알프스 너머 알프스가 솟아오르네'(영국의 시인이자 비평가인 알렉산더 포프의 『비평론』(1711년)에 나오는 말로, 학문의 무한성을 표현한 부분. – 옮긴이)

이 모든 것은 대부분 스테이시 선생님의 재치 있고 신중하고 편견 없는 지도 덕분이었다. 선생님은 학생들이 스스로 생각하고 연구해서 알아가도록 이끌었다. 늘 다니는 길에서 벗어나 헤매는 것도 어느 정도는 오히려 권해, 레이첼 부인과 학교 이사들이 놀랄 정도였다. 이들은 기존 방식을 벗어난 혁신적인 것들은 모두 좀 미심쩍게 여겼으니 말이다.

앤은 공부 외에 사교적인 활동도 늘렸다. 마릴라는 스펜서 베일의 의사가 한 말을 염두에 두고 있는지라, 앤이 이따금씩 나가서 노는 것을 더 이상은 반대하지 않았다. 토론 클럽은 활성화되어 콘서트를 여러 번 열었다. 어른들의 파티와 아주 흡사한 파티도 한두 번 있었다. 썰매나 스케이트와 같은 떠들썩한 놀이도 풍성했다.

그 와중에 앤은 짬짬이 키도 자랐다. 너무 빨리 커서 마릴라기 놀랄 정도였다. 어느 날 옆에 서 있는 앤을 보니 자신보다 키가 더 컸던 것이다.

"세상에, 앤. 네가 이렇게나 컸구나!" 마릴라는 믿어지지 않는 듯한 얼굴이었다. 말 끝에는 한숨이 뒤따랐다. 마릴라는 앤의 키가 큰 것을 보고 묘한 아쉬움을 느꼈다. 이 아이로 인해 사랑하는 법을 배웠는데 그때의 어린아이는 어쩐지 사라져버리고, 이제 사려 깊은 표정에 자랑스러울 정도로 침착한 얼굴을 한 키가 크고 진지한 눈동자의 열다섯 살 여자아이가 그 자리에 있는 것이었다. 마릴라는 아이였던 앤을 사랑했던 것만큼이나 많이 커버린 앤도 똑같이 사랑했지만, 묘하게 슬픈 상실감 같은 것이 있었다. 그래서 그날 밤 앤이 다이애나와 기도회에 간 후, 겨울 특유의 황량한 해 질 녘에 홀로 앉아 나약함을 드러내며 실컷 울었다. 등불을 들고 들어온 매튜가 이런 마릴라의 모습을 보고 너무나 깜짝 놀라서 멍하니 바라보는 바람에, 마릴라는 울다가 그만 웃어버렸다.

"앤을 생각하는 중이었어요." 마릴라가 설명했다. "다 큰 아가씨가 됐더라고요. 내년 겨울에는 아마 우리를 떠나가겠죠. 앤이 끔찍하게 그리울 거예요."

"집에 자주 올 수 있을 거야." 매튜가 위로했다. 매튜에게는 앤이 아직도 4년 전 6월의 그날 저녁 브라이트 리버에서 집으로 데려왔던 조그맣고 초롱초롱한 아이였고, 언제까지나 그것은 변함없을 것이다. "그때쯤에는 카모디까지 가는 기찻길이 완성되겠지."

"항상 데리고 있는 것과 같지는 않을 거 아니에요." 마릴라는 우울한 표정으로 한숨을 쉬며, 위안할 길 없고 주체할 수 없는 슬픔은 그냥 안고 있기로 마음먹었다. "하긴 남자들이 이런 걸 어떻게 이해하겠어요!"

앤은 다른 면에서도 변화가 있었다. 신체적인 변화만큼 실질적인 변화였다. 그중 하나가 훨씬 조용해졌다는 것이었다. 생각이 오히려 더 많아지고 상상도 예전과 다름없이 많이 했지만 말수가 줄어든 것은 확실했다. 마릴라는 이러한 변화 역시 눈치 채고 한마디 했다.

"수다가 예전의 반으로 줄었구나, 앤. 어마어마한 표현들도 많이 줄었고 말이야. 무슨 바람이 불어서 이러니?"

책을 떨어뜨리고 꿈을 꾸는 듯한 눈길로 창밖을 내다보던 앤은 얼굴이 빨개지더니 조금 웃었다. 창밖에는 덩굴 식물 위로 크고 탐스러운 빨강 꽃봉오리들이 봄 햇살의 꾀임에 넘어간듯 불쑥 얼굴을 내밀고 있었다.

"모르겠어요. 그냥 말이 별로 하고 싶지 않아요." 앤은 생각에 잠겨 검지로 턱을 지그시 누르며 말했다. "아름다운 생각을 하고 그걸 보물처럼 마음에 담아두는 게 더 근사하잖아요. 다른 사람들이 그 생각을 비웃거나 놀라워하는 게 싫어요. 그리고 어쩐지 어마어마한 표현들도 별로 쓰고 싶지 않고요. 안타까운 일이죠? 이젠 어마어마한 표현들을 써도 이상하지 않을 만큼 나이를 먹었는데 말이에요. 어떤 면에서는 어른이 되어가는 건 재미있는 것 같아요. 하지만 제가 예상했던 그런 재미는 아니에요, 마릴라. 배워야 할 것도 많고 해야 할 일도 많고 생각할 것도 많다 보니 어마어마한 표현을 쓸 시간이 없어요. 게다가 스테이시 선생님 말씀으로는 간결한 말이 훨씬 더 강렬하고 좋은 거래요. 선생님은 우리가 글을 최대한 복잡하지 않게 쓰도록 하세요. 처음에는 그게 어려웠어요. 저는 떠올릴 수 있는 훌륭하고 어마어마한 표현들을 전부 다 늘어놓는 데 너무 익숙해져 있었거든요. 어마어마한 표현이라면 얼마든지 떠오르고 말이에요. 하지만 이젠 간결하게 쓰는 데 익숙해져서 훨씬 나아진 것 같아요."

"이야기 클럽은 어떻게 됐니? 요즘에는 그 얘기를 통 못 들었구나."

"이야기 클럽은 더 이상 모이지 않아요. 시간이 없기도 하고, 어쨌든 우리 모두 좀 싫증이 난 것 같아요. 사랑 얘기나 살인, 사랑의 도피 행각, 미스터리 이야기를 쓴다는 게 바보 같았어요. 스테이시 선생님이 가끔 작문 연습을 시키려고 글을 쓰게 하실 때가 있는데요, 에이번리에서, 우리 생활 속에서 일어날 법한 일이 아니면 쓰지 못하게 하세요. 그리고 쓴 글에 대해서는 아주 날카롭게 비평을 하시고 우리도 자신이 쓴 글에 대해 비평하게 하세요. 저는 제 글에 그렇게 많은 오류가 있는 줄은 몰랐어요. 그런 식으로 찾아보기 시작하니 정말 많더라고요. 너무 창피해서 다 포기하고 싶었어요. 하지만 선생님께서는 스스로 엄격한 비평을 할 수 있도록 훈련하기만 하면 글을 잘

쓰는 법을 익힐 수 있다고 하셨어요. 그래서 노력 중이에요."

"입학시험까지 딱 두 달 남았구나." 마릴라가 말했다. "합격할 수 있을 것 같니?"

앤이 부르르 떨었다.

"모르겠어요. 잘될 것 같을 때도 있어요. 그러다 걱정이 돼서 죽을 것 같아지고요. 우리 모두 열심히 공부했고 스테이시 선생님이 철저하게 연습을 시켜주셨지만 모든 면에서 완벽하게 통달한 것 같지는 않아요. 각자 걸림돌이 있어요. 저는 물론 기하학이 걸림돌이고요, 제인은 라틴어, 루비와 찰리는 대수학, 조시는 연산이 문제예요. 무디 스퍼전은 영국 역사에서 망칠 것 같은 예감이 든대요. 스테이시 선생님이 6월에 모의시험을 치르게 해주실 거래요. 우리가 치를 입학시험만큼 어렵게요. 엄격하게 점수를 매겨보면 대충 알게 될 거라고 하셨어요. 시험이 이미 다 끝나 있으면 얼마나 좋을까요, 마릴라. 시험 생각이 떠나지를 않아요. 어떤 날은 한밤중에 잠에서 깨어 합격하지 못하면 뭘 할지 생각해요."

"이런, 입학시험이야 학교 다니면서 다시 치르면 되지." 마릴라는 태연하게 말했다.

"아아, 차마 그럴 수 없을 것 같아요. 떨어지면 굉장히 망신스러울 거예요. 특히 길버…… 아니, 다른 아이들이 합격한다면 더 그렇고요. 시험 때문에 너무 긴장이 돼요. 긴장해서 망칠 것만 같아요. 제가 제인 앤드류스만큼 강심장이었으면 좋겠어요. 제인은 어떤 일에도 당황하지 않거든요."

앤은 한숨을 쉬었다. 그리고 마법 같은 봄, 산들바람과 파란 하늘이 손짓하는 봄날과 정원에 하나둘씩 솟아오르는 초록색 새싹들에게서 눈을 돌리고 단호하게 교과서에 파묻혔다. 봄은 앞으로도 찾아오겠지만, 입학시험에 합격하지 못하면 앤은 틀림없이 다시는 봄을 만끽할 수 없을 것 같은 생각이 들었다.

32
합격자 발표

6월 말이 되어 학기가 끝나고 에이번리 학교에서 스테이시 선생님의 임기도 끝났다. 앤과 다이애나는 그날 저녁 아주 차분하게 집으로 걸어갔다. 빨개진 눈과 흠뻑 젖은 손수건을 보니, 스테이시 선생님의 작별 인사가 3년 전 비슷한 상황에서 필립스 선생님이 했던 작별 인사만큼이나 아주 감동적이었던 것은 확실했다. 다이애나는 가문비나무 언덕 발치에 이르자 학교를 돌아보며 깊은 한숨을 쉬었다.

"모든 게 다 끝난 것 같은 느낌 아니니?" 다이애나는 쓸쓸한 목소리로 말했다.

"넌 나만큼 심하지는 않을 거 아냐." 앤은 손수건에서 덜 젖은 부분을 찾아보았으나 허사였다. "넌 겨울에 다시 학교에 돌아오지만 난 영원히 정든 학교를 떠나게 되잖아. 행운이 따를 경우의 얘기이긴 하지만."

"돌아가도 예전과 같지는 않을 거야. 스테이시 선생님도 안 계시고 너도 없고 제인도, 루비도 없을 테니까. 혼자 외롭게 앉아 있어야 하겠지. 네 자리에 다른 아이가 앉는 건 견딜 수 없을 것 같아. 아아, 우리 정말 재미있었지, 앤? 그런 시간들이 다 끝났다고 생각하니 끔찍해."

두 줄기 커다란 눈물방울이 다이애나의 코 옆으로 흘러내렸다.

"네가 그만 울면 나도 울음을 그칠 수 있을 거야." 앤이 애원하는 표정으로 말했다. "손수건을 떼려 해도 네 눈에 눈물이 차오르는 게 보이면 나도 다시 눈물이 나와. 레이첼 아주머니는 늘 '기운이 나지 않으면 최대한 기운을 내라'고 하시잖아. 나도 결국은 다음 학기에 다시 학교로 돌아오게 될지도 몰라. 입학시험에서 떨어질 거라는 생각이 지금 또 드네. 자꾸만 그런 생각을 하게 돼."

"에이, 넌 스테이시 선생님이 낸 시험에서 성적이 좋았잖아."

"그랬지. 하지만 그 시험에서는 긴장하지 않았거든. 진짜 시험은 생각만 해도 가슴이 어찌나 끔찍하게 싸늘해지면서 펄떡거리는지 몰라. 게다가 내 수험번호가 13번이잖아. 조시 파이 말로는 엄청 불길한 번호라던데. 난 미신을 믿지도 않고, 번호 하나로 뭐가 달라질 것도 없다는 건 알아. 하지만 그래도 13번이 아니었으면 좋았을 텐데."

"시험 보러 갈 때 너하고 같이 가면 좋겠다." 다이애나가 말했다. "완벽하게 멋진 시간을 보내게 되지 않겠어? 하긴 넌 저녁마다 막바지 시험공부를 해야 하겠지만."

"아냐. 스테이시 선생님이 우리에게 절대 책을 펴지 않겠다고 약속하라고 하셨어. 피곤하기만 하고 더 헷갈릴 거래. 밖에서 산책이라도 하면서 시험 생각은 하지 말고 일찍 잠자리에 들라고 하셨어. 훌륭한 조언이긴 하지만 그렇게 하기는 힘들 것 같아. 훌륭한 조언이 다 그렇지 뭐. 프리시 앤드류스가 나한테 말해줬는데, 자기는 입학시험 일주일 전부터 매일 밤 한밤중까지 죽어라 공부하고 평소의 반만 잤대. 나도 최소한 프리시만큼은 깨어 있기로 결심했어. 조세핀 할머니가 나한테 입학시험 보러 와 있는 동안 너도밤나무 숲 저택에 머물러 있으라고 해주셔서 정말 고마웠어."

"가 있는 동안 나한테 편지 쓸 거지?"

"화요일 저녁에 첫날이 어떻게 흘러갔는지 써서 보내줄게." 앤이 약속했다.

"수요일엔 우체국 앞에서 지키고 서 있어야겠다." 다이애나도 다짐했다.

앤은 월요일에 샬럿타운으로 떠났고, 수요일이 되자 다이애나는 얘기한 대로 우체국 앞을 지키고 서 있다가 편지를 받았다.

'사랑하는 다이애나에게 (앤으로부터)

오늘은 화요일 저녁이야. 난 너도밤나무 숲 저택의 서재에서 이 편지를 쓰고 있어. 어젯밤 난 방에 혼자 있으면서 끔찍하게 외로웠어. 네가 함께 있었으면 얼마나 좋았을까. 막바지 공부는 할 수가 없었어. 스테이시 선생님과 안 하기로 약속했으니까. 하지만 역사책을 펴지 않기가 너무 어렵더라. 수업 시간에 배우게 되겠지만 궁금해서 읽어보지 않을 수가 없었던 것처럼 말이야.

오늘 오전에 스테이시 선생님이 데리러 오셔서 함께 퀸즈 전문학교로 갔어. 가는 길에 제인과 루비와 조시에게도 들러서 다 함께 갔지. 루비가 자기 손을 만져보래서 만져봤더니 얼음처럼 차갑더라. 조시는 내가 한숨도 못 잔 것처럼 보인다면서, 내가 합격하더라도 힘든 교사 수업을 견딜 체력이 되는지 모르겠다고 하더라고. 아직은 조시 파이를 좋아할 방법을 찾아낼 때가 안 됐나 봐.

학교에 도착하니 섬 여기저기서 모여든 학생들이 많이 있었어. 처음으로 눈에 띈 건 무디 스퍼전이었는데, 계단에 앉아서 혼자 뭘 중얼거리고 있더라고. 제인이 도대체 거기서 뭐 하느냐고 하니까 구구단을 반복해서 외우고 있다지 뭐야. 긴장을 가라앉히려고 말이야. 그러면서 제발 방해하지 말아달래. 잠깐이라도 멈추면 겁이 덜컥 나면서 아는 걸 죄다 잊어버리게 된대. 구구단을 외우면 자기가 아는 모든 사실이 제자리에 든든하게 있을 거라고 하더라고.

우리가 교실을 배정받고 나서 스테이시 선생님은 가셨어. 제인과 나는 함께 앉았어. 제인이 너무 침착해서 부럽더라. 착하고 성실하고 합리적인 제인에게는 구구단이 필요 없었어! 내 기분이 겉으로도 드러날까, 내 심장이 쿵쿵 뛰는 소리가 교실 구석까지 분명하게 들릴까 궁금하더라. 그러고 있는데 한 남자분이 들어와서 국어 시험지를 나눠주셨어. 시험지를 받아드니 손이 차가워지면서 머리가 뱅글뱅글 도는 거야. 소름 끼치는 순간이었어, 다이애나. 4년 전 마릴라에게 나를 초록지붕 집에 있게 해주실 거냐고 물어봤을 때와 똑같은 기분이었거든. 그런데 그 생각을 하니 머릿속이 맑아지면서 심장 뛰는 것도 다시 정상으로 돌아오더라고. 모든 증상이 한꺼번에 딱 멈췄다는 얘길 빠뜨렸네! 어쨌든 그 시험을 잘 치러낼 수 있을 거라는 느낌이 왔어.

정오에는 집으로 돌아가 점심을 먹고 오후에 다시 와서 역사 시험을 치렀어. 역사 시험은 꽤 어려웠어. 날짜들이 머릿속에서 뒤죽박죽이 되어서 말이야. 그래도 오늘은 시험을 꽤 잘 치른 것 같아. 하지만 아아, 다이애나, 내일은 기하학 시험이 있어. 기하학 생각을 하면 너무 걱정이 돼서, 유클리드 기하학 책을 펴서 막바지 공부를 하고 싶은 마음을 혼신의 힘을 다해 간신히 누르고 있어. 구구단이 조금이라도 도움이 된다고 생각했다면 지금부터 내일 아침까지 계속 외웠을 거야.

오늘 저녁에는 다른 애들을 보러 가봤어. 가는 길에 무디 스퍼전을 만났는데 미친 듯이 어슬렁거리며 돌아다니고 있더라고. 걔 말로는 역사 시험을 망쳤대. 자기는 부모님을 실망시킬 운명을 타고 났다면서 내일 아침 기차를 타고 집으로 돌아가겠다는 거야. 목사가 되는 것보다는 목수가 되는 게 쉬울 것 같다나. 나는 위로를 좀 해주고 끝까지 해보라고 설득했어. 걔가 포기하면 애써주신 스테이시 선생님이 억울하실 거 아냐. 가끔씩 내가 남자로 태어났다면 좋았을 거라고 생각하는데, 무디 스퍼전을 보면 늘 내가 여자아이고 걔 누나가 아닌 게 기뻐.

루비네가 있는 하숙집에 도착하니 루비는 히스테리 상태였어. 국어 시험에서 엄청난 실수를 한 걸 발견했나 봐. 우린 루비가 좀 진정된 후에 나가서 아이스크림을 먹었어. 우리 모두 네가 함께 있었다면 얼마나 좋았을까 아쉬워했어.

아아, 다이애나. 기하학 시험이 이미 끝나 있으면 얼마나 좋을까! 하긴 레이첼 아주머니 말씀처럼 내가 기하학 시험을 망치든 말든 해는 다시 떠올라 제자리를 지키겠지. 사실이긴 하지만 특별히 마음이 편해지지도 않네. 난 시험을 망치면 해가 다시 떠오를 것 같지가 않아!

진심을 담아서, 앤으로부터'.

시간은 흘러 기하학 시험도 끝나고 다른 모든 시험도 다 마무리되었다. 앤은 금요일 저녁, 약간 피곤했지만 힘든 일을 끝낸 위풍당당한 태도로 집에 도착했다. 다이애나가 초록지붕 집에 와 있어서, 두 사람은 몇 년간 떨어져 있었던 사람처럼 재회했다.

"그리운 내 친구. 네가 다시 돌아온 걸 보니 너무나 좋다. 네가 시험 보러 간 후로 한참 지난 것 같아. 아아, 앤, 시험은 잘 봤어?"

"꽤 잘 본 것 같아. 기하학만 빼고. 합격할지 떨어질지는 모르겠지만 떨어진 것 같은 으스스하고 소름 끼치는 예감이 들어. 아아, 돌아와서 얼마나 좋은지 몰라! 초록지붕 집은 세상에서 가장 정답고 사랑스러운 곳이라니까."

"다른 애들은 어떻게 됐어?"

"여자아이들은 하나같이 자기는 떨어진 것 같다고 하지만 내가 보기엔 다들 꽤 잘 봤어. 조시는 기하학이 너무 쉬워서 열 살짜리 애들도 풀겠더래! 무디 스퍼전은 아직도 역사 시험을 망친 생각뿐이고, 찰리는 대수학 시험을 망쳤대. 하지만 합격자 발표가 나기 전까지는 모르는 일이지. 발표는 2주 후래. 2주 동안을 이렇게 팽팽한 긴장감 속에 살게 되었으니 어쩐담! 바로 잠들어서 발표가 날 때까지 깨어나지 말았으면 좋겠어."

다이애나는 앤에게 길버트 블라이드는 잘 치렀느냐고 물어

보아봤자 소용없다는 것을 알고 있었다. 그래서 그냥 이 말만 했다. "에이, 잘될 거야. 걱정 마."

"합격자 명단 상위권에 오르지 못할 바에는 차라리 떨어지는 게 나아." 앤이 발끈하며 말했다. 앤의 말에는 길버트 블라이드보다 위에 있지 않으면 합격한들 그 성공은 불완전하고 씁쓸한 것이 될 거라는 의미가 담겨 있었다. 다이애나도 그것을 알고 있었다.

앤은 합격이라는 목표를 달성하기 위해 시험 기간 동안 필사적으로 노력했다. 길버트 역시 마찬가지였다. 두 사람은 그동안 열두 번도 더 길에서 마주쳤지만 서로 아는 척도 하지 않았다. 그때마다 앤은 고개를 더 높이 쳐들면서도 길버트가 손을 내밀었을 때 친구가 되었으면 좋았을걸 하고 진심으로 아쉬워했고, 이 시험에서 길버트를 넘어서겠다고 굳게 다짐했다. 에이번리 학교의 어린 학생들 모두 누가 1등을 할지 궁금해하고 있다는 것을 앤도 알고 있었다. 심지어 지미 글로버와 네드 라이트가 1등이 누가 될지에 내기를 걸었다는 것과, 조시 파이가 1등은 생각해볼 필요도 없이 길버트가 될 거라고 말했다는 것도 알고 있었다. 그래서 앤은 자신이 진다면 그 굴욕을 견딜 수 없을 것 같았다.

하지만 앤이 잘하려는 데는 좀 더 훌륭한 다른 동기도 있었다. 앤은 매튜와 마릴라, 특히 매튜를 위해 높은 점수로 합격하고 싶었다. 매튜는 앤이 '프린스 에드워드 섬 전체를 누를 것' 이라고 앤에게 확신에 차서 말했던 것이다. 앤으로서는 꿈에서조차 그런 것을 바라다니 말도 안 된다고 생각될 정도로 큰일이었다. 하지만 앤은 이제 최소한 10등 안에는 들었으면 하고 강렬하게 바라고 있었다. 그래야 매튜의 다정한 갈색 눈동자가 자랑스러움으로 환하게 빛나는 것을 보게 되니 말이다. 그런 매튜를 보는 것이야말로, 온갖 노력을 기울여 상상력이라고는 요만큼도 없는 방정식과 동사 활용표의 세계를 끈기 있게 파고들었던 데 대해 진정으로 달콤한 보상이 될 것 같았다.

2주 후 앤은 우체국 앞을 지키고 서 있었다. 심란한 제인, 루비, 조시도 함께였다. 이들은 입학시험을 보던 때만큼 섬뜩하고 아득한 기분으로 손을 떨면서 샬럿타운 일간 신문을 펼쳐 보았다. 찰리와 길버트 역시 다르지 않았다. 하지만 무디 스퍼전은 단호하게 그 자리에 나오지 않았다.

"거기 가서 냉정하게 신문을 확인할 용기가 없어." 무디 스퍼전은 앤에게 말했다.

"난 그냥 기다리고 있을래. 그러다 보면 누군가가 와서 느닷없이 내가 합격했는지 불합격했는지 말해주겠지."

3주째 합격자 발표는 나지 않았다. 앤은 이런 긴장감을 더 이상 견딜 수 없을 것 같은 느낌이 들기 시작했다. 앤은 입맛을 잃었고 에이번리에서 벌어지는 일들에 대한 관심도 시들해졌다. 레이첼 부인은 보수당 교육감이 이끌고 있는 데서 뭘 더 기대할 수 있을지 알고 싶다며 불평했다. 매튜는 앤이 창백해지고 주변 일에 무관심해지고 매일 오후 우체국에서 발을 질질 끌며 집으로 돌아오는 모습을 보고, 다음 선거에서는 자유당에 투표하는 게 나으려나 진지하게 생각하기 시작했다.

하지만 어느 날 저녁, 소식이 도착했다. 앤은 창문을 열어놓고 창가에 앉아 있었다. 잠시 시험 걱정과 세상 고민을 내려놓고, 여름날의 아름다운 황혼과 창문 아래 정원에서 풍겨오는 달콤한 꽃향기와 쉬쉬 하는 소리를 내며 바스락거리는 포플러 나무의 흔들림에 넋을 잃고 감탄하고 있었다. 전나무 숲 위 동쪽 하늘은 해지는 서쪽 하늘빛을 받아 희미한 분홍빛으로 물들어 있었다. 앤은 꿈을 꾸는 듯한 기분으로 영혼에 색깔이 있다면 저런 색일까 하는 상상에 빠졌다. 그때 다이애나가 전나무 숲을 지나 통나무 다리를 건너 오르막길을 달려오는 것이 보였다. 다이애나의 손에는 신문 한 장이 펄럭거리고 있었다.

앤은 벌떡 일어났다. 그 신문에 어떤 소식이 담겨 있는지 바로 알아챌 수 있었다. 시험 결과가 나온 것이다! 머리가 빙글빙글 돌고 가슴이 너무 뛰어서 아플 정도였다. 한 발자국도 움직일 수가 없었다. 다이애나가 현관을 달려와 노크도 없이 앤의 방문을 열고 뛰어들 때까지 한 시간은 흐른 것 같은 기분이었다. 다이애나는 굉장히 흥분해 있었다.

"앤, 너 합격했어." 다이애나가 외쳤다. "그것도 1등으로 말이야. 너랑 길버트가 공동 수석인데 네 이름이 먼저 쓰여 있어. 아아, 너무 자랑스러워!"

다이애나는 테이블에 신문을 내던지고 자기 몸은 앤의 침대에 내던졌다. 숨이 완전히 턱에 차서 한 마디도 더 할 수가 없었다. 앤은 램프에 불을 켰다. 손이 떨려서 성냥 상자를 뒤엎고 성냥을 열두 개는 부러뜨린 후에 간신히 불을 붙이는 데 성공한 것이다. 앤은 신문을 움켜쥐었다. 다이애나의 말대로였다. 앤은 합격했다. 200명의 합격자 명단 맨 위에 앤의 이름이 있었다! 그 순간이야말로 살 만한 가치가 있다고 느껴지는 순간이었다.

"정말 잘했어, 앤." 다이애나는 이제 일어나 앉아서 말할 수 있을 정도가 되었지만 아직도 숨이 차서 헐떡이고 있었다. 앤은 눈이 반짝반짝 빛나고 넋이 나간 듯한 표정이었는데, 말은 한 마디도 나오지 않았다. "아빠가 10분 전에 브라이트 리버에서 이 신문을 갖고 오셨어. 오후 기차를 탔는데 신문이 나왔대. 에이번리에는 내일이나 돼야 우편으로 도착할 거야. 그래서 합격자 명단을 보고 바람처럼 달려왔지. 전부 다 합격이야, 전부 다. 역사 시험에 발목을 잡힌 무디 스퍼전도 말이야. 제인하고 루비는 정말 잘했어. 등수가 중간 정도야. 찰리도 잘했고. 조시는 끝에서 3등으로 간신히 합격이야. 하지만 1등이라도 한 것처럼 으쓱거릴 게 분명해. 스테이시 선생님이 기뻐하시겠다. 아아, 앤. 네 이름이 이렇게 합격자 명단 맨 위에 쓰여 있는 걸 보니 기분이 어때? 나 같으면 너무 기뻐서 정신이 나갔을 거야. 지금도 거의 정신이 나가 있는걸. 하지만 넌 차분하고 침착해 보여. 쌀쌀한 봄날 저녁처럼 말이야."

"속으로는 황홀해서 죽을 것 같아." 앤이 말했다. "말하고 싶은 게 백 가지쯤 되는데 적당한 표현을 못 찾겠어. 1등은 꿈에도 생각 못 했거든. 아, 해봤네. 딱 한 번! 한 번 생각해봤어. '1등을 하면 어떻게 될까?' 그랬더니 온몸이 덜덜 떨리더라. 내가 섬 전체에서 1등을 할 수 있다고 생각하다니, 너무 허황되고 건방진 것 같아서 말이야. 미안하지만 잠시만 기다려줘, 다이애나. 당장 들판으로 뛰어가서 매튜에게 말해줘야 해. 그다음에 나가서 다른 아이들에게도 좋은 소식을 알려주자."

두 아이는 헛간 뒤 풀밭으로 달려갔다. 매튜는 그곳에서 건초를 묶고 있었다. 그리고 공교롭게도 그쪽 풀밭길 울타리에서는 레이첼 부인이 마릴라와 이야기 중이었다.

"아아, 매튜." 앤이 소리쳤다. "저 합격했어요. 1등이에요! 실은, 공동 1등이지만요. 자만하는 건 아니고요, 너무 다행이에요."

"글쎄 뭐, 내가 늘 말하지 않았니." 매튜는 기쁨에 찬 얼굴로 합격자 명단을 뚫어지게 바라보았다. "너라면 모두를 쉽게 제

칠 수 있을 줄 알고 있었어."

"정말 잘했다, 앤." 마릴라가 말했다. 앤이 너무나 자랑스러웠지만 레이첼 부인의 비판적인 눈에 그런 감정을 들키지 않으려고 애쓰고 있었다. 하지만 사람 좋은 레이첼 부인은 진심으로 말했다. "앤이 잘 해낸 것 같네요. 칭찬을 아낄 생각은 없어요. 친구들 사이에 자랑거리가 되겠구나, 앤. 아무렴. 우리 모두 네가 자랑스럽다."

기쁨에 찬 하루는 목사관에서 앨런 사모님과 진지한 이야기를 나누는 것으로 마무리되었다. 밤이 되자 앤은 열어놓은 창가에 기분 좋게 무릎을 꿇고 앉아 아주 환하게 빛나는 달빛을 받으며 작은 소리로 마음에서 우러나오는 감사와 소망의 기도를 드렸다. 지난날에 대한 감사와 미래에 대한 경건한 기원이 깃들어 있는 기도였다. 그리고 하얀 베개에 머리를 얹고 잠든 앤은 소녀 시절 특유의 티 없이 밝고 아름다운 꿈을 꾸었다.

33
호텔 콘서트

"하얀색 오건디 천으로 된 옷을 입어, 앤. 꼭 그걸 입어야 해." 다이애나는 단호하게 조언했다.

둘은 동쪽 지붕 밑 방에 함께 있었다. 바깥은 온통 황혼이 깔려 있었다. 구름 한 점 없이 맑은 파란 하늘을 물들이는 노르스름한 초록빛이 아름다운 황혼이었다. 유령숲 위로 뜬 커다랗고 둥근 달은 흐릿한 빛에서 매끄러운 은빛으로 변하며 천천히 뚜렷한 자태를 드러내고 있었다. 대기는 달콤한 여름날의 소리로 가득했다. 새들은 졸린 듯 지저귀고 있었고, 변덕스러운 산들바람 소리 가운데 멀리서 사람들의 목소리와 웃음소리가 섞여 들려왔다. 하지만 앤은 방에서 블라인드를 내리고 램프를 켠 채 중요한 몸단장에 한창이었다.

동쪽 지붕 밑 방은 4년 전과는 아주 다른 장소가 되었다. 4년 전 그날, 앤은 이 방의 휑한 기운과 따스함이라고는 느껴지지 않는 냉기가 뼛속까지 스며드는 기분을 느꼈었다. 변화는 슬금슬금 진행되었다. 마릴라도 단념하고 눈감아주어서 지금은 사랑스럽고 화사한 둥지, 여자아이가 꿈꿀 만한 방이 되었다.

앤이 애초에 꿈꾸었던 분홍색 장미꽃이 가득한 벨벳 카펫과 분홍색 실크 커튼은 실현되지 않은 것이 분명했다. 하지만 앤의 꿈도 앤의 성장과 보조를 맞추어 변해갔으므로 그 실현되지 않은 꿈에 대해 앤이 한탄하거나 하는 것은 아니었다. 바닥에는 예쁜 깔개가 깔려 있었고, 높은 창문은 연한 초록색 모슬린 커튼이 바람이 부는 대로 하늘거려 부드럽게 보였다. 금색 은색 자수가 화려한 태피스트리가 벽에 걸려 있지는 않았지만, 우아한 사과꽃 벽지를 바른 벽에는 앨런 사모님께 받은 예쁜 그림 몇 장이 장식되어 있었다. 가장 잘 보이는 선반에는 스테이시 선생님의 사진이 놓여 있었다. 앤은 감상적인 마음으로 잊지 않고 사진이 있는 선반을 늘 싱싱한 꽃으로 장식했다. 오늘 밤에는 하얀 백합꽃 한 줄기가 놓여 있어, 마치 꿈속의 향기처럼 어렴풋한 향기를 풍기고 있었다. 앤의 꿈이던 마호가니 가구도 없었지만 책이 가득 꽂혀 있는 하얀 책장과 고리버들로 만든 푹신한 흔들의자와 하얀 모슬린으로 프릴 장식을 한 화장대가 있었고, 금박으로 테를 두른 고풍스러운 거울은 원래 손님방에 걸어두었던 것으로, 아치형 꼭대기에는 포동포동한 분홍색 큐피드와 보라색 포도가 그려져 있었다. 그리고 마지막으로 야트막한 하얀 침대가 놓여 있었다.

앤은 화이트샌즈 호텔에서 열리는 콘서트를 앞두고 옷을 차려입는 중이었다. 호텔 투숙객들이 샬럿타운 병원을 돕기 위해 나서서 주변 지역에서 콘서트에 도움을 줄 수 있는 아마추어 실력자들을 발굴했던 것이다. 화이트샌즈 침례교회 성가대 소속의 버사 샘슨과 펄 클레이는 콘서트에서 듀엣 곡을 불러달라는 청을 받았다. 뉴브리지의 밀튼 클라크는 바이올린 솔로를 연주하기로 했고, 카모디의 위니 아델라 블레어는 스코틀랜드 민요를 부르기로 되어 있었다. 스펜서베일의 로라 스펜서와 에이번리의 앤 셜리는 낭송을 할 예정이었다.

앤은 기분 좋은 전율을 느낄 만큼 들떠 있었다. 예전이었다면 '평생 잊지 못할 순간'이라고 말했을 것이다. 매튜는 앤이 지니게 된 영예에 뿌듯한 자부심을 느끼며 더없이 행복한 상태였다. 마릴라도 그에 뒤지지 않게 행복했다. 하지만 차라리 죽을지언정 그것을 인정하지는 않아서, 수많은 어린 학생들이 보호자도 없이 호텔로 놀러가는 건 매우 부적절한 것 같다고 말해버렸다.

앤과 다이애나는 제인 앤드류스와 함께 제인의 오빠 빌리가 모는 2인승 마차를 타고 가기로 했다. 에이번리의 다른 남녀 학생들도 여러 명 콘서트를 보러 갈 예정이었다. 시내에서 온 손님들을 대상으로 한 파티도 열렸고, 콘서트가 끝난 후 출연자들에게는 저녁 식사를 대접하기로 되어 있었다.

"정말 오건디 드레스가 제일 나을까?" 앤이 걱정스럽게 물었다. "파란색 꽃무늬 모슬린 옷만큼 예쁘지 않은 것 같아서 그래. 그리고 확실히 유행하는 스타일도 아니고."

"하지만 그게 훨씬 더 잘 어울려." 다이애나가 말했다. "아주 부드럽고 프릴도 많고 몸에 착 감기잖아. 모슬린 드레스는 뻣뻣하기도 하고 너무 차려입은 느낌을 준단 말이야. 하지만 오건디 드레스는 딱 네 옷 같거든."

앤은 한숨을 쉬고 한발 물러섰다. 다이애나는 옷에 대해 탁월한 안목을 갖고 있다는 소리를 듣기 시작하고 있어서, 다들 옷에 대해서는 다이애나의 조언을 들으려 했다. 오늘 밤도 다이애나는 아주 예뻐 보였다. 앤에게는 영원히 금지된 색인 예쁜 진분홍 들장미색 옷을 입고 있었다. 하지만 다이애나는 오늘 콘서트에 출연하기로 되어 있지 않았으므로 다이애나의 옷차림은 지금 그다지 중요한 문제가 아니었다. 다이애나의 모든 고민은 앤에게 쏠려 있었다. 다이애나가 맹세했듯, 앤은 오늘 에이번리의 자랑으로서, 퀸즈 학생으로서 어울리는 옷을 입고 머리를 하고 치장을 해야만 했다.

"그 프릴을 조금만 더 내려봐. 그래, 그렇게. 자, 허리에 리본을 매줄게. 이제 구두를 신어. 네 머리를 두 갈래로 굵게 땋은 다음에 반쯤 올려서 커다란 하얀 리본으로 묶을게. 안 돼. 이마에 앞머리 한 가닥은 내리지 마. 그냥 부드럽게 가르마가 생기게 놔둬. 어떻게 해봐도 이 스타일만큼 너한테 잘 어울리는 머리가 없어, 앤. 앨런 사모님도 네가 그렇게 가르마를 타면 성모 마리아처럼 보인다고 하시잖아. 집에서 조그만 흰 장미를 가져왔어. 귀 뒤쪽으로 꽂아. 내가 기르던 장미 덤불에 딱 하나 있던 거야. 너 주려고 남겨뒀어."

"진주 목걸이를 해도 될까?" 앤이 물었다. "매튜가 지난주에 시내에서 사다주셨어. 목걸이를 하고 있는 걸 보면 좋아하실 거야."

다이애나는 입술을 오므리고 마음에 들지 않는 듯 까만 머리를 갸우뚱하더니 마침내 목걸이를 해도 좋겠다고 말했다. 그리고 곧바로 앤의 가느다란 우윳빛 목에 목걸이를 둘러주었다.

"넌 뭔가 굉장히 우아한 데가 있어, 앤." 다이애나는 시샘 없이 감탄하며 말했다. "고개도 아주 품위 있게 들고 있고. 몸매가 예쁜 것 같아. 난 뚱뚱한 게 꼭 만두 같잖아. 항상 그럴까 봐 걱정했지만 이젠 그렇다는 거 인정해. 뭐, 그냥 받아들여야 할 것 같아서 말이야."

"하지만 아주 예쁜 보조개가 있잖아." 앤이 바로 옆에 있는 예쁘고 명랑한 얼굴을 향해 다정한 미소를 지었다. "크림 위로 살짝 패인 것 같은 사랑스러운 보조개야. 난 보조개에 대한 희망을 모두 버렸어. 보조개에 대한 나의 꿈은 절대 이루어지지 않겠지. 하지만 꿈이 너무 많이 이루어져서 그것 가지고 불평하면 안 될 것 같아. 이제 다 된 거야?"

"다 됐어." 다이애나가 대답했다. 그때 마릴라가 문간에 모습을 드러냈다. 수척한 모습에 전보다 머리가 더 세어 있었고 각진 모습도 여전했으나 표정은 훨씬 부드러워 보였다. "이리 오셔서 오늘의 낭송가 모습이 어떤지 좀 보세요, 마릴라. 예쁘죠?"

마릴라는 코웃음 같기도 하고 신음 같기도 한 소리를 냈다.

"깔끔하고 단정해 보이는구나. 머리 스타일이 마음에 든다. 하지만 그 드레스는 가는 동안 흙먼지며 이슬에 엉망이 되지 않겠니? 요즘 밤에는 눅눅하고 추운데 옷이 너무 얇아 보이는구나. 어쨌든 오건디 천은 세상에서 가장 실용적이지 못한 천이란 말이지. 매튜가 그 옷을 사왔을 때도 그렇게 얘기했다만. 하지만 요즘 매튜에게는 무슨 얘길 해도 소용이 없잖니. 내 충고를 받아들였던 때도 있었는데 이젠 내 말은 안중에도 없이 앤에게 뭘 사준단 말이야. 카모디에 있는 점원들도 매튜에게는 뭐든 팔아넘기면 된다는 걸 아나 봐. 그저 이 물건은 예쁘고 유행하는 거예요 하기만 하면 매튜가 돈을 턱 내놓고 가니 말이야. 스커트 자락이 바퀴에 닿지 않게 조심해라, 앤. 따뜻한 재킷도 좀 입고."

그리고 마릴라는 아래층으로 내려갔다. 앤이 어찌나 예뻐 보이던지 자랑스러운 생각이 들었다. '이마에서 왕관까지 달빛이 빛나네'(엘리자베스 브라우닝의 페미니즘적 장편시 「오로라 리」 (1857년)의 한 구절. - 옮긴이)라는 시구가 떠오를 정도였다. 마릴라는 직접 콘서트에 가서 앤이 낭송하는 것을 듣지 못하는 것이 아쉬웠다.

"이 옷을 입기엔 날씨가 너무 축축한가." 앤이 걱정스럽게 말했다.

"하나도 안 그래." 다이애나는 블라인드를 올렸다. "완벽한 밤이야. 이슬도 없을걸. 달빛을 좀 봐."

"이 창문이 동쪽이라 해 뜨는 게 보여서 너무 기뻐." 앤은 다이애나 쪽으로 다가갔다. "저 기다란 언덕 위로 아침 해가 떠올라서 뾰족뾰족한 전나무 숲 사이로 빛줄기가 반짝이는 게 보이거든. 너무 근사해. 매일 아침이 새로워. 이른 아침 햇빛으로 내 영혼을 싹 씻어내는 것 같은 기분이 들어. 아아, 다이애나. 난 이 조그만 방을 너무나도 사랑해. 다음 달에 시내로 가게 되면 이 방 없이 어떻게 사니."

"오늘 밤에는 떠나는 얘기 하지 마." 다이애나가 간절하게 말했다. "생각도 하고 싶지 않단 말이야. 너무 우울해지거든.

오늘 저녁에는 즐거운 시간을 보내고 싶어. 오늘은 뭘 낭송해, 앤? 긴장되니?"

"아니, 조금도. 하도 자주 사람들 앞에서 낭송을 했더니 이젠 아무렇지도 않아. 오늘은 「아가씨의 맹세」를 낭송하기로 했어. 너무 애처로운 내용이야. 로라 스펜서는 우스운 얘기를 낭송할 거래. 하지만 난 사람들을 웃기는 것보다는 울리는 게 더 나아."

"앙코르를 받으면 뭘 낭송할래?"

"관객들은 나한테 앙코르할 생각은 꿈에도 없을걸." 앤은 피식 웃었다. 하지만 그런 은밀한 희망이 없는 것은 아니어서, 이미 상상해본 적도 있었고 그다음 날 아침을 먹으면서 매튜에게 죄다 이야기해주었던 앤이었다. "빌리와 제인이 왔나 봐. 마차 바퀴 소리가 들려. 가자."

빌리 앤드류스가 앤은 앞자리 자기 옆에 앉아서 가야 한다고 우겨서 앤은 할 수 없이 앞자리로 올라갔다. 앤은 여자아이들과 뒤쪽에 앉아서 실컷 웃고 떠들면서 가는 게 훨씬 더 좋았다. 빌리는 웃거나 수다를 떠는 일이 별로 없었다. 빌리는 몸집이 크고 뚱뚱하고 무신경한 스무 살 청년으로 둥그런 얼굴에는 표정이 별로 없었고 이야기를 나누는 데는 괴로울 정도로 재주가 없었다. 하지만 앤을 대단히 숭배해서 그 호리호리하고 꼿꼿한 여자아이를 옆에 앉히고 화이트샌즈까지 마차를 몰고 갈 생각에 뿌듯함으로 마음이 부풀어올라 있었던 것이다.

앤은 어깨너머로 여자아이들과 이야기를 나누면서 빌리에게는 가끔씩 예의상 몇 마디씩만 건넨 덕분에 그나마 즐겁게 갈 수 있었다. 빌리는 말을 건네도 활짝 웃거나 빙긋 웃기만 하다가 대답이 생각이 안 나 대답할 때를 놓쳐버렸다. 그래도 즐거운 밤이었다. 길은 호텔로 향하는 마차들로 가득했고, 여기저기서 맑은 웃음소리가 길을 따라 이중 삼중으로 메아리쳤다. 호텔에 도착하자 눈부시게 환한 빛이 호텔 건물을 꼭대기부터 바닥까지 비추고 있었다. 앤 일행은 콘서트 위원회에서 나왔다는 여자들과 마주쳤다. 그중 한 명이 앤을 출연자 대기실로 데려갔다. 대기실은 샬럿타운 심포니 클럽 회원들로 가득했다. 그들 틈에서 앤은 갑자기 부끄러워지고 겁이 나면서 촌뜨기가 된 기분이 들었다. 동쪽 지붕 밑 방에서는 그렇게 우아하고 예뻤던 드레스가 이제 보니 소박하고 밋밋한 것 같았다. 주위가 온통 빈짝거리는 실크 드레스와 사락거리는 레이스투성이여서, 사실 지나치게 소박하고 밋밋하다는 생각이 들었다. 앤 옆의 체구가 크고 멋있게 생긴 여자의 다이아몬드 목걸이에 비하면 앤의 진주 목걸이는 아무것도 아니었다. 게다가 다른 출연자들의 머리에는 온실에서 기른 커다랗고 탐스러운 꽃송이가 넘실대는 데 비해 앤의 조그마한 흰장미가 얼마나 초라해 보였겠는가! 앤은 모자와 재킷을 내려놓고 구석에서 우울한 기분으로 잔뜩 기가 죽어 있었다. 다시 초록지붕 집의 하얀 방으로 돌아와 있는 거라면 좋겠다는 생각도 들었다.

호텔의 커다란 콘서트장 무대에 서보니 그런 생각이 더 심해졌다. 눈이 부시도록 환하게 빛나는 전깃불과 향기로운 냄새와 웅성거리는 소리 속에 앤은 당황해버렸다. 앤은 다이애나, 제인과 함께 관중석에 앉아 있는 거라면 얼마나 좋을까 생각했다. 아이들은 저 뒤쪽에 앉아 근사한 시간을 보내고 있는 듯했다. 앤은 분홍색 실크 드레스를 입은 통통한 여자와 하얀색 레이스 드레스를 입은 비웃는 듯한 표정의 여자아이 사이에 끼어 앉아 있었다. 통통한 여자는 앤 쪽으로 고개를 정확히 돌려 안경 너머로 앤을 뜯어보았다. 아주 신경질적인 표정으로 어찌나 자세히 보던지 안 그래도 예민한 앤은 소리를 지를 뻔했다. 하얀 레이스 옷을 입은 여자아이는 주위에 다 들릴 만큼 큰 소리로 옆사람과 계속 이야기를 나누었는데, 관중석에 앉은 사람들을 '시골뜨기'라느니 '촌스러운 미인'이라고 평하는가 하면 순서지에 나온 주변 지역 출연자들의 발표 내용 중에서 웃음거리가 될 만한 것을 느긋하게 뽑아보기도 했다. 앤은 이 하얀 레이스 옷의 여자아이를 평생 미워하게 될 것 같았다.

앤에게는 불행한 일이었지만, 그때 어느 전문 낭송가도 호텔에 머물고 있었는데 그 전문가 역시 콘서트의 낭송 요청을 받아들였다. 그 낭송가는 짙은 갈색 눈의 나긋나긋한 여자로,

달빛을 엮은 듯 반짝이는 멋진 회색 드레스를 입고 있었고, 짙은 갈색 머리와 목은 보석으로 장식하고 있었다. 놀라울 만큼 유연한 목소리에 힘 있고 근사한 표현력도 갖추고 있었다. 관객들은 그녀의 낭송에 열광했다. 앤은 잠시 자신의 상황도 골치 아픈 문제들도 싹 잊고 빛나는 눈으로 황홀해하며 낭송을 들었다. 하지만 낭송이 끝나자 갑자기 양손으로 얼굴을 감쌌다. 그런 엄청난 낭송을 들었는데 다음 차례로 일어나서 낭송을 하다니, 절대 못할 것 같았다. 절대로 말이다. 낭송을 할 수 있다고 생각해본 적이나 있었던가? 아아, 초록지붕 집으로 돌아가 있을 수만 있다면!

이런 불운한 순간에 앤의 이름이 불렸다. 앤은 어찌어찌 일어났고 어질어질한 가운데 앞으로 걸어 나갔다. 하얀 레이스 옷을 입은 여자아이가 약간 죄책감이 드는지 놀란 표정을 지었지만 앤은 알아채지 못했다. 알아챘더라도 그 안에 숨어 있는 미묘한 부러움은 포착하지 못했겠지만 말이다. 앤의 얼굴이 너무 창백해서 관중석에 있던 다이애나와 제인은 긴장도 되고 안타깝기도 하여 서로의 손을 꼭 붙잡고 있었다.

앤은 무대 공포증에 완전히 압도되었다. 사람들 앞에서 낭송은 많이 해봤지만 이런 엄청난 관중들 앞에 서본 적은 없어서, 관중들을 보자 기운이란 기운은 다 빠져나가버린 듯했다. 모든 것이 너무나 낯설고 너무나 눈부시고 너무나 얼떨떨했다. 화려한 이브닝드레스 차림의 여자들도, 비난하는 듯한 표정을 한 관객들도, 부유하고 세련된 문화가 느껴지는 전체적인 분위기도, 모두 앤에게는 낯선 것이었다. 친구들과 이웃들의 순박하고 호의적인 얼굴로 가득한 토론 클럽의 평범한 관중석과는 너무 달랐다. 지금 이 자리의 관중들은 피도 눈물도 없는 비평가들일 거라는 생각이 들었다. 아마 아까 그 하얀 레이스 옷의 여자아이가 그랬던 것처럼 앤의 '촌스러운' 노력은 그들에게 재미있는 오락거리가 될 거라 생각하고 있으리라. 앤은 절망적으로, 그리고 속수무책으로 수치심을 느꼈고 비참하기까지 했다. 무릎은 떨리고 심장은 펄떡거렸으며 기절할 것만 같은 끔찍한 기분이 엄습했다. 한 마디도 내뱉을 수가 없었다. 조금만 더 있었으면 수치심이고 뭐고 무대에서 도망쳤을지도 몰랐다. 그랬다면 그 수치심은 평생 감내해야 했을 것이 틀림없었다.

그런데 갑자기, 겁에 질려 휘둥그레진 앤의 눈길이 관중석 어딘가에 머물렀다. 뒤쪽에서 길버트 블라이드가 눈에 띈 것이다. 길버트는 미소 띤 얼굴로 몸을 앞으로 구부리고 있었다. 그 미소가 앤에게는 승리감에 도취되어 조롱하는 듯한 미소 같았다. 사실 그 미소는 전혀 그런 것이 아니었다. 길버트는 그냥 전반적인 공연에 대한 평가로 미소 짓고 있었던 것이기도 하고, 하얀 옷을 입은 앤의 호리호리한 모습과 고결해 보이는 얼굴이 특히 뒤쪽의 종려나무 가지 장식 때문인지 종교적으로 보여서 미소 지은 것뿐이었다. 조시 파이는 길버트와 함께 와서 길버트 옆에 앉아 있었는데, 조시의 얼굴이야말로 승리감에 도취되어 조롱하는 듯한 미소가 떠올라 있었다. 하지만 앤은 조시를 보지 못했고, 봤다 해도 신경 쓰지 않았을 것이다. 앤은 길게 심호흡을 하고 당당하게 고개를 쳐들었다. 용기와 투지가 전기 충격처럼 얼얼하게 온몸으로 퍼졌다. 길버트 블라이드 앞에서는 쓰러지지 않을 것이다. 길버트는 절대 나를 비웃을 수 없다! 절대로! 두려움과 긴장감이 싹 사라졌다. 앤은 낭송을 시작했다. 앤의 맑고 고운 목소리가 콘서트장 구석구석까지 울려 퍼졌다. 떨리지도 않고 끊기지도 않았다. 앤은 완전히 침착성을 되찾았다. 무력하기 짝이 없던 그 끔찍한 순간의 반작용으로, 앤은 전에 없이 힘 있는 낭송을 했다. 낭송이 끝나자 진심에서 우러난 박수가 터져 나왔다. 앤은 수줍음과 기쁨으로 빨개진 얼굴을 한 채 다시 자리로 돌아왔다. 정신을 차려보니 분홍색 실크 드레스를 입은 통통한 여자가 앤의 손을 힘차게 쥐고 흔들고 있었다.

"아유, 정말 잘했어요." 통통한 여자가 숨찬 목소리로 말했다. "난 아기처럼 엉엉 울었답니다. 정말이에요. 자, 사람들이 앙코르를 청하고 있잖아요. 모두 아가씨가 돌아오기를 기다리고 있어요!"

"아, 전 나갈 수 없어요." 앤이 당황해서 말했다. "하지만 해야겠죠. 안 그러면 매튜가 실망할 거예요. 매튜는 내가 앙코르를 받을 거라고 말했으니까요."

"그럼 매튜를 실망시키지 말아야죠." 분홍색 옷의 여자가 웃으면서 말했다.

빨갛게 된 얼굴에 미소를 띠고 맑은 눈망울을 한 앤은 다시 무대로 나가 고풍스럽고 재미있는 짧은 시를 낭송하여 아까보다 더 관객들을 사로잡았다. 그날 저녁은 앤을 위한 축하의 자리나 다름없었다.

콘서트가 끝나자 분홍 옷의 통통한 여자는 앤을 끼고 돌아다녔다. 알고 보니 미국인 백만장자의 부인이라고 하는 이 통통한 여자는 앤을 이 사람 저 사람에게 소개시켜주었고, 모두들 앤에게 아주 친절했다. 낭송 전문가인 에반스 부인도 앤을 찾아와 이야기를 나누었다. 에반스 부인은 앤에게 매력적인 목소리를 가졌다고 하면서 작품들을 아름답게 해석했다고 칭찬해주었다. 하얀 레이스 옷의 여자아이조차도 나른한 칭찬의 말을 건넸다. 저녁은 아름답게 장식된 커다란 식당에서 먹었다. 다이애나와 제인도 앤과 함께 왔다는 이유로 식사에 초대되었다. 하지만 빌리는 어디에도 보이지 않았다. 이런저런 초대가 너무 두려워서 도망쳐버린 모양이었다. 하지만 빌리는 말과 함께 여자아이들을 기다려주어서, 식사가 끝난 후 세 아이는 도도하고 하얀 달빛 속으로 즐겁게 퇴장했다. 앤은 숨을 크게 들이쉬고, 전나무 숲의 컴컴한 가지 위로 펼쳐진 구름 한 점 없는 하늘을 지그시 바라보았다.

아아, 순수하고 적막한 밤으로 다시 나오게 되어 얼마나 기뻤는지! 모든 것이 너무나 웅장하고 고요하고 근사했다. 멀리서 바다가 웅얼거리는 소리가 들렸고, 위로 치솟은 어슴푸레한 절벽은 마법에 걸린 해변을 지키는 음침한 거인 같았다.

"너무 즐겁지 않았니?" 돌아오는 길에 제인이 한숨을 쉬며 말했다. "나도 부유한 미국인이면 얼마나 좋을까. 여름은 호텔에서 지내면서 날마다 보석 장신구를 걸치고 깊게 파인 드레스를 입고 아이스크림과 닭고기 샐러드를 먹는 거야. 분명히 학교에서 아이들을 가르치는 것보다 훨씬 더 재미있겠지. 앤, 네 낭송은 정말 굉장했어. 처음에는 네가 시작도 못 할 것 같았지만 말이야. 에반스 부인의 낭송보다 더 잘했던 것 같아."

"어머, 아니야. 그런 말 하지 마, 제인." 앤이 황급히 말했다. "말도 안 되는 것 같아. 어떻게 에반스 부인보다 더 잘할 수가 있니. 그분은 전문가고 난 그저 낭송에 조금 소질이 있는 학생일 뿐이잖아. 사람들이 꽤 좋아해줬으니 난 아주 만족해."

"널 칭찬하는 소리 들었어, 앤." 다이애나가 말했다. "틀림없이 칭찬이었던 것 같아. 그 사람 목소리로 봐서는 말이야. 어쨌든 어느 정도는 칭찬이었어. 제인과 내 뒤에 미국인이 한 명 앉아 있었거든. 굉장히 낭만적으로 생긴 남자였어. 칠흑같이 까만 머리에 까만 눈을 하고 있었어. 조시 파이가 그러는데 그 사람은 유명한 화가래. 조시네 어머니의 사촌이 보스턴에 사는데 그분 남편이 그 화가와 같은 학교에 다녔었대. 어쨌든 우린 그 사람이 하는 얘길 들었어. 그렇지, 제인? '무대 위에 서 있는 저 근사한 티치아노 그림 같은 아가씨는 누굽니까? 그려보고 싶은 얼굴이네요.' 그 사람이 이랬다니까, 앤. 그런데 티치아노 그림 같다는 건 뭘까?"

"풀어 이야기하자면 평범한 빨강 머리라는 얘기야." 앤이 웃으면서 말했다. "티치아노는 빨강 머리 여자들을 즐겨 그린 아주 유명한 화가거든."

"여자들이 걸고 있는 다이아몬드 목걸이 봤어?" 제인이 한숨을 쉬었다. "정말 눈부시더라. 부자가 되고 싶지 않니, 얘들아?"

"우린 이미 부자야." 앤이 흔들림 없는 목소리로 말했다. "그렇잖아. 우린 자랑스러운 열여섯 살이고 여왕님처럼 행복하고 많든 적든 상상력도 있잖아. 바다를 좀 봐, 얘들아. 온통 은빛 파도에 그림자가 져서 보이지 않던 것들의 환상이 어려. 백만장자가 되어서 다이아몬드 목걸이로 온몸을 휘감고 있다 해도 이 이상 더 어떻게 이런 아름다움을 즐기겠니. 아까 그 여자들 중 한 명이 될 수 있다 해도 바꾸지는 않을 거 아냐. 그 하얀 레이스 옷을 입은 여자아이처럼 평생 시큰둥한 모습으로 살고 싶어? 태어나면서부터 세상을 비웃었던 것처럼 그렇게 말이야. 아니면 분홍색 옷을 입은 부인은 또 어떻고. 친절하고 착한 사람이긴 하지만 너무 통통하고 작달막해서 몸매라는 게 아예 없는걸. 에반스 부인조차도 눈빛이 아주아주 슬퍼 보여. 가끔씩 그런 표정을 짓는 걸 보면 틀림없이 엄청나게 불행한가 봐. 그렇게 살고 싶은 건 아니잖아, 제인 앤드류스!"

"난 사실 잘 모르겠어." 제인이 자신 없는 목소리로 말했다. "다이아몬드가 있으면 꽤 위로가 되지 않을까."

"글쎄, 난 지금의 나 말고 다른 누군가가 되고 싶지는 않아. 평생 다이아몬드의 위안을 받지 못하게 된다 해도 말이야." 앤이 단호하게 말했다. "난 진주 목걸이를 한 초록지붕 집의 앤으로 아주 만족해. 매튜가 이 목걸이에 사랑을 듬뿍 담아준 걸 알고 있거든. 분홍색 드레스의 귀부인이 걸친 보석과 비교해도 처지지 않아."

34
퀸즈 여학생

 그 후 3주간 초록지붕 집은 분주했다. 앤이 퀸즈 전문학교로 갈 준비를 해야 했기 때문이었다. 바느질거리가 산더미였고 의논하고 준비할 것투성이였다. 앤의 옷은 풍성하고 예뻤다. 매튜가 준비를 도맡아 했기 때문이었다. 마릴라도 이번에는 매튜가 뭘 사오든, 뭘 제안하든 반대하지 않았다. 뿐인가. 어느 날 저녁 마릴라는 우아한 연초록빛 옷감을 한 아름 안고 동쪽 지붕 밑 방으로 올라왔다.

 "앤, 하늘하늘한 드레스도 가져가라. 너한테 이게 별로 필요하다고 생각하지는 않아. 이미 예쁜 옷들이 많으니까. 하지만 정말 차려입어야 할 때를 위한 옷을 갖고 싶을지도 모르겠다는 생각이 들더구나. 저녁때 시내 어딘가로 초대를 받아 갈 수도 있잖니. 파티나 뭐 그런 데 말이다. 제인과 루비와 조시는 파티용 이브닝드레스를 갖고 있다고 들었어. 그런 옷을 그렇게 부르더구나. 네가 그 애들에 비해 뒤처지는 것은 싫다. 앨런 사모님이 지난주에 시내에서 옷감 고르는 걸 도와주셨어. 옷은 에밀리 길리스에게 만들어달라고 했고 말이야. 에밀리는 취향이 세련되어서 그 애가 만든 옷을 따라갈 사람이 없잖니."

"아아, 마릴라. 정말 예뻐요." 앤이 말했다. "정말 고마워요. 이렇게까지 해주실 줄 몰랐어요. 하루하루 지날수록 떠나기가 더 어려워져요."

초록색 드레스는 에밀리의 취향껏 스커트 주름도 여러 겹 잡혀 있고 이런저런 프릴과 주름 장식들이 잔뜩 달려 있었다. 어느 날 저녁 앤은 매튜와 마릴라를 위해 그 옷을 입고 부엌에서 「아가씨의 맹세」를 낭송했다. 마릴라는 앤의 밝고 활기찬 얼굴과 우아한 동작을 보고 있자니 앤이 초록지붕 집에 도착하던 날이 생각났다. 겁에 질린 독특한 아이가 누르스름한 갈색 원시 직물로 만든 황당한 옷을 입고 눈에는 눈물이 그렁그렁한 채 비통한 표정을 짓고 있는 모습이 선명하게 떠올랐다. 그런 기억을 되새기고 있다 보니 마릴라의 눈에도 눈물이 맺혔다.

"제 낭송이 아주머니를 울렸나 봐요, 마릴라." 앤이 명랑하게 말하며 마릴라의 의자 쪽으로 몸을 굽혀 마릴라의 볼에 자기 얼굴을 갖다댔다. "저의 완전한 승리예요."

"아냐. 네 시 때문에 울었던 게 아니다." 마릴라는 시 낭송 같은 것에 그렇게 약한 모습을 드러낸 것이었다면 모멸감을 느꼈을 것이었다. "꼬마 때의 네 모습이 자꾸 생각나서 그래, 앤. 네가 아무리 엉뚱해도 어린아이 그대로 있으면 얼마나 좋을까 하는 생각도 들었지. 그런데 넌 이젠 다 커서 여길 떠나잖니. 키도 이렇게 크고 멋있기도 하고…… 그 옷을 입으니 아주…… 완전히 달라 보이는구나. 이젠 에이번리 사람이 아닌 것 같이 말이야. 그러다 너무 쓸쓸한 생각이 들었던 거야."

"마릴라!" 앤은 깅엄 옷을 입은 마릴라의 무릎에 앉아서 마릴라의 주름진 얼굴을 양손으로 감싸며 마릴라의 눈을 진지하게, 그리고 다정하게 들여다보았다.

"저는 조금도 변하지 않았어요. 하나도요. 그냥 가지치기를 한 후 다른 가지가 난 것뿐이에요. 진짜 저는, 이 안의 저는 똑같아요. 제가 어디를 가든 겉모습이 얼마나 변하든 조금도 달라지지 않아요. 마음속은 언제나 아주머니의 귀여운 앤이에요. 아주머니와 매튜와 초록지붕 집을 평생토록, 날마다 점점 더 많이, 점점 더 깊이 사랑하고 있을 거예요."

앤은 싱그럽게 피어나는 자신의 볼을 마릴라의 시든 볼에 갖다대고 한쪽 손을 뻗어 매튜의 어깨를 토닥거렸다. 마릴라가 감정을 말로 옮겨놓는 능력이 앤만큼 있었더라면 많은 이야기를 했을 것이다. 하지만 천성과 버릇 탓인지 늘 진심과는 다른 말이 나오는지라, 마릴라는 팔로 앤을 끌어당겨 진심으로 상냥하게 꼭 껴안아줄 뿐이었다. 그리고는 앤을 보내지 않아도 된다면 얼마나 좋을까 생각했다.

매튜는 눈가에 수상쩍은 물기가 어려, 일어나 밖으로 나갔다. 그러고는 새파란 여름밤의 별들 아래 요동치는 가슴을 안고 뒤뜰 포플러 나무 밑을 돌아다녔다.

"글쎄 뭐, 내가 보기엔 그다지 버릇없이 자라지는 않았어." 매튜는 자랑스럽게 중얼거렸다. "가끔 내가 간섭했던 게 절대로 크게 해가 되지는 않았던 거야. 앤은 똑똑하고 예쁘고 거기다 사랑스럽기까지 해. 다른 것보다도 사랑스러운 게 최고지. 앤은 하나님이 우리에게 내려주신 축복이었어. 스펜서 부인의 착오만 한 행운이 또 어디 있겠어. 그걸 행운이라고 한다면 말이지. 그런데 그건 행운은 아니었던 것 같아. 그건 하나님의 뜻이었던 거지. 전능하신 하나님이 우리에게 앤이 필요하다고 생각하셨던 거야."

드디어 앤이 도시로 떠나야만 하는 날이 오고 말았다. 9월의 어느 화창한 아침, 앤과 매튜는 마차를 타고 길을 떠났다. 떠나기 전 다이애나와는 한바탕 눈물의 이별을 하고 마릴라와는 눈물 없이 현실적인 이별을 했다. 적어도 마릴라 쪽에서는 그랬다. 하지만 앤이 떠나고 나서 다이애나는 눈물을 닦고 카모디에 사는 사촌들과 화이트샌즈 해변으로 피크닉을 갔다. 다이애나는 그럭저럭 잘 견디며 놀 수 있었다. 한편 마릴라는 쓰라린 가슴을 안고 하루 종일 하지 않아도 되는 일에 맹렬히 몰두했다. 타오르는 것 같기도 하고 쥐어뜯기는 것 같기도 한 이 마음의 고통은 금방이라도 터질 것 같은 마릴라의 눈물로도 씻어내지 못할 고통이었다. 그런데 그날 밤 마릴라가 자려고 침대에 누우니 복도 끝 작은 지붕 밑 방에 활기찬 어린 것이 더 이상 살고 있지 않으며 공기 중에 그 아이의 부드러운 숨결도 더 이상 섞여 있지 않다는 생각이 날카롭고 우울하게 파고들어, 마릴라는 베개에 얼굴을 묻고 흐느껴 울고 말았다. 나중에 냉정을 되찾고 곰곰 생각해보니 하나님도 아니고 한낱 인간을 그토록 애지중지하고 있다는 사실이 너무 죄가 되는 일인 것 같아 간담이 서늘할 정도였다.

앤과 에이번리 학교의 다른 학생들은 늦지 않게 시내에 도착해서 서둘러 학교로 향했다. 첫째 날은 기분좋게 흘러갔다. 신입생들과 인사를 나누고 교수님들의 얼굴을 익히고 반을 나누고 준비하는 등 쉴 새 없는 즐거움의 연속이었다. 앤은 스테이시 선생님의 조언대로 2학년 공부부터 시작할 생각이었다. 길버트 블라이드도 2학년 반을 선택했다. 2학년 반이 되었다는 것은 곧, 1급 교사 자격증을 2년이 아니라 1년 만에 따게 된다는 의미였다. 물론 성공할 경우의 얘기지만 말이다. 그리고 그것은 또한 공부할 것이 훨씬 더 많고 훨씬 더 어려울 것이라는 것을 의미하기도 했다. 제인과 루비, 조시, 찰리, 무디 스퍼전은 그렇게 샘솟는 포부에 시달리고 있지는 않았기 때문에 2급 자격증 공부를 시작하는 것으로 만족했다. 앤은 50명의 학생들이 들어찬 교실에서 아는 사람 하나 없다고 생각되자 극심한 외로움이 느껴졌다. 교실 저쪽에 있는 키 큰 갈색머리 남자아이는 아는 사람이었지만, 이런 식으로 아는 사람이라면 크게 도움이 되지는 않는다는 비관적인 생각이 들었다. 그래도 길버트와 같은 반이 되어 기쁜 것은 어쩔 수 없었다. 오래된 경쟁 관계가 계속될 수 있었고, 그런 것조차 없었다면 어쩔 줄 몰랐을 것 같았다.

'경쟁조차 없으면 마음이 편하지 않을 것 같아.' 앤은 생각했다. '길버트는 엄청나게 단호해 보여. 지금 당장이라도 우등 메달을 따겠다는 결심을 하고 있나 봐. 턱이 어쩜 저렇게 근사하지! 전에는 미처 몰랐네. 제인과 루비도 같은 반이었으면 좋았을 텐데. 새 친구를 사귀면 낯선 다락방에 들어온 고양이 같은 느낌이 이렇게 많이 들지는 않겠지? 어떤 아이와 친구가 될지 궁금하네. 이런 추측을 해보는 건 정말 재미있어. 물론 퀸즈에서 어떤 아이를 사귀게 되든 얼마나 좋아하게 되든 다이애나만큼 소중하게 여기지는 않겠다고 다이애나와 약속했지만, 두 번째로 큰 애정을 쏟을 수는 있으니까. 저기 갈색 눈에 빨강 옷을 입은 아이 모습이 마음에 드네. 강렬한 빨강 장미 같아 보여. 창밖을 지그시 내다보고 있는 창백한 금발머리 아이도 좋아. 머리카락이 예쁘고 상상에 대해서도 뭘 좀 아는 것처럼 보인단 말이지. 둘 다 친해지고 싶어. 아주 많이. 걸을 때 서로 허리에 손을 두르고 이름을 애칭으로 부를 정도로. 하지만 지금은 나도 저 애들을 모르고 저 애들도 나를 몰라. 특별히 나와 친해지고 싶다고 생각하지 않을지도 모르지. 아아, 너무 외롭다!'

땅거미가 지는 저녁, 침실에 혼자 있으니 외로움은 더했다. 앤은 다른 여자아이들과 함께 지내지 않았다. 다른 아이들은 다들 돌봐줄 친척들이 시내에 있었다. 조세핀 배리 할머니는 앤더러 와 있으라고 하고 싶었지만 너도밤나무 숲 저택은 학교에서 너무 멀어 불가능했다. 대신 조세핀 할머니는 하숙집을 찾아주고, 매튜와 마릴라에게는 그곳이 앤에게 적합한 곳이라고 안심시켜주었다.

"집주인은 몰락한 귀족 집안 여자랍니다." 조세핀 할머니가 이야기해주었다. "죽은 남편은 영국군 장교였어요. 하숙생을 아주 까다롭게 받는 여자예요. 앤 정도면 그 집에 머물기에 부적절한 아이라고 할 수 없을 겁니다. 식사도 훌륭하고 학교에서도 가깝고 조용한 동네에 있는 집이에요."

할머니의 설명은 다 사실일 것이고 겪어보니 정말 그랬지만, 향수병의 고통에 몸부림치는 앤에게 실질적인 도움은 되지 않았다. 앤은 쓸쓸한 눈으로 작고 좁은 방을 둘러보았다. 칙칙한 벽지를 바른 그림 하나 없는 벽과 조그만 철제 침대, 텅 빈 책장 등이 눈에 들어왔다. 앤은 초록지붕 집의 하얀 자기 방이 생각나 목이 불쾌하게 콱 막히는 느낌이 들었다. 밖에는 싱그러운 초록빛이 펼쳐져 있고 정원에는 스위트피가 자라고 있고 달빛은 과수원에 내려앉고 비탈길 밑으로 시냇물이 흐르고 가문비나무 가지가 밤바람에 흔들리고 별들이 빛나는 끝없는 하늘이 있고 나무들 사이로 보이는 다이애나의 방 창문에서 불빛이 새어나오고 있다는 것을 굳이 내다보지 않아도 알 수 있는 그런 곳이 앤의 방이었다. 하지만 여기에는 그런 것은 아무것도 없었다. 이곳 창밖으로는 단단한 길이 있고 전화선이 얼기설기 하늘을 가로막고 낯선 사람들의 발소리가 들리고 수많은 불빛들이 낯선 얼굴들을 비추고 있었다. 앤은 곧장이라도 울음이 터질 것 같아 애써 참아보았다.

"울지 않을 거야. 바보 같고 약해 보여…… 벌써 세 번째 눈물 줄기가 코를 타고 흐르네. 또 흐르잖아! 눈물을 멈추려면 재미있는 생각을 해야겠어. 하지만 에이번리와 관련된 게 아니면 재미있는 건 하나도 없는데. 에이번리 생각을 하면 눈물만 더 심해지잖아. 네 번째, 다섯 번째…… 다음 주 금요일에는 집에 가지만 백 년쯤 남은 것 같아. 어머, 지금쯤 매튜는 집에 거의 다 왔겠네. 마릴라는 문 앞에서 매튜가 풀밭길을 지나오는 걸 보고 있을 테고. 여섯 번째, 일곱 번째, 여덟…… 아아, 세는 게 무슨 소용이람! 이젠 홍수처럼 쏟아지는걸 뭐. 기운이 나지 않아. 기운 내고 싶지도 않아. 우울에 빠져 있는 게 더 좋아."

그 순간 조시 파이가 나타나지 않았더라면 눈물은 아주 펑펑 쏟아졌을 것이 틀림없었다. 앤은 아는 얼굴을 보니 너무 좋아서 조시와의 사이에 그렇게 애틋한 우정은 없었다는 사실도 까맣게 잊었다. 에이번리 생활의 일부였기 때문에 조시 파이조차도 반가웠던 것이다.

"와줘서 정말 기뻐." 앤이 진심으로 말했다.

"울었구나." 조시가 약 올리듯 동정하며 말했다. "네가 향수병을 앓고 있을 줄 알았어. 그런 면에서 자제력이 약한 사람들이 있잖니. 나는 향수병을 앓을 생각은 전혀 없어. 지루하고 케케묵은 에이번리에 살다가 도시로 오니 즐겁기만 하네. 그런 곳에서 어떻게 그렇게 오래 있었는지 몰라. 넌 울지 말아야겠다, 앤. 안 어울려. 머리에 이어 코와 눈까지 빨개지니 온통 빨강투성이 같아. 난 오늘 학교에서 진짜 재미있었는데. 프랑스어 교수님은 정말 오리 같아. 그분 콧수염을 보면 가슴이 좀 뛸걸. 먹을 것 좀 없니, 앤? 말 그대로 배가 고파서 그래. 아, 마릴라가 케이크를 들려 보냈을 것 같은데. 난 그것 때문에 들른 거야. 안 그랬으면 프랭크 스토클리하고 밴드 연주 들으러 공원에 갔을 거야. 프랭크는 나하고 같은 집에서 하숙하는 사람인데 붙임성이 좋아. 오늘 수업 시간에 널 봤다면서 빨강 머리 여자아이가 누구냐고 물어보더라. 그래서 커스버트 아주머니네에서 입양한 고아라 그전에는 어떻게 지냈는지 잘 아는 사람이 없다고 했어."

앤은 마침내 외롭게 눈물 흘리는 것이 조시 파이와 함께 있는 것보다 더 나은 것이 아닌가 하는 생각이 들었다. 그때 제인과 루비가 나타났다. 둘 다 퀸즈 학교를 상징하는 보라색과 빨강색의 작은 리본을 자랑스럽게 코트에 달고 있었다. 조시는 그때 제인과 말을 안 하고 지냈기 때문에 입을 다물어서 대화는 비교적 무난해졌다.

"휴……." 제인이 한숨으로 말문을 열었다. "오늘 아침부터 지금까지 몇 날 며칠은 지난 것 같은 느낌이야. 집에 가면 베르길리우스에 대해 공부해야 해. 무시무시한 노교수님이 내일 배울 시 20줄을 공부해 오라셨어. 하지만 오늘 밤에는 안정이 안 돼서 공부를 못 하겠어. 앤, 눈물 자국이 보이는 것 같은데. 울고 있었던 거면 솔직하게 말해줘. 그러면 내 자존심이 좀 회복될 거야. 루비가 찾아오기 전까지 난 펑펑 울고 있었거든. 다른 사람들도 바보 같다면 내가 좀 많이 바보 같은들 상관없어. 케이크? 작게 한 조각만 줄래? 고마워. 진짜 에이번리의 맛이로구나."

루비는 테이블 위에 퀸즈 학교 일정표가 놓여 있는 것을 보고 앤이 금메달을 딸 생각인지 궁금해했다.

앤은 얼굴을 붉히며 그럴 생각이라고 인정했다.

"아, 그 말을 들으니 생각나네." 조시가 말했다. "퀸즈 학생들이 에이버리 장학금을 받을 수 있게 된대. 오늘 나온 얘기야. 프랭크 스토클리가 나한테 말해줬어. 프랭크네 삼촌이 이사회 임원이라지 뭐야. 내일 전교에 발표할 거래."

에이버리 장학금이라니! 앤은 심장 박동이 빨라진 것을 느꼈다. 앤이 품고 있는 포부의 범위가 점점 움직이면서 넓어진 것이, 꼭 마술 같았다. 조시가 장학금 이야기를 해주기 전에 앤의 최고 염원은 연말까지 1급 교사 자격증을 따는 것이었다. 어쩌면 메달도 딸 수 있을지 모른다고 생각했다. 하지만 지금 앤의 눈앞에는 에이버리 장학금을 타고 있는 자신의 모습이 단번에 떠올랐다. 레드먼드 대학에 진학해서 문학사 과정의 수업을 듣는 모습도 보였고, 가운을 입고 사각모를 쓰고 졸업하는 모습도 보였다. 이 모든 것이 조시의 말이 귓가에서 사라지기도 전에 벌어진 일이었다. 에이버리 장학금은 국어 성적에 따라 주는 장학금이라, 앤은 고향에 발을 딛고 있는 듯 자신 있는 느낌이었다.

뉴브런즈윅의 어느 부유한 제조회사 사장이 죽으면서 재산의 일부를 장학금에 쓰도록 거액을 기부한 것이 에이버리 장학금이었다. 해안을 끼고 있는 노바스코샤, 뉴브런즈윅, 프린스 에드워드 섬의 세 개 주에 있는 여러 고등학교와 전문학교에서 각 학교 내의 성적순으로 나눠주도록 되어 있었다. 퀸즈에도 할당이 될지 의문이었는데 마침내 결정이 난 모양이었다. 그래서 연말에 국어와 문학 과목에서 가장 성적이 좋은 졸업생이 그 장학금을 타게 되었다. 장학금은 1년에 250달러씩, 레드먼드 대학에 다니는 4년 동안 지급되었다. 그날 밤 앤이 꿈인지 생시인지 확인하려고 때려보느라 얼얼해진 뺨으로 침대에 누운 것도 무리는 아니었다.

"열심히 공부해서 되는 거라면 내가 그 장학금을 타겠어." 앤은 결심했다. "문학사 학위를 따면 매튜가 자랑스러워하지 않을까? 아아, 포부가 있다는 건 기쁜 일이야. 난 포부가 많아서 더 기쁘고. 그리고 포부에는 끝이 없는 것 같아. 그게 가장 좋은 점이지. 포부 한 가지를 달성하자마자 더 빛나고 더 높은 다른 포부가 보이니 말이야. 그러니 사는 게 참 재미있는 거야."

35
퀸즈의 겨울

앤의 향수병은 점차 사라졌다. 주말마다 집을 오간 것이 크게 도움이 되었다. 날씨만 허락한다면 에이번리 출신 학생들은 금요일 밤마다 새로 놓인 기찻길을 이용해 카모디까지 갔다. 보통 다이애나와 다른 여러 에이번리 아이들이 마중을 나와 있었다. 그렇게 모두 즐겁게 떼 지어 에이번리까지 걸어갔던 것이다. 앤의 생각에는 금요일 저녁, 저 멀리 에이번리의 우리 집 불빛이 깜빡거리는 것을 보며 상쾌하고 기분 좋은 공기 속에 가을날의 언덕을 헤매고 돌아다니는 이 시간이 일주일 중 가장 즐겁고 소중한 시간인 것 같았다.

길버트 블라이드는 거의 항상 루비 길리스와 함께 걸으며 짐도 들어주었다. 루비는 아주 아름다운 아가씨로, 이제는 스스로가 다 컸다고 생각했고 실제로도 그랬다. 어머니가 허락하는 길이까지이긴 했지만 긴 스커트를 입었고, 시내에서는 머리도 올리고 다녔다. 집에 올 때는 다시 내려야 했지만 말이다. 커다란 눈은 밝은 파란색이었고 얼굴색도 좋았으며 풍만하고 눈길을 끄는 몸매를 갖고 있었다. 루비는 웃음이 많고 명랑하고 성격이 좋아서 즐거운 일을 솔직하게 즐기며 살았다.

"그래도 루비는 길버트가 좋아할 만한 애는 아닌 것 같아."
제인은 앤에게 이렇게 소곤거렸다. 앤도 그렇게 생각했지만 에이버리 장학금이 걸려 있다 해도 그런 말은 하지 않을 생각이었다. 앤 역시 길버트 같은 친구가 있으면 얼마나 좋을까 생각하지 않을 수가 없었다. 그런 친구와 장난도 치고 수다도 떨고 책이나 공부, 포부와 같은 것들에 대한 생각을 서로 나누면 얼마나 즐거울까. 길버트도 포부가 있었다. 앤도 알고 있었다. 그러나 루비 길리스는 길버트와 그런 이야기를 나눌 만한 상대가 아닌 것 같았다.

길버트에 대한 앤의 생각에는 유치하고 감상적인 데가 전혀 없었다. 앤에게 남자아이들이란 좋은 동료감일 뿐이었다. 남자아이들 생각을 할 때의 얘기지만 말이다. 만약 앤이 길버트와 친구라고 해도 앤은 길버트가 다른 친구들을 얼마나 많이 사귀건 누구와 같이 걸어가건 신경 쓰지 않았을 것이다. 앤은 친구 관계에 대해서는 비범한 재능이 있어서 여자 친구들이 아주 많았다. 하지만 남자아이들과 친구가 되면 사람 사이의 사귐에 대한 개념을 무르익게 해주고 판단과 비교에 대해 더 폭넓은 관점을 갖게 해주므로 그것 역시 좋을 거라는 막연한 생각을 품고 있었다. 앤이 자신이 느끼는 바를 그렇게 명쾌하게 정의 내릴 수 있었던 것은 아니었다. 하지만 기차에서 내려 집에 올 때 길버트와 함께 상쾌한 들판을 지나 양치식물들이 자라는 호젓한 길을 걷는다면, 자신들의 앞에 펼쳐진 새로운 세상과 그 속에서 갖는 희망과 포부에 대해 즐겁고 재미있는 대화를 많이 하게 될 것 같았다. 길버트는 영리한 젊은이였다. 주관이 뚜렷했고, 인생에서 최선의 결과를 얻고자 전력을 다하는 투지가 있었다. 루비 길리스는 제인 앤드류스에게 자기는 길버트 블라이드가 하는 말을 반도 못 알아듣겠다고 말했다. 꼭 앤 셜리처럼 말하는데 자신이 배려하여 맞춰주는 거라면서, 그럴 필요도 없는데 굳이 책이나 그런 것에 골몰하는 게 자기로서는 하나도 재미가 없다는 말도 했다. 프랭크 스토클리가 훨씬 더 저돌적이기는 한데 외모가 길버트의 반에도 못 미쳐서 어느 쪽을 더 좋아하는 건지 자기도 모르겠다는 것이었다.

앤에게도 서서히 학교 친구들이 생겼다. 자신과 마찬가지로 생각이 깊고 상상력이 있으며 포부를 가진 학생들이었다. '빨강 장미' 아가씨인 스텔라 메이너드와 '꿈꾸는 소녀' 프리실라 그랜트가 그 친구들로, 앤은 오래지 않아 이들과 친해졌다. 창백하고 고결해 보이는 프리실라는 알고 보니 장난과 농담과 재미있는 놀이가 끊이지 않았고, 생기 넘치는 까만 눈의 스텔라가 마음 가득 동경하는 꿈과 환상은 앤과 마찬가지로 공중의 무지개 같은 것이었다.

크리스마스 연휴가 지난 후 에이번리 학생들은 주말에 집에 가는 것을 포기하고 공부에 매진했다. 이때쯤 퀸즈 장학금은 누구에게 갈지 그 향방이 갈리고 있었다. 여러 과목에서 장학금의 주인공이 될 학생들의 뚜렷하고 안정적인 윤곽이 드러났다. 어떤 내용들은 기정사실처럼 여겨지게 되었다. 메달 후보자들은 사실상 길버트 블라이드, 앤 설리, 루이스 윌슨, 이렇게 세 명으로 범위가 좁혀진 것이 분명했다. 에이버리 장학금은 조금 불분명했다. 유력한 여섯 명 중 어느 누가 장학금을 받아도 이상하지 않을 것 같았다. 이미 수학 동메달을 딴 것이나 다름없다고 여겨지는 산간벽지 출신 남학생은 뚱뚱하고 까불기 좋아하는 작달막한 학생으로 이마가 울퉁불퉁했고 누덕누덕 천을 덧댄 코트를 입고 다녔다. 루비 길리스는 학교에서 '올해의 최고 미인'이었다. 2학년 반에서는 스텔라 메이너드가 예쁜 여학생으로 뽑혔고, 앤 설리도 수는 적지만 눈썰미가 날카로운 몇 명에게서 지지를 받았다. 에델 마르는 머리 모양이 가장 세련되었다는 평을 받았다. 외모는 평범하지만 꾸준하고 성실한 제인 앤드류스는 가정학 과목에서 1등을 차지했다. 조시 파이조차도 퀸즈 여학생 중에 독설이 가장 탁월하다는 영예를 안았다. 그렇게 스테이시 선생님의 옛 학생들은 전문학교라는 더 넓어진 경기장에서 각자 자리매김을 하고 있었다.

앤은 열심히, 그리고 꾸준히 공부했다. 길버트와의 경쟁 관계는 예전 에이번리 학교에 있을 때만큼 격렬했지만 2학년 반 전체에 알려져 있지는 않았다. 그런데 어쩐지 독기는 사라져 있었다. 앤은 더 이상 길버트를 굴복시키기 위해 1등을 하려는 것이 아니었다. 정확히 말하자면 가치 있는 라이벌을 당당히 이겼다는 뿌듯함을 느끼기 위한 것이었다. 이기는 것은 보람 있는 일이었지만, 이기지 못한다고 해도 이제는 그것이 참을 수 없는 일이라고는 생각하지 않았다.

공부할 게 많기는 해도 즐겁게 놀 틈은 있었다. 앤은 시간이 나면 너도밤나무 숲 저택을 자주 찾아갔고, 대개 일요일 점심은 그곳에서 먹으며 조세핀 할머니와 교회에 갔다. 조세핀 할머니는 자신도 인정하듯 늙어가고 있었지만 새까만 눈동자는 흐려지지 않았고 독설의 박력도 전혀 약해지지 않았다. 하지만 앤에게는 절대 독설의 날을 세우지 않았다. 앤은 이 꼬장꼬장한 노부인이 늘, 가장 좋아하는 사람이었던 것이다.

"앤이라는 아이는 계속 더 나아지고 있어." 조세핀 할머니는 이런 말도 했다. "다른 여자아이들에게는 금세 질려. 아주 짜증이 날 정도로 다들 똑같거든. 그런데 앤은 무지개처럼 여러 가지 빛깔을 띠고 있지. 하나하나가 다 아주 예뻐. 꼬마 아이였을 때만큼 재미있는지는 모르겠지만 그 앤 내 마음을 사로잡아 사랑하게 만들지. 난 내 마음을 사로잡는 사람이 좋거든. 내가 일부러 힘들여 사랑하려고 노력해야 하는 수고를 덜어주니 말이야."

그리고 미처 누가 알아채기도 전에 봄이 찾아왔다. 에이번리에서는 아직도 군데군데 눈이 남아 있는 척박한 황무지에 메이플라워 꽃이 분홍색 고개를 내밀고 있었다. 그리고 숲과 골짜기마다 초록빛이 안개처럼 내려앉았다. 하지만 샬럿타운에서 퀸즈 학생들의 머릿속은 온통 시험 생각뿐이었고 서로 말을 해도 시험 얘기뿐이었다.

"학기가 거의 끝나가다니 말도 안 되는 것 같아." 앤이 말했다. "그렇잖니, 작년 가을에 보기에는 학기가 꽤나 길어 보였잖아. 겨울 내내 수업도 있고 공부도 해야 하니 말이야. 그런데 정신 차려보니 다음 주면 시험이네. 얘들아, 난 가끔씩 이 시험이 전부인 것 같은 생각도 들지만, 밤나무 가지에 부풀어 오른 커다란 새순이나 거리 저편에 아련하게 피어오르는 푸른 안개를 보면 시험 같은 건 평소의 절반 정도밖에 중요하게 생각되지 않아."

제인과 루비와 조시가 앤의 방에 왔던 때였는데, 이 아가씨들은 그런 것을 눈여겨보지 않았었다. 이들에게 다가오는 시험은 늘 아주 중요한 일이었다. 밤나무 새순이나 5월의 아지랑이보다 훨씬 더 말이다. 앤은 그럴 만했다. 적어도 합격은 확실했으니 시험이 작게 느껴지는 순간도 있을 수 있었다. 하지만 다른 아이들은 미래가 온통 그 시험에 달려 있다고 생각하고 있었으니, 그렇게 철학적인 생각은 할 수 없었던 것이다.

"난 2주 사이에 몸무게가 7파운드나 빠졌어." 제인이 한숨을 쉬었다. "걱정하지 말라고 해도 소용없어. 난 걱정할 거니까. 걱정하는 게 도움은 좀 돼. 걱정을 하고 있으면 뭔가 하고 있는 것 같은 기분이 들잖아. 퀸즈를 겨울 내내 다니면서 돈을 그렇게 많이 썼는데 자격증을 따지 못한다면 끔찍할 거야."

"난 괜찮아." 조시 파이가 말했다. "올해 합격하지 못하면 내년에도 다닐 거야. 아빠에게 그 정도 여유는 있으니까. 앤, 프랭크 스토클리가 그러는데 트레마인 교수님이 금메달은 길버트 블라이드가 분명하고 에이버리 장학금은 에밀리 클레이가 탈 가능성이 높다고 하셨대."

"그 말은 내일쯤 되면 기분 나쁘겠다, 조시." 앤이 웃으며 말했다. "하지만 지금 솔직한 심정으로는 제비꽃이 초록지붕 집 아래 골짜기를 온통 보랏빛으로 물들이고 연인들의 길에는 깜찍한 양치식물들이 삐죽삐죽 고개를 내밀고 있는 한, 내가 에이버리 장학금을 타든 못 타든 뭐 그리 대수인가 싶어. 난 최선을 다했고 고군분투의 즐거움이 뭔지도 알기 시작했으니까. 노력해서 성공하는 것 다음으로 좋은 건 노력해서 실패하는 거야. 그러니 얘들아, 시험 얘기는 그만하자! 지붕들 위로 아치처럼 덮여 있는 연초록빛 하늘을 좀 봐. 이 하늘이 에이번리 깊숙이 진보랏빛을 띤 컴컴한 너도밤나무 숲 위에서는 어떻게 보일까 상상해보라고."

"졸업식 때는 뭘 입을 거야, 제인?" 루비가 현실적인 질문을 했다. 제인과 조시 둘 다 곧바로 대답이 튀어나왔고, 여학생들의 수다는 옷과 유행의 소용돌이 속으로 빠져들었다. 하지만 앤은 창틀에 팔꿈치를 올리고 깍지 낀 손 위에 부드러운 볼을 얹은 채, 두 눈에는 환상이 가득 피어오르고 있었다. 앤은 무심한 눈길로 도시의 지붕들과 해 질 녘의 근사한 둥근 하늘 위로 치솟은 첨탑을 바라보면서 젊음 특유의 낙천적인 생각이라는 금실로 미래에 대한 상상을 엮어가고 있었다. 다가오는 시간 속에 장밋빛 가능성이 도사리고 있는 앤의 꿈이 저 멀리 보였다. 한 해 한 해 갈수록 약속의 장미가 한 송이씩 엮여서 시들지 않는 화관을 만들어갈 것이 분명했다.

36
영광과 꿈

 전체 시험의 최종 결과가 퀸즈 게시판에 붙는 날 아침, 앤과 제인은 함께 걷고 있었다. 제인은 행복하게 미소 짓고 있었다. 시험도 다 끝났고 최소한 합격은 충분히 하고도 남았던 것이다. 제인은 그 이상의 생각은 하지 않았다. 용솟음치는 포부가 있는 것도 아니었으므로 불안에 떨 필요가 없었다. 이 세상에서 우리가 손에 넣는 모든 것에는 대가가 따르기 마련이다. 그래서 포부를 품는다는 것은 아주 가치 있는 일이지만, 그에 걸맞은 노력과 자제력, 불안과 좌절이 없이는 쉽게 달성할 수 없는 것이다. 앤은 얼굴이 창백하고 말이 없었다. 10분만 지나면 누가 메달을 땄는지, 누가 에이버리 장학금을 타는지 알게 될 터였다. 그 10분을 능가하는 '시간'이라고 부를 만한 것은 아무 것도 없는 듯했다. 적어도 지금은 그랬다.

"어찌 됐건 네가 뭐 하나는 탈 게 뻔하지 않겠니." 제인은 학교 측이 매우 부당하게 다른 결정을 내릴 수도 있다는 생각은 하지 못했다.

"에이버리 장학금에 대한 희망은 버렸어." 앤이 말했다. "다들 에밀리 클레이가 탈 거라고 하는걸 뭐. 난 게시판까지 안 갈래. 다들 있는 데서는 확인 못 하겠어. 정신적으로 견뎌낼 용기가 없어. 난 여학생 휴게실로 바로 갈게. 발표 보고 와서 말해 줘, 제인. 그리고 우리 사이의 오랜 우정에 기대어 부탁하는데, 최대한 빨리 보고 와줘. 내가 불합격이면 그냥 그렇게 말해줘. 부드럽게 돌려 말하려 하지 말고. 그리고 어떤 경우에도 절대 나를 동정하지 말아줘. 약속해줘, 제인."

제인은 진지하게 약속했다. 하지만 막상 가보니 그런 약속은 애초에 할 필요가 없었다. 둘이서 퀸즈 전문학교 입구 계단을 올라가는데 복도에 남학생들이 잔뜩 있었다. 남학생들은 길버트 블라이드를 어깨 위로 들어 올리고 목청껏 소리 질렀다. "금메달 수상자 블라이드 만세!"

잠시 동안 앤은 패배감과 실망감으로 끔찍한 고통을 느꼈다. 결국 앤은 실패하고 길버트가 이긴 것이 아닌가! 매튜는 안타까워할 것이다. 앤이 반드시 이길 거라고 확신하고 있었으니 말이다.

그런데 그때였다!

누군가 큰 소리로 외쳤다. "에이버리 장학금 수상자 셜리 양에게 만세 삼창!"

"어머나, 앤." 제인은 놀라서 숨이 턱 막혔다. 두 사람은 우렁찬 만세 소리를 뒤로하고 여학생 휴게실로 정신없이 뛰어갔다. "아아, 앤. 너무 자랑스럽다! 너무 근사하지 않니?"

순식간에 여학생들이 모여들었고, 앤은 웃으며 축하하는 여학생 무리의 중심이 되었다. 여기저기서 앤의 어깨를 쳐주었고 손도 힘차게 잡고 흔들었다. 앤을 앞으로 떠밀고 끌어당기고 포옹하는 아이들 속에서 앤은 간신히 제인에게 소곤거렸다. "아아, 매튜와 마릴라가 기뻐하겠지? 당장 집에 편지를 써야겠어."

그다음으로 중요한 행사는 졸업식이었다. 예행연습은 학교 대강당에서 했다. 연설을 하고 작문을 발표하고 노래를 부른 후 학위 및 각종 상과 메달 수여식이 있었다.

매튜와 마릴라도 졸업식장에 왔다. 두 사람의 눈과 귀는 무대 위의 오직 한 학생에게만 쏠려 있었다. 연초록빛 드레스를 입은 키 큰 여학생으로, 살짝 빨개진 볼에 눈을 반짝반짝 빛내며 최고점을 받은 작문을 발표하고 있었다. 다들 그 여학생을 가리키며 에이버리 장학금을 탄 학생이라고 소곤거렸다.

"앤을 키운 게 기쁘다는 생각이 들지, 마릴라?" 앤이 작문을 다 읽고 나자 매튜가 작은 소리로 말했다. 졸업식장에 들어온 후로 처음 입을 연 것이었다.

"기뻤던 건 이번이 처음이 아니에요." 마릴라는 이렇게 쏘아붙였다. "오빠는 틈만 나면 그 얘기네요, 매튜 커스버트."

조세핀 할머니는 그 뒷줄에 앉아 있었는데, 몸을 앞으로 숙이더니 양산으로 마릴라의 등을 콕콕 찔렀다.

"앤이 자랑스럽지 않아요? 나는 그런데." 할머니가 말했다.

그날 저녁 앤은 매튜와 마릴라와 함께 에이번리로 돌아왔다. 4월 이후로는 쭉 집에 들르지 못해서 앤은 하루도 더 지체할 수 없을 것 같았다. 사과꽃이 활짝 핀 세상은 싱그럽고 어린 생명력으로 가득 차 있었다. 다이애나가 앤을 만나려고 초록지붕 집에 와 있었다. 하얀 자기 방에 들어가보니 마릴라가 직접 키운 장미 한 송이를 창틀에 올려놓아 둔 것이 보였다. 앤은 다이애나를 바라보며 행복에 찬 얼굴로 숨을 깊게 들이쉬었다.

"아아, 다이애나. 다시 돌아와서 얼마나 좋은지 몰라. 분홍색 하늘 위로 삐죽삐죽 솟은 전나무들도 반갑고 하얗게 꽃으로 뒤덮인 과수원도, 오랜 친구 눈의 여왕도 반가워. 숨을 쉬면 박하 향이 느껴지는 게 기분 좋지 않니? 그리고 저 월계화 장미는, 아아, 노래와 희망과 기도를 한꺼번에 담고 있는 것 같아. 그리고 널 다시 만나서 너무 좋아, 다이애나!"

"네가 나보다 스텔라 메이너드를 더 좋아하게 된 줄 알았어." 다이애나가 원망스러운 목소리로 말했다. "조시 파이가 그랬거든. 네가 그 애한테 푹 빠져 있다고."

앤은 웃으면서 시들어버린 수선화 꽃다발로 다이애나를 툭 쳤다.

"스텔라 메이너드는 딱 한 명을 빼면 세상에서 가장 소중한 친구지. 그 딱 한 명은 너고, 다이애나." 앤이 말했다. "나는 널 누구보다도 사랑하는걸. 너한테 말해줄 것도 너무 많아. 하지만 지금은 그냥 여기 앉아서 널 보는 것만으로도 충분히 좋은 것 같아. 피곤해서 그래. 포부를 품고 공부에 파묻혀 있는 게 피곤해서. 내일은 과수원 풀밭에 최소 두 시간은 누워 있을까 봐. 완전히 아무 생각도 없이 말이야."

"정말 잘했어, 앤. 에이버리 장학금을 탔으니 바로 학교에서 가르치지는 않겠네?"

"응. 9월부터 레드먼드 대학에 다닐 거야. 근사한 것 같지 않니? 즐겁고 소중한 석 달간의 여름방학이 끝날 때쯤에는 전혀 새로운 포부를 갖게 될 거야. 제인과 루비는 선생님이 되겠지. 우리 모두, 무디 스퍼전과 조시 파이조차도 다 해내다니, 정말 근사한 것 같지 않니?"

"뉴브리지 학교 이사회에서는 이미 제인에게 그쪽 학교로 오라고 했대." 다이애나가 말했다. "길버트 블라이드도 선생님이 될 거야. 그래야만 할 상황이야. 길버트네 아버지는 내년에 길버트를 대학에 보낼 형편이 안 되거든. 그래서 길버트는 돈을 벌어서 가려나 봐. 에임즈 선생님이 떠나면 이곳 에이번리 학교에 부임하려고 한대."

앤은 깜짝 놀라면서도 뭔가 실망스러운 묘한 느낌이 들었다. 앤은 이런 사실을 전혀 몰랐다. 길버트도 레드먼드 대학에 다니게 될 거라고 생각했던 것이다. 서로를 자극하는 경쟁이 없으면 어떻게 될까? 공부가 안 될 것 같았다. 아무리 남녀 공학에 다니며 진짜 학위를 노린다 해도 친구이자 적수가 없으면 좀 김빠진 느낌일 것 같았다.

다음 날 앤이 아침을 먹다 보니 문득 매튜의 건강이 좋지 않아 보인다는 생각이 들었다.

작년보다 흰머리가 훨씬 더 늘어난 것은 분명했다.

"마릴라." 매튜가 식탁을 뜨자 앤이 머뭇거리며 물었다. "매튜 건강은 괜찮아요?"

"아니, 좋지 않다." 마릴라는 걱정스러운 목소리로 말했다. "올봄에 정말 심한 심장 발작을 일으켰지. 매튜는 조금도 몸을 아끼지 않잖니. 정말 걱정 많이 했다. 하지만 요 근래 많이 좋아졌어. 일 잘하는 고용인도 구했으니 좀 쉬면서 건강을 회복했으면 좋겠구나. 이제 너도 집에 있으니 매튜도 좀 나아지겠지. 네가 늘 기운 나게 해드리렴."

앤은 식탁 위로 몸을 숙여 양손으로 마릴라의 얼굴을 가만히 감쌌다.

"아주머니도 제가 만족스러울 만큼 건강한 것 같지는 않아요, 마릴라. 피곤해 보여요. 아주머니도 일을 너무 많이 하시는 것 같아요. 제가 집에 있으니 아주머니도 좀 쉬셔야 해요. 전 오늘 하루 쉬면서 예전의 정든 장소들도 가보고 예전에 상상하던 꿈들도 찾아볼 거예요. 그러고 나면 아주머니 차례예요. 일은 제가 할 테니 느긋하게 쉬세요."

마릴라는 애정 어린 미소를 지으며 자신이 키운 아이를 바라보았다.

"일을 많이 해서 그런 게 아니야. 두통 때문이지. 요새는 아주 자주 아프구나. 눈 뒤쪽까지 말이야. 스펜서 선생님은 안경을 바꾸라고 난리시지만 그게 무슨 도움이 되겠니. 6월 말쯤 유명한 안과 의사가 이 섬까지 온다니 찾아가볼까 하고 있어. 가긴 가야겠지. 이젠 뭘 읽거나 바느질을 하는 것도 쉽지 않으니 말이다. 그건 그렇고, 앤. 퀸즈에서는 정말 잘했다. 1년 만에 1급 교사 자격증을 따고 에이버리 장학금까지 받았으니…… 이런, 이런, 레이첼 부인 말로는 자만하다가 낭패 본다지. 레이첼 부인은 여자는 고등 교육을 받을 필요가 없다고 생각하지. 고등 교육은 여자의 본분이 아니라는 거야. 하지만 난 전혀 그렇게 생각하지 않는다. 레이첼 얘기를 하니까 생각나는

데, 요즘 애비 은행에 대한 얘기 들은 거 있니, 앤?"

"휘청거리고 있다고 들었어요." 앤이 대답했다. "왜요?"

"레이첼이 그런 말을 하더구나. 지난주에 이쪽으로 와서는 그런 얘기가 돌고 있다고 하는 거야. 매튜는 정말 걱정스러워 했지. 우리가 저축한 돈이 전부 그 은행에 있으니 말이야. 한 푼도 예외 없이 다. 난 매튜가 애초부터 저축은행에 돈을 맡겼으면 했지만 애비 은행의 애비 은행장님은 아버지의 좋은 친구셨고 아버지도 늘 그쪽과 거래하셨지. 또 매튜 말로는 그 어르신만 있으면 어느 은행이든 괜찮다고 하니까."

"그분은 벌써 여러 해 동안 그냥 이름뿐인 대표였던 것 같은데요." 앤이 말했다. "나이가 아주 많으시잖아요. 그분의 조카가 실질적인 은행장이래요."

"그러게 말이다. 레이첼이 그런 말을 해서 난 매튜에게 당장 우리 돈을 빼고 싶다고 했고 매튜도 생각해보겠다고 했어. 하지만 러셀 씨가 어제 매튜에게 그 은행은 괜찮다고 했다더구나."

앤은 바깥세상과 교류하며 즐거운 하루를 보냈다. 잊지 못할 하루였다. 너무나 밝고 소중하고 아름다웠다. 그늘 한 점 지지 않았고 사방으로 꽃들이 만발해 있었다. 앤은 과수원에서 풍요로운 한때를 보낸 다음, 나무 요정의 물거품과 버드나무 연못, 제비꽃 골짜기에도 가보았다. 그리고 목사관을 찾아가 앨런 사모님과 흐뭇한 대화를 나누었다. 그리고 마지막으로 저녁때는 매튜와 함께 뒤쪽 목초지에서 연인들의 길로 소를 몰고 돌아왔다. 숲에는 온통 노을의 찬란한 아름다움이 스며 있었고, 따뜻한 노을빛은 서쪽 골짜기를 통해 흘러내리고 있었다. 매튜는 고개를 숙인 채 천천히 걸었다. 키가 크고 자세가 바른 앤은 나는 듯한 걸음을 매튜에게 맞춰 걸었다.

"오늘 너무 과로했잖아요, 매튜." 앤이 투덜거렸다. "왜 쉬엄쉬엄하지 않아요?"

"글쎄 뭐, 잘 안 되는구나." 매튜는 뒤뜰에 난 문을 열고 소떼를 들여보냈다. "나는 늙어가고 있는 것뿐이다, 앤. 자꾸 깜빡깜빡 잊어버리고 말이야. 이런, 이런. 난 늘 일을 많이 했잖니. 차라리 평소처럼 일을 하다 쓰러지는 게 나을 것 같구나."

"제가 원래 바라셨던 대로 남자아이였다면 지금쯤 일도 많이 도와드리고 여러모로 힘이 되어드릴 수 있었을 텐데 말이에요." 앤이 안타까운 듯 말했다. "그런 면에서는 제가 남자아이였으면 좋았겠다는 생각이 들어요."

"글쎄 뭐, 남자아이들을 열두 명쯤 데려와도 난 너만 있으면 된다, 앤." 매튜가 앤의 손을 토닥거렸다. "너만 있으면 돼. 남자아이 열 명 스무 명이면 뭐하겠니. 글쎄 뭐, 에이버리 장학금을 탄 게 남자아이가 아니었다지, 아마? 여자아이가 탔다지 뭐냐. 내 아이가, 자랑스러운 내 아이가 말이다."

매튜는 뒤뜰로 들어가면서 앤에게 겸연쩍은 듯한 미소를 지어 보였다. 앤은 그날 밤 자기 방으로 올라와서 창문을 열어놓은 창가에 한참 동안 앉아 지난날을 생각하고 미래를 꿈꾸면서도 그 미소가 잊히지 않았다. 창밖 눈의 여왕은 달빛을 받아 어렴풋한 하얀색으로 빛났다. 개구리들은 산비탈 과수원 집 너머 습지에서 신나게 울어댔다. 앤은 항상 그날 밤의 은빛으로 빛나는 평화로운 아름다움과 향기로운 고요함을 떠올렸다. 그날은 슬픔의 손길이 앤의 인생을 덮기 전 마지막 밤이었다. 그 차디차고 신성한 손길이 한번 내려앉으면 그 어떤 인생도 이전과 똑같을 수는 없는 것이다.

37
죽음의 사자

"매튜, 매튜, 왜 그래요? 매튜, 아픈 거예요?"

마릴라의 놀라서 떨리는 목소리가 들렸다. 앤은 하얀 수선화를 한 아름 안고 부엌으로 들어서는 참이었다. 오래전부터 앤은 하얀 수선화를 다시금 눈에 담고 향기를 맡을 수 있는 날만을 기다려왔던 것이다. 그런데 그때 마릴라의 목소리가 들리고 현관 문간에 서 있는 매튜의 모습이 보였다. 손에는 꾸깃꾸깃한 신문 한 장이 들려 있고 얼굴은 유별나게 핼쑥하고 핏기 하나 없었다. 앤은 꽃을 떨어뜨리고 부엌을 쌩하니 가로질러 매튜 쪽으로 갔다. 마릴라도 거의 동시에 움직였다. 하지만 둘 다 너무 늦었다. 두 사람이 가까이 갔을 때 매튜는 이미 문지방에 넘어져 있었던 것이다.

"기절했어." 마릴라는 숨이 턱 막혔다. "앤, 마틴을 불러라. 빨리, 빨리! 헛간에 있을 거야."

우체국에서 막 돌아온 마틴은 초록지붕 집에 고용된 일꾼으로, 그 길로 바로 의사를 부르러 갔다. 도중에 산비탈 과수원 집에도 들러 배리 부부에게도 와달라고 부탁했다. 그쪽에 볼일이 있어 와 있던 레이첼 부인도 함께 왔다. 이들이 도착해보니 앤과 마릴라는 정신없이 매튜가 의식을 되찾게 하려고 애쓰고 있었다.

레이첼 부인은 두 사람을 부드럽게 제치고 매튜의 맥박을 확인한 다음 자기 귀를 매튜의 가슴에 갖다댔다. 부인은 슬픈 표정으로 주위의 근심스러운 얼굴들을 둘러보았다. 눈물이 흘러내렸다.

"아아, 마릴라." 레이첼 부인은 침통한 목소리로 말했다. "우리가 어쩔 수 있는 일이 아닌 것 같아요."

"레이첼 아주머니, 설마…… 매튜가……." 앤은 차마 그 끔찍한 말을 입에 담을 수가 없었다. 앤은 멀미가 나는 듯하면서 안색이 창백해졌다.

"앤, 얘야, 그런 것 같구나. 얼굴을 보면 알지. 저런 모습을 나만큼 많이 봤다면 어떤 상황인지 파악이 될 거다."

앤은 미동도 없는 매튜의 얼굴을 바라보았다. 고결한 영혼이 그 안에 봉인되어 있었다.

의사가 도착했다. 의사의 말로는 갑작스런 발작이 다 그렇 듯 즉시 숨을 거두어 고통은 없었을 것이라고 했다. 발작의 원인은 매튜가 손에 들고 있던 신문 때문이었다. 그날 아침 마틴이 우체국에서 갖고 온 것으로, 애비 은행의 파산 소식이 담겨 있었다.

매튜의 소식은 에이번리에 빠르게 퍼져, 하루 종일 친구들과 이웃들이 초록지붕 집에 모여들어 고인과 가족들을 위해 왔다 갔다 하며 이런저런 일들을 해주었다. 수줍음 많고 말 없던 매튜 커스버트가 처음으로 중심인물이 된 날이었다. 하얗고 장엄한 죽음이 매튜 위에 내려앉아 왕관처럼 매튜를 빛내고 있었다.

초록지붕 집에는 고요한 밤이 살며시 내려앉아 조용하고 평온했다. 응접실에는 매튜 커스버트가 관 속에 누워 있었다. 얼굴 주변은 하얗게 센 긴 머리카락으로 둘러싸여 있었고 평온한 얼굴에는 상냥한 미소가 살짝 감돌아, 마치 기분 좋은 꿈을 꾸며 잠들어 있는 것 같았다. 매튜는 꽃으로 둘러싸여 있었다. 향기롭고 고풍스러운 이 꽃들은 매튜의 어머니가 시집와서 정원에 심었던 것으로, 매튜는 항상 남몰래 말없이 그 꽃들을 아꼈다. 앤은 그 꽃들을 꺾어 모아 매튜에게 갖다 주었던 것이다. 앤의 핏기 없는 얼굴에 눈물은 흘리지 않지만 괴로움에 찬 두 눈이 뜨겁게 빛나고 있었다. 꽃은 앤이 매튜에게 해줄 수 있는 마지막 선물이었다.

배리네 가족과 레이첼 부인은 그날 밤 초록지붕 집에 머물러 있었다. 다이애나가 동쪽 지붕 밑 방으로 올라가보니 앤은 창가에 서 있었다. 다이애나는 부드러운 목소리로 물었다.

"앤, 오늘 밤 나랑 같이 잘래?"

"고마워, 다이애나." 앤은 진지한 표정으로 친구의 얼굴을 바라보았다. "내가 혼자 있고 싶다고 해도 서운해하지는 말아줘. 난 괜찮아. 그 일이 일어난 뒤로 한 순간도 혼자 있어본 적이 없어서 지금은 혼자 있고 싶어. 아주 조용하고 고요하게 현실을 실감해봐야겠어. 지금은 실감이 나지 않거든. 반쯤은 매튜가 죽었을 리 없다는 생각이 들어. 그리고 또 반쯤은 매튜가 이미 한참 전에 죽은 게 틀림없는 것 같기도 해. 그래서 줄곧 이렇게 소름끼치도록 묵직한 아픔이 느껴지는 것 같아."

다이애나로서는 잘 이해할 수가 없었다. 마릴라는 절절한 슬픔에 겨워 천성인 냉담함도 평소의 습성도 모두 잊어버리고 격렬하게 북받치는 감정을 모두 드러냈다. 그런 마릴라는 앤의 눈물 없는 고통을 누구보다 잘 이해할 수 있었다. 하지만 마릴라는 고맙게도 앤이 혼자 있을 수 있도록 내버려두어 처음 맞는 슬픔의 밤을 지새울 수 있게 해주었다.

혼자 있게 된 앤은 눈물이 나왔으면 좋겠다고 생각했다. 그토록 사랑했던 매튜, 자신에게 그토록 잘해주었던 매튜를 생각하며 눈물을 흘릴 수가 없다니, 끔찍한 일인 것 같았다. 어제 저녁까지만 해도 노을 속을 함께 걸었던 매튜가 지금은 무시무시하게 평화로운 얼굴로 아래층 침침한 응접실에 누워 있는 것이다. 하지만 당장 눈물이 나오지는 않았다. 캄캄한 창가에 무릎을 꿇고 언덕 위로 뜬 별들을 바라보며 기도를 드릴 때조차도 눈물은 나오지 않았다. 오늘 하루 종일 그랬듯, 소름끼치도록 묵직한 아픔으로 고통스럽기만 할 뿐이었다. 격한 감정과 고통 속에 하루를 보내느라 지쳐 잠이 들 때까지도 이 아픔은 계속되었다.

앤은 한밤중에 잠이 깼다. 주위는 어둠과 정적에 둘러싸여 있었다. 갑자기 그날 하루 동안의 기억이 슬픔의 파도가 되어 밀려왔다. 전날 저녁 문 앞에서 헤어지면서 자신을 향해 미소 짓던 매튜의 얼굴이 눈앞에 아른거렸다. '내 아이, 자랑스러운 내 아이'라고 하는 매튜의 목소리도 들려왔다. 그러자 가슴이 미어지도록 눈물이 쏟아졌다. 마릴라가 앤의 울음소리를 듣고 달래러 왔다.

"이런, 이런. 울지 마라, 앤. 그래도 매튜는 돌아오지 않아. 그러니…… 그렇게 우는 거 아니다. 알고는 있어도 나도 오늘은 어쩔 수 없었다만. 매튜는 내게 항상 선하고 착한 오빠였어. 하나님이 제일 잘 아시겠지만."

"아아, 그냥 울게 해주세요, 마릴라." 앤이 훌쩍거리며 말했다. "마음의 아픔보다는 눈물이 덜 아파요. 잠시만 여기서 절 안아주세요. 네, 그렇게요. 다이애나에게는 있어달라고 할 수가 없었어요. 다이애나는 착하고 상냥하지만 이건 그 애 슬픔이 아니에요. 다이애나는 한 발자국 벗어나 있어서 제 마음 깊숙이 들어와 어루만져줄 수가 없어요. 이건 우리의 슬픔이에요. 아주머니와 저의 슬픔이요. 아아, 마릴라. 매튜 없이 우린 어떻게 살아요?"

"우린 서로가 있잖니, 앤. 너마저 여기 없으면 어쩌나 싶구나. 네가 다시는 돌아오지 않는다면 말이야. 아아, 앤. 지금까지 내가 너에게는 좀 엄격하고 모질었을 거라는 건 안다. 하지만 그렇다고 내가 매튜만큼 너를 사랑하지는 않았을 거라고 생각하진 말아다오. 말할 수 있을 때 말해주고 싶구나. 내 마음을 숨김없이 말하는 게 내게는 쉬운 일이 아니지만 가끔씩 이런 때는 말이 나오기도 하니까. 난 너를 생명처럼 사랑한단다. 내 속으로 낳은 딸처럼 말이야. 네가 초록지붕 집으로 온 후로 너는 늘 나의 기쁨이고 위안이었어."

이틀 후 사람들이 와서 매튜 커스버트를 집에서 데려갔다. 매튜가 손수 갈아놓은 밭을 지나 매튜가 좋아했던 과수원과 매튜가 심은 나무들로부터 멀리 데려갔다. 그리고 에이번리는 원래의 평온을 되찾았다. 초록지붕 집에서도 판에 박힌 일상이 슬그머니 자리를 되찾아 전처럼 집안일도, 처리해야 할 일들도 어김없이 하게 되었다. 익숙한 모든 물건, 모든 일에 늘 상실감이 고통스럽게 따라붙기는 했지만 말이다. 큰 슬픔을 처음 겪은 앤은 이런 상황이 슬펐다. 매튜 없이도 예전처럼 살아갈 수 있는 건가 싶어 힘들었다. 앤은 전나무 숲 뒤로 떠오르는 아침 해를 보거나 정원에 연분홍 꽃봉오리가 돋아나는 것을 보고 기쁨이 밀려오는 자신을 발견하자 창피하기도 하고 양심의 가책 같은 것도 느껴졌다. 다이애나가 찾아오면 기분이 좋아지고, 다이애나의 명랑한 태도와 이야기에 웃기도 하고 미소도 짓는 것이 수치스러웠다. 꽃이 피는 아름다운 세상이며 사랑과 우정은 그 위력을 전혀 잃지 않아, 마음껏 기쁜 상상의 나래를 펴게 하고 가슴을 두근거리게 하며 그렇게 인생이 여전히 집요하게 자신을 불러대고 있다는 사실이 마음 아팠다.

"어쩐지 매튜를 배신하는 것 같은 기분이 들어요. 매튜가 죽었는데도 이런 것들에서 즐거움이 느껴지니 말이에요." 어느 날 저녁 앤은 목사관 정원에서 앨런 사모님과 함께 있다가 슬픈 목소리로 이렇게 말했다. "전 매튜가 아주 많이 그리워요. 항상 그리워요. 그런데요, 사모님, 그런 마음인데도 세상 사는 게 너무 아름답고 재미있는 것 같은 거예요. 오늘은 다이애나가 재미있는 얘기를 했는데 제가 큰 소리로 웃고 있는 거예요.

매튜가 쓰러졌을 때 다시는 웃지 못할 거라고 생각했는데 말이에요. 어쩐지 그러면 안 된다는 생각이 들어요."

"매튜 씨가 살아 있었을 때 그분은 네 웃음소리 듣는 걸 좋아하셨고 네 주위의 아름다운 것들에서 기쁨을 발견하는 너를 좋아하셨잖니." 앨런 사모님이 상냥한 목소리로 말했다. "지금은 멀리 계시지만 지금도 똑같이 그런 너를 좋아하실 거야. 자연이 우리를 치유해주려는데 마음을 닫아버려서는 안 돼. 하지만 네 기분도 이해해. 사람이라면 모두 지금 너와 똑같은 일을 겪게 되잖니. 사랑하는 누군가가 세상을 떠나 기쁨을 함께 나눌 수 없게 되었는데 그 와중에 어떤 것으로 인해 기쁨을 느끼게 되면 자신에게 화가 나지. 인생에 대한 재미와 관심이 다시금 우리를 찾아오면 고인에 대한 슬픔을 배신하는 것 같은 느낌마저 들고 말이야."

"오늘 오후에 묘지에 가서 매튜의 무덤에 장미를 심었어요." 앤이 꿈을 꾸는 듯한 눈으로 말했다. "매튜의 어머님이 오래전에 스코틀랜드에서 갖고 왔다고 하신 작고 하얀 스코틀랜드 장미 한 줄기를요. 매튜는 늘 그 장미를 가장 좋아한다고 했거든요. 가시투성이 줄기에 너무나 조그맣고 향기로운 꽃이 달려 있다면서요. 그걸 매튜의 무덤에 심어줄 수 있어서 기뻤어요. 곁에 두시도록 갖다드리면 틀림없이 좋아하실 것 같았고요. 하늘나라에서도 그런 장미를 키우셨으면 좋겠어요. 아마 수많은 세월 여름마다 그렇게 사랑을 받았던 작고 하얀 장미꽃들의 영혼이 다들 아저씨를 만나러 와 있을 거예요. 이제 집에 가봐야겠어요. 마릴라 혼자 있는데 해 질 무렵이 되면 외로워할 테니까요."

"네가 대학으로 가고 나면 더 외로워질 텐데 걱정이구나." 앨런 사모님이 말했다.

앤은 그에 대해서는 아무 말도 하지 않았다. 그냥 안녕히 계시라는 인사를 하고 초록지붕 집으로 천천히 걸어 돌아왔다. 마릴라는 현관 앞 계단에 나와 앉아 있었다. 앤은 마릴라의 옆으로 가 앉았다. 두 사람의 등 뒤로 열려 있는 문에는 커다란 분홍색 소라고둥 껍질이 매달려 있었다. 나선형으로 꼬인 껍질의 매끈한 안쪽에는 해 지는 바다의 흔적이 남아 있었다.

앤은 연노랑 인동덩굴 꽃을 모아 머리에 꽂았다. 앤은 움직일 때마다 머리 위로 대기의 축복처럼, 향긋한 냄새가 은은하게 나는 것을 좋아했다.

"네가 없는 동안 스펜서 선생님이 왔다 가셨다." 마릴라가 말했다. "선생님 말씀이 안과 의사가 내일 시내에 도착한다면서 꼭 가서 눈 검사를 받아보라고 고집하시더구나. 내 생각에도 가서 검사를 받아보는 게 좋을 것 같아. 그 의사가 내 눈에 딱 맞는 안경을 만들어줄 수 있다면 참 고마울 텐데 말이다. 내가 갔다 올 동안 여기 혼자 있어도 괜찮겠니? 마틴이 날 마차로 데려다줄 거야. 다림질 거리가 좀 있고 빵도 구워야 한다."

"전 괜찮아요. 다이애나가 와줄 거예요. 다림질도 빵 굽는 것도 멋지게 해놓을게요. 손수건에 풀을 먹이거나 진통제 맛이 나는 케이크를 만들까 봐 걱정하지 않으셔도 돼요."

마릴라는 웃었다.

"그땐 네가 얼마나 실수투성이 아이였는지 모른다, 앤. 늘 말썽에 휘말려 있었으니까 말이다. 네가 뭐에 홀린 건 아닐까 생각했었지. 머리 염색했던 일 생각나니?"

"네, 그럼요. 어떻게 잊겠어요." 앤은 미소를 지으며 동그란 머리를 둘러 감고 있는 굵게 땋은 머리채를 만져보았다. "이제는 가끔씩 제가 머리 때문에 엄청나게 걱정했던 걸 생각하면서 조금 웃어요. 많이 웃지는 않아요. 그때는 정말 큰 고민이었으니까요. 머리색과 주근깨 때문에 엄청나게 고민스러웠죠. 주근깨는 정말 다 없어졌어요. 그리고 지금은 사람들이 고맙게도 제 머리를 적갈색이라고 말해주고요. 조시 파이만 빼고요. 걔는 어제 나한테 머리가 더 빨개진 것 같다고 하더라고요. 그게 아니라면 최소한 까만 상복 때문인지 더 빨갛게 보이는 것 같다면서, 빨강 머리를 가진 사람은 자기 머리색에 익숙해지느냐고 물어보잖아요. 마릴라, 조시 파이를 좋아해보려고 애쓰는 건 관둘 생각이에요. 한때는 영웅적이라고 할 만한 노력을 기울여서 좋아하려고 해본 적도 있는데 조시 파이는 글러먹었어요."

"조시는 파이 집안 아이잖니." 마릴라가 신랄한 말을 했다. "그 집안에서 자랐으니 그 아이도 무례할 수밖에 없을 거야. 그런 사람들도 사회에서 쓸모 있는 역할을 한다지만, 가시투성이 엉겅퀴 역할 이상 뭘 할런지 난 모르겠다. 조시는 바로 애들을 가르칠 거라던?"

"아뇨. 조시는 내년에 퀸즈를 한 해 더 다닐 거래요. 무디 스퍼전과 찰리 슬론도요. 제인과 루비는 바로 가르친대요. 둘 다 학교도 정해졌어요. 제인은 뉴브리지 학교로 가고 루비는 저 위 서쪽 어딘가래요."

"길버트 블라이드도 바로 선생님이 될 거라지?"

"네." 앤의 대답은 짧았다.

"참 잘생긴 아이지." 마릴라는 멍하니 말을 이었다. "일요일에 교회에서 봤는데 키도 아주 크고 남자답게 생겼더구나. 그 나이 때 그 아이 아버지하고 많이 닮았어. 존 블라이드는 착한 남자아이였지. 우린 정말 좋은 친구였다. 존과 나 말이야. 사람들은 존과 내가 애인 사이라고들 했어."

앤은 갑자기 마릴라를 올려다보았다.

"어머나, 마릴라. 무슨 일이 있었던 거예요? 왜 두 분이······."

"말다툼을 했었다. 존이 용서해달라고 했지만 나는 용서하지 않았어. 얼마 후에 용서할 생각은 들었지. 하지만 화가 나고 토라져 있던 나는 용서에 앞서 벌을 주고 싶었어. 그런데 다시는 돌아오지 않더구나. 블라이드 집안 사람들은 자존심이 아주 강했거든. 난 늘…… 좀 미안한 마음이었어. 용서할 수 있을 때 용서할걸 하는 마음을 늘 갖고 살았지."

"아주머니에게도 일종의 로맨스가 있었다는 말씀이네요."
앤이 부드럽게 말했다.

"그래. 그걸 그렇게 부른다면 말이다. 지금의 날 보면 그런 생각이 전혀 안 들지? 하지만 사람은 겉만 봐서는 절대 알 수 없는 거야. 다들 나와 존에 대한 일은 까맣게 잊어버렸지. 나조차도 잊어버렸어. 그런데 일요일에 길버트를 보니 옛 생각이 나더구나."

38
길모퉁이에서

다음 날 시내로 나간 마릴라는 오후에 돌아왔다. 앤이 산비탈 과수원 집으로 가서 다이애나와 함께 있다가 돌아와보니 부엌에 마릴라가 와 있었다. 식탁 앞에 앉아 한쪽 팔로 머리를 받치고 맥없이 앉아 있는 마릴라의 모습을 보자 앤의 가슴에 으스스한 한기가 돌았다. 앤은 이제껏 마릴라가 이렇게 기운 없이 축 늘어져 앉아 있는 것을 본 적이 없었다.

"많이 피곤하세요, 마릴라?"

"그래…… 아니, 잘 모르겠다." 마릴라가 지친 표정으로 앤을 올려다보았다. "피곤할 만한데 피곤하다는 생각은 안 들었어. 피곤한 건 아니다."

"안과 의사는 만나보셨어요? 뭐라세요?" 앤이 걱정스럽게 물었다.

"그래, 만나봤지. 눈 검사를 했다. 의사 선생님 말씀이 책도 읽지 말고 바느질도 전혀 하지 않고 눈을 혹사시키는 일은 아무것도 하지 않고 울지 않도록 조심하고 선생님이 주는 안경을 끼면 눈이 더 나빠지지 않을 거고 두통도 나아질 것 같다는구나. 하지만 선생님 말씀을 지키지 않으면 6개월 후엔 아예 눈이 멀어버릴 거라는 거야. 눈이 멀다니! 앤, 상상이 되니."

앤은 깜짝 놀라 소리를 지른 후 한동안 말이 나오지 않았다. 말을 할 수가 없게 된 것 같은 느낌이었다. 그러다 씩씩하게, 그러나 가까스로 목소리를 내어 위로를 건넸다.

"마릴라, 그렇게 생각하지 마세요. 의사 선생님이 희망도 주셨잖아요. 조심하기만 하면 시력을 완전히 잃지는 않을 거예요. 그리고 안경을 써서 두통이 낫는다면 좋지 않겠어요."

"그걸 희망이라고 볼 수 있을지." 마릴라가 쓸쓸하게 말했다. "책도 못 읽고 바느질도 못 하고 눈 쓰는 일은 아무것도 하지 않으면 뭐하러 살겠니? 차라리 앞을 못 보게 되든가 죽는 게 낫지. 그리고 우는 건 외로우면 어쩔 수가 없잖니. 그런데 이런 얘길 해봤자 무슨 소용이 있겠니. 차 한 잔 갖다 주면 고맙겠구나. 난 녹초가 다 됐다. 어쨌든 이 얘긴 아무에게도 하지 마라. 마을 사람들이 찾아와서 이것저것 묻고 동정하고 내 얘기가 사람들 입에 오르내리는 건 참을 수가 없으니 말이야."

마릴라가 차와 함께 간단한 식사를 마치자 앤은 마릴라를 설득하여 일찍 잠자리에 들도록 했다. 그리고 동쪽 지붕 밑 방으로 돌아와 캄캄한 어둠 속에서 창가에 앉아 납덩이처럼 무거운 마음으로 눈물을 흘렸다. 퀸즈에서 집으로 돌아왔던 날 밤 이곳에 앉아 즐거운 상상을 펼쳤던 이후로 모든 것이 얼마나 슬프게 변해버렸던가! 그때는 기쁨과 희망으로 가득 차 있었고 장밋빛 미래가 약속되어 있는 것처럼 보이지 않았던가. 그 후로 몇 년은 지난 것 같은 생각이 들었다. 하지만 잠자리에 들려는 앤의 입술에는 미소가 떠올라 있었고 마음은 평화로웠다. 앤은 자신이 마땅히 해야 할 도리를 피하지 않고 용감하게 직시했고 받아들였다. 숨김없이 마주했을 때의 도리를 있는 그대로 받아들인 것이다.

그로부터 며칠이 지난 어느 날 오후, 마릴라가 손님과 함께 앞뜰에서 천천히 집 쪽으로 걸어오는 모습이 보였다. 그 손님은 카모디에서 온 새들러라는 사람으로, 앤도 얼굴은 아는 사람이었다. 앤은 그 사람이 무슨 이야기를 했길래 마릴라가 그런 표정을 지었는지 궁금했다.

"새들러 씨는 무슨 일로 온 거예요, 마릴라?"

창가에 앉아 있던 마릴라가 앤 쪽을 돌아보았다. 안과 의사가 그렇게 말렸는데도 마릴라의 눈에는 눈물이 고여 있었다.

마릴라는 목멘 소리로 대답했다. "그분은 내가 초록지붕 집을 팔 거라는 얘길 듣고 사고 싶다고 찾아온 거야."

"사다뇨! 초록지붕 집을 산다고요?" 앤은 잘못 들은 것이 아닌가 의아했다. "아아, 마릴라. 초록지붕 집을 팔 생각은 아니겠죠!"

"앤, 그러지 않으면 어쩌겠니. 생각하고 또 생각해봤다. 내 눈만 멀쩡하다면 계속 여기서 살면서 이곳을 돌보고 관리할 수 있겠지. 쓸 만한 고용인을 하나 두고 말이다. 하지만 지금으로선 그럴 수가 없구나. 난 아예 앞을 못 보게 될 수도 있어. 그렇게 되면 집안 살림을 꾸려갈 수 없을 거야. 휴, 이 집을 팔아야 하는 날을 보게 될 줄 누가 알았겠니. 하지만 사정이 계속 악화되어서 이 집을 사겠다고 나서는 사람이 아무도 없어지면 어쩌니. 우리 돈은 파산한 애비 은행에 다 들어 있었고 작년 가을에 매튜가 끊어준 어음도 갚아야 해. 레이첼 부인이 농장을 팔고 다른 집에 들어가 살면 어떻겠느냐고 권하더구나. 자기 집에서 함께 지내자는 이야기 같아. 그래도 돈은 얼마 안 되지. 농장 규모도 작고 건물도 낡았잖니. 하지만 그래도 나 하나 먹고살기는 충분할 것 같구나. 네가 장학금을 받아서 다행이야, 앤. 방학이 되어도 돌아올 집이 없어 너에겐 미안하지만 어쩌겠니. 그래도 너는 잘 헤쳐 나갈 수 있을 거야."

마릴라는 감정을 주체하지 못하고 쓰라린 눈물을 흘렸다.

"초록지붕 집을 팔면 안 돼요." 앤이 단호하게 말했다.

"아, 앤. 나도 그랬으면 좋겠구나. 하지만 너도 이제 알게 될 거야. 난 혼자서는 여기서 살 수가 없다. 힘들기도 하고 외롭기도 해서 정신이 이상해질 것 같구나. 눈도 점점 안 보이게 되겠지. 그렇게 될 거라는 건 나도 안다."

"여기서 혼자 지내지 않아도 돼요, 마릴라. 제가 함께 있을 거니까요. 전 레드먼드에 진학하지 않을 거예요."

"레드먼드에 진학하지 않는다고?" 마릴라는 핼쑥한 얼굴을 가리고 있던 손을 떼고 고개를 들어 앤을 쳐다보았다. "아니, 그게 무슨 소리냐?"

"말 그대로예요. 장학금을 받지 않으려고요. 아주머니가 시내에 다녀오신 날 밤에 그렇게 결심했어요. 힘들어하는 아주머니를 혼자 놔두고 가버릴 거라고 생각하셨던 건 아니겠죠, 마릴라? 아주머니가 저한테 어떻게 해주셨는데요. 전 이것저것 생각도 하고 계획도 짜는 중이에요. 제 계획을 말씀드릴게요. 배리 아저씨가 내년에 이 농장을 임대하고 싶어 하세요. 그러니 농장 일에 대해서는 문제될 게 없어요. 그리고 전 아이들을 가르치려고 해요. 이미 여기 에이번리 학교에 지원했어요. 하지만 절 받아줄 것 같지는 않아요. 이사회에서 길버트 블라이드에게 학교를 맡기기로 약속한 걸로 알고 있거든요. 그래도 카모디 학교라면 갈 수 있을 거예요. 블레어 아저씨가 어젯밤에 가게에서 저한테 그렇게 말씀하셨어요. 물론 에이번리 학교만큼 좋고 편하지는 않겠지만요. 하지만 최소한 봄부터 가을까지는 집에서 지내면서 직접 마차를 몰고 카모디까지 왔다 갔다 할 수 있어요. 겨울에도 금요일에는 집에 올 수 있고요. 그러니 말은 계속 기르자고요. 아아, 전 모든 계획을 다 세웠어요, 마릴라. 아주머니에게 책도 읽어드리고 기운 나게 해드릴게요. 따분하거나 외롭지는 않으실 거예요. 우리 여기서 함께 오손도손 행복하게 살아요. 아주머니랑 저랑요."

마릴라는 꿈을 꾸는 듯한 표정으로 듣고 있었다.

"아아, 앤. 네가 있으면 아주 잘 지낼 수 있겠지. 하지만 날 위해 그런 희생을 치르게 놔둘 수는 없다. 얼마나 끔찍하겠니."

"말도 안 돼요!" 앤이 명랑하게 웃으며 말했다. "희생 같은 건 안 해요. 초록지붕 집을 포기하는 것보다 더 싫은 일은 없어서 그래요. 어떤 것도 그것보다 더 제 마음을 아프게 하는 건 없을 거예요. 우린 이 소중한 정든 집을 지켜야 해요. 전 굳게 결심했어요, 마릴라. 레드먼드 대학은 안 갈 거예요. 이 집에서 지내면서 아이들을 가르칠래요. 제 걱정은 조금도 하지 마세요."

"하지만 네 포부는 어쩌고……."

"저는 전에도 지금도 포부에 가득 차 있어요. 다만 포부의 대상이 바뀐 것뿐이죠. 전 훌륭한 선생님이 될 거예요. 아주머니의 시력도 지켜드릴 거고요. 게다가 집에서 공부도 할 생각이에요. 혼자서 대학 과정을 조금 진행해보려고요. 아아, 계획이 정말 많아요, 마릴라. 일주일 내내 그 생각만 했어요. 전 이곳 생활에 최선을 다할 거예요. 그러면 최선의 결과가 저에게 돌아올 거라 믿어요. 퀸즈를 졸업하면서 저는 제 앞에 펼쳐진 미래가 곧게 뻗은 길처럼 보였어요. 앞길에 펼쳐진 수많은 이정표가 훤히 다 보인다고 생각했죠. 그런데 이제 보니 그 길에 꺾인 데가 있네요. 모퉁이를 돌면 뭐가 기다리고 있는지 모르지만 아주 좋은 것이 있으리라 믿어볼래요. 꺾인 길은 꺾인 길 나름의 매력이 있어요, 마릴라. 거기엔 어떤 길이 펼쳐져 있을지 궁금해요. 아름다운 초록색 풍경 속에, 부드럽게 교차되는 빛과 어둠 속에는 무엇이 있을까요? 어떤 새로운 풍경이 펼쳐지고 어떤 새로운 아름다움이 기다리고 있을까요? 더 가면 길은 또 어디로 꺾이고 또 어떤 언덕과 골짜기가 나타날까요?"

"네가 이대로 포기하게 놔두면 안 된다는 생각이 드는구나."
마릴라는 장학금 이야기를 꺼냈다.

"하지만 아주머니는 절 막지 못해요. 전 열여섯 살 반이나 먹은 '당나귀처럼 고집 센' 아이잖아요. 레이첼 아주머니가 절 그렇게 표현하신 적이 있어요." 앤이 유쾌하게 웃으면서 말했다. "아아, 마릴라. 저를 불쌍하게 생각하지 마세요. 전 동정 받는 게 싫어요. 그럴 이유도 없고요. 정든 초록지붕 집에서 지내게 되었다는 게 진심으로 기쁘니까요. 그 누구도 아주머니와 저만큼 이 집을 사랑할 수는 없을 거예요. 그러니 우리가 이 집에서 살아야 해요."

"정말 고맙구나!" 마릴라는 자신의 뜻을 굽혔다. "네가 나에게 새로운 인생을 안겨준 것 같아. 내 뜻을 꺾지 말고 네가 대학에 가도록 밀어붙여야 한다고 생각은 하는데, 그럴 수가 없을 것 같구나. 그래서 이젠 더 설득하지는 않으려고 해. 하지만 꼭 보답해주마, 앤."

앤 설리가 대학 진학을 포기하고 집에 머무르며 아이들을 가르칠 거라는 소식이 에이번리에 널리 퍼지자 여기저기서 토론이 벌어졌다. 대부분의 선량한 마을 사람들은 마릴라의 눈에 대한 사실은 몰랐기 때문에 이런 결정을 바보 같은 짓이라고 생각했다. 앨런 사모님은 그렇게 생각하지 않았다. 사모님은 앤에게도 앤의 생각에 찬성한다는 말을 해주어 기어코 앤의 눈에 기쁨의 눈물이 흐르게 만들었다. 사람 좋은 레이첼 부인도 마찬가지였다. 레이첼 부인은 어느 날 저녁 초록지붕 집을 찾아왔다. 앤과 마릴라는 현관문 앞에 앉아 있었다. 더위가 가시지 않은 향기로운 황혼 무렵이었다. 두 사람은 땅거미가 질 무렵이면 그곳에 나와 앉아 있기를 좋아했다. 정원에는 하얀 나방들이 날아다녔고 축축한 대기는 박하 향을 잔뜩 머금고 있었다.

레이첼 부인은 그 커다란 몸을 문가 돌 벤치에 내려놓았다.

벤치 뒤로는 훌쩍 큰 분홍색과 노란색 접시꽃들이 줄지어 자라고 있었다. 부인은 피곤함과 안도감이 뒤섞인 긴 한숨을 내쉬었다.

"앉는 게 이렇게 기쁜 일일 줄이야. 하루 종일 서 있었거든요. 200파운드(약 91㎏.-옮긴이)면 두 발로 끌고 다니기에 상당한 무게잖아요. 뚱뚱하지 않다는 건 큰 축복이에요, 마릴라. 당신은 감사해야 해요. 아, 앤. 네가 대학 진학을 포기했다는 얘기 들었다. 그 얘길 듣고 정말 기뻤지 뭐냐. 그만큼 교육을 받았으면 여자가 살기에 불편할 게 없어. 여자들이 남자들과 함께 대학을 다니면서 머릿속에 라틴어니 그리스어니 하는 온갖 말도 안 되는 것들을 꾸역꾸역 집어넣는 게 난 맘에 안 든다."

"하지만 저도 라틴어와 그리스어를 공부하려고 하는데요, 레이첼 아주머니." 앤이 웃으면서 말했다. "여기 초록지붕 집에서 대학의 문학사 과정을 밟으려고요. 대학 공부를 똑같이 다 하려고 해요."

레이첼 부인은 깜짝 놀라서 두 손을 번쩍 들어올렸다.

"앤 셜리, 왜 그런 고생을 사서 하니."

"뭐가요. 전 재미있게 잘 해낼 거예요. 아, 무리하지는 않을 거예요. 조사이어 앨런 부인(1800년대 말 마리에타 홀리의 우스꽝스러운 소설 시리즈에 나오는 주인공이 조사이어 앨런의 부인 사만다였고, 작가 마리에타 홀리를 그렇게 부르기도 했다.-옮긴이) 말씀처럼

'정도껏' 해야죠. 하지만 기나긴 겨울 저녁이면 시간은 남아돌 텐데 수예는 제 적성에 맞지 않으니까요. 들으셨겠지만 전 카모디에서 아이들을 가르치려고 해요."

"글쎄다. 난 네가 여기 에이번리 학교로 갈 줄 알았지. 학교 이사회에서 너에게 맡기기로 결정했다던데."

"레이첼 아주머니!" 앤은 깜짝 놀라서 벌떡 일어섰다. "저는, 저는 길버트 블라이드로 확정된 줄 알았어요!"

"그랬지. 하지만 네가 에이번리 학교에 지원했다는 얘기를 듣자마자 길버트가 이사들에게 가서 말했다지 뭐냐. 그게, 어젯밤에 이사회 회의가 있었다더구나. 그래서 길버트가 이사들에게 자기가 지원을 철회할 테니 너를 받아달라고 추천했다더라. 자기는 화이트샌즈 학교로 간다고 말이야. 물론 그 애는 네가 얼마나 마릴라와 함께 지내고 싶어 하는지 아니까 그런 거지. 얼마나 상냥하고 사려 깊은 행동인지 모르겠다. 아무렴. 희생적이기도 하고. 화이트샌즈에서는 하숙을 해야 하니 돈이 들 거 아니니. 그런데 다들 알다시피 길버트는 대학에 가려고 스스로 학비를 벌어야 하는 상황이니 희생이 아니고 뭐겠니. 어쨌든 그래서 이사들이 너를 받기로 결정했다더구나. 토머스가 집에 와서 그 얘길 하는데 웃음이 나와 죽을 뻔했지 뭐냐."

"그 자리를 양보 받으면 안 될 것 같아요." 앤이 중얼거렸다. "그러니까…… 저를, 저를 위해서 길버트에게 그런 희생을 치르게 하면 안 될 것 같아요."

"이젠 길버트를 말릴 수가 없을 것 같은데. 화이트샌즈 이사들과 계약서에 서명까지 했다니 말이다. 그러니 네가 에이번리 자리를 거절한다 해도 길버트에게는 소용없을 거야. 당연히 에이번리에 가야지. 넌 잘 해낼 거야. 이젠 파이 집안 아이들도 다니지 않으니 말이다. 조시가 막내였잖니. 그리고 조시는 착한 애였지, 아무렴. 지난 이십 년간 에이번리 학교에는 파이 집안 아이들 같은 학생들이 계속 있었지 않았겠니. 학교 선생님들에게 세상은 자기 집처럼 편안한 곳이 아니라는 사실을 일깨워주는 것이 그 아이들의 일생일대 사명 같았지. 세상에! 배리네 집 불빛이 왜 저렇게 미친 듯이 깜박거리는 거라니?"

"다이애나가 저에게 건너오라고 신호를 보내는 거예요." 앤이 웃으며 말했다. "우리 옛날 습관인데 아직도 계속하고 있어요. 잠깐 건너가서 무슨 일인지 보고 올게요."

앤은 클로버로 뒤덮인 비탈길을 사슴처럼 뛰어 내려가 유령숲의 전나무 그림자 속으로 사라졌다. 레이첼 부인은 너그러운 눈길로 앤의 뒷모습을 바라보았다.

"앤은 아직도 어떤 면에서는 어린애 같은 모습이 많이 남아 있네요."

"또 다른 면에서는 여자다운 모습이 많이 늘었고요." 마릴라가 대꾸했다. 잠시 예전의 날선 태도가 돌아온 듯했다.

하지만 날선 태도는 이제 더 이상 마릴라를 대표하는 개성이라고 할 수 없었다. 레이첼 부인이 그날 밤 남편 토머스에게 이렇게 말했을 정도이니 말이다.

"마릴라 커스버트는 참 온화해졌네요. 아무렴요."

다음 날 저녁 앤은 작은 에이번리 묘지로 가서 매튜의 무덤에 싱싱한 꽃도 놓아두고 스코틀랜드 장미에 물도 주었다. 앤은 해 질 무렵까지 한참 동안 그곳에 있었다. 평화롭고 조용한 그 조그만 공간이 참 마음에 들었다. 포플러 나뭇잎이 바스락거리는 소리가 다정하게 이야기를 건네는 낮은 목소리처럼 들렸고 무덤들 사이 우물가에서 자라는 풀들이 속삭이는 듯했다. 앤은 마침내 일어나 반짝이는 물빛 호수 쪽으로 이어지는 긴 비탈길을 걸어 내려갔다. 해는 이미 다 지고, 앤의 앞에 펼쳐진 에이번리 마을은 마치 꿈결같이 저녁놀의 자취만 남아 '오랜 옛날의 평화가 깃들어 있는 곳'(영국 시인 A. 테니슨의 시 「예술의 궁전」(1832년)의 한 구절.-옮긴이)이라는 시구가 떠오르는 풍경이었다. 꿀처럼 달콤한 클로버 들판에서 불어오는 바람이 상쾌하게 느껴졌다. 집집마다 켜놓은 불빛이 나무들 사이로 여기저기 반짝거렸다. 저 멀리 자욱한 안개 속에 보랏빛으로 펼쳐진 바다는 계속해서 끊임없이 작은 소리로 속삭이고 있었다. 서쪽을 바라보니 여러 색깔 빛이 부드럽게 뒤섞여 눈부시게 아름다웠고, 이 빛들이 호수에 비쳐 더욱 부드러운 음영을 만들어내고 있었다. 그 아름다움에 앤의 가슴은 두근거렸고 감사한 마음으로 영혼의 문을 활짝 열어 이 풍경을 받아들였다.

"정든 세상아." 앤은 살며시 중얼거렸다. "참 아름답구나. 난 그런 세상에 살아 있어서 기뻐."

언덕을 반쯤 내려왔을 때 키 큰 청년 하나가 휘파람을 불며 블라이드네 집 문을 열고 나왔다. 길버트였다. 휘파람 소리가 멎었다. 길버트가 앤을 발견했던 것이다. 길버트는 모자를 예의 바르게 들어 올려 인사했다. 앤이 멈춰 서서 손을 내밀지 않았다면 길버트는 아무 말 없이 그대로 지나쳐 갔을 것이다.

"길버트." 앤이 말을 건넸다. 볼이 빨개졌다. "나한테 학교를 양보해줘서 고마워. 나한테 정말 큰 도움을 줬어. 내가 고맙게 생각하고 있다는 걸 알아줬으면 좋겠어."

길버트는 앤이 내민 손을 덥석 잡았다.

"그렇게 큰일 한 것도 아냐, 앤. 너한테 조금이라도 도움이 되어줄 수 있어서 기뻤어. 이제 우리 친구가 되는 거야? 예전의 내 잘못을 정말 용서해주는 거니?"

앤은 웃으면서 손을 빼려 했지만 길버트는 앤의 손을 놓지 않았다.

"호수에서 빠져나온 그날 이미 너를 용서했어. 내가 미처 몰랐던 것뿐이야. 어쩜 그렇게 멍청한 고집불통 아이였는지. 음

…… 다 털어놓는 게 좋겠지? 그 후로 계속 미안했어."

"우린 정말 좋은 친구가 될 거야." 길버트가 기쁨에 겨운 표정으로 말했다. "우린 친한 친구가 될 운명을 타고났다니까, 앤. 지금까지 네가 그 운명에 거역했던 거지. 우린 여러 면에서 서로에게 도움이 될 거야. 너, 공부를 계속할 생각인 거지? 나도 그렇거든. 가자. 내가 집까지 데려다줄게."

마릴라는 부엌으로 들어선 앤을 호기심에 찬 눈길로 바라보았다.

"너와 같이 풀밭길에 있던 사람은 누구니, 앤?"

"길버트 블라이드예요." 앤이 대답했다. 얼굴이 빨개진 것 같아서 당황스러웠다. "배리네 언덕에서 마주쳤어요."

"문 앞에 서서 30분 동안 이야기를 나눌 정도로 길버트 블라이드와 친한 줄은 몰랐구나." 마릴라가 가볍게 웃으며 말했다.

"친하지 않았죠. 좋은 적수였으니까요. 하지만 둘 다 앞으로는 좋은 친구가 되기로 했어요. 그게 훨씬 더 합리적이니까요. 정말 30분 동안 저기 있었어요? 몇 분 안 되었던 것 같은데. 하지만 아시다시피 우리 사이에는 5년 동안 밀린 대화가 있으니까요, 마릴라."

앤은 그날 밤 기쁜 마음으로 창가에 오랫동안 앉아 있었다. 벚나무 가지 사이로 바람이 부드럽게 윙윙거렸고 박하 향기가 바람결에 실려 왔다. 골짜기 쪽 뾰족뾰족하게 솟은 전나무 숲 위로 별들이 반짝거렸고 다이애나 방의 어슴푸레한 불빛이 나뭇가지 사이로 깜빡거렸다.

퀸즈에서 집으로 돌아와 창가에 앉아 있었던 그날 밤 이후로 앤의 눈앞에 보이는 미래는 작게 줄어들었다. 하지만 발 앞에 펼쳐진 길이 좁아졌어도 그 길을 따라 고요한 행복의 꽃이 피어나리라는 것을 앤은 알고 있었다. 열심히 공부하며 가치 있는 포부를 가슴에 품고 영혼이 통하는 친구와 함께하는 기쁨이 앤의 몫이었다. 세상 그 무엇도 앤이 애초에 품고 있던 아름다운 상상이나 이상적인 꿈의 세계를 앤에게서 빼앗아갈 수 없었다. 그리고 길을 가다 보면 언제나 길이 꺾이고 모퉁이가 나타나기 마련이었다.

"하나님은 하늘에 계시고 세상은 평온하도다."(1년에 하루밖에 쉴 수 없는 어공 피파가 쉬는 날을 맞아 순수한 기쁨을 노래하는 내용의 로버트 브라우닝의 시 「피파가 지나간다」(1841년)의 시구를 인용한 것.- 옮긴이) 앤은 나직하게 중얼거렸다.

옮긴이 정영선

숙명여자대학교 경제학과를 졸업하였다. 이후 출판사에 입사하여 다양한 영어 교재 집필, 기획, 진행을 하였다. 영어 월간지를 만들며 번역을 하다가 그 매력에 빠져 번역가의 길로 들어섰다. 현재 출판번역 에이전시 베네트랜스 소속 전문 번역가로 활동 중이다.

빨강 머리 앤

초판 1쇄 발행 | 2020년 3월 5일

지은이 | 루시 모드 몽고메리
옮긴이 | 정영선

펴낸이 | 이삼영
펴낸곳 | 별글
블로그 | http://blog.naver.com/starrybook
등록 | 제 2014-000001호
주소 | 경기도 고양시 덕양구 고양대로 1393, 2층 3C호(성사동)
전화 | 070-7655-5949   팩스 | 070-7614-3657

- 이 책은 저작권법에 따라 보호를 받는 저작물이므로 무단 전재와 복제를 금지하며, 이 책 내용의 전부 또는 일부를 사용하려면 반드시 저작권자와 별글 출판사의 서면 동의를 받아야 합니다.

- 책값은 뒤표지에 있습니다. 잘못된 책은 바꾸어 드립니다.

ISBN 979-11-89998-15-8
　　　979-11-89998-14-1 (세트)

- 별글은 독자 여러분의 책에 대한 아이디어와 원고 투고를 기다리고 있습니다. 책 출간을 원하시는 분은 이메일 starrybook@naver.com으로 간단한 개요와 취지, 연락처 등을 보내주세요.